U0060719

醒世恒言 下

馮夢龍　編撰
廖吉郎　校注
繆天華　校閱

三民書局

國家圖書館出版品預行編目資料

醒世恒言／馮夢龍編撰;廖吉郎校注;繆天華校閱.—
—二版六刷.——臺北市：三民，2022
面；　公分.——(中國古典名著)

ISBN 978-957-14-4650-9（一套：平裝）

857.41　　95023407

中國古典名著

醒世恒言（下）

編撰者　馮夢龍
校注者　廖吉郎
校閱者　繆天華

發行人　劉振強
出版者　三民書局股份有限公司
地　址　臺北市復興北路 386 號 (復北門市)
　　　　臺北市重慶南路一段 61 號 (重南門市)
電　話　(02)25006600
網　址　三民網路書店 https://www.sanmin.com.tw

出版日期　初版一刷 1989 年 1 月
　　　　　二版一刷 2007 年 1 月
　　　　　二版六刷 2022 年 5 月
書籍編號　S851890
ISBN　978-957-14-4650-9

著作權所有，侵害必究
※ 本書如有缺頁、破損或裝訂錯誤，請寄回敝局更換。

三民書局

目次

下冊

第二十一卷　張淑兒巧智脫楊生……四四七
第二十二卷　呂洞賓飛劍斬黃龍……四六〇
第二十三卷　金海陵縱欲亡身……四七五
第二十四卷　隋煬帝逸遊召譴……五一二
第二十五卷　獨孤生歸途鬧夢……五二八
第二十六卷　薛錄事魚服證仙……五五三
第二十七卷　李玉英獄中訟冤……五七五
第二十八卷　吳衙內鄰舟赴約……六〇八
第二十九卷　盧太學詩酒傲公侯……六二七
第三十卷　李汧公窮邸遇俠客……六五九

第三十一卷　鄭節使立功神臂弓……六八七
第三十二卷　黄秀才徼靈玉馬墜……七〇六
第三十三卷　十五貫戲言成巧禍……七二四
第三十四卷　一文錢小隙造奇冤……七四〇
第三十五卷　徐老僕義憤成家……七七〇
第三十六卷　蔡瑞虹忍辱報仇……七九〇
第三十七卷　杜子春三入長安……八一六
第三十八卷　李道人獨步雲門……八三九
第三十九卷　汪大尹火焚寶蓮寺……八六七
第 四 十 卷　馬當神風送滕王閣……八八一

第二十一卷　張淑兒巧智脫楊生

自昔財為傷命刃，從來智乃護身符。賊髡毒手謀文士，淑女雙眸識俊儒。
已幸餘生逃密網，誰知好事在窮途？一朝獲把封章奏，雪怨酬恩顯丈夫。

話說正德年間，有個舉人，姓楊名延和，表字元禮，原是四川成都府籍貫。祖上流寓南直隸揚州府地方做客。遂住揚州江都縣。此人生得肌如雪暈，唇若朱塗，一個臉兒，恰像羊脂白玉碾成的，那裏有什麼裴楷❶，那裏有什麼王衍❷，這個楊元禮，便真正是神清氣清第一品的人物。更兼他文才天縱，學問夙成，開著古書簿葉，一雙手不住的翻，吸力豁刺❸，不夠吃一杯茶時候，便看完一部。人只道他查點篇數，那曉得經他一展，逐行逐句，都稀爛的熟在肚子裏頭。一遇作文時節，鋪著紙，研著墨，蘸著筆尖，颼颼聲，簌簌聲，直揮到底，好像猛雨般灑滿一紙。句句是錦繡文章。真個是：

❶ 裴楷：晉代聞喜人。容儀俊爽，當時稱為玉人。
❷ 王衍：晉代臨沂人。丰姿高徹，當時的人說他像「瑤林瓊樹」。
❸ 吸力豁刺：形容翻書的聲音。

筆落驚風雨，書成泣鬼神。終非池沼物，堪作廟堂珍。

七歲能書大字，八歲能作古詩，九歲精通時藝❹，十歲進了府庠，次年第一補廩❺。父母相繼而亡。丁憂❻六載，元禮因為少孤，親事也都不曾定得。喜得他苦志讀書，十九歲便得中了鄉場第二名。不得首薦，心中悶悶不樂。歎道：「世少識者」，不耐煩赴京會試。那些叔伯親友們，那個不來勸他及早起程。又有同年兄弟六人，時常催促同行。那楊元禮雖說不願會試，也是不曾中得解元，氣忿的說話。功名心原是急的。一日，被這幾個同年們催逼不過，發起興來，整治行李。原來父母雖亡，他的老尊❼原是務實生理的人，卻也有些田房遺下。元禮變賣一兩處為上京盤纏。同了六個鄉同年，一路上京。那六位同年是誰？一個姓焦名士濟，字子舟；一個姓王名元暉，字景照；一個姓張名顯，字弢伯；一個姓韓名蕃錫，字康侯；一個姓蔣名義，字禮生；一個姓劉名善，字取之。六人裏頭，只有劉蔣二人家事涼薄些兒。那四位卻也一個個殷足。那姓王的家私百萬，地方上叫做小王愷❽。說起來連這舉人也是有些緣故來的。

❹ 時藝：一名時文，即八股文，又稱四書文。是明清時代科舉考試時的一種用四書、五經命題，規定一定格式、字數，專門應考的文章。

❺ 補廩：明清時代，在秀才總稱之下，按資格分為三種名目，即：附生、增生、廩生。初進學的為附生，循次再依規定得補為增生和廩生。補了廩生，每月可領得一石米的供給，稱為廩膳。

❻ 丁憂：古時社會的喪制。遭遇父母的喪事，在三年內，官員須停職守制，讀書人不能參加考試，一般人還要停止婚嫁筵宴，叫做丁憂。

❼ 老尊：老父。

那時新得進身，這幾個朋友，好不高興。帶了五六個家人上路。一個個人材表表，氣勢昂昂，十分齊整。怎見得？但見：

輕眉俊眼，繡腿花拳，風笠飄飄，雨衣鮮燦；玉勒馬一聲嘶破柳堤烟，碧帷車數武碾殘松嶺雪。右懸鵰矢，行色增雄；左插鮫函，威風倍壯。揚鞭喝躍，途人誰敢爭先；結隊驅馳，村市盡皆驚盼。正是：處處綠楊堪繫馬，人人有路透長安。

這班隨從的人打扮出路光景，雖然懸弓佩劍，實落❾是一個也動不得手的。大凡出路的人，第一是老成二字最為緊要。一舉一動，俱要留心。千不合，萬不合，是貪了小便宜。在山東兗州府馬頭上，各家的管家打開了銀包，兌了多少銅錢，放在皮箱裏頭，壓得那馬背郎當❿，擔夫瘆軟⓫。一路上見的，只認是銀子在內，那裏曉得是銅錢在裏頭。行到河南府榮縣地方相近，離城尚有七八十里。路上荒涼，遠遠的聽得鐘聲清亮。擡頭觀看，望著一座大寺。

蒼松虬結，古柏龍蟠。千尋峭壁，插漢芙蓉；百道鳴泉，灑空珠玉。螭頭高拱，上逼層霄；鴟吻分張，下臨無地。顫巍巍恍是雲中雙闕，光燦燦猶如海外五城。

---

❽ 王愷：晉代人，王坦的兒子，兄弟都做大官，當時有名的富豪。

❾ 實落：實在。

❿ 郎當：頹唐、瘦困的樣子。

⓫ 瘆軟：累了；困了。瘆，音ㄉㄨㄛˇ。本是馬害病的意思。

寺門上有金字牌匾，名曰寶華禪寺。這幾個連日鞍馬勞頓，見了這麼大寺，心中歡喜。一齊下馬停車，進去遊翫。但見稠陰夾道，曲徑紆迴，旁邊多少舊碑，七橫八豎，碑上字跡模糊，看起來唐時開元年間建造。正看之間，有小和尚疾忙進報。隨有中年和尚，油頭滑臉，擺將出來。見了這幾位冠冕客人踱進來，便鞠躬迎進。逐一位見禮看座。問了某姓某處，小和尚掇出一盤茶來喫了。那幾個隨即問道：「師父法號？」那和尚道：「小僧賤號悟石。列位相公有何尊幹，到荒寺經過？」眾人道：「我們都是赴京會試的。在此經過。見寺宇整齊，進來隨喜⑫。」那和尚道：「失敬，失敬！家師遠出，有失迎接，卻怎生是好？」說了三言兩語，走出來吩咐道人擺茶果點心。便走到門前觀看。只見行李十分華麗，跟隨人役，個個鮮衣大帽。眉頭一蹙，計上心來。暗暗地歡喜道：「這些行李，若謀了他的，儘好受用。我們這樣荒僻地面，他每⑬在此逗留，正是天送來的東西了。見物不取，失之千里。不免留住他們，再作區處。」轉身進來，就對眾舉人道：「列位相公在上，小僧有一言相告，勿罪唐突。」眾舉人道：「但說何妨。」和尚道：「說也奇怪，小僧昨夜得一奇夢，夢見天上一個大星，端端正正的落在荒寺後園地上，變了一塊青石。小僧心上喜道：必有大貴人到我寺中。今日果得列位相公到此。今科狀元，決不出七位相公之外。小僧這裏荒僻鄉村，雖不敢屈留尊駕，但小僧得此佳夢，意欲暫留過宿。列位相公，若不棄嫌，過了一宿，應此佳兆。只是山蔬野蔌，怠慢列位相公，不要見罪。」眾舉人聽見說了星落後園，決應在我們幾人之內，欲待應承過宿。只有楊元禮心中疑惑。密向眾同年道：「這樣荒僻寺院，和尚外

⑫ 隨喜：本是佛教徒瞻拜佛像，隨像發生歡喜心的意思；一般當做參觀佛寺解釋。

⑬ 每：同「們」字。

貌雖則慇懃，人心難測。他苦苦要留，必有緣故。」眾同年道：「楊年兄又來迂腐了。我們連主僕人夫，算來約有四十多人，那怕這幾個鄉村和尚。若楊年兄行李萬有他虞，都是我眾人賠償。」楊元禮道：「前邊只有三四十里，便到歇宿所在。還該趕去，纔是道理。」卻有張弢伯與劉取之都是極高興的朋友，心上只是要住。對元禮道：「且莫說天色已晚，趕不到村店。此去途中，尚有可慮。現成這樣好僧房，受用一宵，明早起身，也不為誤事。若年兄必要趕到市鎮，年兄自請先行，我們不敢奉陪。」那和尚看見眾人低聲商議，楊元禮聲聲要去。便向元禮道：「相公，此處去十來里有黃泥壩，歹人極多。此時天色已晚，路上難保無虞。相公千金之軀，不如小房過夜，明日蚤行，差得幾時路程，卻不安穩了多少。」元禮被眾友牽制不過，又見和尚十分好意；況且跟隨的人，見寺裏熱茶熱水，也懶得趕路。向主人道：「這師父說黃泥壩晚上難走，不如暫過一夜罷。」元禮見說得有理，只得允從。眾友吩咐擡進行李，明早起程。

那和尚心中暗喜中計。連忙備辦酒席，吩咐道人，宰雞殺鵝，烹魚炮鱉，登時辦起盛席來。這等地面，那裏買得湊手？原來這寺和尚極會受用，件色雞鵝等類，都養在家裏，因此捉來便殺，不費工夫。佛殿旁邊轉過曲廊，卻是三間精緻客堂，上面一字兒擺下七個筵席，下邊列著一個陪桌，共有八席，十分齊整。悟石舉杯安席。眾同年序齒坐定。喫了數杯之後，張弢伯開言道：「列位年兄，必須行一酒令，纔是有興。」劉取之道：「師父，這裏可有色盆？」和尚道：「有，有。」連喚道人取出色盆，斟著大杯，送第一位焦舉人行令。焦子舟也不推遜，喫酒便擲，取幺點為文星，擲得者卜色飛送。眾人嘗得酒味甘美，上口便乾。原來這酒不比尋常，卻是把酒來浸米，麯中又放些香料，用些熱藥，做來顏色濃釅，好像琥珀一般。上口甘香，喫了便覺神思昏迷，四肢痠軟。這幾個會試的，路上吃慣了歪酒，水般樣的淡酒，藥般樣的苦酒，還有尿般樣的臭酒，這晚喫了恁般濃醞，加倍放出意興來。猜拳賭色，一杯復一杯，喫一個不住。那悟石和尚又叫小和尚在外廂陪了這些家人，叫道人支持這些轎夫馬夫，上下人等，都吃得泥爛。只有楊元禮喫到中間，覺酒味香濃，心中漸漸昏迷。暗道：「這所在那得恁般好酒！且是昏迷神思，其中決有緣故。」就地生出智著來，假做腹痛，喫不下酒。那些人不解其意，卻道：「途路上或者感些寒氣，必是多喫熱酒，纔可解散。如何倒不用酒？」一齊來勸。那和尚道：「楊相公，這酒是三年陳的，小僧輩置在床頭，不敢輕用。今日特地開出來，奉敬相公。腹內作痛，必是寒氣，連用十來大杯，自然解散。」楊元禮看他勉強勸酒，心上愈加疑惑，堅執不飲。眾人道：「楊年兄為何這般掃興？我們是暢飲一番，不要負了師父美情。」和尚合席敬大杯，只放元禮不過。心上道：「他不肯喫酒，不知何故？我也不怕他一個醒的跳出圈子外邊去。」又把大杯斟送。元禮道：「實是喫不下了，多謝厚情。」和尚只得把那幾位抵死勸酒。卻說那些副手的和尚，接了這些行李，眾管家們各揀潔淨房頭，鋪下鋪蓋。這些喫醉的舉人，大家你稱我頌，亂叫著某狀元、某會元，東歪西倒，跌到房中，面也不洗，衣也不脫，爬上床，磕頭便睡，齁齁鼻息，響動如雷。這些手下人也被道人和尚們大碗頭勸著，一發不顧性命，喫得眼定口開，手痠腳軟，做了一堆矬倒⑭。卻說那和尚也在席上陪酒，他便如何不受酒毒？他每吩咐小和尚，另藏著一把注子⑮，色味雖同，酒力各別。間或客人答酒，只得呷下肚裏，卻又有解

⑭ 矬倒：酒醉之後，縮倒作一團的樣子。矬，矮、短的意思。

⑮ 注子：酒壺。形如長頸瓶，有蓋、嘴、柄。

酒湯，在房裏去喫了，不得昏迷。酒散歸房，人人熟睡。那些賊禿們一個個磨拳擦掌，思量動手。悟石道：「這事須用乘機取勢，不可遲延。萬一酒力散了，便難做事。」吩咐各持利刃，悄悄的步到臥房門首，聽了一番，思待進房，中間又有一個四川和尚，號曰覺空，悄向悟石道：「這些書獃不難了當，必須先把跟隨人役完了事，纔進內房，這叫做斬草除根，永無遺患。」悟石點頭道：「說得有理。」遂轉身向家人安歇去處，掇開房門，見頭便割。這班酒透的人，匹力撲六⑯的好像切菜一般，一齊殺倒，血流遍地。其實堪傷！

卻說那楊元禮因是心中疑惑，和衣而睡。也是命不該絕，在床上展轉不能安寢。側耳聽著外邊，只覺酒散之後，寂無人聲。暗道：「這些和尚是山野的人，收了這殘盤剩飯，必然聚喫一番，不然，也要收拾家火，為何寂然無聲？」又少頃，聞得窗外悄步，若有人聲，心中愈發疑異。又少頃，只聽得外廂連叫嗳喲，又有糢糊口聲。又聽得匹撲的跳響，慌忙跳起道：「不好了，不好了！中了賊僧計也！」隱隱的聞得腳蹤聲近，急忙裏用力去推那些醉漢，那裏推得醒。也有木頭般不答應的，也有胡胡盧盧⑰說困話的。推了幾推，只聽得呀的房門聲響。元禮顧不得別人，事急計生，聳身跳出後窗。見庭中有一棵大樹，猛力爬上，偷眼觀看。只見也有和尚，也有俗人，一夥兒擁進房門，持著利刃，望頭便刺。元禮見眾人被殺，驚得心搖膽戰，也不知牆外是水是泥，奮身一跳，卻是亂棘叢中。欲待蹲身，又想後窗不曾閉得，賊僧必從天井內追尋，此處不當穩便。用力推開棘刺，滿面流血，鑽出棘叢，拔步便走。卻是

⑯ 匹力撲六：形容殺頭的聲音。
⑰ 胡胡盧盧：糊糊塗塗。

硬泥荒地。帶跳而走，已有二三里之遠。雲昏地黑，陰風淅淅，不知是什麼所在。卻都是廢塚荒丘。又轉了一個彎角兒，卻是一所人家，孤丁丁⑱住著，板縫內尚有火光。元禮道：「我已筋疲力盡，不能行動。此家燈火未息，只得哀求借宿，再作道理。」正是：

青龍白虎同行，凶吉全然未保。

元禮低聲叩門，只見五十來歲一個老嫗，點燈開門。見了元禮道：「夜深人靜，為何叩門？」元禮道：「昏夜叩門，實是學生得罪。爭奈急難之中，只得求媽媽方便。容學生暫息半宵。」老嫗道：「老身孤寡，難好留你。且尊客又無行李，又無隨從，語言各別，不知來歷。決難從命！」元禮暗道：「事到其間，不得不以實情告他。媽媽在上，其實小生姓楊，是揚州府人，會試來此。被寶華寺僧人苦苦留宿。不想他忽起狼心，把我們六七位同事都灌醉了，一齊殺倒。只有小生不醉，幸得逃生。」老嫗道：「嗳喲！阿彌陀佛！不信有這樣事！」元禮道：「你不信，看我面上血痕。我從後庭中大樹上爬出，跳出荊棘叢中，面都刺碎。」老嫗睜睛看時，果然面皮都碎。對元禮道：「相公果然遭難，老身只得留住。相公會試中了，看顧老身，就有在裏頭了。」元禮道：「極感媽媽厚情！自古道：救人一命，勝造七級浮屠。我替你關了門，你自去睡。我就此桌兒上在假寐片時。一待天明，即便告別。」老嫗道：「你自請穩便。那個門沒事，不勞相公費心。老身這樣寒家，難得會試相公到來。常言道：貴人上宅，柴長三千，米長八百。我老身有一個姨娘，是賣酒的，就住在前村。我老身去打一壺來，替相公壓驚，省得你

⑱ 孤丁丁：孤零零。

又無鋪蓋，冷冰冰地睡不去。」元禮只道脫了大難，心中又驚又喜，謝道：「多承媽媽留宿，已感厚情！又承賜酒，何以圖報？小生倘得成名，決不忘你大德。」老嫗道：「相公且寬坐片時。有小女奉陪。老身暫去就來。女兒過來，見了相公。你且把門兒關著，我取了酒就來也。」那老嫗吩咐女兒幾句，隨即提壺出門去了，不提。

卻說那女子把元禮仔細端詳，若有嗟嘆之狀。元禮道：「請問小姐姐今年幾歲了？」女子道：「年方一十三歲。」元禮道：「你為何只管呆看小生？」女子道：「我看你堂堂容貌，表表姿材，受此大難，故此把你仔細觀看。可惜你滿腹文章，看不出人情世故。」元禮驚問道：「你為何說此幾句，令我好生疑異？」女子道：「你只道我家母親為何不肯留你借宿？」元禮道：「孤寡人家，不肯夤夜留人。」女子道：「後邊說了被難緣因，他又如何肯留起來？」元禮道：「這是你令堂惻隱之心，留我借宿。」女子道：「這叫做燕雀處堂，不知禍之將及。」元禮益發驚問道：「難道你母親也待謀害我不成？我如今孤身無物，他又何所利於我？小姐姐，莫非道我傷弓之鳥，故把言語來嚇詐我麼？」女子道：「你只道我家住居的房屋，是那個的房屋？我家營運的本錢，是那個的本錢？」元禮道：「小姐姐說話好奇怪！這是你家事，小生如何知道？」女子道：「妾姓張，有個哥哥，叫做張小乙，是我母親過繼的兒子，在外面做些小經紀。他的本錢，也是寶華寺悟石和尚的，這一所草房，也是寺裏搭蓋的。哥哥昨晚回來，今日到寺裏交納利錢去了。幸不在家。若還撞見相公，決不相饒。」元禮想道：「方纔眾和尚行兇，內中也有俗人，一定是張小乙了。」便問道：「既是你媽媽和寺裏和尚們一路，如何又買酒請我？」女子道：「他那裏真個去買酒。假此為名，出去報與和尚得知。少頃他們就到了。你終須一死！我見你丰儀出眾，決非凡品，故此對你說知。放你逃脫此難！」元禮嚇得渾身冷汗，抽身便待走出。女子扯住道：「你去了不打緊，我家母親極是利害，他回來不見了你，必道我泄漏機關。這場責罰，教我怎生禁受⑲？」元禮道：「你若有心救我，只得吃這場責罰，小生死不忘報。」女子道：「有計在此！你快把繩子將我綁縛在柱子上，你自脫身前去。我口中亂叫母親，等他回來，只告訴他說你要把我強姦，綁縛在此。被我叫喊不過，你怕母親歸來，只得逃走了去。必然如此，方免責罰。」又急向箱中取銀一錠與元禮道：「這正是和尚借我家的本錢。若母親問起，我自有言抵對。」元禮初不敢受，思量前路盤纏，尚無毫忽，只得受了。把這女子綁縛起來，心中暗道：「此女仁智兼全，救我性命，不可忘他大恩。不如與他定約，異日娶他回去。」便向女子道：「小生楊延和，表字元禮，年十九歲，南直隸揚州府江都縣人氏。因父母早亡，尚未婚配。受你活命之恩，意欲結為夫婦，後日娶你，決不食言。小姐姐意下如何？」女子道：「妾小名淑兒，今歲十三歲。若不棄微賤，永結葭莩⑳，死且不恨。只是一件：我母親通報寺僧，也是平昔受他恩惠，故爾不肯負他。請君日後勿復記懷。事已危迫，君無留戀。」元禮聞言一畢，抽身往外便走。纔得出門，回頭一看，只見後邊一隊人眾，持著火把，蜂擁而來。元禮魂飛魄喪，好像失心風一般，望前亂跌，也不敢回頭再看。

話分兩頭。單提那老嫗打頭，川僧覺空，持棍在前，悟石隨後，也有張小乙，通共有二十餘人，氣吽吽一直趕到老嫗家裏。女子聽得人聲相近，亂叫亂哭。老嫗一進門來，不見了姓楊的，只見女子被縛。

---

⑲ 禁受：耐受。

⑳ 葭莩：比喻親戚。葭，蘆葦筩中的薄膜。

嚇了一跳，道：「女兒為何倒縛在那裏？」女子哭道：「那人見母親出去，竟要把我強姦，道我不從，竟把繩子綁縛了我。被我亂叫亂嚷，只得奔去。又轉身進來要借盤纏。我回他沒有，竟向箱中摸取東西，不知拿了甚麼，向外就走。」那老嫗聞言，好像落湯雞一般，口不能言。連忙在箱子內查看，不見了一錠銀子。叫道：「不好了！前借師父的本錢，反被他掏摸去了。」眾和尚不見楊元禮，也沒工夫逗留，連忙向外追趕。又不知東西南北那一條路去了。走了一陣，只得嘆口氣回到寺中，跌腳嘆道：「打蛇不死，自遺其害。」事已如此，無可奈何！且把殺死眾屍，埋在後園空地上。開了箱籠被囊等物，原來都是銅錢在內。銀子也有八九百兩。把些來分與覺空，又把些分與眾和尚、眾道人等。也分些與張小乙。人人歡喜，個個感激。又另外分送與老嫗。一則買他的口，一則賠償他所失本錢。依舊作借。

卻說那元禮，脫身之後，黑地裏走來走去，原只在一笪㉑地方，氣力都盡。只得蹲在一個破廟堂裏頭。天色微明，向前奔走，已到榮縣。剛待進城，遇著一個老叟，連叫：「老姪，聞得你新中了舉人，恭喜，恭喜！今上京會試，如何在此獨步，沒人隨從？」那老叟你道是誰？卻就是元禮的叔父，叫做楊小峰，一向在京生理，販貨下來，經繇河間府到往山東。劈面撞著了新中的姪兒，真是一天之喜。元禮正值窮途，撞見了自家的叔父，把寶華寺受難根因，與老嫗家脫身的緣故，一一告訴。楊小峰十分驚詫。挽著手，拖到飯店上喫了飯。將自己身邊隨從的阿三送與元禮伏侍，又借他白銀一百二三十兩，又替他叫了騾轎送他進京。正叫做：

㉑ 一笪：一帶；一塊。笪，音ㄉㄚˊ。

不是一番寒徹骨，怎得梅花撲鼻香！

元禮別了小峰，到京會試，中了第二名會魁。嘆道：「我楊延和到底遜人一籌！然雖如此，我今番得中，一則可以踐約，二則得以伸冤矣。」殿試中了第一甲第三名，入了翰林。有相厚會試同年舒有慶，他父親舒珽，正在山東做巡按。元禮把六個同年及從人受害本末，細細與舒有慶說知。有慶報知父親，隨著府縣拘提合寺僧人到縣。即將為首僧人悟石、覺空二人，極刑鞫問，招出殺害舉人原繇。押赴後園，起屍相驗。隨將眾僧拘禁。此時張小乙已自病故了。舒珽即時題請滅寺屠僧，立碑道傍，地方稱快。後邊元禮告假回來，親到廢寺基址，作詩弔祭六位同年，不題。

卻說那老嫗原係和尚心腹，一聞寺滅僧屠，正待逃走。女子心中暗道：「我若跟隨母親同去，前日那楊舉人從何尋問？」正在憂惶，只見一個老人家走進門來，問道：「這裏可是張媽媽家？」老嫗道：「老身亡夫，其實姓張。」老叟道：「令愛可叫做淑兒麼？」老嫗道：「小女的名字，老人家如何曉得？」老叟道：「老夫是揚州楊小峰，我姪兒楊延和，中了舉人，在此經過，往京會試。不意這裏寶華禪寺和尚忽起狼心，謀害同行六位舉人，並殺跟隨多命。姪兒幸脫此難。現今中了探花，感激你家令愛活命之恩，又謝他贈了盤纏銀一錠，因此託了老夫到此說親。」老嫗聽了，嚇呆了半晌，無言回答。那女子窺見母親情慌無措，扯他到房中說道：「其實那晚見他丰格超群，必有大貴之日。孩兒惜他一命，只得贈了盤纏放他逃去。彼時感激孩兒，遂訂終身之約。孩兒道：母親平昔受了寺僧恩惠，縱去報與寺僧知道，也是各不相負，你切不可懷恨。他有言在先，你今日不須驚怕。」楊小峰就接淑兒母子到揚州地方，賃房居住。等了元禮榮歸，隨即結婣。老嫗不敢進見元禮，女兒苦苦代母請罪，方得相見。老嫗匍伏而前。元禮扶起行禮，不提前事。卻說後來淑兒與元禮生出兒子，又中辛未科狀元，子孫榮盛。若非黑夜逃生，怎得佳人作合？這叫做：夫妻同是前生定，曾向蟠桃會裏來。有詩為證：

春闈赴選遇強徒，解厄全憑女丈夫。
凡事必須留後著，他年方不悔當初。

第二十二卷 呂洞賓飛劍斬黃龍

暮宿蒼梧，朝遊蓬島，朗吟飛過洞庭邊。岳陽樓酒醉，借玉山作枕，容我高眠。出入無踪，往來不定，半是風狂半是顛。隨身用，提籃背劍，貨賣雲烟。人間，飄蕩多年，曾占東華第一筵。推倒玉樓，種吾奇樹；黃河放淺，栽我金蓮。捽碎珊瑚，翻身北海，稽首虛皇高座前。無難事，要功成八伯，行滿三千。

這隻詞兒名曰沁園春，乃是一位陸地大羅神仙❶所作。那位神仙是誰？姓呂名岩，表字洞賓，道號純陽子。自從黃粱夢❷得悟，跟隨師父鍾離先生，每日在終南山學道。或一日，洞賓曰：「弟子蒙我師度脫，超離生死，長生妙訣，俺道門中輪迴還有盡處麼？」師父曰：「如何無盡！自從混沌初分以來，一小劫該十二萬九千六百年，世上混一，聖賢皆盡。一大數二十五萬九千二百年，儒教已盡。阿修劫三

❶ 大羅神仙：道教最高的天神。
❷ 黃粱夢：神仙故事中，相傳呂洞賓上京趕考，在旅店裏憩息，等著旅店作黃粱飯吃時，遇見仙人鍾離權度化他。他便在那兒睡著了。結果夢見自己享盡了榮華富貴，歷盡了各種境界。等覺一醒來，黃粱飯還沒煮熟。他從此就跟著鍾離權學道成仙去了。

十八萬八千八百年，俺道門已盡。襄劫七十七萬七千七百年，釋教已盡。此是劫數。」洞賓又問：「我師，閻浮[3]世上，高低闊遠，南北東西，俱有盡處麼？」師父曰：「如何無盡處！且說中原之地，東至日出，西至日沒，南至南蠻，北至幽燕，兩輪日月，一合乾坤，四百座軍州，三千座縣分，七百座巡檢司，此是中原之地。」洞賓曰：「弟子欲遊中原，從何而起？從何而止？」師曰：「九九之數屬陽，先從山前九州，山後九州，兩淮三九二十七軍州，河北四九三十六軍州，關西五九四十五軍州，西川六九五十四軍州，荊湖七九六十三軍州，江南九九八十一軍州，海外潮陽四州，共計四百座軍州。」洞賓曰：「四百座軍州，有多少人烟？」師曰：「世上三山、六水、一分人烟。」洞賓又問：「我師成道之日，到今該多壽數？」師父曰：「數著漢朝四百七年，晉朝一百五十七年，唐朝二百八十八年，宋朝三百一十七年，算來計該一千年一百歲有零。」洞賓曰：「師父計年一千一百歲有零，度得幾人？」師父曰：「只度得你一人。」洞賓曰：「緣何只度得弟子一人？只是俺道門中不肯慈悲，度脫眾生。師父若教弟子三年嚴限，只在中原之地，度三千餘人，與俺道家。」師父聽得說，呵呵大笑：「吾弟住口！世上眾生不忠者多，不孝者廣。不仁不義眾生，如何做得神仙？吾教汝去三年，但尋得一個來，也是汝之功。」洞賓曰：「只就今日拜辭吾師，弟子雲遊去了。」師父曰：「且住，且住！你去未得。吾有法寶，未曾傳與汝。道童，與吾取過降魔太阿神光寶劍來。」道童取到。師父曰：「此劍是吾師父東華帝君傳與吾。吾傳與汝。」這洞賓雙膝跪下：「領我師法旨。」師父曰：「此劍能飛取人頭，言說住址姓名，念呪罷，此劍化為青龍，飛去斬首，口中銜頭而來。有此靈顯。有咒一道，飛去者如此如此。再有收回呪一道，

[3] 閻浮：佛教稱人的世界。

如此如此。」言罷，洞賓納頭拜授。背了劍曰：「告吾師，弟子只今日拜辭下山去。」師曰：「且住，且住！你去未得。汝若要下山，依我三件事，方可去。」洞賓曰：「告我師，不知那三件事？」師曰：「第一件，到中原之地，休尋和尚鬧，依得麼？」洞賓曰：「依得。」師曰：「第二件，將吾寶劍去，要將回來，休失落了，依得麼？」洞賓曰：「依得。」師曰：「第三件，與你三年限滿，休違了。如違了限，即當斬首滅形，依得麼？」洞賓曰：「依得。」師父大喜道：「好去，好去！」洞賓曰：「蒙我師傳法與弟子，年代劫數，地理路途，寶劍法語，弟子都省悟了。今作詩一首，拜謝吾師。弟子下山度人去也！」詩曰：

二十四神清，三千功行成。雲烟籠地軸，星月遍空明。
玉子何須種，金丹豈用耕？個中玄妙訣，誰道不長生！

吟詩已罷，師父呵呵大笑：「吾弟，汝去三年，度得人也回來，度不得人也回來，休違限次。寶劍休失落了。休惹和尚鬧。速去速回！」洞賓拜辭師父下山。卻不知度得人也度不得？正是：

情知語是鉤和線，從頭鉤出是非來。

這洞賓一就下山，按落雲頭，來到閻浮世上，尋取有緣得道之士。整整行了一年，絕無踪跡。有詩為證：

自隱玄都不記春，幾回滄海變成塵。我今學得長生法，未肯輕傳與世人。

洞賓行了一年，沒尋人處，如之奈何。眉頭一縱，計上心來。在山中曾聽得師父說來，直上太虛頂上觀看，但是紫氣現處，五霸諸侯；黑氣現處，山妖水怪；青氣現處，得道神仙。去那無人烟處，喝聲起，一道雲頭直到太虛頂上。東觀西望，遠遠見一處青氣充天而起。洞賓道：「好！此處必有神仙。」雲行一萬，風行八千，料來千里路雲頭，一片去心留不住。看看行到青氣現處，不知何所。洞賓喚：「土地安在？」一陣風過處，土地現形，怎生模樣？

衣裁五短，帽裹三山，手中藜杖老龍形，腰間束絛黑虎尾。

土地唱喏：「告上仙，呼喚小聖，不知有何法旨？」洞賓曰：「下界何處青氣現者，誰家男子婦人？」土地道：「下界西京河南府在城銅馳巷口有個婦人殷氏，約年三十有餘，不曾出嫁。累世奉道，積有陰果。此女唐朝殷開山的子孫，七世女身，因此青氣現。」洞賓曰：「速退。」風過處，土地去了。卻說洞賓墜下雲端，化作腌臢道人，直入城來。到銅馳巷口，見牌一面，上寫「殷家澆造細心耐點清油蠟燭」。鋪中立著個女娘，魚魫冠兒❹，道裝打扮，眉間青氣現。洞賓見了，叫聲好，不知高低❺。正是：

踏破鐵鞋無覓處，得來全不費工夫。

---

❹ 魚魫冠兒：女道士所戴的尖形帽子。

❺ 不知高低：此四字常用在叫好或叫苦之下，有脫口而出不暇辨別的意思。

洞賓叫聲「稽首。」看那娘子，正與澆蠟燭待詔說話。回頭道：「先生過一遭。」洞賓上前一看，見怒氣太重，叫聲「可惜！」去袖內拂下一張紙來。上有四句詩曰：

出山罰愿度三千，尋遍閻浮未結緣。特地來時真有意，可憐殷氏骨難仙。

詩後寫道：「口口仙作。」這個女娘見那道人袖中一幅紙拂將下來。交人拾起看時，二口為呂，知是呂祖師化身。便教人急忙趕去，尋這個先生。先生化陣清風不見了。殷氏心中懊悔。正是：無緣對面不相逢！只因這四句詩，風魔了這女娘一十二年。後來坐化而亡。

只說洞賓不覺又早一年光景，無尋人處。且去太虛頂上觀看，只見一匹馬飛來。到面前下馬離鞍，背上宣筒裏取出請書來：「告上仙，東京開封府馬行街，居住奉道信官王惟善，於今月十四日，請道一壇，就家庭開建奉真清醮三百六十分位齋。請往來道士二千員，恭為純陽真人度誕之辰。特賫請狀拜請。」洞賓聽說：「吾忘其所以！來朝是吾生日。符官有勞心力遠來！」符官曰：「小聖直到終南山，見老師父說，上仙在中原之地，特尋到此，得見上仙。」洞賓於荊筐籃內，取一個仙菓，與符使喫了。拜謝上馬而去。洞賓一道雲頭直到東京人不到處，墜下雲頭，立住了腳。若還這般模樣，被人識破。把頭一擺，喝聲變，變作一個腌臢疥癩先生入城。行到馬行街，只見揚旛掛榜做好事。上朝請聖邀真。洞賓卻好到。人若有愿，天必從之。且看那齋主有緣度他？洞賓到壇上看，卻是個中貴官太尉，好善，奉真修道。眉間微微有些青氣。洞賓肚內思量：「此人時節未到。顯些神通化他。初心不退，久後成其正果。」洞賓吃罷齋，支襯錢❻五百文，白米五斗。洞賓言曰：「貧道善能水墨畫，用水一碗，也不用筆，取將絹一疋，畫一幅山水相謝齋襯。」眾人稟了太尉，取絹一幅與先生。先生磨那碗墨水，去絹上一潑，壞了那幅絹。太尉見道：「這廝無禮！捉弄下官！與我拿來。」先生見太尉焦躁，轉身便去。眾人趕來，只見先生化陣清風而去。但見有幅白紙吊將下來。眾人拿白紙來見太尉。太尉打開看時，有四句言語道：

齋道欲求仙骨，及至我來不識。要知貧道姓名，但看絹畫端的。

太尉教取恰纔壞了的絹，再展開來看。不看時萬事全休，看了納頭便拜。見什麼來？正是：

神仙不肯分明說，誤了閻浮世上人。

王太尉取污了絹來看時，完然一幅全身呂洞賓。纔信來的先生是神仙，悔之不及！將這幅仙畫送進入後宮，太后娘娘裱褙了，內府侍奉。王太尉奏過，將房屋宅子，納還朝廷，伴當家人都散了，直到武當山出家。山中採藥，遭遇純陽真人，得度為仙。這是後話。且說洞賓呂先生三年將滿限期，一人不曾度得，如之奈何？心中悶倦。只得再在太虛頂上觀看青氣現處。只見正南上有青氣一股。急駕雲頭望著青氣現處，約行兩個時辰，見青氣至近。喝聲住，喚：「此間山神安在？」風過處，山神現形。金盔金甲錦袍，手執著開山斧，躬身唱喏：「告上仙，有何法旨？」洞賓道：「下方青氣現處，是個什麼人家？」山神曰：「下界江西地面，黃州黃龍山下，有個公公，姓傅，法名永善，廣行陰隲，累世積善。因此有青氣現。」洞賓曰：「速退。」聚則成形，散則為氣。先生墜下雲來，直到黃龍山下傅家庭前。正見傅

❻ 襯錢：布施給僧道的金銀衣物。

太公家齋僧。直至草堂上，見傅太公。先生曰：「結緣增福，開發道心。」太公曰：「先生少怪！老漢家齋僧不齋道。」洞賓曰：「齋官，儒釋道三教，從來總一家。」太公曰：「偏不敬你道門！你那道家說謊太多。」洞賓曰：「太公，那見俺道家說謊太多？」太公曰：「秦皇、漢武，尚且被你道家捉弄，何況我等！」先生曰：「從頭至尾說，俺道家怎麼是捉弄秦皇漢武？」太公曰：「豈不聞白氏諷諫❼曰：

海漫漫，直下無底傍無邊。雲濤雪浪最深處，人傳中有三神山。山上多生不死藥，服之羽化為神仙。秦皇漢武信此語，方士年年採藥去。蓬萊今古但聞名，烟水茫茫無覓處。海漫漫，風浩浩，眼穿不見蓬萊島。不見蓬萊不肯歸，童男童女舟中老。徐福狂言多誑誕，上元太乙虛祈禱。君看驪山頂上茂陵頭，畢竟悲風吹蔓草！何況玄元聖祖五千言，不言藥，不言仙，不言白日昇青天。」

傅太公言畢，先生曰：「我道家說謊，你那佛門中有甚奇德處？」太公曰：「休言靈山活佛，且說俺黃龍山黃龍寺黃龍長老慧南禪師，講經說法，廣開方便之門；普度群生，接引菩提之路。說法如雲，度人如雨。法座下聽經聞法者，每日何止數千，盡皆歡喜。幾曾見你道門中闡揚道法，普度群生，只是獨喫自疴❽。因此不敬道門。」呂先生不聽，萬事全休；聽得時，怒氣填胸。問太公：「這和尚今日說法麼？」太公道：「一年四季不歇，何在乎今日。」呂先生不別太公，提了寶劍，逕上黃龍山來，與慧南長老鬬聖。誰勝誰贏？正是：

❼ 白氏諷諫：指唐代詩人白居易作的諷諭詩海漫漫。

❽ 獨喫自疴：獨吃飯，自拉屎，是形容一個人獨吞利益，不顧別人。「疴」借作「痾」，即拉屎。

蝸角虛名，蠅頭微利，算來直恁甘忙！事皆前定，誰弱與誰強？且趁閒身未老，儘容他些一子疏狂。百年裏，渾教是醉，三萬六千場。思量能幾許？憂愁風雨，一半相妨。幸對清風明月，簟紋展簾幕高張。江南好，千鍾美酒，一曲滿庭芳。⑨

卻纔說不了，呂先生逕望黃龍山上來，尋那慧南長老。話中且說黃龍禪師擂動法鼓，鳴鐘擊磬，集眾上堂說法。正欲開口啟齒，只見一陣風，有一道青氣撞將入來，直沖到法座下。長老見了，用目一觀，暗暗地叫聲苦！「魔障到了！」便把手中界尺，去桌上按住大眾道：「老僧今日不說法，不講經，有一「轉話」⑩問你大眾。其中有答得的麼？」言未了，去那人叢裏走出那先生來道：「和尚，你快道來。」長老曰：

老僧今年膽大，黃龍山下扎寨。袖中颺起金鎚，打破三千世界。

先生呵呵大笑道：「和尚！前年不膽大，去年不膽大，明年亦不膽大，只今年膽大！你再道來。」和尚言：「老僧今年膽大。」先生道：「住！貧道從來膽大，專會偷營劫寨。奪了袖中金鎚，留下三千世界。」眾人聽得，發聲喊，好似一風撼折千竿竹，百萬軍中半夜潮。眾人道：「好個先生答得好！」長老拿界方按定，眾人肅靜。先生道：「和尚，這四句只當引子，不算輸贏。我有一轉語，和你賭賽輸

---

⑨ 滿庭芳：按此詞有脫誤。

⑩ 轉話：即「轉語」。指佛教參禪論道時，所用的一種機鋒的話語。

贏，不賭金珠富貴。」去背上拔出那口寶劍來，插在磚縫裏，雙手拍著。「眾人聽貧道說：和尚贏，斬了小道。小道贏，要斬黃龍。」先生說罷，諕得人人失色，個個吃驚。只見長老道：「你快道來！」先生言：

鐵牛耕地種金錢，石刻兒童把線穿。一粒粟中藏世界，半升鐺內煮山川。
白頭老子眉垂地，碧眼胡僧手指天。休道此玄玄未盡，此玄玄內更無玄。

先生說罷，便問和尚：「答得麼？」黃龍道：「你再道來。」先生道：「鐵牛耕地種金錢。」黃龍道：「住！」和尚言：

自有紅爐種玉錢，比先毫髮不曾穿。一粒能化三千界，大海須還納百川。
六月爐頭噴猛火，三冬水底納涼天。誰知此禪真妙用，此禪禪內又生禪。

先生道：「和尚輸了，一粒化不得三千界。」黃龍道：「怎地說？近前來，老僧耳聾！」先生不知是計，趲上法座邊，被黃龍一把捽住：「我問你：一粒化不得三千界，你一粒怎地藏世界？且論此一句。我且問你：半升鐺內煮山川，半升外在那裏？」先生無言可答。和尚道：「我的禪大合小，你的禪小合大。本欲斬你，佛門戒殺。饒你這一次！」手起一界尺，打得先生頭上一個疙瘩。通紅了臉。眾人一齊賀將起來。先生沒出豁，看著黃龍長老，大笑三聲，三搖頭，三拍手，拏了寶劍，入了鞘子，望外便走。眾人道：「輸了呀！」黃龍禪師按下界方：「大眾！老僧今日大難到了。不知明日如何？有一轉語曰：

五五二十五，會打賀山鼓。黃龍山下看相撲，卻來這裏喫一賭。大地甜瓜徹底甜，生擦瓜兒連蒂苦。

大眾，你道什麼三皷掌，三搖頭，三聲大笑，作甚麼生？咦！

本是醍醐⓫味，番成毒藥讐。今夜三更後，飛劍斬吾頭。」

禪師道罷，眾人皆散。和尚下座入方丈，集眾道：「老僧今日對你們說，夜至三更，先生飛劍來斬老僧。老僧有神通，躲得過；神通小些，沒了頭。你眾僧各自小心。」眾僧合掌下跪：「長老慈悲，救度則個！」黃龍長老點頭。伸兩個指頭，言不數句，話不一席，救了一寺僧眾。正是：

勸君莫結冤，冤深難解結。一日結成冤，千日解不徹。若將恩報冤，如湯去潑雪。若將冤報冤，如狼重見蝎。我見結冤人，盡被冤磨折。

黃龍長老道：「眾僧，牢關門戶，休點燈燭。各人裹頂頭巾，戴頂帽兒，躲此一難，來日早見。」眾僧出方丈，自言自語：「今日也說法，明日也說法，說出這個禍來！一寺三百餘僧，有分切西瓜一般，都被切了頭去！」膽大的在寺裏，膽小的連夜走了。且說長老喚門公來。門公到面前唱個喏。長老道：「近前來。」耳邊低低道了言語。門公領了法旨自去。天色已晚，鬧了黃龍寺中半夜不安跡。話中卻說呂先生坐在山岩裏，自思：「限期已近，不曾度得一人。師父說道：休尋和尚鬥！被他打了一界尺，就

⓫ 醍醐：從乳酪提煉出來的一種食品。

這般干休？和尚，不是你便是我！飛將劍去斬了黃龍，教人說俺有氣度。若不斬他，回去見師父如何答應？」擡頭觀看，星移斗轉，正是三更時分。取出劍來，吩咐道：「吾奉本師法旨，帶將你做護身之寶，休誤了我。你去黃龍山黃龍寺，見長老慧南禪師，不問他行住坐臥間，速取將頭來。」念念有詞，喝聲道：「疾！」豁刺刺一聲響亮，化作一條青龍，逕奔黃龍寺去。呂先生喝聲：「采。」去了多時，約莫四更天氣，卻似石沉滄海，線斷風箏，不見回來。急念收咒語，念到有三千餘遍，不見些兒消息。呂先生慌了手腳。「倘或失了寶劍，斬首滅形！」連忙起身，駕起雲頭，直到黃龍寺前，墜下雲頭。見山門佛殿大門一齊開著，卻是長老吩咐門公，教他都不要關閉。呂先生見了道：「可惜，早知這和尚不準備，直入到方丈，一劍揮為兩段。」逕到方丈裏面，兩枝大紅燭點得明晃晃地，焚著一爐好香，香煙繚繞，禪床上端坐著黃龍長老。長老高聲大叫：「多口子！你要劍，在這裏！進來取去。」呂先生揭起簾子，走將入方丈去，道：「和尚，還我劍來。」長老用手一指，那口劍一半插在泥裏。呂先生肚裏思量：「我去拔劍，被他暗算，如之奈何？」道：「和尚，罷，罷，罷！你還了我劍，兩解手。」長老道：「多口子，老僧不與你一般見識。本欲斬了你。看你師父面。」洞賓聽得：「直恁利害！就拔劍在手，斬這廝！」大踏步向前，雙手去拔劍，卻便似萬萬斤生鐵鑄牢在地上，盡平生氣力來拔，不動分毫。黃龍大笑。「多口子，自古道：人無害虎心，虎無傷人意。我要還了你劍，教你回去見師父去；你心中卻要拔劍斬吾！吾不還你劍。有氣力拔了去。」呂先生道：「他禁法禁住了，如何拔得去！」便念解法，越念越牢，永拔不起。呂先生道：「和尚，還了我劍罷休。」長老道：「我有四句頌，你若參得透，還了你劍。」先生道：「你道來。」和尚懷中取出一幅紙來。紙上畫著一個圈，當中間有一點，下面有一首頌曰：

丹在劍尖頭，劍在丹心裏。若人曉此因，必脫輪迴死。

呂先生見了，不解其意。黃龍曰：「多口子，省得麼？」洞賓頓口無言。黃龍禪師道聲：「俺護法神安在？」風過處，護法神現形。怎生打扮？

頭頂金盔，紺紅撒髮朱纓，渾身金甲，粧成慣帶，手中拿著降魔寶杵，貌若顏童。

護法神向前問訊：「不知我師呼召，有何法旨？」黃龍曰：「護法神，與我將這多口子困魔岩押入，待他參透禪機，引來見吾。每日天廚與他一個饅頭。」護法神曰：「領我師法旨。」護法神道：「先生快請行！」呂先生道：「那裏去？」護法神曰：「走，走！如不走，交你認得三洲感應護法韋馱尊天手中寶杵！只重得一萬四千斤！你若不走，直壓你入泥裏去！」呂先生自思量：「師父教我不要惹和尚！」只得跟著護法神入困魔岩參禪。不在話下。

卻說黃龍寺僧眾，五更都到方丈參見長老。長老道：「夜來驚恐你們。」眾僧曰：「得蒙長老佛法浩大，無些動靜。」長老道：「你們自好睡，卻好鬧了一夜。」眾僧道：「沒有甚執照？」長老用手一指，眾人見了這口寶劍，卻似：

分開八片頂陽骨，傾下半桶冰雪水。

眾僧一齊禮拜，方見長老神通廣大，法力高強。山前山後，城裏城外，男子女人，僧尼道俗，都來方丈看劍的人，不知其數。鬧了黃龍山，鼎沸了黃州府。卻說呂先生坐在困魔岩，耳畔聽得鬧嚷嚷地。便召山神。山神現形唱喏，問：「寺中為甚熱鬧？」山神曰：「告上仙：城裏城外，人都來看這口寶劍，人人拔不起，因此熱鬧。」洞賓道：「速退。」山神去了。先生自思：「鬧了黃州，師父知道，怎地分說？自首免罪。」韋天不在，走出洞門，駕雲而起。且說韋天到困魔岩，不見了呂先生，逕來方丈報與黃龍禪師：「走了呂先生，不知吾師要趕他也不趕？」禪師道：「護法神，免勞生受。且回天宮。」化陣清風而去。卻說呂先生一道雲頭，直到終南山洞門口立著。見道童，向前稽首，道童施禮。呂先生道：「道童，師父在麼？」道童言：「老師父山中採藥，不在洞中。」呂先生逕上終南山尋見師父，雙膝跪下，俯伏在地。鍾離師父呵呵大笑，自已知道了。道：「吾弟子引將徒弟來了？不知度得幾人？先將劍來還我。」呂先生告罪說：「不是處，望乞老師父將就解救弟子！」師父曰：「吾再三吩咐，休惹和尚們，你頭上的疙瘩，尚且未消，有何面目見吾？你神通短淺，法力未精，如何與人鬥勝？徒弟不曾度得一個，粧這辱門敗戶的事！俺且饒你初犯一次，速去取劍來。」呂先生拜：「告吾師，免弟子之罪。此劍被他禁住了，不能得回。」師父言：「吾修書一封，將去與吾師兄辟支佛看，自然還你。不可輕易，休損壞了封皮。」去荊筐籃裏取出這封書來。呂先生見了，納頭便拜：「吾師過去未來，俱已知道。」得了書，直到黃龍寺，墜下雲來。伽藍⑫通報長老：「呂先生在方丈外聽法旨。」黃龍道：「喚他進來。」伽藍曰：「吾師有請！」洞賓直到方丈裏，合掌頂禮。「來時奉本師法旨，有封書在此。」長老已知道：「教取書來。」呂先生雙手獻上。長老拆開，上面一個圓圈，圈外有一點在上，下有四句偈曰：

⑫ 伽藍：此指佛寺的護衛神。

丹只是劍，劍只是丹。得劍知丹，得丹知劍。

黃龍曰：「覷汝師父面皮，取了劍去。」洞賓向前，將劍輕輕拔起。「拜謝吾師呂岩。請問：吾師法語，『圈子裏一點；』本師法語，『圈子上一點，』不知是何意故？」黃龍曰：「你肯拜我為師，傳道與你。」呂先生言：「情愿皈依我師。」前三拜，後三拜，禮佛三拜，三三九拜，合掌跪膝諦聽。黃龍曰：「汝在座前言：一粒粟中藏世界，小合大，圈子上一點。吾答：一粒能化三千界，大合小，圈子內一點。這是道！吾傳與你。」呂先生聽罷，大徹大悟，如漆桶底脫⑬。「拜謝吾師，弟子回終南山去拜謝師父。」黃龍曰：「吾傳道與汝。久後休言自會，或詩或詞，留為表記。就取文房四寶將來。」呂先生磨墨蘸筆，作詩一首。詩曰：

捽碎葫蘆踏折琴，生來只念道門深。今朝得悟黃龍術，方信從前枉用心。

作詩已畢，拜謝了黃龍禪師，逕回終南山，見了本師，納還了寶劍。從此定性，修真養道，數百年不下山去。功成行滿，成陸地神仙。正是：

朝騎白鹿升三島，暮跨青鸞上九霄。

後府人於鳳翔府天慶觀壁上，見詩一首，字如龍蛇之形，詩後大書回道人三字。詳之，知為純陽祖

---

⑬ 漆桶底脫：比喻明白了、覺悟了。漆桶裏都是黑的，漆桶脫了底，才漏出光亮來。

師也。詩曰：

得道年來八百秋，可曾飛劍取人頭？玉皇未有天符至，且貸烏金混世流。

第二十三卷　金海陵縱欲亡身

昨日流鶯今日蟬，起來又是夕陽天。
六龍飛轡長相窘，何忍乘危自著鞭。

這四句詩，是唐朝司空圖所作。他說流光迅速，人壽無多，何苦貪戀色慾，自促其命。看來這還是勸化平人的。平人所有者，不過一身一家，就是好色貪淫，還只心有餘而力不足。若是貴為帝王，富有四海，何令不從，何求不遂。假如商惑妲己，周愛褒姒，漢嬖飛燕，唐溺楊妃，他所寵者，止于一人，尚且小則政亂民荒，大則喪身亡國。何況漁色不休，貪淫無度，不惜廉恥，不論綱常，若是安然無恙，皇天福善禍淫之理，也不可信了。

如今說這金海陵，乃是大金國一朝聰明天子，只為貪淫無道，蔑禮敗倫，坐了十二年寶位，改了三個年號。初次天德三年，二次貞元，也是三年，末次正隆六年。到正隆六年，大舉侵宋，被弒于瓜洲。大定帝即位，追廢為海陵王。後人將史書所載廢帝海陵之事，敷演出一段話文，以為將來之戒。正是：

後人請看前人樣，莫使前人笑後人。

話說金廢帝海陵王，初名迪古，後改名亮，字元功，遼王宗幹第二子也。為人善飾詐，慓急，多猜忌，殘忍任數。年十八，以宗室子為奉國將軍，赴梁王宗弼軍前任使。梁王以為行軍萬戶，遷驃騎上將軍。未幾，加龍虎衛上將軍，累遷尚書右丞，留守汴京，領行臺尚書省事，後召入為丞相。初，熙宗以太祖嫡孫嗣位，海陵念其父遼王本是長子，己亦是太祖嫡孫，合當有天下之分。遂懷覬覦，專務立威，以壓伏人心，後竟弒熙宗而篡其位。心忌太宗諸子，恐為後患，欲除去之，與秘書監蕭裕密謀。裕傾險巧詐，因搆致太傅宗本、秉德等反狀。海陵殺宗本，遣使殺秉德、宗懿及太宗子孫七十餘人、秦王宗翰子孫三十餘人。宗本已死，裕乃取宗本門客蕭玉，教以具款反狀，令作主名上變，遍詔天下，天下寃之。蕭裕以誅宗本功，為尚書右丞，累遷至平章政事。專恣威福，遂以謀逆賜死，此是後話。

且說海陵初為丞相，假意儉約，妾媵不過三數人。及踐大位，侈心頓萌，浮志蠱惑，自徒單皇后而下，有大氏、蕭氏、耶律氏，俱以美色被寵。凡平日曾與淫者，悉召入內宮，列之妃位。又廣求美色，不論同姓、異姓，名分尊卑，及有夫無夫，但心中所好，百計求淫，多有封為妃嬪者。諸妃名號，共有十二位，昭儀至充媛九位，婕妤、美人、才人三位，殿直最下，其他不可舉數。大營宮殿，以處妃嬪。一木之費，至二千萬；牽一車之力，至五百人。宮殿之飾，徧傅黃金，而後絢以五采。金屑飛空如落雪，一殿之費，以億萬計，成而復毀，務極華麗，這俱不必題起。

且說昭妃阿里虎，姓蒲察氏，駙馬都尉沒里野女也。生而妖嬈嬌媚，嗜酒跌宕。初未嫁時，見其父沒里野，修合美女顫聲嬌、金鎗不倒丹、硫磺箍、如意帶等春藥，不知其何所用，乃竊以問侍婢阿喜留可道：「此名何物？何所用而郎罷囝急急治之？」阿喜留可道：「此春藥也。男子與婦人交，不能久戰者，則用之以取樂。」阿里虎問道：「何為交合？」阿喜留可道：「雞踏雄、犬交戀，即交合之狀也。」阿里虎道：「交合有何妙處而人為之？」阿喜留可道：「初試之時，亦覺難當，試再、試三，便覺暢美。」阿里虎聞其言，哂笑不已，情若有不禁者，問道：「爾從何處得知如此？」阿喜留可笑道：「奴奴曾嘗此味來。」無何，阿里虎嫁于宗室子阿虎迭，生女重節七歲，阿虎迭伏誅，阿里虎不待閉喪，攜重節再醮宗室南家。南家故善淫，阿里虎又以父所驗方，修合春藥，與南家晝夜宣淫。重節熟覩其醜態，阿里虎恬不諱也。久之，南家髓竭而死，南家父突葛速為南京元帥都監，知阿里虎淫蕩醜惡，莫能禁止，因南家死，遂攜阿里虎往南京，幽閉一室中，不令與人接見。阿里虎向聞海陵善嬲戲，好美色，恨天各一方，不得與之接歡，至是沉鬱煩懣，無以自解，且知海陵亦在南京，乃自圖其貌，題詩于上，詩曰：

阿里虎，阿里虎，夷光、毛嬙非其伍。一旦夫死來南京，突葛爬灰真喫苦。有人救我出牢籠，脫卻從前從後苦。

題畢，封緘固密，拔頭上金簪一枝，銀十兩，賄囑監守閽人，送于海陵。海陵稔聞阿里虎之美，未之深信，一見此圖，不覺手舞足蹈，羨慕不止。于是托人達突葛速欲娶之。突葛速不從，海陵故意揚言突葛速有新臺之行，欲突葛速避嫌而出之。突葛速知海陵之意，只不放出。及簒位，二日詔遣阿里虎歸父母家，以禮納之宮中。阿里虎益嗜酒喜淫，海陵恨相見之晚。數月後，特封賢妃，再封昭妃。一日，阿虎迭女重節來朝。重節為海陵再從兄之女，阿里虎其生母也。留宿宮中，海陵猝至，見重節年將及笄，姿色顧眄，迥異諸女，不覺情動，思有以中之，而虞阿里虎之沮己，乃高張燈燭，令室中輝煌如晝，自傳淫藥，與阿里虎及諸侍嬪裸逐而淫，以動重節。重節聞其嬉笑聲，潛起以聽，鑽穴隙窺之，神癡心醉，幾欲破戶趨前，羞縮自止。海陵嬲謔至四鼓方止，諸嬪咸滅燭就寢，寂然無聲，獨重節咬指撫心，倏起倏臥，席不得煖，只得和衣擁被，長歎歪眠。忽聞阿里虎牀復有聲，欲再起窺之，頭岑岑不止，倚枕聽之，又聞有擊戶聲，重節不應，擊聲甚急，重節問為誰，海陵揑作侍嬪取燈聲，以促其開。重節強起，拔去門拴，海陵突入，摟抱接唇，重節欲脫身逃去，海陵力挽就榻中，以手探其股間，則單裙無裩，兩股滑膩如脂，乃撫摩調弄。重節情亦動，乃以袖掩面，任其作為，不虞創之特甚，爭奈海陵興發如狂，陽鉅如杵，略加點破，猩紅濺于裙幅。重節于是時，皺眉嚙齒，嬌聲顫作，幾不欲生，再三求止，遂輕輕欵欵，若點水蜻蜓，止止行行，如貪花蜂蝶，盤桓一夜，謔浪千般，置阿里虎于不理者將及旬矣。阿里虎欲火高燒，情煙陡發，終日焦思，竟忘重節之未出宮也，命諸侍嬪偵察海陵之所在，一侍嬪曰：「帝得新人，撇卻舊人矣。」阿里虎驚問道：「新人為誰？幾時取入宮中？」侍嬪答道：「帝幸阿虎重節于昭華宮，娘娘因何不知？」阿里虎面皮紫漲，怒發如火，搥胸跌腳，詬詈重節。侍嬪道：「娘娘與之爭鋒，恐惹笑恥。且帝性躁急，禍且不測。」阿里虎道：「彼父已死，我身再醮，恩義久絕，我怕誰笑話。我誓不與此淫種俱生，帝亦奈我何哉？」侍嬪道：「重節少艾，帝得之勝百斛明珠，娘娘齒長矣，自當甘拜下風，何必發怒。」阿里虎聞誚，愈怒道：「帝初得我，誓不相捨，詎意來此淫種，奪我口食。」乃促步至昭華宮，見重節方理粧，一嬪捧鳳釵于側，遂向前批其頰，罵道：「老漢不仁，不顧情分，貪圖淫樂，固為可恨。汝小小年紀，又是我親生兒女，也不顧廉恥，便與老漢苟合，豈是有人心的。」重節亦怒，罵道：「老賤不知禮義，不識羞恥，明燭張燈，與諸嬪裸裎奪漢，求快于心。我因來朝，踏此淫網，求生不得生，求死不得死，正怨你這老賤，只圖利己，不怕害人，造下無邊惡孽，如何反來打我？」兩下言語，不讓一句，扭做一團，結做一塊。眾多侍嬪，從中勸釋，阿里虎忿忿歸宮。重節大哭一場，悶悶而坐。頃之，海陵來，見重節面帶憂容，兩頰淚痕猶濕，便促膝近前，偎其臉問道：「汝有恁事，如此煩惱？」重節沈吟不答。侍嬪道：「昭妃娘娘批貴人面頰，辱罵陛下，是以貴人失歡。」海陵聞之，大怒道：「汝勿煩惱，我當別有處分。」是日，阿里虎回宮，益嗜酒無賴，詆訾海陵不已。海陵遣人責讓之，阿里虎恬無忌憚，暗以衣服遺前夫南家之子，海陵偵知之，怒道：「身已歸我，突葛速之情，猶未斷也。」由是寵衰。海陵制凡諸妃位，皆以侍女服男子衣冠，號假廝兒。有勝哥者，身體雄壯若男子，給侍阿里虎本位，見阿里虎憂愁抱病，夜不成眠，知其慾心熾也，乃托宮豎市角先生一具以進，阿里虎使勝哥試之，情若不足，興更有餘，嗣是與之同臥起，日夕不須臾離，廚婢三娘者，不知其詳，密以告海陵道：「勝哥實是男子，扮作女耳，給侍昭妃非禮。」海陵曾幸勝哥，知其非男子，不以為嫌，惟使人誡阿里虎勿箠三娘。阿里虎怒三娘之洩其隱也，搒殺之。海陵聞昭妃閣有死者，想道：「必三娘也。若果爾，吾必殺阿里虎。」偵之，果然，是月，為太子光英生月，海陵私忌，不行戮，徒單后又率諸妃嬪為之哀求，乃得免。勝哥畏罪，先仰藥而亡，阿里虎聞海陵將殺己，又見勝哥先死，亦絕粒不食，日夕焚香籲天，以冀脫死。逾月，阿里虎已委頓不知所為，海陵乃使人縊殺之，并殺侍婢箠三娘者，因此，不復幸昭華宮，出重節為民間妻，後屢召幸，出入昭妃位焉。

柔妃彌勒者，耶律氏之女，生有國色，族中人無不奇之，年十歲，色益麗，人益奇，彌勒亦自謂異于眾人，每每沾嬌誇詡。其母與鄰母善，時時迭為賓主。鄰母之子哈密都盧，年十二歲，丰姿頗美，閒嘗與彌勒兒戲于房中，互相嘲謔，遂及于亂，說話的，那十二歲的孩兒，和那十歲的女兒，曉得甚麼做作，衹無過是頑耍而已，怎麼就說個亂字？看官們，有所不知，北方男女，生得長大倜儻，容易知事，況且這些騷達子幹事，不瞞著兒女，他們都看得慣熟了，故此小小年紀，便弄出事來。光陰荏苒，約摸有一年多光景，一日，也是合當敗露，彌勒正在房中洗浴，忘記上了門閂，恰好哈密都盧闖進房來，彌勒忙忙叫他回去，說娘要來看添湯，那哈密都盧見彌勒雪白身子在那浴盆中，有如玉柱一般，歡喜得了不得，偏要共盆洗浴，彌勒苦不肯容，正在拘執喧鬧，其母突至，哈密都盧乘間逸去，母大怒，將彌勒痛箠戒訓，關防嚴密，再不得與哈密都盧綢繆歡狎。倏經天德二年，彌勒年已踰笄，海陵聞其美也，使禮部侍郎迪輦阿不取之于汴京。迪輦阿不者，華言蕭珙也，為彌勒女兄擇特懶之夫，芳年美貌，頗識風情，一見彌勒，心神搖動，懼憚海陵，強自沮遏。不意彌勒久別哈密都盧，慾火甚熾，見迪輦阿不生得標致，心裏便有幾分愛他，只是船隻各居，難以通情達意。彌勒遂心生一計，詐言鬼魅相侵，夜半輒喊叫不止，相從諸婢，無可奈何，只得請迪輦阿不同舟共濟，果爾寂然，從婢實不察其隱衷也。于是眉目相調，情興如火，彼此俱不能遏，遇晚便同席飲食，謔浪無所不至，所以不遽上手者，迪輦阿不謂彌勒真處子，恐點破其軀，海陵見罪故耳。一晚，維舟傍岸，大雨傾盆，兩下正欲安眠，忽聞歌聲聒耳，迪輦阿不慮有穿窬，坐而聽之，乃岸上更夫倡和山歌，歌云：

雨落沉沉不見天，八哥兒飛到畫堂前。

燕子無窠梁上宿，阿姨相伴姐夫眠。

迪輦阿不聽見此歌，歎道：「作此歌者，明是譏誚下官，豈知下官並沒這樣事情。諺云：『羊肉不喫得，空惹一身臊也。』」歎息未畢，又聞得窣窣似有人行，定睛一看，只見彌勒踽踽涼涼，緩步至牀前矣。迪輦阿不驚問：「貴人何所見而來？」彌勒道：「聞歌聲而來，官人豈年高耳聾乎？」迪輦阿不道：「歌聲聒耳，下官正無以自明，貴人何不安寢？」彌勒道：「我不解歌，欲求官人解一個明白。」迪輦阿不遂將歌詞四句，逐一分析講解。彌勒不覺面赤耳熱，偎著迪輦阿不道：「山歌原來如此，官人豈無意乎？」迪輦阿不跪于牀前，告道：「下官心非木石，豈能無情？但懼主上聞知，取罪不小。」彌勒便摟抱他起來，說道：「我和官人，是至親瓜葛，不比別人，到主上跟前，我自有道理支吾，不必懼怕。」當下兩個興發如狂，就在舟中成其雲雨。但見：

蜂忙蝶戀，弱態難支。水滲露滋，嬌聲細作。一個原是慣熟風情，一個也曾略嘗滋味。慣熟風情的，到此夜盡呈伎倆；略嘗滋味的，喜今番方稱情懷。一個道：「大漢果勝似孩童。」一個道：「小姨又強如阿姊。」一個顧不得女身點破，一個顧不得王命緊嚴。鴛鴦雲雨百年情，果然色膽天來大。

一路上，朝歡暮樂，荏苒耽延，道出燕京。迪輦阿不父蕭仲恭為燕京留守，見彌勒面貌，知非處女，乃歎道：「上必以疑殺珙矣。」卻不知珙之果有染也。已而入宮，彌勒自揣，事必敗露，惶悔無地。見海陵來，涕交頤下，戰慄不敢迎。海陵淫興大作，遂列燭兩行，命侍嬪脫其衣而淫之。彌勒掩飾不來，只得任其做作。海陵見非處女，大怒道：「迪輦阿不迺敢盜爾元紅，可惱可恨。」呼宮豎細綁彌勒，審鞫其詳。彌勒泣告道：「妾十三歲時，為哈密都盧所淫，以至于是，與迪輦阿不實無干涉。」海陵叱問：「哈密都盧何在？」彌勒道：「死已久矣。」海陵道：「哈密都盧死時幾歲？」彌勒道：「方十六歲。」海陵怒道：「十六歲小孩童，豈能巨創汝耶？」彌勒泣告道：「賤妾死罪，實與迪輦阿不無干。」海陵笑道：「我知道了，是必哈密都盧取汝元紅，迪輦阿不乘機入轂也。」彌勒頓首無言。即日遣出宮，致迪輦阿不于死。彌勒出宮數月，海陵思之，復召入，封為充媛，封其母張氏華國夫人，伯母蘭陵郡君，蕭氏為鞏國夫人。越日，海陵詭以彌勒之命，召迪輦阿不妻擇特懶入宮，亂之。笑曰：「迪輦阿不善躍混水，朕亦淫其妻以報之。」進封彌勒為柔妃，以擇特懶給侍本位，時行幸焉。

崇義節度使烏帶之妻定哥，姓唐括氏，眼橫秋水，如月殿姮娥，眉插春山，似瑤池玉女，說不盡的風流萬種，窈窕千般。海陵在汴京時，偶于簾子下瞧見定哥美貌，不覺魄散魂飛，癡呆了半晌，自想道：「世上如何有這等一個美婦人，倒落在別人手裏，豈不可惜。」便暗暗著人打聽是誰家宅眷，探事人回覆：「是節度使烏帶之妻，極是好風月有情趣的人，只是沒人近得他。他家中侍婢極多，止有一個貴哥是他得意丫鬟，常川使用的，這貴哥也有幾分姿色。」海陵就思量一個計策，差人去尋著烏帶家中時常走動的一個女待詔，叫他到家裏來，與自己篦了頭，賞他十兩銀子。這女待詔曉得海陵是個猜刻的人，又怕他威勢，千推萬阻，不敢受這十兩銀子。海陵道：「我賞你這幾兩銀子，自有用你處，你不要十分推辭。」女待詔道：「但憑老爺分付，若可做的，小婦人盡心竭力去做就是，怎敢望這許多賞賜。」海陵笑道：「你不肯收我銀子，就是不肯替我盡心竭力做了。你若肯為我做事，日後我還有擡舉你處。」女待詔道：「不知要婦人做恁麼事？」海陵道：「大街南首高門樓內，是烏帶節度使衙內麼？」女待詔答道：「是節度使衙。」海陵道：「聞你常常在他家中篦頭，果然否？」女待詔道：「他夫人與侍婢，俱用小婦人篦頭。」海陵道：「他家中有一個丫鬟，叫做貴哥，你認得否？」女待詔道：「這個是夫人得意的侍婢，與小婦人極是相好，背地裏常常與小婦人東西，照顧著小婦人。」海陵道：「夫人心性何如？」女待詔道：「夫人端謹嚴厲，言笑不苟，只是不知為甚麼歡喜這貴哥，憑著他十分惱怒，若是貴哥站在面前一勸，天大的事也氷消了，所以衙內大小人都畏懼他。」海陵道：「你既與貴哥相好，我有一句話央你傳與貴哥。」女待詔道：「貴哥莫非與老爺沾親帶骨麼？」海陵道：「不是。」女待詔道：「莫非與衙內女使們，是親眷往來，老爺認得他麼？」海陵也說不是。女待詔道：「莫非原是衙內打發出去的人。」海陵道：「也不是。」女待詔道：「既然一些沒相干，要小婦人去對他說恁麼話？」海陵道：「我有寶環一雙，珠釧一對，央你轉送與貴哥，說是我送與他的。你肯拿去麼？」女待詔道：「拿便小婦人拿去，只是老爺與他既非遠親，又非近鄰，平素不相識，平白地送這許多東西與他，倘他細細盤問時，叫小婦人如何答應？」海陵道：「你說得有理，難道教他猜啞謎不成？我說與你聽，須要替我用心委曲，不可悅事。」女待詔道：「分付得明白，婦人自有處置。」海陵道：「我兩日前，在簾子下，看見他夫人立在那裏，十分美貌可愛，只是無緣與他相會，打聽得他家，只有你在裏面走動，夫人也只歡喜貴哥一人，故此賞你銀子，央你轉送這些東西與他，要他在夫人跟前，通一個信兒，引我進去，博他夫人一宵恩愛。」女待詔道：「偷寒送暖，大是難事。況且他夫人有些古怪兜搭，婦人如何去做得？」

海陵怒道：「你這老虔婆，敢說三個不去麼？我目下就斷送你這老豬狗。」只這一句，嚇得女待詔毛髮都豎了，抖做一團，道：「婦人不說不去，只說這件事，必須從容緩款，性急不得，怎麼老爺就發起惱來？」海陵道：「我如今也不惱你了，只限你在一個月內，要圓成這事，不可十分怠緩。」女待詔唯唯連聲，跑到家中，算計了一夜，沒法入腳，只得早早起來，梳洗完畢，就把寶環珠釧藏在身邊，一徑走到烏帶家中。迎門撞見貴哥，貴哥問道：「今日有何事，來得恁早？」女待詔道：「有一個親眷，為些小官事，有兩件好首飾，托我來府中變賣些銀兩，是以早來。」貴哥道：「首飾在那裏？我用得的麼？」女待詔道：「正是你們用得的，你換了他的倒好。」貴哥道：「要幾貫錢？拿與我看一看。」女待詔道：「到房中纔把與你看。」貴哥引他到了自家房內，便向廚櫃裏搬些點心果子請他喫，問他討首飾看。那女待詔在身邊摸出一雙寶環，放在桌子上。那環上是四顆祖母綠鑲嵌的，果然耀日層光，世所罕見。貴哥一見，滿心歡喜，便說：「他要多少銀子？」女待詔道：「他要二千兩一隻，四千兩一雙。」貴哥琰道：「我只說幾貫錢的東西，我便充得起，若說這許多銀子，莫說我沒有，就是我夫人，一時間也拿不出來，只好看看罷。」又道：「待我拿去與夫人瞧一瞧，也識得世間有這般好首飾。」女待詔道：「且慢著，我有句話與你說個明白，拿去不遲。」貴哥道：「有話儘說，不必隱瞞。」女待詔道：「我承你日常看顧，感恩不盡，今日有句不識進退的話，說與你聽，你不要惱我，不要怪我。」貴哥道：「你今日想是風了，你在府中走動多年，那一日不說幾句話，怎的今日說話我就怪你、惱你不成？你說！你說！」女待詔道：「這環兒是一個人央我送你的，不要你的銀子，還有一雙珠釧在此。」連忙向腰間摸出珠釧放在桌子上。貴哥見了笑道：「你這婆子說話真個風了，我從幼兒來在府中，再不曾出門去，又不曾與恁人相熟，為何有人送這幾千兩銀子的首飾與我？想是那個要央人做前程，你婆子在外邊指著我老爺的名頭，說騙他這些首飾，今日露出馬腳，恐怕我老爺知道，你故此早來府中說這話騙我？」女待詔道：「若是這般說，我就該死了，你將耳朵來，我悄悄說與你聽。」貴哥道：「這裏再沒有人來聽的，你輕輕說就是了。」女待詔道：「這寶環珠釧，不是別人送你的，是那遼王宗幹第二世子，現做當朝右丞，領行臺尚書省事，完顏迪古老爺央我送來與你的。」貴哥笑道：「那完顏老爺不是那白白淨淨、沒髭鬚的俊官兒麼？」女待詔道：「正是那俊俏後生官兒。」貴哥道：「這到希奇了，他雖然與我老爺往來，不過是人情體面上走動，既非府中族分親戚，又非通家兄弟，並不曾有杯酌往來。若說起我，一面也不曾相見，他如何肯送我這許多首飾？」女待詔道：「說來果忒希奇、忒好笑，我若不說，便不是受人之託，終人之事，我若輕輕說出來，連你也喫一個大驚。」貴哥笑道：「果是恁麼事情，你須說個明白。」女待詔纔定了喘息，低了聲音，附著貴哥耳朵說道：「數日前，完顏右丞在街上過，恰好你家夫人立在簾子下面，被他瞧見了，他思量要與你夫人會一會兒，沒個進身的路頭，打聽得只有你在夫人跟前說得一句話，故此央我拿這寶環珠釧送與你，要你做個針兒將線引。你說希奇也不希奇，好笑也不好笑。」貴哥道：「癩蝦蟇躲在陰溝洞裏，指望天鵝肉喫，忒差做夢了。夫人好不兜搭性子，侍婢們誰敢在他跟前道個不字，莫說眼生面不熟的人要見他，就是我老爺與他做了這幾年夫妻，他若不喜歡時，等閒不許他近身，怎麼完顏右丞做這個大春夢來！」女待詔道：「依你這般說，大事成不得了，我依先拿這環釧送還了他，兩下撒開，省得他來絮聒。」那貴哥口裏雖是這般回復，恰看了這兩雙好環釧，有些脈黃地黑心下不割捨得還他，便對女待詔道：「你是老人家，積年做馬泊六的主子，又不是少年媳婦，不曾經識事的，又不是頭生兒，為何這般性急？凡事須從長計較，三思而行，世上那裏有一鍬掘個井的道理？」女待詔道：「不是我性急，你說的話，沒有一些兒口風，教我如何去回復右丞？不如送還了他這兩件首飾，倒得安靜。」貴哥道：「說便是這般說，且把這環釧留在我這裏，待我慢慢地看覷個方便時節，躧探一個消息回話你，若有得一線的門路，我便將這物件送了夫人，你對右丞說，另拿兩件送我，何如？」女待詔道：「這個使得，只是你須要小心在意，緊差緊做，不可丟得冰洋了，我過兩三日，就來討個消息，好去回復右丞。」說畢，叫聲聒噪，去了。貴哥便把這東西放在自己箱內，躊躕算計，不敢提起。

一夕晚，月明如晝，玉宇無塵，定哥獨自一個坐在那軒廊下，倚著欄杆看月，貴哥也上前去，站在那裏，細細地瞧他的面龐，果是生得有沉魚落雁之容，閉月羞花之貌，只是眉目之間，覺道有些不快活的意思，便猜破他的心事八九分，淡淡的說道：「夫人獨自一個看月，也覺得凄涼，何不接老爺進來，杯酒交歡，同坐一看，更熱鬧有趣？」定哥皺眉答道：「從來說道：『人月雙清我獨自坐。』在月下，雖是孤另，還不辜負了這好月，若找這腌臢濁物來舉盃邀月，可不被嫦娥連我也笑得俗了？」貴哥道：「夫人在上，小妮子蒙恩擡舉，卻不曉得怎麼樣的人叫做趣人，怎麼樣的叫做俗人？」定哥笑道：「你是也不曉得，我說與聽：你日後揀一個知趣的纔嫁他，若遇著那般俗物，寧可一世沒有老公，不要被他污辱了身子。」貴哥道：「小妮子望夫人指教。」定哥道：「那人生得清標秀麗，倜儻脫洒，儒雅文墨，識重知輕，這便是趣人。那人生得醜陋鄙猥，粗濁蠢惡，取憎討厭，齷齪不潔，這便是俗人。我前世裏不曾栽修得，如今嫁了這個濁物，那眼稍裏看得他上，到不如自家看看月，倒還有些趣。」貴哥道：「小妮子不知事，敢問夫人，比如小妮子，不幸嫁了個俗丈夫，還好再尋個趣丈夫麼？」定哥哈哈的笑了一聲道：「小妮子倒說得有趣，世上婦人，只有一個丈夫，那有兩個的理？這就是偷情，不正氣的勾當了。」貴哥道：「小妮子常聽人說有偷情之事，原來不是親丈夫，就叫偷情了。」定哥道：「正是。你他日嫁了丈夫，莫要偷情。」貴哥帶笑說道：「若是夫人包得小妮子嫁得個趣丈夫，又去偷什麼情？儻或像了夫人今日眼前人，不中意，常常討不快活喫，不如背地裏另尋一個清雅文物，知輕識重的，與他悄地往來，也曉得人道之樂。終不然，人生一世，艸生一秋，就只管這般悶昏昏過日子不成？那見得那正氣不偷情的，就舉了節婦，名標青史？」定哥半晌不語，方纔道：「妮子禁口，勿得胡言，恐有人聽得，不當穩便。」貴哥道：「一府之中，老爺是主父，夫人是主母，再無以次做得主的人，老爺又趁常不在府中，夫人就真個有些小做作，誰人敢說個不字？況且，說話之間，何足為慮。」定哥對著月色，歎了一口氣，欲言還止。貴哥又道：「小妮子是夫人心腹之人，夫人有甚心話，不要瞞我。」定哥道：「你方纔所言，我非不知。只是我如今好似籠中之鳥，就有此心，眼前也沒一個中得我意的人，空費一番神思了。假如我眼裏就看得一個人中意，也沒個人與我去傳消遞息，他怎麼到得這裏來？」貴哥道：「夫人若有得意的人，小妮子便做個紅娘，替夫人傳書遞柬，怎麼夫人說沒人敢去？」定哥又迷迷的笑一聲，不答應他。貴哥轉身就走。定哥叫住他道：「你往那裏去？莫不是你見我不答應，心下著了忙麼？我不是不答應，只笑你這小妮子，說話倒風得有趣。」貴哥道：「小妮子早間拾得一件寶貝，藏放在房裏，要去拿來與夫人識一識寶。」定哥道：「恁麼寶貝，那裏拾得來的？我又不是識寶的三叔公。」貴哥也不回言，忙忙的走回房中，拿了寶環珠釧，遞與定哥道：「夫人，這兩件首飾，好做得人家的聘禮麼？」定哥拿在手裏，看了一回，道：「這東西那裏來的？果是好得緊，隨你恁麼人家下聘，也沒這等好首飾落盤，除非是皇親國戚，駙馬公侯人家，纔拿得這樣東西出來。你這妮子，如何有在身邊，實實的說與我聽。」貴哥道：「不敢瞞夫人說，這是一個人，央著女待詔，來我府裏做媒，先行來的聘禮。」定哥笑道：「你這妮子，真個害風了，我無男無女，又沒姑娘小叔，女待詔來替那個做媒？」貴哥道：「他也不說男說女，也不說姑娘小叔，他說的媒，遠不遠千里，近只在目前。」定哥道：「難道女待詔來替你做媒？」貴哥道：「小妮子那得福來消受這寶環珠釧？」定哥道：「難道替侍女中那一個做媒不成？算來這些妮子，一發消受不起了。」貴哥道：「使女們如何有福消受這件，只除是天上仙姬，瑤臺玉女，像得夫人這般人物，纔有福受用他。」定哥笑道：「據你這般說，我如今另尋一個頭路，去做新媳婦，作興女待詔，做個媒人，你這妮子，做個從嫁罷。」貴哥跪在地上道：「若得夫人作成女待詔，小妮子情愿從嫁夫人。」定哥又嘻嘻地笑了一聲，把貴哥打一掌道：「我一向好看你，你今日真真害風，說出許多風話來，倘若被人聽見，豈不連我也沒了體面。」貴哥道：「不是妮子胡言亂道，真真實實，那女待詔拿這禮物來聘夫人。」定哥柳眉倒豎，星眼圓睜，勃然怒道：「我是二品夫人，不是小戶人家，孤孀嫠婦，他怎敢小覷我，把這樣沒根蒂的話來徯落我，明日對老爺說，著人去拿他來拷打他一番，也出這一口氣。」貴哥道：「夫人且莫惱怒，待小妮子悄悄地說出來，開夫人一場好笑。俗語云：『不說不笑，不打不叫。』只怕小妮子說出來，夫人又笑又叫。」定哥一向是喜歡貴哥的，大凡有事發怒，見了貴哥就解散了，何況他今日自家的言語唐突，怎肯與他計較，故此順口說道：「你說我聽，那一腔怒氣直走到爪哇國去了。」貴哥道：「幾日前頭，有一個尚書右丞，打從俺府門首經過，瞧見夫人立在簾子下面，生得嬌嬈美艷，如毛嬙、飛燕一般，他那一點魂靈兒就掉在夫人身上。歸家去，整整欣昏迷痴，想了兩日，再不得湊巧兒遇見夫人，因此，上托這女待詔，送這兩件首飾與夫人，求夫人再見一面，夫人若肯看覷他，便再在簾子下與他一見，也好收他這兩件環釧。況這個右丞，就是那完顏迪古，好不生得聰俊洒落，極是有福分的官兒，算來夫人也曾瞧見他來。」定哥回嗔作喜道：「莫不是常來探望老爺的那少年官兒麼？生得到也清俊文雅，只是這個人心性是不常的。」貴哥哈哈的笑道：「從來相面的先生，與人對坐著半日，從頭看到腳下，又相手摸腰，還只知面不知心，夫人略瞧右丞一瞧，連心都瞧見了，豈不是兩心相照？」定哥道：「丫頭！莫要嚷！我且問你：那女待詔怎麼樣對你說？你怎麼樣回話那女待詔？」貴哥道：「那女待詔是個老作家，恐怕一句說出來，惹是非到了身上，便伸進吐出，團團圈圈，遠遠地說將來。我說：『老婆子，你不消多說了，一定是有那個人兒看上了我家夫人，你思量做個馬泊六，何苦扯扯拽拽，排佈這個大套子？』那女待詔便拍手拍腳的笑起來說道：『好個乖乖姐姐，像似被人開過聰明孔了，一猜就猜著。』被小妮子照臉一口啐，唾罵他道：『老虔婆，老花娘，你自沒廉恥，被千人萬人開了聰明孔，纔學得這篦頭生意，我是天生天化，踏著尾羓頭便動的，那個和你這虔婆取笑？』那女待詔道：『好姐姐，你不須發惱，我不過是趣口取笑你，難道你這般決烈索性的姐姐，身邊就肯添個影人兒。』小妮子道：『你這般說，且饒你去，不許在此胡纏。』那女待詔又道：『我特特為著夫人來，被你搶白這一頓，怎麼教我就去了，你且把夫人平日的性格，說說我聽，我是劈面相、聞聲相、揣骨相、麻衣相、達磨相，一下裏就知道他的心事了。』小妮子便道：『若問別樣心事，我實實不曾曉得，若說我夫人，正色治家，嚴肅待眾，見我們，一些笑容也是沒有的，誰敢在他跟前，把身子側立立兒。』那女待詔道：『若依這般說，就恭喜賀喜，我這馬泊六穩穩地做成了。』小妮子道：『你這般胡嘲亂講，莫不惹得打下截來。』

他道：『我是依著相書上相來的。』小妮子道：『相書上那一本有如此說話。』他道：『俗語說得好：「嬉嬉哈哈，不要惹他；臉兒狠狠，一問就肯。」』」定哥正呷著一口茶，聽見貴哥這些話，不覺笑了一聲，噴茶滿面，罵道：「這虔婆一味油嘴，明日叫他來打他幾個耳聒子纔饒他。」說罷話時，鑪煙已盡，織女橫斜，漏下二鼓矣。貴哥伏侍定哥歸房安置，就問道：「這兩件寶貝放在那裏好？」定哥道：「且放在我首飾箱內，好好鎖著。」貴哥依言收拾不題。

恰說貴哥得了定哥這個光景，心中揣定有八九分穩的事也。安眠了一夜，到次日清晨，定哥在粧閣梳裹，貴哥站在那裏伏侍他，看見他眉眼欣欣，比每日歡喜的不了，便從傍插一嘴道：「夫人，今日何不著人去叫那虔婆來打他一頓。」定哥笑道：「且從容，那婆子自然來。」貴哥道：「不是小妮子性急，實是氣那老虔婆不過。」定哥道：「當怒火炎，惟忍水制，你不消性急。」貴哥又悄悄道：「大凡做事，只該一促一成，倘或夜長夢多，這般一個標致人物，被人摟上了，那時便遲了。」定哥道：「他自標致，要他做恁麼。」貴哥道：「不是小妮子多言，老爺常常不在家，夫人獨自一個，頗是淒冷，小妮子又要溺尿，掙不得夫人的腳，待這標致人來替夫人掙一掙，也強如冬天用湯婆子，夏天用竹夫人。」定哥道：「丫頭多嘴，我不要你管。」貴哥道：「小妮子蒙夫人擡舉，故替夫人耽憂，怎麼說個管著夫人。」定哥也不答應他的說話，向身邊鈔袋內摸出十兩一錠的銀子，遞與貴哥道：「我把這銀子賞賜你，拿去打一雙鐲兒戴在臂膊上，也是伏侍我一場恩念，你不可與眾人知道。」貴哥叩頭接了銀子，對定哥道：「一絲為定，萬金不移。夫人既酬謝了媒婆，媒婆即著人去尋女待詔，約那人晚上到府中來。」定哥掩口胡盧道：「黃花女兒做媒，自身難保。世間那有未出嫁的媒婆？」貴哥道：「虔婆也是女兒身，難道女兒就做不得虔婆。」定哥又笑道：「你說話真個乖巧好笑，只是人生路不熟，羞答答的，怎好去約他？」貴哥道：「別的事怕羞，這事兒只有小妮子、女待詔知道，怕恁麼羞？俗語道得好：『羞一羞，抽一抽，羞兩羞，抽兩抽，只顧羞，只顧抽，若不羞，便不抽。』」定哥道：「好女兒，你怎麼學得這許多鬼話兒在肚裏。」兩個一遞一句，說得梳粧事畢，貴哥便走到廳上，分付當直的去叫女待詔來，夫人要篦頭絞面。當直的道：「夫人又不出去燒香，赴筵席，為何要絞面？」貴哥道：「夫人面上的毛可是養得長的，你休多管閑事！」當直的道：「少刻女待詔來，姐姐的毛，一發央他絞一絞，省得養長了拖著地。」貴哥啐了一聲，進裏面去了。不移時，女待詔到了，見過定哥，定哥領他到粧閣上去篦頭，只叫貴哥在傍伏侍，其餘女使，一個也不許到閣兒上來。女待詔到得粧閣上頭，便打開家伙包兒，把篦箕一個個擺列在桌子上，恰是一個大梳，一個通梳，一個掠兒，四個篦箕，又有剔子、剔箒，一雙篦子，共是十一件家伙，纔把定哥頭髮放散了，用手去前前後後，左邊右邊，捕睃摸索，捏了一遍，纔把篦箕篦上兩三篦箕。貴哥在傍，把嘴一努，那女待詔就知其意，順口兒開科，說道：「夫人頭垢，氣色及時，主有喜事臨身。」貴哥插嘴道：「應在幾時得喜？」女待詔道：「只在早晚之間，主有非常喜慶。」定哥道：「朝廷沒有覃恩，我又不討封贈，有恁麼非常的喜事？」女待詔道：「該有個得活寶的喜氣。」貴哥插嘴道：「除了西洋國出的走盤珠，緬甸國出的緬鈴，只有人纔是活寶。若說起人時，府中且是多得緊，夫人恰是用不著的，你說恁麼活寶不活寶？」女待詔道：「人有幾等人，物有幾等物，寶有幾等寶，活也有幾等活。你這姐姐，只好躲在夫人跟前，拆白道綠，喝五吆三，那曾見希奇的活寶來。」定哥心中雖是熱燥得緊，只是口裏說不出來。貴哥又問女待詔道：「你今日來篦頭，還是來獻寶？」定哥便把女待詔推了一推道：「小妮子多嘴饒舌，你莫聽他。」貴哥便向女待詔瞅了一眼。女待詔道：「要活寶時儘有，只怕夫人不用。」貴哥道：「夫人正用得著這活寶。」定哥道：「還不噤聲，誰許你多說。」貴哥道：「我站在此，禁不住口，我且站遠些個。」說罷，洋洋的走過一邊。定哥便道：「婆子，我且問你，那人幾時見我來，有恁話對你說，你怎麼大膽就敢替他來誘騙我？」女待詔道：「夫人勿罪，待老婆子細細告訴夫人。這個月那一日，夫人立在朱簾下邊，瞧著那往來的人，恰好說的那人，打從府門過，看見夫人容貌，便歎道：『天下怎麼有這等一個美人，倒被別人娶了去，豈不是我沒福？』」定哥笑道：「這不是那人沒福。」貴哥聽得，又走來插嘴道：「不是那人沒福，是誰沒福？」女待詔道：「是我婆子沒福。」貴哥道：「怎麼是你沒福？」女待詔道：「若是夫人不曾出閣，我去對那人說，做上一頭媒，豈不賺那人百十兩媒錢。」貴哥道：「夫人倒肯作成你賺百十兩銀子，只怕那人沒福受享著夫人。」定哥道：「他派演天潢，官居右相，那裏少金釵十二，粉黛成行，說他沒福，看來倒是我沒福。」女待詔道：「夫人乾淨識得人，只是那人情重，眼睛裏不輕意看上一個人，夫人如何得沒福。」一邊說，一邊篦頭，三個人說得火滾般熱，竟沒了一些避忌。這定哥歡天喜地，開箱子取出一套好衣服，十兩雪花銀，賞與女待詔道：「婆子今日篦得頭好，權賞你這些東西，我日後還要重重酬你。」女待詔千恩萬謝，收藏過了，纔附著定哥耳朵說道：「請問夫人，還是婆子今日去約那人來，還是明日去約他。」定哥面皮通紅，答應不出。貴哥道：「老虔婆作事顛倒，說話好笑，今日是一個黃道大吉日，諸樣順溜的，況且那人數日前就等你的回復，他心裏好不急在那裏，你如今忙忙去約他晚上來，他還等不得日落西山，月升東海，怎麼說個明日。」定哥笑道：「痴丫頭，你又不曾與那人相處，幾時怎麼連他的心事，先瞧破來。」貴哥道：「小妮子雖然不曾與那人相處，恰是穿鐵草鞋，走得人的肚子過。」定哥又冷笑了一聲，低頭弄著裙帶子。女待詔道：「婆子如今去約那人，夫人把恁麼物件為信？」貴哥將定哥一枝鳳頭金簪拿在手中，遞與女待詔，那簪兒有何好處？

　　葉子金出自異邦，色欺火赤細抽絲攢成雙鳳狀，若天生頂上嵌貓兒眼，閃一派光芒，衝霄耀日，口中銜金剛鑽，垂兩條珠結，似舞如飛，常綰青絲，好像烏雲中赤龍出現，今藏翠袖，宛然九天降丹詔前來。這女待詔，將著這一件東西，明是個消除孽障，救苦天尊，解散相思五瘟使者。

貴哥把簪兒遞與女待詔道：「這個就是信物了。」定哥笑道：「這妮子好大膽，擅動我的首飾。」貴哥笑道：「小妮子頭一次大膽，望夫人饒恕則個。」定哥道：「饒你，饒你。」女待詔歡天喜地，接著簪兒出門，一徑跑到海陵府中。海陵正坐在書房裏面，女待詔便走到那裏，朝著海陵道：「老爺恭喜，老爺賀喜。」海陵道：「我託你的事，如今已是七八日了，我正在此惱你，你今日來賀恁麼喜？」女待詔道：「老婦人如今不做待詔了，是一個楸定三秦，扶炎劉的韓信，臨潼鬪寶尊周室的子胥，懷揣令旨兵符，來救那困圍城的烈丈夫，怎麼還說個惱字？」海陵欣欣然道：「早知你幹成了功勞，卻是錯怪了也。」那女待詔把前前後後的話，細細陳說了一遍，纔向袖中取出那同心結的鳳頭簪兒，遞與海陵道：「這便是皇王令旨，大將兵符，一到即行，不許遲滯。」歡喜得那海陵滿身如蟲鑽虱咬，皮燥骨輕，坐立不牢道：「這事虧著你了，只是我恁麼時候好去？從那一條路入腳？」女待詔道：「黃昏時候，老爺把幅巾籠了頭，穿上一件緇衣，只說夫人著婆子請來宣卷的尼姑，從左角門進去，萬無一失。」海陵笑道：「這婆子，果然是智賽孫吳，謀欺陸賈，連我也走不出這個圈套了。」忙取銀二十兩賞他。女待詔道：「前日送與貴哥的寶環珠釧，貴哥就送與夫人作聘禮了，老爺今晚過去，須索另尋兩件去送與他。」海陵道：「環兒釧子，我還有兩對，比前日的更好，原留著送夫人的，夫人既收了那兩對，我晚上另帶這兩對去送與他，你須先和他約會一個端正，後頭好常常來往。」女待詔應允去見定哥，把海陵的說話回復了一遍。定哥滿面堆下笑來，叫貴哥送他出門，囑付道：「師父早些來。」女待詔一頭走，悄悄地對貴哥說：「完顏老爺再三囑謝你，說晚上另有環兒釧子送你，比前日又好，你須要溫存撫惜他，不要只推在夫人身上。」貴哥啐了一聲道：「好一個包前包後的馬泊六。」兩下散去。看看天色晚了，定哥便分付前後關門，男婦各歸房去，大小侍婢俱各早早歇息，不許東穿西走，只留貴哥一個在房伏侍。不覺譙樓鼓響，遠寺鐘鳴，這海陵瞞了徒單夫人，一個從人也不帶著，獨自一個走到女待詔家中，敲門叫道：「待詔在否？」只見女待詔提了一盞小燈籠，走將出來開門，看見海陵黑魆魆的，獨自立在街上，便道：「請進來坐坐去。」海陵道：「這是什麼時候了，還說坐坐。」女待詔道：「譬如他那裏還不招架子，怎的這般性急？」海陵笑一聲，拽了手就走。女待詔道：「放尊重些，不要連婆子也取笑。」兩個提著這盞小燈籠，遮遮掩掩，走到烏帶府衙角門首，輕輕敲上一下，那裏面走出一個丫鬟，也拿了一碗小紗燈兒，迎門相叫。海陵走進門去，丫鬟便一地裏拴上了門，女待詔扯扯海陵道：「顏師父，這個便是貴哥姐姐。」海陵聽了女待詔話，便千揖萬揖謝了貴哥，又在袖子裏取出兩雙環共釧與他道：「屢勞姐姐費心，這物件權表寸心，望姐姐勿嫌輕薄。」女待詔從傍攛掇道：「老爺仔細看一看，不要錯認了，若論這般一個好姐姐，就受老爺這聘禮也不為過。」海陵笑道：「原蒙姐姐錯愛，纔敢唐突，若論小生這般人物，豈不辱莫了姐姐。」女待詔道：「老爺不必過謙，姐姐不要害怕，你兩個何不先喫個合卺盃兒。」海陵道：「婆婆說得極是，只是酒在那裏？杯兒在那裏？」女待詔掙著他兩個的頭道：「好個不聰明的老爺，杯兒就在嘴上，好酒就在嘴裏，你兩個香噴噴、美甜甜唚一個嘴就是合卺盃了。」海陵道：「果是小生呆蠢，見不到此。」便摟著貴哥要與他做嘴，那貴哥扭頭捏頸，不肯順從，被海陵攔腰抱住，左湊右湊，貴哥拗不過，只得做了個肥嘴，海陵就用出那水磨的工夫，咂咂咬咬，多時還不放鬆。女待詔笑道：「好姐姐，酒便少喫些，莫要貪盃，喫醉了撒酒風。」海陵便照女待詔肩胛上拍一下道：「老虔婆，一味胡言，全不理論正事。」三個人說說道道，走到定哥房中，只見燈燭輝煌，盃盤羅列，珍羞畢備，水陸兼陳，恰便似會親見禮，男男女女鬭新粧，慶喜芳筵，色色般般堆美品。海陵近前下拜，定哥慌忙答禮，分賓主坐下。女待詔道：「今日該坐牀、撒帳。你兩個又不是親家翁，如何對面坐著？」拖定哥過來坐在海陵身邊，貴哥嘻嘻地笑道：「你纔做媒婆、又做攙扶婆了。」海陵道：「這個叫做一當兩，大家免思想。」他兩個並肩同坐，一遞一盃，席前各敘相慕之意。女待詔坐在傍邊，左斟右勸，貴哥捧著酒壺，立在椅子背後看他們調情鬥口，覺得臉上熱了又冷，冷了又熱。約莫酒至半酣，女待詔道：「歡娛夜短，寂寞更長，早結同心，莫教錯過。」便收拾過酒肴几案，拽上了門關，自和貴哥去睡了。他兩個攜歸羅帳，各逞風流，解扣輕摹，卸衣交頸，說不盡百媚千嬌，魂飛魄蕩，正是：

春意滿身扶不起，一雙蝴蝶逐人來。

顛倒約有兩個更次，還像鰾膠一般不肯放開，兩個狂得無度，方纔合眼安息。那女待詔也鼾鼾的睡著不醒，只有貴哥一個聽他們一會，又走起來睃他們一會，耳聞目擊這許多侮弄的光景，弄得沒情沒緒，輾轉無聊，眼也合不上。看看譙樓上鐘鳴漏盡，畫角高吹，貴哥只得近前叫道：「雞將鳴矣，請早起身，以圖再會。」海陵從魂夢中爬起來，披衣就走。定哥也披了衣服，要送海陵，海陵叫他將息，不要他起來。定哥分付貴哥，好好送爺出去，你就進來。貴哥便掌了燈，悄悄地一重重開了門送海陵，海陵走得幾步，見側邊一間廂房，淨蕩蕩沒有人，便摟住貴哥求歡。貴哥道：「夫人極是疑心重的，我進去得遲，他豈不怪。」海陵道：「你是有功之人，夫人也要酬謝你的，定不作酸。」一頭說，一頭就抱了貴哥走進廂房。恰好有舊椅子一張，靠著壁邊，海陵就那椅子上，與貴哥行事。原來貴哥年紀只得十五六歲，烏帶雖是看上他，幾番要偷摸他，怕著定哥，不曾到手。他只睃見定哥與海陵這般恩愛，只道怎地快樂，所以欣然相就。不道初時如此疼痛，連聲告饒。海陵亦愛惜他，不敢恣意，卻又捨不得放手，摩弄多時，纔出角門而去。卻說定哥見貴哥送海陵去許久不轉，疑有別事，忙忙的潛踪躡足，立在角門裏等他，見他慢慢地轉來，便將身子影在黑地裏，聽他說些甚話，只見他一路關門，口裏喃喃的說道：「這樁事有甚好處，卻也當一件事去做他，真是好笑。」一頭說，一頭笑，望房裏走，只道沒人聽見。不料定哥影著身子跟著他，走到房裏，轉身去關房門，纔看見定哥立在房門外，嚇了一跌，羞得當不得。定哥扶他起來道：「你和他幹得好事，我都瞧見了。」貴哥道：「並不幹恁麼事?」定哥道：「你賴到那裏去?若是別一個，我實是容不得，他是你引進來的，果然不比我那濁物，如今正要和他來往，難道倒多你不成，只是你日後不要僭我的先頭。」貴哥道：「小妮子安敢僭先，只望夫人饒恕。」說畢，大家歡歡喜喜，坐到天明，不題。

從此以後，海陵不時到定哥那裏通宵作樂，貴哥和定哥兩個，就像姊妹一般，不相嫌忌。漸漸的，侍女們也都知道，只是不敢管他閒事，所不知者，烏帶一人而已。光陰似箭，約摸著往來有數個月，海陵是漁色的人，又尋著別個主兒去弄，有好一程不到定哥這裏。這定哥偷垂淚眼，懶試新粧，冷落悽涼，埋怨懊悔，叫貴哥著人去尋女待詔，要他寄個信兒與海陵，催他再來。那女待詔又病倒在牀上，走來不得，定哥捺不住那春心鼓動，慾念牢騷，過一日有如一年，見了烏帶，就似眼中釘一般，一發惹動心中煩惱，沒法計較。家奴中有個閻乞兒，年紀不上二十，且是生得乾淨活脫，定哥看上了他，又怕貴哥不肯，不敢開言。湊著貴哥往娘家去了，便輕移蓮步，獨自一個走到廳前，只做叫閻乞兒分付說話，就與他結上了私情。怎見得私情好處：

一個是幽閨乍曠，一個是女色初侵，幽閨乍曠，有如餓虎擒羊；女色初侵，好似蒼鷹逐兔。鴛鴦枕上，羅襪縱橫；翡翠衾中，雲鬟散亂。定哥許多欲為之興趣，此際方酬；乞兒一段鏖戰之精神，今宵畢露。惟願同心天地老，何妨暮暮與朝朝。

如此往來，非止一夜。一日，貴哥回來，看見定哥容顏不似前番愁悶，便問：「那人是幾時來的？」定哥道：「那人何曾肯來！不是跳槽，決是奉命往他方去了。我日夜在此想你、怨你，你為何今日纔回。」貴哥道：「夫人如何是想我？如何是怨我？」定哥道：「虧你引得那人來，這便是想你；那人如今再不來，這便是怨你。」貴哥見定哥這樣說話，心中有七八分疑惑，只是不敢問。停不移時，定哥叫貴哥到房中，要對他說些恁麼話，卻又臉紅了不說，半吞半吐的束住了嘴。貴哥立了一會，只得問道：「夫人呼喚小妮子來，畢竟要分付些話，怎的又不開口？」定哥歎口氣道：「你去得這幾日，我惹下一樁事在這裏，要和你商議，故此叫你來。及至你到我跟前，我又說不出了。」貴哥道：「夫人平日沒一句話不對小妮子說的，怎麼今日這般含糊疑慮？」定哥道：「我不好說得，我受了乞兒的虧。」貴哥道：「乞兒不過是抄化無賴的人，受了他虧，夫人若肯饒他，便不打緊，若不肯饒他，著當直的送到五城兵馬司，打他一頓板子，重重的枷，枷示他兩三個月，就出氣了。」定哥道：「不是這個乞兒，所以要和你計較一個長便。」貴哥道：「不是這個乞兒，卻是那個乞兒？」定哥道：「是家中的閻乞兒。」貴哥道：「若是閻乞兒衝激了夫人，一發好懲治的了。夫人自己不耐煩打他，也不消送官府，只待老爺回來，著著實實的打他幾百，趕逐他離了府門，就勾了。有恁麼長便短便要計較得？」定哥附著貴哥的耳朵道：「不是這般說話。數日前，我被閻乞兒強姦了，不好對別個說得，只等你回來，和你商議一個長便。」貴哥笑道：「府中規矩，從來不許男子擅入中堂，便是那人來，也有個女待詔做牽頭，小妮子做腳力，纔走得進來。這狗才，怎的敢闖進繡房，強姦夫人，真是夫人受虧了。這狗才的膽，不知是怎麼樣大的？但不知他是日間闖來的，是夜間闖來的？」定哥的臉，紅了又白，白了又紅，羞慙滿面道：「不瞞你說，是夜裏進來的。」貴哥笑道：「據夫人說來，是和姦，不是強姦了。不要說乞兒有罪，連夫人也有個罪了。」定哥道：「我睡著在牀上，不知他怎地走將進來，把我騙了。」貴哥笑道：「這狗才，倒是個啄木鳥。」定哥也笑道：「他怎的是個啄木鳥？」貴哥道：「小妮子聞得那啄木鳥，把尖嘴在那樹上畫了幾畫，搖了幾搖，那樹木裏頭的蠹蟲兒，自然鑽出來，等這鳥兒喫。夫人的房門，謹謹拴上的，房中又有侍妾們相伴著，不知這狗才，把甚的在夫人門上畫得幾畫，搖得幾搖，夫人的房門就自開了，豈不是個啄木鳥。」定哥笑道：「好姐姐，你又來取笑我，實實與你說。那人許久不來，我心裏著實怨他，你又不在家中，沒有一個知我心的，我冷落不過，故此將就容納了乞兒。你如今既回來，我就斷絕了他，再不許他進來就是。」貴哥道：「蕭何律法，和姦也合杖開，夫人這說話，正合著律法，但憑夫人自家裁處，只怕那蟲兒不肯躲，又要鑽出來湊著他。」兩個正在說話，當直的報說烏帶回來，大家驚得面如土色，忙忙出去迎接，不在話下。

當時定哥雖對貴哥說了這一番，心中卻不捨得斷絕乞兒，依先暗暗地趕著空兒幹事，只不敢通宵作樂。貴哥明知其事，也只做不知，不去參破他。婢中有個小底藥師奴，一日撞遇定哥和乞兒在軒廊下說話，跑來告訴貴哥，貴哥叮囑他，叫他不要多管，惹夫人責罰，故此小底藥師奴也不對人說。乞兒常常來撩撥貴哥，要圖貴哥打做一家，貴哥只是不理他。一日，乞兒張著眼，錯把貴哥一把摟住了要唚嘴，被貴哥罵道：「你這狗才，身上惹下了淩遲的罪兒，還不知死活，又來撩我，我說出來時，只怕你這狗才，死無葬身之地。」那乞兒喫了這一場搶白，暗暗對定哥說，纔絕了這個念頭，再不敢來誂弄貴哥。

後來海陵即了大位，烏帶還做崇義節度使，每遇元會生辰，使家奴葛魯、葛溫請闕上壽，定哥亦使貴哥候問兩宮太后起居。海陵一見貴哥，就想起昔日的情意，因貴哥傳語定哥道：「自古天子，亦有兩后者，能殺汝夫以從我，當以汝為后。」貴哥歸，具以海陵言告定哥，定哥笑道：「少時醜惡事已可恥，今兒女已成立，豈可更為此事，以貽兒女羞？」蓋與閻乞兒相得，不忍捨之也。海陵聞其言，又使人對定哥說道：「汝不忍殺汝夫，我將族滅汝家。」定哥大恐，乃以子烏答補為辭，說：「彼常侍其父，無隙可乘。」海陵即召烏答補為符寶祗候。定哥與貴哥商議道：「事不可止矣。」因烏帶酒醉，令家奴葛魯、葛溫縊殺烏帶，時天德三年七月也。

烏帶死，海陵偽為哀傷，以禮厚葬之。使小底藥師奴傳旨定哥，告以納之之意。定哥將行，貴哥為從，小底藥師奴謔之曰：「夫人行矣，閻乞兒何以為情。」定哥懼其洩於海陵也，以奴婢十八口賂之，使無言與閻乞兒私事。定哥入宮，海陵冊為娘子，貞元元年封貴妃，大愛幸，許以為后，賜其家奴孫梅進士及第。海陵每與定哥同輦游瑤池，諸妃步從之，閻乞兒以妃家舊人，得給侍本位。後海陵嬖倖愈多，定哥希得見。一日，獨居樓上，海陵與他妃同輦從樓下過，定哥望見，號呼求去，詛罵海陵。海陵佯為不聞而去。定哥益無聊賴，欲復與乞兒通，乃使比丘尼向乞兒索所遺衣服以調之。乞兒識其意，笑曰：「妃今日富貴忘我耶？」定哥欲以計納乞兒於宮中，恐閽者察其隱，乃先令侍兒以大篋盛褻衣其中，遣人載之入宮。閽者索之，見篋中皆褻衣，閽者已悔懼，定哥使人詰責閽者曰：「我天子妃，親體之衣，爾故玩視，何也？我且奏聞之。」閽者惶懼其死罪，請後不敢再視。定哥乃使尼以大篋盛乞兒載入宮中，閽者果不敢復索。乞兒入宮十餘日，定哥得恣情歡謔，喜出望外。然樂不可極，不得已，使衣婦人衣，雜諸侍婢，抵暮混出。貴哥聞其事，以告海陵。海陵乃縊死定哥，搜捕乞兒及比丘尼，皆伏誅。封貴哥萃國夫人，小底藥師奴以匿定哥姦事，杖百五十，後亦賜死。

麗妃石哥者，定哥之妹，祕書監文之妻也。海陵與之私，欲納之宮中，乃使文庶母按都瓜主文家，海陵謂按都瓜曰：「必出而婦，不然，我將別有所行。」按都瓜以語文，文難之。按都瓜曰：「上謂別有所行，是欲殺汝也，豈以一妻殺其身乎？愚痴諒不至此。」文不得已，乃與石哥相持慟哭而別。是時，海陵至中都，迎石哥於中都，納之。一日，海陵與石哥坐便殿，召文至前，指石哥問道：「卿還思此人否？」文答道：「侯門一入深如海，從此蕭郎是路人。微臣豈敢再萌邪思。」海陵大喜道：「卿為人大忠厚。」乃以廸輦阿不之妻擇特懶償之，使為夫婦。及定哥縊死，遣石哥出宮，不數日，復召入，封為昭儀。正隆元年，封柔妃，二年，進封麗妃。

昭媛察八者，姓耶律氏，嘗嫁奚人蕭堂古帶。海陵聞其美，強納之，封為昭媛，以蕭堂古帶為護衛。察八見海陵嬪御甚多，每以新歡間阻舊愛，不得已，勉意承歡，而心實戀戀堂古帶也。一日，使侍女以軟金鵪鶉袋子數枚，題詩一首，遺蕭堂古帶，詩云：

一入深宮盡日閒，思君欲見淚闌珊。
今生不結鴛鴦帶，也應重過望夫山。

堂古帶得之，懼禍及己，謁告往河間驛。無何，事覺，海陵召問之，堂古帶以實聞。海陵道：「此非汝之罪也，罪在思汝者，吾為汝結來生緣。」乃登寶昌樓，手刃察八，墮樓下死。諸后妃股慄，莫能仰視，並誅侍女之遺軟金鵪鶉袋者。

海陵殺諸宗室，擇其婦女之美者，皆欲納之宮中，乃諷宰相道：「朕嗣續未廣，此黨人婦女，有朕中外親，納之宮中，何如？」徒單貞以告蕭裕，蕭裕道：「近殺宗室，中外異議紛紜，奈何復為此耶？」徒單貞以其語復海陵，海陵道：「吾固知裕不肯從。」乃使貞自以己意諷蕭裕，必欲裕等請行此事。貞不獲辭，乃對裕說道：「上意已有所屬，公固止之，禍將及矣。」蕭裕道：「必不肯已，惟上擇一人納之。」徒單貞道：「必須公等白之。」裕知不可止，乃具奏。遂納秉德弟糺里妻高氏，宗本子莎魯剌妻，宗固子胡里剌妻，胡失來妻。又納叔曹國王子宗敏妻阿懶於宮中。貞元元年，封為昭妃。大臣奏：「宗敏屬近尊行，不可。」乃令阿懶出宮，而封高氏為修儀，加其父高邪魯瓦輔國上將軍，母完顏氏封密國夫人。又宋王宗望女壽寧縣主什古，梁王宗弼女靜樂縣主蒲剌及習撚，宗雋女師姑兒，皆海陵從姊妹也；混同郡君莎里古真及其妹餘都，太傅宗本女也，為海陵再從姊妹；表兄張定安妻奈剌忽，麗妃妹蒲魯胡只：皆有夫，惟什古喪夫。海陵無所忌恥，使高師姑、內哥、阿古等傳達言語，皆與之私。內中莎里古真色最美而善淫，高師姑對他說道：「上之好美色，汝所知也，汝之美，主上能舍汝乎？主上於汝為再從姊妹，出閤之日，服制無矣，相遇猶路人，然汝曷不入侍於上，以博恩寵。」莎里古真笑而從之。入見海陵。海陵幸之，竭盡精力，博得古真一笑。次日，以其夫撒速近侍局直宿，海陵謂撒速道：「爾妻年少，遇爾直宿，不可令宿於家，當令宿于妃位。」撒速默然不敢出一語，每召古真入，海陵必親伺候于廊下，立久不至，則坐於高師姑膝上以望之。高師姑道：「陛下尊為天子，嬪御滿前，何勞苦如此？」海陵笑道：「我固以天子為易得耳，此等期會，乃可貴也。」莎里古真一至，則捧惜擁持，無所不用其極，惟恐古真之不悅己。然古真在外，頗恣淫佚，恃寵笞決其夫，其夫亦不能制，見官之尊貴，人之有才者，及美貌而饒於淫具者，必招徠之，與之交合，不以為恥。海陵聞之，大怒，道：「爾愛貴官，有貴如天子者乎？爾愛人才，有才兼文武似我者乎？爾愛娛樂，有豐富偉岸過我者乎？」怒甚，氣咽不能言。莎里古真恬不為意，嘻嘻的道：「我只笑爾無能耳。」海陵又大怒，遣之出宮，後復思之，屢召入焉。其妹餘都，牌印鬆古剌妻也。海陵嘗私之，謂之曰：「汝貌雖不揚，而肌膚潔白可愛。勝莎里古真多矣。」餘都恚曰：「古真既有貌，陛下何不易其肌膚，作一全人。」海陵道：「我又不是閻羅天子，安能取彼易此。」餘都道：「從今以後，妾不敢復承幸御矣。」海陵慰之曰：「前言戲之耳，汝毋以我言為實而生怨恚也。」進封壽陽縣主，出入貴妃位。

又使內哥召什古出入昭妃位。什古者，將軍瓦剌哈迷妻也，瓦剌哈迷豐軀偉幹，長九尺有奇，力能扛鼎，氣可吞牛，一夕常淫二三姬，不則滿身抽搐難熬，必提掇重物以洩其氣。每與什古交合，什古輒嬌顫踰時，瞑目欲死。後因瓦剌哈迷從征陣亡，什古不耐寡居，遂與門下少年相通，恨不暢意，少年乃覓淫藥傳之，通宵不倦。什古笑道：「今日差強人意。」後有知之者，遂嘲少年為差強人以笑。海陵聞什古之善嬲也，遂使內哥傳語什古道：「爾風流跌宕，冠絕一時。然沉溺下僚，未見風流元帥，豈不虛負此生？主上陽尊九五，傑出大僚，爾何不獨當一隊，分沾雨露，以自快乎？」什古笑道：「主上雖雄，諒不能敵瓦剌哈迷之半，況且後宮森列，何必召妾。」內哥道：「主上屬意爾久矣，爾若不往，恐上怒不測。」什古不得已，乃入宮焉。海陵乘其未至，先於小殿煖位、置琴阮其中。什古來朝，見禮畢，海陵攜其手，坐於膝上，調琴撥阮，以悅其心，進封昭寧公主，迺檢洞房春意一冊，戲道：「朕今宵與汝將此二十四勢，次第試之。」什古笑道：「陛下既欲挑戰，妾敢不為應兵。」海陵未盡其勢之半，意欲少息，什古抱持道：「陛下可謂善戰矣，第恨具少弱耳。」海陵恧然道：「瓦剌哈迷之具何如？」什古道：「大異於是。」海陵不悅道：「汝齒長矣，汝色衰矣，朕不棄汝，汝之大幸，何得云爾。」什古媿恨而罷。翌日出宮，潛以其狀對少年說道：「帝之交合，果有傳授，非空搏也。」少年不謹，以其語洩之於人，人笑謂少年道：「帝今作差強人矣。」

奈剌忽者，蒲只哈剌赤女也，修美潔白，見者無不嘖嘖。及笄，嫁於節度使張定安為妻，定安為海陵表兄，海陵未冠時，常過定安家嬉戲，即與奈剌忽同席，接談謔笑竟日，遂與之私。無何，張定安受熙宗命，出使於宋，海陵與奈剌忽通宵行樂，遂如夫婦，房中侍婢，無得免者。不料，熙宗詔海陵赴梁王軍前聽川，海陵只得辭別奈剌忽而去，不復再見。直至即位，方纔又召奈剌忽出入柔妃位。

女使闢懶，有夫在外，海陵欲幸之，封以縣君，召之入宮，惡其有娠，乃命人煎麝香湯，躬自灌之，且揉拉其腹，闢懶欲全性命，乃乞哀道：「苟得乳娩，當不舉，以待陛下。」海陵道：「若待大產，則汝陰寬衍，不可用矣。」竟揉墮其胎。越數日，幸之，闢懶惡路不淨，海陵之陽，濡染不潔，顧視而笑，作口號道：

禿禿光光一個瓜，忽然紅水浸根芽。
今朝染作紅瓜出，不怕瓜田不種他。

闢懶笑而答道：

淺淺平平一個溝，鮎魚在內恣遨遊。
誰知水滿溝中淺，變作紅魚不轉頭。

海陵又道：

黑松林下水潺湲，點點飛花落滿川。

魚唧桃浪遊春水，銜破松林一片煙。

闢懶又答道：

古寺門前一個僧，袈裟紅映半邊身。
從今撇卻菩提路，免得頻敲月下門。

海陵笑道：「爾可謂善於應對矣。」

蒲察阿虎迭女叉察，海陵姊，慶宜公主所生，幼養於遼王宗幹府中。及笄而嫁秉德之弟特里，秉德伏誅，叉察當連坐，太后使梧桐請于海陵，由是得免。海陵遂白太后，欲納之。太后道：「是兒始生，先帝親抱至吾家養之，至于成人。帝雖舅，猶父也。豈可為此非禮之事？」海陵屈于太后而止。叉察跌宕喜淫，不安其室，遂與完顏守誠有姦。守誠本名遏里來，芳年淑艾，白皙過人，更善交接，叉察絕愛之，太后竊知其事，乃以之嫁宗室安達海之子乙補剌。乙補剌不勝其欲，叉察日與之反目，海陵不知其故，數使人諷乙補剌出之，因而納之，太后初不知也。叉察思念守誠，愁眉不展，每侍海陵，強為笑樂，轉背即詛詈不已。偵者以告海陵。海陵怒道：「朕乃不如完顏守誠耶？」遂搗殺守誠，欲併殺叉察，又得太后求哀，乃釋放出宮。無何，叉察家奴告叉察痛守誠之死，日夜咒詛，語涉不道。海陵乃自臨問，責叉察道：「汝以守誠死詈我耶？守誠不可得見矣，朕今令汝往見之。」遂殺叉察而分其屍。

大宗正阿里虎妻蒲速碗，乃元妃之妹也，大有姿色，而持身頗正。因入見元妃，留宿於宮中，迨晚，海陵強之同坐飲宴，蒲速碗正色固拒，退食于元妃之幕，將周身衣服謹繫牢結，坐而不臥，以防海陵之辱己。果然譙樓鼓急，畫角聲催，銀缸半滅半明，神思乍醒乍倦，海陵突至，強抱求歡，蒲速碗再四不從，海陵淩逼不已，相持相拒。及更餘，海陵乃以力制之，怒發如雷，聲如乳虎，喝侍婢共挾持之，盡斷其中外衣帶。蒲速碗氣索力疲，支撐不住，叫不得撞天的冤屈，只得緊閉著雙眼，放開了兩手，任憑著海陵百謔千嘲，千抽萬迭，就像喉嚨氣斷死了，不得知的一般。這海陵像心像意，侮弄了許多時節，見蒲速碗沒有一些兒情趣，到也覺得沒意思，興盡而去。元妃問蒲速碗道：「妹妹，你平昔的興在那裏去了，今日做出這般模樣？」蒲速碗道：「姐姐，你可是有人氣的，古來那娥皇、女英，都是未出嫁的女子，所以帝堯把他嫁得舜哥天子，我是有丈夫的，若和你合著個老公，豈不惹人笑殺，連姐姐也做人不成了。」元妃道：「事到其間，連我也做不得主。俗語說得好：『只好隨鄉入鄉。』那裏顧得人笑恥！」蒲速碗道：「姐姐，你說得好話兒，這話兒只當不說罷。世上那有百世太平，千年天子，你倘或被人淩辱，你心裏過去得否？」元妃慘沮不出一聲。過了一夜，次日早晨，蒲速碗辭朝歸去，再不入宮朝見。雖是海陵假托別樣名目來宣召他，他也只以疾辭道：「臣妾有死而已，不能復見娘娘。」海陵亦付之無可奈何也。

張仲軻者，幼名牛兒，乃市井無賴小人，慣說傳奇小說，雜以排優詼諧語為業，其舌尖而且長，伸出可以餂著鼻子，海陵嘗引之左右，以資戲笑。及即位，乃以為秘書郎。使之入直宮中，遇景生情，乘機謔浪，略無一些避忌。海陵嘗與妃嬪雲雨，必撤其帷帳，使仲軻說淫穢語于其前，以鼓其興。或令之躬身曲背，襯墊妃腰。或令之調搽淫藥，撫摩陽物。又嘗使妃嬪裸列于左右，海陵裸立于中間，使仲軻以絨繩縛己陽物，牽扯而走，遇仲軻駐足之妃，即率意嬲弄，仲軻從後推送出入，不敢稍緩，故凡妃嬪之陰，仲軻無不熟覩之者。有一室女，齠年榤齒，貌美而捷于應對，海陵喜之，每每與他姬侍淫媾時，輒指是女對仲軻說道：「此兒弱小，不堪受大含弘，朕姑待之，不忍見其痛苦。」仲軻呼萬歲。一日，海陵晝醉，隱几而臥，仲軻暫息于簷下，此女恐海陵之寒，提袍覆其肩，海陵驚醒，醉眼朦朧，見是此女，即摟抱於懷，遂乘興幸之，竟忘其質之弱，年之小也。此女果不能當，涕泗交下，海陵忙拔出其陽，女陰中，血流不止，海陵憐惜之，呼仲軻以舌餂其血。仲軻但稱死罪，不敢仰視，海陵再三強仲軻餂之，女羞縮自起而止。海陵對仲軻道：「汝亦鬚眉男子，非無陽者，朝朝暮暮，見朕與妃嬪嬲戲，汝之陽亦崛彊否？汝可脫去下衣，俾朕觀之。」仲軻道：「殿陛尊嚴，宮闈謹肅，臣何等人，敢裸露五形，以取罪戾？」海陵道：「朕欲觀汝之陽物，罪不在汝，朕不汝責。」仲軻叩首求免。海陵勑內豎盡褫其衣，仲軻俯身蹲踞于地，以雙手掩于胯前。海陵又勑內豎以繩綁縛仲軻，仰臥于欃上，其陽直豎而起，亦大而長，僅有海陵三分之二。諸妃嬪見者，皆掩面而笑。海陵道：「汝等莫笑，此亦人道耳。設使室女當之，未必不作痛也。」妃嬪又笑。久之，見其痿縮不舉，始釋其縛。

又嘗召侍臣聚于一殿，各露其穢以相比並，大者列為第一，班賞以摧殘不用宮女一人，給與陽侯牙牌一面；中者列為第二，班賞以楮鈔百錠，給與陽伯牙牌一面；不及二等者為最下，不入選，除正殿朝參奏事，大補宴賞，依次敘爵外，凡入宮直宿，內殿賜飲，即不論官爵崇卑，悉照牙牌列成班次，以為笑樂，雖徒單貞亦不能免。百人之中，與海陵相伯仲者居其一，父叔事海陵者居其二，奴視海陵者，百不得一也。時人為謠歌云：

朝廷做事忑典陽，白做銓司開選場。
政事文章俱不用，惟須腰下硬帮帮。

那歌謠直傳到海陵耳朵裏，海陵也只當不得知，一味頭只是作樂淫謔，不要說起。那宮中嬪御，就是官庶婦人，曾蒙幸者，海陵也列在官人數內，雖有丈夫的，皆分番出入，聽其淫亂。海陵還不足意，欲把這些婦人隨意幸之，限于更番不便，乃盡遣其丈夫往上京去了，恰把這些婦人都留在宮中，每當行幸，即令撤蔽去圍帳，教坊司近前奏樂，幸巳方止，再幸再奏，一幸必及數婦，徒以盡己之興，而諸婦皆不暢所欲，人人嗟怨。嘗幸室女，必乘興狠觸，不顧女之創痛，有不遂其情者，令妃嬪牽制其手足，使不得動。嘗與妃嬪同坐，必自擲一物于地，使近侍環視之，他視者殺。又誡宮中給使男子，於妃嬪位舉首者，刓其目；出入不得獨行，便旋須四人偕往；所司執刀監護，不由路者斬之；日入後，下堦砌行者死，告者賞錢百萬；男女倉猝互相觸，先聲言者賞三品官，後言者死，齊言者皆釋之。

有梁珫者，本大臭家奴，隨元妃入宮，以閹豎事海陵。珫性便佞，善迎合人意，海陵特見寵信，言無不從。珫嘗搆求海上仙方，遠覓興陽異物，修合媚藥，以奉海陵。海陵試之，頗有效驗，益肆淫蠱，中外嬪御婦女，殆將萬人，猶恨不得絕色，以逞心意。珫乃極言：「宋劉貴妃，絕色傾國。」海陵道：「汝試言其容止。」珫道：「鬢髮膩理，姿質纖穠。體欺皓雪之容光，臉奪英華之濯艷。顧影徘徊，光彩溢目。承迎盼睞，舉止絕倫。智算過人，歌舞出眾。」海陵聞言大喜，自此決南征之意。將行，命縣君高師姑預貯紫綃帳、畫石床、鷓鴣枕、郄塵褥、神絲綉被、瑟瑟幕、紋布巾。帳輕疎而薄，視之如無所礙，雖屬隆冬，而風不能入，盛暑則清涼自至，其色隱隱焉，忽不知其帳也。乃鮫綃之類。床文如錦繡，石體甚輕，郅支國所獻。枕以七寶合為鷓鴣。褥色殷鮮，光軟無比，云是郄塵獸毛所為，出自句驪國。被繡三千鴛鴦，仍間以奇花異葉，上綴靈粟之珠，如果粒，五色輝煥。其幕色如瑟瑟，開三丈，長百尺，輕明虛薄，無以為比。向空張之，則疎朗之紋，如碧絲之貫其珠，雖大雨暴降，不能濕漏，云以蛟人瑞香膏所傅故也。紋布巾，即手巾也。潔白如雪光，軟如綿，拭水不濡，用之彌年，不生垢膩，乃得自鬼谷國者。俟得劉貴妃時用之。更帶九玉釵、蠲忿犀、如意玉、龍綃衣、龍髯紫拂。釵刻九鸞皆九色，其上有字白玉兒，工巧妙麗，殆非人製。犀圓如彈丸，帶之令人蠲忿怒，玉類桃實，上有七孔，云是通明之象。衣重無一二兩，傳之不盈一握。拂色紫如爛椹，可長三尺，削水晶為柄，刻紅玉為環紐。或風雨晦暝，臨流沾灑，則光彩動搖，奮然如怒。置於當中，則日無蠅蟲，夜無蚊蚋。拂之為聲，則雞犬無不驚逸。垂之池潭，則鱗介之屬，悉俯伏而至。引水于空中，則成瀑布。燒燕肉燻之，則焞焞焉若生雲霧。云得于洞庭湖中者，俟得劉貴妃則以賜之。海陵件件色色，都打點端正，不想探事人來，報說劉貴妃已辭世矣。海陵好不痛惜，忙傳下號令，說滅卻宋時，把他死屍也抬來瞧一瞧，完了心中一念。這纔是：

生前不結鴛鴦帶，死後空勞李少君。

世宗時為濟南尹，夫人烏林答氏，玉質凝膚，體輕氣馥，綽約窈窕，轉動照人。海陵聞其美，思有以通之，而烏林答氏端方嚴慤，無隙可乘。一日，傳旨召之，世宗忿忿抗旨，不使之去，烏林答氏泣對世宗道：「妾之身，王之身也，一醮不再，妾之志也，寧肯為上所辱。苐妾不應召，則無君；王不承旨，則不臣。上坐是以殺王，王更何辭以免？我行當自勉，不以累王也。」世宗涕泣，不忍分離。烏林答氏毅然就道。一路上，凄其沮鬱，無以為情。行至良鄉地方，乃將周身衣服縫紉固密，題詩一首于衣裾上，遂自殺。詩云：

世態翻如掌，君心狠似狼。
兇狂圖快樂，淫逆滅綱常。
我死身無辱，夫存姓亦香。
敢勞傳旨客，持血報君王。

烏林答氏既死，使者以訃聞。海陵偽為哀傷，命歸其櫬於世宗。世宗發櫬視之，面色如生，血凝喉吻，撫屍痛悼，以禮葬焉。後世宗在位二十九年，不復立后者，以烏林答氏之死節也。此是後話。

卻說海陵大舉南侵，造戰船於江上，毀民廬舍以為材，煮死人膏以為油，費財用如泥沙，視人命如草菅。既發兵南下，群臣因萬民之嗟怨，立曹國公烏祿為帝，即位遼陽，改名雍，改元大定，遙降海陵為王。海陵聞之，歎道：「朕本欲削平江南，然後改元大定。今日之事，豈非天乎！」因出素所書，一著戎衣，天下大定，改元事，以示群臣，遂召諸將，謀帥師北還。至瓜洲，浙西路都統制耶律元宜等謀弒之。箭入帳中，海陵以為宋兵追至，及視箭，曰：「此我兵也。」欲取弓還射，忽又中一箭，仆地，延安少尹納合斡魯補先刃之，手足猶動，遂縊殺之。妃嬪等數十人皆遇害。後世宗數海陵過惡，不當有王封土，不當在諸王塋域，乃降廢為海陵王，復降為庶人，改葬于西南四十里。後人有詞嘆云：

世上誰人不愛色，惟有海陵無止極。
未曾立馬向吳山，大定改元空歎息。
空歎息，空歎息，國破家亡回不得。
孤身客死倩人憐，萬古傳名為逆賊。

第二十四卷　隋煬帝逸遊召譴

玉樹歌殘舞袖斜，景陽宮裏劍如麻。曙星自合臨天下，千里空教怨麗華。

這首詩單表隋文帝篡周滅陳，奄有天下，一統太平，真個治得外戶不閉，路不拾遺。初時已立太子勇為東宮。卻因不得母后獨孤氏歡心。原來那個獨孤皇后最是妬忌，文帝畏而愛之。常言：「前代帝王，骨肉分爭，皆因嫡庶相猜相忌，致有禍胎。今吾家五子同母，傍無異生之子，後來安享太平，絕無後患。」不想太子勇嫡妃元氏無寵，抑鬱而死。專寵雲定興之女。所生子女，皆是庶出。獨孤皇后心中甚是不憤。每每在文帝前譖愬太子勇之短。文帝極是懼內的，聽他言話，太子勇日漸日疎。卻有第二子晉王廣，為揚州都總管❶，生來聰明俊雅，儀容秀麗。十歲即好觀古今書傳，至於方藥、天文、地理，百家技藝、術數，無不通曉。卻只是心懷叵測，陰賊刻深，好鉤索人情深淺，又能為矯情忍詢之事❷。刺探得太子勇失愛母后，日夜思所以間之。日與蕭妃獨處，後宮皆不得御幸。每遇文帝及獨孤皇后使來，必與蕭妃

❶ 揚州都總管：隋代，在并、益、荊、揚四州置大總管，是都督軍事，鎮守要地的長官。

❷ 能為矯情忍詢之事：故意假裝做出一些違背本心，忍辱低下的事。矯情，違反本心，假裝出來的意思。忍詢，忍辱。

迎門候接，飲食款待，如平交往來。臨去，又以金錢納諸袖中。以故人人到母后跟前，交口同聲，譽稱晉王仁孝聰明，不似太子寡恩傲禮，專寵阿雲，致有如許狎犢。獨孤皇后大以為然。日夜譖之於文帝，說太子勇不堪承嗣大統。後來晉王廣又多以金寶珠玉，結交越公楊素，令他讒廢太子。楊素是文帝第一個有功之臣，言無不從。皇后譖之於內，楊素毀之於外。文帝積怒太子勇，已非一日。遂廢太子勇為庶人，幽之別宮。卻立晉王廣為太子。受命之日，地皆震動。識者皆知其奪嫡陰謀。獨楊素殘忍深刻，揚揚得意，以為「太子由我得立」。威權震天下，百官皆畏而避之。

後來獨孤皇后崩，後宮卻得近倖。文帝有一位宣華夫人陳氏，陳宣帝之女也。隋滅陳，配掖庭。性聰慧，姿貌無雙。及皇后崩後，始進位為貴人。專房擅寵，後宮莫及。文帝寢疾於仁壽宮，夫人與太子廣同侍疾。平旦，夫人出更衣，為太子所逼。夫人拒之，髮亂神驚，歸於帝所。文帝怪其容色有異。問其故，夫人泫然泣曰：「太子無禮！」文帝大恚曰：「畜生何足付大事！獨孤悞我！」蓋指皇后也。因呼兵部尚書柳述，黃門侍郎元巖，司空越公楊素等曰：「召我兒來！」述等將呼太子廣。帝曰：「勇也。」楊素曰：「國本不可屢易。臣不敢奉詔。」帝氣哽塞，回面向內不言。素出語太子廣曰：「事急矣！」太子廣拜素曰：「以終身累公。」有頃，左右報素曰：「帝呼不應，喉中呦呦有聲。」素急入，文帝已崩矣。陳夫人與諸後宮相顧悲慟。晡時，太子廣遣使者齎金合，緘封其際，親書封字以賜夫人。夫人見之惶懼，以為藥酒，不敢發。使者促之，乃開。見盒中有同心結數枚。宮人咸相慶曰：「得免死矣！」陳夫人恚而卻坐，不肯致謝。宮人咸逼之，乃拜使者。太子夜入烝焉。明旦發喪，使人殺故太子勇而後即位。左右扶太子上殿。太子足弱，欲倒者數四，不能上。楊素叱去左右，以手扶接，太子援之乃上。

百官莫不嗟嘆。楊素歸謂家人曰：「小兒子吾已提起教作大家郎，不知能了當❸否？」素恃己有功，於帝多呼為郎君。時宴內宮，宮人偶遺酒污素衣。素叱左右引下加撻焉。帝甚不平，隱忍不發。一日，帝與素釣魚於後苑池上，並坐，左右張傘以遮日。帝起如廁。回見素坐赭傘下，風骨秀異，神彩毅然。帝大忌之。帝每欲有所為，素輒抑而禁之。由是愈不快於素。會素死，帝曰：「使素不死，夷其九族。」先是，素一日欲入朝，見文帝執金鉞逐之，曰：「此賊，吾欲立勇，竟不從吾言！今必殺汝！」素驚怖入室。召子弟二人語曰：「吾必死矣！出見文帝如此如此。」移時而死。

帝自素死，益無忌憚，沈迷女色。一日，顧詔近侍曰：「人主享天下之富，亦欲極當年之樂，自快其意。今天下富安，外內無事，正吾行樂之日也。今宮殿雖壯麗顯敞，苦無曲房小室，幽軒短檻。若得此，則吾期老於其中也。」近侍高昌奏曰：「臣有友項昇，浙人也。自言能構宮室。」翌日，詔召問之。昇曰：「臣乞先進圖本。」後日進圖，帝覽之，大悅。即日詔有司供具材木，凡役夫數萬，經歲而成。樓閣高下，軒窗掩映，幽房曲室，玉欄朱楯，互相連屬，回環四合，牖戶自通，千門萬戶，金碧相輝，照耀人耳目。金虬伏於棟下，玉獸蹲於戶傍；壁砌生光，瑣窗曜日，工巧之極，自古未之有比也。費用金寶珠玉，庫藏為之一空。人誤入其中者，雖終日不能出。帝幸之，大悅。顧左右曰：「使真仙遊其中，亦當自迷也。可目之曰迷樓。」詔以五品官賜昇，仍給內庫金帛千足賞之。詔選良家女數千以居樓中。帝每一幸，經月不出。是月，大夫何稠進御女車。車之制度絕小，祇容一人，有機伏於其中。若御童女，則以機礙女之手足，女纖毫不能動。帝以處女試之，極喜。召何稠謂之曰：「卿之巧思，一何神妙如此！」

❸ 了當：處理妥當。

以千金贈之。稠又進轉關車，可以昇樓閣，如行平地。車中御女，則自搖動。帝尤喜悅，謂稠曰：「此車何名？」稠曰：「臣任意造成，未有名也。願賜佳名。」帝曰：「卿任其巧意以成車，朕得之，任其意以自樂，可命名任意車也。」帝又令畫工繪畫士女交合之圖數十幅，懸於閣中。其年上官時自江外得替回，鑄烏銅鑑❹數十面，其高五尺，而闊三尺，磨以成鏡為屏，環於寢所，詣闕投進。帝以屏納迷樓中，而御女於其傍，纖毫運轉，皆入於鑑中。帝大喜曰：「繪畫得其形像耳，此得人之真容也，勝繪圖萬倍矣。」帝日夕沉荒於迷樓，罄竭其力，亦多倦息。又闢地周二百里為西苑，役民力常百萬，內為十六院。聚巧石為山，鑿池為五湖四海，詔天下境內所有鳥獸草木，驛送京師。詔定西苑十六院名：

景明。迎暉。棲鸞。晨光。明霞。翠華。文安。積珍。影紋。儀鳳。仁智。清修。寶林。和明。綺陰。絳陽。

每院，擇宮中佳麗謹厚有容色美人實之；選帝常幸御者為之首。分派宦者，主出入易市。又鑿五湖。每湖四方十里。東曰翠光湖，南曰迎陽湖，西曰金光湖，北曰潔水湖，中曰廣明湖。湖中積土石為山，構亭殿，屈曲環遶澄泓，皆窮極人間華麗。又鑿北海，周環四十里，中有三山，效蓬萊、方丈、瀛洲，其上皆臺榭迴廊，其下水深數丈。開通五湖北海，通行龍鳳舸。帝多泛東湖，因製湖上曲、望江南八闋云：

湖上月，偏照列仙家。水浸寒光鋪枕簟，浪搖晴影走金蛇，偏稱泛靈槎。　光景好，輕彩望中斜。

---

❹ 烏銅鑑：用烏銅做成的鏡子。烏銅，即青銅，為銅和錫的合金。

清露冷侵銀兔影，西風吹落桂枝花，開宴思無涯。

其二云：

湖上柳，烟裏不勝催。宿霧洗開明媚眼，東風搖弄好腰肢，烟雨更相宜。　環曲岸，陰覆畫橋低。線拂行人春晚後，絮飛晴雪煖風時，幽意更依依。

其三云：

湖上雪，風急墮還多。輕片有時敲竹戶，素華無韻入澄波，望外玉相磨。　湖水遠，天地色相和。仰面莫思梁苑賦，朝來且聽玉人歌，不醉擬如何？

其四云：

湖上草，碧翠浪通津。修帶不為歌舞緩，濃鋪堪作醉人茵，無意襯香衾。　晴霽後，顏色一般新。遊子不歸生滿地，佳人遠意正青春，留咏卒難伸。

其五云：

湖上花，天水浸靈芽。淺蕊水邊匀玉粉，濃苞天外剪明霞，日在列仙家。　開爛熳，插鬢若相遮，水殿春寒幽冷艷，玉軒晴照暖添華，清賞思何賒。

其六云：

湖上女，精選正輕盈。猶恨乍離金殿侶，相將盡是採蓮人，清唱謾頻頻。　軒內好，嬉戲下龍津。玉管朱絃聞盡夜，踏青鬬草事青春，玉輦從群真。

其七云：

湖上酒，終日助清歡。檀板輕聲銀甲緩，醅浮香米玉蛆寒，醉眼暗相看。　春殿晚，仙豔奉杯盤。湖上風光真可愛，醉鄉天地就中寬，帝主正清安。

其八云：

湖上水，流遶禁園中。斜日煖搖清翠動，落花香暖眾紋紅，蘋末起清風。　閒縱目，魚躍小蓮東。汎汎輕搖蘭棹穩，沉沉寒影上仙宮，遠意更重重。

帝常遊湖上，多令宮中美人歌唱此曲。大業六年，後苑草木鳥獸，繁息茂盛：桃蹊柳徑，翠陰交合；金猿青鹿，動輒成群。自大內開為御道，直通西苑，夾道植長松高柳。帝多宿苑中，去來無時。侍御多夾道而宿。帝往往於中夜即幸焉。道州貢矮民王義。眉目濃秀，應對敏捷。帝尤愛之。常從帝遊，終不得入宮。曰：「爾非宮中物也。」義乃出，自宮❺以求進。帝由是愈加憐愛，得出入內寢。義多臥御榻

❺ 宮：宮刑，古代酷刑之一。即割掉男子生殖器。

下。帝遊湖海回，多宿十六院。一夕，中夜，帝潛入棲鸞院。時夏氣暄煩，院妃慶兒臥於簾下。初月照軒，甚是明朗。慶兒睡中驚魘，若不救者。帝使義呼慶兒。帝自扶起，久方清醒。帝曰：「汝夢中何故而如此？」慶兒曰：「妾夢中如常時，帝握妾臂，遊十六院。至第十院，帝入坐殿上。俄時火發，妾乃奔走。回視帝坐烈焰中。驚呼人救帝，久方睡覺。」帝自強解曰：「夢死得生，火有威烈之勢。吾居其中，得威者也。」後帝幸江都被弒。帝入第十院，居火中，此其應也。

一夕，帝因觀殿壁上有廣陵圖，帝注目視之，移時，不能舉步。時蕭后在側，謂帝曰：「知他是甚圖畫？何消帝如此掛心？」帝曰：「朕不愛此畫，只為思舊遊之處耳。」於是以左手凭后肩，右手指圖上山水及人烟村落寺宇，歷歷皆如在目前。謂蕭后曰：「朕昔征陳後主時遊此。豈期久有天下，萬機在躬，便不得豁然於懷抱也。」言訖，容色慘然。蕭后奏曰：「帝意在廣陵，何如一幸？」帝聞之，言下恍然。即日召群臣，言欲至廣陵，旦夕遊賞。議當泛巨舟，自洛入河，自河達海入淮，至廣陵。群臣皆言：「似此程途，不啻萬里，又孟津水緊，滄海波深，若泛巨舟，事恐不測。」時有諫議大夫蕭懷靜，乃皇后弟也，奏曰：「臣聞秦始皇時，金陵有王氣，始皇使人鑿斷砥柱，王氣遂絕。今睢陽有王氣，又陛下喜在東南。欲泛孟津，又慮危險。況大梁西北有故河道，乃是秦將王離畎水灌大梁之處❻。乞陛下廣集兵夫，於大梁起首開掘，西自河陰，引孟津水入，東至淮陰，放孟津水出，此間地不過千里。況於睢陽境內經過。一則路達廣陵，二則鑿穿王氣。」帝聞奏大喜。出勅朝堂，有敢諫開河者斬。乃命征北

---

❻ 秦將王離畎水灌大梁之處：秦始皇二十二年（西元前二二五年），秦將王賁攻魏，引河溝水灌魏都大梁，大梁城壞，魏王降秦。事見史記。「王賁」這裏作「王離」。

大總管麻叔謀為開河都護，以蕩寇將軍李淵為開河副使。淵稱疾不赴。即以左屯衛將軍令狐達代之。詔發天下丁夫，男年十五以上，五十以下，俱要至。如有隱匿者斬三族。凡役夫五百四十三萬餘人，晝夜開掘，急如星火。又詔江淮諸州，造大船五百隻。使命促督，民間有配著造船一隻者，家產破用皆盡，猶有不足。枷項笞背，然後鬻賣子女以供官費。到得開河功役漸次將成，龍舟亦就。帝大喜，將幸江都。命越王侗❼留守東都❽。宮女半不隨駕，爭攀號留。且言遼東小國，不足以煩大駕，願遣將征之。帝意不回。作詩留別宮人云：

我夢江都好，征遼亦偶然。但存顏色在，離別只今年。

車駕既行，師徒百萬。離都旬日，長安貢御車女袁寶兒，年十五，腰肢纖墮，騃憨多態。帝寵愛特厚。時洛陽進合蒂迎輦花，云：「得之嵩山塢中，人不知其名。採花者異而貢之。」會帝駕適至，因以「迎輦」名之。帝令寶兒持之，號曰司花女。時詔虞世南草征遼指揮德音勅，寶兒持花侍側，注視久之。帝謂世南曰：「昔傳飛燕可掌上舞，朕常謂儒生飾於文字，豈人能若是乎？及今得寶兒，方昭前事。然多憨態，今注目於卿。卿才人，可便作詩嘲之。」世南應詔，為絕句云：

學畫鴉黃半未成，垂肩嚲袖太憨生。緣憨卻得君王寵，長把花枝傍輦行。

---

❼ 越王侗：即楊侗，楊廣的孫子；後被立為恭帝。

❽ 東都：指洛陽。

帝大悅。既至汴京，帝御龍舟，蕭后乘鳳舸。於是吳越取民間女年十五六歲者五百人，謂之殿脚女，至龍舟鳳舸。每船用綵纜十條，每條用殿脚女十人，嫩羊十口，令殿脚女與羊相間而行。時方盛暑，翰林學士虞世基獻計，請用垂柳栽於汴渠兩堤上。一則樹根四散，鞠護河隄；二則牽舟之人，庇其陰；三則牽舟之羊，食其葉。上大喜。詔民間獻柳一株，賞一匹絹。百姓競獻之。又令親種。帝自種一株，群臣次第皆種，方及百姓。時有謠言曰：「天子先栽，然後百姓栽。」栽與災同音，蓋妖讖❾也。栽畢，取御筆寫賜垂柳姓「楊」，曰「楊柳」也。時舳艫相繼，連接千里，自大梁至淮口，聯綿不絕。錦帆過處，香聞數里。一日，帝將登龍舟，凭殿脚女吳絳仙肩，喜其媚麗，不與群輩等，愛之。久不移步。絳仙善畫長蛾眉，帝色不自禁。回輦，召絳仙，將拜婕妤。蕭后性妬忌，故不克諧。帝寢興罷，擢為龍舟首檝，號曰崆峒夫人。由是殿脚女爭效為長蛾眉。司宮吏日給螺子黛❿五斛，號為蛾綠。螺子黛出波斯國，每顆值十金。後徵賦不足，雜以銅黛給之。獨絳仙得賜螺黛不絕。帝每倚簾視絳仙，移時不去。顧内謁者⓫曰：「古人言秀色若可餐，如絳仙真可療饑矣。」因吟持檝篇賜之曰：

舊曲歌桃葉，新粧豔落梅。將身傍輕檝，知是渡江來。

詔殿脚女千輩唱之。時越溪進耀光綾，綾紋突起，時有光彩。帝獨賜司花女及絳仙，他人莫預。蕭

---

❾ 妖讖：妖異的預言。讖，音ㄔㄣˋ。預先說出的話，事後有靈驗，或作了後來的兆頭，叫做讖。

❿ 螺子黛：婦女畫眉用的墨綠色化粧品。

⓫ 内謁者：官名。隋代内侍省有内謁者監六人，内謁者十二人。掌管内外傳達命令的事，多由宦官擔任。

后恚憤不懌。由是二姬稍稍不得親幸，帝常登樓憶之，題東南柱二篇云：

黯黯愁侵骨，綿綿病欲成。須知潘岳鬢，大半為多情。

又云：

不信長相憶，絲從鬢裏生。閒來倚檻立，相望幾含情。

殿腳女自至廣陵，悉命備月觀行宮。絳仙輩亦不得親侍寢殿。有郎將自瓜州宣事迴，進合歡果一器。帝命小黃門以一雙馳騎賜絳仙。遇馬上搖動，合歡蔕解。絳仙拜賜，因附紅箋小簡上進曰：

驛騎傳雙果，君王寵念深。寧知辭帝里，無復合歡心。

帝覽之，不悅。顧小黃門曰：「絳仙如何辭怨之深也？」黃門拜而言曰：「適走馬搖動，及月觀，果已離解，不復連理。」帝因言曰：「絳仙不獨容貌可觀，詩意深切，乃女相如也。亦何謝左貴嬪⑫乎？」帝嘗醉遊後宮，偶見宮婢羅羅者，悅而私之。羅羅畏蕭后，不敢迎帝。因託辭以程姬之疾，不可薦寢。帝乃嘲之曰：

---

⑫ 左貴嬪：貴嬪，宮內女官名。左貴嬪，即左芬，晉代人，左思的妹妹，好學，善於寫文章，所作賦頌，常為晉武帝（司馬炎）所讚賞。

個人無賴是橫波，黛染隆顱簇小峨。幸好留儂伴成夢，不留儂住意如何？

帝自達廣陵，沉湎滋深，荒淫無度，往往為妖祟所惑。嘗遊吳公宅雞臺，恍惚間與陳後主相遇。帝幼年與後主甚善。乃起迎之，都忘其已死。後主尚喚帝為殿下。後主戴青紗皂幘，青綽袖，長裾，綠錦純緣，紫紋方平履。舞女數十，羅侍左右。中有一女殊色，帝屢目之。後主云：「殿下不識此人耶？即張麗華貴妃也。每憶桃葉山⓭前乘戰艦與此妃北渡。爾時麗華最恨，方倚臨春閣，試東郭㕙紫毫筆⓮，書小砑紅綃，作答江令⓯『璧月』句未終，見韓擒虎躍青驄馬，擁萬甲騎，直來衝人，都不存去就之禮，以至有今日！」言罷，即以綠文測海酒蠡，酌紅粱新釀勸帝。帝飲之甚懽。因請麗華舞玉樹後庭花。麗華白後主，辭以拋擲歲久，自井中出來，腰肢粗巨，無復往時姿態。帝再三強之。乃徐起舞，終一曲。後主問帝：「蕭妃何如此人？」帝曰：「春蘭秋菊，各一時之秀也。」後主復誦詩十數篇。帝不記之，獨愛小臙詩及寄侍兒碧玉詩。小臙詩云：

午醉醒來晚，無人夢自驚。夕陽如有意，偏傍小臙明。

寄碧玉云：

⓭ 桃葉山：山名。楊廣滅陳時，曾在這裏駐軍。

⓮ 東郭㕙紫毫筆：東郭㕙，狡兔名。兔毫可以作筆。這句話是說用最名貴的兔毫所製成的筆。㕙，音ㄐㄩㄣ。

⓯ 江令：指江總，陳代的詩人。陳後主時，官僕射尚書令，所以稱為「江令」。他每日跟著後主遊宴，和朝臣們競作豔詩，不理國事。

離別腸應斷，相思骨合銷。愁魂若非散，憑仗一相招。

麗華拜求帝賜一章。帝辭以不能。麗華笑曰：「嘗聞『此處不留儂，會有留儂處。』安得言不能耶？」帝強為之，操筆立成，曰：

見面無多事，聞名爾許時。坐來生百媚，實個好相知。

麗華捧詩，赧然不懌。後主問帝：「龍舟之遊，樂乎？始謂殿下致治在堯舜之上，今日仍此逸遊。大抵人生各圖快樂，向時何見罪之深耶？三十六封書⑯至今使人怏怏不悅。」帝忽悟其已死，叱之曰：「何今日尚呼我為殿下，復以往事相訊耶？」恍惚不見，帝兀然不自知，驚悸移時。

帝後御龍舟，中道，夜半，聞歌者甚悲，其辭曰：

我兄征遼東，餓死青山下。今我挽龍舟，又困隋隄道。
方今天下饑，路糧無些少。前去三千程，此身安可保！
寒骨枕荒沙，幽魂泣烟草。悲損門內妻，望斷吾家老。
安得義男兒，焚此無主屍。引其孤魂回，負其白骨歸。

⑯ 三十六封書：隋軍元帥楊廣（隋煬帝）率大軍圍攻陳的時候，派人送璽書（蓋有皇帝玉璽的文書）給陳後主，暴露他的二十樁罪惡。又抄了三十萬份，分送各路軍隊。三十六封書，就是指這件事。

帝聞其歌，遽遣人求其歌者，至曉不得其人。帝頗徬徨，通夕不寐。帝知世事已去，意欲遂幸永嘉，群臣皆不願從揚州朝百官，天下朝貢使無一人至者。有來者，在途遭兵奪其貢物。帝猶與群臣議，詔十三道起兵，誅不朝貢者。帝深識玄象，常夜起觀星，乃召太史令袁充問曰：「天象如何？」充伏地泣涕曰：「星文大惡！賊星逼帝座甚急，恐禍起旦夕！願陛下遽修德滅之。」帝不樂，乃起，入便殿，索酒自歌曰：

宮木陰濃燕子飛，興亡自古漫成悲。他日迷樓更好景，宮中吐豔戀紅輝。

歌竟，不勝其悲。近侍奏：「無故而歌甚悲，臣皆不曉。」帝曰：「休問！他日自知也。」俛首不語，召矮民王義問曰：「汝知天下將亂乎？」義泣對曰：「臣遠方廢民，得蒙上貢，進入深宮，久承恩澤，又嘗自宮，以近陛下。天下大亂，固非今日。履霜堅冰，其漸久矣。臣料大禍，事在不救。」帝曰：「子何不早告我也？」義曰：「臣惟不言，言即死久矣。」帝乃泣下沾襟，曰：「子為我陳敗亂之理，朕貴知其故也。」明日，義上書曰：

臣本出南楚卑薄之地，逢聖明為治之時，不愛此身，願從入貢。臣本侏儒，性尤蒙滯。出入左右，積有年歲。濃被聖私，皆踰素望。侍從乘輿，周旋臺閣。臣雖至鄙，酷好窮經。頗知善惡之本源，少識興亡之所以。還往民間，周知利害。深蒙顧問，方敢敷陳。自陛下嗣守元符，體臨大器，聖神獨斷，諫諍莫從。大興西苑，兩至遼東。龍舟踰萬艘，宮闕徧天下。兵甲常役百萬，士民窮乎山谷。征遼者百不存十，歿葬者十未有一。帑藏全虛，穀粟涌貴，乘輿竟往，行幸無時。兵人侍從，常守空宮。遂令四方失望，天下為墟。方今有家之村，存者可數；子弟死於兵役，老弱困於蓬蒿。兵屍如嶽，餓莩盈郊。狗彘厭人之肉，鳶魚食人之餘。臭聞千里，骨積高原。陰風無人之墟，鬼哭寒草之下。目斷平野，千里無烟。萬民剝落，不保朝昏。父遺幼子，妻號故夫。孤苦何多，飢荒尤甚！亂離方始，生死誰知。人主愛人，一何至此！陛下聖性毅然，孰敢上諫。或有鯁言，即令賜死。臣下相顧，箝結自全。龍逢復生，安敢議奏！左右近臣，阿諛順旨。迎合帝意，造作拒諫。皆出此途，乃逢富貴。陛下惡過，從何得聞？方今又敗遼師，再幸東土，社稷危於春雪，干戈遍於四方。生民已入塗炭，官吏猶未敢言。陛下自惟：若何為計？陛下欲興師，則兵吏不順；欲行幸，則將衛莫從。適當此時，何以自處？陛下雖欲發憤修德，特加愛民，聖慈雖切救時，天下不可復得。大勢已去，時不再來。巨廈之崩，一木不能支！洪河已決，掬壤不能救！臣本遠人，不知忌諱。事急至此，安敢不言！臣今不死，後必死兵。敢獻此書，延頸待盡。

帝省義奏，曰：「自古安有不亡之國，不死之主乎？」義曰：「陛下尚猶蔽飾己過！陛下常言：吾當跨三皇，超五帝，下視商周，使萬世不可及。今日之勢如何？能自復回都輦乎？」帝再三加歎。義曰：「臣昔不言，誠愛生也。今既具奏，願以死謝。天下方亂，陛下自愛。」少選⑰，左右報曰：「義自刎矣。」帝不勝悲傷，命厚葬焉。時值閣裴虔通、虎賁郎將司馬德戡、左右屯衛將軍宇文化及，將謀作亂。

⑰ 少選：一會兒。

因請放官奴，分直上下。帝可其奏，即下詔云：

> 寒暑迭用，所以成歲功也。日月代明，所以均勞逸也。故士子有遊息之談，農夫有休養之節。咨爾髦眾：服役甚勤，執勞無怠；埃垢溢於爪髮，蟣虱結於兜鍪：朕甚憫之。俾爾休番，從便嬉戲，無煩方朔滑稽之請，而從衛士遞上之文。朕於侍從之間，可謂恩矣！可依前件施行。

不數日，忽中夜聞外切切有聲。帝急起衣冠，御內殿。坐未久，左右伏兵俱起。司馬德戡攜白刃向帝。帝叱之曰：「吾終年重祿養汝，吾無負汝，汝何得負我！」帝常所幸朱貴兒在帝傍，謂德戡曰：「三日前，帝慮侍衛秋寒，詔宮人悉絮袍褲，帝自臨視。造數千領，兩日畢功。前日頒賜，爾等豈不知也？何敢迫脅乘輿！」乃大罵德戡。德戡斬之，血濺帝衣。德戡前數帝罪，且曰：「臣實負陛下！但今天下俱叛，二京已為賊據。陛下歸亦無門，臣生亦無路。臣已虧臣節，雖欲復已，不可得也。願得陛下首以謝天下！」乃攜劍逼帝。帝復叱曰：「汝豈不知諸侯之血入地，大旱三年，況天子乎？死自有法！」命索藥酒，不得。左右進練巾。逼帝入閣自經死。蕭后率左右宮娥，輟床頭小版為棺斂，粗備儀衛，葬於吳公臺下。——即前此帝與陳後主相遇處也。初，帝不愛第三子齊王暕，見之常切齒。每行幸，輒錄以自隨。及是難作，謂蕭后曰：「得非阿孩耶？」阿孩，齊王暕小字也。司馬德戡等既弒帝。即馳遣騎兵執齊王暕於私第。倮跣驅至當街。暕曰：「大家[18]計必殺兒，願容兒衣冠就死[19]。」——猶意帝遣人殺

---

[18] 大家：親近、侍從官稱皇帝為「大家」。

[19] 衣冠就死：穿好了衣服，戴好了帽子再去死。表示恭敬有禮貌的意思。

之。父子見殺，至死不明，可勝痛悼！後唐文皇太宗皇帝，提兵入京，見迷樓，太宗歎曰：「此皆民膏血所為也！」乃命放出諸宮女，焚其宮殿。火經月不滅。前謠前詩，無不應驗。方知煬帝非天亡之也。

後人有詩：

十里長河一旦開，亡隋波浪九天來。錦帆未落干戈起，惆悵龍舟不更回。

第二十五卷　獨孤生歸途鬧夢

東園蝴蝶正飛忙，又見羅浮花氣香。夢短夢長緣底事？莫貪磁枕誤黃粱。

昔有夫妻二人，各在芳年，新婚燕爾，如膠似漆，如魚似水。剛剛三日，其夫被官府喚去。原來為急解軍糧事，文書上僉了他名姓，要他赴軍前交納。如違限時刻，軍法從事。立刻起行，身也不容他轉頭也不容他回。只捎得個口信到家。正是：上命所差，蓋不繇己。一路趲行，心心念念，想著渾家，又不好向人告訴，只落得自己悽惶。行了一日，想到有萬遍。是夜宿於旅店，夢見與渾家相聚如常，行其夫妻之事。自此無夜不夢。到一月之後，夢見渾家懷孕在身，醒來付之一笑。且喜如期交納錢糧，太平無事，星夜趕回家鄉。繳了批迴，入門見了渾家，歡喜無限。那一往一來，約有三月之遙。嘗言道：新娶不如遠歸。夜間與渾家綢繆恩愛，自不必說。其妻敘及別後相思，因說每夜夢中如此如此。所言光景，與丈夫一般無二，果然有了三個月身孕。若是其夫先說的，內中還有可疑；卻是渾家先敘起的。可見夢魂相遇，又能交感成胎，只是彼此精誠所致。如今說個鬧夢故事，亦繇夫婦積思而然。正是：

夢中識想非全假，白日奔馳莫認真。

* * *

話說大唐德宗皇帝貞元年間，有個進士，複姓獨孤，雙名遐叔，家住洛陽城東崇賢里中。自幼穎異，十歲便能作文。到十五歲上，經史精通，下筆數千言，不待思索。父親獨孤及，官為司封❶之職。昔年存日，曾與遐叔聘下同縣司農❷白行簡女兒娟娟小姐為妻。那娟娟小姐，花容月貌，自不必說；刺繡描花，也是等閒之事。單喜他深通文墨，善賦能詩。若教去應文科，穩穩裏是個狀元。與遐叔正是一雙兩好，彼此你知我見，所以成了這頭親事。不意遐叔父母連喪，丈人丈母亦相繼棄世，功名未遂，家事日漸零落，童僕也無半個留存。剛剛剩得幾間房屋。那白行簡的兒子叫做白長吉，是個兇惡勢利之徒。見遐叔家道窮了，就要賴他的婚姻，將妹子另配安陵富家。幸得娟娟小姐是個貞烈之女，截髮自誓，不肯改節。白長吉強他不過，只得原嫁與遐叔。卻是隨身衣飾，並無一毫粧奩。止有從幼伏侍一個丫鬟翠翹從嫁。白氏過門之後，甘守貧寒，全無半點怨恨。只是晨炊夜績，以佐遐叔讀書。那遐叔一者敬他截髮的志節，二者重他秀麗的詞華，三者又愛他嬌豔的顏色：真個夫妻相得，似水如魚。白氏親族中，到也憐遐叔是個未發達的才子，十分尊敬。止有白長吉一味趨炎附熱，說妹子是窮骨頭，要跟恁樣餓莩，壞他體面。見了遐叔就如眼中之刺，肉內之釘。遐叔雖然貧窮，卻又是不肯俯仰人的。因此兩下遂絕不相往。時值貞元十五年，朝廷開科取士，傳下黃榜，期於三月間，諸進士都赴京師殿試。遐叔別了白氏，前往長安。自調文才，必魁春榜。那知貢舉的官，是禮部侍郎同平章事鄭餘慶，本取遐叔卷子第一，豈

❶ 司封：官名。唐置，屬吏部。有郎中、員外郎各一人。掌管封爵、襲蔭、褒贈等事。

❷ 司農：官名。唐代有司農寺，為九寺之一，長官有「卿」及「少卿」。掌管全國錢穀的事。

知策上說著：奉天之難❸，皆因姦臣盧杞竊弄朝權，致使涇原節度使姚令言與太尉朱泚，得以激變軍心，劫奪府庫。可見眾君子共佐太平而不足，一小人攪亂天下而有餘。故人君用舍不可不慎。元來德宗皇帝心性最是猜忌，說他指斥朝廷，譏訕時政，遂將頭卷廢棄不錄。那白氏兩個族叔，一個叫做白居易，一個叫做白敏中，文才本在遐叔之下，卻皆登了高科；單單只有遐叔一人落第，好生沒趣！連夜收拾行李東歸。白居易、白敏中知得，齊來餞行，直送到十里長亭而別。遐叔途中愁悶，賦詩一首。詩云：

童年挾策赴西秦，弱冠無成逐路人。時命不將明主合，布衣空惹上京塵。

在路非止一日，回到東都，見了妻子，好生慚赧。終日只在書房裏發憤攻書。每想起落第的光景，便淒然淚下。那白氏時時勸解道：「大丈夫功名終有際會，何苦頹折如此！」遐叔謝道：「多感娘子厚意，屢相寬慰。只是家貧如洗，衣食無聊。縱然巴得日後亨通，難救目前愁困，如之奈何？」白氏道：「俗諺有云：『十訪九空，也好省窮。』我想公公三十年宦遊，豈無幾個門生故舊在要路的？你何不趁此閒時，一去訪求？倘或得他資助，則三年誦讀之費有所賴矣。」只這句話頭，提醒了遐叔，答道：「娘子之言，雖然有理；但我自幼攻書，未嘗交接人事；先父的門生故舊，皆不與知。止認得個韋皋，是京兆人，表字仲翔。當初被丈人張延賞逐出，來投先父，舉薦他為官，甚是有恩。如今他現做西川節度使。我若去訪他，必有所助。只是東都到西川，相隔萬里程途，往返便要經年。我去之後，你在家中用度，

❸ 奉天之難：在唐德宗（李适）建中四年（西元七八三年）時，有朱泚等人反抗他，率兵攻入長安，德宗逃到奉天（陝西乾縣）去，歷史上稱這件事為「奉天之難」。

從何處置？以此拋撇不下。」白氏道：「既有這個相識，便當整備行李，送你西去。家中事體，我自支持。總有缺乏，姑姊妹家，猶可假貸，不必憂慮。」遐叔歡喜道：「若得如此，我便放心前去。」白氏道：「但是路途跋涉，無人跟隨，卻怎的好？」遐叔道：「總然有人，也沒許多盤費，只索罷了。」遂即揀了個吉日，白氏與遐叔收拾了寒暑衣裝，帶著丫鬟翠翹，親至開陽門❹外，一杯餞送。夫妻正在不捨之際，驟然下起一陣大雨，急奔入路傍一個廢寺中去躲避。這寺叫做龍華寺，乃北魏時，廣陵王❺所建，殿宇十分雄壯。階下栽種名花異果。又有一座鐘樓，樓上銅鐘，響聞五十里外。後被胡太后❻移入宮中去了。到唐太宗時，有胡僧另鑄一鐘在上，卻也響得二十餘里。到玄宗時，還有五百僧眾，香火不絕。後遭安祿山賊黨史思明攻陷東都，殺戮僧眾，將鐘磬毀為兵器，花果伐為樵蘇；以此寺遂頹敗。遐叔與白氏看了，歎道：「這等一個道場，難道沒有發心的重加修造？」因向佛前祈禱，陰空保佑。若得成名時節，誓當捐俸，再整山門。雨霽之後，登途分別。正是：

蠅頭微利驅人去，虎口危途訪客來。

* * *

不題白氏歸家。且說遐叔在路，曉行夜宿，整整的一個月，來到荊州地面。下了川船，從此一路都

❹ 開陽門：洛陽城門名。

❺ 廣陵王：即拓跋羽，北魏獻文帝（拓跋宏）的兒子。

❻ 胡太后：即胡充華，北魏宣武帝（恪）的妃子，孝明帝（詡）的母親。

是上水。除非大順風，方使得布帆。風略小些，便要扯著百丈。你道怎麼叫做百丈？原來就是縴子。只那川船上的有些不同：用著一寸多寬的毛竹片子，將生漆絞著麻絲接成的，約有一百多丈，為此川中人叫做百丈。在船頭立個轆轤，將百丈盤於其上。岸上扯的人，只聽船中打鼓為號。遐叔看了，方纔記得杜子美有詩道：「百丈內江船。」又道：「打鼓發船何處郎。」卻就是這件東西。又走了十餘日，纔是黃牛峽。那山形生成似頭黃牛一般。三四十里外，便遠遠望見。這峽中的水更溜，急切不能勾到。因此上有個俗諺云：「朝見黃牛，暮見黃牛；朝朝暮暮，黃牛如故。」又走了十餘日，纔是瞿塘峽。這水一發急緊。峽中有座石山，叫做灩澦堆。四五月間水漲，這堆止留一些些在水面上。下水的船，一時不及迴避，觸著這堆，船便粉碎，尤為利害。遐叔見了這般險路，歎道：「萬里投人，尚未知失得如何，卻先受許多驚恐！我娘子怎生知道？」原來巴東峽江一連三個：第一是瞿塘峽，第二是廣陽峽，第三是巫峽。三峽之中，唯巫峽最長。兩岸都是高山峻嶺，古木陰森，映蔽江面，止露得中間一線的青天。除非日月正中時分，方有光明透下。數百里內，岸上絕無人烟；惟聞猿聲晝夜不斷。因此有個俗諺云：

巴東三峽巫峽長，猿鳴三聲斷客腸。

這巫峽上就是巫山，有十二個山峰。山上有一座高唐觀。相傳楚襄王曾在觀中夜寢，夢見一個美人願薦枕蓆。臨別之時，自稱是伏羲皇帝的愛女，小字瑤姬，未行而死。今為巫山之神。朝為行雲，暮為行雨，朝朝暮暮，陽臺之下。那襄王醒後，還想著神女。教大夫宋玉做高唐賦一篇，單形容神女十分的豔色。因此，後人立廟山上，叫做巫山神女廟。遐叔在江中遙望廟宇，掬水為漿，暗暗的禱告道：「神女既有精靈，能通夢寐。乞為我特托一夢與家中白氏妻子，說我客途無恙，免其愁念。當賦一言相謝，決不敢學宋大夫作此淫褻之語，有汙神女香名。乞賜仙鑒。」自古道的好：「有其人，則有其神。」既是禱告的，許了做詩做賦，也發下這點虔誠，難道托夢的只會行雲行雨，再沒有別些靈感？少不得後來有個應驗。正是：

禱祈仙夢通閨閣，寄報平安信一緘。

出了巫峽，再經由巴中、巴西地面，都是大江。不覺又行一個多月，方到成都。城外臨著大江，卻是濯錦江。你道怎麼叫做濯錦江？只因成都造得好錦，朝廷稱為「蜀錦」。造錦既成，須要取這江水再加洗濯，能使顏色加倍鮮明，故此叫做濯錦江。唐明皇為避安祿山之亂，曾駐蹕於此，改成都為南京。這便是西川節度使開府❼之處。真個沃野千里，人煙湊集，是一花錦世界。遐叔無心觀玩，一徑入城，奔到帥府門首，訪問韋皋消息。豈知數月前，因為雲南蠻夷反叛，統領兵馬征勦去了。須待平定之後，方得回府。你想那征戰之事，可是期得日子定的麼？遐叔得了這個消息，驚得進退無措，歎口氣道：「常言鳥來投林，人來投主。偏是我遐叔恁般命薄！萬里而來，卻又投人不著。況一路盤纏已盡，這裏又無親識，只有來的路，沒有去的路。天那！兀的不是活活坑殺我也！」自古道：吉人自有天相。遐叔正在帥府門首歎氣，傍邊忽轉過一個道士問道：「君子何歎？」遐叔答道：「我本東都人氏，複姓獨孤，雙名遐叔。只因下第家貧，遠來投謁故人韋仲翔，希他資助。豈知時命不濟，早已出征去了。欲待候他，

❼ 開府：開建府署辦公。漢代只有三公才能開府辦事；後代的地方高級軍政大員辦公的地方，也稱為開府。

只恐奏捷無期，又難坐守。欲待回去，爭奈盤纏已盡，無可圖歸。使我進退兩難，是以長歎。」那道士說：「我本道家，專以濟人為事，敝觀去此不遠。君子既在窮途，若不嫌粗茶淡飲，只在我觀中權過幾時，等待節使回府，也不負遠來這次。」遐叔再三謝道：「若得如此，深感深感。只是不好打攪！」便隨著道士逕投觀中而去。我想那道士與遐叔素無半面，知道他是甚底樣人，便肯收留在觀中去住？假饒這日無人搭救，卻不窮途流落，幾時歸去？豈非是遐叔不遇中之遇？當下遐叔與道士離了節度府前，行不上一二里許，只見蒼松翠柏，交植左右，中間龜背大路，顯出一座山門，題著碧落觀三個簸箕大的金字。這觀乃漢時劉先主為道士李寂蓋造的。至唐明皇時，有個得道的叫做徐佐卿，重加修建。果然是一塵不到，神仙境界。遐叔進入觀中，瞻禮法像了，道士留入房內，重新敘禮，分賓主而坐。遐叔舉目觀看，這房收拾得十分清雅。只見壁上掛著一幅詩軸，你道這詩軸是那個名人的古蹟？卻就是遐叔的父親司封獨孤及送徐佐卿還蜀之作。詩云：

羽客笙歌去路傕，故人爭勸別離杯。蒼龍闕下長相憶，白鶴山頭更不回。

元來昔日唐明皇聞得徐佐卿是個有道之士，用安車蒲輪❽，徵聘入朝。佐卿不願為官，欽賜馳驛還山。滿朝公卿大夫，賦詩相贈，皆不如獨孤及這首。以此觀中相傳，珍重不啻拱璧❾。遐叔看了父親遺

❽ 安車蒲輪：安車，一匹馬拉的小車子。蒲輪，用蒲草裹著輪子，使車行不致顛簸。這是給老者、賢者坐的車子，可以慢慢的走，不致顛簸不安。

❾ 不啻拱璧：不啻，不只；不異於。拱璧，兩手拱抱的大玉璧。引申為珍貴物品的代稱。

蹟，不覺潸然淚下。道士道：「君子見了這詩，為何掉淚？」遐叔道：「實不相瞞，因見了先人之筆，故此傷感。」道士聞知遐叔即是獨孤及之子，朝夕供待，分外加敬。光陰迅速，不覺過了半年。那時韋皐降服雲南諸蠻，重回帥府。遐叔連忙備禮求見。一者稱賀他得勝而回，二者訴說自己窮愁，遠來干謁的意思。正是：

故人長望貴人厚，幾個貴人憐故人。

那韋皐一見遐叔，盛相款宴，正要多留幾日，少盡闊懷。豈知吐蕃贊普，時常侵蜀，專恃雲南諸蠻為之向導。近聞得韋皐收服雲南，失其羽翼，遂起雄兵三十餘萬，殺過界來，要與韋皐親決勝負，這是烽火緊切的事。一面寫表申奏朝廷，一面興師點將，前去抵敵。遐叔歎道：「我在此守了半年，纔得相見，忽又有此邊報，豈不是命！」便向節度府中告辭。韋皐道：「吐蕃入寇，滿地干戈，豈還有路歸得！我已分付道士好生管待。且等殺退番兵，道途寧靜，然後慢慢的與仁兄餞行便了。」遐叔無奈，只得依允，照舊住在碧落觀中。不在話下。

且說韋皐統領大兵，離了成都，直至葭萌關外，正與吐蕃人馬相遇。先差通使與他打話道：「我朝自與你國和親之後，出嫁公主做你國贊婆，永不許興兵相犯。如今何故背盟，屢屢擾我蜀地？」那贊普答道：「雲南諸夷，元是臣伏我國的，你怎麼輒敢加兵，侵占疆界？好好的還我雲南，我便收兵回去。半聲不肯，教你西川也是難保。」韋皐道：「聖朝無外，普天下那一處不屬我大唐的？要戰便戰，雲南斷還不成。」原來吐蕃沒有雲南夷人向導，終是路徑不熟。卻被韋皐預在深林窮谷之間，徧插旗幟，假做伏兵，又教步軍舞著籐牌，伏地而進。用大刀砍其馬腳。一聲砲響，鼓角齊鳴，衝殺過去。那吐蕃一時無措，大敗虧輸，被韋皋追逐出境，直到贊普新築的王城，叫做末波城，盡皆打破。殺得吐蕃尸橫遍野，血染成河。端的這場廝殺，可也功勞不小！韋皋見吐蕃遠遁，即便下令班師，一面差牌將賫捷書飛奏朝廷。一路上：

喜孜孜鞭敲金凳響，笑吟吟齊唱凱歌聲。

話分兩頭。卻說獨孤遐叔久住碧落觀中，十分鬱鬱。信步遊覽，消遣客懷。偶到一個去處，叫做昇仙橋，乃是漢朝司馬相如，在臨邛縣竊了卓文君，回到成都。只因家事消條，受人侮慢，題下兩行大字在這橋柱上，說道：「大丈夫不乘駟馬高車，不過此橋。」後來做了中郎⑩，奉詔開通雲南道徑，持節而歸，果遂其志。遐叔在那橋上，徘徊東望，歎道：「小生不愧司馬之才，娘子儘有文君之貌。只是怎能勾得這駟馬高車的日子？」下了橋，正待取路回觀。此時恰是暮春天氣，只聽得林中子規一聲聲叫道：「不如歸去！」遐叔聽了這個鳥聲，愈加愁悶。又歎道：「我當初與娘子臨別，本以一年半載為期。豈知擔閣到今，不能歸去？天那！我不敢望韋皋的厚贈，只願他早早退了番兵，送我歸家，卻也免得娘子在家朝夕懸望。」不覺春去夏來，又過一年有餘，纔等候得韋皋振旅而還。那時捷書已到朝中。德宗天子知得韋皋戰退吐蕃，成了大功，龍顏大喜。御筆加授兵部尚書、太子太保，仍領西川節度使。回府之日，合屬大小文武，那一個不奉牛酒拜賀！直待軍門稍暇，遐叔也到府中稱慶。自念客途無以為禮，做

⑩ 中郎：秦漢時代的官名。掌管宿衛侍直，守門戶；外出時，則充車騎。

得蜀道易一篇。你道為何叫做蜀道易？當時唐明皇天寶末年，安祿山反亂，卻是鄭國公嚴武做西川節度。有個拾遺杜甫⑪，避難來到西川，又有丞相房綰也貶做節度府屬官。只因嚴武性子頗多猜狠，所以翰林供奉李白，做蜀道難詞。其尾特云：「錦城雖云樂，不如早歸家。」乃是替房杜兩公憂危的意思。遐叔故將這難字改作易字，翻成樂府。一者稱頌韋皋功德，遠過嚴武；二者見得自己僑遇⑫錦城，得其所主，不比房杜兩公。以此暗暗的打動他。詞云：

吁嗟蜀道，古以為難：蠶叢開國，山川鬱盤；秦置金牛，道路始刊。天梯石棧，勾接危巒。仰薄青霄，俯掛飛湍。猿猱之捷，尚莫能干。使人對此，寧不悲歎！自我韋公，建節當關。蕩平西寇，降服南蠻。風烟寧息，民物殷繁。四方商賈，爭出其間。匪無跋涉，豈乏躋攀；若在袵席，既坦而安。蹲鴟療飢，筒布御寒。是稱天府，為利多端。寄言客子，可以開顏。錦城甚樂，何必思還！

韋皋看見蜀道易這一篇，不勝歎服。便對遐叔說：「往時李白所作蜀道難詞，太子賓客賀知章⑬稱他是天上謫下來的仙人。今觀仁兄高才，何讓李白！老夫幕府正缺書記一員，意欲申奏取旨，借重仁兄為禮部員外，權充西川節度府記室參軍⑭，庶得朝夕領教。不識仁兄肯曲從否？」遐叔答道：「我朝最

⑪ 拾遺杜甫：拾遺，唐代諫官名。唐代大詩人杜甫曾做過拾遺。

⑫ 僑遇：客居外鄉。遇，應作「寓」。

⑬ 太子賓客賀知章：太子賓客，是調護、侍從、規諫太子的官。賀知章，唐代人，曾做過太子賓客、祕書監。

⑭ 記室參軍：古代的幕僚官。掌管表章、書信等事。

重科目。凡士子不繇及第出身，便做到九棘三槐⓯，終久被人欺侮。小生雖則三番落第，壯氣未衰。怎忍把先世科名，一朝自廢？如今叨寓貴鎮，已過歲餘，寒荊白氏在家，久無音信。朝夕縈掛，不能去懷。巴得旌旆回府，正要告辭。伏乞俯鑒微情，勿嫌方命⓰。」韋皋謝道：「既是仁兄不允，老夫亦不敢相強。只是目下歲暮，冰雪載途，不好行走。不若少待開春，治裝送別，未為晚也。」遐叔一來見韋皋意思殷勤，二來想起天氣果然寒冷，路上難行。又只得住下。捱過殘臘，到了新年，又早是上元佳節。原來成都府地沃人稠，本是西南都會。自唐明皇駐蹕之後，四方朝貢，皆集於此，便有京都氣象。又經嚴鄭公鎮守巴蜀，專以平靜為政，因此閭閻繁富，庫藏充饒。現今韋皋繼他，降服雲南諸夷，擊破吐蕃五十萬眾，威名大振。這韋皋最是豪傑的性子，因見地方寧定，民心歸附，預傳號令，分付城內城外都要點放花燈，與民同樂。那道令旨傳將出去，誰敢不依。自十三至十七，共是五夜，家家門首扎縛燈棚，張掛新奇好燈，巧樣烟火，照耀如同白晝。獅蠻社火⓱，鼓樂笙簫，通宵達旦。韋皋每夜大張筵宴，在散花樓上，單請遐叔慶賞元宵。剛到下燈之日，遐叔便去告辭。韋皋再三苦留，終不肯住。乃對遐叔說道：「仁兄歸心既決，似難相強。只是老夫還有一杯淡酒，些小資裝，當在萬里橋東，再與仁兄敘別。幸勿固拒。」即傳令撥一船隻，次日在萬里橋伺候。送遐叔東歸。又點長行軍士一名護送。到明早，韋

⓯ 九棘三槐：古代在皇帝的外朝種植槐樹和棘樹，作為朝見時朝臣位置的標誌。後來因用這四個字表示較高級的官位。

⓰ 方命：不聽從命令。

⓱ 獅蠻社火：獅蠻，節日賽會扮演的獅子、蠻王。社火，節日所演的雜戲、雜耍以及各種綵燈。

皋設宴在萬里橋餞別遐叔。親舉金杯，說道：「此橋最古，昔諸葛孔明送費禕使吳，道是萬里之行，實始於此。這橋因以得名。今仁兄青雲萬里，亦由今始，願努力自愛。老夫蟬冠雖敝，拱聽泥金佳報，特為仁兄彈之⑱。」一連的勸了三杯，方纔捧出一個錦囊，說道：「老夫深荷令先公推薦之力，得有今日。止因王事鞅掌⑲，未得少酬大恩。有累遠臨，豈不慚汗！但今盜賊生發，勢難重挈。老夫聊備三百金，權充路費。此外別有黃金萬兩，蜀錦千端，俟道路稍寧，專人奉送。勿謂老夫輕薄，為負恩人也！」又喚過軍士分付道：「一路小心服事，不可怠慢。」軍士叩頭答應。遐叔再三拜謝道：「不才受此，已屬過望，敢煩後命！」領了錦囊，軍士跟隨上船。那韋皋還在橋上，直等望不見這船，然後回府。不在話下。

且說遐叔別了韋皋，開船東去。原來下水船，就如箭一般急的，不消兩三日，早到巫峽之下。遠遠的望見巫山神女廟。想起：「當初從此經過，暗祈神女托夢我白氏娘子，許他賦詩為謝。不知這夢曾托得去不曾托得去？我豈可失信。」便口占一首，以償宿願。詩云：

古木陰森一線天，巫峰十二鎖寒烟。襄王自作風流夢，不是陽臺雲雨仙。

⑱ 蟬冠雖敝三句：蟬冠，即貂蟬冠，為古代貴顯官員所戴用。泥金佳報，唐代進士及第，用泥金帖附在信中，報告錄取了的喜訊。漢代，王吉（字子陽）和貢禹是好朋友，當時稱為「王陽在位，貢公彈冠」。彈冠，拂在冠上的塵土，表示慶賀的意思。

⑲ 王事鞅掌：國事煩忙。

題畢，又向著山上作禮稱謝。過了三峽，又到荊州。不想送來那軍士，忽然生起病來。遐叔反要去服事他。又行了幾日，來到漢口地方。自此從汝寧至洛陽，都是旱路。那軍士病體雖愈，難禁鞍馬馳驟。遐叔寫下一封書信，留了些盤費，即令隨船回去。獨自個收拾行李登岸。卻也會算計，自己買了一頭生口，望東都進發。約莫行了一個月頭，纔到洛陽地面。離著開陽門只有三十餘里。是時天色傍晚，一心思量趕回家去，策馬前行。又走了十餘里路，早是一輪月上。趁著月色，又走了十來里，隱隱的聽得鐘鳴鼓響。想道：「城門已閉，縱趕到也進城不及了。此間正是龍華古寺，人疲馬乏，不若且就安歇。」解囊下馬，投入山門。不爭此一夜，有分教：

蝴蝶夢中逢佚女，鷺鷥杓底聽嬌歌。

* * *

話分兩頭。且說白氏自龍華寺前與遐叔分別之後，雖則家事荒涼，衣食無措；猶喜白氏女工精絕，翰墨傍通。況白姓又是個東京大族，姑姊妹間也有就他學習針指的，也有學做詩詞的，少不得具些禮物為酧謝之資。因此儘堪支給。但時時記念丈夫臨別之言，本以一年為約，如何三載尚未回家？況聞西川路上有的是一線天，人鮓甕，蛇倒退，鬼見愁，都這般險惡地面。所以古今稱說途路艱難，無如蜀道。想起丈夫經由彼處，必多驚恐。別後杳無書信，知道安否如何？「教我這條肚腸，怎生放得！」欲待親往西川，體訪消息。「只我女娘家，又是個不出閨門的人，怎生去得？除非夢寐之中，與他相見，也好得個明白。」因此朝夕懸念。睡思昏沉，深閨寂寞，兀坐無聊，題詩一首。詩云：

西蜀東京萬里分，鴈來魚去兩難聞。深閨只是空相憶，不見關山愁殺人。

那白氏一心想著丈夫，思量要做個夢去尋訪。想了三年有餘，再沒個真夢。一日，正是清明佳節，姑姊妹中，都來邀去踏青遊玩。白氏那有恁樣⑳閒心腸！推辭不去。到晚上，對著一盞孤燈，悽悽惶惶的呆想。坐了一個黃昏，回過頭來，看見丫鬟翠翹已是齁齁睡去。白氏自覺沒情沒緒，只得也上床去睡臥，翻來覆去，那裏睡得安穩。想道：「我直恁命薄！要得個夢兒去會他也不能勾！」又想道：「總然夢兒裏會著了他，到底是夢中的說話，原作不得准。如今也說不得了。須是親往蜀中訪問他回來，也放下了這條腸子。」卻又想道：「我家姊妹中曉得，怎麼肯容我去！不如瞞著他們，就在明早悄悄前去。」正想之間，只聽得喔喔雞鳴，天色漸亮。即忙起身梳裹，扮作村莊模樣。取了些盤纏銀兩，并幾件衣服，打個包裹，收拾完備。看翠翹時，睡得正熟。也不通他知道，一路開門出去。離了崇賢里，頃刻出了開陽門，過了龍華寺，不覺又早到襄陽地面。有一座寄錦亭。原來苻秦時，有個安南將軍竇滔，鎮守襄陽，挈了寵妾趙陽臺隨任。抛下妻子蘇氏。那蘇氏名蕙，字若蘭，生得才貌雙絕。將一幅素錦，長廣八寸，織成迴文詩句，五色分章，計八百四十一字，詩三千七百五十二首，寄與竇滔。竇滔看見，立時送還陽臺，迎接蘇氏到任，夫妻恩愛，比前更篤。後人遂為建亭於此。那白氏在亭子上眺望良久，歎道：「我雖不及若蘭才貌，卻也粗通文墨。縱有織錦迴文，誰人為寄，使他早整歸鞭，長諧伉儷乎？」乃口占迴文詞一首，題于亭柱上。詞云：

---

⑳ 恁樣：這樣。

陽春豔曲，麗錦誇文。傷情織怨，長路懷君。惜別同心，膺填思悄。碧鳳香殘，青鸞夢曉。

倒讀來，又是一首好詞：

曉夢鸞青，殘香鳳碧。悄思填膺，心同別惜。君懷路長，怨織情傷。文誇錦麗，曲豔春陽。

白氏題罷，離了寄錦亭，不覺又過荊州，來到夔府。恰遇天晚，見前面有所廟宇，遂入廟中投宿。擡頭觀看，上面懸一金字匾額，寫著高唐觀三個大字。乃知是巫山神女之廟。便於神座前撮土為香，禱告道：「我白氏，小字娟娟，本在東京居住。只為兒夫獨孤遐叔去訪西川節度韋皋，一別三年，杳無歸信，是以不辭跋涉，萬里相尋。今夕寄宿仙宮，敢陳心曲。吾想神女曾能通夢楚王，況我同是女流，豈不托我一夢。伏乞大賜靈感，顯示前期，不勝虔懇之至。」禱罷而睡。果然夢見神女備細說道：「遐叔久寓西川，平安無恙。如今已經辭別，取路東歸。你此去怎麼還遇得他著？可早早回身家去。須防途次尚有虛驚。保重，保重！」那白氏颯然覺來，只見天已明了。想起神女之言，歷歷分明，料然不是個春夢。遂起來拜謝神女，出了廟門，重尋舊逕，再轉東都。在路曉行暮止，迤邐望東而來。此時正值暮春天氣，只見一路上有的是紅桃綠柳，燕舞鶯啼。白氏貪看景致，不覺日晚，尚離開陽門二十餘里。便趁著月色，趲步歸家。忽遇前面一簇遊人，笑語喧雜，漸漸的走近。你道是甚麼樣人？都是洛陽少年，輕薄浪子。每遇花前月下，打夥成群，攜著的錦瑟瑤笙，挈著的青尊翠幕，專慣窺人婦女，逞己風流。白氏見那夥人來得不三不四，卻待躲避。原來美人映著月光，分外嬌豔，早被這夥人瞧破。便一圈圈將轉來，對白氏道：「我們出郭春遊，步月到此，有月無酒，有酒無人，豈不辜負了這般良夜！此去龍華古寺不遠，桃李大開。願小娘子不棄，同去賞翫一回何如？」那白氏聽見，不覺一點怒氣，從腳底心裏直湧到耳朵根邊，把一個臉都變得通紅了，罵道：「你須不是史思明的賊黨，清平世界，誰敢調弄良家女子，況我不是尋常已下之人，是白司農的小姐，獨孤司封的媳婦，前進士獨孤遐叔的渾家！誰敢囉唣！」怎禁這班惡少，那管甚麼宦家良家。任你喊破喉嚨，也全不作准。推的推，擁的擁，直逼入龍華寺去賞花。這叫做鐵怕落爐，人怕落套。正是：

分明繡閣嬌閨婦，權做徵歌侑酒人。

且說遐叔因進城不及，權在龍華寺中寄宿一宵。想起當初，從此送別，整整的過了三年，不知我白氏娘子安否何如？因誦襄陽孟浩然的詩，說道：「近家心轉切，不敢問來人。」吟咏數番，濟然淚下。坐到更深，尚未能睡。忽聽得牆外人語喧譁，漸漸的走進寺來。遐叔想道：「明明是人聲，須不是鬼。似這般夜靜，難道有甚官府到此？」正惶惑間，只見有十餘人，各執苕帚糞箕，將殿上掃除乾淨去訖。不多時，又見上百的人，也有舖設茵席的，也有陳列酒餚的，也有提著燈燭的，也有抱著樂器的，絡繹而至，擺設得十分齊整。遐叔想道：「我曉得了，今日清明佳節，一定是貴家子弟出郭遊春。因見月色如畫，殿庭下桃李盛開，爛熳如錦，來此賞翫。若見我時，必被他趕逐。不若且伏在後壁佛桌下，待他酒散，然後就寢。只是我恁般晦氣，在古廟中要討一覺安睡，也不能勾！」即起身躲在後壁，聲也不敢則。又隔了一回，只見六七個少年，服色不一，簇擁著個女郎來到殿堂酒席之上。單推女郎坐在西首，卻是第一個坐位。諸少年皆環向而坐，都屬目在女郎身上。遐叔想道：「我猜是豪貴家遊春的，果然是了。只這女郎，不是個官妓，便是個上妓，何必這般趨奉他？難道有甚良家女子，肯和他們到此飲宴？莫不是強盜們強奪來的？或拐騙來的？」只見那女郎側身西坐，攢眉蹙額，有不勝怨恨的意思。遐叔凝著雙眸，悄地偷看，宛似渾家白氏。喫了一驚，這身子就似吊在冰桶裏，遍體冷麻，把不住的寒顫。卻又想道：「呸！我好十分懵懂，娘子是個有節氣的，平昔間終日住在房裏，親戚們也不相見，如何肯隨這班人行走？世上面貌廝像的儘多，怎麼這個女郎就認做娘子？」雖這般想，終是放心不下。悄地的在黑影子裏一步步挨近前來，仔細再看，果然聲音舉止，無一件不是白氏，再無疑惑。卻又想道：「莫不我一時眼花錯認了？」又把眼來擦得十分明亮，再看時節，一發絲毫不差。卻又想道：「莫不我睡了去，在夢兒裏見他？」把眼翟翟，把腳踏踏，分明是醒的，怎麼有此詫異的事！「難道他做閨女時尚能截髮自誓，今日卻做出這般勾當！豈為我久客西川，一定不回來了，遂改了節操？我想蘇秦落第，嗔他妻子不曾下機迎接。後來做了丞相，尚然不肯認他。不知我明早歸家，看他還有甚面目好來見我？」心裏不勝忿怒，磨拳擦掌的要打將出去。因見他人多夥眾，可不是倒捋虎鬚。且再含忍，看他怎生的下場。只見一個長鬚的，舉杯向白氏道：「古語云，一人向隅，滿坐不樂。我輩與小娘子雖然乍會，也是天緣。如此良辰美景，亦非易得。何苦恁般愁鬱？請放開懷抱，歡飲一杯；並求妙音，以助酒情。」那白氏本是強逼來的，心下十分恨他。欲待不歌，卻又想：「這班乃是無籍惡少我又孤身在此，怕觸怒了他，一時撒潑起來，豈不反受其辱！」只得拭乾眼淚，拔下金雀釵，按板而歌。歌云：

今夕何夕？存耶？沒耶？良人去兮天之涯，園樹傷心兮三見花！

自古道：詞出佳人口，那白氏把心中之事，擬成歌曲，配著那嬌滴滴的聲音，嗚嗚咽咽歌將出來，聲調清婉，音韻悠揚，真個直令高鳥停飛，潛魚起舞，滿座無不稱贊。長鬚的連稱「有勞，有勞！」把酒一吸而盡。遐叔在黑暗中看見渾家並不推辭，就拔下寶釵按拍歌曲，分明認得是昔年聘物，心中大怒，咬碎牙關，也不聽曲中之意，又要搶將出去廝鬧。只是恐眾寡不敵，反失便宜。又只得按捺住了，再看他們。只見行酒到一個黃衫壯士面前，也舉杯對白氏道：「聆卿佳音，令人宿醒頓醒，俗念俱消。敢再求一曲，望勿推卻。」白氏心下不悅，臉上通紅，說道：「好沒趣！歌一曲盡勾了，怎麼要歌兩曲？」那長鬚的便拿起巨觥說道：「請置監令。有拒歌者，罰一巨觥。酒到不乾，顏色不樂，並歌舊曲者，俱照此例。」白氏見長鬚形狀兇惡，心中害怕，只得又歌一曲。歌云：

歎衰草，絡緯聲切切，良人一去不復返，今日坐愁鬢如雪。

歌罷，眾人齊聲喝采。黃衫人將酒飲乾，道聲「勞動！」遐叔見渾家又歌了一曲，愈加忿恨。恨不得眼裏放出火來，連這龍華寺都燒個乾淨。那酒卻行到一個白面少年面前，說道：「適來音調雖妙，但賓主正歡，歌恁樣淒清之曲，恰是不稱！如今求歌一曲有情趣的。」眾人都和道：「說得有理！歌一個新意兒的，勸我們一杯！」白氏無可奈何，又歌一曲云：

勸君酒，君莫辭！落花徒繞枝，流水無返期。莫恃少年時，少年能幾時？

白氏歌還未畢，那白面少年便嚷道：「方纔講過，要個有情趣的，卻故意唱恁般冷淡的聲音！請監令罰一大觥。」長鬚人正待要罰，一個紫衣少年立起身來說道：「這罰酒且謾著。」白面少年道：「卻是為何？」紫衣人道：「大凡風月場中，全在幫襯，大家得趣。若十分苛罰，反覺我輩俗了。如今且權寄下這杯，待他另換一曲，可不是好！」長鬚的道：「這也說得是。」將大觥放下，那酒就行到紫衣少年面前。白氏料道推托不得，勉強揮淚又歌一曲云：

怨空閨，秋日亦難暮！夫壻絕音書，遙天雁空度。

歌罷，白衣少年笑道：「到底都是那些悽愴怨暮之聲！再沒一毫豔意！」紫衣人道：「想是他傳派如此，不必過責。」將酒飲盡。行至一個皁帽胡人面前，執杯在手，說道：「曲理俺也不十分明白，任憑小娘子歌一個兒，侑這杯酒下去罷了。且莫要冷淡了俺。」白氏因連歌幾曲，氣喘聲促，心下好不耐煩！聽說又要再歌，把頭掉轉，不去理他。長鬚的見不肯歌，叫道：「不應拒歌！」便拋一巨觥。白氏到此地位，勢不容己，只得忍泣含啼，飲了這杯罰酒，又歌云：

切切夕風急，露滋庭草濕。良人去不回，焉知掩閨泣！

皁帽胡人將酒飲罷，卻行到一個綠衣少年，舉杯請道：「夜色雖闌，興猶未淺。更求妙音，以盡通宵之樂。」那白氏歌這一曲，聲氣已是斷續，好生喫力！見綠衣人又來請歌，那兩點秋波中，撲簌簌淚珠亂洒。眾人齊笑道：「對此好花明月，美酒清歌，真乃賞心樂事，有何不美？卻恁般淒楚，忒煞不韻㉑！

該罰，該罰！」白氏恐怕罰酒，又只得和淚而歌。歌云：

螢火穿白楊，中風入荒草。疑是夢中遊，愁迷故園道。

白氏這歌，一發前聲不接後氣，恰如啼殘的杜宇，叫斷的哀猿。滿座聞之，盡覺淒然。只見綠衣人將酒飲罷，長鬚的含著笑說道：「我音律雖不甚妙，但禮無不答。信口謅一曲兒，回敬一杯。你們休要笑話！」眾人道：「你又幾時進了這椿學問？快些唱來。」長鬚的頓開喉嚨，唱道：

花前始相見，花下又相送。何必言夢中，人生盡如夢！

那聲音猶如哮蝦蟆，病老貓，把眾人笑做一堆，連嘴都笑歪了。說道：「我說你曉得什麼歌曲！弄這樣空頭！」長鬚人到掙得好副老臉，但憑眾人笑話，他卻面不轉色。直到唱完了，方答道：「休要見笑！我也是好價錢學來的哩。你們若學得我這幾句，也儘勾了。」眾人聞說，越發笑一個不止。長鬚的由他們自笑，卻執起一個杯兒，滿滿斟上，欠身親奉白氏一杯。直待飲乾，然後坐下。遐叔起初見渾家隨著這班少年飲酒，那氣惱到包著身子。若沒有這兩個鼻孔，險些兒肚子也脹穿了。到這時，見眾人單逼著他唱曲，渾家又不勝憂恨，涕泣交零，方才明白是逼勒來的。這氣到也略平了些。卻又想：「我娘子自在家裏，為何被這班殺才劫到這個荒僻所在？好生委決不下！我且再看他還要怎麼？」只見席上又輪到白面的飲酒，他舉著金杯，對白氏道：「適勞妙歌，都是憂愁怨恨的意思，連我等眼淚不覺掉將下

21 不韻：沒有風趣。

來。終覺敗興！必須再求一風月豔麗之曲，我等洗耳拱聽，幸勿推辭。」遐叔暗道：「這些殺才，劫掠良家婦女，在此歌曲，還有許多嫌好道歉！」那白氏心中正自煩惱，況且連歌數曲，口乾舌燥，聲氣都乏了，如何肯再唱！低著頭，只是不應。那長鬚的叫道：「違令！」又抛下一巨觥。這時遐叔一肚子氣怎麼再忍得住！暗裏從地下摸得兩塊大磚橛子㉒，先一磚飛去，恰好打中那長鬚的頭。再一磚飛去，打中白氏的額上。只聽得殿上一片嚷將起來，叫道：「有賊，有賊！」東奔西散，一霎眼間，早不見了。那遐叔走到殿上，四下打看，莫說一個人，連這鋪設的酒筵器具，一些沒有蹤跡。好生奇怪！嚇得眼跳心驚，把個舌頭伸出，半晌還縮不進去。

那遐叔想了一會，歎道：「我曉得了！一定是我的娘子已死，他的魂靈遊到此間，卻被我一磚把他驚散了。」這夜怎麼還睡得著？等不得金雞三唱，便束裝上路。天色未明，已到洛陽城外。捱進㉓開陽門，逕奔崇賢里，一步步含著眼淚而來。遙望家門，卻又不見一些孝事。那心兒裏就是十五六個吊桶打水，七上八落的跳一個不止。進了大門，走到堂上，撞見梅香翠翹，連忙問道：「娘子安否何如？」口內雖然問他，身上卻擔著一把冷汗，誠恐怕說出一句不吉利的話來。只見翠翹不慌不忙的答道：「娘子睡在房裏，說今早有些頭痛，還未曾起來梳洗哩。」遐叔聽見翠翹說道娘子無恙。這一句話，就如分娩的孕婦，囫底㉔一聲，孩子頭落地，心下好不寬暢。只是夜來之事，好生疑惑。忙忙進到臥房裏面問道：

㉒ 磚橛子：碎磚；斷了的磚。

㉓ 捱進：勉強接近。

㉔ 囫底：本是形容牽船的聲音，這裏是形容小孩子生下來的聲音。囫，音ㄏㄜ。

「夜來做甚不好睡！今早走不起？」白氏答道：「我昨夜害魘哩。只因你別去三年，杳無歸信，我心中時常憂憶。夜來做成一夢，要親到西川訪問你的消息。直行至巫山地面，在神女廟裏投歇。那神女又托夢與我，說你已離巴蜀，早晚到家。休得途中錯過，枉受辛苦。我依還尋著舊路而回。將近開陽門二十餘里，踏著月色，要趕進城，忽遇一夥少年，把我逼到龍華寺翫月賞花。飲酒之間，又要我歌曲。整整的歌了六曲，還被一個長鬚的屢次罰酒。不意從空中飛下兩塊磚櫪子，一塊打了長鬚的頭，一塊打了我的額角上，瞥然驚醒，遂覺頭痛。因此起身不得，還睡在這裏。」遐叔聽罷，連叫：「怪哉，怪哉！怎麼有恁般異事！」白氏便問有何異事。遐叔把昨夜寺中宿歇，看見的事情，從頭細說一遍。白氏見說，也稱奇怪，道：「元來我昨夜做的卻是真夢？但不知這夥惡少是誰？」遐叔道：「這也是夢中之事，不必要深究了。」

說話的，我且問你：那世上說謊的也儘多；少不得依經傍註，有個邊際，從沒有見你恁樣說瞞天謊的祖師！那白氏在家裏做夢，到龍華寺中歌曲，須不是親身下降，怎麼獨孤遐叔便見他的形像？這般沒根據的話，就騙三歲孩子也不肯信，如何哄得我過？看官有所不知：大凡夢者想也，因也；有因便有想，有想便有夢。那白氏行思坐想，一心記掛著丈夫，所以夢中真靈飛越，有形有像，俱為實境。那遐叔亦因想念渾家，幽思已極，故此雖在醒時，這點神魂，便入了渾家夢中。此乃兩下精神相貫，魂魄感通，淺而易見之事；怎說在下掉謊！正是：

只因別後幽思切，致使精靈暗往回。

當下白氏說道：「夢中之事，所見皆同，這也不必說了。且問你：一去許久，並無音耗，雖則夢中在巫山廟祈夢，蒙神女指示，說你一路安穩，干求稱意。我想蜀道艱難，不知怎生到得成都？便到了成都，不知可曾見韋臯？便見了韋臯，不知贈得你幾何？」遐叔驚道：「我當初經過巫峽，聽說山上神女頗有靈感，曾暗祈他托汝一夢，傳個平安消息。不道果然夢見！真個有些靈感。只是我到得成都，偶值韋臯兩次出征，因此在碧落觀整整的住了兩年半，路上走了半年。遂致擔閣，有負初盟。猶喜得韋臯故人情重，相待甚厚。若不是我一意告辭，這早晚還被他留住，未得回來。」將那路途跋涉，旅邸淒涼，並韋臯款待贈金，差人遠送，前後之事，一一細說。夫妻二人，感嘆不盡。把那三百金日逐用度，遐叔埋頭讀書。約莫半年有餘，韋臯差兩員將校，賫書送到黃金一萬兩，蜀錦一千疋。遐叔連忙寫了謝書，款待來使去後，對白氏道：「我先人出仕三十餘年，何嘗有此宦橐！我一來家世清白，二來又是儒素。只前次所贈，以足度日，何必又要許多！且把來封好收置，待我異日成名，另有用處。」白氏依著丈夫言語，收置不題。

且說唐朝制科，率以三歲為期。遐叔自貞元十五年下第，西遊巴蜀，卻錯了十八年這次，直到二十一年，又該殿試時分。打一行囊，辭別白氏，上京應舉。那知貢舉官乃是中書門下侍郎崔群，素知遐叔才名，有心檢他出來取作首卷。呈上德宗天子，御筆親題狀元及第。那遐叔有名已久，榜下之日，那一個不以為得人。舊例遊街三日，曲江賜宴，雁塔題名㉕。欽除翰林修撰，專知制誥。謝恩之後，即寫家書，差人迎接白氏夫人赴京，共享富貴。且說白氏在家，掐指過了試期，眼盼盼懸望佳音。一日，正在

㉕ 曲江賜宴二句：唐代習俗。新考中的進士，要在長安城外曲江宴會，並且把自己的姓名刻在雁塔的石頭上作為紀念。

閨房中，忽聽得堂前鼎沸。連忙教翠翹出去看時，恰正是京中走報的來報喜。白氏問了詳細，知得丈夫中了頭名狀元，以手加額，對天拜謝。整備酒飯，款待報人。頃刻就嚷遍滿城。白氏親族中俱來稱賀。那白長吉，昔日把遐叔何等奚落；及至中了，卻又老著臉皮，備了厚禮，也來稱賀。那白氏是個記德不記仇的賢婦，念著同胞分上，將前情一筆都勾。相見之間，千歡萬喜。白長吉自揑進了身子，無一日不來撥臀捧屁。就是平日從不往來，極疏冷的親戚，也來殷勤趨奉。到教白氏應酬不暇。那賫書的差人，星夜趕至洛陽，叩見白氏，將書呈上。白氏拆開，看到書後有詩一首，云：

玉京仙府獻書人，賜出宮袍似爛銀。寄語機中愁苦婦，好將顏面對蘇秦。

白氏看罷，微微笑道：「原來相公要迎我至京。」遂留下差人，擇吉起程。那時府縣撥送船夫，親戚都來餞送。白長吉親送妹子至京。遐叔接入衙門，夫妻相見，喜從天降。白長吉向前請罪。遐叔度量寬弘，全無芥蒂㉖。即便擺設家筵，款待不題。不想那年德宗皇帝晏駕，百官共立順宗登位。不上半年，順宗也就崩了。又立憲宗登位，改元元和元年。到四月間，遐叔早陞任翰林院學士，知制誥如故。你道他為何陞得恁驟？元來大行皇帝㉗的遺詔，與新帝登極的詔書，前後四篇，都出遐叔之作。這是朝廷極大手筆，以此累功，不次遷擢。恰好五月間，有大赦天下詔書，遐叔乘這個機會，就討了宣赦的差。夫妻二人，衣錦還鄉。親戚們都在十里外迎接。府縣官也出郭相迎。遐叔回到家中，焚黃㉘謁墓，殺豬宰

㉖ 芥蒂：鯁礙的東西。比喻心懷嫌惡，對人隔閡。

㉗ 大行皇帝：皇帝初死還未諡號時，稱為「大行皇帝」。

羊，做慶喜筵席，遍請親鄰。飲酒中間，說起龍華寺曾許下願心，要把韋皋送來的黃金萬兩，蜀錦千疋，都捨在寺裏，重修寶殿，再整山門。即便選擇吉辰，興動工役。其時白敏中以中書侍郎請告歸家。白居易新授杭州府太守，回來赴任。兩個都到遐叔處賀喜。見此勝緣，各各布施。那州縣官也要奉承遐叔，無一個不來助工。眼見得這龍華寺不日建造起來，比初時越覺齊整。但見：

寶殿嵯峨侵碧落，山門弘敞壓閻浮。

卻說韋皋久鎮蜀地，自知年紀漸老。萬一西番南夷，有些決撒，恐損威名。上表固請骸骨，因薦遐叔自代。奉聖旨：「韋皋鎮蜀多年，功勞積著，可進光祿大夫、右丞相、同平章事，封襄國公，馳驛回朝。獨孤遐叔累掌絲綸，王言無忝，訪之輿望，僉謂通材；可加兵部侍郎，領西川節度使。仍著走馬赴任，無得遲悞。欽此！」遐叔接了詔書，恐怕違了欽限，便同白氏夫人乘傳而去。未到半路，早有韋皋差官迎接，約定在夔府交代。恰好巫山神女廟正在夔府地方。遐叔與白氏乘此便道，先往廟中行香，謝他託夢的靈感。然後與韋皋相見。敘過寒溫，送過敕印，把大小軍政一一交盤明白。纔喫公宴。當日遐叔就回了席。明早，點集車騎隊伍，護送韋皋還朝。從此上任之後，專務鎮靜，軍民安堵，威名更勝。朝廷累加褒賞。直做到太保兼吏、兵二部尚書，封魏國公。白氏誥封魏國夫人。夫妻偕老，子孫榮盛。有詩為證：

夢中光景醒時因，醒若真時夢亦真。莫怪癡人頻做夢，怪他說夢亦癡人。

㉘ 焚黃：指焚化冥紙祭神。

第二十六卷　薛錄事魚服證仙

借問白龍緣底事？蒙他魚服區區。雖然縱適在河渠，失其雲雨勢，無乃困余且。　要識靈心能變化，須教無主常虛。非關喜裏乍昏愚；莊周曾作蝶，薛偉亦為魚。

話說唐肅宗乾元年間，有個官人，姓薛，名偉，吳縣人氏，曾中天寶末年進士。初任扶風縣尉❶，名聲頗著。陞為蜀中青城縣主簿。夫人顧氏，乃是吳縣第一個大族。不惟容止端麗，兼且性格柔婉。夫妻相得，愛敬如賓。不覺在任，又經三年，大尹陞遷去了。上司知其廉能，即委他署攝❷縣印。那青城縣本在窮山深谷之中，田地磽脊，歷年歲歉民貧，盜賊生發。自薛少府署印，立起保甲之法，凡有盜賊，協力緝捕。又設立義學，教育人材。又開義倉，賑濟孤寡。每至春間，親往各鄉，課農耕種，又把好言勸諭，教他本分為人。因此處處田禾大熟，盜賊也化為良民。治得縣中真個夜不閉戶，路不拾遺。百姓戴恩懷德，編成歌謠，稱頌其美。歌云：

❶ 縣尉：唐代於每縣設縣令、縣丞、主簿、縣尉各若干員，分別管理一縣的政務。後來按照職位高下的次序，又稱縣丞為「二衙」，主簿為「三衙」。縣尉有兩個，所以稱為「四衙」和「五衙」。縣尉，又別稱為「少府」。

❷ 署攝：代理。

秋至而收，春至而耘。吏不催租，夜不閉門。百姓樂業，立學興文。教養兼遂，薛公之恩。自今孩童，願以名存。將何字之？「薛兒」「薛孫」。

那薛少府不但廉謹仁慈，愛民如子，就是待那同僚，卻也謙恭虛己，百凡從厚。原來這縣中有一個縣丞，一個主簿，兩個縣尉。那縣丞姓鄒名滂，也是進士出身；與薛少府恰是同年好友。兩個縣尉，一個姓雷，名濟，一個姓裴，名寬。這三位官人，為官也都清正。因此臭味相投，每遇公事之暇，或談詩，或弈棋，或在花前竹下，開樽小飲，彼來此往，十分款洽。一日，正值七夕，薛少府在衙中與夫人乞巧飲宴。元來七夕之期，不論大小人家，少不得具些酒果為乞巧穿針之宴。——你道怎麼叫做乞巧穿針？只因天帝有個女兒，喚做織女星，日夜辛勤織紝。天帝愛其勤謹，配與牽牛星為婦。誰知織女自嫁牛郎之後，貪歡眷戀，卻又好梳粧打扮，每日只是梳頭，再不去調梭弄織。天帝嗔怒，罰織女住在天河之東，牛郎住在天河之西。一年只許相會一度，正是七月七日。到這一日，卻教喜鵲替他在天河上填河而渡。因此世人守他渡河時分，皆於星月之下，將綵線去穿針眼。穿得過的，便為得巧；穿不過的，便不得巧。以此卜一年的巧拙。你想那牛郎、織女眼巴巴盼了一年，纔得相會，又只得三四個時辰，忙忙的敘述想念情悰，還恐說不了，那有閒功夫又到人間送巧？豈不是個荒唐之說！——且說薛少府，當晚在庭中，與夫人互相勸酬，不覺坐到夜久更深，方纔入寢。不道卻感了些風露寒涼，遂成一病，渾身如炭火燒的一般，汗出如雨。漸漸三餐不進，精神減少，口裏只說道：「我如今頃刻也捱不過了！你們何苦留我在這裏！不如放我去罷！」你想病人說出這樣話頭，明明不是好消息了。嚇得那顧夫人心膽俱落。難道就這等坐視他死了不成？少不得要去請醫問卜，求神許願。元來縣中有一座青城山❸，是道家第五洞天。山上有座廟宇，塑著一位老君，極有靈感。真是祈晴得晴，祈雨得雨，祈男得男，祈女得女。香火最盛。因此夫人寫下疏文，差人到老君廟祈禱。又聞靈籤最驗，一來求他保佑少府，延福消菑❹；二來求賜一籤，審問凶吉。其時三位同僚聞得，都也素服角帶，步至山上行香，情願減損自己陽壽，代救少府。剛是同僚散後，又是合縣父老，率著百姓們，一齊拜禱。顯見得少府平日做官好處，能得人心如此。只是求的籤是第三十二籤。那籤訣道：

百道清泉入大江，臨流不覺夢魂涼。何須別向龍門去？自有神魚三尺長。

差人抄這籤訣回衙，與夫人看了，解說不出。想道：「聞得往常間人求的皆如活見一般，不知怎地我們求的卻說起一個魚來，與相公的病全無著落？是吉是凶，好生難解！」以此心上就如十五六個吊桶打水，七上八落的，轉加憂鬱。又想道：「這籤訣已不見怎的；且去訪個醫人來調治，倒是正經。」即差人去體訪。卻訪得成都府有個道人李八百，他說是孫真人❺第一個徒弟。傳得龍宮秘方有八百個，因此人都叫他做李八百。真個請他醫的，手到病除，極有神效。他門上寫下一對春聯道：

❸ 青城山：在今四川灌縣西南。是道教所謂十大洞天中第五洞天。十大洞天是：王屋、委羽、西城、西玄、青城、赤城、羅厚、勾曲、林屋、括蒼等十個山洞。

❹ 菑：同「災」。

❺ 孫真人：指孫思邈，唐代人，著有千金要方，講診病、針灸和養生之道。

藥按韓康無二價，杏栽董奉有千株❻。

但是請他的，難得就來。若是肯來，這病人便有些生機了。他要的謝儀，卻又與人不同：也有未曾開得藥箱，先要幾百兩的；也有醫好了，不要分文酬謝，止要喫一醉的。也有聞召即往的，也有請殺❼不去的：甚是捉他不定；大抵只要心誠，他便肯來。夫人知得有這個醫家，即差下的當人齎了禮物，星夜趕去請那李八百。恰好他在州裏，一請便來。夫人心下方覺少寬。豈知他一進門來，還不曾診脈，說道：「這病勢雖則像個死的，卻是個不死的。也要請我來則甚？」當下夫人備將起病根由，并老君廟裏占的籤訣，盡數說與太醫知道，求他用藥。那李八百只是冷笑道：「這個病從來不上醫書的！我也無藥可用。唯有死後常將手去摸他胸前。若是一日不冷，一日不可下棺。待到半月二旬之外，他思想食喫，自然漸漸甦醒回來。那老君廟籤訣，雖則靈應，然須過後始驗。非今日所能猜度得的。」到底不肯下藥，竟自去了。也不知少府這病當真不消吃藥，自然無事？還是病已犯拙，下不得藥的，故此托辭而去？正是：

青龍共白虎同行，吉凶事全然未保。

---

❻ 藥按韓康無二價二句：韓康，東漢霸陵人。在長安賣藥三十餘年，口不二價；後隱居在霸陵山中。董奉，三國時吳國人。在廬山為人治病，不要錢，只要病家替他種一棵杏樹。幾十年中，共種了十萬株。他用杏子換穀，把穀分給貧窮的人。據說後來成了仙。

❼ 請殺：極力邀請。

夫人因見李八百去了，嘆道：「這等有名的醫人，尚不肯下藥，難道還有別一個敢來下藥？定然病勢不救！唯有奄奄待死而已。」只見熱了七日七夜，越加越重。忽然一陣昏迷，閉了眼去，再叫也不醒了。夫人一邊啼哭，一邊教人稟知三位同僚，要辦理後事。那同僚正來問候，得了這個凶信，無不泪下。急至衙中向屍哭了一回，然後與夫人相見。又安慰一番。因是初秋時候，天氣還熱，分頭去備辦衣衾棺槨。到第三日，諸色完備，理當殯殮入棺。其時夫人扶屍慟哭，覺得胸前果然有微微暖氣。以此信著李八百道人的說話，還要停在床裏。只見家人們都道：「從來死人胸前儘有三四日暖的，不是一死便冷。此何足據！現今七月天道，炎熱未退。倘遇一聲雷響，這屍首就登時漲將起來，怎麼還進得棺去？」夫人道：「李道人元說胸前一日不冷，一日不可入棺。如今既是暖的，就做不信他，守到半月二十多日，怎忍便三日內帶熱的將他殮了？況且棺木已備，等我自己日夜守他。只待胸前一冷，就入棺去，也不為遲。天那！但願李道人的說話靈驗，守得我相公重醒回來，何但救了相公一命，卻不連我救了兩命！」眾人再三解說，夫人終是不聽。拗他不過，只得依著。停下少府在床，謹謹看守，不在話下。

*　　*　　*

卻說少府病到第七日，身上熱極，便是頃刻也挨不過。一心思量要尋個清涼去處消散一消散，或者這病還有好的日子。因此悄地裏背了夫人，瞞了同僚，竟提一條竹杖，私離衙齋。也不要一人隨從。倏忽之間，已至城外。就如飛鳥辭籠，游魚脫網一般，心下甚喜。早把這病都忘了。你道少府是個官，怎麼出衙去，就沒一個人知道？元來想極成夢，夢魂兒覺得如此，這身子依舊還在床上，怎麼去得？單了守屍的哭哭啼啼，無明無夜，只望著死裏求生。豈知他做夢的飄飄忽忽，無礙無拘，到也自苦中取樂。

薛少府出了南門，便向山中遊去。來到一座山，叫做龍安山，山上有座亭子，乃是隋文帝封兒子楊秀做蜀王，建亭於此，名為避暑亭。前後左右，皆茂林修竹，長有四面風來，全無一點日影。所以蜀王每到炎天，便率領賓客來此亭中避暑。果然好個清涼去處！少府當下看見，便覺心懷開爽。「若使我不出城，怎知山中有這般境界？但是我在青城縣做了許多時，尚且不曾到此。想那三位同僚，怎麼曉得？只合與他們知會，同攜一尊，為避暑之宴。可惜有了勝地，少了勝友，終是一場欠事。」眼前景物可人，遂作詩一首。詩云：

偷得浮生半日閒，危梯絕壁自躋攀。雖然呼吸天門近，莫遣乘風去不還。

薛少府在亭子裏坐了一會，又向山中行去。那山路上沒有些樹木蔭蔽，怎比得亭子裏這般涼爽。以此越行越悶。漸漸行了十餘里，遠遠望見一條大江。你道這江是什麼江？昔日大禹治水，從岷山導出岷江。過了茂州威州地面，又道出這個江水來，叫做沱江。至今江岸上垂著大鐵鍊，也不知道有多少長，沉在江底，乃是大禹鎖著應龍的去處。元來禹治江水，但遇水路不通，便差那應龍前去。隨你幾百里的高山巨石，只消他尾子一抖，登時就分開做了兩處。所以世稱大禹叫個「神禹」。若不會驅使這樣東西，焉能八年之間，洪水底定？至今泗江水上，也有一條鐵鍊，鎖著水母。其形似獮猴一般。這沱江卻是應龍，皆因水功既成，鎖著以鎮後害。豈不是個聖迹？當下少府在山中行得正悶，況又患著熱症的，忽見這片沱江，浩浩蕩蕩，真個秋水長天一色，自然覺得清涼，直透骨髓，就恨不得把三步併做一步，風車似奔來。豈知從山上望時甚近，及至下得山來，又道還不曾到得沱江，卻被一個東潭隔住。這潭也好大哩。水清似鏡一般，不論深淺去處，無不見底。況又映著兩岸竹樹，翠色可掬。少府便脫下衣裳，向潭中洗澡。元來少府是吳人，生長澤國，從幼學得泅水。成人之後，久已不曾弄這本事。不意今日到此遊戲，大快夙心。偶然嘆道：「人游到底不如魚健！怎麼借得這魚鱗生在我身上，也好到處游去，豈不更快！」只見旁邊有個小魚，卻覷著少府道：「你要變魚不難，何必假借。待我到河伯處，為你圖之。」說聲未畢，這小魚早不見了。把少府吃上一驚，想道：「我怎知這水裏是有精怪的？豈可獨自一個在裏面洗澡！不如早早抽身去罷。」豈知少府既動了這個念頭，便少不得墮了那重業障。只教：

衣冠暫解人間累，鱗甲俄看水上生。

薛少府正在沉吟，恰待穿了衣服，尋路回去。忽然這小魚來報道：「恭喜！河伯已有旨了。」早見一個魚頭人，騎著大魚，前後導從的小魚，不計其數，來宣河伯詔曰：

城居水游，浮沉異路。苟非所好，豈有兼通。爾青城縣主簿薛偉，家本吳人，官亦散局❽。樂清江之浩渺，放意而游；厭塵世之喧囂，拂衣而去。暫從鱗化，未便終身。可權充東潭赤鯉。嗚呼！縱遠適以忘歸，必受神明之罰；昧纖鉤而食餌，難逃刀俎之菑。無或失身，以羞吾黨。爾其勉之！

少府聽詔罷，回顧身上，已都生鱗，全是一個金色鯉魚。心下雖然駭異，卻又想道：「事已如此，且待我恣意游玩一番，也曉得水中的意趣。」自此三江五湖，隨其意向，無不游適。元來河伯詔書上說

❽ 散局：不是主管官的意思。

充東潭赤鯉，這東潭便似分定的地方一般，不論游到那裏，少不得要回到那東潭安歇。單則那一件，也覺得有些兒不在。過了幾日，只見這小魚又來對薛少府道：「你豈不聞山西平陽府有一座山，叫個龍門山，是大禹治水時鑿將開的，山下就是黃河。只因山頂上有水接著天河的水，直沖下來，做黃河的源頭，所以這個去處，叫做河津。目今八月天氣，秋潦將降，雷聲先發。普天下鯉魚，無有不到那裏去跳龍門的。你如何不稟辭河伯，也去跳龍門？若跳得過時，便做了龍，豈不更強似做鯉魚！」元來少府正在東潭裏面住得不耐煩，聽見這個消息，心中大喜。即便別了小魚，竟到河伯處所。但見宮殿都是珊瑚作柱，玳瑁為樑，真個龍宮海藏，自與人世各別。其時河伯管下的地方，岷江、沱江、巴江、渝江、涪江、黔江、平羌江、射洪江、濯錦江、嘉陵江、青衣江、五溪、瀘水、七門灘、瞿塘三峽，那一處鯉魚不來稟辭要去跳龍門的。只有少府是金色鯉魚，所以各處的都推他為首，同見河伯。舊規有個公宴，就如起送科舉的酒席一般。少府和各處鯉魚一齊領了宴，謝了恩，同向龍門跳去。豈知又跳不過，點額而回。你道怎麼叫做點額？因為鯉魚要跳龍門，逆水上去，把周身的精血都積聚在頭頂心裏，就如被硃筆在額上點了一點的。以此世人稱下第的皆為點額，蓋本於此。正是：

龍門浪急難騰躍，額上羞題一點紅。

卻說青城縣裏有個漁戶叫做趙幹，與妻子在沱江上網魚為業。豈知網著一個癩頭黿，被他把網都牽了去，連趙幹也幾乎掉下江裏。那妻子埋怨道：「我們專靠這網做本錢，養活兩口。今日連本錢都弄沒了，那裏還有餘錢再討得個網來？況且縣間官府，早晚常來取魚，你把甚麼應付？」以此整整爭了一夜。

趙幹被他絮聒不過，只得裝一個釣竿，商量來東潭釣魚。你道趙幹為何捨了這條大江，卻向潭裏釣魚？元來沱江流水最急，正好下網，不好下釣。故因想到東潭另做此一行生意。那釣鉤上鉤著香香的一大塊油麵，投下水中。薛少府自龍門點額回來，也有許多沒趣，好幾日躲在東潭，不曾出去覓食。肚中饑甚。忽然間趙幹的漁船搖來，不免隨著他船游去看看。只聞得餌香，便思量去吃他的。已是到了口邊，想道：「我明明知他餌上有個鉤子。若是吞了這餌，可不被他釣了去？我雖是暫時變魚耍子，難道就沒處求食，偏只吃他釣鉤上的？」再去船傍周圍游了一轉，怎當那餌香得酷烈，恰似鑽入鼻孔裏的一般，肚中又饑，怎麼再忍得住！想道：「我是個人身，好不多重。這些些釣鉤，怎麼便釣得我起？便被他釣了去，我是縣裏三衙，他是漁戶趙幹，豈不認得，自然送我歸縣。卻不是落得吃了他的？」方纔把口就餌上一合，還不曾吞下肚子，早被趙幹一掣，掣將去了。這便叫做眼裏識得破，肚裏忍不過。那趙幹鉤得一個三尺來長金色鯉魚，舉手加額，叫道：「造化，造化！我再釣得這等幾個，便有本錢好結網了。」少府連聲叫道：「趙幹！你是我縣裏漁戶，快送我回縣去。」那趙幹只是不應，竟把一根草索貫了魚鰓，放在艙裏。只見他妻子說道：「縣裏不時差人取魚。我想這等一個大魚，若被縣裏一個公差看見，取了去，領得多少官價？不如藏在蘆葦之中，等販子投來，私自賣他，也多賺幾文錢用。」趙幹說道：「有理！」便把這魚拏去藏在蘆葦中，把一領破簑衣遮蓋。回來對妻子說：「若多賣得幾個錢時，拚得沽酒來與你醉飲。今夜再發利市，安知明日不釣了兩個？」

那趙幹藏魚回船，還不多時候，只見縣裏一個公差叫做張弼，來喚趙幹道：「裴五爺要個極大鯉魚做鮓吃。今早直到沱江邊來喚你，你卻又移到這個所在，教我團團尋遍，走得個汗流氣喘。快些揀一尾大的，同我送去。」趙幹道：「有累上下❾走著屈路了。不是我要移到這裏。只為前日弄沒了網，無錢去買，沒奈何，只得權到此釣幾尾去做本錢。卻又沒個大魚上釣。止有小魚三四斤在這裏。要便拿了去。」張弼道：「裴五爺分付要大魚，小的如何去回話？」撲的跳下船，揭開艙板一看，果然通是小的。欲要把去權時答應，又想道：「這般寬闊去處，難道沒個大魚？一定這廝奸詐，藏在那裏。」即便上岸各處搜看，卻又不見。次後尋到蘆葦中，只見一件破簑衣掀上掀下的亂動。張弼料道，必是魚在底下。急走上前，揭起看時，卻是一個三尺來長的金色鯉魚。趙幹夫妻望見，口裏只叫得苦。張弼不管三七廿一，提了那魚便走。回頭向趙幹說道：「你哄得我好！待稟了裴五爺，著實打你這廝。」少府大聲叫道：「張弼，張弼！你也須認得我。我偶然游到東潭，變魚耍子，你怎麼見我不叩頭，到提著我走？」張弼全然不理。只是提了魚，一直奔回縣去。趙幹也隨後跟來。那張弼一路走，少府也一路罵。提到城門口，只見一個把門的軍，叫做胡健，對張弼說道：「好個大魚！只是裴五爺請各位爺飲宴，專等魚來做鮓吃，道你去了許久不到，又飛出籤來叫你。你可也走緊些。」少府擡頭一看，正前日出來的那一座南門，叫做迎薰門，便叫把門軍道：「胡健，胡健！前日出城時節，曾分付你道：我自私行出去，也不要稟知各位爺，也不要差人迎接。難道我出城不上一月，你就不記得了？如今正該去稟知各位爺，差人迎接纔是，怎麼把我不放在眼裏，這等無狀！」豈知把門軍胡健也不聽見，卻與張弼一般。那張弼一徑的提了魚，進了縣門。薛少府還叫罵不止。只見司戶吏與刑曹吏❿，兩個東西相向，在大門內下棋。那司戶吏道：

❾ 上下：對差役的尊稱。

❿ 司戶吏與刑曹吏：古代縣衙門裏分設司功、司倉、司戶、司兵、司士等司（或稱曹）。司戶吏，就是司戶司的

「好怕人子！這等大魚，可有十多斤重？」那刑曹吏道：「好一個活潑潑的金色鯉魚！只該放在後堂綠漪池裏養他看耍子，怎麼就捨得做鮓吃了？」少府大叫道：「你兩個吏，終日在堂上伏事我的，便是我變了魚，也該認得，怎麼見了我都不站起來，也不去報與各位爺知道？」那兩個吏依舊在那裏下棋，只不聽見。少府想道：「俗諺有云：『不怕官，只怕管。』豈是我管你不著，一些兒不怕我？莫不是我出城這幾日，我的官被勾了？縱使勾了官，我不曾離任，到底也還管得他著。且待我見同僚時，把這起奴才從頭告訴，教他一個個打得皮開肉綻。」看官們，牢記下這個話頭，待下回表白。

* * *

且說顧夫人謹守薛少府的屍骸，不覺過了二十多日，只見肌肉如故，並不損壞。把手去摸著心頭，覺得比前更暖些。漸漸的上至喉嚨，下至肚臍，都不甚冷了。想起道人李八百的說話，果然有些靈驗。因此在指頂上刺出鮮血來，寫成一疏，請了幾個有因⓫的道士，在青城山老君廟裏建醮，祈求仙方，保護少府回生。許下重修廟宇，再塑金身的願心。宣疏之日，三位同僚與通縣吏民，無不焚香代禱，如當日一般。我想古語有云，吉人天相。難道薛少府這等好官，況兼合縣的官民又都來替他祈禱，怕就沒有一些兒靈應？只是已死二十多日的人，要他依舊又活轉來，雖則老君廟裏許下願的，從無不驗之人；但是閻王殿前投到過的，那有退回之鬼！正是：

吏。刑曹吏，就是司法司的吏。

⓫ 有因：有道行的人。佛教稱修行的人為因人。

須知作善還酬善，莫道無神定有神。

卻說是夜道士在醮壇上面，鋪下七盞明燈，就如北斗七星之狀。元來北斗第七個星，叫做斗杓，春指東方，夏指南方，秋指西方，冬指北方，在天上旋轉的；只有第四個星，叫做天樞，他卻不動。以此將這天樞星上一燈，特為本命星燈。若是燈明，則本身無事，暗則病勢淹纏，滅則定然難救。其時道士手舉法器，朗誦靈章⑫，虔心禳解，伏陰⑬而去，親奏星官，要保祐薛少府重還魂魄，再轉陽間。起來看這七盞燈時，盡皆明亮。覺得本命那一盞尤加光彩，顯見不該死的符驗。便對夫人賀喜道：「少府本命星燈，光彩倍加，重生當在旦夕，切不可過於哀泣，恐驚動他魂魄不安，有難回轉。」夫人含著兩行眼淚謝道：「若得如此，也不枉做這個道場，和那晝夜看守的辛苦。」得了這個消息，心中少覺寬解。豈知朦朧睡去，做成了一夢。明明見少府慌慌忙忙，精赤赤的跑入門來，滿身都是鮮血，把兩隻手掩著脖子，叫道：「悔氣，悔氣！我在江上帆舟，情懷頗暢，忽然狂風陡作，大浪掀天，把舟覆了，卻跌在水去。幸遇江神憐我陽壽未絕，贈我一領黃金鎖子甲，送得出水。正待尋路入城，不意遇著剪逕的強人，要謀這領金甲，一刀把我殺了。你若念夫妻情分，好生看守魂魄，送我回去。」夫人一聞此言，不覺放聲大哭，就驚醒了。想道：「適間道士只說不死，如何又有此惡夢？我記得夢書上有一句道：夢死得生。

⑫ 靈章：指道教的經典、咒語。

⑬ 伏陰：一種迷信的禳解方式。相傳道士或巫婆在燒紙、敬神、念咒，做出種種儀式之後，這個道士或巫婆的魂魄，就會離開軀殼，到神那裏去，聽取神的指示；然後再把指示轉告給病人。

莫非他眼下災悔脫盡，故此身上全無一絲一縷，亦未可知。只是緊緊的守定他屍骸便了。」到次日，夫人將醮壇上犧牲諸品，分送三位同僚。這個叫做「散福」。其日就是裴縣尉作主，會請各衙，也叫做「飲福」。因此裴縣尉差張弼去到漁戶家取個大魚來做鮓，好配酒吃。終是鄒二衙為著同年情重，在席上嘆道：「這酒與平常宴會不同，乃為薛公祈禱回生，半是醮壇上的品物。今薛公的生死，未知何如，教我們食怎下咽？」裴五衙便道：「古人臨食不嘆，偏是你念同年，我們不念同僚的？聽得道士說他回生，不在昨晚，便是今日。我們且待魚來做鮓下酒，拚吃個酩酊，只在席上等候他一個消息，豈不是公私兩盡？」當日直到未牌時分，張弼方纔提著魚到階下。元來裴五衙在席上作主，單為等魚不到。只得停了酒，看鄒二衙與雷四衙打雙陸⑭。自己在傍邊吃著桃子。忽回轉頭看見張弼，不覺大怒道：「我差你取魚，如何去了許久？若不是飛籤催你，你敢是不來了麼？」張弼只是叩頭，把漁戶趙幹藏過大魚的情節，備細稟上一遍。裴五衙便教當直的把趙幹拖翻，著實打了五十下皮鞭，打得皮開肉綻，鮮血迸流。你道趙幹為何先不走了，偏要跟著張弼到縣，自討打吃？也只戀著這幾文的官價，思量領去，卻被打了五十皮鞭，償又不曾領得，豈不與這尾金色鯉魚為貪著香餌上了他的鉤兒一般！正是：

世上死生皆為利，不到烏江不肯休⑮。

---

⑭ 雙陸：一名「譜雙」，古代的一種棋名。把木盤左右各畫十二路，叫做「梁」；用木頭做成三寸多長，上細下粗，如棒槌的棋子，叫做「馬」，黑白各十五枚。兩人對下，用兩粒或三粒骰子擲彩而行：白馬從右到左，黑馬從左到右，先出完的得勝。

⑮ 不到烏江不肯休：不到死不肯停止。項羽兵敗被圍，窮途末路而自刎於烏江。

裴五衙把趙幹趕了出去，取去來看，卻是一尾金色鯉魚，有三尺多長。喜歡：「此魚甚好，便可付廚上做鮓來吃！」當下薛少府大聲叫道：「我那裏是魚？就是你的同僚，豈可不認得我了？我受了許多人的侮慢，正要告訴列位與我出這一口惡氣，怎麼也認我做魚，便付廚上做鮓吃？若要作鮓，可不屈我殺了！枉做這幾時同僚，一些兒契分安在！」其時同僚們全然不理。少府便情極了，只得又叫道：「鄒年兄，我與你同登天寶末年進士，在都下往來最為交厚，今又在此同官，與他們不同。怎麼不發一言，坐視我死？」只見鄒二衙對裴五衙道：「以下官愚見，這魚還不該做鮓吃。那青城山上老君祠前有老大的一個放生池，儘有建醮的人買著魚鱉螺蛤等物投放池內。今日之宴，既是薛衙送來的散福，不若也將此魚投於放生池內，見我們為同僚的情分，種此因果。」那雷四衙便從旁說道：「放魚甚善！因果之說，不可不信。況且酒席美餚饌儘勾多了，何必又要鮓吃？」此時薛少府在階下聽見，歎道：「鄒年兄好沒分曉⑯！既是有心救我，何不就送回衙裏去，怎麼又要送我上山，卻不渴壞了我？雖然如此，也強如死在庖人之手，待我到放生池內，依還變了轉來，重換冠帶，再坐衙門。且莫說趙幹這起狗才，看那同僚，扎甚嘴臉來見我？」正在躊躇，又見那裴五衙答道：「老長官要放這魚，是天地好生之心，何敢不聽。但打醮是道家事，不在佛門那一教。要修因果，也不在這上。想道天生萬物，專為養人。就如魚這一種，若不是被人取吃，普天下都是魚，連河路也不通了。凡人修善，全在自己心上，不在一張口上。故諺語有云：『佛在心頭坐，酒肉腑腸過。』又云：『若依佛法，冷水莫呷。』難道吃了這個魚，便壞了我們為同僚的心？眼見得好魚不做鮓吃，倒平白地放了他去。安知我們不吃，又不被水獺吃了？總只一死，

⑯沒分曉：不明白；不懂事。

還是我們自吃了的是。」少府聽了這話，便大叫道：「你看兩個客人都要放我，怎麼你做主人的偏要吃我？這等執拗！莫說同僚情薄，元來賓主之禮，也一些沒有的。」元來雷四衙是個兩可的人，見裴五衙一心要做魚鮓吃，卻又對鄒二衙道：「裴長官不信因果，多分這魚放生不成了。但今日是他做主人。故以此奉客，怎麼好固拒他？我想這魚不是我等定要殺他，只算今日是他數盡之日，救不得罷了。」當下少府大喝聲，叫道：「雷長官，你好沒主意，怎麼兩邊攛掇⑰！既是勸他救我，他便不肯，你也還該再勸纔是，怎麼反勸鄒年兄也不要救我？敢則你衙齋冷淡⑱，好幾時沒得魚吃了，故此待他做鮓來，思量飽餐一頓麼？」只得又叫鄒二衙道：「年兄，年兄！你莫不是喬做人情麼？假意勸了這幾句，便當完了？你是再也不出半聲兒！自古道得好：『一死一生，乃見交情。』若非今日我是死的，你是活的，怎知你為同年之情淡薄如此！到底有個放我時節，等我依舊變了轉來也罷，不得學翟廷尉的故事⑲，將那兩句題在我衙門之上，與你看看！年兄，年兄，只怕你悔之晚矣！」少府雖則亂叫亂嚷，賓主都如不聞。當時裴五衙便叫廚役叫做王士良，因有手段，最整治得好鮓，故將這魚交付與他，說道：「又要好吃，又要快當。不然，照著趙幹樣子，也奉承你五十皮鞭。」那王士良一頭答應，一頭就伸過手提魚。急得少府頂門上飛散了三魂，腳板底蕩調了七魄，便大聲哭起來道：「我平昔和同僚們如兄若弟，極是交好，

⑰ 攛掇：慫恿。

⑱ 衙齋冷淡：指衙門裏很清苦。

⑲ 翟廷尉的故事：翟公，漢代人。做廷尉時，賓客滿門；罷官之後，就沒有人到他家去了。後又做廷尉，賓客又想去；他就在大門寫著：「一生一死，乃知交情；一貧一富，乃知交態；一貴一賤，交情乃見。」

怎麼今日這等哀告，只要殺我？哎，我知道：他一定是妬忌我掌印，起此一片惡心。須知這印是上司委把我的，不是我謀來掌的。若肯放我回衙，我就登時推印，有何難哉！」說了又哭，哭了又說。豈知同僚都做不聽見。竟被王士良一把提到廚下，早取過一個砧頭來放在上面。少府舉眼看時，卻認得是他手裏一向做廚役的。便大叫道：「王士良，你豈不認得我是薛三爺？若非我將吳下食譜傳授與你，看你整治些甚樣餚饌出來？能使各位爺這般作興你？你今日也該想我平昔擡舉之恩，快去稟知各位爺，好好送回衙去。卻把我來放在砧頭上，待要怎的？」豈知王士良一些不理，右手拏刀在手，將魚頭著實按上一下。嚇得少府心中不勝大怒！便罵：「你這狗才！敢只會奉承裴五衙，全不怕我！難道我就沒擺布你處？」一掙掙起來，將尾子向王士良臉上只一潑，就似打個耳聒子一般，打得王士良耳鳴眼暗，連忙舉手，掩面不迭，將那把刀直拋在地下去了。一邊拾刀，一邊卻冷笑道：「你這魚！既是恁的倢浪，停一會，等我送你到滾鍋兒裏再游游去。」元來做鮓的，最要刀快，將魚切得雪片也似薄薄的，略在滾水裏面一轉，便撈起來，加上椒料，潑上香油，自然鬆脆鮮美。因此王士良再把刀去磨一下。其時少府叫他不應，歎口氣道：「這次磨快了刀來，就是我命盡之日了。想起我在衙雖則患病，也還可忍耐。如何私自跑出，卻受這般苦楚！若是我不見這個東潭；便見了東潭，也不該去洗澡；便洗個澡，也不思量變魚！不思量變魚，也不受那河伯的詔書，也不至有今日！總只未變魚之先，被那小魚十分攛掇；既變魚之後，又被那趙幹把香餌來哄我，都是命裏湊著，自作自受，怎好埋怨那個！只可憐見我顧夫人在衙，無兒無女，將誰倚靠？怎麼寄得一信與他，使我死也瞑目？」正在號咷大哭，卻被王士良將新磨的快刀，一刀剁下頭來。正是：三寸氣在，誰肯輸半點便宜；七尺軀亡，都付與一場春夢。眼見得少府這一番真個嗚呼哀哉了！

未知少府生回日，已見魚兒命盡時。

這裏王士良剛把這魚頭一刀剁下，那邊三衙中薛少府在靈床之上，猛地跳起來坐了。莫說顧夫人是個女娘家，就險些兒唬得死了；便是一家們在那裏守屍的，那一個不搖首咋舌，叫道：「好古怪！好古怪！我們一向緊緊的守定在此，從沒個貓兒在他身上跳過，怎麼就把死屍吊了起來⑳？」只見少府嘆了口氣，問道：「我不知人事有幾日了？」夫人答道：「你不要唬我！你已死去了二十五日，只怕不會活哩。」少府道：「我何曾死！只做得一個夢。不意夢去了這許多日！」便喚家人去看：「三位同僚，此時正在堂上，將吃魚鮓。教他且放下了筯，不要吃。快請到我衙裏來講話。」果然同僚們在堂上飲酒，剛剛送到魚鮓，正要舉筯，只見薛衙人稟說：「少府活轉來了，請三位爺莫吃魚鮓，便過衙中講話。」驚得那三位都暴跳起來，說道：「醫人李八百的把脈，老君廟裏鋪燈，怎麼這等靈驗得緊！」忙忙的走過薛衙，連叫「恭喜，恭喜！」只見少府道：「列位可曉得麼？適纔做鮓的這尾金色鯉魚便是不才。若不被王士良那一刀，我的夢幾乎不醒。」那三位茫茫不知其故。都說道：「天下豈有此事！請教薛長官試說一番，容下官們洗耳拱聽。」薛少府道：「適纔張弼取魚到時，鄒年兄與雷長官打雙陸，裴長官在傍吃桃子。張弼稟漁戶趙幹藏了大魚，把小魚搪塞。裴長官大怒，把趙幹鞭了五十。這事有麼？」三位道：「果是如此。只是老長官如何曉得恁詳細？」少府道：「再與我喚趙幹張弼和那把守迎薰門軍士胡

⑳ 從沒個貓兒在他身上跳過二句：據說，貓在人屍體上跳過，屍體就會起立。

健，戶曹刑曹二吏，并廚役王士良來，待我問他。」那三位即便差人，都去喚到。少府問道：「趙幹，你在東潭釣魚，釣得個三尺來長金色鯉魚，你妻子教你藏在蘆葦之中，上頭蓋著舊簑衣；張弼來取魚時，你只推沒有大魚。反被張弼搜出，提到迎薰門下。門軍胡健說道：裴五爺下飛籤催你，你可走緊些。到得縣門，門內二吏東西相向，在那裏下棋。一個說：『魚大得怕人子！作鮓來一定好吃。』一個說：『這魚可愛，只該畜在後堂池裏，不該做鮓。』王士良把魚按在砧頭上，卻被魚跳起尾來，臉上打了一下。又去磨快了刀，方纔下手。這事可都有麼？」趙幹等都驚道：「事俱有的！但不知三爺何繇知得？」少府道：「這魚便是我做的。我自被釣之後，那一處不高聲大叫，要你們送我回衙，怎麼都不聽我，卻是甚主意！」趙幹等都叩頭道：「小的們實是不聽見。若聽見時，怎麼敢不送回少府？」又問裴縣尉道：「老長官要做魚鮓之時，鄒年兄再三勸你放生，雷長官在傍邊攛掇，只是不聽。催喚王士良提去。我因放聲大哭，說：『枉做這幾時同僚，今日定要殺我！豈是仁者所為！』莫說裴長官不理，連鄒年兄、雷長官，也更無一言。這是何意？」三位相顧道：「我們何嘗聽見些兒！」一齊起身請罪。少府笑道：「這魚不死，我也不生。已作往事，不必再題了。」遂把趙幹等打發出去。同僚們也作別回衙。將魚鮓投棄水中，從此立誓再不吃魚。原來少府叫哭，那曾有甚麼聲響，但見這魚口動而已。乃知三位同僚與趙幹等，都不聽見，蓋有以也。

且說顧夫人想起老君廟籤訣的句語，無一字不驗。乃將求籤打醮事情，備細說與少府知道。就要打點了願。少府驚道：「我在這裏幾多時，但聞得青城山上有座老君廟，是極盛的香火，怎知道靈應如此！」即便清齋七日，備下明燭淨香，親詣廟中償願。一面差人估計木料，粧嚴金像，合用若干工價，將家財俸資湊來買辦，擇日興工。到第七日早上，屏去左右，只帶一個十二三歲的小門子㉑，自出了衙門，一步一拜，向青城山去。剛至半山，正拜在地，猛然聽得有人叫道：「薛少府，你可曉得麼？」少府不覺吃了一驚。擡頭觀看，乃是一個牧童，頭戴箬笠，橫坐青牛，手持短笛，從一個山坡邊轉出來的。當下少府問道：「你要我曉得甚麼？」那牧童道：「你曉得神仙中有個琴高㉒，他本騎著赤鯉升天去的。只因在王母座上，把那彈雲璈的田四妃㉓，覷了一眼，動了凡心，故此兩個並謫人世。如今你的前身，便是琴高；你那顧夫人，便是田四妃。為你到官以來，迷戀風塵，不能脫離，故又將你權充東潭赤鯉，受著諸般苦楚，使你回頭。你卻怎麼還不省得？敢是做夢未醒哩？」少府道：「依你說，我的前身，乃是神仙。今已迷惑，又須得一個師父來提醒便好。」牧童道：「你要個提醒的人，遠不遠千里，近只在目前。這成都府道人李八百，豈不是個神仙？他本在漢時叫做韓康，一向賣藥長安市上，口不二價。後來為一女子識破了，故此又改名為李八百。人只說他傳授得孫真人八百個秘方，正不知他道術還在孫真人之上，實實活過八百多歲了。今你夫妻謫限將滿，合該重還仙籍。何不去問那李八百，教他與你打破塵障？」元來夫人止與少府說得香願的事，不曾說起李八百把脈情繇。因此牧童說著李八百名姓，少府一些也不曉得。心下想道：「山野牧童，知道甚麼，無過信口胡談，荒唐之說，何足深信！我只是一步一

㉑ 門子：伺候官員的年輕差役。

㉒ 琴高：神仙故事。相傳為周末趙國人，善鼓琴。曾和弟子們相約，將入涿水中取龍子，某天可回。到時，果然坐著一條鯉魚出來了。

㉓ 彈雲璈的田四妃：雲璈，樂器名。田四妃，神仙故事中的一位女仙人。

拜，還願便了。」豈知纔回顧頭來，那牧童與牛化作一道紫氣，沖天而去。正是：

當面神仙猶不識，前生世事怎能知！

少府因自己做魚之事，來得奇怪。今番看見牧童化風而去，心下越發惶惑。定道：連那牧童也是夢中！好生委決不下。不一時，拜到山頂老君座前，叩謝神明保佑，再得回生。只在早晚選定吉日，償還願心。拜罷起來，看那老君神像，正是牧童面貌。又見座傍塑著一頭青牛，也與那牧童騎的一般。方悟道：「方纔牧童，分明是太上老君指引我重還仙籍，如何有眼無珠，當面錯過？」乃再拜請罪。回至衙中，備將牧童的話，細細述與夫人知道。夫人方說起：「病危時節，曾請成都府道人李八百來看脈。他說是死而不死之症。須待死後半月二旬，自然慢慢的活將轉來。不必下藥。臨起身時，又說：『這籤訣靈得緊。直到看見魚時，方有分曉。』我想他能預知過去未來之事，豈不真是個仙人！莫說老君已經顯出化身，指引你去。便不是仙人，既勞他看脈一場，且又這等神驗，也該去謝他。」少府聽罷，乃道：「原來又有這段因緣！如何不去謝他。」又清齋了七日，徒步自往成都府去，訪那道人李八百。恰好這一日，李八百正坐在醫鋪裏面。一見少府，便問道：「你做夢可醒了未？」少府撲地拜下，答道：「弟子如今醒了。只求師父指教，使弟子脫離風塵，早聞大道。」李八百笑道：「你須不是沒根基的，要去燒丹煉火㉔。你前世原是神仙謫下，太上老君已明明的對你說破。自家身子，還不省得，還來問人？敢是你只認得青城縣主簿麼？」當下少府恍然大悟，拜謝道：「弟子如今真個醒了！只是老君廟裏香願，

㉔ 燒丹煉火：道家說法。指燒煉丹藥。丹成了，人吃下去就可成仙。

尚未償還。待弟子了願之後，即便棄了官職，挈了妻子，同師父出家，證還仙籍，未為晚也。」遂別了李八百，急回至青城縣，把李八百的話述與夫人知道。夫人也就言上省悟，前身元是西王母前彈雲璈的田四妃。因動塵念墮落。當夜便與少府各自一房安下，焚香靜坐，修證前因。次日，少府將印送與鄒二衙署攝，備文申報上司。一面催趲工役，蓋造殿庭，粧嚴金像，極其齊整。剛到工完之日，那鄒二衙為著當時許願，也要分俸相助，約了兩個縣尉，到少府衙舍，說知此事。家人只道還在裏邊靜坐，進去通報。只見案上遺下一詩，竟不知少府和夫人都在那裏去了。家人拿那首詩遞與鄒二衙觀看，乃是留別同僚吏民的，詩云：

魚身夢幻欣無恙，若是魚真死亦真。到底有生終有死，欲離生死脫紅塵。

鄒二衙看了這詩，不勝嗟嘆，乃道：「年兄縱要出家修行，也該與我們作別一聲，如今覺道忒歎然了！諒來他去還未遠。」即差人四下尋訪，再也沒些踪跡。正在驚訝，裴五衙笑道：「二位老長官好不覩事！想他還掉不下水中滋味，多分又去變鯉魚頑耍去了。只到東潭上抓他便了。」

不題同僚們胡猜亂想，再說少府和夫人不往別處，竟至成都去見那李八百。那李八百對著少府笑道：「你前身元是琴高，因為你升仙不遠，該令赤鯉專在東潭相候。今日依先還你赤鯉，騎坐上升，何如？」又對夫人道：「自你謫後，西王母前彈雲璈的暫借董雙成㉕。如今依舊該是你去彈了。」自然神仙一輩，叫做會中人，再不消甚麼口訣，甚麼心法，都只是一笑而喻。其時少府夫人也對李八百說道：「你先後

㉕ 董雙成：神仙故事中的仙女名。是西王母的侍女，會吹笙。

賣藥行醫，救度普眾，功行亦非小可，何必久混人世！」李八百道：「我數合與你同升，故在此相候。」頃刻間，祥雲繚繞，瑞靄繽紛，空中仙音嘹喨，鸞鶴翱翔，仙童仙女，各執旛旛寶蓋，前來接引。少府乘著赤鯉，夫人駕了紫霞，李八百跨上白鶴，一齊升天。遍成都老幼，那一個不看見，盡皆望空瞻拜，讚歎不已。至今昇仙橋聖跡猶存。詩云：

茫茫宇宙事端新，人既為魚魚復人。識破幻形不礙性，體形修性即仙真。

第二十七卷　李玉英獄中訟冤

人間夫婦願白首，男長女大無疾疢，男娶妻兮女嫁夫，頻見森孫❶會行走。若還此願遂心懷，百年瞑目黃泉臺。莫教中道有差跌，前妻晚婦情離乖。晚婦狠毒勝蛇蝎，枕邊譖語無休歇。自己生兒似寶珍，他人子女遭磨滅❷。飯不飯兮茶不茶，蓬頭垢面徒傷嗟。君不見大舜歷山終夜泣，閔騫十月衣蘆花❸！

這篇言語，大抵說人家繼母心腸狠毒，將親生子女勝過一顆九曲明珠，乃希世之寶，何等珍重。這也是人之常情，不足為怪。單可恨的，偏生要把前妻男女，百般淩虐，糞土不如。若年紀在十五六歲，還不十分受苦。縱然磨滅，漸漸長大，日子有數。惟有十歲內外的小兒女，最為可憐。然雖如此，其間

---

❶ 森孫：很多孫子。森，眾多。

❷ 磨滅：折磨。

❸ 大舜歷山終夜泣二句：舜是古代的一個帝王，曾經在歷山耕種過田地。他的繼母屢次想害他，他總是設法躲避忍耐過去。「終夜泣」是說他受了繼母的陷害而整夜哭泣。閔騫，即閔子騫，春秋時魯國人。天性孝友，曾受到後母的虐待。冬天，後母讓親生的兩個兒子穿夾有棉絮的衣服，把不太能保暖的蘆花裝在閔子騫的衣服中。他父親知道了，準備休棄他的後母，他說：「母在一子寒，母去三子單。」勸他父親不要這麼做。

原有三等。那三等？第一等，乃富貴之家，幼時自有乳母養娘伏侍，到五六歲便送入學中讀書。況且親族蕃盛，手下婢僕，耳目眾多，尚怕被人談論，還要存個體面。不致有飢寒打罵之苦。或者自生得有子女，就要獨吞家業，也只在枕上挑撥唆弄。正是：

焚廩捐階事可傷，申生遭謗伯奇殃❹。後妻煽處從來有，幾個男兒肯直腸。

第二等，乃中戶人家，雖則體面還有，料道幼時，未必有乳母養娘伏侍，諸色盡要在繼母手內出放。那飢寒打罵就不能勾免了。若父親是個硬掙❺的，定然衛護兒女，與老婆反目廝鬧，不許他淩虐。也有懼怕丈夫利害，背著眼方敢施行。倘遇了那不怕天，不怕地，也不怕羞，也不怕死，越殺越上的潑悍婆娘，動輒便拖刀弄劍，不是刎頸上吊，定是奔井投河，慣把死來嚇老公，常有弄假成真，連家業都完在他身上。俗語道得好，逆子頑妻，無藥可治。遇著這般潑婦，難道終日廝鬧不成？少不得鬧過幾次，奈何他不下，到只得詐瞎裝聾，含糊忍痛。也有將來過繼與人，也有送去為僧學道，或托在父兄外家寄養。這還是有些血氣的所為。又有那一種橫肚腸，爛心肝，忍心害理，無情義的漢子。前妻在生時，何等恩愛，把兒女也何等憐惜。到得死後，娶了晚妻，或奉承他粧奩富厚，或貪戀顏色美麗，或中年娶了少婦，

❹ 申生遭謗伯奇殃：申生，春秋時晉獻公的太子。獻公寵愛驪姬，驪姬想立她自己的兒子奚齊做太子，於是設計陷害申生，申生被迫自殺。伯奇，周宣王的大臣尹吉甫的兒子。受後母的讒害，被逐；他悲傷自己的遭遇，作履霜操曲。

❺ 硬掙：強健。

因這幾般上，弄得神魂顛倒，意亂心迷，將前妻昔日恩義，撇向東洋大海。兒女也漸漸做了眼中之釘，肉內之刺。到得打罵，莫說護衛勸解，反要加上一頓，取他的歡心。常有後生兒女都已婚嫁，前妻之子，尚無妻室。公論上說不去時，胡亂娶個與他。後母還千方百計，做下魘魅❻，要他夫妻不睦。若是魘魅不靈，便打兒子，罵媳婦，攛掇老公告忤逆，趕逐出去。那男女之間，女兒更覺苦楚。孩子家打過了，或向學中攻書，或與鄰家孩子們頑耍，還可以消遣。做了女兒時，終日不離房戶，與那夜叉婆❼擠做一塊，不住腳把他使喚，還要限每日做若干女工。做得少，打罵自不必說。及至趲足了，卻又嫌好道歉，也原脫白❽不過。生下兒女，恰像寫著包攬文書的，日夜替他懷抱。倘若啼哭，便道是不情願，使性兒❾難為他孩子。偶或有些病症，又道是故意驚嚇出來的。就是身上有個蚊蟲疤兒，一定也說是故意放來釘的。更有一節苦處，任你滴水成冰的天氣，少不得向水孔中洗滌污穢衣服，還要憎嫌洗得不潔淨，加一場咒罵。熬到十五六歲，漸漸成人。那時打罵，就把污話來骯髒了。不罵要趁漢❿，定說想老公。可憐女子家無處伸訴，只好向背後吞聲飲泣！倘或聽見，又道粧這許多妖勢。多少女子當不起恁般羞辱，自去尋了一條死路。有詩為證：

---

❻ 魘魅：一種迷信的毒害人的方式。例如在木人或草人，寫著被害者的生辰，再用種種的咒語邪術，據說就可使被害者精神失常，甚至死亡。

❼ 夜叉婆：凶惡的婦人。

❽ 脫白：推脫；解說。

❾ 使性兒：發脾氣。

❿ 趁漢：偷漢子。

不正夫綱但怕婆，怕婆無奈後妻何！任他打罵親生女，暗地心疼不敢訶。

第三等，乃朝趁暮食⓫，肩擔之家。此等人家兒女，縱是生母在時，只好苟免飢寒，料道沒甚豐衣足食。巴到十來歲，也就要指望教去學做生意，趁三文五文幫貼柴火。若又遇著個兇惡繼母，豈不是苦上加苦。口中喫的，定然有一頓沒一頓，擔飢忍餓。就要口熱湯，也須請問個主意，不敢擅專。身上穿的，不是前拖一塊，定是後破一片。受凍捱寒，也不敢在他面前說個冷字。那幾根頭髮，整年也難得與梳子相會。胡亂挽個角兒，還不是掙得披頭蓋臉。兩隻腳久常赤著，從不曾見鞋襪面。若得了雙草鞋，就勝如穿著粉底皁靴。專任的是劈柴燒火，擔水提漿。稍不如意，軟的是拳頭腳尖，硬的是木柴棍棒。那咒罵乃口頭言語，只當與他消閒。到得將就挑得擔子，便限著每日要賺若干錢鈔。若還缺了一文，少不得敲個半死。倘肯攛掇老公，賣與人家為奴，這就算他一點陰騭。所以小戶人家兒女，經著後母，十個到有九個磨折死了。有詩為證：

小家兒女受難辛，後母加添妄怒嗔。打罵飢寒渾不免，人前一樣喚娘親。

說話的為何只管絮絮叨叨，道後母的許多短處？只因在下今日要說一個繼母謀害前妻兒女，後來天理昭彰，反受了國法，與天下的後母做個榜樣，故先略道其概。這段話文，若說出來時：

直教鐵漢也心酸，總是石人亦淚洒！

⓫ 朝趁暮食：白天賺了錢，晚上才有飯吃。形容一天不做，一天不得活的窮人。

你道這段話文，出在那裏？就在本朝正德年間，北京順天府旗手衛⑫，有個蔭籍百戶李雄。他雖是武弁出身，卻從幼聰明好學，深知典籍。及至年長，身材魁偉，膂力過人，使得好刀，射得好箭，是一個文武兼備的將官。因隨太監張永征陝西安化王⑬有功，陞錦衣衛千戶。娶得個夫人何氏。夫妻十分恩愛。生下三女一男：兒子名曰承祖，長女名玉英，次女名桃英，三女名月英。元來是先花後果⑭的。倒是玉英居長，次即承祖。不想何氏自產月英之後，便染了個虛怯症候。不上半年，嗚呼哀哉。可憐：

留得舊時殘錦繡，每因腸斷動悲傷。

那時玉英剛剛六歲，承祖五歲，桃英三歲，月英止有五六個月。雖有養娘奶子伏侍，到底像小雞失了雞母，七慌八亂，啼啼哭哭。李雄見兒女這般苦楚，心下煩惱。只得終日住在家中窩伴。他本是個官身，顧著家裏，便擔閣了公事。到得幹辦了公事，卻又沒工夫照管兒女。真個公私不能兩盡。捱了幾個月日，思想終不是長法，要娶個繼室。遂央媒尋親。那媒婆是走千家踏萬戶的，得了這句言語，到處一兜，那些人家聞得李雄年紀只有三十來歲，又是錦衣衛千戶，一進門就稱奶奶，誰個不肯。三日之間，

⑫ 旗手衛：明代在重鎮要害的地方設「衛」；「上十二衛」中有旗手衛、錦衣衛、羽林衛等名目。一衛約有五千六百個兵士，設「指揮」統率；「衛」下面設「所」，一千一百二十人為「千戶所」，設「千戶」統率；一百一十二人為「百戶所」，設「百戶」統率。

⑬ 張永征陝西安化王：張永，明正德時的宦官，統率「神機營」的軍隊。安化王，即明宗室朱寘鐇。他在正德五年（西元一五一〇年）起兵反對明武宗（朱厚照），明武宗派張永領軍攻討，兵還未到，寘鐇已被人所擒獲。

⑭ 先花後果：先養女兒，後養兒子。

就請了若干庚帖送來，任憑李雄選擇。俗語有云：姻緣本是前生定，不許今人作主張。李雄千擇萬選，卻揀了個姓焦的人家女兒，年方一十六歲，父母雙亡，哥嫂作主。那哥哥叫做焦榕，專在各衙門打幹，是一個油裏滑⑮的光棍。李雄一時沒眼色，成了這頭親事。少不得行禮納聘。不則一日，娶得回家，花燭成親。那焦氏生得有六七分顏色，女工針指，卻也百伶百俐；只是心腸有些狠毒。見了四個小兒女，便生嫉妒之念。又見丈夫十分愛惜，又不時叮囑好生撫育。越發不懷好意。他想道：「若沒有這一窩子賊男女，那官職產業好歹是我生子女來承受。如今遺下許多短命賊種，縱掙得潑天家計⑯，少不得被他們先拔頭籌。設使久後，也只有今日這些家業，派到我的子女，所存幾何，可不白白與他辛苦一世？須是哄熱了丈夫，後然用言語唆冷他父子，磨滅死兩三個，止存個把，就易處了。」你道天下有恁樣好笑的事！自己方纔十五六歲，還未知命短命長，生育不生育中，就算到幾十年後之事，起這等殘忍念頭，要害前妻兒女：可勝嘆哉！有詩為證：

娶妻原為生兒女，見成兒女反為仇。不是婦人心最毒，還因男子沒長籌。

自此之後，焦氏將著丈夫百般殷勤趨奉。況兼正在妙齡，打扮得如花朵相似。枕席之間，曲意取媚。果然哄得李雄千歡萬喜，百順百依。只有一件不肯聽。你道是那一件？但說到兒女面上，便道：「可憐他沒娘之子，年幼嬌癡。倘有不到之處，須將好言訓誨，莫要深責。」焦氏攛唆⑰了幾次，見不肯聽，

⑮ 油裏滑：十分狡猾。
⑯ 潑天家計：極大的財產。

忍耐不住。一日趁老公不在家，尋起李承祖事過，揪來打罵。不道那孩子頭皮寡薄，他的手兒又老辣。一頓亂打，那頭上卻如酵到饅頭，登時腫起幾個大跎踏。可憐打得那孩子無個地孔可鑽，號啕痛哭。養娘奶子解勸不住。那玉英年紀雖小，生性聰慧；看見兄弟無故遭此毒打，已明白晚母不是個善良之輩；心中苦楚，泪珠亂落。在旁看不過，向前道聲：「母親，兄弟年幼無知，望乞饒恕則個！」焦氏喝道：「小賤人！誰要你多言？難道我打不得麼？你的打也只就在頭上滴溜溜轉了，卻與別人討饒？」玉英聞得這話，愈加哀楚。正打之間，李雄已回。那孩子抱住父親，放聲號慟。李雄見打得這般光景，暴躁如雷，翻天作地，鬧將起來。那婆娘索性抓破臉皮，反要死要活，分毫不讓。早有人報知焦榕，特來勸慰。李雄告訴道：「娶令妹來，專為要照管這幾個兒女，豈是沒人打罵，娶來淩賤不成！況又幾番囑付，可憐無母嬌幼。你即是親母一般，凡事將就些。反故意打得如此模樣！」焦榕假意埋怨了妹子幾句，陪個不是，道：「舍妹一來年紀小，不知世故；二來也因從幼養嬌了性子，在家任意慣了。妹丈不消氣得！」又道：「省得在此不喜歡，待我接回去住幾日，勸喻他下次不可如此。」道罷，作別而去。少頃，僱乘轎子，差個女使接焦氏到家。那婆娘一進門，就埋怨焦榕道：「哥哥，奴總有甚不好處，也該看爹娘分上，訪個好對頭匹配纔是，怎麼胡亂骯髒送在這樣人家，誤我的終身？」焦榕笑道：「論起嫁這錦衣衛千戶，也不算骯髒了。但是你自己沒有見識，怎麼抱怨別人？」焦氏道：「那見得我沒有見識？」焦榕道：「妹夫既將兒女愛惜，就順著他性兒，一般著些疼熱。」焦氏嚷道：「又不是親生的，教我著疼熱，還要算計哩！」焦榕笑道：『正因這上，說你沒見識。自古道：『將欲取之，必固與之⑱。』你心下越

⑰ 攛唆：教唆。

不喜歡這男女，越該加意愛護。」焦氏道：「我恨不得頃刻除了這幾個冤孽，方纔乾淨，為何反要將他愛護？」焦榕道：「大抵小兒女，料沒甚大過失。況婢僕都是他舊人，與你恩義尚疎。稍加責罰，此輩就到家主面前輕事重報，說你怎地淩虐，妹夫必然著意防範，何繇除得？他存了這片疑心，就是生病死了，還要疑你有甚緣故，可不是無絲有線！你若將就容得，落得做好人。撫養大了，不怕不孝順你。」焦氏把頭三四搖道：「這是斷然不成！」焦榕道：「畢竟容不得，須依我說話。今後將他如親生看待，婢僕們施些小惠，結為心腹，暗地察訪。內中倘有無心向你，并口嘴不好的，便趕逐出去。如此過了一年兩載，妹夫信得你真了，婢僕又皆是心腹，你也必然生下子女，分了其愛。那時覷個機會，先除卻這孩子，料不疑慮到你。那幾個丫頭，等待年長，叮囑童僕們一齊駕起風波，只說有私情勾當。妹夫是有官職的，怕人恥笑，自然逼其自盡。是恁樣陰唆陽勸做去，豈不省了目下受氣？又見得你是好人。」焦氏聽了這片言語，不勝喜歡道：「哥哥言之有理！是我錯埋怨你了。今番回去，依此而行。倘到緊要處，再來與哥哥商量。」

不題焦榕兄妹計議。且說李雄因老婆淩賤兒女，反添上一頂愁帽兒，想道：「指望娶他來看顧兒女，卻到增了一個魔頭！後邊日子正長，教這小男女怎生得過？」左思右算，想出一個道理。你道是什麼道理？元來收拾起一間書室，請下一個老儒，把玉英、承祖送入書堂讀書。每日茶飯俱著人送進去喫。直至晚方纔放學。教他遠了晚娘，躲這打罵。那桃英、月英自有奶子照管，料然無妨。常言：夫妻是打罵

⑱ 將欲取之二句：這裏的意思是：將要毒害前妻的子女，就要事先故意對他們表示親切和關心，以便達到毒害的目的。

不開的。過了數日，只得差人去接焦氏。焦榕備些禮物，送將回來。焦氏知得請下先生，也解了其意，更不道破。這番歸來，果然比先大不相同，一味將笑撮在臉上，調引這幾個小男女，親親熱熱，勝如親生。莫說打罵，便是氣兒也不再呵一口。待婢僕們也十分寬恕，又常賞賜小東西。但凡下人，肚腸極是窄狹，得了須微之利，便極口稱功誦德，歡聲溢耳。李雄初時甚覺奇異，只道懼怕他鬧吵，當面假意殷勤，背後未必如此。幾遍暗地打聽，冷眼偷瞧，更不見有甚別樣做作。過了年餘，愈加珍愛。李雄萬分喜悅，想道：「不知大舅怎生樣勸喻，便能改過從善。如此可見好人原容易做的，只在一轉念耳。」從此放下這片肚腸。夫妻恩愛愈篤。那焦氏巴不能生下個兒子。誰知做親二年，尚沒身孕。心中著急，往各處寺觀庵堂，燒香許愿。那菩薩果是有些靈驗。燒了香，許過愿，真個就身懷六甲。到得十月滿足，生下一個兒子，乳名亞奴。你道為何叫這般名字？元來民間有個俗套，恐怕小兒養不大，常把賤物為名，取其易長的意思。因此每每有牛兒狗兒之名。那焦氏也恐難養，又不好叫恁般名色，故只喚做亞奴，以為比奴僕尚次一等，即如牛兒狗兒之意。李雄只道焦氏真心愛惜兒女，今番生下亞奴，亦十分珍重。三朝滿月，遍請親友喫慶喜筵宴，不在話下⑲。常言說得好：只愁不養，不愁不長。睫眼間，不覺亞奴忽又已週歲。那時玉英已是十齡，長得婉麗飄逸，如畫圖中人物。且又賦性敏慧，讀書過目成誦，善能吟詩作賦，其他描花刺繡，不教自會。兄弟李承祖，雖然也是個聰明孩子，到底趕不上姐姐，會咏綠萼梅，詩曰：

---

⑲ 不在話下：不去說他。

並是調羹種，偏栽碧玉枝。不誇紅有豔，兼笑白無奇。
蒞綻鶯忘啄，花香蝶未窺。隴頭羌笛奏，芳草總堪疑。

因有了這般才藻，李雄倍加喜歡。連桃英、月英也送入書堂讀書。又嘗對焦氏說道：「玉英女兒，有如此美才，後日不捨得嫁他出去。訪一個有才學的秀士入贅家來，待他夫婦唱和，可不好麼？」焦氏口雖贊美，心下越增妬忌。正要設計下手。不想其年乃正德十四年，陝西反賊楊九兒據皋蘭山起事。累敗官軍，地方告急。朝廷遣都指揮趙忠充總兵官，統領兵馬前去征討。趙忠知得李雄智勇相兼，特薦為前部先鋒。你想軍情之事，火一般緊急，可能勾少緩？半月之間，擇日出師。李雄收拾行裝器械，帶領家丁起程。臨行時又叮囑焦氏，好生看管兒女。焦氏答道：「這事不消分付！但願你陣面上神靈護祐，馬到成功，博個封妻蔭子。」夫妻父子正在分別，外邊報：「趙爺特令教場相會。」李雄洒淚出衙。急急上馬，直至教場中演武廳上，與諸將參謁已畢，朝廷又差兵部官犒勞，三軍齊向北闕謝恩，口稱萬歲三聲。趙爺傳令李雄帶領前部軍馬先行。李雄領了將令，放起三個轟天大砲，眾軍一聲吶喊，遍地鑼鳴，離了教場，望陝西而進。軍容整肅，器仗鮮明，一路上逢山開徑，遇水疊橋，不則一日，已至陝西地面，安營下寨，等大軍到來，一齊進發。與賊軍連戰數陣，互相勝負。到七月十四，賊軍挑戰。趙爺令李雄出陣。那李雄統領部下精兵，奮勇殺入。賊軍抵擋不住，大敗而走。李雄乘勝追逐數里。不想賊人伏兵四起，團團圍住，左衝右突，不能得脫。外面救兵又被截斷。李雄部下雖然精勇，終是眾寡不敵。鏖戰到晚，全軍盡沒。可憐李雄，蓋世英雄，到此一場春夢！正是：

正氣千尋橫宇宙，孤魂萬里占清寒。

趙忠出征之事，按下不題。卻說焦氏方要下手，恰好遇著丈夫出征，可不天湊其便。李雄去了數日，一乘轎子，擡到焦榕家裏，與他商議。焦榕道：「據我主意，再緩幾時。」焦氏道：「卻是為何？」焦榕道：「妹夫不在家，死了定生疑惑。如今還是把他倍加好好看承。妹夫回家知道，越信你是個好人。那時出個不意，弄個手腳，必無疑慮。可不妙哉！」焦氏依了焦榕說話，真個把玉英姊妹看承比前又勝幾分。終日盼望李雄得勝回朝。誰知巴到八月初旬，陝西報到京中，說七月十四日與賊交鋒，前部千戶李雄，恃勇深入，先勝後敗，全軍盡沒。焦榕是專在各衙門打幹的，早已得知這個消息，喫了一驚，如飛報於妹子。焦氏聞說丈夫戰死，放聲號慟。那玉英姊妹尤為可憐，一個個哭得死而復蘇。焦氏與焦榕商議，就把先生打發出門，合家掛孝，招魂設祭，擺設靈座。親友盡來弔唁。那時焦氏將臉皮翻轉，動輒便是打罵。又過了月餘，焦氏向焦榕道：「如今丈夫已死，更無別慮。動了手罷。」焦榕道：「我有個妙策在此，不消得下手。只教他死在他鄉外郡，又怨你不著。」焦氏忙問有何妙策。焦榕道：「妹夫陣亡，不知尸首下落。再捱兩月，等到嚴寒天氣，差一個心腹家人，同承祖到陝西尋覓妹夫骸骨。他是個孩子家，那曾經途路風霜之苦。水土不服，自然中道病死。設或熬得到彼處，叮囑家人撇了他，暗地自回。那時身畔沒了盤纏，進退無門，不是凍死，定然餓死。這幾個丫頭，饒他性命，賣與人為妾作婢，還值好些銀子。豈非一舉兩得！」焦氏連稱有理。耐至臘月初旬，焦氏喚過李承祖說道：「你父親半世辛勤，不幸喪於沙場，無葬身之地。雖在九泉，安能瞑目！昨日聞得舅舅說，近日趙總兵連勝數陣，敵兵退去千里之外，道路已是寧靜。我欲親往陝西尋覓你父親骸骨歸葬，少盡夫妻之情。又恐我是個少年寡婦，出頭露面，必被外人談恥。故此只得叫家人苗全服事你去走遭。倘能尋得回來，也見你為子的一點孝心。行裝都已準備下了，明早便可登程。」承祖聞言，雙眼流泪道：「母親言之有理！孩兒明早便行。」玉英料道不是好意，大喫一驚，乃道：「告母親：爹爹暴棄沙場，理合兄弟前去尋覓。但他年紀幼小，路途跋涉，未曾經慣。萬一有些山高水低，可不枉送一死？何不再差一人，與苗全同去，總是一般的。」焦氏大怒道：「你這逆種！當初你父在日，將你姊妹如珍寶一般愛惜。如今死了，便忘恩背義，連骸骨也不要了！你讀了許多書，難道不曉得昔日木蘭代父征西，緹縈上書代刑⑳？這兩個一般也是幼年女子，有此孝順之心。你不能夠學他恁般志氣，也去尋覓父親骸骨，反來阻當兄弟莫去！況且承祖還是個男子漢，一路又有人服事，須不比木蘭女上陣征戰，出生入死。那見得有什麼山高水低，枉送了性命！要你這樣不孝女何用！」一頓亂嚷，把玉英羞得滿面通紅，哭告道：「孩兒豈不念爹爹生身大恩，尋訪尸骸歸葬？止因兄弟們年紀尚幼，恐受不得辛苦。孩兒情願代兄弟一行。」焦氏道：「你便想要到外邊去遊山玩景快活，只怕我心裏還不肯哩。」當晚玉英姊妹擠在一處言別，嗚嗚的哭了半夜。李承祖道：「姐姐，爹爹骸骨暴棄在外，就死也說不得。待我去尋覓回來，也教母親放心。不必你憂慮。」到了次早，焦氏催促起程。姊妹們洒泪而別。焦氏又道：「你若尋不著父親骸骨，也不必來見我。」李承祖哭道：「孩兒如不得爹爹骨殖，料然也無顏再見母親。」苗全扶他上了生口，經出京師。你道那苗全

⑳ 木蘭代父征西二句：木蘭，古詩木蘭辭中的女主角，女扮男裝，代父從軍，在軍中十二年，沒有人知道她是女子。緹縈，漢太倉令淳于意的少女。意有罪關在牢裏，緹縈向皇帝上書，願行官婢以贖父罪。

是誰？乃是焦氏贈嫁的家人中第一個心腹，已暗領了主母之命，自在不言之表。主僕二人離了京師，望陝西進發。此時正是隆冬天氣，朔風如箭，地上積雪有三四尺高。往來生口，恰如在綿花堆裏行走。那李承祖不上十歲孩子，況且從幼嬌養的，何曾受這般苦楚！在生口背上把不住的寒顫，常常望著雪窩裏攧將下來。在路曉行夜宿，約走了十數日。李承祖漸漸飲食減少，生起病來。對苗全道：「我身子覺得不好，且將息兩日再行。」苗全道：「小官人，奶奶付的盤纏有限，忙忙趲到那邊，只怕轉去還用度不來。路上若再擔閣兩日，越發弄不來了。且勉強捱到省下，那時將養幾日罷。」李承祖又問：「到省下還有幾多路？」苗全笑道：「早哩！極快還要二十個日子。」李承祖無可奈何，只得熬著病體，含淚而行。有詩為證：

可憐童稚離家鄉，匹馬迢迢去路長！遙望沙場何處是？亂雲衰草帶斜陽。

又行了兩日。李承祖看看病體轉重，生口甚難坐。苗全又不肯暫停，也不雇腳力，故意扶著步行。明明要送他上路的意思。又捱了半日，來到一個地方，名喚保安村。李承祖道：「苗全，我半步移不動了，快些尋個宿店歇罷。」苗全聞言，暗想道：「看他這個模樣，料然活不成了。若到店客中住下，便難脫身。不如撇在此間，回家去罷。」乃道：「小官人，客店離此尚遠。你既行走不動，且坐在此，待我先去放下包裹，然後來背你去，何如？」李承祖道：「這話說得有理。」遂扶到一家門首堦沿上坐下。苗全拽開腳步，走向前去，問個小路抄轉，買些飯食喫了，雇個生口，原從舊路回家去了。不在話下。且說李承祖坐在堦沿上，等了一回，不見苗全轉來。自覺身子存坐不安，倒身臥下，一覺睡去。那個人家卻是個孤孀老嫗，住得一間屋兒，坐在門口紡紗。初時見一漢子扶個小廝坐於門口，也不在其意。直至傍晚，拿隻桶兒要去打水，恰好攔門熟睡，叫道：「兀那小官人快起來！讓我們打水。」李承祖從夢中驚醒，只道苗全來了。睜眼看時，乃是那屋裏的老嫗。便掙扎坐起道：「老婆婆有甚話說？」那老嫗聽得語音不是本地上人物，問道：「你是何處來的，卻睡在此間？」李承祖道：「我是京中來的。只因身子有病，行走不動，借坐片時。等家人來到，即便去了。」老嫗道：「你家人在那裏？」李承祖道：「他說先至客店中放下包裹，然後來背我去。」老嫗道：「哎喲！我見你那家人去時，還是上午。如今天將晚了，難道還走不到？想必包裹中有甚銀兩，撇下你逃走去了。」李承祖因睡得昏昏沉沉，不曾看天色早晚，只道不多一回。聞了此言，急回頭仰天觀望，果然日已矬西㉑。喫了一驚，暗想道：「一定這狗才料我病勢漸凶，懶得伏侍，逃走去了。如今教我進退兩難，怎生是好！」禁不住眼中流淚，放聲啼哭。有幾個鄰家俱走來觀看。那老嫗見他哭得苦楚，亦覺孤恓，倒放下水桶，問道：「小官人，你父母是何等樣人？有甚緊事，恁般寒天冷月，隨個家人行走？還要往那裏去？」李承祖帶淚說道：「不瞞老婆婆說，我父親是錦衣衛千戶，因隨趙總兵往陝西征討反賊，不幸父親陣亡。母親著我同家人苗全到戰場上尋覓骸骨歸葬，不料途中患病，這奴才就撇我而逃。多分也做個他鄉之鬼了。」說罷，又哭。眾人聞言，各各嗟嘆。那老嫗道：「可憐，可憐！元來是好人家子息，些些年紀，有如此孝心，難得，難得！只是你身子既然有病，還在這冷石上，愈加不好了。且闡闔㉒起來，到我鋪上去睡睡。或者你家人

㉑ 矬西：向西面倒下去。

㉒ 闡闔：音ㄓㄥ ㄓㄞ。同「掙扎」。勉強支持。

還來也未可知。」李承祖道：「多謝婆婆美情！恐不好打攪。」那老嫗道：「說那裏話！誰人沒有患難之處。」遂向前扶他進屋裏去。鄰家也各自散了。承祖跨入門檻，看時，側邊便是個火炕，那鋪兒就在炕上。老嫗支持他睡下，急急去汲水燒湯，與承祖喫。到半夜間，老嫗摸他身上，猶如一塊火炭。至天明看時，神思昏迷，人事不省。那老嫗央人去請醫診脈，取出錢鈔，贖藥與他喫，早晚伏侍。那些鄰家聽見李承祖病凶，在背後笑那老嫗著甚要緊，討這樣煩惱！老嫗聽見，只做不知，毫無倦怠。這也是李承祖未該命絕，得遇恁般好人。有詩為證：

家中母子猶成怨，路次閒人反著疼！美惡性生天壤異，反教陌路笑親情。

李承祖這場大病，捱過殘年，直至二月中方纔稍可。在鋪上看著那老嫗謝道：「多感婆婆慈悲，救我性命！正是再生父母。若能掙扎回去，定當厚報大德。」那老嫗道：「小官人何出此言！老身不過見你路途孤苦，故此相留，有何恩德，卻說厚報二字！」光陰迅速，倏忽又三月已盡，四月將交。那時李承祖病體全愈，身子礙掙㉓，遂要別了老嫗，去尋父親骸骨。那老嫗道：「小官人，你病體新痊，只怕還不可勞動。二來前去，不知尚有幾多路程，你孤身獨自，又無盤纏，如何去得。不如住在這裏，待我訪問近邊有入京的，托他與你帶信到家，教個的當㉔親人來同去方好。」承祖道：「承婆婆過念。只是家裏也沒有甚親人可來。二則在此久擾，於心不安。三則恁般溫和時候，正好行走。倘再捱幾時，天道

㉓ 礙掙：即「硬掙」。指身體健康的意思。

㉔ 的當：確實可靠。

炎熱，又是一節苦楚。我的病症，覺得全妥，料也無妨。就是一路去，少不得是個大道，自然有人往來。待我慢慢求乞前去，尋著了父親骸骨，再來相會。」那老嫗道：「你縱到彼尋著骸骨，又無銀兩裝載回去，也是徒然。」李承祖道：「那邊少不得有官府。待我去求告，或者可憐我父為國身亡，設法裝送回家，也未可知。」那老嫗再三苦留不住，又去尋湊幾錢銀子相贈。兩下悽悽慘慘，不忍分別，到像個嫡親子母。臨別時，那老嫗含著眼泪囑道：「小官人轉來，是必再看看老身，莫要竟自過去！」李承祖喉間哽咽，答應不出，點頭涕泣而去。走兩步，又回頭來觀看。那老嫗在門首，也直至望不見了，方纔哭進屋裏。這些鄰家沒一個不笑他是個癡婆子：「一個遠方流落的小廝，白白裏賠錢賠鈔，伏侍得纔好，急鬆鬆就去了。有甚好處，還這般哭泣！不知他眼淚是何處來的？」遂把這事做笑話傳說。看官，你想那老嫗乃是貧窮寡婦，倒有些義氣。一個從不識面的患病小廝，收留回去，看顧好了，臨行又賫贈銀兩，依依不捨。像這班鄰里，都是鬚眉男子，自己不肯施仁仗義，及見他人做了好事，反又攧唇簸嘴㉕。可見人面相同，人心各別。閒話休題。

且說李承祖又無腳力，又不認得路徑，順著大道，一路問訊，捱向前去。覺道勞倦，隨分菴堂寺院，市鎮鄉村，即便借宿。又虧著那老嫗這幾錢銀子，將就半飢半飽，度到臨洮府。那地方自遭兵火之後，道路荒涼，人民稀少。承祖問了向日爭戰之處，直至皐蘭山相近，思想要祭奠父親一番。怎奈身邊止存著十數文銅錢，只得單買了一陌紙錢，討個火種，向戰場一路跑來。遠遠望去，只見一片曠野，並無個人影來往，心中先有五分懼怯。便立住腳，不敢進步。卻又想道：「我受了千辛萬苦，方到此間。若是

㉕ 攧唇簸嘴：即「掉唇弄舌」。

害怕，怎能夠尋得爹爹骸骨？須索拚命前去。」大著膽，飛奔到戰場中。舉目看時，果然好悽慘也！但見：

荒原漠漠，野草萋萋；四郊荊棘交纏，一望黃沙無際。髑髏暴露，堪憐昔日英雄；白骨抛殘，可惜當年壯士！陰風習習，惟聞鬼哭神號；寒露濛濛，但見狐奔兔走。猿啼夜月腸應斷，雁唳秋雲魂自消。

李承祖吹起火種，焚化紙錢，望空哭拜一回。起來仔細尋覓，團團走遍，但見白骨交加，並沒一個全屍。元來趙總兵殺退賊兵，看見屍橫遍野，心中不忍，即於戰場上設祭陣亡將士，收拾尸骸焚化，因此沒有全尸遺存。李承祖尋了半日，身子困倦，坐於亂草之中，歇息片時，忽然想起：「征戰之際，遇著便殺，即為戰場。料非只此一處。正不知爹爹當日喪於那個地方？我卻專在此尋覓，豈不是個騃子？」卻又想道：「我李承祖好十分懞懂！爹爹身死已久，血肉定自腐壞，骸骨縱在目前，也難廝認。若尋認不出，可不空受這番勞碌！」心下苦楚，又向空禱告道：「爹爹陰靈不遠：孩兒李承祖千里尋訪至此，收取骸骨。怎奈不能廝認！爹爹，你生前盡忠報國，死後自必為神。乞顯示骸骨所在，奉歸安葬，免使暴露荒坵，為無祀之鬼。」祝罷，放聲號哭。又向白骨叢中，東穿西走一回。看看天色漸晚，料來安身不得，隨路行走，要尋個歇處。行不上一里田地，斜插裏林子中，走出一個和尚來。那和尚見了李承祖，把他上下一相，說道：「你這孩子，好大膽！此是什麼所在，敢獨自行走？」李承祖哭訴道：「小的乃京師人氏，只因父親隨趙總兵出征陣亡，特到此尋覓骸骨歸葬。不道沒個下落，天又將晚，要覓個宿處。

師父若有菴院，可憐借歇一晚，也是無量功德！」那和尚道：「你這小小孩子，反有此孝心，難得，難得！只是尸骸都焚化盡了，那裏去尋覓！」李承祖見說這話，哭倒在地。那和尚扶起道：「小官人，哭也無益。且隨我去住一晚，明日打點回家去罷。」李承祖無奈，只得隨著和尚，又行了二里多路，來到一個小小村落。看來只有五六家人家。那和尚住的是一座小茅菴。開門進去，吹起火來，收拾些飯食，與李承祖喫了。問道：「小官人，你父親是何衛軍士？在那個將官部下？叫甚名字？」李承祖道：「先父是錦衣衛千戶，姓李名雄。」和尚大驚道：「元來是李爺的公子！」李承祖道：「師父，你如何曉得我先父？」和尚道：「實不相瞞，小僧原是羽林㉖衛軍人，名叫曾虎二，去年出征，撥在老爺部下。因見我勇力過人，留我帳前親隨。另眼看承。許我得勝之日，扶持一官。誰知七月十四，隨老爺上陣，先斬了數百餘級，賊人敗去。一時恃勇，追逐十數里，深入重地。賊人伏兵四起，圍裹在內。外面救兵又被截住，全軍戰沒。只存老爺與小僧二人，各帶重傷。只得同伏在亂尸之中。到深夜起來逃走，不想老爺已死。小僧望見傍邊有一帶土牆，隨負至牆下，推倒牆土掩埋。那時賊兵反攔在前面，不能歸營。逃到一個山灣中，遇一老僧，收留在菴。虧他服事，調養好了金瘡。朝暮勸化我出家。我也想：死裏逃生，不如圖個清閒自在。因此依了他，削髮為僧。今年春間，老師父身故。有兩個徒弟，道我是個洛來僧㉗，不容住在菴中。我想既已出家，爭甚是非？讓了他們，要往遠方去，行腳經過此地，見這茅菴空閒，就做個安身之處，往遠近村坊抄化度日。不想公子親來，天遣相遇。」李承祖見說父親尸骨尚在，倒身拜

㉖ 羽林：皇帝的禁衛軍。

㉗ 洛來僧：指外來的和尚。洛，即「氽」字。

謝。和尚連忙扶住，又問道：「公子恁般年嬌力弱，如何家人也不帶一個，獨自行走？」李承祖將中途染病，苗全拋棄逃回，虧老嫗救濟，前後事細細說出。又道：「若尋不見父親骨殖，已拚觸死沙場。天幸得遇吾師，使我父子皆安。」和尚道：「此皆老爺英靈不泯，公子孝行感格，天使其然。只是公子孑然一身，又沒盤纏，怎能夠裝載回去？」公子道：「意欲求本處官府設法，不知可肯？」和尚笑道：「公子差矣！常言道：官情如紙薄。縱然極厚相知，到得死後，也還未可必；何況素無相識？卻做恁般癡想！」李承祖道：「如此便怎麼好？」和尚沉吟半晌，乃道：「不打緊！我有個道理在此。明日將骸骨盛在一件傢伙之內，待我負著，慢慢一路抄化至京，可不是好麼？」李承祖道：「吾師肯恁般用情，生死銜恩不淺！」和尚道：「我蒙老爺識拔之恩，少效犬馬之勞，何足掛齒！」

到了次日，和尚向鄰家化了一隻破竹籠，兩條索子，又借柄鋤頭，又買了幾陌紙錢，鎖上菴門，引李承祖前去。約有數里之程，也是一個村落，一發沒個人烟。直到土牆邊，放下竹籠。李承祖就哭啼起來。和尚將紙錢焚化，拜祝一番，運起鋤頭，掘開泥土，露出一堆白骨。從腳上逐節兒收置籠中，掩上籠蓋，將索子緊緊綑牢。和尚負在背上。李承祖掮了鋤頭，回至菴中。和尚收拾衣鉢被窩，打個包兒，做成一擔，尋根竹子，挑出菴門。把鋤頭還了，又與各鄰家作別，央他看守。二人離了此處，隨路抄化，盤纏儘是有餘。不則一日，已至保安村。李承祖想念那老嫗的恩義，徑來謝別。誰知那老嫗自從李承祖去後，日夕掛懷，染成病症，一命歸泉。有幾個親戚，與他備辦後事，送出郊外，燒化久矣。李承祖問知鄰里，望空遙拜，痛哭一場，方纔上路。共行了三個多月，方達京都。離城尚有十里之遠，見旁邊有個酒店。和尚道：「公子且在此少歇。」齊入店中，將竹籠放於桌上。對李承祖說道：「本該送公子到府，向靈前叩個頭兒纔是。只是我原係軍人，雖則出家，終有人認得。倘被拿作逃軍，便難脫身。只得要在此告別，異日再圖相會。」李承祖垂淚道：「吾師言雖有理，但承大德，到我家中，或可少盡。今在此處，無以為報，如之奈何？」和尚道：「何出此言！此行一則感老爺昔日恩誼，二則見公子窮途孤弱，故護送前來。那個貪圖你的財物？」正說間，酒保將過酒肴。和尚先擺在竹籠前祭奠，一連叩了四五個頭，起來又與李承祖拜別。兩下各各流泪。飲了數杯，算還酒錢，又將錢雇個生口，與李承祖乘坐。把竹籠教腳夫背了。自己也背上包裹，齊出店門，洒泪而別。有詩為證：

欲收父骨走風塵，千里孤窮一病身。老嫗周旋僧作伴，皇天不負孝心人。

* * *

話分兩頭。卻說苗全自從撇了李承祖，雇著生口趕到家中，只說已至戰場，無處覓尋骸骨。小官人患病身亡。因少了盤纏，不能帶回，就埋在彼。暗將真信透與焦氏。那時玉英姊妹一來思念父親，二來被焦氏日夕打罵，不勝苦楚。又聞了這個消息，愈加悲傷。焦氏也假意啼哭一番。那童僕們見家主陣亡，小官人又死，各尋旺處飛去。單單剩得苗全夫妻和兩個養娘，門庭冷如冰炭。焦氏恨不得一口氣吹大了亞奴，襲了官職，依然熱鬧。又聞得兵科給事中㉘上疏，奏請優卹陣亡將士。聖旨下在兵部查覆。焦氏多將金銀與焦榕，到部中上下使用，要謀陞個指揮之職。那焦榕平日與人幹辦，打慣了偏手㉙，就是妹

㉘ 兵科給事中：官名。明代有吏、戶、禮、兵、刑、工六科給事中。掌侍從、規諫、稽察六部百官的事。
㉙ 打慣了偏手：打偏手，指代人辦事，從中賺錢。

子，也說不得也要下隻手兒。一日，焦榕走來回覆妹子說話。焦氏安排酒肴款待。元來他兄妹都與酒甕同年，喫殺不醉的。從午後喫起，直至申牌時分，酒已將竭，還不肯止。又教苗全去買酒。苗全提個酒瓶走出大門，剛欲跨下堦頭，遠遠望見一騎生口，上坐一個小廝，卻是小主人李承祖。喫這驚不小！暗道：「元來這冤家還在！」掇轉身跑入裏邊，悄悄報知焦氏。焦氏即與焦榕商議停當，教苗全出後門去買砒礵。二人依舊坐著飲酒。等候李承祖進來，不題。

且說李承祖到了自家門首，跳下生口，趕腳的背著竹籠，跟將進來。直至堂中，靜悄悄並不見一人。心內傷感道：「爹爹死了，就弄得這般冷落！」教趕腳的把竹籠供在靈座上，打發自去。李承祖向靈前叩拜，轉念去時的苦楚，不覺淚如泉湧，哭倒在拜臺之上。焦氏聽得哭聲，假意教丫頭出來觀看。那丫頭跑至堂中，見是李承祖，驚得魂不附體，帶跌而奔。報道：「奶奶，公子的魂靈來家了！」焦氏照面一口涎沫，道：「啐！青天白日這樣亂說！」丫頭道：「見在靈前啼哭。奶奶若不信，一同去看。」焦榕也假意說道：「不信有這般奇事！」一齊走出外邊。李承祖看見，帶著眼淚向前拜見。焦榕扶住道：「途路風霜，不要拜了。」焦氏掙下幾點眼淚，說道：「苗全回來，說你有不好的信息。日夜想念。懊悔當初教你出去。今幸無事，萬千之喜了！只是可曾尋得骸骨？」李承祖指著竹籠道：「這個裏邊就是。」焦氏捧著竹籠，便哭起天來。玉英姊妹，已是知得李承祖無恙，又驚又喜。奔至堂前，四個男女，抱做一團而哭。哭了一回，玉英道：「苗全說你已死，怎地卻又活了？」李承祖將途中染病，苗全不容暫停，直至遇見和尚送歸始末，一一道出。焦榕怒道：「苗全這奴才，恁般可惡！待我送他到官，活活敲死，與賢甥出氣。」李承祖道：「若得舅舅主張，可知好麼！」焦氏道：「你途中辛苦了，且進去喫些酒飯，將息身子。」遂都入後邊。焦榕扯李承祖坐下，玉英姊妹，自避過一邊。焦氏一面教丫鬟把酒去熱，自己�到後門首。恰好苗全已在那裏等候。焦氏接了藥，分付他停一回進來。焦氏到廚下，將丫鬟使開，把藥傾入壺中。依原走來坐下。少頃，丫頭將酒鏇湯得飛滾，拿至桌邊。焦榕取過一隻茶甌，滿斟一杯，遞與承祖道：「賢甥，借花獻佛，權當與你洗塵。」承祖道：「多謝舅舅！」接過手放下，也要斟一杯回敬。焦榕又拿起，直推至口邊道：「我們飲得多了，這壺中所存有限，你且乘熱飲一杯。」李承祖不知好歹，骨都都飲個乾淨。焦榕又斟過一杯道：「小官人家須要飲個雙杯。」又推到口邊。那李承祖因是尊長相勸，不敢推托，又飲乾了。焦榕再把壺斟時，只有小半杯，一發勸李承祖飲了。那酒不飲也罷，纔到腹中，便覺難過。連叫肚痛。焦氏道：「想是路上觸了臭氣了。」李承祖道：「也不曾觸甚臭氣。」焦氏道：「或者三不知㉚，那裏覺得！」須臾間，藥性發作，猶如鋼鎗攢刺，烈火焚燒，疼痛難忍。叫聲：「痛死我也！」跌倒在地。焦榕假驚道：「好端端地，為何痛得恁般利害？」焦氏道：「一定是絞腸沙了。」急教丫頭扶至玉英床上睡下，亂攧亂跌，只叫難過。慌得玉英姊妹手足無措。那裏按得他住。不消半個時辰，五臟迸裂，七竅流紅，大叫一聲，命歸泉府。旁邊就哭殺了玉英姊妹，喜殺了焦氏婆娘，也假哭幾聲。焦榕道：「看這模樣，必是觸犯了神道的，被喪煞打了。如今幸喜已到家裏還好。只是占了甥女臥處，不當穩便。就今夜殮過，省得他們害怕。」焦氏便去取出些銀錢。那時苗全已轉進前門，打探聽得裏邊哭聲鼎沸，量來已是完帳。徑走入來。焦氏恰好看見，把銀遞與苗全，急忙去買下一具棺木，又買兩壺酒，與苗全喫夠一醉。先把棺木放在一間廂房裏，然後揎拳裸臂，跨入房中，教玉英姊妹

㉚ 三不知：本指一件事的開始、中間過程和結尾都不知道。以後引申作不料、突然的意思。

走開。向床上翻那尸首，也不揩抹去血污，也不換件衣服，伸著雙手，便抱起來。一則那廝有些蠻力，二則又趁著酒興，三則十數歲孩子，原不甚重，輕輕托在兩臂，一直到廂房內盛殮。玉英姊妹，隨後哭泣。誰知苗全落了銀子，買小了棺木，屍首放下去，兩隻腿露出了五六寸。只得將腿兒竪起，卻又頂浮了棺蓋。苗全扯來拽去，沒做理會。玉英姊妹看了這個光景，越發哭得慘傷。焦氏沉吟半晌，心生一計。把玉英姊妹並丫頭都打發出外，掩上門兒，教苗全將尸首拖在地上，提起斧頭，砍下兩隻小腿，橫在頭下，倒好做個枕兒。收拾停當，釘上棺蓋，開門出來。焦榕自回家去。玉英覷見棺已釘好，暗想道：「適來放不下，如何打發我姊妹出來了，便能釘上棺蓋？難道他們有甚法術，把棺木化大了，尸首縮小了？」好生委決不下。過了兩日，焦氏備起衣衾棺槨，將丈夫骸骨重新殮過。擇日安葬祖塋。恰好優恤的覆本已下：李雄止贈忠勇將軍，不准陞襲指揮。焦氏用費若干銀兩，空自送在水裏。到了安葬之日，親鄰齊來相送。李承祖也就埋在墳側。偶有人問及，只說路上得了病症，到家便亡。那親戚都不是切己之事，那個去查他細底。可憐李承祖沙場內倒闖闖得性命，家庭中反斷送了殘生。正是：

非故翻如故，宜親卻不親。萬般皆是命，半點不由人。

常言道：痛定思痛。李承祖死時，玉英慌張慌智㉛，不暇致詳。到葬後，漸漸想出疑惑來。他道：「如何不前不後，恰恰裏到家便死，不信有恁般湊巧！況兼口鼻中又都出血；且又不揀個時辰，也不收拾個乾淨；棺木小了，也不另換，哄了我們轉身，不知怎地，胡亂迭入裏面。那苗全聽說要送他到官，

㉛ 慌張慌智：慌裏慌張。

至今半句不題，比前反覺親密，顯係是母親指使他的。看起那般做作，我兄弟這死，必定蹊蹺！」心中雖則明白，然亦無可奈何。只索付之涕泣而已。那焦氏謀殺了李承祖之後，卻又想道：「這小殺才已除，那幾個小賤人，日常雖受了些磨折，也只算與他拂養。須是教他大大喫些苦楚，方不敢把我輕覷。」自此日逐尋頭討腦㉜，動輒便是一頓皮鞭，打得體無完膚。卻又不許啼哭。若還則一則聲㉝，又重新打起。每日止給兩飡稀湯薄粥，如做少了生活，打罵自不消說，連這稀湯薄粥也沒有得喫了。身上的好衣服，盡都剝去。將丫頭們的舊衣舊裳，換與穿著。臘月天氣，也只得三四層單衣，背上披一件舊綿絮。夜間只有一條藁薦，一條破被單遮蓋，寒冷難熬，如蛆蟲般，攢做一團，苦楚不能盡述。玉英姊妹捱忍不過，幾遍要尋死路。卻又指望還有個好日，捨不得性命，互相勸解。真個求生不能，求死不得。

看看過了殘歲，又是新年。玉英已是十二歲了。那年二月間，正德爺晏駕，嘉靖爺嗣統。下速詔遍選嬪妃。府司著令民間挨家呈報。如有隱匿，罪坐鄰里。那焦氏的鄰家，平日曉得玉英才貌兼美，將名具報本府。一張上選的黃紙帖在門上。那時焦氏就打帳了做皇親國戚的念頭，掉過臉來，將玉英百般奉承，通身換了綾羅錦繡，肥甘美味，與他調養。又將銀兩教焦榕到禮部使用。那玉英雖經了許多磨折，到底骨格猶存。將息數日，面容頓改。又兼穿起華麗衣服，便似畫圖中人物。府司選到無數女子，推他為第一。備文齊送到禮部選擇。禮部官見了玉英這個容儀，已是萬分好了。但只年紀幼小，恐不諳侍御，發回寧家。那焦氏因用了許多銀子，不能夠中選，心中懊悔氣惱。原翻過向日嘴臉，好衣服也剝去了，

㉜ 尋頭討腦：找個藉口。
㉝ 則一則聲：作一作聲；哭叫一聲。

好飲食也沒得喫了，打罵也更覺勤了。常言說得好：坐喫山空，立喫地陷。當初李雄家業，原不甚大。自從陣亡後，焦氏單單算計這幾個小兒女，那個思想去營運。一窩子坐食，能夠幾時。況兼為封蔭選妃二事，又用空了好些。日漸日深，看看弄得罄盡。兩個丫頭也賣來，完在肚裏。那時沒處出豁，只得將住房變賣。誰知苗全這廝，見家中敗落，亞奴年紀正小，襲職日子尚遠，料想日前沒甚好處。趁焦氏賣得房價，夜間挾入臥房，偷了銀兩，領著老婆，逃往遠方受用去了。到次早，焦氏方纔覺得。這般悶氣無處發洩，又遷怒到玉英姊妹，說道：「如何不醒睡，卻被他偷了東西去？」又都奉承一頓皮鞭。一面教焦榕告官緝捕。過了兩月，那裏有個踪跡。此時買主又來催促出房。無可奈何，與焦榕商議，要把玉英出脫。焦榕道：「玉英這個模樣兒，慢慢的覓個好主顧，怕道不是一大注銀子。如今急切裏尋人，能值得多少？不若先把小的胡亂貨一個來使用。」焦氏依了焦榕，便把桃英賣與一個豪富人家為婢。姊妹分別之時，你我不忍分捨，好不慘傷！焦氏賃了一處小房，擇日遷居。玉英想起祖父累世安居，一旦棄諸他人，不勝傷感。走出堂前，擡頭看見梁間燕子，補綴舊壘，旁邊又營一個新巢，暗嘆道：「這燕兒是個禽鳥，秋去春來，倒還有歸巢之日！我李玉英今日離了此房，反沒個再來之期了！」撫景傷心，托物喻意，乃作別燕詩一首。詩云：

新巢泥落舊巢攲，塵半疎簾欲掩遲。愁對呢喃終一別，畫堂依舊主人非。

元來焦氏要依傍焦榕，卻搬在他側邊小巷中，相去只有半箭之遠。間壁乃是貴家的花園。那房屋止得兩間，諸色不便。要桶水兒，直要到鄰家去汲。那焦氏平日受用慣的，自去不成。少不得通在玉英、月英兩個身上。姊妹此時也難顧羞恥，只得出頭露面。又過了幾時，桃英的身價漸漸又將摸完。一日傍晚，焦氏引著亞奴在門首閒立。見一個乞丐女兒，止有十數歲，在街上求討，聲音叫得十分慘切。有個鄰家老嫗對他說道：「這般時候，那個肯捨！不時回去罷。」那叫化女兒哭道：「奶奶，你那裏曉得我的苦楚！我家老的，限定每日要討五十文錢。若少了一文，便打個臭死。夜飯也不與我喫。又要在明日補足。如今還少六七文，怎敢回去！」那老嫗聽說得苦惱，就捨了兩文。旁邊的人，見老嫗捨了，一時助興，你一文，我一文，登時到有十數文。那叫化女兒，千恩萬謝，轉身去了。焦氏聽了這片言語，那知反撥動了個貪念，想道：「這個小化子，一日倒討得許多錢。我家月英那賤人，面貌又不十分標致，賣與人，也值得有限。何不教他也做這樁道路，倒是這永遠利息？」正在沉吟，恰好月英打水回來。焦氏道：「小賤人，你可見那叫街的丫頭麼？他年紀比你還小，每日倒趁五十文錢。你可有處尋得三文五文哩？」月英道：「他是個乞丐，千爺爺，萬奶奶，叫來的。孩兒怎比得他！」焦氏喝道：「你比他有甚麼差！自明日為始，也要出去尋五十文一日，若少一文，便打下你下半截來。」玉英姊妹見說要他求乞，驚得他面面相覷，滿眼垂泪，一齊跪下，說道：「母親，我家世代為官，多有人認得，也要存個體面。若教出去求乞，豈不辱抹門風，被人恥笑！」焦氏道：「現今飯也沒得喫了，還要甚麼體面，怕甚麼恥笑！」月英又苦告道：「任憑母親打死了，我決不去的。」焦氏怒道：「你這賤人，恁般不聽教訓！先打個樣兒與你嘗嘗。」即去尋了一塊木柴，揪過來，沒頭沒腦亂敲。月英疼痛難忍，只得叫道：「母親饒恕則個！待我明日去便了。」焦氏放下月英，向玉英道：「不教你去，是我的好情了，反來放屁阻撓？」拖翻在地，也喫了一頓木柴。到次早，即趕逐月英出門求乞。月英無奈，忍恥依隨。自此日逐沿街抄化。若足了這五十文，還沒得開口。些兒欠缺，便打個半死。光陰如箭，不覺玉英年已一十六歲。時直三月下旬，焦榕五十壽誕，焦氏引著亞奴同往祝壽。月英自向街坊抄化去了。止留玉英看家。玉英讓焦氏去後，掩上門兒，走入裏邊，手中拈著針指，思想道：「爹爹當年生我姊妹，猶如掌上之珠，熱氣何曾輕呵一口。誰道遇著這個繼母，受萬般淩辱。兄弟被他謀死，妹子為奴為丐，一個家業弄得瓦解冰消。淪落到恁樣地位，真個草菅不如！尚不知去後，還是怎地結果？」又想道：「在世料無好處，不如早死為幸。趁他今日不在家，何不尋個自盡，也省了些打罵之苦？」卻又想道：「我今年已十六歲了。再忍耐幾時，少不得嫁個丈夫，或者有個出頭日子。豈可枉送這條性命？」把那前後苦楚事，想了又哭，哭了又想。直哭得個有氣無力，沒情沒緒。放下針指，走至庭中，望見間壁園內，紅稀綠暗，燕語鶯啼，遊絲斜裊，榆莢亂墜。看了這般景色，觸目感懷。遂吟送春詩一首。詩云：

柴扉寂寞鎖殘春，滿地榆錢不療貧。雲鬢衣裳半泥土，野花何事獨撩人。

玉英吟罷，又想道：「自爹爹亡後，終日被繼母磨難，將那吟咏之情，久已付之流水。自移居時，作了別燕詩，倏忽又經年許。時光迅速如此！」嗟嘆了一回，又恐誤了女工，急走入來攢趕。見桌上有個帖兒，便是焦榕請妹子喫壽酒的。玉英在後邊裁下兩摺，尋出筆硯，將兩首詩錄出，細細展玩。更嘆口氣道：「古來多少聰明女子，或共姊妹賡酬，或是夫妻唱和，成千秋佳話。偏我李玉英恁般命薄！埋沒至此，豈不可惜可悲！」又傷感多時，愈覺無聊。將那紙左摺右摺，隨手摺成個方勝兒，藏於枕邊。卻忘收了筆硯忙忙的攢完針指。看看天色傍晚，剛是月英到家。焦氏接腳也至。見他泪痕未乾，便道：

「那個難為了你，又在家做妖勢？」玉英不敢回答。將做下女工與他點看。月英也把錢交過，收拾些粥湯喫了。又做半夜生活，方纔睡臥。到了明日，焦氏見桌上擺著筆硯，檢起那帖兒，後邊已去了幾摺。疑惑玉英寫他的不好處，問道：「你昨日寫的是何事？快把來我看。」玉英道：「偶然寫首詩兒，沒甚別事。」焦氏嚷道：「可是寫情書約漢子，壞我的帖兒？」玉英被這兩句話，羞得徹耳根通紅。焦氏見他臉漲紅了，只道真有私情勾當，逼他拿出這紙來。又見摺著方勝，一發道是真了。尋根棒子，指著玉英道：「你這賤人，恁般大膽！我剛不在家，便寫情書約漢子。快些實說是那個？有情幾時了？」玉英哭道：「那哩說起！卻將無影醜事來骯髒！可不屈殺了人！」焦氏怒道：「贓證現在，還要口硬！」提起棒子，沒頭沒腦亂打。打得玉英無處躲閃。掙脫了往門首便跑。焦氏道：「想是要去叫漢子，相幫打我麼？」隨後來趕。不想絆上一交，正磕在一塊磚上，磕碎了頭腦，鮮血滿面，嚷道：「打得我好！只教你不要慌！」月英上前扶起，又要趕來。到虧亞奴緊緊扯住道：「娘，饒了姐姐罷。」那婆娘恐帶跌了兒子，只得立住腳，百般辱罵。玉英閃在門旁啼哭。那鄰家每日聽得焦氏淩虐這兩個女兒，今日又聽得打得利害，都在門首議論。恰好焦榕撞來，推門進去。那婆娘一見焦榕，便嚷道：「來得好！玉英這賤人，偷了漢子，反把我打得如此模樣！」焦榕看見他滿面是血，信以為實，不問情由，搶過焦氏手中棒子，趕近前，將玉英揪過來便打。那鄰家抱不平，齊走來說道：「一個十五六歲女子家，纔打得一頓大棒，不指望你來勸解，反又去打他！就是做母舅的，也沒有打甥女之理！」焦榕自覺乏趣，撇下棒子，徑自去了。那鄰家又說道：「也不見這等人家，無一日不打罵這兩個女兒！如今一發連母舅都來助興了。看起來，這兩個女子也難存活。」又一個道：「若死了，我們就具個公呈，不怕那姓焦的不償命！」焦氏一句句聽見鄰家發作，只得住口。喝月英推上大門。自去揩抹血污，依舊打發月英出去求乞。玉英哭了一回，忍著疼痛，原入裏邊去做針指。那焦氏恨聲不絕。到了晚間，吞聲飲泣。想道：「人生百歲，總是一死，何苦受恁般恥辱打罵！」等至焦氏熟睡，悄悄抽身起來，扯了腳帶，懸梁高掛。也是命不該絕。這到虧了晚母，不去料理他身上，莫說衣衫襤褸，只這腳帶，不知纏過了幾個年頭，布縷雖連，沒有筋骨，一用力，就斷了。剛剛上吊，撲通的跌下地來。驚覺月英，身邊不見了阿姐，情知必走這條死路。叫聲：「不好了！」急跳起身，救醒轉來。兀自嗚嗚而哭。那焦氏也不起身，反罵道：「這賤人！你把死來詐我麼？且到明日與你理會。」

至次早，分付月英在家看守，叫亞奴引著到焦榕家裏，將昨日鄰家說話，並夜來玉英上吊事說與。又道：「倘然死了，反來連累著你。不如先送到官，除了這個根罷。」焦榕道：「要擺布他也不難。那錦衣衛堂上，昔年曾替他打幹，與我極是相契。你家又是衛籍[34]，竟送他到這個衙門，誰個敢來放屁！」焦氏大喜，便教焦榕央人寫下狀詞，說玉英奸淫忤逆，將那兩首詩做個執證，一齊至錦衣衛衙門前。焦榕與衙門中人都是廝熟的，先央進去道知其意。少頃升堂，准了焦氏狀詞，差四個校尉前去，拘拿玉英到來。那問官聽了一面之詞，不論曲直，便動刑具。玉英再三折辯，那裏肯聽。可憐受刑不過，只得屈招，擬成剮罪，發下獄中。兩個禁子扶出衙門，正遇月英妹子。元來月英見校尉拿去阿姐，嚇得魂飛魄散，急忙鎖上門兒，隨後跟來打探。望見禁子扶挾出來，便鑽向前抱住，放聲大哭。旁邊轉過焦氏，一把扯開道：「你這賤人，家裏也不顧了，來此做甚！」月英見了焦氏，猶如老鼠見貓，膽喪心驚，不敢

[34] 衛籍：就是軍籍的意思。明代戶口分為民、軍、匠三類。

不跟著他走。到家又打勾半死。恨道：「你下次若又私地去看了這賤人，查訪著實，好歹也送你到這所在去！」月英口雖答應，終是同胞情分，割捨不下。過了兩三日，多求乞得幾十文錢，悄地踅到監門口來探望不題。再說玉英下到獄中，那禁子頭見他生得標致，懷個不良之念，假慈悲照顧他。住在一個好房頭，又將些飲食調養。玉英認做好人，感激不盡。叮囑他：「有個妹子月英，定然來看，千萬放他進來，相見一面。」那禁子緊緊記在心上。至第四日午後，月英到監門口，道出姓名，那禁子流水㉟開門，引見玉英。兩下悲號，自不必說。漸至天晚，只得分別。自此月英不時進監看覷。不在話下。且說那禁子貪愛玉英容貌，眠思夢想，要去姦他。一來耳目眾多，無處下手，二則恐玉英不從，喊叫起來，壞了好事。捉空就走去說長問短，把幾句風話撩撥。玉英是聰明女子，見話兒說得蹊蹺，已明白是個不良之人，留心提防，便不十分招架㊱。一日，正在檻上悶坐，忽見那禁子輕手輕腳走來，低聲啞氣，笑嘻嘻的說道：「小娘子，可曉得我一向照顧你的意思麼？」玉英知其來意，即立起身道：「奴家不曉得是甚意思。」那禁子又笑道：「小娘子是個伶俐人，難道不曉得？」便向前摟抱。玉英著了急，亂喊「殺人！」那禁子見不是話頭，急忙轉身。口內說道：「你不從我麼？今晚就與你個辣手。」玉英聽了這話，捶胸跌腳的號哭。驚得監中人俱來觀看。玉英將那禁子調戲情由，告訴眾人。內中有幾個抱不平的，叫過那禁子說道：「你強姦犯婦，也有老大的罪名。今後依舊照顧他，萬事干休；倘有些兒差錯，我眾人連名出首，但憑你去計較。」那禁子情虧理虛，滿口應承，陪告不是：「下次再不敢去惹他。」正是：

㉟ 流水：急忙。
㊱ 招架：招呼。

羊肉饅頭沒得喫，空教惹得一身羶。

玉英在獄不覺又經兩月有餘，已是六月初旬。元來每歲夏間，在朝廷例有寬恤之典，差太監審錄各衙門未經發落之事。凡事枉人冤，許諸人陳奏。比及六月初旬，玉英聞得這個消息，想起一家骨肉，俱被焦氏陷害，此番若不伸冤，再無昭雪之日矣。遂草起辨冤奏章，將合家受冤始末，細細詳述。教月英賫奏，其略云：

臣聞先正有云：五刑以不孝為先，四德以無義為恥。故竇氏投崖[37]，雲華墜井：是皆畢命於綱常，流芳於後世也。臣父錦衣衛千戶李雄，先娶臣母，生臣姊妹三人，及弟李承祖。不幸喪母之日，臣等俱在孩提。父每見憐，仍娶繼母焦氏撫養。臣父於正德十四年七月十四日征陝西反賊陣亡。天禍臣家，流移日甚。臣年十六，未獲結褵。姊妹伶仃，孑無依荷。摽梅已過，紅葉無憑。有送春詩一絕云云。又有別燕詩一絕云云。是皆有感而言，情非得已。奈母氏不察臣衷，疑為外遇，逼舅焦榕，拏送錦衣衛，誣臣姦淫不孝等情。問官昧臣事理，坐臣極刑。臣女流難辨，俯首聽從。蓋不敢逆繼母之情，以重不孝之罪也。邇蒙聖恩熟審，凡事枉人冤，許諸人陳奏。欽此欽遵。故臣不禁生樂生之心，以冀超脫。臣父本武人，頗知典籍。臣雖妾婦，幸領遺教。臣繼母年二十，有弟亞奴，生方週歲。母圖親兒蔭襲，故當父方死之時，計令臣弟李承祖十歲孩兒，親往戰場，尋父遺骨。陷之死地，以圖己私，幸賴天佑父靈，抱骨以歸。前計不成，仍將臣弟毒藥身死，支

---

[37] 竇氏投崖：唐代永泰時，竇家有兩個女兒，到山谷中去避難，被賊人所逼，她們不願受辱，都投崖而死。

解棄埋。又將臣妹李桃英賣為人婢，李月英屏去衣食，沿街抄化。今將臣誣陷前情。臣設有不才，四鄰何不糾舉？又不曾經獲某人，祇憑數句之語，尋風捉影，以陷臣罪。臣之死，固當矣。十歲之弟，有何罪乎？數歲之妹，有何辜乎？臣母之過，臣不敢言。凱風有詩㊳，臣當自責。臣死不足惜，恐天下後世之為繼母者，得以肆其奸妬而無忌也！伏望陛下俯察臣心，將臣所奏，付諸有司。先將臣速斬，以快母氏之心。次將臣詩委勘，有無事情。推詳臣母之心，盡在不言之表。則臣之生平獲雪，而臣父之靈亦有感於地下矣！

這一篇章疏奏上，天子重瞳親照，憐其冤抑，倒下聖旨，著三法司㊴嚴加鞫審。三法司官不敢怠慢，會同拘到一干人犯，連桃英也喚至當堂，逐一細問。焦氏、焦榕初時抵賴。動起刑法，方纔吐露真情。與玉英所奏無異。勘得焦氏叛夫殺子，逆理亂倫，與無故殺子孫輕律不同。宜加重刑，以為繼母之戒。焦榕通同謀命，亦應抵償。玉英、月英、亞奴發落寧家。又令變賣焦榕家產，贖回桃英。覆本奏聞，請旨。聖天子怒其兇惡，連亞奴俱勅即日處斬。玉英又上疏懇言：「亞奴尚在襁褓，無所知識。且係李氏一線不絕之嗣，乞賜矜宥。」天子准其所奏，詔下刑部，止將焦榕、焦氏二人綁付法場，即日雙雙受刑。亞奴終身不許襲職。另擇嫡枝次房承蔭，以繼李雄之嗣。玉英、月英、桃英俱擇士人配嫁。至今列女傳中載有李玉英辨冤奏本，又為贊云：

㊳ 凱風有詩：凱風，詩經邶風篇名。內容是講七個兒子能盡孝、自責，感動了母親。
㊴ 三法司：明代以刑部、都察院、大理寺為三法司。遇有重大案件，由三法司會審。

李氏玉英，父死家傾。送春別燕，母疑外情。
置之重獄，險罹非刑。陳情一疏，冤滯始明。

後人又有詩嘆云：

昧心晚母曲如鉤，只為親兒起毒謀。假饒血化西江水，難洗黃泉一段羞。

第二十八卷　吳衙內鄰舟赴約

貪花費盡採花心，身損精神德損陰。勸汝遇花休浪採，佛門第一戒邪淫。

話說南宋時，江州有一秀才，姓潘名遇，父親潘朗，曾做長沙太守，高致❶在家。潘遇已中過省元，別了父親，買舟往臨安會試。前一夜，父親夢見鼓樂旗彩，送一狀元匾額進門。匾上正註潘遇姓名。早起喚兒子說知。潘遇大喜，以為春闈首捷無疑。一路去，高歌暢飲，情懷開發。不一日，到了臨安，尋覓下處，到一個小小人家。主翁相迎，問：「相公可姓潘麼？」潘遇道：「然也。足下何以知之？」主翁道：「夜來夢見土地公公說道，今科狀元姓潘，明日午時到此。你可小心迎接。相公正應其兆。若不嫌寒舍簡慢，就在此下榻何如？」潘遇道：「若果有此事，房價自當倍奉。」即令家人搬運行李，到其家停宿。主人有女年方二八，頗有姿色，聽得父親說其夢兆，道潘郎有狀元之分，在窗下偷覷，又見他儀容俊雅，心懷契慕，無繇通款❷。一日，潘生因取硯水，偶然童子不在，自往廚房，恰與主人之女相見。其女一笑而避之。潘生魂不附體，遂將金戒指二枚，玉簪一隻，交付童兒，覷空致意此女，懇求相

❶ 高致：告老回家，不再當官。高，清高。致，致仕。
❷ 無繇通款：沒有方法向對方表達自己的心事。

會。此女欣然領受，解腰間繡囊相答。約以父親出外，親赴書齋。一連數日，潘生望眼將穿，未得其便。直至場事已畢，主翁治盃節勞。飲至更深，主翁大醉。潘生方欲就寢，忽聞輕輕叩門之聲，啟而視之，乃此女也。不及交言，捧進書齋，成其雲雨，十分歡愛。約以成名之後，當娶為側室。是夜，潘朗在家，復夢向時鼓樂旗彩，迎狀元匾額過其門而去。潘朗夢中喚云：「此乃我家旗匾。」送匾者答云：「非是。」潘朗追而看之，果然又一姓名矣。送匾者云：「今科狀元，合是汝子潘遇。因做了欺心之事，天帝命削去前程，另換一人也。」潘朗驚醒，將信將疑。未幾揭曉，潘朗閱登科記❸，狀元果是夢中所迎匾上姓名。其子落第。待其歸而叩之，潘遇抵賴不過，只得實說。父子嘆嗟不已。潘遇過了歲餘，心念此女，遣人持金帛往聘之，則此女已適他人矣。心中甚是懊悔。後來，連走數科不第，鬱鬱而終。

因貪片刻歡娛景，誤卻終身富貴緣。

* * *

說話的，依你說，古來才子佳人，往往私諧歡好，後來夫榮妻貴，反成美談，天公大算盤，如何又差錯了？看官有所不知。大凡行奸賣俏，壞人終身名節，其過非小。若是五百年前合為夫婦，月下老赤繩繫足，不論幽期明配，總是前緣判定，不虧行止。聽在下再說一件故事，也出在宋朝，卻是神宗皇帝年間，有一位官人，姓吳名度，汴京人氏，進士出身。除授長沙府通判。夫人林氏，生得一位衙內，單諱個彥字，年方一十六歲，一表人才，風流瀟灑。自幼讀書，廣通經史。吟詩作賦，件件皆能。更有一

❸ 登科記：考中進士的名冊。

件異處，你道是甚異處？這等一個清標人物，卻喫得東西，每日要喫三升米飯，二觔多肉，十餘觔酒。其外飲饌不算。這還是吳府尹恐他傷食，酌中定下的規矩。若論起吳衙內，只算做半飢半飽，未能趁心像意。是年三月間，吳通判任滿，陞選揚州府尹。彼處吏書差役，帶領馬船❹，直至長沙迎接。吳度即日收拾行裝，辭別僚友起程。下了馬船，一路順風順水。非止一日，將迎江州。昔日白樂天贈商婦琵琶行云：「江州司馬青衫濕」，便是這個地名。吳府尹船上正揚著滿帆，中流穩度。倏忽之間，狂風陡作，怒濤洶湧，險些兒掀翻。莫說吳府尹和夫人們慌張，便是篙師舵工，無不失色。急忙收帆攏岸。只有四五里江面，也掙了兩個時辰。回顧江中往來船隻，那一隻上不手忙腳亂。吳府尹道：「若得到岸，就謝天不盡了。」忙教水手緊搖，方得就岸旁拋錨繫纜。那邊已先有一隻官船停泊。兩下相隔約有十數丈遠。這官船艙門上，簾兒半捲，下邊站著一個中年婦人，一個美貌女子。背後又侍立三四個丫鬟。吳衙內在艙中簾內，早已瞧見。那女子果然生得嬌豔。怎見得？有詩為證：

秋水為神玉為骨，芙蓉如面柳如眉。分明月殿瑤池女，不信人間有異姿。

吳衙內看了，不覺魂飄神蕩，恨不得就飛到他身邊，摟在懷中。只是隔著許多路，看得不十分較切。心生一計，向吳府尹道：「爹爹，何不教水手移去，幫在這隻船上？到也安穩。」吳府尹依著衙內，分付水手移船。水手不敢怠慢，起錨解纜，撐近那隻船旁。吳衙內指望幫過了船邊，細細飽看。誰知纔傍過去，便掩上艙門，把吳衙內一團高興，直冷淡到腳指尖上。你道那船中是甚官員？姓甚名誰？那官人

❹ 馬船：大船；官船。

姓賀名章，祖貫建康人氏，也曾中過進士。前任錢塘縣尉，新任荊州司戶。帶領家眷前去赴任，亦為阻風，暫駐江州。三府是他同年，順便進城拜望去了，故此家眷開著艙門閒玩。中年的便是夫人金氏，美貌女子乃女兒秀娥。元來賀司戶沒有兒子，止得這秀娥小姐。年纔十五，真有沉魚落雁之容，閉月羞花之貌。女工針指，百伶百俐，不教自能。兼之幼時，賀司戶曾延師教過讀書識字，寫作俱高。賀司戶夫婦，因是獨養女兒，鍾愛勝如珍寶。要贅個快壻，難乎其配，尚未許人。當下母子正在艙門口觀看這些船隻慌亂，卻見吳府尹馬船幫上來。夫人即叫丫鬟下簾掩門進去。吳府尹是仕路上人，便令人問是何處官府。不一時回報說：「是荊州司戶，姓賀諱章，今去上任。」吳府尹對夫人道：「此人昔年至京應試，與我有交。向為錢塘縣尉，不道也陞遷了。既在此相遇，禮合拜訪。」教從人取帖兒過去傳報。從人又稟道：「那船上說，賀爺進城拜客未回。」正說間，船上又報道：「賀爺已來了。」吳府尹教取公服穿著。在艙中望去，賀司戶坐著一乘四人轎，背後跟許多人從。元來賀司戶去拜三府，不想那三府數日前丁憂去了，所以來得甚快。擡到船邊下轎。看見又有一隻座船，心內也暗轉：「不知是何使客？」走入艙中，方待問手下人，吳府尹帖兒早已遞進。賀司戶看罷，即教相請。恰好艙門相對，走過來就是。見禮已畢，各敘間闊寒溫。喫過兩盃茶，吳府尹起身作別。不一時，賀司戶回拜。吳府尹款留小酌，因喚出衙內相見。命坐於旁。賀司戶因自己無子，覷見吳彥儀表超群，氣質溫雅，先有四五分歡喜。及至問些古今書史，卻又應答如流。賀司戶愈加起敬，稱贊不絕。暗道：「此子人才學識，儘是可人。若得他為壻，與女兒恰好正是一對。但他居汴京，我住建康，兩地相懸，往來遙遠，難好成偶，深為可惜。」此乃賀司戶心內之事，卻是說不出的話。吳府尹問道：「老先生有幾位公子？」賀司戶道：「實不相瞞，止有小女一人，尚無子嗣。」吳衙內也暗想道：「適來這美貌女子，必定是了。看來年幾與我相彷。若求得為婦，平生足矣。但他止有此女，料必不肯遠嫁。說也徒然。」又想道：「莫說求他為婦，今要再見他一面，也不能勾了。怎做恁般癡想！」吳府尹聽得賀司戶尚沒有子，乃道：「原來老先生還無令郎。此亦不可少之事。須廣置姬妾，以圖生育便好。」賀司戶道：「多承指教！學生將來亦有此意。」彼此談論，不覺更深方止。臨別時，吳府尹道：「儻今晚風息，明晨即行，恐不及相辭了。」賀司戶道：「相別已久，後會無期。還求再談一日。」道罷，回到自己船中。夫人小姐多還未臥，秉燭以待。賀司戶酒已半酣，向夫人說起吳府尹高情厚誼，又誇揚吳衙內青年美貌，學問廣博，許多好處，將來必是個大器❺。明日要設席請他父子。因有女兒在旁，不好說出意欲要他為壻這一段情來。那曉得秀娥聽了，便懷著愛慕之念。至次日，風浪轉覺狂大，江面上一望去，煙水迷濛，浪頭推起約有二三丈高，惟聞澎湃之聲。往來要一隻船兒做樣，卻也沒有。吳府尹只得住下。賀司戶清早就送請帖，邀他父子赴酌。那吳衙內記掛著賀小姐，一夜臥不安穩。早上賀司戶相邀，正是挖耳當招❻，巴不能到他船中，希圖再得一覷。偏這吳府尹不會湊趣，道是父子不好齊擾。吳府尹至午後，獨自過去。替兒子寫帖辭謝。吳衙內難好說得，好不氣惱！幸喜賀司戶不聽，再三差人相請。吳彥不敢自專，又請了父命，方纔脫換服飾，過去相見，入坐飲酒。早驚動後艙賀小姐，悄悄走至遮堂後，門縫中張望。那吳衙內粧束整齊，比平日愈加丰采飄逸。怎見得？也有詩為證：

---

❺ 大器：能做大事的人。

❻ 挖耳當招：人家用手挖耳朵，卻誤會以為是在召喚自己。比喻希望達到目的的心情非常的迫切。

何郎俊俏顏如粉，荀令風流坐有香。若與潘生同過市，不知擲果向誰傍？

賀小姐看見吳衙內這表人物，不覺動了私心。想道：「這衙內果然風流俊雅。我若嫁得這等樣丈夫，便心滿意足了。只事怎好對爹爹母親說得？除非他家來求親纔好。但我便在此想他，他卻如何曉得？欲待約他面會，怎奈爹媽俱在一處，兩邊船上，耳目又廣，沒討個空處。眼見得難就，只索罷休！」心內雖如此轉念，那雙眼卻緊緊覷定吳衙內。大凡人起了愛念，總有十分醜處，俱認作美處。何況吳衙內本來風流，自然轉盼生姿，愈覺可愛。又想道：「今番錯過此人，後來總配個豪家宦室，恐未必有此才貌兼全！」左思右想，把腸子都想斷了，也沒個計策與他相會。心下煩惱，倒走去坐下。席還未煖，恰像有人推起身的一般，兩隻腳又早到屏門後張望。看了一回，又轉身去坐。不上喫一碗茶的工夫，卻又走來觀看。猶如走馬燈一般，頃刻幾個盤旋。恨不得三四步走至吳衙內身邊，把愛慕之情，一一細罄。說話的，我且問你，在後艙中，非止賀小姐一人，須有夫人丫鬟等輩，難道這般著迷光景，豈不要看出破綻？看官，有個緣故。只因夫人平素有件毛病，剛到午間，便要熟睡一覺，這時正在睡鄉，不得工夫。那丫頭們，巴不得夫人小姐不來呼喚，背地自去打夥作樂，誰個管這樣閒帳。為此並無人知覺。少頃，夫人睡醒，秀娥只得耐住雙腳，悶坐呆想。正是：

相思相見知何日？此時此際難為情。

且說吳衙內身雖坐於席間，心卻掛在艙後。不住偷眼瞧看，見屏門緊閉，毫無影響，暗嘆道：「賀小姐，我特為你而來，不能再見一面，何緣分淺薄如此！」快快不樂，連酒也懶得去飲。抵暮席散，歸到自己船中，沒情沒緒，便向床上和衣而臥。這裏司戶送了吳府尹父子過船，請夫人女兒到中艙夜飯。秀娥一心憶著吳衙內，坐在旁邊，不言不語，如醉如癡，酒也不沾一滴，筯也不動一動。夫人看了這個模樣，忙問道：「兒，為甚一毫東西不喫，只是呆坐？」連問幾聲，秀娥方答道：「身子有些不好，喫不下。」司戶道：「既然不自在，先去睡罷。」夫人便起身，叫丫鬟掌燈，送他睡下，方纔出去。停了一回，夫人又來看覷一番，催丫鬟喫了夜飯，進來打鋪相伴。秀娥睡在帳中，翻來覆去，那裏睡得著。忽聞艙外有吟咏之聲，側耳聽時，乃是吳衙內的聲音。其詩云：

天涯猶有夢，對面豈無緣。莫道歡娛暫，還期盟誓堅。

秀娥聽罷，不勝歡喜道：「我想了一日，無計見他一面。如今在外吟詩，豈非天付良緣！料此更深人靜，無人知覺，正好與他相會。」又恐丫鬟們未睡，連呼數聲，俱不答應，量已熟睡。即披衣起身，將殘燈挑得亮亮的，輕輕把艙門推開。吳衙內恰如在門首守候的一般，門啟處，便鑽入來。兩手摟抱，秀娥又驚又喜。日間許多想念之情，也不暇訴說。艙門竟也不曾閉下。相偎相抱，解衣就寢，成其雲雨。正在酣美深處，只見丫鬟起來解手，喊道：「不好了，艙門已開，想必有賊！」驚動合船的人，都到艙門口觀看。司戶與夫人推門進來，教丫鬟點火尋覓。吳衙內慌做一堆，叫道：「小姐，怎麼處？」秀娥道：「不要著忙，你只躲在床上，料然不尋到此。待我打發他們出去，送你過船。」剛抽身下床，不想丫鬟照見了吳衙內的鞋兒，乃道：「賊的鞋也在此，想躲在床上。」司戶夫妻便來搜看。秀娥推住，連叫沒有，那裏肯聽。向床上搜出吳衙內。秀娥只叫得「苦也！」司戶道：「尀耐這廝，怎來點污我家？」夫人便說：「弔起拷打。」司戶道：「也不要打。竟撇入江裏去罷。」教兩個水手。扛頭扛腳，擡將出去。吳衙內只叫饒命。秀娥扯住叫道：「爹媽，都是孩兒之罪，不干他事。」司戶也不答應，將秀娥推上一交，把吳衙內撲通撇入水裏。秀娥此時也不顧羞恥，跌腳搥胸，哭道：「吳衙內，是我害著你了！」又想道：「他既因我而死，我又何顏獨生？」遂搶出艙門，向著江心便跳。

可憐嫩玉嬌香女，化作隨波逐浪魂！

秀娥剛跳下水，猛然驚覺，卻是夢魘。身子仍在床上。旁邊丫鬟還在那裏叫喊：「小姐甦醒！」秀娥睜眼看時，天已明了。丫鬟俱已起身。外邊風浪，依然狂大。丫鬟道：「小姐夢見甚的？恁般啼哭叫喚不醒。」秀娥把言語支吾過了。想道：「莫不我與吳衙內沒有姻緣之分，顯這等凶惡夢兆？」又想道：「若著真如夢裏這回恩愛，就死亦所甘心。」此時又被夢中那段光景在腹內打攪，越發想得癡了。覺道睡來沒些聊賴，推枕而起。丫鬟們都不在眼前。即將門掩上，看著艙門，說道：「昨夜吳衙內明明從此進來，摟抱至床，不信到是做夢。」又想道：「難道我夢中便這般僥倖，醒時卻真個無緣不成？」一面思想，一面隨手將艙門推開，用目一覷。只見吳府尹船上艙門大開，吳衙內向著這邊船上呆呆而坐。原來二人臥處，都在後艙，恰好間壁，只隔得五六尺遠。若是去了兩重窗槅，便是一間。那吳衙內也因夜來魂顛夢到，清早就起身，開著窗兒，覷看賀司戶船中。這也是癩蝦蟆想天鵝肉喫的妄想。那知姻緣有分，數合當然，湊巧賀小姐開窗，兩下正打個照面，四目相視，且驚且喜。恰如識熟過的，彼此微微而笑。秀娥欲待通句話兒，期他相會，又恐被人聽見。遂取過一幅桃花箋紙，磨得墨濃，蘸得筆飽，題詩一首，摺成方勝，袖中摸出一方繡帕包裹，捲做一團，擲過船去。吳衙內雙手接受，深深唱個肥喏，秀娥還了個禮。然後解開看時，其詩云：

花箋裁錦字，繡帕裹柔腸。不負襄王夢，行雲在此方。

傍邊又有一行小字道：「今晚妾當挑燈相候，以剪刀響聲為號，幸勿爽約。」吳衙內看罷，喜出望外。暗道：「不道小姐又有如此秀美才華，真個世間少有！」一頭贊羡，即忙取過一幅金箋，題詩一首，腰間解下一條錦帶，也捲成一塊，擲將過來。秀娥接得看時，這詩與夢中聽見的一般，轉覺駭然！暗道：「如何他纔題的詩，昨夜夢中倒先見了？看起來我二人合該為配，故先做這般真夢。」詩後邊也有一行小字道：「承芳卿雅愛，敢不如命。」看罷，納諸袖中。正在迷戀之際，恰值丫鬟送面水叩門。秀娥輕輕帶上槅子，開放丫鬟。隨後夫人也來詢視。見女兒已是起身，纔放下這片愁心。那日乃是吳府尹答席。午前，賀司戶就去赴宴。夫人也自晝寢。秀娥取出那首詩來，不時展玩，私心自喜，盼不到晚。有恁般怪事！每常時，翣翣眼便過了一日。偏生這日的日子，恰像有條繩子繫住，再不能勾下去。心下好不焦躁！漸漸捱至黃昏。忽地想著這兩個丫鬟礙眼，不當穩便。除非如此如此。到夜飯時，私自賞他貼身伏侍的丫鬟一大壺酒，兩碗菜蔬。這兩個丫頭，猶如渴龍見水，喫得一滴不留。少頃，賀司戶筵散回船，已是爛醉。秀娥恐怕吳衙內也喫醉了，不能赴約，反增憂慮。回到後艙，掩上門兒，教丫鬟將香兒熏好了衾枕，分付道：「我還要做些針指。你們先睡則個。」那兩個丫鬟正是酒湧上來，面紅耳熱，腳軟頭旋，也思量幹這道兒，只是不好開口。得了此言，正中了懷，連忙收拾被窩去睡。頭兒剛剛著枕，鼻孔中就搧風箱般打鼾了。秀娥坐了更餘，仔細聽那兩船人聲靜悄，寂寂無聞。料得無事，遂把剪刀向桌兒上廝琅的一響。那邊吳衙內早已會意。原來吳衙內記掛此事，在席上酒也不敢多飲。賀司戶去後，回至艙中，側耳專聽。約莫坐了一個更次，不見些影響，心內正在疑惑。忽聽得了剪刀之聲，喜不自勝，連忙起身，輕手輕腳，開了窗兒，跨將出去，依原推上。聳身跳過這邊船來。向窗門上輕輕彈了三彈。秀娥便來開窗，與衙內鑽入艙中。秀娥原復帶上。兩下又見了個禮兒。吳衙內在燈下把賀小姐仔細一覷，更覺千嬌百媚。這時，彼此熱情如火熱，那有閒工夫說甚言語，吳衙內捧過賀小姐，鬆開鈕釦，解卸衣裳，雙雙就枕，酥胸緊貼，玉體輕偎，這場雲雨，十分美滿。但見：

艙門輕叩小窗開，瞥見猶疑夢裏來。萬種歡娛愁不足，梅香熟睡莫驚猜。

一回兒，雲收雨散，各道想慕之情。秀娥又將夢中聽見詩句，卻與所贈相同的話說出。吳衙內驚訝道：「有恁般奇事！我昨夜所夢，與你分毫不差。因道是奇異，悶坐呆想。不道天使小姐也開窗觀覷，遂成好事。看起來，多分是宿世姻緣，故令魂夢先通。明日即懇爹爹求親，以圖偕老百年。」秀娥道：「此言正合我意。」二人說到情濃之際，陽臺重赴，恩愛轉篤，竟自一覺睡去。不想那晚夜半，風浪平靜，五鼓時分，各船盡皆開放。賀司戶、吳府尹兩邊船上，也各收拾篷檣，解纜開船。眾水手齊聲打號子❼起錨，早把吳衙內、賀小姐驚醒。又聽得水手說道：「這般好順風，怕趕不到蘄州！」嚇得吳衙內

❼ 打號子：工人大夥兒工作時，齊聲喊出一種口號，叫做「打號子」。

暗暗只管叫苦，說道：「如今怎生是好？」賀小姐道：「低聲。儻被丫鬟聽見，反是老大利害。事已如此，急也無用。你且安下，再作區處。」吳衙內道：「莫要應了昨晚的夢便好？」這句話卻點醒了賀小姐。想夢中被丫鬟看見鞋兒，以致事露。遂伸手摸起吳衙內那雙絲鞋藏過。賀小姐躊躇了千百萬遍，想出一個計來，乃道：「我有個法兒在此。」吳衙內道：「是甚法兒？」賀小姐道：「日裏你便向床底下躲避，我也只推有病，不往外邊陪母親喫飯，竟討進艙來。待到了荊州，多將些銀兩與你，趁起岸時，人從分紜，從鬧中脫身，覓個便船回到揚州，然後寫書來求親。爹媽若是允了，不消說起。儻或不肯，只得以實告之。爹媽平日將我極是愛惜。到此地位，料也只得允從。那時可不依舊夫妻會合！」吳衙內道：「若得如此，可知好哩。」到了天明，等丫鬟起身，出艙去後，二人也就下床。吳衙內急忙鑽入床底下，做一堆兒伏著。兩旁俱有箱籠遮隱，床前自有帳幔低垂。賀小姐又緊緊坐在床邊，寸步不離。盥漱過了，頭也不梳，假意靠在桌上。夫人走入看見，便道：「呵呀！為何不梳頭，卻靠在此？」秀娥道：「身子覺道不快，怕得梳頭。」夫人道：「想是起得早些，傷了風了。還不到床上去睡睡？」秀娥道：「因是睡不安穩，纔坐在這裏。」夫人道：「既然要坐，還該再添件衣服，休得凍了。若是不好，教丫鬟尋過一領披風，與他穿起。」又坐了一回，丫鬟請喫早膳。夫人道：「兒，你身子不安，莫要喫飯，不如教丫鬟香香的煮些粥兒調養倒好。」秀娥道：「我心裏不喜歡喫粥，還是飯好。只是不耐煩走動。拿進來喫罷。」夫人道：「既恁般，我也在此陪你。」秀娥道：「這班丫頭，背著你眼，就要胡做了。母親還到外邊去喫。」夫人道：「也說得是。」遂轉身出去，教丫鬟將飯送進，擺在桌上。秀娥道：「你們自去，待我喚時方來。」打發丫鬟去後，把門頂上，向床底下招出吳衙內來喫飯。那吳衙內爬起身，把腰伸了一伸，舉目看桌上時，乃是兩碗葷菜，一碗素菜，飯只有一喫一添。原來賀小姐平日飯量不濟，額定兩碗，故此只有這些。你想吳衙內食三升米的腸子，這兩碗飯填在那處？微微笑了一笑，舉起筯，兩三超，就便了帳，卻又不好說得。忍著餓，原向床下躲過。秀娥開門，喚過丫鬟，又教添兩碗飯來喫了。那丫鬟互相私議道：「小姐自來只用得兩碗，今日說道有病，如何反多喫了一半，可不是怪事！」不想夫人聽見，走來說道：「兒，你身子不快，怎地反喫許多飯食？」秀娥道：「不妨事，我還未飽哩。」這一日，三餐俱是如此。司戶夫婦只道女兒年紀長大，增了飯食；正不知艙中，另有個替喫飯的，還餓得有氣無力哩。正是：

安排布地瞞天謊，成就偷香竊玉情。

當晚夜飯過了。賀小姐即教吳衙內先上床睡臥，自己隨後解衣入寢。夫人又來看時，見女兒已睡，問了聲自去。丫鬟也掩門歇息。吳衙內飢餒難熬，對賀小姐說道：「事雖好了，只有一件苦處。」秀娥道：「是那件？」吳衙內道：「不瞞小姐說，我的食量頗寬。今日這三餐，還不勾我一頓。若這般忍餓過日，怎能捱到荊州？」秀娥道：「既恁地，何不早說？明日多討些就是。」吳衙內道：「十分討得多，又怕惹人疑惑。」秀娥道：「不打緊，自有道理。但不知要多少纔勾？」吳衙內道：「那裏像得我意！每頓十來碗也胡亂度得過了。」到次早，吳衙內依舊躲過。賀小姐詐病在床，呻吟不絕。司戶夫人擔著愁心，要請醫人調治。又在大江中，沒處去請。秀娥卻也不要，只叫肚裏餓得慌。夫人流水催進飯來，又只嫌少，共爭了十數多碗，倒把夫人嚇了一跳，勸他少喫些。故意使起性兒，連叫：「快拿去！不要喫了。索性餓死罷。」夫人是個愛女，見他使性，反陪笑臉道：「兒，我是好話，如何便氣？你若喫得，儘意喫罷了，只不要勉強。」親自拿起碗筯，遞到他手裏。秀娥道：「母親在此看著，孩兒喫不下去了。通出去了，等我慢慢的，或者喫不完也未可知。」夫人依他言語，教丫鬟一齊出外。秀娥披衣下床，將門掩上。吳衙內便鑽出來。因是昨夜餓壞了，見著這飯，也不謙讓，也不擡頭，一連十數碗，喫個流星趕月。約莫存得碗餘，方纔住手。把賀小姐到看呆了。低低問道：「可還少麼？」吳衙內道：「將就些罷，再喫便沒意思了。」瀉盃茶漱漱口兒，往床下颼的又鑽入去了。賀小姐將餘下的飯喫罷，開了門兒，原到床上睡臥。那丫鬟專等他開門，就奔進去。看見飯兒菜兒，都喫得精光，收著傢伙，一路笑道：「原來小姐患的卻是喫飯病。」報知夫人。夫人聞言，只把頭搖，說道：「虧他怎地喫上這些！那病兒也患得蹊蹺！」急請司戶來說知，教他請醫問卜。連司戶也不肯信，分付午間莫要依他，恐食傷了五臟，便難醫治。那知未到午時，秀娥便叫肚飢。夫人再三把好言語勸諭時，秀娥就啼哭起來。夫人沒法，只得又依著他。晚間亦是如此。司戶夫妻，只道女兒得了怪病，十分慌張。

這晚已到蘄州停泊，分付水手，明日不要開船。清早差人入城，訪問名醫。一面求神占卦。不一時，請一個太醫來。那太醫衣冠濟楚，氣宇軒昂，賀司戶迎至艙中，敘禮看坐。那太醫曉得是位官員，禮貌甚恭。獻過兩盃茶，問了些病緣，然後到後艙診脈。診過脈，復至中艙坐下。賀司戶道：「請問太醫，小女還是何症？」太醫先咳了一聲嗽，方答道：「令愛是疳癆食積。」賀司戶道：「先生差矣！疳癆食積乃嬰兒之疾，小女今年十五歲了，如何還犯此症？」太醫笑道：「老先生但知其一，不知其二。令愛名雖十五歲，即今尚在春間，只有十四歲之實。儻在寒月所生，纔十三歲有餘。老先生，你且想，十三歲的女子，難道不算嬰兒。大抵此症，起於飲食失調，兼之水土不伏，食積於小腹之中，凝滯不消，遂至生熱，升至胸中，便覺飢餓。及喫下飲食，反資其火。所以日盛一日。若再過月餘不醫，就難治了。」賀司戶見說得有些道理，問道：「先生所見，極是有理了。但今如何治之？」太醫道：「如今學生先治其積滯，去其風熱，住了熱，飲食自然漸漸減少，平復如舊矣。」賀司戶道：「若得如此神效，自當重酬。」道罷，太醫起身拜別。賀司戶封了藥資，差人取得藥來，流水煎起，送與秀娥。那秀娥一心只要早至荊州，那個要吃什麼湯藥。初時見父母請醫，再三阻擋不住，又難好道出真情，只得由他慌亂。曉得了醫者這班言語，暗自好笑，將來的藥，也打發丫鬟將去，竟潑入淨桶。求神占卦，有的說，星辰不利，又觸犯了鶴神，須請僧道禳解，自然無事；有的說，在曠野處遇了孤魂餓鬼，若設醮追薦，便可痊愈。賀司戶夫妻一一依從。見服了幾劑藥，沒些效驗，喫飯如舊。又請一個醫者。那醫者更是擴而充之，乘著轎子，三四個僕從跟隨。相見之後，高談闊論，也先探了病源，方纔診脈，問道：「老先生可有那個看過麼？」賀司戶道：「前日曾請一位看來。」醫者道：「他看的是何症？」賀司戶道：「說是疳癆食積。」醫者呵呵笑道：「此乃癆瘵之症，怎說是疳癆食積？」賀司戶道：「小女年紀尚幼，如何有此症候？」醫者道：「令愛非七情六慾癆怯之比，他本秉氣虛弱，所謂孩兒癆便是。」賀司戶道：「飲瘵無度，這是為何？」醫者道：「寒熱交攻，虛火上延，因此容易飢餓。」夫人在屏後打聽，教人傳說，小姐身子並不發熱。醫者又道：「這乃內熱外寒，骨蒸之症，故不覺得。」又討前日醫家藥劑見了，說道：「這般尅罰藥，削弱元氣。再服幾劑，便難救了。待學生先以煎劑治其虛熱。調和臟腑，節進飲食。那時，方以滋陰降火養血補元的丸藥，慢慢調理，自當痊可。」賀司戶稱謝道：「全仗神力。」遂辭別而去。少頃，家人又請一個太醫到來。那太醫卻是個老者，鬚鬢皓然，步履蹣跚❽。剛坐下，便誇張善識疑難怪異之病。「某官府虧老夫救的，某夫人又虧老夫用甚藥奏效。」那門面話兒就說了一大派。又細細問了病者起居飲食，纔去診脈。賀司戶被他大話一哄，認做有意思的，暗道：「常言老醫少卜，或者這醫人有些效驗，也未可知。」醫者診過了脈，向賀司戶道：「還是老先生有緣，得遇老夫。令愛這個病症，非老夫不能識。」賀司戶道：「請問果是何疾？」醫者道：「此乃有名色的，謂之膈病。」賀司戶道：「喫不下飲食，方是膈病。目今比平常多食幾倍，如何是這症候？」醫者道：「膈病原有幾般。像令愛這膈病，俗名喚做老鼠膈。背後儘多儘喫；及至見了人，一些也難下咽喉。後來食多發漲，便成蠱脹。二病相兼，便難醫治。如今幸爾初起，還不妨得。包在老夫身上，可以除根。」言罷，起身。賀司戶送出船頭方別。那時，一家都認做老鼠膈。見神見鬼的，請醫問卜。那曉得賀小姐把來的藥，都送在淨桶肚裏，背地冷笑。賀司戶在蘄州停了幾日，算來不是長法，與夫人商議，與醫者求了個藥方，多買些藥材，一路喫去，且到荊州，另請醫人。那老兒因要他寫方，著實詐了好些銀兩，可不是他的造化！有詩為證：

醫人未必盡知醫，卻是將機便就機。無病妄猜云有病，卻教司戶折便宜。

常言說得好，少女少郎，情色相當。賀小姐初時，還是個處子，雲雨之際，尚是逡巡畏縮。況兼吳衙內心慌膽怯，不敢恣肆，彼此未見十分美滿。兩三日後，漸入佳境，恣意取樂，忘其所以。一晚夜半，

❽ 蹣跼：即「蹣跚」。走路很慢的樣子。

丫鬟睡醒，聽得床上唧唧噥噥，床稜戛戛的響。隔了一回，又聽得氣喘吁吁。心中怪異。次早報與夫人。夫人也因見女兒面色紅活，不像個病容，正有些疑惑。聽了這話，合著他的意思。不去通知司戶，竟走來觀看，又沒些破綻。及細看秀娥面貌，愈加丰采倍常，卻又不好開口問得，倒沒了主意。坐了一回，原走出去。朝飯已後，終是放心不下，又進去探覷，把遠話挑問。秀娥見夫人話兒問得蹊蹺，便不答應。耳邊忽聞得打鼾之聲。原來吳衙內夜間多做了些正經，不曾睡得，此時喫飽了飯，在床底下酣睡。秀娥一時遮掩不來，被夫人聽見，將丫鬟使遣開去，把門頂上，向床下一望。只見靠壁一個攏頭孩子，曲著身子，睡得好不自在。夫人暗暗叫苦不迭！對秀娥道：「你做下這等勾當，卻詐推有病，嚇得我夫妻心花兒急碎了！如今羞人答答，怎地做人！這天殺的，他是那裏來的？」秀娥羞得滿面通紅，說道：「是孩兒不是，一時做差事了！望母親遮蓋則個！這人不是別個，便是吳府尹的衙內。」夫人失驚道：「吳衙內與你從未見面，況那日你爹在他船上喫酒，還在席間陪侍，夜深方散，四鼓便開船了，如何得能到此？」秀娥從實將司戶稱贊留心，次日屏後張望，夜來做夢，早上開窗訂約，并熟睡船開，前後事細細說出。又道：「不肖女一時情癡，喪名失節，玷辱父母，罪實難逭。但兩地相隔數千里，一旦因阻風而會，此乃宿世姻緣，天遣成配，非繇人力。兒與吳衙內誓同生死，各不更改。望母親好言勸爹曲允，尚可挽回前失。倘爹有別念，兒即自盡，決不偷生苟活。今蒙恥稟知母親，一任主張。」道罷，淚如雨下，這裏母子便說話，下邊吳衙內打鼾聲如發雷一般響了。此時夫人又氣又惱。欲待把他難為，一來嬌養慣了，那裏捨得；二來恐婢僕聞知，反做話靶。吞聲忍氣，拽開門走往外邊去了。

秀娥等母親轉身後，急下床頂上門兒，在床下叫醒吳衙內，埋怨道：「你打鼾，也該輕些兒，驚動母親，事都洩漏了。」吳衙內聽說這話，唬得渾身冷汗直淋，上下牙齒，頃刻就趷蹬蹬的相打，半句話也掙不出。秀娥道：「莫要慌！適來與母親如此如此說了。若爹爹依允，不必講起。不肯時，拚得學夢中結局，決不教使獨受其累。」說到此處，不覺淚珠亂滾。

且說夫人急請司戶進來，屏退丫鬟，未曾開言，眼中早已簌簌淚下。司戶還道愁女兒病體，反寬慰道：「那醫者說，只在數日便可奏效，不消煩惱。」夫人道：「聽那老光棍花嘴！什麼老鼠膈！論起恁般太醫，莫說數日內奏效，就一千年還看不出病體。」司戶道：「你且說怎的？」夫人將前事細述。把司戶氣著個發昏章第十一❾。連聲道：「罷了，罷了！這等不肖之女，做恁般醜事，敗壞門風，要他何用？趁今晚都結果了性命，也脫了這個醜名。」這兩句話，驚得夫人面如土色，勸道：「你我已在中年，止有這點骨血。若斷送了，更有何人？論來吳衙內好人家子息，才貌兼全，招他為壻，原是門當戶對。獨怪他不來求親，私下做這般勾當。事已如此，也說不得了。將錯就錯，悄地差人送他回去，寫書與吳府尹，令人來下聘，然後成禮，兩全其美。今若聲張，反粧幌子❿。」司戶沉吟半晌，無可奈何，只得依著夫人。出來問水手道：「這裏是甚地方？」水手答道：「前邊已是武昌府了。」司戶分付就武昌暫停，要差人回去。一面修起書札，喚過一個心腹家人，分付停當。不一時，到了武昌。那家人便上涯寫

---

❾ 發昏章第十一：就是發昏的意思。古代書籍中表明篇章的次序，常常是寫著「某某章第一」、「某某章第二」；後來，小說裏模仿這種格式，用來打諢，把「發昏」說成「發昏章第十一」。

❿ 今若聲張二句：幌子是商店門外表示所賣貨物的招牌或標誌物。這兩句是說：如果把這件事說出去，大家知道了，反而是替自己掛了一塊招牌。

下船隻，旁在船邊。賀司戶與夫人同至後艙。秀娥見了父親，自覺無顏，把被蒙在面上。司戶也不與他說話。只道：「做得好事！」向床底下呼喚吳衙內。那吳衙內看見賀司戶夫婦，不知是甚意兒，戰兢兢爬出來，伏在地上，口稱死罪。司戶低責道：「我只道你少年博學，可以成器！不想如此無行，辱我家門！本該撇下江裏，纔消這點惡氣。今姑看你父親面皮，饒你性命，差人送歸。若得成名，便把不肖女與你為妻；如沒有這般志氣，休得指望。」吳衙內連連叩頭領命。司戶原教他躲過，捱至夜深人靜，悄地教家人引他過船，連丫鬟不容一個見面。彼時兩下分別，都還道有甚歹念，十分悽慘，又不敢出聲啼哭。秀娥又扯夫人到背後，說道：「此行不知爹爹有甚念頭，須教家人回時，討吳衙內書信覆我，方纔放心。」夫人真個依著他。又叮囑了家人。次日清早開船自去。賀司戶船隻，也自望荊州進發。賀小姐誠恐吳衙內途中有變，心下憂慮。即時真個倒想出病來。正是：

　　乍別冷如冰，動念熱如火。三百六十病，唯有相思苦。

* * *

話分兩頭。且說吳府尹自那早離了江州，行了幾十里路，已是朝膳時分，不見衙內起身，還道夜來中酒。看看至午，不見聲息，以為奇怪。夫人自去叫喚，並不答應。那時著了忙。吳府尹教家人打開觀看，只有一個空艙。唬得府尹夫妻，魂魄飛散，呼天愴地的號哭！只是解說不出。合船的人都道：「這也作怪！總來只有隻船，那裏去了？除非落在水裏。」吳府尹聽了眾人，遂泊住船，尋人打撈。自江州起，至泊船之所，百里內外，把江也撈遍了，那裏羅得尸首。一面招魂設祭，把夫人哭得死而復甦。吳府尹因沒了兒子，連官也不要做了。手下人再三苦勸，方纔前去上任。不則一日，賀司戶家人送吳衙內到來。父子一見，驚喜相半。看了書札，方知就裏。將衙內責了一場，款留賀司戶家人，住了數日。准備聘禮，寫起回書，差人同去求親。吳衙內也寫封私書寄與賀小姐。兩下家人領著禮物，別了吳府尹，直至荊州，參見賀司戶。收了聘禮，又做回書，打發吳府尹家人回去。那賀小姐正在病中，見了吳衙內書信，然後漸漸痊愈。那吳衙內在衙中，日夜攻書。候至開科，至京應試，一舉成名，中了進士。湊巧除授荊州府湘潭縣縣尹。吳府尹見兒子成名，便告了致仕，同至荊州上任，擇吉迎娶賀小姐過門完姻。同僚們前來稱賀。

花燭下兩個新人，錦衾內一雙舊友。

秀娥過門之後，孝敬公姑，夫妻和順。頗有賢名。後來賀司戶因念著女兒，也入籍汴京，靠老終身。吳彥官至龍圖閣學士，生得二子，亦登科甲。這回書喚做吳衙內鄰舟赴約。詩云：

佳人才子貌相當，八句新詩暗自將。百歲姻緣床下就，麗情千古播詞場。

第二十九卷　盧太學詩酒傲公侯

衛河東岸浮丘高，竹舍雲居隱鳳毛。遂有文章驚董賈，豈無名譽駕劉曹❶。
秋天散步青山郭，春日催詩白兔毫。醉倚湛盧❷時一嘯，長風萬里破洪濤。

這首詩，係本朝嘉靖年間，一個才子所作。那才子是誰？姓盧名柟，字少楩，一字子赤，大明府濬縣人也。生得丰姿瀟洒，氣宇軒昂，飄飄有出塵之表。八歲即能屬文，十歲便嫺詩律，下筆數千言，倚馬可待。人都道他是李青蓮再世，曹子建後身。一生好酒任俠，放達不羈，有輕財傲物之志。真個名聞天下，才冠當今。與他往來的，俱是名公巨卿。又且世代簪纓，家貲巨富，日常供奉，擬於王侯。所居在城外浮丘山下，第宅壯麗，高聳雲漢。後房粉黛，一個個聲色兼妙；又選小奚❸秀美者十人，教成吹彈歌曲，日以自娛。至於僮僕廝養，不計其數。宅後又搆一園，大可兩三頃，鑿池引水，疊石為山，制

❶ 遂有文章驚董賈二句：董，董仲舒。賈，賈誼。兩人都是西漢的文學家。劉，劉楨。曹，曹植。兩人都是三國時魏國的文學家。此二句譬喻文才可與以上四人相比。
❷ 湛盧：古代由歐冶子所鍊成的一種最好的寶劍。
❸ 小奚：小童；小男僕。

度極其精巧，名曰嘯圃。大凡花性喜煖，所以名花俱出南方，那北地天氣嚴寒，花到其地，大半凍死，因此至者甚少。設或到得一花一草，必為金璫大畹❹所有，他人亦不易得。這濬縣又是個拗處，比京都更難，故宦家園亭雖有，俱不足觀。偏盧柟立心要勝似他人，不惜重價，差人四處搆取名花異卉，怪石奇峰，落成這園，遂為一邑之勝。真個景致非常！但見：

樓臺高峻，庭院清幽。山疊岷峨怪石，花栽閬苑奇葩。水閣遙通竹塢，風軒斜透松寮。迴塘曲檻，層層碧浪漾琉璃；疊嶂層巒，點點蒼苔鋪翡翠。牡丹亭畔，孔雀雙棲；芍藥欄邊，仙禽對舞。縈紆松徑，綠陰深處小橋橫；屈曲花岐，紅豔叢中喬木聳。烟迷翠黛，意淡如無；雨洗青螺，色濃似染。木蘭舟蕩漾芙蓉水際；鞦韆架搖拽垂楊影裏。朱欄畫檻相掩映，湘簾綉幙兩交輝。

盧柟日夕吟花課鳥，笑傲其間，雖南面❺至樂，亦不過是！凡朋友去相訪，必留連盡醉方止。倘遇著個聲氣相投，知音知己，便兼旬累月，款留在家，不肯輕放出門。若有人患難來投奔的，一一都有賚發，決不令其空過。因此四方慕名來者，絡繹不絕。真個是：

座上客常滿，尊中酒不空。

❹ 金璫大畹：金璫，漢代侍中、中常侍冠上的飾物，因作權宦的代稱。大畹，指皇親國戚住的地方，因作貴族的代稱。

❺ 南面：指帝王。

盧柟只因才高學廣，以為掇青紫如拾針芥❻；那知文福不齊，任你錦繡般文章，偏生不中試官之意，一連走上幾次，不能勾飛黃騰達。他道世無識者，遂絕意功名，不圖進取；惟與騷人劍客，羽士高僧，談禪理，論劍術，呼盧浮白❼，放浪山水，自稱浮丘山人。曾有五言古詩云：

逸翮奮霄漢，高步躡天關。褰衣在椒塗，長風吹海瀾。瓊樹繫遊鑣，瑤華代朝餐。恣情戲靈景，
靜嘯喈鳴鸞。浮世信淆濁，焉能濡羽翰！

話分兩頭，卻說濬縣知縣，姓汪名岑，少年連第，貪婪無比，性復猜刻，又酷好杯中之物。若擎著酒杯，便直飲到天明。自到濬縣，不曾遇著對手。平昔也曉得盧柟是個才子，當今推重，交遊甚廣。又聞得邑中園亭，推他家為最，酒量又推尊第一。因這三件，有心要結識他，做個相知。差人去請來相會。你道有這般好笑的事麼？別個秀才要去結交知縣，還要挜風緝縫❽，央人引進，拜在門下，認為老師。四時八節，饋送禮物，希圖以小博大。若知縣肯來相請，便似朝廷徵聘一般，何等榮耀，還把名帖粘在壁上誇炫親友。這雖是不肖者所為，有氣節的未必如此。但知縣相請，也沒有不肯去的。偏有盧柟比他

---

❻ 掇青紫如拾針芥：表示要弄一個大官做，就像在地上拾一根針或一根草一樣的容易。漢代的丞相和太尉是金印、紫綬；御史大夫是銀印、青綬。因此後來就用「青紫」代表做大官。

❼ 呼盧浮白：呼盧，古代樗蒲之戲。在五個子上，分別刻著梟、盧、雉、犢、塞，作為勝負的標誌。梟最勝，盧次之，雉、犢又次之，塞為最下。此處是賭博的意思。浮白，指罰一大杯酒。

❽ 挜風緝縫：鑽頭覓縫；找門路。

人不同，知縣一連請了五六次，只當做耳邊風，全然不睬，只推自來不入公門。你道因甚如此？那盧柟才高天下，眼底無人，天生就一副俠腸傲骨，視功名如敝屣，等富貴猶浮雲。就是王侯卿相，不曾來拜訪，要請去相見，他也斷然不肯先施❾，怎肯輕易去見個縣官？真個是天子不得臣，諸侯不得友，絕品的高人。這盧柟已是個清奇古怪的主兒，撞著知縣又是個耐煩瑣碎的冤家。請人請到四五次不來，也索罷了，偏生只管去纏帳。見盧柟決不肯來，卻到情愿自去就教。又恐盧柟他出，先差人將帖子訂期。差人領了言語，一直徑到盧家，把帖子遞與門公說道：「本縣老爺有緊要話，差我來傳達你相公，相煩引進。」門公不敢怠慢，即引到園上，來見家主。差人隨進園門，舉目看時，只見水光遶綠，山色送青，竹木扶疏，交相掩映，林中禽鳥，聲如鼓吹。那差人從不曾見這般景致，今日到此，恍如登了洞天仙府，好生歡喜，想道：「怪道老爺要來遊玩，原來有恁地好景！我也是有些緣分，方得至此觀玩這番，也不枉為人一世。」遂四下行走，恣意飽看。灣灣曲曲，穿過幾條花徑，走過數處亭臺，來到一個所在，周圍盡是梅花，一望如雪，霏霏馥馥，清香沁人肌骨。中間顯出一座八角亭子，朱甍碧瓦，畫棟雕梁，亭中懸一個匾額，大書「玉照亭」三字。下邊坐著三四個賓客，賞花飲酒，傍邊五六個標致青衣，調絲品竹，按板而歌。有高太史❿梅花詩為證：

瓊姿只合在瑤臺，誰向江南處處栽。雪滿山中高士臥，月明林下美人來。

---

❾ 先施：指朋友搶先餽送禮物或拜訪。
❿ 高太史：指高啟，明代詩人。

寒依疎影蕭蕭竹，春掩殘香漠漠苔。自去漁郎無好韻，東風愁寂幾迴開！

門公同差人站在門外，候歌完了，先將帖子稟知，然後差人向前說道：「老爺令小人多多拜上相公，說既相公不屑到縣，老爺當來拜訪；但恐相公他出，又不相值，先差小人來期個日子，好來請教。二來聞府上園亭甚好，順便就要遊玩。」大凡事當湊就不起，那盧柟見知縣頻請不去，恬不為怪，卻又情願來就教，未免轉過念頭，想：「他雖然貪鄙，終是個父母官兒，肯屈己敬賢，亦是可取；若又峻拒不許，外人只道我心胸褊狹，不能容物了。」又想道：「他是個俗吏，這文章定然不曉得的；那詩律旨趣深奧，料必也沒相干；若論典籍，他又是個後生小子，僥幸在睡夢中偷得這進士到手，已是心滿意足，諒來還未曾識面。至於理學禪宗，一發夢想所不到了。除此之外，與他談論，有甚意味，還是莫招攬罷。」卻又念其來意惓惓，如拒絕了，似覺不情。正沈吟間，小童斟上酒來。他觸境情生，就想到酒上，道：「倘會飲酒，亦可免俗。」問來人道：「你本官可會飲酒麼？」答道：「酒是老爺的性命，怎麼不會飲？」盧柟又問：「能飲得多少？」答道：「但見拿著酒盃，整夜喫去，不到酩酊不止，也不知有幾多酒量。」盧柟心中喜道：「原來這俗物，卻會飲酒，單取這節罷。」隨教童子取小帖兒，付與來人道：「你本官既要來遊玩，趁此梅花盛時，就是明日罷。我這裏整備酒盒相候。」差人得了言語，原同門公一齊出來，回到縣裏，將帖子回覆了知縣。知縣大喜，正要明日到盧柟家去看梅花；不想晚上，人來報新按院到任，連夜起身往府，不能如意。差人將個帖兒辭了。知縣到府，接著按院，伺行香過了，回到縣時，往還數日，這梅花已是：

紛紛玉瓣堆香砌，片片瓊英遶畫欄。

汪知縣因不曾赴梅花之約，心下怏怏，指望盧柟另來相邀。誰知盧柟出自勉強，見他辭了，即撇過一邊，那肯又來相請。看看已到仲春時候，汪知縣又想到盧柟園上去遊春，差人先去致意。那差人來到盧家園中，只見園林織錦，堤草鋪茵，鶯啼燕語，蝶亂蜂忙，景色十分艷麗。須臾，轉到桃蹊上，那花渾如萬片丹霞，千重紅錦，好不爛熳。有詩為證：

桃花開遍上林紅，耀服繁華色艷濃。含笑動人心意切，幾多消息五更風。

盧柟正與賓客在花下擊鼓催花，豪歌狂飲，差人執帖子上前說知。盧柟乘著酒興，對來人道：「你快回去與本官說，若有高興，即刻就來，不必另約。」眾賓客道：「使不得！我們正在得趣之時，他若來了，就有許多文傷傷⓫，怎能盡興？還是改日罷。」盧柟道：「說得有理，便是明日。」遂取個帖子，打發來人，回復知縣。你道天下有這樣不巧的事！次日，汪知縣剛剛要去遊春，誰想夫人有五個月身孕，忽然小產起來，暈倒在地，血污浸著身子。嚇得知縣已是六神無主⓬，還有甚心腸去喫酒，只得又差人辭了盧柟。這夫人一病直至三月下旬，方纔稍可。那時盧柟園中牡丹開放，冠絕一縣。真是好花，有牡

⓫ 許多文傷傷：傷一般作「謅」。文人的動作迂緩安詳，你謙我讓，叫做文謅謅。這句指的是：相見時的行禮以及說些客套話等等的虛文。

⓬ 六神無主：張皇失措的意思。

丹詩為證：

洛陽千古鬥春芳，富貴爭誇濃艷粧。一自清平傳唱後，至今人尚說花王。

汪知縣為夫人這病，亂了半個多月，情緒不佳，終日只把酒來消悶，連政事也懶得去理。次後聞得盧家牡丹茂盛，想要去賞玩，因兩次失約，不好又來相期，差人送三兩書儀⑬，就致看花之意。盧柟日子便期了，卻不肯受這書儀。璧返數次，推辭不脫，只得受了。那日天氣晴爽，汪知縣打帳早衙完了就去，不道剛出衙門，左右來報：「吏科給事中某爺，告養親歸家，在此經過。」正是要道之人，敢不去奉承麼？急忙出郭迎接，餽送下程，設宴款待。只道一兩日就行，還可以看得牡丹，那知某給事，又是好勝的人，教知縣陪了遊覽本縣勝景之處，盤桓七八日方行。等到去後，又差人約盧柟時，那牡丹已萎謝無遺。盧柟也向他處遊玩山水，離家兩日矣。不覺春盡夏臨，彈指間又早六月中旬，汪知縣打聽盧柟已是歸家，在園中避暑，又令人去傳達，要賞蓮花。那差人徑至盧家，把帖兒教門公傳進。須臾間，門公出來說道：「相公有話，喚你當面去分付。」差人隨著門公，直到一個荷花池畔，看那池團團約有十畝多大，堤上綠槐碧柳，濃陰蔽日；池內紅粧翠蓋，艷色映人。有詩為證：

凌波仙子鬥新粧，七竅虛心吐異香。何似花神多薄倖，故將顏色惱人腸。

原來那池也有個名色，喚做灩碧池。池心中有座亭子，名曰錦雲亭。此亭四面皆水，不設橋梁，以

⑬ 書儀：以送錢買書為名義，送點錢給人家。

採蓮舟為渡，乃盧柟納涼之處。門公與差人下了採蓮舟，蕩動畫槳，頃刻到了亭邊，繫舟登岸。差人舉目看那亭子：周圍朱欄畫檻，翠幔紗窗，荷香馥馥，清風徐徐，水中金魚戲藻，梁間紫燕尋巢，鷗鷺爭飛葉底，鴛鴦對浴岸傍。去那亭中看時，只見藤牀湘簟，石榻竹几，瓶中供千葉碧蓮，爐內焚百和名香。盧柟科頭跣足，斜據石榻。面前放一帙古書，手中執著酒盃。傍邊冰盤中，列著金桃雪藕，沉李浮瓜，又有幾味案酒。一個小廝捧壺，一個小廝打扇。他便看幾行書，飲一盃酒，自取其樂。差人未敢上前，在側邊暗想道：「同是父母生長，他如何有這般受用！就是我本官中過進士，還有許多勞碌，怎及得他的自在！」盧柟抬頭看見，即問道：「你就是縣裏差來的麼？」差人應道：「小人正是。」盧柟道：「你那本官到也好笑，屢次訂期定日，卻又不來；如今又說要看荷花；恁樣不爽利，虧他怎地做了官！我也沒有許多閒工夫與他纏帳，任憑他有興便來，不耐煩又約日子。」差人道：「老爺多拜上相公，說久仰相公高才，如渴想漿，巴不得來請教，連次皆為不得已事羈住，故此失約。還求相公期個日子，小人好去回話。」盧柟見來人說話伶俐，卻也聽了他，乃道：「既如此，竟在後日。」差人得了言語，討個回帖，同門公依舊下船，摿到柳陰堤下上岸，自去回復了知縣。那汪知縣至後日，早衙發落了些公事，約莫午牌時候，起身去拜盧柟。誰想正值三伏之時，連日酷熱非常，汪知縣已受了些暑氣，這時卻又在正午，那輪紅日，猶如一團烈火，熱得他眼中火冒，口內烟生。剛到半路，覺道天旋地轉，從轎上直撞下來，險些兒悶死在地。從人急忙救起，抬回縣中，送入私衙，漸漸甦醒。分付差人辭了盧柟，一面請太醫調治。足足裏病了一個多月，方纔出堂理事，不在話下。

且說盧柟一日在書房中，查點往來禮物，檢著汪知縣這封書儀，想道：「我與他水米無交⑭，如何白白裏受他的東西？須把來消豁⓯了，方纔乾淨。」到八月中，差人來請汪知縣中秋夜賞月。那知縣卻也正有此意。見來相請，好生歡喜，取回帖打發來人，說：「多拜上相公，至期准赴。」那知縣乃一縣之主，難道剛剛只有盧柟請他賞月不成？少不得初十邊，就有鄉紳同僚中相請，況又是個好飲之徒，可有不去的理麼？定然一家家挨次都到，至十四這日，辭了外邊酒席，於衙中整備家宴，與夫人在庭中玩賞。那晚月色分外皎潔，比尋常更是不同。有詩為證：

玉宇淡悠悠，金波徹夜流。最憐圓缺處，曾照古今愁。
風露孤輪影，山河一氣秋。何人吹鐵笛？乘醉倚南樓。

夫妻對酌，直飲到酩酊，方纔入寢。那知縣一來是新起病的人，元神未復；二來連日沉酣糟粕，趁著酒興，未免走了酒字下這道兒⓰；三來這晚露坐夜深，著了些風寒：三合湊又病起來。眼見得盧柟賞月之約，又虛過了。調攝數日，方能痊可。那知縣在衙中無聊，量道盧柟園中桂花必盛，意欲借此排遣，適值有個江南客來打抽豐⓱，送兩大罈惠山泉酒，汪知縣就把一罈，差人轉送與盧柟。盧柟見說是美酒，正中其懷，無限歡喜，乃道：「他的政事文章，我也一概勿論，只這酒中，想亦是知味的了。」即寫帖

⓮ 水米無交：毫無往來。
⓯ 消豁：打發掉；花費掉。
⓰ 走了酒字下這道兒：指色。酒色二字常連用，所以「酒」下邊的是「色」。
⓱ 打抽豐：也作「打秋風」。意同「分肥」。一般是指利用各種關係，向人取得財物贈與的意思。

請汪知縣後日來賞桂花。有詩為證：

涼影一簾與夜月，天宮萬斛動秋風。淮南何用歌招隱？自可淹留桂樹叢。

自古道：「一飲一啄，莫非前定。」像汪知縣是個父母官，肯屈己去見個士人，豈不是件異事。誰知兩下機緣未到，臨期定然生出事故，不能相會。這番請賞桂花，汪知縣滿意要盡竟日之歡，罄夙昔仰想之誠。不料是日還在眠床上，外面就傳板⑱進來報：「山西理刑趙爺行取入京，已至河下。」恰正是汪知縣鄉試房師⑲，怎敢怠慢？即忙起身梳洗，出衙上轎，往河下迎接，設宴款待。你想兩個得意師生，沒有就相別之理，少不得盤桓數日，方纔轉身。這桂花已是：

飄殘金粟隨風舞，零亂天香滿地鋪。

卻說盧柟素性剛直豪爽，是個傲上矜下之人，見汪知縣屢次卑詞盡敬，以其好賢，遂有俯交之念。時值九月末旬，園中菊花開遍，那菊花種數甚多，內中惟有三種為貴。那三種？

鶴翎、剪絨、西施。

每一種各有幾般顏色，花大而媚，所以貴重。有菊花詩為證：

⑱ 傳板：舊時官廳懸在堂口，供有緊急事情時敲擊用的大木板。

⑲ 鄉試房師：主持鄉試的官員，除了主考、副主考外，還有同考官，分房薦卷，由主考官決定。考取的舉人稱正、副主考為座師，稱分房薦卷的同考官為房師。

不共春風鬥百芳，自甘籬落傲秋霜。園林一片蕭疎景，幾朵依稀散晚香。

盧柟因想汪知縣幾遍要看園景，卻俱中止，今趁此菊花盛時，何不請來一玩？也不枉他一番敬慕之情。即寫帖兒，差人去請次日賞菊。家人拿著帖子，來到縣裏，正值知縣在堂理事，一徑走到堂上跪下，把帖子呈上，稟道：「家相公多拜上老爺，園中菊花盛開，特請老爺明日賞玩。」汪知縣正想要去看菊，因屢次失約，難好啟齒；今見特地來請，正是挖耳當招，深中其意。看了帖子，乃道：「拜上相公，明日早來領教。」那家人得了言語，即便歸家，回覆家主道：「汪老爺拜上相公，明日絕早就來。」那知縣說明日早來，不過是隨口的話，那家人改做絕早就來，這也是一時錯訛之言。不想因這句錯話上，得罪了知縣，後來把天大家私，弄得罄盡，險些兒連性命都送了。正是：

舌為利害本，口是禍福門。

當下盧柟心下想道：「這知縣也好笑，那見赴人筵席，有個絕早就來之理。」又想道：「或者慕我家園亭，要盡竟日之遊。」分付廚夫：「老爺明日絕早就來，酒席須要早些完備。」那廚夫聽見知縣早來，恐怕臨時誤事，隔夜就手忙腳亂收拾。盧柟到次早分付門上人：「今日若有客來，一概相辭，不必通報。」又將個名帖，差人去邀請知縣。不到朝食時，酒席都已完備，排設在園上燕喜堂中。上下兩席，並無別客相陪。那酒席鋪設得花錦相似。正是：

富家一席酒，窮漢半年糧。

且說知縣那日早衙投文已過，竟不退堂，就要去赴酌，因見天色太早，恐酒席未完，弔一起公事來問。那公事卻是新拿到一班強盜，專在衛河裏打劫來往客商，因都在娼家宿歇，露出馬腳，被捕人拿住，解到本縣，當下一訊都招。內中一個叫做石雪哥，又扳出本縣一個開肉鋪的王屠，也是同夥，即差人去拿到。知縣問道：「王屠，石雪哥招稱你是同夥，贓物俱窩頓你家，從實招來，免受刑罰。」王屠稟道：「老爺，小人是個守法良民，就在老爺馬足下開個肉鋪生理，平昔間就街市上不十分行走，那有這事。莫說與他是個同夥，就是他面貌，從不曾識認。老爺不信，拘鄰里來問平日所行所為，就明白了。」知縣又叫石雪哥道：「你莫要誣陷平人，若審出是扳害的，登時就打死你這奴才。」石雪哥道：「小的並非扳害，真實是同夥。」王屠叫道：「我認也認不得你，如何是同夥？」石雪哥道：「王屠，我與你一向同做夥計，怎麼詐不認得？就是今日，本心原要弄脫你的，只為受刑不過，一時間說了出來，你不要怪我！」王屠叫屈連天道：「這是那裏說起？」知縣喝交一齊夾起來，可憐王屠夾得死而復甦，不肯招承。這強盜咬定是個同夥，雖夾死終不改口。是巳牌時分，夾到日已倒西，兩下各執一詞，難以定招。此時，知縣一心要去赴宴，已不耐煩，遂依著強盜口詞，葫蘆提將王屠問成斬罪，其家私盡作贓物入官。畫供已畢，一齊發下死囚牢裏，即起身上轎，到盧柟家去喫酒不題。

你道這強盜為甚死咬定王屠是個同夥？那石雪哥當初原是個做小經紀的人，因染了時疫症，把本錢用完，連幾件破傢伙，也賣來喫在肚裏。及至病好，卻沒本錢去做生意，只存得一隻鍋兒，要把去賣幾十文錢來營運度日。旁邊卻又有些破的，生出一個計較，將鍋煤拌著泥兒塗好，做個草標兒，提上街去賣。轉了半日，都嫌是破的，無人肯買。落後走到王屠對門開米鋪的田大郎門首，叫住要買。那田大郎是個近覷眼，卻看不出損處，一口就還八十文錢。石雪哥也就肯了。田大郎將錢遞與石雪哥，接過手剛在那裏數明，不想王屠在對門看見，叫這大郎：「你且仔細看看，莫要買了破的。」這是嘲他眼力不濟，乃一時戲謔之言。誰知田大郎真個重新仔細一看，看出那個破損處來，對王屠道了：「早是你說，不然幾乎被他哄了。果然是破的。」連忙討了銅錢，退還鍋子。石雪哥初時買成了，心中正在歡喜，次後討了錢去，心中痛恨王屠，恨不得與他性命相搏。只為自己貨兒果然破損，沒個因頭，難好開口，忍著一肚子惡氣，提著鍋子轉身。臨行時，還把王屠怒目而視，巴不能等他問一聲，就要與他廝鬧。那王屠出自無心，那個去看他。石雪哥見不來招攬，只得自去。不想心中氣惱，不曾照管得，腳下絆上一交，把鍋子打做千百來塊，將王屠來恨入骨髓。思想沒了生計，欲要尋條死路，詐那王屠，卻又捨不得性命。沒甚計較⑳，就學做夜行人㉑，到也順溜，手到擒來。做了年餘，嫌這生意微細，合入大隊裏，在衛河中巡綽㉒，得來大碗酒、大塊肉，好不快活！那時反又感激王屠起來，他道：「是當日若沒有王屠這句話，賣成這隻鍋子，有了本錢，這時只做小生意過日，那有恁般快活！」及至惡貫滿盈，被拿到官，情真罪當，料無生理，卻又想起昔年的事來：「那日若不是他說破，賣這幾十文錢做生意度日，不見致有今日。」所以扳害王屠，一口咬定，死也不放。故此他便認得王屠，王屠卻不相認。後來直到秋後典刑，齊綁在法場上，王屠問道：「今日總是死了，你且說與我有甚冤仇，害我致此？說個明白，死也甘心。」

⑳ 計較：計畫。

㉑ 夜行人：小偷。

㉒ 巡綽：本義是巡查、警備。這裏是攔路打劫的意思。

石雪哥方把前情說出。王屠連喊冤枉，要辨明這事。你想：此際有那個來睬你？只好含冤而死。正是：

只因一句閒言語，斷送堂堂六尺軀。

＊　＊　＊

閒話休題，且說盧柟早上候起，已至巳牌，不見知縣來到，又差人去打聽，回報說在那裏審問公事。盧柟心上就有三四分不樂，道：「既約了絕早就來，如何這時候還問公事？」停了一回，還不見到，又差人去打聽，來報說：「這件公事還未問完哩。」盧柟不樂有六七分了，想道：「是我請他的不是，只得耐這次罷。」俗語道得好，等人性急。略過一回，又差人去打聽，這人行無一箭之遠，又差一人前去，頃刻就差上五六個人去打聽。少停，一齊轉來，回覆說：「正在堂上夾人，想這事急切未得完哩。」盧柟聽見這話，湊成十分不樂，心中大怒道：「原來這俗物，一無可取，都只管來纏帳，幾乎錯認了。如今幸爾還好。」即令家人撤開下面這桌酒席，走上前居中向外而坐，叫道：「快把大盃灑熱酒來，洗滌俗腸。」家人都稟道：「恐大爺一時便到。」盧柟睜起眼喝道：「咄！還說甚大爺？我這酒可是與俗物喫的麼？」家人見家主發怒，誰敢再言，只得把大盃斟上，廚下將餚饌供出。小奚在堂中宮商迭奏，絲竹並呈。盧柟飲了數盃，又討出大碗，一連喫上十數多碗，喫得性起，把巾服都脫去了，跣足蓬頭，踞坐於椅上，將餚饌撤去，止留果品案酒，又喫上十來大碗，連果品也賞了小奚，惟飲寡酒。又喫上幾碗。盧柟酒量雖高，原喫不得急酒，因一時惱怒，連飲了幾十碗，不覺大醉，就靠在桌上齁齁睡去。家人誰敢去驚動，整整齊齊，都站在兩旁伺候。裏邊盧柟便醉了，外面管園的卻不曉得。遠遠望見知縣頭踏來，急忙進來通報。到了堂中，看見家主已醉，到喫一驚道：「大爺已是到了，相公如何先飲得這個模樣？」眾家人聽得知縣來到，都面面相覷，沒做理會，齊道：「那桌酒便還在，但相公不能勾醒，卻怎好？」管園的道：「且叫醒轉來，扶醉陪他一陪也罷。終不然特地請來，冷淡他去不成。」眾家人只得上前叫喚，喉嚨都喊破了，如何得醒？漸漸聽得人聲喧雜，料道是知縣進來，慌了手腳，四散躲過。單單撇下盧柟一人。只因這番，有分教：佳賓賢主，變為百世冤家；好景名花，化作一場春夢。正是：

盛衰有命天為主，禍福無門人自生。

且說汪知縣離了縣中，來到盧家園門口，不見盧柟迎接，也沒有一個家人伺候，從人亂叫：「門上有人麼？快去通報，大爺到了。」並無一人答應。知縣料是管門的已進去報了，遂分付：「不必呼喚。」竟自進去。只見門上一個匾額，白地翠書「嘯圃」兩個大字。進了園門，一帶都是柏屏，轉過灣來，又顯出一座門樓，上書「隔凡」二字。過了此門，便是一條松徑。繞出松林，打一看時，但見山嶺參差，樓臺縹緲，草木蕭疎，花竹圍環。知縣見布置精巧，景色清幽，心下暗喜道：「高人胸次，自是不同。」但不聞得一些人聲，又不見盧柟相迎，未免疑惑。也還道是園中徑路錯雜，或者從別道往外迎我，故此相左。一行人在園中，任意東穿西走，反去尋覓主人。次後來到一個所在，卻是三間大堂。一望菊花數百，霜英燦爛，楓葉萬樹，擁若丹霞，橙橘相亞，纍纍如金。池邊芙蓉千百株，顏色或深或淺，綠水紅葩，高下相映，鴛鴦鳧鴨之類，戲狎其下。汪知縣想道：「他請我看菊，必在這個堂中了。」徑至堂前下轎。走入看時，那裏見甚酒席，惟有一人蓬頭跣足，居中向外而坐，靠在桌上打齁。此外更無一個人影。從人趕向前亂喊：「老爺到了，還不起來！」汪知縣舉目看他身上服色不像以下之人，又見旁邊放著葛巾野服，吩咐且莫叫喚，看是何等樣人？那常來下帖的差人，向前仔細一看，認得是盧柟，稟道：「這就是盧相公，醉倒在此。」汪知縣聞言，登時紫漲了面皮，心下大怒道：「這廝恁般無理！故意哄我上門羞辱。」欲得教從人將花木打個稀爛，又想不是官體，忍著一肚子惡氣，急忙上轎，分付回縣。轎夫擡起，打從舊路，直至園門首，依原不見一人。那些皂快，沒一個不搖首咋舌道：「他不過是個監生，如何將官府恁般藐視？這也是件異事。」知縣在轎上聽見，自覺沒趣，怒惱愈加，想道：「他總然才高，也是我的治下，曾請過數遍，不肯來見，情願就見，又饋送銀酒，我亦可為折節敬賢之至矣。他卻如此無理，將我侮慢。且莫說我是父母官，即使平交，也不該如此！」到了縣裏，怒氣不息，即便退入私衙不題。且說盧柟這些家人小廝，見知縣去後，方纔出頭，到堂中看家主時，睡得正濃，直至更餘方醒。眾人說道：「適纔相公睡後，大爺就來，見相公睡著，便起身而去。」盧柟道：「可有甚話說？」眾人道：「小人們恐難好答應，俱走過一邊，不曾看見。」盧柟道：「正該如此！」又懊悔道：「是我一時性急，不曾分付閉了園門，卻被這俗物，直至此間，踐汚了地上。」教管園的，明早快挑水將他進來的路徑掃滌乾淨。又著人尋訪常來下帖的差人，將向日所送書儀，并那罈泉酒，發還與他。那差人不敢隱匿，遂即到縣裏去繳還，不在話下。

卻說汪知縣退到衙中，夫人接著，見他怒氣沖天，問道：「你去赴宴，如何這般氣惱？」汪知縣將其事道知。夫人道：「這都是自取，怪不得別人！你是個父母官，橫行直撞，少不得有人奉承；如何屢屢卑汚苟賤，反去請教子民。他總是有才，與你何益？今日討恁般怠慢，可知好麼！」汪知縣又被夫人搶白了幾句，一發怒上加怒，坐在交椅上，氣憤憤的半晌無語。夫人道：「何消氣得，自古道：破家縣令。」只這四個字，把汪知縣從睡夢中喚醒，放下了憐才敬士之心，頓提起生事害人之念。當下口中不語，心下躊躇，尋思計策安排盧生：「必置之死地，方洩吾恨。」當夜無話。汪知縣早衙已過，次日，喚一個心腹令史，進衙商議。那令史姓譚名遵，頗有才幹，慣與知縣通贓過付，是一個積年滑吏。當下知縣先把盧柟得罪之事敘過，次說要訪他過惡參之，以報其恨。譚遵道：「老爺要與盧柟作對，不是輕舉妄動的，那參訪一節，恐坐在他身上，方可完得性命，須尋得一件沒躲閃的大事，未必了事，在老爺反有干礙。」汪知縣道：「卻是為何？」譚遵道：「盧柟與小人原是同里，曉得他多有大官府往來，且又家私豪富。平昔雖則恃才狂放，卻沒甚違法之事。總然拿了，少不得有天大分上到上司處挽回，決不至死的田地。那時懷恨挾讐，老爺豈不反受其累？」汪知縣道：「此言雖是，但他恁地放肆，定有幾件惡端。你去細細訪來，我自有處。」譚遵答應出來，只見外邊繳進原送盧柟的書儀泉酒。知縣見了，轉覺沒趣。無處出氣，遷怒到差人身上，說道不該收他的回來，打了二十毛板，就將銀酒都賞了差人。正是：

勸君莫作傷心事，世上應多切齒人。

* * *

話分兩頭。卻說浮丘山腳下有個農家，叫做鈕成，老婆金氏。夫妻兩口，家道貧寒，卻又少些行止；因此無人肯把田與他耕種。歷年只在盧柟家做長工過日。二年前，生了個兒子，那些一般做工的，同盧家幾個家人，鬪分子與他賀喜。論起鈕成恁般窮漢，只該辭了纔是。十分情不可卻，稱家有無，胡亂請眾人喫三杯，可也罷了。不想他卻弄空頭，裝好漢，寫身子與盧柟家人盧才，抵借二兩銀子，整個大大筵席，款待眾人。鄰里盡送湯餅，熱烘烘倒像個財主家行事。外邊正喫得快活，那知孩子隔日被貓驚了，這時了帳，十分敗興，不能勾盡歡而散。

那盧才肯借銀子與鈕成，原懷個不良之念。你道為何？因見鈕成老婆有三四分顏色，指望以此為繇，要勾搭這婆娘。誰知緣分淺薄，這婆娘情願白白裏與別人做些交易，偏不肯上盧才的椿兒。反去學向老公說盧才怎樣來調戲。鈕成認做老婆是個貞節婦人，把盧才恨入骨髓，立意要賴他這項銀子。盧才萏了年餘，見這婆娘粧喬做樣，料道不能勾上鉤，也把念頭休了，一味索取，兩下面紅㉓了好幾場，只是沒有。有人教盧才個法兒道：「他年年在你家做長工，何不耐到發工銀時，一併扣清，可不乾淨？」盧才依了此言，再不與他催討。等到十二月中，打聽了發銀日子，緊緊伺候。那盧柟田產廣多，除了家人，顧工的也有整百。每年至十二月中預發來歲工銀。到了是日，眾長工一齊進去領銀。盧柟恐家人們作弊，短少了眾人的，親自唱名親發，又賞一頓酒飯。喫個醉飽，叩謝而出。剛至宅門口，盧才一把扯住鈕成，問他要銀。那鈕成一則還錢肉痛，二則怪他調戲老婆，乘著幾盃酒興，反撒賴起來。將銀塞在兜肚裏，罵道：「狗奴才！只欠得這丟銀子，便生心來欺負老爺！今日與你性命相博！」當胸撞個滿懷。盧才不曾提防，踉踉蹌蹌倒退了十數步，幾乎跌上一交。惱動性子，趕上來便打。那句「狗奴才」卻又犯了眾怒，家人們齊道：「這廝恁般放潑㉔！總使你的理直，到底是我家長工，也該讓我們一分；怎地欠了銀

㉓ 面紅：爭吵。

子，反要行凶？打這狗亡八！」齊擁上前亂打。常言道：雙拳不敵四手。鈕成獨自一個，如何抵當得許多人，著實受了一頓拳腳。盧才看見銀子藏在兜肚中，扯斷帶子，奪過去了。眾長工再三苦勸，方纔住手。推著鈕成回家。不道盧柟在書房中隱隱聽得門首喧嚷，喚管門的查問。他的家法最嚴，管門的恐怕連累，從實稟說。盧柟即叫盧才進去，說道：「我有示在先，家人不許擅放私債，盤算小民。如有此等，定行追還原券，重責逐出。你怎麼故違我法；卻又截搶工銀，行凶打他？這等放肆可惡！」登時追出兜肚銀子，並那紙文契。打了二十，逐出不用。分付管門的：「鈕成來時，著他來見我，領了銀券去。」管門的連聲答應，出來，不題。

且說鈕成剛喫飽得酒食，受了這頓拳頭腳尖，銀子原被奪去，轉思轉惱，愈想愈氣。到半夜裏，火一般發熱起來，覺道心頭長悶難過。次日便爬不起來。到第二日早上，對老婆道：「我覺得身子不好，莫不要死？你快去叫我哥哥來商議。」自古道：無巧不成書。元來鈕成有個嫡親哥子鈕文，正賣與令史譚遵家為奴。金氏平昔也曾到譚遵家幾次，路徑已熟，故此教他去叫。當下金氏聽見老公說出要死的話，心下著忙，帶轉門兒，冒著風寒，一徑往縣中去尋鈕文。

那譚遵四處察訪盧柟的事過，並無一件；知縣又再三催促，到是個兩難之事。這一日，正坐在公廨中，只見一個婦人慌慌張張的走入來，舉目看時，不是別人，卻是家人鈕文的弟婦。金氏向前道了萬福，問道：「請問令史：我家伯伯可在麼？」譚遵道：「到縣門前買小菜就來，你有甚事恁般驚惶？」金氏道：「好教令史得知：我丈夫前日與盧監生家人盧才費口㉕，夜間就病起來，如今十分沉重，特來尋伯

㉔ 放潑：撒潑。

伯去商量。」譚遵聞言，不勝喜歡。忙問道：「且說為甚與他費口？」金氏即將與盧才借銀起，直至相打之事，細細說了一遍。譚遵道：「原來恁地。你丈夫沒事便罷；有些山高水低，急來報知，包在我身上，與你出氣。還要他一注大財鄉，彀你下半世快活。」金氏道：「若得令史張主，可知好麼。」正說間，鈕文已回。金氏將這事說知，一齊同去。臨出門時，譚遵又囑付道：「如有變故，速速來報。」鈕文應允。離了縣中，不消一個時辰，早到家中。推門進去，不見一些聲息。到床上看時，把二人嚇做一跳。——元來直僵僵挺在上面，不知死過幾時了。金氏便號淘大哭起來。正是：

夫妻本是同林鳥，大限來時各自飛。

那些東鄰西舍聽得哭聲，都來觀看。齊道：「虎一般的後生，活活打死了。可憐！可憐！」鈕文對金氏說道：「你且莫哭，同去報與我主人，再作區處。」金氏依言，鎖了大門，囑付鄰里看覷則個。跟著鈕文就走。那鄰里中商議道：「他家一定去告狀了。地方人命重情，我們也須呈明，脫了干係。」隨後也往縣裏去呈報。其時遠近村坊盡知鈕成已死，早有人報與盧柟。那盧柟原是疎略之人，兩日鈕成不去領這銀券，連其事卻也忘了；及至聞了此信，即差人去尋獲盧才送官。那知盧才聽見鈕成死了，料道不肯干休，已先桃之夭夭，不在話下。

且就鈕文、金氏，一口氣跑到縣裏，報知譚遵。譚遵大喜，悄悄的先到縣中，稟了知縣。出來與二人說明就裏，教了說話，流水寫起狀詞，單告盧柟強占金氏不遂，將鈕成擒歸打死，教二人擊鼓叫冤，

㉕ 費口：吵嘴。

鈕文依了家主，領著金氏，不管三七念一，執了一塊木柴，把鼓亂敲，口內一片聲叫喊：「救命！」衙門差役，自有譚遵分付，並無攔阻。汪知縣聽得擊鼓，即時升堂，喚鈕文、金氏至案前。纔看狀詞，恰好地鄰也到了。知縣專心在盧柟身上，也不看地鄰呈子是怎樣情繇，假意問了幾句，不等發房，即時出籤，差人捉盧柟立刻赴縣。公差又受了譚遵的叮囑，說：「大爺惱得盧柟要緊，你們此去，只除婦女孩子，其餘但是男子漢，盡數拿來。」眾皂快素知知縣與盧監生有仇，況且是個大家，若還人少，進不得他家大門，遂聚起三兄四弟，共有四五十人，分明是一群猛虎。此時隆冬日短，天已傍晚，彤雲密布，朔風凜冽，好不寒冷！譚遵要奉承知縣，陪出酒漿，與眾人先發個興頭。一家點起一根火把，飛奔至盧家門首，發一聲喊，齊搶入去，逢著的便拿。家人們不知為甚，嚇得東倒西歪，兒啼女哭，沒奔一頭處。

盧柟娘子正同著丫鬟們，在房中圍爐向火，忽聞得外面人聲鼎沸，只道是漏了火，急叫丫鬟們觀看。尚未動步，房門口早有家人報道：「大娘，不好了！外邊無數人執著火把，打進來也。」盧柟娘子還認做強盜來打劫，驚得三十六個牙齒，矻磴磴的相打。慌忙叫丫鬟快閉上房門。言猶未畢，一片火光，早已擁入房裏。那些丫鬟們奔走不迭，只叫：「大王爺饒命！」眾人道：「胡說！我們是本縣大爺差來拿盧柟的。什麼大王爺？」盧柟娘子見說這話，就明白向日丈夫怠慢了知縣，今日尋事故來擺布。便道：「既是公差，難道不知法度的？我家總有事在縣，量來不過戶婚田土的事罷了，須不是大逆不道；如何白日裏不來，黑夜間率領多人，明火執杖，打入房帷，乘機搶劫，明日公堂上去講，該得何罪？」眾公差道：「只要還了我盧柟，但憑到公堂上去講。」遂滿房遍搜一過，只揀器皿寶玩，取勾像意，方才出門。又打到別個房裏，把姬妾們都驚得躲入床底下去。各處搜到，不見盧柟，料想必在園上，一齊又趕入去。

盧柟正與四五個賓客，在煖閣上飲酒，小優兩傍吹唱，恰好差去拿盧才的家人，在那裏回話，又是兩個亂喊上樓報道：「相公，禍事到也！」盧柟帶醉問道：「有何禍事？」家人道：「不知為甚？許多人打進大宅搶劫東西，逢著的便被拿住，今已打入相公房中去了。」眾賓客被這一驚，一滴酒也無了，齊道：「這是為何？可去看來！」便要起身。盧柟全不在意，反攔住道：「由他自搶，我們且喫酒，莫要敗興。快斟熱酒來。」家人跌足道：「相公，外邊恁般慌亂，如何還要飲酒！」說聲未了，忽見樓前一派火光閃爍，眾公差齊擁上樓。嚇得那幾個小優滿樓亂滾，無處藏躲。盧柟大怒，喝道：「甚麼人？敢到此放肆！叫人快拿。」眾公差道：「本縣大爺請你說話，只怕拿不得的！」一條索子套在頸裏道：「快走！快走！」盧柟道：「我有何事？這等無禮！偏不去！」眾公差道：「老實說：向日請便請你不動，如今拿到要拿去的。」牽著索子，推的推，扯的扯，擁下樓來。家人共拿了十四五個，眾人還想連賓客都拿。內中有人認得俱是貴家公子，又是有名頭秀才，遂不敢去惹他。一行人離了園中，一路鬧炒炒直至縣裏。這幾個賓客，放心不下，也隨來觀看。躲過的家人，也自出頭，奉著主母之命，將了銀兩，趕來央人使用打探，不在話下。

且說汪知縣在堂等候，堂前燈籠火把，照耀如白晝，四下絕不聞一些人聲。眾公差押盧柟等，直至丹墀下，舉目看那知縣，滿面殺氣，分明坐下個閻羅天子；兩行隸卒排列，也與牛頭夜叉無二。家人們見了這個威勢，一個個膽戰心驚。眾公差跑上堂稟道：「盧柟一起拿到了。」將一干人帶上月臺，齊齊跪下。鈕文、金氏另跪在一邊。惟有盧柟挺然居中而立。汪知縣見他不跪，仔細看了一看，冷笑道：「是一個土豪！見了官府，猶恁般無狀！在外安得不肆行無忌。我且不與你計較，暫請到監裏去坐一坐。」

盧柟倒走上三四步，橫挺著身子說道：「就到監裏去坐也不妨。只要說個明白，我得何罪，昏夜差人抄沒？」知縣道：「你強占良人妻女不遂，打死鈕成，這罪也不小！」盧柟聞言，微微笑道：「我只道有甚天大事情，原來為鈕成之事。據你說止不過要我償他命罷了，何須大驚小怪。但鈕成原係我家傭奴，與家人盧才口角而死，卻與我無干節。即使是我打死，亦無死罪之律；若必欲借彼證此，橫加無影之罪，以雪私怨，我盧柟不難屈承，只怕公論難泯！」汪知縣大怒道：「你打死平人，昭然耳目，卻冒認為奴，污蠛問官，抗拒不跪。公堂之上，尚敢如此狂妄；平日豪橫，不問可知矣！今且勿論人命真假，只抗逆父母官，該得何罪？」喝教拿下去打。眾公差齊聲答應，趕向前一把揪翻。盧柟叫道：「士可殺而不可辱，我盧柟堂堂漢子，何惜一死！卻要用刑？任憑要我認那一等罪，無不如命，不消責罰。」眾公差那裏繇他做主，按倒在地，打了三十。知縣喝教住了，并家人齊發下獄中監禁。鈕成尸首著地方買棺盛殮，發至官壇候驗。鈕文、金氏干證人等，召保聽審。盧柟打得血肉淋漓，兩個家人扶著，一路大哭走出儀門。這幾個朋友上前相迎，家人們還恐怕來拿，遠遠而立，不敢近身。眾友問道：「為甚事，就到杖責？」盧柟道：「並無別事，汪知縣公報私仇，借家人盧才的假人命，粧在我名下，要加個小小死罪。」眾友驚駭道：「不信有此等奇冤。」內中一友道：「不打緊，待小弟回去，與家父說了，明日拉合縣鄉紳孝廉，與縣公講明，料縣公難滅公論，自然開釋。」盧柟道：「不消兄等費心，但憑他怎地擺布罷了！只有一件緊事，煩到家間說一聲，教把酒多送幾罈到獄中來。」眾友道：「如今酒也該少飲。」盧柟笑道：「人生貴在適意，貧富榮辱，俱身外之事，於我何有。難道因他要害我，就不飲酒了？這是一刻也少不得的！」正在那裏說話，一個獄卒推著背道：「快進獄去，有話另日再說。」那獄卒不是別人，叫做蔡賢，也是汪知縣得用之人。盧柟睜起眼喝道：「哇！可惡！我自說話，與你何干？」蔡賢也焦躁道：「阿呀！你如今是個在官人犯了，這樣公子氣質，且請收起，用不著了。」盧柟大怒道：「什麼在官人犯，就不進去，便怎麼！」蔡賢還要回話，有幾個老成的，將他推開，做好做歹，將盧柟進了監門，眾友也各自回去。盧柟家人自趕來回覆主母，不在話下。

原來盧柟出衙門時，譚遵緊隨在後察訪，這些說話，一句句聽得明白，進衙報與知縣。知縣到次早只說有病，不出堂理事，眾鄉官來時，門上人連帖也不受。至午後，忽地升堂，喚齊金氏一干人犯，并忤作人等，監中弔出盧柟主僕，徑去檢驗鈕成尸首。那忤作人已知縣主之意，輕傷盡報做重傷，地鄰也理會得知縣要與盧柟作對，齊咬定盧柟打死。知縣又哄盧柟將出鈕成傭工文券，只認做假的，盡皆扯碎。嚴刑拷逼，問成死罪。又加二十大板，長枷手杻，下在死囚牢裏。家人們一概三十，滿徒三年，召保聽候發落。金氏、鈕文干證人等，發回寧家。尸棺俟詳轉定奪。將招繇疊成文案，并盧柟抗逆不跪等情，細細開載在內，備文申報上司。雖眾鄉紳力為申理，知縣執意不從。有詩為證：

縣令從來可破家，冶長非罪亦堪嗟。福堂今日容高士，名圃無人理百花。

且說盧柟本是貴介之人，生下一個膿窠瘡兒，就要請醫家調治的，如何經得這等刑杖？到得獄中，昏迷不醒。幸喜合監的人，知他是個有錢主兒，奉承不暇，流水把膏藥末藥送來。家中娘子又請太醫來調治，外修內補，不勾一月，平服如舊。那些親友，絡繹不絕，到監中候問。獄卒人等，已得了銀子，歡天喜地，繇他們直進直出，並無攔阻。內中單有蔡賢是知縣心腹，如飛稟知縣主，魆地[26]到監點閘[27]，搜出五六人來，卻都是有名望的舉人秀士，不好將他難為，教人送出獄門。又把盧柟打上二十。四五個獄卒，一概重責。那獄卒們明知是蔡賢的緣故，咬牙切齒；因是縣主得用之人，誰敢與他計較。那盧柟平日受用的高堂大廈，錦衣玉食，眼內見的是竹木花卉，耳中聞的是笙簫細樂；到了晚間，嬌姬美妾，倚翠偎紅，似神仙般散誕的人。如今坐於獄中，住的卻是鑽頭不進半塌不倒的房子；眼前見的，無非死犯重囚，言語嘈雜，面目兇頑，分明一班妖魔鬼怪；耳中聞的，不過是腳鐐手杻鐵鏈之聲。到了晚間，提鈴喝號，擊柝鳴鑼，唱那歌兒㉘，何等悽慘！他雖是豪邁之人，見了這般景像，也未免覩物傷情。恨不得脇下頃刻生出兩個翅膀來，飛出獄中。又恨不得提把板斧，劈開獄門，連眾犯也都放走。一念轉著受辱光景，毛髮倒豎，恨道：「我盧柟做了一世好漢，卻送在這個惡賊手裏！如今陷於此間，怎能勾出頭日子。總然掙得出去，亦有何顏面見人！要這性命何用？不如尋個自盡，到得乾淨。」又想道：「不可，不可！昔日成湯文王，有夏臺羑里之囚，孫臏馬遷，有刖足腐刑之辱㉙。這幾個都是聖賢，尚忍辱待時，我盧柟豈可短見！」卻又想道：「我盧柟相知滿天下，身列縉紳者也不少，難道急難中就坐觀成

㉖ 魆地：暗地裏。魆，音ㄒㄩˋ。

㉗ 點閘：點查。

㉘ 提鈴喝號三句：指過去監獄裏晚上防備犯人逃走的各種辦法：搖著鈴子，挨號點名，並派人敲木梆打鑼，在外邊巡查，口裏唱著歌兒。

㉙ 昔日成湯文王四句：成湯，即商湯。據傳說，他曾被夏朝囚在夏臺。文王，即周文王，曾被商紂囚在羑里。孫臏，戰國時的兵法家，龐涓忌妒他的才能，使計陷害，把他的腳砍掉了。馬遷，即司馬遷，西漢時的大史學家和文學家，因救護李陵的事被罰受宮刑。

敗？還是他們不曉得我受此奇冤？須索寫書去通知，教他們到上司處挽回。」遂寫起若干書啟，差家人分頭投遞那些相知。也有見任，也有林下，見了書札，無不駭然。也有直達汪知縣，要他寬罪的，也有托上司開招的。那些上司官，一來也曉得盧柟是當今才子，有心開釋，都把招詳駁下縣裏。回書中又露個題目，教盧柟家屬前去告狀，轉批別衙門開招出罪。盧柟得了此信，心中暗喜，即教家人往各上司訴冤，果然都批發本府理刑勘問。理刑官先已有人致意，不在話下。

卻說汪知縣幾日間連接數十封書札，都是替盧柟求解的；正在躊躇，忽見各上司招詳，又都駁轉。過了幾日，理刑廳又行牌到縣，弔卷提人。已明知上司有開招放他之意，心下老大驚懼，想道：「這廝果然神通廣大，身子坐在獄中，怎麼各處關節已是布置到了？若此番脫漏出去，如何饒得我過！一不做，二不休，若不斬草除根，恐有後患。」當晚差譚遵下獄，教獄卒蔡賢拿盧柟到隱僻之處，遍身鞭朴，打勾半死，推倒在地，縛了手足，把土囊壓住鼻口，那消一個時辰，嗚呼哀哉！可憐滿腹文章，到此冤沉獄底。正是：

英雄常抱千年恨，風木寒煙空斷魂。

話分兩頭，卻說濬縣有個巡捕縣丞，姓董名紳，貢士出身，任事強幹，用法平恕，見汪知縣將盧柟屈陷大辟，十分不平；只因官卑職小，不好開口。每下獄查點，便與盧柟談論，兩下遂成相知。那晚恰好也進監巡視，不見了盧柟，問眾獄卒時，都不肯說。惱動性子，一片聲喝打，方才低低說：「大爺差譚令史來討氣絕，已拿向後邊去了。」董縣丞大驚道：「大爺乃一縣父母，那有此事？必是你們這些奴才，索詐不遂，故此謀他性命！快引我去尋來。」眾獄卒不敢違逆，直引至後邊一條夾道中，劈面撞著譚遵、蔡賢。喝教拿住。上前觀看，只見盧柟仰在地上，手足盡皆綁縛，面上壓個土囊。董縣丞叫左右提起土囊，高聲叫喚，也是盧柟命不該死，漸漸甦醒。與他解去繩索，扶至房中，尋些熱湯吃了，方能說話。乃將譚遵指揮蔡賢打罵謀害情繇說出。董縣丞安慰一番，教人伏事他睡下，然後帶譚遵二人到於廳上，思想：「這事雖然是縣主之意，料今敗露，也不敢承認。欲要拷問譚遵，又想他是縣主心腹，只道我不存體面，反為不美。」單喚過蔡賢，要他招承與譚遵索詐不遂，同謀盧柟性命。那蔡賢初時只推縣主所遣，不肯招承。董縣丞大怒，喝教夾起來。那眾獄卒因蔡賢向日報縣主來閘監，打了板子，心中懷恨，尋過一副極短極緊的夾棍，才套上去，就喊叫起來，連稱：「願招。」董縣丞即便教住了。眾獄卒恨著前日的毒氣，只做不聽見，倒務命收緊，夾得蔡賢叫爹叫娘，連祖宗十七八代盡叫出來。董縣丞連聲喝住，方才放了。把紙筆要他親供。蔡賢只得依著董縣丞說話供招。董縣丞將來袖過，分付眾獄卒：「此二人不許擅自釋放，待我見過大爺，然後來取。」起身出獄回衙，連夜備了文書。次早，汪知縣升堂，便去親遞。汪知縣因不見譚遵回覆，正在疑惑；又見董縣丞呈說這事，暗喫一驚。心中雖恨他沖破了網，卻又奈何他不得。看了文書，只管搖頭：「恐沒這事。」董縣丞道：「是晚生親眼見的，怎說沒有？堂尊㉚若不信，喚二人對證便了。」那譚遵猶可恕，這蔡賢最是無理，連堂尊也還污衊；若不究治，何以懲戒後人！」汪知縣被道著心事，滿面通紅，生怕傳揚出去，壞了名聲，只得把蔡賢問徒發遣。自此懷恨董縣丞，尋兩件風流事過㉛，參與上司，罷官而去。此是後話不題。

㉚ 堂尊：明清時代，屬吏對衙門長官的尊稱。

再說汪知縣因此謀不諧，遂具揭呈，送各上司，又差人往京中傳送要道之人，大抵說：盧柟恃富橫行鄉黨，結交勢要，打死平人，抗送問官，營謀關節，希圖脫罪。把情節做得十分利害，無非要張揚其事，使人不敢救援。又教譚遵將金氏出名，連夜刻起冤單，遍處粘帖，布置停當，然後備文起解到府。那推官原是沒擔當懦怯之輩，見汪知縣揭帖，并金氏冤單，果然恐怕是非，不敢開招，照舊申報上司。大凡刑獄，經過理刑問結，別官就不敢改動。盧柟指望這番脫離牢獄，誰道反坐實了一重死案。依舊發下濬縣，獄中監禁。還指望知縣去任，再圖昭雪。那知汪知縣因扳翻了個有名富豪，京中多道他有風力，到得了個美名，行取入京，陞為給事之職。他已居當道，盧柟總有通天攝地的神通，也沒人敢翻他招案。有一巡按御史樊某，憐其冤枉，開招釋罪。汪給事知道，授意與同科官，劾樊巡按一本，說他得了賄賂，賣放重囚，罷官回去。著府縣原拿盧柟下獄。因此，後來上司雖知其冤，誰肯捨了自己官職，出他的罪名。光陰迅速，盧柟在獄，不覺又是十有餘年，經了幾個縣官。那時金氏、鈕文，雖都病故，汪給事卻陞了京堂之職，威勢正盛，盧柟也不做出獄指望。不道災星將退，那年又選一個新知縣到任。只因這官人來，有分教：

此日重陰方啟照，今朝甘露不成霜。

卻說濬縣新任知縣，姓陸名光祖，乃浙江嘉興府平湖縣人氏。那官人胸藏錦繡，腹隱珠璣，有經天緯地之才，濟世安民之術。出京時，汪公曾把盧柟的事相囑，心下就有些疑惑，想道：「雖是他舊任之

---

31 風流事過：指細微的、不關緊要的事故、罪過。

事，今已年久，與他還有甚相干，諄諄教諭？其中必有緣故。」到任之後，訪問邑中鄉紳，都為稱枉，敘其得罪之繇。陸公還恐盧柟是個富家，央浼下的，未敢全信。又四下暗暗體訪，所說皆同。乃道：「既為民上，豈可以私怨羅織，陷人大辟？」欲要申文到上司，與他昭雪，又想道：「若先申上司，必然行查駁勘，便不能決截了事；不如先開釋了，然後申報。」遂弔出那宗卷來，細細查看，前後招繇，並無一毫空隙。反覆看了幾次，想道：「此事不得盧才，如何結案？」乃出百金為信賞錢，立限與捕役要拿盧才。不一月，忽然獲到，將嚴刑究訊，審出真情。遂援筆批云：

審得鈕成以領工食銀於盧柟家，為盧才叩債，以致爭鬪，則鈕成為盧氏之雇工人也明矣。雇工人死，無家翁償命之理。況放債者才，叩債者才，廝打者亦才，釋才坐柟，律何稱焉？才遁不到官，累及家翁，死有餘辜，擬抵不枉。盧柟久陷於獄，亦一時之厄也！相應釋放云云。

當日監中取出盧柟，當堂打開枷杻，釋放回家。合衙門人無不驚駭，就是盧柟也出自意外，甚以為異。陸公備起申文，把盧才起釁根繇，并受枉始末，一一開敘，親至府中，相見按院呈遞。按院看了申文，道他擅行開釋，必有私弊，問道：「聞得盧柟家中甚富，賢令獨不避嫌乎？」陸公道：「知縣但知奉法，不知避嫌。但知問其枉不枉，不知問其富不富。若是不枉，夷齊亦無生理。若是枉，陶朱亦無死法㉜。」按院見說得詞正理直，更不再問，乃道：「昔張公為廷尉，獄無冤民㉝，賢令近之矣。敢不領

㉜ 若是不枉四句：夷齊，即伯夷、叔齊。陶朱，即范蠡，在佐越王句踐滅吳之後，就變名姓，泛遊江湖，成了大富人。這兩句是說，若真是有罪，不冤枉的話，就連伯夷、叔齊那樣好，那樣窮困的人也活不了；若有冤

教！」陸公辭謝而出，不題。

且說盧柟回至家中，合門慶幸，親友盡來相賀。過了數日，盧柟差人打聽陸公已是回縣，要去作謝，他卻也素位而行，換了青衣小帽。娘子道：「受了陸公這般大德大恩，須備些禮物去謝他便好！」盧柟說：「我看陸公所為，是個有肝胆的豪傑，不比那齷齪貪利的小輩。若送禮去，反輕褻他了！」娘子道：「怎見得是反為輕褻？」盧柟道：「我沉冤十餘載，上官皆避嫌，不肯見原；陸公初蒞此任，即廉知枉，毅然開釋：此非有十二分才智，十二分膽識，安能如此！今若以利報之，正所謂故人知我，我不知故人也。如何使得？」即輕身而往。陸公因他是個才士，不好輕慢，請到後堂相見。盧柟見了陸公，長揖不拜。陸公暗以為奇，也還了一禮。遂教左右看坐。門子就扯把椅子，放在傍邊。看官，你道有恁樣奇事！那盧柟乃久滯的罪人，虧陸公救拔出獄，此是再生恩人，就磕穿頭，也是該的，他卻長揖不拜。若論別官府見如此無禮，心上定然不樂了，那陸公毫不介意，反又命坐。可見他度量寬洪，好賢極矣！誰想盧柟見教他傍坐，倒不悅起來，說道：「老父母，但有死罪的盧柟，沒有傍坐的盧柟。」陸公聞言，即走下來，重新敘禮，說道：「是學生得罪了。」即遜他上坐。兩下談今論古，十分款洽，只恨相見之晚，遂為至友，有詩為證：

昔聞長揖大將軍㉞，今見盧生抗陸君。夕釋桁陽朝上坐，丈夫意氣薄青雲。

枉，就連陶朱那樣有錢的人，也不可使他受屈而死。

㉝ 昔張公為廷尉二句：張公，指張釋之，西漢時的廷尉。當時的人說：「張釋之為廷尉，天下無冤民。」

話分兩頭，卻說汪公聞得陸公釋了盧柟，心中不忿，又托心腹，連按院劾上一本。按院也將汪公為縣令時，挾怨誣人始末，細細詳辯一本。倒下聖旨，將汪公罷官回去，按院照舊供職，陸公安然無恙。那時譚遵已省察在家，專一挑寫詞狀。陸公廉訪得實，參了上司，拿下獄中，問邊遠充軍。盧柟從此自謂餘生，絕意仕進，益放於詩酒；家事漸漸淪落，絕不為意。再說陸公在任，分文不要，愛民如子，況又發奸摘隱，剔清利弊，奸宄懾伏，盜賊屏跡，合縣遂有神明之稱，聲名振於都下。只因不附權要，止遷南京禮部㉟主事。離任之日，士民攀轅臥轍，泣聲載道，送至百里之外。那盧柟直送五百餘里，兩下依依不捨，欷歔而別。後來陸公累遷至南京吏部尚書。盧柟家已赤貧，乃南遊白下㊱，依陸公為主，陸公待為上賓。每日供其酒資一千，縱其遊玩山水。所到之處，必有題咏，都中傳誦。一日遊采石李學士祠，遇一赤腳道人，風致飄然，盧柟邀之同飲。道人亦出葫蘆中玉液以酌盧柟。柟飲之，甘美異常，問道：「此酒出於何處？」道人答道：「此酒乃貧道所自造也。貧道結菴於廬山五老峰下，居士若能同遊，當日日斟酌耳。」盧柟道：「既有美醞，何憚相從！」即刻到李學士祠中，作書寄謝陸公，不攜行李，隨著那赤腳道人而去。陸公見書，嘆道：「翛然而來，翛然而去，以乾坤為逆旅，以七尺為蜉蝣，真狂士也！」屢遣人於廬山五老峰下訪之不獲。後十年，陸公致政歸家，朝廷遣官存問，陸公使其次子往京

㉞ 長揖大將軍：酈食其第一次會見劉邦，劉邦正在洗腳，他就長揖不拜，用傲慢回答劉邦的傲慢。

㉟ 南京禮部：明初定都南京，明成祖（朱棣）奪取帝位後，遷都北京；原設在南京的六部衙門仍舊不動，叫做南京某部，以別於北京新成立的部。

㊱ 白下：南京的別稱。

謝恩，從人遇之於京都，寄問陸公安否。或云：遇仙成道矣。後人有詩贊云：

命蹇英雄不自繇，獨將詩酒傲公侯。一絲不掛飄然去，贏得高名萬古留。

後人又有一詩，警戒文人，莫學盧公，以傲取禍。詩曰：

酒癖詩狂傲骨兼，高人每得俗人嫌。勸人休蹈盧公轍，凡事還須學謹謙。

第三十卷　李汧公窮邸遇俠客

世事紛紛如弈棋，輸贏變幻巧難窺。但存方寸公平理，恩怨分明不用疑。

話說唐玄宗天寶年間，長安有一士人，姓房名德，生得方面大耳，偉幹豐軀。年紀三十以外，家貧落魄，十分淹蹇，全虧著渾家貝氏紡織度日。時遇深秋天氣，頭上還裹著一頂破頭巾，身上穿著一件舊葛衣，那葛衣又逐縷縷綻開了，卻與簑衣相似。思想：「天氣漸寒，這模樣怎生見人？」知道老婆餘得兩疋布兒，欲要討來做件衣服。誰知老婆原是小家子出身，器量最狹，卻又配著一副悍毒的狠心腸。那張嘴頭子，又巧於應變，賽過刀一般快，憑你什麼事，高來高就，低來低對，死的也說得活起來，活的也說得死了去，是一個翻脣弄舌的婆娘。那婆娘看見房德沒甚活路，靠他喫死飯，常把老公欺負。房德因不遇時，說嘴不響，每事只得讓他，漸漸有幾分懼內。是日，貝氏正在那裏思想，老公恁般的狼狽，如何得個好日？卻又怨父母，嫁錯了對頭，賺了終身，心下正是十分煩惱，恰好觸在氣頭上，乃道：「老大一個漢子，沒處尋飯喫，靠著女人過日。如今連衣服都要在老娘身上出豁，說出來可不羞麼？」房德被搶白了這兩句，滿面羞慚。事在無奈，只得老著臉，低聲下氣道：「娘子，一向深虧你的氣力，感激不盡！但目下雖是落薄❶，少不得有好的日子，權借這布與我，後來發積❷時，大大報你的情罷！」貝氏搖手道：「你的甜話兒，哄得我多年了！信不過。這兩疋布，老娘自要做件衣服過寒的，休得指望。」房德布又取不得，反討了許多沒趣。欲待廝鬧一場，因怕老婆嘴舌又利，喉嚨又響，恐被鄰家聽見，反粧幌子。敢怒而不敢言，彎口氣撞出門去，指望尋個相識告借。

走了大半日，一無所遇。那天卻又與他做對頭，偏生的忽地發一陣風雨起來。這件舊葛衣，被風吹得颼颼如落葉之聲，就長了一身寒栗子，冒著風雨，奔向前面一古寺中躲避。那寺名為雲華禪寺。房德跨進山門看時，已先有個長大漢子，坐在左廊檻上。殿中一個老僧誦經。房德就向右廊檻上坐下，呆呆的看著，天上那雨漸漸止了，暗道：「這時不走，只怕少刻又大起來。」卻待轉身。忽掉轉頭來，看見牆上畫了一隻禽鳥，翎毛兒，翅膀兒，足兒尾兒，件件皆有，單單不畫鳥頭。天下有恁樣空腦子的人，自己飢寒尚且難顧，有甚心腸，卻評品這畫的鳥來！想道：「常聞得人說：畫鳥先畫頭。這畫法怎與人不同？卻又不畫完，是甚意故？」一頭想，一頭看，轉覺這鳥畫得可愛，乃道：「我雖不曉此道，諒這鳥頭也沒甚難處，何不把來續完。」即往殿上與和尚借了一枝筆，蘸得墨飽，走來將鳥頭畫出，卻也不十分醜，自覺歡喜道：「我若學丹青，到可成得！」剛畫時，左廊那漢子就捱過來觀看，把房德上下仔細一相，笑容可掬，向前道：「秀才，借一步說話。」房德道：「足下是誰？有甚見教？」那漢道：「秀才不消細問，同在下去，自有好處。」房德正在困窮之鄉，聽見說有好處，不勝之喜。將筆還了和尚，把破葛衣整一整，隨那漢子前去。此時風雨雖止，地上好生泥濘，卻也不顧。離了雲華寺，直走出昇平

❶ 落薄：落魄。
❷ 發積：發跡。

門，到樂遊原傍邊。這所在最是冷落。那漢子向一小角門上連叩三聲。停了一回，有個人開門出來，也是個長大漢子，看見房德，亦甚歡喜，上前聲喏。房德心中疑道：「這兩個漢子，是何等樣人？不知請我來有甚好處？」問道：「這裏是誰家？」二漢答道：「秀才到裏邊便曉得。」房德走入門裏，二漢原把門撐上，引他進去。房德看時，荊蓁滿目，衰草漫天，乃是個敗落花園。彎彎曲曲，轉到一個半塌不倒的亭子上，裏面又走出十四五個漢子，一個個身長臂大，面貌猙獰，見了房德，滿面堆下笑來，盡皆道：「秀才請進。」房德暗自驚駭道：「這班人來得蹺蹊，且看他有甚話說？」眾人迎進亭中，相見已畢，遜在板櫈上坐下，問道：「秀才尊姓？」房德道：「小生姓房，不知列位有何說話？」起初同行那漢道：「實不相瞞，我眾弟兄乃江湖上豪傑，專做這件沒本錢的生意。只為俱是一勇之夫，前日幾乎弄出事來；故此對天禱告，要覓個足智多謀的好漢，讓他做個大哥，聽其指揮。適來雲華寺牆上畫不完的禽鳥，便是眾弟兄對天禱告，設下的誓願，取羽翼俱全，單少頭兒的意思。若合該興隆，天遣個英雄好漢，補足這鳥，便迎請來為頭。等候數日，未得其人。且喜天隨人願，今日遇見秀才恁般魁偉相貌，一定智勇兼備。正是真命寨主了。眾兄弟今後任憑調度，保個終身安穩快活，可不好麼？」對眾人道：「快去宰殺牲口，祭拜天地。」內中有三四個，一溜烟跑向後邊去了。房德暗訝❸道：「原來這班人，卻是一夥強盜！我乃清清白白的人，如何做恁樣事？」答道：「列位壯士在上，若要我做別事則可，這一樁實不敢奉命。」眾人道：「卻是為何？」房德道：「我乃讀書之人，還要巴個出身日子，怎肯幹這等犯法的勾當？」眾人道：「秀才所言差矣！方今楊國忠為相，賣官鬻爵，有錢的，便做大官，除了錢時，

❸ 暗訝：原本作「聞言」。據今古奇觀改。

就是李太白恁樣高才，也受了他的惡氣，不能得中，若非辨識番書❹，恐此時還是個白衣秀士哩。不是冒犯秀才說，看你身上這般光景，也不像有錢的，如何指望官做？不如從了我們，大碗酒大塊肉，整套穿衣，論秤分金，且又讓你做個掌盤❺，何等快活散誕！倘若有些氣象時，據著個山寨，稱孤道寡，也繇得你。」房德沉吟未答。那漢又道：「秀才十分不肯時，也不敢相強。但只是來得去不得，不從時，便要壞你性命，這卻莫怪！」都向靴裏颼的拔出刀來，嚇得房德魂不附體，倒退十數步來道：「列位莫動手，容再商量。」眾人道：「從不從，一言而決，有甚商量？」房德想道：「這般荒僻所在，若不依他，豈不白白送了性命，有那個知得？且哄過一時，到明日脫身去出首罷。」算計已定，乃道：「多承列位壯士見愛，但小生平昔膽怯，恐做不得此事。」眾人道：「不打緊，初時便膽怯，做過幾次，就不覺了。」房德道：「既如此，只得順從列位。」眾人大喜，把刀依舊納在靴中道：「即今已是一家，皆以弟兄相稱了。快將衣服來與大哥換過，好拜天地。」便進去捧出一套錦衣，一頂新唐巾❻，一雙新靴。房德打扮起來，威儀比前更是不同。眾人齊聲喝采道：「大哥這個人品，莫說做掌盤，就是皇帝，也做得過。」古語云：不見可欲，使心不亂。房德本是個貧士，這般華服，從不曾著體，如今忽地煥然一新，不覺移動其念，把眾人那班說話，細細一味，轉覺有理。想道：「如今果是楊國忠為相，賄賂公行，不知埋沒了多少高才絕學。像我恁樣平常學問，真個如何能勾官做？若不得官，終身貧賤，反不如這班人

❹ 李太白恁樣高才四句：傳說唐代李白通曉外國語言，曾有醉草嚇蠻書因而受到皇帝尊重的故事。
❺ 掌盤：這裏指強盜夥中做主的首腦人物。
❻ 唐巾：唐代所創行的一種頭巾，後來成為讀書人所戴的常巾。

受用了。」又想起：「見今恁般深秋天氣，還穿著破葛衣。與渾家要疋布兒做件衣服，尚不能勾；及至仰告親識，又並無一個肯慨然週濟。看起來到是這班人義氣：與他素無相識，就把如此華美衣服與我穿著，又推我為主。便依他們胡做一場，倒也落得半世快活。」卻又想道：「不可，不可！倘被人拿住，這性命就休了！」正在胡思亂想，把腸子攪得七橫八豎，疑惑不定。只見眾人忙擺香案，擡出一口豬，一腔羊，當天排列，連房德共是十八個好漢，一齊跪下，拈香設誓，歃血為盟。祭過了天地，又與房德八拜為交，各敘姓名。少頃，擺上酒餚，請房德坐了第一席。肥甘美醞，恣意飲啖。房德日常不過黃虀淡飯，尚且自不全，間或覓得些酒肉，也不能勾趁心醉飽。今日這番受用，喜出望外。且又眾人輪流把盞，大哥前，大哥後，奉承得眉花眼笑。起初還在欲為未為之間，到此時，便肯死心塌地，做這椿事了。想道：「或者我命裏合該有些造化，遇著這班弟兄扶助，真個弄出大事業來也未可知。若是小就時，只做兩三次，尋了些財物，即便罷手，料必無人曉得。然後去打楊國忠的關節，覓得個官兒，豈不美哉！萬一敗露，已是享用過頭，便喫刀喫剮，亦所甘心，也強如擔飢受凍，一生做個餓莩。」有詩為證：

風雨蕭蕭夜正寒，扁舟急槳上危灘。也知此去波濤惡，只為飢寒二字難。

眾人盃來盞去，直喫到黃昏時候。一人道：「今日大哥初聚，何不就發個利市？」眾人齊聲道：「言之有理。還是到那一家去好？」房德道：「京都富家，無過是延平門❼王元寶這老兒為最；況且又在城外，沒有官兵巡邏，前後路徑，我皆熟慣。只這一處，就抵得十數家了。不知列位以為何如？」眾人喜

❼ 延平門：長安西角上的一個城門。

道：「不瞞大哥說，這老兒我們也在心久了。只因未得其便，不想卻與大哥暗合，足見同心。」即將酒席收過，取出硫磺焰硝火把器械之類，一齊紮縛起來。但見：

白布羅頭，鞝鞋兜腳。臉上抹黑搽紅，手內提刀持斧。袴裩剛過膝，牢拴裹肚；衲襖卻齊腰，緊纏搭膊。一隊么魔來世界，數群虎豹入山林。

眾人結束停當，捱至更餘天氣，出了園門，將門反撐好了，如疾風驟雨而來。這延平門離樂遊原約有六七里之遠，不多時就到了。且說王元寶乃京兆尹王鉷的族兄，家有敵國之富，名聞天下。玄宗天子亦嘗召見。三日前被小偷竊了若干財物，告知王鉷，責令不良人❽捕獲，又撥三十名健兒防護。不想房德這班人晦氣，正撞在網裏。當下眾強盜取出火種，引著火把，照耀渾如白晝，輪起刀斧，一路砍門進去。那些防護健兒並家人等，俱從睡夢中驚醒，鳴鑼吶喊，各執棍棒上前擒拿。莊前莊後鄰家聞得，都來救護。這班強盜見人已眾了，心下慌張，便放起火來，奪路而走。王家人分一半救火，一半追趕上去，團團圍住。眾強盜拚命死戰，戳傷了幾個莊客。終是寡不敵眾，被打翻數人，餘皆儘力奔脫。房德亦在打翻數內。一齊繩穿索縛，等至天明，解進京兆尹衙門。王鉷發下畿尉❾推問。那畿尉姓李名勉，字玄卿，乃宗室之子。素性忠貞尚義，有經天緯地之才，濟世安民之志。只為李林甫、楊國忠，相繼為相，妬賢嫉能，病國殃民，屈在下僚，不能施展其才。這畿尉品級雖卑，卻是個刑名官兒。凡捕到盜賊，俱

❽ 不良人：唐代稱管緝捕事情的番役為不良人，他們的首腦叫做不良帥。

❾ 畿尉：京城附近畿縣的尉。唐代各縣有京、畿、上、中、下縣之分。

屬鞫訊。上司刑獄，悉委推勘。故歷任的幾尉，定是酷吏，專用那周興、來俊臣、索元禮⑩遺下有名色的極刑。是那幾般名色？有西江月為證：

犢子懸車可畏，驢兒拔橛堪哀！鳳凰晒翅命難捱，童子參禪魂捽。玉女登梯最慘，仙人獻果傷哉！獼猴鑽火不招來，換個夜叉望海。

那些酷吏，一來仗刑立威；二來或是權要囑托，希承其旨。每事不問情真情枉，一味嚴刑鍛鍊，羅織成招。任你銅筋鐵骨的好漢，到此也膽喪魂驚，不知斷送了多少忠臣義士！惟有李勉與他尉不同，專尚平恕，一切慘酷之刑，置而不用，臨事務在得情，故此並無冤獄。那一日正值早衙，京尹發下這件事來，十來個強盜，五六個戳傷莊客，跪做一庭；行兇刀斧，都堆在堦下。李勉舉目看時，內中惟有房德，人材雄偉，丰彩非凡，想道：「恁樣一條漢子，如何為盜？」心下就懷個矜憐之念。當下先喚巡邏的並王家莊客，問了被劫情由；然後又問眾盜姓名，逐一細鞫。俱係當時就擒，不待用刑，盡皆款伏。又招出黨羽窟穴。李勉即差不良人前去捕緝。問至房德，乃匍匐到案前，含淚而言道：「小人自幼業儒，原非盜輩。止因家貧無措，昨到親戚處告貸，為雨阻於雲華寺中，被此輩以計誘去，威逼入夥，出於無奈。」遂將畫鳥及入夥前後事，一一細訴。李勉已是惜其材貌，又見他說得情詞可憫，便有意釋放他。卻又想：「一夥同罪，獨放一人，公論難泯。況是上司所委，如何回覆？——除非如此如此。」乃假意

⑩周興來俊臣索元禮：三人都是唐代有名的酷吏，對待罪犯非常殘暴。所創的酷刑有地牢、向鼻孔裏灌醋、鐵籠晒翅等。

叱喝下去，分付俱上了枷杻，禁於獄中，俟拿到餘黨再問。砍傷莊客，遣回調理。巡邏人記功有賞。發落眾人去後，即喚獄卒王太進衙。原來王太昔年因誤觸了本官，被誣搆成死罪，也虧李勉審出，原在衙門服役。那王太感激李勉之德，凡有委托，無不盡力。為此就參他做押獄之長。當下李勉分付道：「適來強人內，有個房德，我看此人相貌軒昂，言詞挺拔，是個未遇時的豪傑。有心要出脫他，因礙著眾人，不好當堂明放；托在你身上，覷個方便，縱他逃走。」取過三兩一封銀子，教他遞與，贈為盤費，速往遠處潛避，莫在近邊，又為人所獲。王太道：「相公分付，怎敢有違？但恐遺累眾獄卒，卻如何處？」李勉道：「你放他去後，即引妻小，躲入我衙中，將申文俱做於你的名下，眾人自然無事。你在我左右，做個親隨，豈不強如做這賤役？」王太道：「若得相公收留，在衙伏侍，萬分好了。」將銀袖過，急急出衙，來到獄中，對小牢子道：「新到囚犯，未經刑杖，莫教聚於一處，恐弄出些事來。」小牢子依言，遂將眾人四散分開。王太獨引房德置在一個僻靜之處，把本官美意，細細說出，又將銀兩交與。房德不勝感激道：「煩禁長哥致謝相公，小人今生若不能補報，死當作犬馬酬恩。」王太道：「相公一片熱腸救你，那指望報答？但願你此去，改行從善，莫負相公起死回生之德！」房德道：「多感禁長哥指教，敢不佩領。」捱到傍晚，王太眼同眾牢子將眾犯盡上囚床，第一個先從房德起，然後挨次而去。王太覷眾人正手忙腳亂之時，捉空踅過來，將房德放起，開了枷鎖，又把自己舊衣帽與他穿了，引至監門口。且喜內外更無一人來往，急忙開了獄門，攙他出去。房德拽開腳步，不顧高低，也不敢回家，挨出城門，連夜而走。心中思想：「多感畿尉相公救了性命，如今投兀誰好？想起當今惟有安祿山，最為天子寵任，收羅豪傑，何不投之？」遂取路直至范陽。恰好遇著個故友嚴莊，為范陽長史，引見祿山。那時安祿山久蓄異志，專一招亡納叛，見房德生得人材出眾，談吐投機，遂留於衙中。房德住了幾時，暗地差人迎取妻子到彼，不在話下。正是：

掙破天羅地網，撇開悶海愁城。得意盡誇今日，回頭卻認前生。

* * *

且說王太當晚，只推家中有事要回，分付眾牢子好生照管，將匙鑰交付明白，出了獄門，來至家中，收拾囊篋，悄悄領著妻子，連夜躲入李勉衙中，不題。且說眾牢子到次早放眾囚水火⓫，看房德時，枷鎖撇在半邊，不知幾時逃去了。眾人都驚得面如土色，叫苦不迭道：「恁樣緊緊上的刑具，不知這死囚怎地掙脫逃走了？卻害我們喫屈官司！又不知從何處去的？」四面張望牆壁，並不見塊磚瓦落地，連泥屑也沒有一些，齊道：「這死囚昨日還哄畿尉相公，說是初犯；到是個積年高手。」內中一人道：「我去報知王獄長，教他快去稟官，作急緝獲。」那人一口氣跑到王太家，見門閉著，一片聲亂敲，那裏有人答應。間壁一個鄰家走過來，道：「他家昨夜亂了兩個更次，想是搬去了。」牢子道：「並不見王獄長說起遷居，那有這事！」鄰家道：「無過止這間屋兒，如何敲不應？難道睡死不成？」牢子見說得有理，儘力把門撲開，原來把根木子反撐的，裏邊止有幾件粗重家伙，並無一人。牢子道：「卻不作怪！他為甚麼也走了？這死囚莫不到是他賣放的？休管是不是，且都推在他身上罷了。」把門依舊帶上，也不回獄，徑望畿尉衙門前來。恰好李勉早衙理事，牢子上前稟知。李勉佯驚道：「向來只道王太小心，

⓫ 放眾囚水火：放水火，指大小便。

不想恁般大膽，敢賣放重犯！料他也只躲在左近，你們四散去緝訪，獲到者自有重賞。」牢子叩頭而出。李勉備文報府。王鉷以李勉疎虞防閑，以不職奏聞天子，罷官為民。一面懸榜，捕獲房德、王太。李勉即日納還官誥，收拾起身，將王太藏於女人之中，帶回家去。

不因濟困扶危意，肯作藏亡匿罪人？

李勉家道素貧，卻又愛做清官，分文不敢妄取。及至罷任，依原是個寒士。歸到鄉中，親率童僕，躬耕而食。家居二年有餘，貧困轉劇，乃別了夫人，帶著王太並兩個家奴，尋訪故知。由東都一路，直至河北。聞得故人顏杲卿新任常山太守，遂往謁之。路經柏鄉縣過，這地方離常山尚有二百餘里。李勉正行間，只見一行頭踏⓬，手持白棒，開道而來，呵喝道：「縣令相公來，還不下馬？」李勉引過半邊迴避。王太遠遠望見那縣令，上張皁蓋，下乘白馬，威儀濟濟，相貌堂堂。仔細認時，不是別個，便是昔年釋放的房德。乃道：「相公不消避得，這縣令就是房德。」李勉聞言，心中甚喜，道：「我說那人是個未遇時的豪傑，今卻果然。但不知怎地就得了官職？」欲要上前去問，又想道：「我若問時，此人只道曉得他在此做官，來與索報了，莫問罷！」分付王太禁聲，把頭回轉，讓他過去。那房德漸漸至近，一眼覷見李勉背身而立，王太也在傍邊，又驚又喜。連忙止住從人，跳下馬來，向前作揖道：「恩相見了房德，如何不喚一聲，反掉轉頭去？險些兒錯過。」李勉還禮道：「恐妨足下政事，故不敢相通。」房德道：「說那裏話，難得恩相至此，請到敝衙少敘。」李勉此時，鞍馬勞倦，又見其意殷勤，答道：

⓬ 頭踏：官員出行時走在前面的儀仗隊。

「既承雅情，當暫話片時。」遂上馬並轡而行，王太隨在後面。不一時，到了縣中，直至廳前下馬。房德請李勉進後堂，轉過左邊一個書院中來，分付從人不必跟入，止留一個心腹幹辦陳顏在門口伺候，一面著人整備上等筵席。將李勉四個生口，發於後槽喂養，行李即教王太等搬將入去。又教人傳話衙中，喚兩個家人來伏侍。那兩個家人，一個教做路信，一個教做支成，都是房德為縣尉時所買。且說房德為何不要從人入去？只因他平日冒稱是宰相房玄齡之後，在人前誇炫家世，同僚中不知他的來歷，信以為真，把他十分敬重。今日李勉來至，相見之間，恐題起昔日為盜這段情由，怕眾人聞得，傳說開去，被人恥笑，做官不起。因此不要從人進去，這是他用心之處。當下李勉步入裏邊去看時，卻是向陽一帶三間書室，側邊又是兩間廂房。這書室庭戶虛敞，窗槅明亮，正中掛一幅名人山水，供一個古銅香爐，爐內香煙馥郁。左邊設一張湘妃竹榻，右邊架上堆滿若干圖書。沿窗一隻几上，擺列文房四寶。庭中種植許多花木，鋪設得十分清雅。這所在乃是縣官休沐之處，故爾恁般齊整。

且說房德讓李勉進了書房，忙忙的掇過一把椅子，居中安放，請李勉坐下，納頭便拜。李勉急忙扶住道：「足下如何行此大禮？」房德道：「某乃待死之囚，得恩相超拔，又賜贈盤纏，遁逃至此，方有今日。恩相即某之再生父母，豈可不受一拜！」李勉是個忠正之人，見他說得有理，遂受了兩拜。房德拜罷起來，又向王太禮謝，引他三人到廂房中坐地。又叮嚀道：「倘隸卒詢問時，切莫與他說昔年之事。」王太道：「不消分付，小人理會得了。」房德復身到書房中，扯把椅兒，打橫相陪道：「深蒙相公活命之恩，日夜感激，未能酬報。不意天賜至此相會。」李勉道：「足下一時被陷，吾不過因便斡旋，何德之有？乃承如此垂念。」獻茶已畢，房德又道：「請問恩相，陞在何任，得過敝邑？」李勉道：「吾因釋放足下，京尹論以不職，罷歸鄉里。家居無聊，故遍遊山水，以暢襟懷。今欲往常山，訪故人顏太守，路經於此，不想卻遇足下，且已得了官職，甚慰鄙意。」房德道：「元來恩相因某之故，累及罷官，某反苟顏竊祿於此，深切惶愧！」李勉道：「古人為義氣上，雖身家尚然不顧，區區卑職，何足為道！但不識足下別後，歸於何處，得宰此邑？」房德道：「某自脫獄，逃至范陽，幸遇故人，引見安節使，收於幕下，甚蒙優禮。半年後，即署此縣尉之職。近以縣主身故，遂表某為令。自愧譾陋菲才，濫叨民社，還要求恩相指教。」李勉雖則不在其位，卻素聞安祿山有反叛之志，今見房德乃是他表舉的官職，恐其後來黨逆，故就他請教上，把言語去規訓道：「做官也沒甚難處，但要上不負朝廷，下不害百姓，遇著死生利害之處，總有鼎鑊在前，斧鑕⑬在後，亦不能奪我之志：切勿為匪人所惑，小利所誘，頓爾改節，雖或僥倖一時，實是貽笑千古，足下立定這個主意，莫說為此縣令，就是宰相，亦儘可做得過！」房德謝道：「恩相金玉之言，某當終身佩銘。」兩下一遞一答，甚說得來。少頃，路信來稟：「筵宴已完，請爺入席。」房德起身，請李勉至後堂，看時乃是上下兩席。房德教從人將下席移過左傍。李勉見他要傍坐，乃道：「足下如此相敘，反覺不安，還請坐轉。」房德道：「恩相在上，侍坐已是僭妄，豈敢抗禮？」李勉道：「吾與足下今已為聲氣之友，何必過謙！」遂令左右，依舊移在對席。從人獻過盃筯，房德安席定位。庭下承應樂人，一行兒擺列奏樂。那筵席盃盤，羅列非常豐盛：

雖無炮鳳烹龍，也極山珍海錯。

---

⑬ 斧鑕：刑具。斧，斬人的大斧子。鑕，斬人時下面墊的厚木板。

當下賓主歡洽，開懷暢飲，更餘方止。王太等另在一邊款待，自不必說。此時二人轉覺親熱，攜手而行，同歸書院。房德分付路信，取過一副供奉上司的鋪蓋，親自施設裀褥，提攜溺器。李勉扯住道：「此乃僕從之事，何勞足下自為！」房德道：「某受相公大恩，即使生生世世，執鞭隨鐙⑭，尚不能報萬一，今不過少盡其心，何足為勞！」鋪設停當，又教家人另放一榻，在傍相陪。李勉見其言詞誠懇，以為信義之士，愈加敬重。兩下挑燈對坐，彼此傾心吐膽，各道生平志願，情投契合，遂為至交，只恨相見之晚。直至夜分方纔就寢。次日，同僚官聞得，都來相訪。相見之間，房德只說：「是昔年曾蒙識荐，故此有恩！」同僚官又在縣主面上討好，各備筵席款待，話休煩絮。房德自從李勉到後，終日飲酒談論，也不理事，也不進衙，其侍奉趨承，就是孝子事親，也沒這般盡禮。李勉見恁樣殷勤，諸事俱廢，反覺過意不去，住了十來日，作辭起身。房德那裏肯放，說道：「恩相至此，正好相聚，那有就去之理！須是多住幾月，待某撥夫馬送至常山便了。」李勉道：「承足下高誼，原不忍言別。但足下乃一縣之主，今因我在此，耽誤了許多政務，倘上司知得，不當穩便。況我去心已決，強留於此，反不適意！」房德料道留他不住，乃道：「恩相既堅執要去，某亦不好苦留。只是從此一別，後會無期，明日容治一樽，以盡竟日之歡，後日早行，何如？」李勉道：「既承雅意，只得勉留一日。」房德留住了李勉，喚路信跟著，回到私衙，要收拾禮物餽送。只因這番，有分教，李畿尉險些兒送了性命。正是：

禍兮福所倚，福兮禍所伏。所以恬淡人，無營心自足。

⑭ 執鞭隨鐙：做僕從。

* * *

話分兩頭，卻說房德老婆貝氏，昔年房德落薄時，讓他做主慣了，到今做了官，每事也要喬主張。此番見老公喚了兩個家人出去，一連十數日，不見進衙，只道瞞了他做甚事體，十分惱恨。這日見老公來到衙裏，便待發作。因要探口氣，滿臉反堆下笑來，問道：「外邊有何事，久不退衙？」房德道：「不要說起，大恩人在此，幾乎當面錯過。幸喜我眼快瞧著，留得到縣裏，故此盤桓了這幾日。特來與你商量，收拾些禮物送他。」貝氏道：「那裏什麼大恩人？」房德道：「哎呀！你如何忘了？便是向年救命的畿尉李相公，只為我走了，帶累他罷了官職，今往常山去訪顏太守，路經於此。那獄卒王太也隨在這裏。」貝氏道：「元來是這人麼？你打帳送他多少東西？」房德道：「這個大恩人，乃再生父母，須得重重酬報。」貝氏道：「送十疋絹可少麼？」房德呵呵大笑道：「奶奶到會說耍話，恁地一個恩人，這十疋絹送他家人也少！」貝氏道：「胡說！你做了個縣官，家人尚沒處一注賺十疋絹，一個打抽豐的，如何家人便要許多？老娘還要算計哩。如今做我不著，再加十疋，快些打發起身。」房德道：「奶奶怎說出恁樣沒氣力的話來？他救了我性命，又賫贈盤纏，又壞了官職，這二十疋絹當得甚的？」貝氏從來鄙吝，連這二十疋絹還不捨得的，只為是老公救命之人，故此慨然肯出，他已算做天大的事了。房德兀是嫌少。心中便有些不悅，故意道：「一百疋何如？」房德道：「這一百疋只勾送王太了。」貝氏道：「甚的？」見說一百疋，還只勾送王太，正不知要送李勉多少，十分焦躁道：「王太送了一百疋，畿尉極少也送得五百疋哩。」房德道：「五百疋還不勾。」貝氏怒道：「索性湊足一千何如？」房德道：「這便差不多了。」貝氏聽了這話，向房德劈面一口涎沫道：「啐！想是你失心風了！做得幾時官，交多少東西與我？卻來得這等大落⓯！恐怕連老娘身子賣來，還湊不上一半哩。那裏來許多絹送人？」房德看見老婆發喉急，便道：「奶奶有話好好商量，怎就著惱！」貝氏嚷道：「有甚商量，你若有，自去送他，莫向我說。」房德道：「十分少，只得在庫上撮去。」貝氏道：「嘖嘖，你好天大的膽兒！庫藏乃朝廷錢糧，你敢私自用得的！倘一時上司查核，那時怎地回答？」房德聞言，心中煩惱道：「話雖有理，只是恩人又去得急，一時沒處設法，卻怎生處？」坐在旁邊躊躇。

誰想貝氏見老公執意要送恁般厚禮，就是割身上肉，也沒這樣疼痛，連腸子也急做千百段，頓起不良之念，乃道：「看你枉做了個男子漢，這些事沒有決斷，如何做得大官？我有個捷徑法兒在此，到也一勞永逸。」房德認做好話，忙問道：「你有甚麼法兒？」貝氏答道：「自古有言，大恩不報。不如今夜覷個方便，結果了他性命，豈不乾淨。」只這句話，惱得房德徹耳根通紅，喝道：「你這不賢婦！當初只為與你討疋布兒做件衣服不肯，以致出去求告相識，被這班人誘去入夥，險些兒送了性命！若非這恩人，捨了自己官職，釋放出來，安得今日夫妻相聚？你不勸我行些好事，反教傷害恩人，於心何忍！」貝氏一見老公發怒，又陪著笑道：「我是好話，怎到發惡！若說得有理，你便聽了；沒理時，便不要聽，何消大驚小怪。」房德道：「你且說有甚理？」貝氏道：「你道昔年不肯把布與你，至今恨我麼？你且想，我自十七歲隨了你，日逐所需，那一件不虧我支持，難道這兩疋布，真個不捨得？因聞得當初有個蘇秦，未遇時，合家佯為不禮，激勵他做到六國丞相。我指望學這故事，也把你激發。不道你時運不濟，卻遇這強盜，又沒蘇秦那般志氣，就隨他們胡做，弄出事來，此乃你自作之孽，與我什麼相干？那李勉

⓯ 大落：很大方。把財物看得不在乎的意思。

當時豈真為義氣上放你麼？」房德道：「難道是假意？」貝氏笑道：「你枉自有許多聰明，這些事便見不透。大凡做刑名⑯官的，多有貪酷之人，就是至親至戚，犯到手裏，尚不肯輕釋。況他與你素無相識，且又情真罪當，怎肯拚了自己官職，輕易縱放了重犯？無非聞說你是個強盜頭兒，定有贓物窩頓，指望放了暗地去孝順，將些去買上囑下，這官又不壞，又落些入己。不然，如何一夥之中，獨獨縱你一個？那裏知道你是初犯的窮鬼，竟一溜煙走了，他這官又罷休。今番打聽著在此做官，可可⑰的來了。」房德搖首道：「沒有這事。當初放我，乃一團好意，何嘗有絲毫別念。如今他自往常山，偶然遇見，還怕誤我公事，把頭掉轉，不肯相見，並非特地來相見，不要疑壞了人。」貝氏又嘆道：「他說往常山乃是假話，如何就信以為真。且不要論別件，只他帶著王太同行，便見其來意了。」房德道：「帶王太同行便怎麼？」貝氏道：「你也忒殺懵懂！那李勉與顏太守是相識，或者去相訪是真了；這王太乃京兆府獄卒，難道也與顏太守有舊去相訪？卻跟著同走。若說把頭掉轉，不來招攬，此乃冷眼覷你，可去相迎？正是他奸巧之處，豈是好意？如果真要到常山，怎肯又住這幾多時！」房德道：「他那裏肯住，是我再三苦留下的。」貝氏道：「這也是他用心處，試你待他的念頭誠也不誠。」房德原是沒主意的人，被老婆這班話一聳，漸生疑惑，沉吟不語。貝氏又道：「總來這恩是報不得的！」房德道：「如何報不得？」貝氏道：「今若報得薄了，他一時翻過臉來，將舊事和盤托出，那時不但官兒了帳，只怕當做越獄強盜拿去，性命登時就送。若報得厚了，他做下額子⑱，不常來取索。如照舊餽送，自不必說；稍不滿欲，

⑯ 刑名：管司法、審案的官吏。

⑰ 可可：恰恰；恰巧。

依然揭起舊案，原走不脫，可不是到底終須一結。自古道：先下手為強。今若不依我言，事到其間，悔之晚矣！」房德聞說至此，暗暗點頭，心腸已是變了。又想了一想，乃道：「如今原是我要報他恩德，他卻從無一字題起，恐沒這心腸。」貝氏笑道：「他還不曾見你出手，故不開口。到臨期自然有說話的。還有一件，他此來這番，縱無別話，你的前程，已是不能保了。」房德道：「卻是為何？」貝氏道：「李勉至此，你把他萬分親熱，衙門中人不知來歷，必定問他家人，那家人肯替你遮掩？少不得以直告之。你想衙門人的口嘴，好不利害，知得本官是強盜出身，定然當做新聞，互相傳說。同僚們知得，雖不敢當面笑你，背後誹議也經不起。就是你也無顏再存坐得住。這個還算小可的事。那李勉與顏太守既是好友，到彼難道不說，自然一一道知其詳。聞得這老兒最古怪的，且又是他屬下，倘被遍河北一傳，連夜走路，還只算遲了。那時可不依舊落薄，終身怎處！如今急急下手，還可免得顏太守這頭出醜。」房德初時，原怕李勉家人走漏了消息，故此暗地叮嚀王太。如今老婆說出許多利害，正投其所忌，遂把報恩念頭，撇向東洋大海，連稱：「還是奶奶見得到，不然，幾乎反害自己。但他來時，合衙門人通曉得，明日不見了，豈不疑惑？況那尸首也難出脫。」貝氏道：「這個何難？少停出衙，止留幾個心腹人答應，其餘都打發去了，將他主僕灌醉，到夜靜更深，差人刺死，然後把書院放了一把火燒了，明日尋出些殘尸剩骨，假哭一番，衣棺盛殮。那時人只認是火燒死的，有何疑惑！」房德大喜道：「此計甚妙！」便要起身出衙。那婆娘曉得老公心是活的，恐兩下久坐長談，說得入港⑲，又改過念來，乃道：「總則天

⑱ 做下額子：做出例子、定額、標準。

⑲ 入港：情意非常投合；對了勁兒。

色還早，且再過一回出去。」房德依著老婆，真個住下。有詩為證：

猛虎口中劍，長蛇尾上針。兩般猶未毒，最毒婦人心。

自古道：隔牆須有耳，窗外豈無人。房德夫妻在房說話時，那婆娘一味不捨得這絹疋，專意攛唆老公害人，全不隄防有人窺聽。況在私衙中，料無外人來往，恣意調脣弄舌。不想家人路信，起初聞得貝氏焦躁，便覆在間壁牆上聽他們爭多競少，直至放火燒屋，一句句聽得十分仔細，到喫了一驚，想道：「原來我主人曾做過強盜，虧這官人救了性命，今反恩將仇報，天理何在！看起來這般大恩人，尚且如此，何況我奴僕之輩。倘稍有過失，這性命一發死得快了。此等殘薄之人，跟之何益。」又想道：「常言：救人一命，勝造七級浮屠。何不救了這四人，也是一點陰隲。」卻又想道：「若放他們走了，料然不肯饒我，不如也走了罷。」遂取些銀兩，藏在身邊，覷個空，悄悄閃出私衙，一徑奔入書院。只見支成在廂房中烹茶，坐於檻上，執著扇子打盹，也不去驚醒他；竟踅入書室，看王太時，卻都不在；止有李勉正襟據案而坐，展玩書籍。路信走近案前，低低道：「相公，你禍事到了！還不快走，更待幾時？」李勉被這驚不小，急問：「禍從何來？」路信扯到半邊，將適纔所聞，一一細說，又道：「小人因念相公無辜受害，特來通報，如今不走，少頃便不能免禍了。」李勉聽了這話，驚得身子猶如弔在冰桶裏，把不住的寒顫，向著路信倒身下拜道：「若非足下仗義救我，李勉性命定然休矣！大恩大德，自當厚報。決不學此負恩之人。」急得路信答拜不迭，道：「相公不要高聲，恐支成聽得，走漏了消息，彼此難保。」李勉道：「若我走了，遺累足下，於心何安？」路信道：「小人又無妻室，待相公去後，亦自遠遁，不消慮得。」李勉道：「既如此，何不隨我同往常山？」路信道：「相公肯收留，小人情願執鞭隨鐙。」李勉道：「你乃大恩人，怎說此話？」遂叫王太，一連十數聲，再沒一人答應。跌足叫苦道：「他們都往那裏去了？」路信道：「待小人去尋來。」李勉又道：「馬匹俱在後槽，卻怎處？」路信道：「也等小人去哄他帶來。」急出書室，回頭看支成已不在檻上打盹了。路信即走入廂房中觀看，卻也不在。原來支成登東廝⓴去了。路信只道被他聽得，進衙去報房德，心下慌張，覆轉身向李勉道：「相公，不好了！想被支成聽見，去報主人了，快走罷！等不及管家矣。」李勉又喫一驚，半句話也應答不出，棄下行李，光身子，同著路信踉踉蹌蹌搶出書院。做公的見了李勉，坐下的都站起來，李勉兩步並作一步，奔出儀門外。見有三騎馬繫著，是俟候縣令主簿縣尉出入的。路信心生一計，對馬夫道：「李相公要往西門拜客，快帶馬來。」那馬夫曉得李勉是縣主貴客，且又縣主管家分付，怎敢不依。連忙牽過兩騎。李勉剛剛上馬，王太撞至馬前，手中提著一雙麻鞋，問道：「相公往何處去？」路信接口道：「相公要往西門拜客，你們通到那裏去了？」王太道：「因麻鞋壞了，上街去買，相公拜那個客？」路信道：「你跟來罷了，問怎的？」又叫馬夫帶那騎馬與他乘坐，齊出縣門，馬夫在後跟隨。路信分付道：「頃刻就來，不消你隨了。」那馬夫真個住下。離了縣中，李勉加上一鞭，那馬如飛而走。王太見家主恁般慌促，且不知要拜甚客。行不上一箭之地，兩個家人，也各提著麻鞋而來，望見家主，便閃在半邊，問道：「相公往那裏去？」李勉道：「你且莫問，快跟來便了。」話還未了，那馬已跑向前去，二人負命的趕，如何跟得上。看看行近西門，早有兩人騎著生口，從一條巷中橫冲出來。路信舉目觀看，不是別人，卻是

⓴ 東廝：古代房屋建築，廁所多半在屋子東邊，所以稱廁所為東司或東廝。

幹辦陳顏，同著一個令史。二人見了李勉，滾鞍下馬聲喏。路信見景生情，急叫道：「李相公管家們還少生口，何不借陳幹辦的暫用？」李勉暗地意會，遂收韁勒馬道：「如此甚好。」路信向陳顏道：「李相公要去拜客，暫借你的生口與管家一乘，少頃便來。」二人巴不能奉承得李勉歡喜，指望在本官面前，增添些好言語，可有不肯的理麼？連聲答應道：「相公要用，只管乘去。」等了一回，兩個家人帶跌的趕來，跑得汗淋氣喘。陳顏二人將鞭轡送與，兩個家人上了馬，隨李勉趲出城門。縱開絲轡，二十個馬蹄，如滾浪相似，循著大道，望常山一路飛奔去了。正是：

折破玉籠飛綵鳳，頓開金鎖走蛟龍。

話分兩頭。且說支成上了東廝轉來，烹了茶，捧進書室，卻不見了李勉。只道在花木中行走，又遍尋一過，也沒個影兒，想道：「是了，一定兩日久坐在此，心中不舒暢，往外閒遊去了。」約莫有一個時辰，還不見進來。走出書院去觀看，剛至門口，劈面正撞著家主。元來房德被老婆留住，又坐了一大回，方起身打點出衙，恰好遇見支成，問：「可見路信麼？」支成道：「不見，想隨李相公出外閒走去了。」房德心中疑慮，正待差支成去尋覓，只見陳顏來到。房德問道：「曾見李相公麼？」陳顏道：「方纔出西門遇見。路信說：要往那裏去拜客，連小人的生口，都借與他管家乘坐。一行共五個馬，飛跑如雲，正不知有甚緊事？」房德聽罷，料是路信走漏消息，暗地叫苦。也不再問，覆轉身，原入私衙，報與老婆知得。那婆娘聽說走了，到喫一驚道：「罷了，罷了！這禍一發來得速矣。」房德見老婆也著了急，慌得手足無措，埋怨道：「未見得他怎地！都是你說長道短，如今到弄出事來了。」貝氏道：「不要慌，自古道：一不做，二不休。事到其間，說不得了。料他去也不遠，快喚幾個心腹人，連夜追趕前去，扮作強盜，一齊砍了，豈不乾淨。」房德隨喚陳顏進衙，與他計較。陳顏道：「這事行不得，一則小人們只好趨承奔走，那殺人勾當，從不曾習慣。二則倘一時有人救應拿住，反送了性命。小人到有一計在此，不消勞師動眾，教他一個也逃不脫。」房德歡喜道：「你且說有甚妙策？」陳顏道：「小人間壁，一月前有一個異人，搬來居住，不言姓名，也不做甚生理，每日出去喫得爛醉方歸。小人見他來歷蹺蹊，行踪詭祕，有心去察他動靜。忽一日，有一豪士，青布錦袍，躍馬而來，從者數人，逕到此人之家，留飲三日方去。小人私下問那從者，賓主姓名，都不肯說。有一個人悄對小人說：『那人是個劍俠，能飛劍取人頭，又能飛行，頃刻百里。且是極有義氣，曾與長安市上代人報仇，白晝殺人，潛踪於此。』相公何不備些禮物前去，只說被李勉陷害，求他報仇。若得應允，便可了事，可不好麼！」房德道：「此計雖好，只恐他不肯。」陳顏道：「他見相公是一縣之主，屈己相求，定不推托。還怕連禮物也未必肯受哩。」貝氏在屏風後聽得，便道：「此計甚妙！快去求之。」房德道：「將多少禮物送去？」陳顏道：「他是個義士，重情不重物，得三百金足矣。」貝氏一力攛掇，備就了三百金禮物。天色傍晚，房德易了便服，陳顏、支成相隨，也不乘馬，悄悄的步行到陳顏家裏。原來卻住在一條冷巷中，不上四五家鄰舍，好不寂靜。陳顏留房德到裏邊坐下，點起燈火，向壁縫中張看，那人還不回。走出門口觀望，等了一回，只見那人又是爛醉，東倒西歪的撞入屋裏去了。陳顏奔入報知，房德起身就走。陳顏道：「相公須打點了一班說話，更要屈膝與他，這事方諧。」房德點頭道：「是。」一齊到了門首，向門上輕輕扣上兩下，那人開門出問：「是誰？」陳顏低聲啞氣答道：「本縣知縣相公，在此拜訪義士。」那人帶醉說道：「喒這裏沒有什麼義士。」便要關門。陳顏道：「且莫閉門，還有句說話。」那人道：「喒要緊去睡，誰個耐煩！有話明日來說。」房德道：「略話片時，即便相別。」那人道：「既如此，到裏面來。」三人跨進門內，掩上門兒，引過一層房子，乃是小小客坐，點將燈燭熒煌。房德即倒身下拜道：「不知義士駕臨敝邑，有失迎迓，今日幸得識荊，深慰平生。」那人將手扶住道：「足下一縣之主，如何行此大禮！豈不失了體面。況喒並非什麼義士，不要錯認了。」房德道：「下官專來拜訪義士，安有差錯之理！」教陳顏、支成將禮物獻上，說道：「些小薄禮，特獻義士為斗酒之資，望乞哂留。」那人笑道：「喒乃閭閻無賴，四海為家，無一技一能，何敢當義士之稱？這些禮物也沒用處，快請收去。」房德又躬身道：「禮物雖微，出自房某一點血誠，幸勿峻拒！」那人道：「足下驀地屈身匹夫，且又賜恁般厚禮，卻是為何？」房德道：「請義士收了，方好相告。」那人道：「喒雖貧賤，誓不取無名之物。足下若不說明白，斷然不受。」房德假意哭拜於地道：「房某負戴大冤久矣！今仇在目前，無能雪恥；特慕義士是個好男子，有聶政、荊軻㉑之技，故敢斗膽，叩拜堦下，望義士憐念房某含冤負屈，少展半臂之力，刺死此賊，生死不忘大德！」那人搖手道：「我說足下認錯了，喒資身㉒尚且無策，安能為人謀大事？況殺人勾當，非通小可，設或被人聽見這話，反是累喒家，快些請回。」言罷轉身，先向外而走。房德上前，一把扯住，道：「聞得義士，素抱忠義，專一除殘袪暴，濟困扶危，有古烈士之風。今房某身抱大冤，義士反不見憐，料想此仇永不能報矣！」道罷，又假意啼哭。那人冷眼瞧了這個光景，只道

㉑ 聶政荊軻：兩人都是戰國時有名的刺客。

㉒ 資身：養活自己。資，供給。

是真情，方道：「足下真個有冤麼？」房德道：「若沒大冤，怎敢來求義士。」那人道：「既恁樣，且坐下，將冤屈之事，并仇家姓名，今在何處，細細說來。可行則行，可止則止。」兩下遂對面而坐，陳顏、支成站於旁邊。房德捏出一段假情，反說：「李勉昔年誣指為盜，百般毒刑拷打，陷於獄中，幾遍差獄卒王太謀害性命，皆被人知覺，不致於死。幸虧後官審明釋放，得官此邑。今又與王太同來挾制，索詐千金，意猶未足；又串通家奴，暗地行刺事露，適來連此奴挈去，奔往常山，要唆顏太守來擺佈。」把一片說話，粧點得十分利害。那人聽畢，大怒道：「原來足下受此大冤，喒家豈忍坐視。足下且請回縣，在喒身上，今夜往常山一路，找尋此賊，為足下報仇。夜半到衙中復命。」房德道：「多感義士高義！某當秉燭以待。事成之日，另有厚報。」那人作色道：「喒一生路見不平，拔刀相助，那個希圖你的厚報？這禮物喒也不受。」說猶未絕，飄然出門，其去如風，須臾不見了。房德與眾人驚得目睜口呆，連聲道：「真異人也！」權將禮物收回，待他復命時再送。有詩為證：

報仇憑一劍，重義藐千金。誰謂奸雄舌，能違烈士心？

話分兩頭。且說王太同兩個家人，見家主出了城門，又不拜甚客，只管亂跑，正不知為甚緣故。一口氣就行了三十餘里，天色已晚，卻又不尋店宿歇。那晚乃是十三，一輪明月，早已升空，趁著月色，不顧途路崎嶇，負命而逃，常恐後面有人追趕。在路也無半句言語，只管趲向前去。約莫有二更天氣，共行了六十多里，來到一個村鎮，已是井陘縣地方。那時走得口中又渴，腹內又飢，馬也漸漸行走不動。路信道：「來路已遠，料得無事了，且就此覓個宿處，明日早行。」李勉依言，徑投旅店。誰想夜深了，家家閉戶關門，無處可宿。直到市梢頭，見一家門兒半開半掩，還在那裏收拾家伙，遂一齊下馬，走入店門。將生口卸了鞍轡，繫在槽邊喂料。路信道：「主人家，揀一處潔淨所在，與我們安歇。」店家答道：「不瞞客官說，小店房頭，沒有個不潔淨的。如今也止空得一間在此。」教小二掌燈引入房中。李勉向一條板櫈上坐下，覺得氣喘吁吁。王太忍不住問道：「請問相公，那房縣主惓惓苦留，後日撥夫馬相送，從容而行，有何不美？卻反把自己行李棄下，猶如逃難一般，連夜奔走，受這般勞碌！路管家又隨著我們同來，是甚意故？」李勉嘆口氣道：「汝那知就裏？若非路管家，我與汝等死無葬身之地矣。今幸得脫虎口，已謝天不盡了。還顧得什麼行李、辛苦？」王太驚問其故。李勉方待要說，不想店主人見他們五人五騎，深夜投宿，一毫行李也無，疑是歹人，走進來盤問腳色，說道：「眾客長做甚生意？打從何處來，這時候到此？」李勉一肚子氣恨，正沒處說，見店主相問，答道：「話頭甚長，請坐下了，待我細訴。」乃將房德為盜犯罪，憐其材貌，暗令王太釋放，以致罷官；及客遊遇見，留回厚款，今日午後，忽然聽信老婆讒言，設計殺害，虧路信報知逃脫，前後之事，細說一遍。王太聽了這話，連聲唾罵「負心之賊！」店主人也不勝嗟嘆。王太道：「主人家，相公鞍馬辛苦，快些催酒飯來吃了，睡一覺好趕路。」店主人答應出去。只見床底下忽地鑽出一個大漢，渾身結束，手持匕首，威風凜凜，殺氣騰騰。嚇得李勉主僕魂不附體，一齊跪倒，口稱：「壯士饒命！」那人一把扶起李勉道：「不必慌張，自有話說。咱乃義士，平生專抱不平，要殺天下負心之人。適來房德假捏虛情，反說公誣陷，謀他性命，求咱來行刺；那知這賊子恁般狼心狗肺，負義忘恩！早是公說出前情，不然，險些誤殺了長者。」李勉連忙叩下頭去道：「多感義士活命之恩！」那人扯住道：「莫謝莫謝，咱暫去便來。」即出庭中，聳身上屋，疾如飛鳥，頃刻不見。主僕都驚得吐了舌，縮不上去，不知再來，還有何意。懷著鬼胎，不敢睡臥，連酒飯也喫不下。有詩為證：

奔走長途氣上沖，忽然床下起青鋒。一番衷曲慇懃訴，喚醒奇人睡夢中。

再說房德的老婆，見丈夫回來，大事已就，禮物原封不動，喜得滿臉都是笑靨，連忙整備酒席，擺在堂上，夫妻秉燭以待。陳顏也留在衙中俟候。三更時分，忽聽得庭前宿鳥驚鳴，落葉亂墜，一人跨入堂中。房德舉目看時，恰便是那義士，打扮得如天神一般，比前大似不同，且驚且喜，向前迎接。那義士全不謙讓，氣忿忿的大踏步走入去，居中坐下。房德夫妻叩拜稱謝。方欲啟問，只見那義士怒容可掬，颼地掣出匕首，指著罵道：「你這負心賊子！李畿尉乃救命大恩人，不思報效，反聽婦人之言，背恩反噬。既已事露逃去，便該悔過，卻又架捏虛詞，哄喒行刺。若非他道出真情，連喒也陷於不義。剮你這負心賊一萬刀，方出喒這點不平之氣！」房德未及措辦，頭已落地。驚得貝氏慌做一堆。平時且是會說會講，到此心膽俱裂，一張嘴猶如膠漆粘牢，動彈不得。義士指著罵道：「你這潑賤狗婦！不勸丈夫為善，反唆他傷害恩人，我且看你肺肝是怎樣生的！」托地跳起身來，將貝氏一腳踢翻，左腳踏住頭髮，右膝捺住兩腿。這婆娘連叫：「義士饒命！今後再不敢了。」那義士罵道：「潑賤淫婦！喒也到肯饒你，只是你不肯饒人。」提起匕首，向胸膛上一刀，直刺到臍下。將匕首啣在口中，雙手拍開，把五臟六腑，摳將出來，血瀝瀝提在手中，向燈下照看道：「喒只道這狗婦肺肝與人不同，原來也只如此，怎生恁般狠毒！」遂撇過一邊，也割下首級，兩顆頭結做一堆，盛在革囊之中。揩抹了手上血污，藏了匕首，提起革囊，步出庭中，踰垣而去。

說時義膽包天地，話起雄心動鬼神。

再說李勉在旅店中，主僕守至五更時分，忽見一道金光，從庭中飛入，眾人一齊驚起，看時，正是那義士。放下革囊，說道：「負心賊已被嗒刳腹屠腸，今攜其首在此。」放下革囊，取出兩顆首級。李勉又驚又喜，倒身下拜道：「足下高義，千古所無！請示姓名，當圖後報。」義士笑道：「嗒自來沒有姓名，亦不要人酬報。頃嗒從床下而來，日後設有相逢，竟以『床下義士』相呼便了。」道罷，向懷中取出一包藥兒，用小指甲挑了少許，彈於首級斷處，舉手一拱，早已騰上屋簷，挽之不及，須臾不知所往。李勉見棄下兩個人頭，心中慌張，正在擺佈。可霎作怪！看那人頭時，漸漸縮小，須臾化為一搭清水，李勉方纔放心。坐至天明，路信取些錢鈔，還了店家，收拾馬匹上路。說話的，據你說，李勉共行了六十多里方到旅店，這義士又無牲口，如何一夜之間，往返如風。這便是前面說起，頃刻能飛行百里，乃劍俠常事耳。那義士受房德之托，不過黃昏時分，比及追趕，李勉還在途中馳驟，未曾棲息；他先一步埋伏等候，一往一來，有風無影，所以伏於床下，店中全然不知。此是劍術妙處。

且說李勉當夜無話，次日起身，又行了兩日，方到常山，徑入府中，拜謁顏太守。故人相見，喜隨顏開，遂留於衙署中安歇。顏太守也見沒有行李，心中奇怪，問其緣故。李勉將前事一一訴出，不勝駭異。過了兩日，栢鄉縣將縣宰夫妻被殺緣由，申文到府。原來是夜陳顏、支成同幾個奴僕，見義士行兇，一個個驚號鼠竄，四散潛躲。直至天明，方敢出頭。只見兩個沒頭尸首，橫在血泊裏，五臟六腑，都摳在半邊，首級不知去向，桌上器皿，一毫不失。一家叫苦連天，報知主簿縣尉，俱喫一驚，齊來驗過。細詢其情，陳顏只得把房德要害李勉，央人行刺始末說出。主簿縣尉，即點起若干做公的，各執兵器，押陳顏作眼，前去捕獲刺客。那時閧動合縣人民，都跟來看。到了陳顏間壁，打將入去，惟有幾間空房，那見一個人影。主簿與縣尉商議申文，已曉得李勉是顏太守的好友，從實申報，在他面上，怕有干礙。二則又見得縣主薄德，乃將真情隱過，只說半夜被盜越入私衙，殺死縣令夫婦，竊去首級，無從捕獲。兩下周全其事。一面買棺盛殮。顏太守依擬，申文上司。那時河北一路，多是安祿山專制，知得殺了房德，豈不去了一個心腹，倒下回文，著令嚴加緝獲。李勉聞了這個消息，恐怕纏到身上，遂作別顏太守，回歸長安故里。恰好王鉷坐事下獄，凡被劾罷官，盡皆起任。李勉原起畿尉，不上半年，即陞監察御史。

一日，在長安街上行過，只見一人身衣黃衫，坐下白馬，兩個胡奴跟隨，望著節導㉓中亂撞。從人呵喝不住。李勉舉目觀看，卻是昔日那床下義士，遂滾鞍下馬，鞠躬道：「義士別來無恙？」那義士笑道：「虧大人還認得啥家。」李勉道：「李某日夜在心，安有不識之理？請到敝衙少敘。」義士道：「啥另日竭誠來拜，今日實不敢從命。倘大人不棄，同到敝寓一話何如？」李勉欣然相從，並馬而行，來到慶元坊，一個小角門內入去。過了幾重門戶，忽然顯出一座大宅院，廳堂屋舍，高聳雲漢。奴僕趨承，不下數百。李勉暗暗點頭道：「真是個異人。」請入堂中，重新見禮，分賓主而坐。頃刻擺下筵席，豐富勝於王侯。喚出家樂在庭前奏樂，一個個都是明眸皓齒，絕色佳人。義士道：「隨常小飯，不足以供貴人，幸勿怪！」李勉滿口稱謝。當下二人席間談論些古今英雄之事，至晚而散。次日李勉備了些禮物，

㉓ 節導：指儀仗隊、警衛、隨從人員。

再來拜訪時，止存一所空宅，不知搬向何處去了，嗟嘆而回。後來李勉官至中書門下平章事，封為汧國公㉔。王太、路信亦扶持做個小小官職。詩云：

從來恩怨要分明，將怨酬恩最不平。安得劍仙床下士，人間遍取不平人！

㉔ 汧國公：李勉，字玄卿，唐代有名的官員，鯁直清廉，做過開封縣尉、監察御史、滑亳節度使、檢校司空同中書門下平章事，封汧國公。

第三十一卷　鄭節使立功神臂弓

顛狂彌勒到明州，布袋橫拖拄杖頭。饒你化身千百億，一身還有一身愁。

話說東京汴梁城開封府，有個萬萬貫的財主員外，姓張，排行第一，雙名俊卿。這個員外，冬眠紅錦帳，夏臥碧紗廚❶，兩行珠翠引，一對美人扶。家中有赤金白銀，斑點玳瑁，鶻輪珍珠，犀牛頭上角，大象口中牙。門首一壁開個金銀鋪，一壁開所質庫。他那爹爹大張員外，方死不多時，只有媽媽在堂。張員外好善，人叫他做張佛子。忽一日，在門首觀看，見一個和尚，打扮非常。但見：

雙眉垂雪，橫眼碧波。衣披烈火，七幅鮫綃；杖拄降魔，九環錫杖。若非圓寂光中客，定是楞嚴峰頂人。

那和尚走至面前，道：「員外拜揖。」員外還禮畢。只見和尚袖中取出個疏頭來，上面寫道：竹林寺特來抄化五百香羅木❷。員外口中不說，心下思量：「我從小只見說竹林寺，那曾見有；況兼只香羅

---

❶ 碧紗廚：幃帳一類的東西。以木為架，頂及四周蒙上碧紗，可折摺。

❷ 香羅木：即香楠木。最高的有十幾丈，粗數十圍，氣味芬芳，紋理細緻，木質堅硬，可作建築用。

木，是我爹在日許下願心，要往東峰、岱岳蓋嘉寧大殿，尚未答還。」員外便對和尚道：「此是我先人在日，許下願心，不敢動著。若是吾師要別物，但請法旨。」和尚道：「若員外不肯捨施，貧僧到晚自教人取。」說罷轉身。員外道：「這和尚莫是風！」天色漸晚，員外喫了三五盃酒，卻待去睡，只見當值的來報：「員外禍事！家中後園火發。」唬殺員外慌忙走來時，只見焰燄地燒著。去那火光之中，見那早來和尚，將著百十人，都長七八尺，不類人形，盡數搬這香羅板去。員外趕上看時，火光頓息，和尚和眾人都不見了。卻再來園中一看，不見了那五百片香羅木，枯炭也沒些個。卻是作怪！「我爹爹許下願心，卻如何好！」一夜不眠。但見：

玉漏聲殘，金烏影吐。鄰雞三唱，喚佳人傅粉施珠；寶馬頻嘶，催行客爭名奪利。幾片曉霞飛海嶠，一輪紅日上扶桑。

員外起來洗漱罷，去家堂神道前燒了香，向堂前請見媽媽，把昨夜事說了一遍，道：「三月二十八日，卻如何上得東峰、岱岳，與爹爹答還心願？」媽媽道：「我兒休煩惱，到這日卻又理會。」員外見說，辭了媽媽，退去金銀鋪中坐地。卻正是二月半天氣。正是：

金勒馬嘶芳艸地，玉樓人醉杏花天。

只聽得街上鑼聲響，一個小節級❸同個茶酒保，把著團書來請張員外團社❹。原來大張員外在日，

❸ 節級：唐宋時代的小軍吏名。宋代在都頭（管帶一百人的軍官）下，設有「節級」四人，後來作為一般小軍

起這個社會，朋友十人，近來死了一兩人，不成社會。如今這幾位小員外，學前輩做作，約十個朋友起社。卻是二月半，便來團社。員外道：「我去不得，要與爹爹還願時，又不見了香羅木，如何去得？」那人道：「若少了員外一個，便拆散了社會。」員外與決不下，去堂前請見媽媽，告知：「眾員外請兒團社，緣沒了香羅木與爹爹還願，兒不敢去。」媽媽就手把著錦袋，說向兒子道：「我這一件寶物，是你爹爹泛海外得來的無價之寶，我兒將此物與爹爹還願心。」員外接得，打開錦袋紅紙包看時，卻是一個玉結連縧環。員外謝了媽媽，留了請書，團了社，安排上廟。那九個員外，也準備行李，隨行人從，不在話下。卻說張員外打扮得一似軍官。

裹四方大萬字頭巾，帶一雙撲獸匾金環，著西川錦紵絲袍，繫一條乾紅大匾縧，揮一把玉靶壓衣刀，穿一雙鞝鞋。

員外同幾個社友，離了家中，迤逦前去。饑飡渴飲，夜住曉行。不則一日，到得東岳。就客店歇了。至日，十個員外都上廟來燒香，各自荅還心願。員外便把玉結連縧環，捨入炳靈公殿內。還願都了，別無甚事，便在廊下看社火❺酌獻。這幾個都是後生家，乘興去遊山。員外在後，徐徐而行。但見：

官和禁子頭的稱呼。

❹ 把著團書來請張員外團社：團書，聚會的通知書。團，聚會。社，許多人聚會的團體。團社，指朝山敬神的團體。

❺ 社火：舊時每逢歲時令節，或酧神還願，往往由農民及工人所組成的社團表演遊藝，其中包括吹簫、打鼓、

山明水秀，風軟雲閒。一巖風景如屏，滿目松筠似畫。輕烟淡淡，數聲啼鳥落花天；麗日融融，是處綠楊芳艸地。

員外自覺腳力疲困，卻教眾員外先行，自己走到一個亭子上歇腳。只聽得斧鑿之聲。看時，見一所作場，竹笆夾著。望那裏面時，都是七八尺來長大漢做生活。忽地鑿出一片木屑來，員外拾起看時，正是園中的香羅木，認得是爹爹花押。疑怪之間，只見一個行者，開笆門，來面前相揖道：「長老法旨，請員外略到山門獻茶。」員外入那笆門中。一似身登月殿，步入蓬瀛。但見：

三門高聳，梵宇清幽。當門敕額字分明，兩個金剛形勇猛。觀音位接水陸臺，寶蓋相隨鬼子母。

員外到得寺中，只見一個和尚出來相揖道：「外日深荷了辦緣事，今日幸得員外至此，請過方丈獻茶。」員外遠觀不審，近睹分明，正是向日化香羅木的和尚，只得應道：「日昨多感吾師過訪，接待不及。」和尚同至方丈敘禮，分賓主坐定。點茶喫罷，不曾說得一句話。只見黃巾力士走至面前，暴雷也似聲個喏：「告我師，炳靈公相見。」嚇得員外神魂蕩漾，口中不語，心下思量：「炳靈公是東岳神道，如何來這裏相見？」那和尚便請員外：「屏風後少待，貧僧斷了此事，卻與員外少敘。」員外領法旨，潛身去屏風後立地看時，見十數個黃巾力士，隨著一個神道入來，但見：

眉單眼細，貌美神清。身披紅錦袞龍袍，腰繫藍田白玉帶。裹簇金帽子，著側面絲鞋。

踢毬、放彈、勾欄、傀儡、五花爨弄等等，總稱「社火」。

員外仔細看時，與岳廟塑的一般。只見和尚下階相揖，禮畢，便問：「昨夜公事如何？」炳靈公道：「此人直不肯認做諸侯，只要做三年天子。」和尚道：「直恁難勘，教押過來。」只見幾個力士，押著一大漢，約長八尺，露出滿身花繡。至方丈，和尚便道：「教你做諸侯，有何不可？卻要圖王爭帝！好打。」道不了，黃巾力士撲翻長漢在地，打得幾杖子。那漢長嘆一聲道：「休休！不肯還我三年天子，胡亂認做諸侯罷。」黃巾力士即書把過文字，安在面前，教他押了花字，便放他去。炳靈公擡身道：「甚勞吾師心力。」相辭別去。和尚便請員外出來坐定。和尚道：「山門無可見意，略備水酒三盃，少延清話。」員外道：「深感吾師見愛。」道罷，酒至面前。喫了幾盃，便教收過一壁。和尚道：「員外可同往山後閒遊。」員外道：「謹領法旨。」二人同至山中閒走。但見：

奇峰聳翠，佳木交陰。千層怪石惹閒雲，一道飛泉垂素練。萬山橫碧落，一柱入丹霄。

員外觀看之間，喜不自勝，便問和尚：「此處峭壁，直恁險峻！」和尚道：「未為險峻，請員外看這路水。」員外低頭看時，被和尚推下去。員外喫一驚，卻在亭子上睡覺來，道：「作怪！欲道是夢來，口中酒香。道不是夢來，卻又不見踪跡。」正疑惑間，只見眾員外走來道：「員外，你卻怎地不來？獨自在這裏打磕睡。」張員外道：「賤體有些不自在，有失陪步，得罪得罪！」也不說夢中之事。眾員外遊山都了，離不得❻買些人事，整理行裝，廝趕歸來。單說張員外到家，親鄰都來遠接，與員外洗拂。見了媽媽，歡喜不盡。只見：

❻ 離不得：少不得；不免。

四時光景如急梭，一歲光陰如撚指。

卻早臘月初頭，但見北風凜冽，瑞雪紛紛，有一隻鷓鴣天詞為證：

凜冽嚴凝霧氣昏，空中瑞雪降紛紛。須臾四野難分別，頃刻山河不見痕。　銀世界，玉乾坤，望中隱隱接崑崙。若還下到三更後，直要填平玉帝門！

員外看見雪卻大，便教人開倉庫，散些錢米與窮漢。且說一個人在客店中，被店小二埋怨道：「喏大個漢！沒些運智❼，這早晚兀自不起。今日又是兩個月，不還房錢。哥哥你起休！」那人長嘆一聲：「苦，苦！小二哥莫怪，我也是沒計奈何。」店小二道：「今日前巷張員外散貧，你可討些湯洗了頭臉，胡亂討得些錢來，且做盤纏。我又不指望你的。」那人道：「罪過你！」便去帶了那頂搭坂❽頭巾，身上披著破衣服，露著腿，赤著腳，離了客店，迎著風雪，走到張員外宅前。事有鬬巧❾，物有故然，卻來得遲些，都散了。這個人走至宅前，見門公唱個喏：「聞知宅上散貧。」門公道：「卻不早來，都散了。」那人聽得，叫聲：「苦！」匹然倒地。員外在廳中看見，即時教人扶起。頃刻之間，三魂再至，七魄重來。員外仔細看時，喫一驚，這人正是亭子上夢中見的，卻恁地模樣！便問那漢：「你是那裏人？

❼ 運智：運氣；智謀。
❽ 搭坂：破爛。
❾ 鬬巧：湊巧。

姓甚名誰？見在那裏住？」那人叉著手，告員外：「小人是鄭州泰寧軍大戶財主人家孩兒。父母早喪，流落此間，見在宅後玉婆店中安歇。姓鄭名信。」員外即時討得件舊衣服與他，討些飯食請他喫罷，便道：「你會甚手藝？」那人道：「略會些書算。」員外見說，把些錢物與他，還了店中，便收留他。見他會書算，又似夢中見的一般，便教他在店中做主管。那人卻伶俐，在宅中小心向前。員外甚是敬重，便做心腹人。

又過幾時，但見時光如箭，日月如梭，不覺又是二月半間。那眾員外便商量來請張員外同去出郊。一則團社，二則賞春。那幾個員外，隔夜點了妓弟⑩，一家帶著一個尋常間來往說得著行首⑪。知得張員外有孝，怕他不肯帶妓女，先請他一個得意的表子在那裏。張員外不知是計，走到花園中，見了幾個行首，廝叫了。只見眾中走出一個行首來。他是兩京詩酒客烟花杖子頭，喚做王倩。卻是張員外說得著的頂老⑫。員外見了，卻待要走，被王倩一把扯住道：「員外，久別台顏，一向疎失。」員外道：「深荷姐姐厚意，緣先父亡去，持服在身，恐外人見之，深為不孝。」便轉身來辭眾員外道：「俊卿荷諸兄見愛，偶賤體不快，坐侍不及，先此告辭。」那眾員外和王倩再三相留，員外不得已，只得就席，和王行首並坐。眾員外身邊一家一個妓弟。便教整頓酒來，正喫得半酣，只見走一個人入來。如何打扮？

---

⑩ 妓弟：妓女。

⑪ 行首：猶如說「花魁」。後作為名妓的泛稱。

⑫ 頂老：對妓女的一種輕薄稱呼。

裹一頭藍青頭巾，帶一對撲匾金環，著兩上領白綾子衫，腰繫乾紅絨線縧，下著多耳麻鞋，手中攜著一個籃兒。

這人走至面前，放下籃兒，叉著手唱三個喏。眾員外道：「有何話說？」只見那漢就籃內取出砧刀，借個盤子，把塊牛肉來切得幾片，安在盤裏。便來眾員外面前道：「得知眾員外在此喫酒，特來送一勸。」道罷，安在面前，唱個喏便去。張員外看了，暗暗叫苦道：「我被那廝詐害幾遍了。」——元來那廝是東京破落戶，姓夏名德，有一個諢名，叫做「扯驢」。先年曾有個妹子，嫁在老張員外身邊，為爭口閒氣，一條繩縊死了。夏德將此人命為繇，屢次上門嚇詐，在小張員外手裏，也詐過了一二次。眾員外道：「不須憂慮，他只是討些賞賜，我們自喫酒。」道不了，那廝立在面前道：「今日夏德有采⑬，遭際這一會員外。」眾人道：「各支二兩銀子與他。」討至張員外面前，員外道：「依例支二兩。」那廝看著張員外道：「員外依例不得。別的員外二兩，你卻要二百兩。」張員外道：「我比別的加倍，也只四兩，如何要二百兩？」夏德道：「別的員外沒甚事，你卻有些瓜葛，莫待我說出來不好看！」張員外被他直詐到二十兩。眾員外道：「也好了。」那廝道：「看眾員外面上也罷，只求便賜，趁早回去。」張員外道：「沒在此間，把批子⑭去我宅中質庫內討。」

夏扯驢得了批子，唱個喏，便出園門，一逕到張員外質庫裏，揭起青布簾兒，走入去唱個喏。眾人

⑬ 有采：運道好。

⑭ 批子：批寫支取銀錢的條子。

還了禮。未發跡的貴人⑮問道：「你贖典，還是解錢⑯？」夏扯驢道：「不贖不解，員外有批子在此，教支二十兩銀。」鄭信便問：「員外買你什麼？支許多銀？」那廝道：「買我牛肉喫。」鄭信道：「員外直喫得許多牛肉！」夏扯驢道：「主管莫問，只照批子付與我。」兩個說來說去，一聲高似一聲。這鄭信只是不肯付與他，將了二十兩銀在手道：「夏扯驢，我說與你，銀子已在此了，我同到花園中，去見員外。若是當面分付得有話，我便與你。」夏扯驢罵道：「打脊客作兒⑰！員外與我銀子，干你甚事！卻要你作難！便與你去見員外。這批子須不是假的。」這鄭信和夏扯驢一逕到花園中，見眾員外在亭子上喫酒，進前唱個喏。張員外見鄭信來，便道：「主管沒甚事？」鄭信道：「覆使頭⑱，蒙臺批，支二十兩銀，如今自把來取臺旨。」張員外道：「這廝是個破落戶，把與他去罷。」夏扯驢就來鄭信手中搶那銀子。鄭信那肯與他，便對夏扯驢道：「銀子在這裏，員外教把與你，我卻不肯。你倚著東京破落戶，要平白地騙人錢財。別的怕你，我鄭信不怕你。就眾員外面前，與你比試。你打得我過，便把銀子與你；打我不過，教你許多時聲名，一旦都休。」夏扯驢聽得說：「我好沒興，喫這客作欺負！」鄭信道：「莫說你強我會，這裏且是寬，和你賭個勝負。」鄭信脫膊下來，眾人看了喝采。先自人才出眾，那堪滿體雕青：左臂上三仙仗劍，右臂上五鬼擒龍；胸前一搭御屏風，脊背上巴山龍出水。夏扯驢也脫膊下來，

---

⑮ 未發跡的貴人：這裏指鄭信。
⑯ 解錢：抵押。
⑰ 打脊客作兒：罵人該挨杖刑的意思。打脊，打背。客作兒，僱主。
⑱ 使頭：僕人對主人的稱呼，猶如稱「侍長」。

眾人打一看時，那廝身上刺著的是木拐梯子，黃胖兒忍字⑲。當下兩個在花園中廝打，賭個輸贏。這鄭信拳到手起，去太陽上打個正著。夏扯驢撲的倒地，登時身死。嚇得眾員外和妓弟都走了。即時便有做公的圍住。鄭信拍著手道：「我是鄭州泰寧軍人，見今在張員外宅中做主管，夏扯驢來騙我主人，我拳手重，打殺了他，不干他人之事。便把條索子縛我去。」眾人見說道：「好漢子！與我東京除了一害，也不到得償命。」離不得解進開封府，押下兇身對屍。這鄭信一發都招認了，下獄定罪。張員外在府裏使錢，教好看他，指望遷延，等天恩大赦，不在話下。

忽一日，開封府大尹出城謁廟，正行轎之間，只見路傍一口古井，黑氣沖天而起。大尹便教住轎，看了道：「怪哉！」便去廟中燒了香。回到府，不入衙中，便教客將請眾官來。不多時，眾官皆至，相見茶湯已畢。大尹便道：「今日出城謁廟，路傍見一口古井，其中黑氣沖天，不知有何妖怪？」眾官無人敢應，只有通判起身道：「據小官愚見，要知井中怪物，何不且奏朝廷，照會將見在牢中該死罪人，教他下井，去看驗的實，必知休咎。」大尹依言，即具奏朝廷，便指揮獄中，揀選當死罪人下井，要看仔細。大尹和眾人到地頭，押過罪人，把籃盛了，用轆轤放將下去。只聽鈴響，絞上來看時，止有骨頭。一個下去一個死，二人下去一雙亡。似此死了數十人。獄中受了張員外囑托，也要藏留鄭信。大尹令旨，教獄中但有罪人都要押來。卻藏留鄭信不得，只得押來。大尹教他下井去。鄭信道：「下去不辭，願乞五件物。」大尹問：「要甚五件？」鄭信道：「要討頭盔衣甲和靴，劍一口，一斗酒，二觔肉，炊餅之

---

⑲ 滿體雕青九句：古代野蠻風俗的遺跡。在人體上雕畫各種花紋，塗上青色，使它永遠不脫落，叫做紋身。後來也叫做雕青。這裏所說的三仙仗劍、五鬼擒龍等等，都是花紋的名色。

類。」大尹即時教依他所要，一一將至面前。鄭信唱了喏，把酒肉和炊餅喫了，披掛衣甲，仗了劍。眾人喝聲采。但見：

頭盔似雪，衣甲如銀。穿一䩫抹綠皂靴，手仗七星寶劍。

鄭信打扮了，坐在籃中，轆轤放將下去。鈴響絞上來看時，不見了鄭信。那井中黑氣也便不起。大尹再教放下籃去取時，杳無踪跡。一似石沉大海，線斷風箏⑳。大尹和眾官等候多時，且各自回衙去。

卻說未發跡變泰㉑國家節度使鄭信到得井底，便走出籃中，仗劍在手，去井中一壁立地。初下來時便黑，在下多時卻明。鄭信低頭看時，見一壁廂一個水口，卻好容得身，挨身入去。行不多幾步，擡頭看時，但見：

山嶺相連，煙霞繚繞。芳草長茸茸嫩綠，巖花噴馥馥清香。蒼崖鬱鬱長青松，曲澗涓涓流細水。

鄭信正行之間，悶悶不已。知道此處是那裏？又沒人煙，日中前後，去松陰竹影稀處望時，只見飛簷碧瓦，棟宇軒窗，想有幽人居止。遂登危歷險，尋徑而往。只聞流水松聲，步履之下，漸漸林麓兩分，巒峰四合。但見：

⑳ 線斷風箏：譬喻失去聯繫，無從尋覓。
㉑ 發跡變泰：發跡即「發達」。變泰即「否極泰來」。

溪深水曲，風靜雲閒。青松鎖碧瓦朱甍，修竹映雕簷玉砌。樓臺高聳，院宇深沉。若非王者之宮，
必是神仙之府。

鄭信見這一所宮殿，便去宮前立地多時，更無一人出入。擡頭看時，只見門上一面硃紅牌金字，寫著：「日霞之殿」。裏面寂寥，杳無人跡。仗劍直入宮門。走到殿內，只見一個女子，枕著件物事，齁齁地裸體而臥。但見：

蘭柔柳困，玉弱花羞。似楊妃初浴轉香衾，如西子心疼欹玉枕。柳眉斂翠，桃臉凝紅。卻是西園芍藥倚朱欄，南海觀音初入定。

鄭信見了女子，這卻是此怪。便悄悄地把隻手襯著那女子，拿了枕頭的物事。又輕輕放下女子頭，走出外面看時，卻是個乾紅色皮袋。鄭信不解其故，把這件物事，去花樹下，將劍掘個坑埋了。又回身仗劍，再入殿中，看著那女子，盡力一喝道：「起！」只見那女子閃開那嬌滴滴眼兒，慌忙把萬種妖嬈嚇諕做一團，回頭道：「鄭郎，你來也！妾守空房，等你多時。妾與你五百年前姻眷，今日得見你。」那女子初時待要變出本相，卻被鄭信偷了他的神通物事，只得將錯就錯。若是生得不好時，把來一劍剁了，卻見他如花似玉，不覺心動。便問：「女子孰氏？」女子道：「丈夫，你可放下手中寶劍，脫了衣甲，妾和你少敘綢繆。」但見：

暮雲籠帝榭，薄靄罩池塘。雙雙粉蝶宿芳叢，對對黃鸝棲翠柳。畫梁悄悄，珠簾放下燕歸來；小

院沉沉，繡被薰香人欲睡。風定子規啼玉樹，月移花影上紗窗。

女子便叫青衣，安排酒來。頃刻之間，酒至面前。百味珍羞俱備。飲至數盃，酒已半酣。女子道：「今日天與之幸，得見丈夫。盡醉方休。」鄭信推辭。女子道：「妾與鄭郎，是五百年前姻眷，今日豈可推托。」又喫了多時，乃令青衣收過杯盤，兩個同攜素手，共入蘭房。正是：

繡幌低垂，羅衾漫展。兩情歡會，共訴海誓山盟；二意和諧，多少雲情雨意。雲淡淡，天邊鸞鳳；水沉沉，交頸鴛鴦。寫成今世不休書，結下來生合歡帶。

到得天明，女子起來道：「丈夫，夜來深荷見憐。」鄭信道：「深感娘娘見愛，未知孰氏？恐另日相見，即當報答深恩。」女子道：「妾乃日霞仙子，我與丈夫盡老百年，何有思歸之意？」這兩日兒，同行並坐，暮樂朝歡。忽一日，那女子對鄭信道：「丈夫，你耐靜則個！我出去便歸。」鄭信道：「到那裏去？」女子道：「我今日去赴上界蟠桃宴便歸，留下青衣相伴。如要酒食，旋便指揮。有件事囑付丈夫，切不可去後宮遊戲，若還去時，利害非輕。」那女子分付了，暫別。兩個青衣伏侍。鄭信獨自無聊，遂令安排幾盃酒消遣，思量：「卻似一場春夢，留落在此。適來我妻分付，莫去後宮，想必另有景致，不交我去。我再試探則個。」遂移步出門，迤逦奔後宮來。打一看，又是一個去處，一個宮門。到得裏面，一個大殿，金書牌額：「月華之殿」。正看之間，聽得鞋履響，腳步鳴，語笑喧雜之聲。只見一簇青衣，擁著一個仙女出來，生得：

盈盈玉貌，楚楚梅粧。口點櫻桃，眉舒柳葉。輕疊烏雲之髮，風消雪白之肌。不饒照水芙蓉，恐是凌波菡萏。一塵不染，百媚俱生。

鄭信見了，喜不自勝。只見那女子便道：「好也！何處不尋，甚處不覓，元來我丈夫只在此間。」鄭信道：「娘娘錯認了，我自有渾家在前殿。」那女子不繇分說，簇擁到殿上，便教安排酒來。那女和鄭信飲了數盃，二人攜手入房，向鴛幃之中，成夫婦之禮。頃刻間雲收雨散，整衣而起。只見青衣來報：「前殿日霞娘娘來見。」這女子慌忙藏鄭信不及。日霞仙子走至面前道：「丈夫，你卻走來這裏則甚！」便拖住鄭信臂膊，將歸前殿。月華仙子見了，柳眉剔竪，星眼圓睜道：「你卻將身嫁他，我卻如何？」便帶數十個青衣奔來，直至殿上道：「姐姐，我的丈夫，你卻如何奪了？」日霞仙子道：「妹妹，是我丈夫，你卻說甚麼話！」兩個一聲高似一聲。這鄭信被日霞仙子把來藏了。月華仙子無計奈何，兩個打做一團，紐做一塊。鬪了多時，月華仙子覺道鬪姐姐不下，喝聲起，跳至虛空，變出本相。那日霞仙子，也待要變，元來被鄭信埋了他的神通，便變不得，卻輸了。慌忙走來見鄭信，兩淚交流道：「丈夫，只因你不信我言，故有今日之苦。又被你埋了我的神通，便變不得。若要奈何得他，可把這件物事還我。」鄭信見他哀求不已，只得走來殿外花樹下，掘出那件物事來。日霞仙子便再和月華仙子鬪聖。日霞仙子又輸了，走回來。鄭信道：「我妻又怎的奈何他不下？」日霞仙子道：「為我身懷六甲，贏那賤人不得。我有件事告你。」鄭信道：「我妻有話但說。」日霞仙子教青衣去取來。不多時，把一張弓、一隻箭道：「丈夫，此弓非人間所有之物，名為神臂弓，百發百中。我在空中變就神通，和那賤人鬬法，你可在下看著白的，射一箭，助我一臂之力。」鄭信道：「好，你但放心。」說不了，月華仙子又來。兩個上雲中變出本相相鬬。鄭信在下看時，那裏見兩個如花似玉的仙子？只見一個白，一個紅，兩個蜘蛛在空中相鬬。鄭信道：「元來如此！」只見紅的輸了便走，後面白的趕來，被鄭信彎弓，覰得親，一箭射去，喝聲著，把那白蜘蛛射了下來。月華仙子大痛無聲，便罵：「鄭信，負心賊！暗算了我也！」自往後殿去，不題。這裏日霞仙子，收了本相，依然一個如花似玉佳人，看著鄭信道：「丈夫，深荷厚恩，與妾解圍，使妾得遂終身偕老之願。」兩個自此越說得著，行則並肩，坐則並股，無片時相捨。正是：

春和淑麗，同攜手於花前；夏氣炎蒸，共納涼於花下。秋光皎潔，銀蟾與桂偶同圓；冬景嚴凝，玉體與香肩共煖。受物外無窮快樂，享人間不盡歡娛。

倏忽間，過了三年，生下一男一女。鄭信自思：「在此雖是朝歡暮樂；作何道理，發跡變泰？」遂告道：「感荷娘娘收留在此，一住三年，生男育女。若得前途發跡，報答我妻，是吾所願。」日霞仙子見說，淚下如雨道：「丈夫，你去不爭，教我如何！兩個孩兒卻是怎地！」鄭信道：「我若得一官半職，便來取你們。」仙子道：「丈夫，你要何處去？」鄭信道：「我往太原投軍。」仙子見說，便道：「丈夫，與你一件物事，教你去投軍，有分發跡。」便叫青衣，取那張神臂剋敵弓，便是今時踏凳弩。分付道：「你可帶去軍前立功，定然有五等諸侯之貴。這一男一女，與你扶養在此，直待一紀之後，奴自遣人送還。」鄭信道：「我此去若有發跡之日，早晚來迎你母子。」仙子道：「你我相遇，亦是夙緣，今三年限滿，仙凡路隔，豈復有相見之期乎。」說罷，不覺潸然下淚。鄭信初時求去，聽說相見無期，心中感傷，亦流淚不已，情願再住幾時。仙子道：「夫妻緣盡，自然分別。妾亦不敢留君，恐誤君前程，必遭天譴。」即命青衣置酒餞別。飲至數盃，仙子道：「丈夫，你先前攜來的劍，和那一副盔甲，權留在此。他日送兒女還你，那時好作信物。」鄭信道：「但憑賢妻主意。」仙子又親勸別酒三盃。取一大包金珠相贈，親自送出宮門。約行數里之程，遠遠望見路口，仙子道：「丈夫，但從此出去，便是大路。前程萬里，保重！保重！」鄭信方欲眷戀，忽然就腳下起陣狂風，風定後，已不見了仙子。但見：

青雲藏寶殿，薄霧隱迴廊，靜聽不聞消息之聲，回視已失峰巒之勢。日霞宮想歸海上，神仙女料返蓬萊。多應看罷僧繇畫，捲起丹青一幅圖。

鄭信抱了一張神臂弓，呆呆的立了半晌，沒奈何，只得前行。到得路口，看時，卻是汾州大路。此路去河北太原府不遠。那太原府主，卻是种相公，諱師道㉒，見在出榜招軍。鄭信走到轅門投軍，獻上神臂弓。种相公大喜，分付工人如法製造數千張，遂補鄭信為帳前管軍指揮。後來收番，累立戰功，都虧那神臂弓之用。十餘年間，直做到兩川節度使之職。時常思想仙子三年恩愛，並不婚娶。

* * *

話分兩頭，再說張俊卿員外，自從那年鄭信入井之後，好生思念。每年逢了此日，就差主管備下三牲祭禮，親到井邊祭奠。也是不忘故舊之意。如此數年，未嘗有缺。忽一日，祭奠回來，覺得身子困倦，

㉒ 种相公二句：种師道，字叔彝，官京畿、河北制置使，是北宋末年抗敵的名將。

在廳堂中少憩片時，不覺睡去。夢見天上五色雲霞，燦爛奪目，忽然現出一位紅衣仙子，左手中抱著一男，右手中抱著一女，高叫：「張俊卿，這一對男女，是鄭信所生，今日交付與你，你可好生撫養。鄭信發跡之後，送至劍門所，不可負吾之托。」說罷，將手中男女，從半空裏撇下來。員外接受不迭，驚出一身冷汗。驀然醒來，口稱奇怪。尚未轉動，只見門公報道：「方纔有個白鬚公公，領著一男一女，送與員外，說道：『員外在古井邊，曾受他之托。』又有送這個包裹，這一口劍，說是兩川節度使的信物在內，教員外親手開看。男女不知好歹，特來報知。」張員外聽說，正符了夢中之言，打開包裹看時，卻是一副盔甲在內，和這口劍。收起，親走出門看時，已不見了白鬚公公，但見如花似玉的一雙男女，約莫有三四歲長成。問其來歷，但云：「娘是日霞公主，教我去跟尋鄭家爹爹。」再叩其詳，都不能言。張員外想道：「鄭信已墮井中，幾曾出來？那裏又有兒女，莫非是同名同姓的？」又想起岳廟之夢，分明他有五等諸侯之貴。心中委決不下，且收留著這雙男女，好生撫養。一面打探鄭信消息。光陰如箭，看看長大。張員外把作自己親兒女看成，男取名鄭武，女取名彩娘。張員外自有一子，年紀相方，叫做張文。一文一武，如同胞兄弟，同在學堂攻書。彩娘自在閨房針指。又過了幾年，並不知鄭信下落。忽一日，張員外走出廳來，忽見門公來報：「有兩川節度使差來進表官員，寫了員外姓名居址，問到這裏，他要親自求見。」員外心中疑慮，忙教請進。只見那差官：

頭頂纏棕大帽，腳踏粉底烏靴。身穿蜀錦窄袖襖子，腰繫間銀純鐵挺帶。行來魁岸之容，面帶風塵之色。從者牽著一匹大馬相隨。

張員外降階迎接，敘禮已畢。那差官取出一包禮物，並書信一封，說道：「節使鄭爺多多拜上。」張員外拆書看時，認得是鄭信筆跡，書上寫道：

信向蒙恩人青目，獄中又多得看覷，此乃莫大之恩也！前入古井，自分無幸，何期有日霞仙子之遇。伉儷三年，復贈資斧，送出汾州投軍，累立戰功。今叨福庇，得撫蜀中。向無鴻雁，未獲音耗。今乘進表之便，薄具黃金三十兩，蜀錦十端，權表微忱。儻不畏蜀道之難，肯到敝治光顧，信之萬幸！懸望懸望！

張員外看罷，舉手加額道：「鄭家果然發跡變泰，又不忘故舊，遠送禮物，真乃有德有行之人也！」遂將向來夢中之事，一一與差官說知。差官亦驚訝不已。是日設筵，款待差官。那差官雖然是有品級的武職，卻受了節使分付言語來迎取張員外的，好生謙謹。張員外就留他在家中作寓，日日宴會。閒話休敘。過了十來日，公事了畢，差官催促員外起身。張員外與院君商量，要帶那男女送還鄭節使，又想女兒不便同行，只得留在家中，單帶那鄭武上路。隨身行李，童僕四人，和差官共是七個馬，一同出了汴京，望劍門一路進發。不一日，到了節度使衙門，差官先入稟復。鄭信忙教請進私衙，以家人之禮相見。員外率領鄭武拜認父親，敘及白鬚公公領來相托。獻上盔甲、腰刀信物，並說及兩翻奇夢，鄭信念起日霞仙子情分，淒然傷感。屈指算之，恰好一十二年，男女皆一十二歲。仙子臨行所言，分毫不爽。其時大排筵會，管待張員外，禮為上賓。就席間將女兒彩娘許配員外之子張文。親家相稱。此謂以德報德也。

卻說鄭信思念日霞仙子不已，於錦江之傍，建造日霞行宮，極其壯麗。歲時親往行香。

再說張員外住了三月有餘，思想家鄉，鄭信不敢強留，安排車馬，送出十里長亭之外。贈遺之厚，自不必說。又將黃金百兩，供員外施舍岳廟修造炳靈公大殿。後來因金兀朮㉓入寇，天子四下徵兵，鄭信帶領兒子鄭武勤王，累敗金兵，到汴京，復與張俊卿相會，方纔認得女壻張文，及女兒彩娘。鄭信壽至五十餘，白日看見日霞仙子車駕來迎，無疾而逝。其子鄭武以父蔭累官至宣撫使㉔。其後金兵入寇不已，各郡縣俱倣神臂弓之例，多能殺賊。到徽欽巡狩，康王渡江㉕，為金兵所追，忽見空中有金甲神人，率領神兵，以神臂弓射賊，賊兵始退。康王見旗幟上有鄭字，以問從駕之臣，有人奏言：「前兩川節度使鄭信，曾獻剋敵神臂弓，此必其神來護駕耳。」康王既即位，敕封明靈昭惠王，立廟於江上，至今古跡猶存。詩曰：

鄭信當年未遇時，俊卿夢裏已先知。運來自有因緣到，到手休嫌早共遲。

㉓ 金兀朮：即完顏宗弼。金國屢次侵宋時的統帥。

㉔ 宣撫使：宋代管一方征討的軍政統帥。

㉕ 徽欽巡狩二句：宋靖康二年（西元一一二七年）金人攻陷開封，把宋徽宗（趙佶）、欽宗（趙桓）擄去，後來徽宗的兒子康王（趙構）即位，即宋高宗。巡狩，古代皇帝到那裏去，叫做巡狩某地。這裏因不便直說被擄，只好說是巡狩去了。

第三十二卷　黃秀才徼靈玉馬墜

淨几明窗不染塵，圖書鎮日與相親。偶然談及風流事，多少風流誤了人。

話說唐乾符年間，揚州有一秀士，姓黃名損❶，字益之，年方二十一歲，生得丰姿韻秀，一表人才。兼之學富五車，才傾八斗，同輩之中，推為才子。原是閥閱名門，因父母早喪，家道零落。父親手裏遺下一件寶貝，是一塊羊脂白玉❷雕成個馬兒，喚做玉馬墜，色澤溫潤，鏤刻精工。雖然是小小東西，等閒也沒有第二件勝得他的。黃損秀才，自幼愛惜，佩帶在身，不曾頃刻之離。偶一日，閒遊市中，遇著一個老叟，生得怎生模樣？

頭帶箬葉冠，身穿百衲襖，腰繫黃絲縧，手執逍遙扇。童顏鶴髮，碧眼方瞳。不是蓬萊仙長，也須學道高人。

那老者看見黃生，微微而笑。黃生見其儀容古雅，竦然起敬，邀至茶坊獻茶敘話。那老者所談，無

---

❶ 姓黃名損：黃損，五代南漢人。梁龍德時進士，官至尚書左僕射，著有桂香集。

❷ 羊脂白玉：指一種純白的美玉。形容它像羊的油脂一樣，又白又潤。

非是理學名言，玄門妙諦。黃生不覺嘆服。正當語酣之際，黃生偶然舉袂，老者看見了那玉馬墜兒，道：「乞借一觀。」黃生即時解下，雙手獻與老者。老者看了又看，嘖嘖嘆賞，問道：「此墜價值幾何？老漢意欲奉價相求，未審郎君允否？」黃生答道：「此乃家下祖遺之物，老翁若心愛，便當相贈，何論價乎！」老者道：「既蒙郎君慷慨不吝，老漢何敢固辭。老漢他日亦有所報。」遂將此墜懸掛在黃絲縧上，揮手而別，其去如飛。生愕然驚怪，想道：「此老定是異人，恨不曾問其姓名也！」這段且閣過不題。

卻說荊襄節度使劉守道，平昔慕黃生才名，差官持手書一封，白金綵幣，聘為幕賓。如何叫做幕賓？但凡幕府軍民事冗，要人商議，況一應章奏及書札，亦須要個代筆，必得才智兼全之士，方稱其職，厚其禮幣，奉為上賓：所以謂之幕賓，又謂之書記。有官職者，則謂之記室參軍。黃損秀才，正當窮困無聊之際，卻聞得劉節使有此美意，遂欣然許之。先寫了回書，打發來人，約定了日期，自到荊州謁見。差官去了，黃生收拾衣裝，別過親友，一路搭船。行至江州，忽見巨舟泊岸，篷窗雅潔，朱欄油幕，甚是整齊。黃生想道：「我若趁得此船，何愁江中波浪之險乎！」適有一水手上岸沽酒黃生尾其後而問之：「此舟從何而來？今往何處？」水手答道：「徽人姓韓，今往蜀中做客。」黃生道：「此去蜀中，必從荊江而過，小生正欲往彼，未審可容附舟否？」水手道：「船頗寬大，那爭❸趁你一人！只是主人家眷在上，未知他意允否若何？」黃生取出青蚨❹三百，奉為酒資，求其代言。水手道：「官人但少停於此，

❸ 那爭：那在乎。

❹ 青蚨：本是蟲名，淮南子上有「青蚨還錢」的說法：把青蚨的血塗在錢上，這種錢用出去了還會回來；所以以後「青蚨」就成了錢的代稱。

待我稟過主人，方敢相請。」須臾，水手沽酒回來，黃生復囑其善言方便，水手應允。不一時，見船上以手相招，黃生即登舟相問。水手道：「主人最重斯文，說是個單身秀士，並不推拒；但前艙貨物充滿，只可以艄頭存坐，夜間在後火艙歇宿。主人家眷在於中艙，切須謹慎，勿取其怪。」遂引黃生見了主人韓翁。言談之間，甚相器重。是夜，黃生在後火艙中坐了一回，方欲解衣就寢，忽聞箏聲淒婉，其聲自中艙而出。黃生披衣起坐，側耳聽之：

　　乍雄乍細，若沉若浮。或如雁語長空，或如鶴鳴曠野，或如清泉赴壑，或如亂雨洒窗。漢宮初奏明妃曲，唐家新譜雨淋鈴。

唐時第一琵琶手是康崑崙。第一箏手是郝善素。揚州妓女薛瓊瓊獨得郝善素指法。瓊瓊與黃生最相契厚。僖宗皇帝妙選天下知音女子，入宮供奉，揚州刺史以瓊瓊應選。黃生思之不置，遂不忍復聽彈箏。今日復聞此箏，宛似瓊瓊所彈，黃生暗暗稱奇。時夜深人靜，舟中俱已睡熟。黃生推篷而起，悄然從窗隙中窺之，見艙中一幼女，年未及笄，身穿杏紅輕綃，雲髮半嚲，嬌豔非常。燃蘭膏，焚鳳腦，纖手如玉，撫箏而彈。須臾曲罷，蘭銷篆滅，杳無所聞矣。那時黃生神魂俱蕩，如逢神女仙妃，薛瓊瓊輩又不足道也！在艙中展轉不寐，吟成小詞一首。詞云：

　　生平無所願，願作樂中箏。得近佳人纖手子，研羅裙上放嬌聲；便死也為榮。

一夜無眠，巴到天明起坐，便取花箋一幅，楷寫前詞，後題維揚黃損四字，疊成方勝，藏於懷袖。

梳洗已畢，頻頻向中艙觀望，絕無動靜。少頃，韓翁到後艄答拜，就拉住前艙獻茶。黃生身對老翁，心懷幼女。自覺應對失次，心中慚悚；而韓翁殊不知也。忽聞中艙金盆聲響，生意此女盥漱，急急起身，從船舷而過。偷眼窺覷窗櫺，不甚分明，而香氣芬馥，撲於鼻端。生之魂已迷，而骨已軟矣。急於袖中取出花箋小詞，從窗隙中投入。誠恐舟人旁睸，移步遠遠而立。兩隻眼覷定窗櫺，真個是目不轉睛。

卻說中艙那女子梳粧盥手剛畢，忽聞窗間簌簌之響，取而觀之，解開方勝，乃是小詞一首。讀罷，讚歎不已。仍折做方勝，藏於裙帶上錦囊之中。明明曉得趁船那秀才夜來聞箏而作，情詞俱絕，心中十分欣慕；但內才如此，不知外才何如？遂啟半窗，舒頭外望，見生凝然獨立，如有所思。麟鳳之姿，皎絕塵，雖潘安衛玠❺，無以過也！心下想道：「我生長賈家，恥為販夫販婦，若與此生得偕伉儷，豈非至願！」本欲再看一時，為舟中耳目甚近，只得掩窗。黃生亦退於後艙，然思慕之念益切。時舟尚停泊未開，黃生假推上岸，屢從窗邊往來。女聞窗外履聲，亦必啟窗露面，四目相視，未免彼此送情。只是不能接語。正是：

彼此滿懷心腹事，大家都在不言中。

到午後，韓翁有鄰舟相識，拉上岸於酒家相款。舟人俱整理篷楫，為明早開船之計。黃生注目窗櫺，適此女推窗外望，見生忽然退步，若含羞退避者。少頃，復以手招生。生喜出望外，移步近窗，女乃倚窗細語道：「夜勿先寢，妾有一言。」黃生再欲叩之，女已掩窗而去矣。黃生大喜欲狂，恨不能一拳打

---

❺ 衛玠：晉安邑人，字叔寶，長得很清秀、漂亮，當時稱為玉人。年二十七歲卒。

落日頭，把孫行者的磕睡蟲，遍派滿船之人，等他呼呼睡去，獨留他男女二人，說一個心滿意足。正是：

無情不恨良宵短，有約偏嫌此日長。

至夜，韓翁扶醉而歸，到船即睡。捱至更深，舟子俱已安息，微聞隔壁彈指三聲。黃生急整冠起視。時新月微明，輕風徐拂，女已開半戶，向外而立。黃生即於船舷上作揖，女於艙中答禮。生便欲跨足下艙，女不許，向生道：「慕君之才，本欲與君吐露心懷，幸勿相偪！」黃生亦不敢造次，乃矬身❻坐於窗口。女問生道：「君何方人氏？有妻室否？」黃生答道：「維揚秀才，家貧未娶。」女道：「妾之母裴姓，亦維揚人也。吾父雖徽籍，浮家蜀中，向到維揚，聘吾母為側室，止生妾一人。十二歲吾母見背，今三年喪畢，吾父移妾歸蜀耳。」黃生道：「既如此，則我與小娘子同鄉故舊，安得無情乎？幸述芳名，當銘胸臆。」女道：「妾小字玉娥，幼時吾母教以讀書識字，頗通文墨。昨承示佳詞，逸思新美，君真天下有心人也！願得為伯鸞婦，效孟光舉案齊眉，妾願足矣。」黃生道：「小娘子既有此心，我豈木石之比，誓當竭力圖之。若不如願，當終身不娶，以報高情。」女道：「慕君才調，不羞自媒。異日富貴，勿令妾有白頭之嘆。」黃生道：「卿家雅意，陽侯❼、河伯，實聞此言，如有負心，天地不宥。但小娘子乃尊翁之愛女，小生逆旅貧儒，即使通媒尊翁，未必肯從。異日舟去人離，相會不知何日？不識小娘子有何奇策，使小生得遂盟言？」女道：「夜話已久，嚴父酒且醒矣，難以盡言。此後三月，必到涪州，

❻ 矬身：傴僂著身子。
❼ 陽侯：水神名。

十月初三日，乃水神生日，吾父每出入，必往祭賽，舟人盡去。君以是日能到舟次一會，當為決終身之策，幸勿負約，使妾望穿兩眸也。」黃生道：「既蒙良約，敢不趨赴。」言畢，舒手欲握女臂，忽聞韓翁酒醒呼茶，女急掩窗。黃生逡巡就寢，忽忽如有所失。從此合眼便見此女，頃刻不能忘情。此女亦不復啟窗見生矣。舟行月餘，方抵荊江，正值上水順風，舟人欲趕程途，催生登岸。生雖徘徊不忍，難以推托。將酒錢贈了舟子，別過韓翁，取包裹上岸，復竚立凝視中艙，淒然欲淚。女亦微啟窗欞，停眸相送。俄頃之間，揚帆而去，迅速如飛。黃生盼望良久，不見了船，不覺墮淚。傍人問其緣故，黃生哽咽不能答一語。正是：

不如意事常八九，可與人言無二三。

黃生呆立江岸，直至天晚，只得就店安歇。次早，問了守帥府前，投了名刺，劉公欣然接納，敘起敬慕之意，隨即開筵相待。黃生於席間，思念玉娥，食不下咽。劉公見其精神恍惚，疑有心事，再三問之，黃生含淚不言。但云：「中途有病未痊。」劉公亦好言撫慰。至晚，劉公親自送入書館，鋪設極其華整，黃生心不在焉，鬱鬱而已。過了數日，黃生恐誤玉娥之期，托言欲往鄰都訪一故友，暫假出外，月餘即返。劉公道：「軍務倥傯，政欲請教，且待少暇，當從尊命。」又過了數日，生再開言，劉公只是不允。生度不可強，又公館守衛嚴密，夜間落鎖，不便出入。一連躊躕了三日夜，更無良策。忽一日，問館童道：「此間何處可以散悶？」館童道：「一牆之隔，便是本府後花園中，亭臺樹木，儘可消遣。」黃生命童子開了書館，引入後園。遊玩了一番，問道：「花園之外，還是何處？」館童道：「牆外便是街坊，周圍有人巡警。日則敲梆，夜則打更。老爺法度，好不嚴哩！」黃生聽在肚裏，暗暗打帳：「除非如此如此。」是夜和衣而臥，寢不成寐。捱到五更，鼓聲已絕，寂無人聲，料此際，司更的辛苦了一夜，必然困倦，此時不去，更待何時。近牆有石榴樹一株，黃生攀援而上，聳身一跳，出了書房的粉牆，靜悄悄一個大花園，園牆上都有荊棘。黃生心生一計，將石塊填腳，先扒開那些棘刺，踰牆而出，並無人知覺。早離了帥府。趁此天色未明，拽開腳步便走。忙忙若喪家之狗，急急如漏網之魚。有詩為證：

已效郗生入幕，何當干木踰垣❽！豈有牆東窺宋❾，卻同月下追韓❿。

次日，館中童子早起承值，叫聲：「奇怪！門不開，戶不開，房中不見了黃秀才。」忙去報知劉公。劉公見說，喫了一驚，親到書房看了一遍，一步步看到後園，見棘刺扒動，牆上有缺，想必那沒行止⓫的秀才，從此而去，正不知甚麼急務。當下傳梆升帳，拘巡警員役詢問，皆云：「不知。」劉公責治了一番。因他說鄰邦訪友，差人於襄鄧各府逐縣挨查緝訪，並無蹤影，嘆息而罷。話分兩頭。

卻說黃秀才自離帥府，挨門出城，又怕有人追趕。放腳飛跑，逢人問路。晚宿早行，逕望涪州而進。

---

❽ 干木踰垣：干木，指段干木，戰國時晉人，隱居在魏國，不肯做官，魏文侯去拜訪他，他跳牆出去躲避不見。

❾ 牆東窺宋：宋，指宋玉，戰國時楚國的文學家。他對楚王說，鄰家有一個女子，老是隔著牆窺視他，有愛慕他的意思。

❿ 月下追韓：韓，指韓信。韓信原來在項羽部下做一個很小的軍官。後來投到劉邦的部隊裏，也沒有得到重視，他就私自逃走，劉邦的謀臣蕭何知道了，連夜把他追趕回來，並勸劉邦用他做大將。後來替劉邦立過大功。

⓫ 沒行止：品行不端。

自古道：無巧不成話。趕到涪州，剛剛是十月初三日。且說黃秀才在帥府中擔閣多日，如何還趕得上。只因客船重大，且是上水有風則行，無風則止。黃秀才從陸路短盤，風雨無阻，所以趕著了沿江一路抓尋，只見高檣巨艦，此次湊集，如魚鱗一般，逐隻挨去，並不見韓翁之舟。心中早已著忙，莫非忙中有錯，還是再捱轉去。方欲回步，只見面前半箭之地，江岸有枯柳數株，下面單單泊著一隻船兒。上前仔細觀看，那船上寂無一人，止中艙有一女子，獨倚蓬窗，如有所待。那女子非別，正是玉娥，因為有黃生之約，恐眾人耳目之下，相接不便，在父親前，只說愛那柳樹之下泊船，僻靜有趣。韓翁愛女，言無不從。此時黃生一見，其喜非小。

謾說洞房花燭夜，且喜他鄉遇故知。

那玉娥望見黃生，笑容可掬。其船離岸尚遠，黃生便欲跳上。玉娥道：「水勢甚急，須牽纜至近方可。」黃生依言，便舉手去牽那纜兒，也是合當有事，那纜帶在柳樹根上，被風浪所激，已自鬆了。黃生去拿他時，便脫了結。你說巨舟在江濤洶湧之中，何等力氣，黃生又是個書生，不是筋節的，一隻手如何帶得住，說時遲，那時快，只叫得一聲：「阿呀！」但見舟逐順流下水，去若飛電，若現若隱，瞬息之間，不知幾里。黃生沿岸叫呼，眾船上都往水神廟祭賽去了。便有來往舟隻，那涪江水勢又與下面不同，離川江不遠，瞿塘三峽，一路下來，如銀河倒瀉一般，各船過此，一個個手忙腳亂，自顧且不暇，何暇顧別人。黃生狂走約有一二十里，到空闊處，不見了那船。又走二十來里，料無覓處。欲待轉去報與韓翁知道，又恐反惹其禍。對著江面，痛哭了一場。想起遠路天涯，孤身無倚，欲再見劉公，又無顏面。況且盤纏缺少，有家難奔，有國難投：「不如投向江流，或者得小娘子魂魄相見，也見我黃損不是負心之人。罷！罷！罷！」

人生自古誰無死，留與風流作話文。

黃秀才方欲投江，只聽得背後一人叫道：「不可，不可！」黃生回頭看時，不是別人，正是維揚市上曾遇著請他玉馬墜兒這個老叟。黃生見了那老叟，又羞又苦，淚如雨下。老叟道：「郎君有何痛苦？說與老漢知道，或者可以分憂一二。」黃生道：「到此地位，不得不說了。」便將初遇玉娥，及相約涪江纜斷舟行之事，備細述了一遍。老叟呵呵大笑，道：「原來如此，此須小事，如何便拚得一條性命！」黃生道：「老翁是局外之人，把這事看得小。依小生看來，比天更高，比海更闊，這事大得多哩！」老叟把十指一輪，說道：「老漢頗通數學，方纔輪算，尊可命不該絕，郎君還有相會之期。此去前面一里之外，有一茅菴，是我禪兄所居，郎君但往借宿，徐以此事求之，彼必能相濟。老漢不及奉陪。」黃生道：「老翁若不同去，恐禪師未必相信，不肯留宿。」老叟道：「郎君前所惠玉馬墜兒，老漢佩帶在身，我禪兄所常見，但以此為信可也。」說罷，就黃絲縧上解下玉馬墜來，遞與黃生。黃生接得在手，老叟竟自飄然去了。黃生為心事擾亂，依舊不曾問得姓名，懊悔無及。天色已晚，且自前去。約行一里之外，果然荒野中，獨獨有個茅菴，其門半掩。黃生捱身而入，佛堂中一盞琉璃燈，半明不滅。居中放個蒲團，一位高年胡僧，與塑的西番羅漢無二，盤膝打坐，雙眸緊閉，如入定⑫之狀。黃生不敢驚動，端跪於前。

⑫ 入定：佛教術語，入於禪定的意思。就是心神定於一處，毫無雜念的一種境界。

約有一個時辰，胡僧開眼看見，喝道：「何物俗子，敢來混入！」黃生再拜奉上玉馬墜，代老叟致意：「今晚求借一宿。」胡僧道：「一宿不難，但塵路茫茫，郎君此行將何底止？」黃生道：「小生黃損正有心願，欲求聖僧指迷。」遂將玉娥涪州之約，始終敘述。因叩首問計。胡僧道：「俺出家人，心如死灰，那管人間兒女之事！」黃生拜求不已。胡僧道：「郎君念既至誠，可通神明。但觀郎君，必是仕宦中人品。大丈夫以致身青雲，顯宗揚名為本，此事須於成名之後，從容及之。」黃生又拜道：「小生舉目無親，口食尚然不周，那有功名之念。適間若非老翁相救，已作江中之鬼矣。」胡僧道：「佛座下有白金十兩，聊助郎君路費。且往長安，俟機緣到日，當有以報命耳。」說罷，依先閉目入定去了。黃生身體亦覺困倦，就蒲團之側，曲肱而枕之，猛然睡去。醒將轉來，已是黎明時候，但見破敗荒菴，牆壁俱無，並不見坐禪胡僧的踪跡。上邊佛像也剝落破碎，不成模樣。佛座下露出白晃晃一錠大銀錠，上鑿有黃損二字。黃生叫聲「慚愧！」方知夜來所遇，真聖僧也。向佛前拜禱了一番，取了這錠銀子，權為路費，逕往長安。正是：人有逆天之時，天無絕人之路。

萬事不由人計較，一生都是命安排。

* * *

話分兩頭。卻說韓翁同舟人賽神回來，不見了船，急忙尋問，別個守船的看見，都說：「斷了纜，被流水滾下去多時了，我們沒本事救得。」韓翁大驚，一路尋將下來，聞岸上人所說，亦是如此。抓尋了兩三日，並無影響。痛哭而回，不在話下。

再說揚州妓女薛瓊瓊鴇兒叫做薛媼，為女兒瓊瓊以彈箏充選，入宮供奉，已及二載。薛媼自去了這女兒，門戶蕭條，乃買舟欲往長安探女，希求天子恩澤。其舟行至漢水，見有一覆舟自上流而下，迴避不迭，碰的一聲，正觸了船頭。那隻船就停止不行了。舟人疑覆舟中必有財物，遂牽近岸邊，用斧劈開，其中有一女子。薛媼聞知，忙教救出，已是淹淹將盡，只有一絲未斷。原來冬天水寒，但是下水便沒了命。只因此女藏在中艙，船底遮蓋，煖氣未洩，所以留得這一息生氣。舟中貨物，已自漂失了，便有存留，舟人都分散去訖。薛媼為去了女兒瓊瓊，正想沒有個替代，見此女容貌美麗，喜不可言，慌忙將通身濕衣解下，置於絮被之內，自己將肉身偎貼。那女子得了煖氣，漸漸甦醒。然後將姜湯粥食，慢慢扶持。又將好言撫慰，女子漸能言語，索取濕衣中錦囊。薛媼問其來歷，女子答道：「奴家姓韓，小字玉娥，隨父往蜀。舟至涪州，父親同舟人往賽水神，奴家獨守舟中，偶因纜脫，漂沒到此。」薛媼道：「可曾適人麼？」玉娥道：「與維揚黃損秀才，曾有百年之約。錦囊中藏有花箋小詞，即黃郎所贈也。」薛媼道：「黃秀才原是我女兒瓊瓊舊交，此人才貌雙全，與小娘子正是一對良緣。小娘子不須憂慮，隨老身同到長安，來年大比⑬，黃秀才必來應舉，那時待老身尋訪他來，與娘子續秦晉之盟，豈不美乎！」玉娥道：「若得如此，便是重生父母。」自此，玉娥遂拜薛媼為義母。薛媼亦如己女相待。正是：

休言事急且相隨，受恩深處親骨肉。

不一日，行到長安，薛媼賃了小小一所房子，同玉娥住下。其時瓊瓊入宮進御，寵倖無比。曉得假

⑬ 大比：科舉時代稱鄉試為「大比」。

母到來，無繇相會。但遣人不時餽送些東西候問。玉娥又扃戶深藏，終日針指，以助薪水之費。所以薛媼日用寬然有餘。光陰似箭，不覺歲盡春來。怎見得？有詩為證：

爆竹聲中一歲除，春風送煖入屠蘇。千門萬戶曈曈日，總把新桃換舊符。

且說除夜，玉娥想著母死父離，情人又無消息，暗暗墮淚。是夜睡去，夢見天門大開，一尊羅漢從空中出現。玉娥拜訴衷情，羅漢將黃紙一書，從空擲下，紙上寫：「維揚黃損佳音」六字。玉娥大喜，方欲開看，忽聞霹靂一聲，驀然驚覺，乃是人家歲朝開門，放火砲聲響。玉娥想了一回，淒然不樂。其日新年，只得強起梳粧。薛媼往鄰家拜年去了。玉娥垂下竹簾，立於門內，眼覷街市上人來人往，心中想道：「今天是大比之期，不知黃郎曾到長安否？若得他此地經過，重逢一面，應著夜來之夢，也不枉奴死裏逃生。」方纔轉動念頭，忽見一個胡僧，當簾而立，高叫道：「募化有緣男女。」玉娥從簾中仔細一看，那胡僧面貌，與夜來夢中所見羅漢無異，不覺竦然起敬。孤身女子，卻又不好招接他。正在躊躕，那胡僧竟自揭簾而入。玉娥倒退幾步，閃在一邊。胡僧直入中庭，盤膝而坐，頂上現出毫光數道，直透天門。玉娥大驚，跪拜無數，稟道：「弟子墮落火坑，有夙緣未遂，望羅漢指示迷津，救拔苦海。」胡僧道：「汝誠念皈依，但尚有塵劫未脫，老僧贈汝一物，可密藏於身畔，勿許一人知道，他日夫婦重逢，自有靈驗。」當下取出一件寶貝，贈與玉娥，乃是玉馬墜兒。玉娥收訖。即見一道金光，沖天而起，胡僧忽然不見。玉娥知是聖僧顯化，望空拜謝。將玉馬墜牢繫襟帶之上，薛媼回來，並不題起。

滿懷心事無人訴，一炷心香禮聖僧。

* * *

再說黃損秀才，得胡僧助了盤纏，一逕往長安應試。然雖如此，心上只掛著玉娥，也不去溫習經史，也不去靜養精神，終日串街走巷，尋覓聖僧，庶幾一遇。早出晚回，終日悶悶而已。試期已到，黃生只得隨例入場，舉筆一揮，絕不思索。他也只當應個故事，那有心情去推敲磨練。誰知那偏是應故事的文字容易入眼。正是：

不願文章中天下，只願文章中試官。

金榜開時，高高掛一個黃損名字，除授部郎⓮之職。其時呂用之專權亂政，引用無籍小人，左道惑眾，中外嫉之如仇。然怕他權勢，不敢則聲。黃損獨條陳他前後奸惡，事事有據。天子聽信，勅呂用之免官就第。黃生少年高第，又上了這個疏，做了天下第一件快心之事。那一個不欽服他！真個名傾朝野。長安貴戚，聞黃生尚未娶妻，多央媒說合，求他為壻。黃生心念玉娥，有盟言在前，只是推托不允。那時薛媼也風聞得黃損登第，欲待去訪他，到是玉娥教他：「且慢！貴易交，富易妻，人情乎，未知黃郎真心何如？」這也是他把細處。

話分兩頭，且說呂用之閒居私第，終日講爐鼎之事，差人四下緝訪名姝美色，以為婢妾。有人誇薛

⓮ 部郎：部，指吏、戶、禮、兵、刑、工等六部。郎，泛指部裏官員。

嫗的養女，名曰玉娥，天下絕色，只是不肯輕易見人。呂用之道：「只怕求而沒有，那怕有而難求。」當下差幹僕數十人，以五百金為聘，也不通名道姓，竟撇向薛嫗家中，直入臥房，搶出玉娥，不由分說，擡上花花煖轎，望呂府飛奔而走。嚇得薛嫗軟做一團，急忙裏想不出的道理。後來曉得呂府中要人，聲也不敢則了。欲待投訴黃損，恐無益於事，反討他抱怨。只得忍氣吞聲，不在話下。且說玉娥到了府中，呂用之親自捲簾，看見姿容絕世，喜不自勝。即命丫鬟養娘，扶至香房，又取出錦衣數箱，奇樣首飾，教他裝扮。玉娥只是啼哭，將首飾擲之於地，一件衣服也不肯穿。丫鬟養娘回覆呂相公。呂相公只教：「莫難為了他！好言相勸。」眾人領命，你一句，我一句，只是勸他順從。玉娥全然不理。正是：

萬事可將權勢使，寸心不為綺羅移。姻緣自古皆前定，堪笑狂夫妄用機。

卻說呂家門生故吏，聞得相公納過新寵，都來拜賀，免不得做慶賀筵席。飲至初更，只見後槽馬夫喘吁吁堂上稟事：「適間有白馬一匹，約長丈餘，不知那裏來的，突入後槽，嚙傷群馬；小人持棍趕他，那馬直入內宅去了。」呂用之大驚道：「那有此事？」即命幹僕明火執杖，同著馬夫，於各房搜檢。馬屁也不聞得一個，都來回話。呂相公心知不祥之事，不肯信以為然，只怪馬夫妄言，不老實，打四十棍，革去不用。眾客咸不懽而散。呂用之乘著酒興，逕入新房。玉娥兀自哭哭啼啼。呂用之一般也會幫襯，說道：「我富貴無比，你若順從，明日就立你為夫人，一生受用不盡。」玉娥道：「奴家雖是女流，亦知廉恥，曾許配良人，一女不更二夫；況相公珠翠成群，豈少奴家一人。願賜矜憐，以全名節。」呂用之那裏肯聽，用起拔山之力，抱向床頭按住，親解其衣。玉娥雙手拒之，氣力不加，口中罵聲不絕。正在危急之際，忽有白馬一匹，約長丈餘，從床中奔出，向呂用之亂撲亂咬。呂用之著忙，只得放手，喝教侍婢上前。那白馬在房中亂舞，逢著便咬，咬得侍婢十損九傷。呂用之驚惶逃竄。比及呂用之出了房門，那白馬也不見了。呂用之明明曉得是個妖孽，暗地差人四下訪求高人禳解。次日，有胡僧到門，自言：「善能望氣、預知凶吉。今見府上妖氣深重，特來禳解。」門上通報了，用之即日請進，甚相敬禮。胡僧道：「府上妖氣深重，主有非常之禍。」呂用之道：「妖氣在於何處？」胡僧道：「似在房闈之內，待老僧細查。」呂用之親自引了胡僧各房觀看，行至玉娥房頭，胡僧大驚道：「妖氣在此！不知此房中是相公何人？」呂用之道：「新納小妾，尚未成婚。」胡僧道：「恭喜相公，洪福齊天，得遇老僧。若成親之後，相公必遭其禍矣。此女乃上帝玉馬之精，來人間行禍者。今已到相公府中，若不早些發脫，禍必不免。」呂用之被他說著玉馬之事，連呼為神人，請問如何發脫？胡僧道：「將此女速贈他人，使他人代受其禍，相公便沒事了。」呂用之雖然愛那女色，性命為重，說得活靈活現，怎的不怕？又問道：「贈與誰人方好？」胡僧道：「只揀相公心上第一個不快的，將此女贈之，一月之內，此人必遭奇禍。相公可高枕無憂也。」呂用之被黃損一本劾奏罷官，心中最根的。那時便定了個主意，即忙作禮道：「領教，領教。」分付幹僕備齋相款，多取金帛厚贈。胡僧道：「相公天下福人，老僧特來相救，豈敢受賜！」連齋也不喫，拂衣而去。

分明一席無稽話，卻認非常禳禍功。

呂用之當時差人喚取薛媼到府說話。薛媼不敢不來。呂用之便道：「你女兒年幼，不知禮數，我府中不好收用。聞得新進士黃損尚無妻室，此人與我有言，我欲將此女送他，解釋其根，須得你親自送去，善言道達，必得他收納方好。」薛媼叩首道：「相公鈞旨，敢不遵依！」呂用之又道：「房中衣飾箱籠，盡作嫁資，你可自去收拾，竟自擡去，連你女兒也不消相見了。」薛媼聞言，正中其懷。中堂自有人引進香房。玉娥見薛媼到來，認是呂用之著他來勸解，心頭突突的跳。薛媼向女兒耳邊低說道：「你如今好了，相公不用，著我另送與一個知趣的人。」玉娥道：「奴家所以貪生忍恥，跟隨到此，只望黃郎一會；若轉贈他人，與陷身此地何異？奴家寧死，不願為逐浪之萍，隨風之絮也！」薛媼道：「方纔說知趣的人兒，正是黃郎。房中衣飾箱籠，儘數相贈，快些出門，防他有翻悔之事。」玉娥道：「原來如此。」當下母子二人，忙忙的收拾停當。囑付丫鬟養娘，寄謝相公。喚下腳力，一道煙去了。

鰲魚脫卻金鉤去，擺尾搖頭再不來。

卻說黃損閒坐衙齋，忽見門役來報：「有維揚薛媽媽求見。」黃生忙教請進。薛媼一見了黃生，連稱：「賀喜！」黃生道：「下官何喜可賀？」薛媼道：「老身到長安，已半年有餘，平時不敢來冒瀆，今日特奉一貴官之命，送一位小娘子到府成親。」黃生問道：「貴官是那個？」薛媼道：「是新罷職的呂相公。」黃生大怒道：「這個奸雄，敢以美人局戲我！若不看你舊時情分，就把你叱咤一場。」薛媼道：「官人休惱！那美人非別，卻是老身的女兒，與官人有瓜葛的。」黃生聞言，就把怒容放下了五分，從容問道：「令愛瓊瓊，久已入宮供奉，以下更有誰人？與下官有何瓜葛？」薛媼道：「是老身新認的小女，姓韓名玉娥。」黃生大驚道：「你在那裏相會來？」薛媼便把漢江撈救之事，說了一遍。「近日被呂相公用強奪去，女兒抵死不從。不知何故，分付老身送與官人，權為修好之意。」黃生搖首道：「既被呂用之這廝奪去，必然玷污，豈有白白發出之理。又如何偏送與下官？」薛媼道：「只問我女兒便知。」黃生道：「莫非不是那維揚韓玉娥麼？」薛媼道：「現有官人所贈花箋小詞為證。」遂出諸袖中，還是被水浸濕過的，都綯了。黃生見之，提起昔日涪江光景，不覺慘然淚下。即刻命肩輿人從，同薛媼迎接玉娥到衙相會。兩下抱頭大哭。哭罷，各敘衷腸。玉娥舉玉馬墜，對生說道：「妾若非此物，必為呂賊所污，當以頸血濺其衣，不復得見君面矣。」黃生見墜，大驚道：「此玉馬墜，原是吾家世寶，去年涪洲獻與胡僧，芳卿何以得之？」玉娥道：「妾除夜曾得一夢，次日歲朝遇一胡僧，宛如夢中所見，將此墜贈我，囑付我夫妻相會，都在這個墜上。妾謹藏於身。那夜呂賊用強相犯，忽有白馬從床頭奔出，欲嚙呂賊，呂賊驚惶逃去。後聞得也有個胡僧，對呂賊說：『白馬為妖，不利主人。』所以將妾贈君，欲貽禍於君耳。」黃生道：「如此說，你我夫妻重會，皆胡僧之力。胡僧皆神人，玉馬墜真神物也！今日禮當謝之。」遂命設下香案，供養玉馬墜於上，擺列酒脯之儀，夫妻雙雙下拜。薛媼亦從旁叩頭。忽見一白馬，約長丈餘，從香案上躍出，騰空而起。眾人急出戶看之，見雲端裏面站著一人，鬚眉可辨。那人是誰？

維揚市上初相識，再向涪江渡口逢。今日雲端來顯相，方知玉馬主人翁。

那人便是起首說，維揚市上相遇，請那玉馬墜的老翁。老翁跨上白馬，須臾，煙雲繚繞，不知所往。

黃生想起江頭活命之恩，望空再拜。看案上，玉馬墜已不見矣。是夜，黃損與玉娥遂為夫婦。薛媼養老送終。黃損又差人持書往蜀中訪問韓翁，迎來奉養。歲時必設老叟及胡僧神位，焚香禮拜。後黃損官至御史中丞，玉娥生三子，並列仕途，夫婦百年諧老。有詩贊云：

一曲箏聲江上聽，知音遂締百年盟。
死生離合皆前定，不是姻緣莫強爭。

第三十三卷　十五貫戲言成巧禍

聰明伶俐自天生，懵懂癡呆未必真。嫉妬每因眉睫淺，戈矛時起笑談深。
九曲黃河心較險，十重鐵甲面堪憎。時因酒色亡家國，幾見詩書誤好人！

這首詩，單表為人難處。只因世路窄狹，人心叵測❶。大道既遠，人情萬端。熙熙攘攘，都為利來。蚩蚩蠢蠢❷，皆納禍去。持身保家，萬千反覆。所以古人云：顰有為顰，笑有為笑❸。顰笑之間，最宜謹慎。這回書，單說一個官人，只因酒後一時戲笑之言，遂至殺身破家，陷了幾條性命。且先引下一個故事來，權做個德勝頭迴。

卻說故宋朝中，有一個少年舉子，姓魏名鵬舉，字沖霄，年方一十八歲，娶得一個如花似玉的渾家。未及一月，只因春榜動，選場開❹，魏生別了妻子，收拾行囊，上京應取。臨別時，渾家分付丈夫：「得

❶ 叵測：不可測，即「猜不到」。
❷ 蚩蚩蠢蠢：癡呆愚昧。
❸ 顰有為顰二句：顰，就是愁眉苦臉。這兩句是說，愁眉苦臉有它的目的，笑也有目的；也就是說，哭笑都是有所為的。

官不得官，早早回來，休抛閃了恩愛夫妻！」魏生答道：「功名二字，是俺本領前程，不索賢卿憂慮。」別後登程到京，果然一舉成名，除授一甲第二名榜眼及第。在京甚是華豔動人，少不得修了一封家書，差人接取家眷入京。書上先敘了寒溫及得官的事，後卻寫下一行，道是：「我在京中早晚無人照管，已討了一個小老婆，專候夫人到京，同享榮華。」家人收拾書程❺，一逕到家，見了夫人，稱說賀喜。因取家書呈上。夫人拆開看了，見是如此如此，這般這般，便對家人道：「官人直恁負恩！甫能❻得官，便娶了二夫人。」家人便道：「小人在京，並沒見有此事。想是官人戲謔之言！夫人到京，便知端的，休得憂慮！」夫人道：「恁地說，我也罷了！」卻因人舟未便，一面收拾起身，一面尋覓便人，先寄封平安家書到京中去。那寄書人到了京中，尋問新科魏榜眼寓所，下了家書，管待酒飯自回，不題。

卻說魏生接書拆開來看了，並無一句閒言閒語，只說道：「你在京中娶了一個小老婆，我在家中也嫁了一個小老公，早晚同赴京師也。」魏生見了，也只道是夫人取笑的說話，全不在意。未及收好，外面報說：有個同年❼相訪。京邸寓中，不比在家寬轉，那人又是相厚的同年，又曉得魏生並無家眷在內，直至裏面坐下，敘了些寒溫。魏生起身去解手，那同年偶翻桌上書帖，看見了這封家書，寫得好笑，故意朗誦起來。魏生措手不及，通紅了臉，說道：「這是沒理的事！因是小弟戲謔了他，他便取笑寫來的。」

❹ 春榜動二句：科舉時代，進士考試多在春天舉行。這兩句是說，春天將舉行進士考試了。
❺ 書程：書，書信。程，鋪陳行李，是旅行用的臥具。
❻ 甫能：剛剛。
❼ 同年：同在一榜考上進士的人，彼此互稱同年。

那同年呵呵大笑道：「這節事卻是取笑不得的。」別了就去。那人也是一個少年，喜談樂道，把這封家書一節，頃刻間遍傳京邸。也有一班妬忌魏生少年登高科的，將這樁事只當做風聞言事❽的一個小小新聞，奏上一本，說這魏生年少不檢，不宜居清要之職，降處外任。魏生懊恨無及。後來畢竟做官蹭蹬不起，把錦片也似一段美前程，等閒放過去了。這便是一句戲言，撒漫了一個美官。今日再說一個官人，也只為酒後一時戲言，斷送了堂堂七尺之軀，連累兩三個人，枉屈害了性命。卻是為著甚的？有詩為證。

世路崎嶇實可哀，傍人笑口等閒開。白雲本是無心物，又被狂風引出來。

* * *

卻說南宋時，建都臨安，繁華富貴，不減那汴京故國。去那城中箭橋左側，有個官人，姓劉名貴，字君薦，祖上原是有根基的人家。到得君薦手中，卻是時乖運蹇。先前讀書，後來看看不濟，卻去改業做生意，便是半路上出家的一般。買賣行中，一發不是本等伎倆，又把本錢消折去了。漸漸大房改換小房，賃得兩三間房子，與同渾家王氏，年少齊眉。後因沒有子嗣，娶下一個小娘子，姓陳，是陳賣糕的女兒，家中都呼為二姐。這也是先前不十分窮薄的時，做下的勾當。至親三口，並無閑雜人在家。那劉君薦，極是為人和氣，鄉里見愛，都稱他劉官人。「你是一時運限不好，如此落莫，再過幾時，定時有個亨通的日子！」說便是這般說，那得有些些好處？只是在家納悶，無可奈何！

卻說一日閒坐家中，只見丈人家裏的老王——年近七旬——走來對劉官人說道：「家間老員外生日，

❽ 風聞言事：把傳聞的事向皇帝報告。風聞，傳聞。言事，向皇帝奏聞。

特令老漢接取官人娘子，去走一遭。」劉官人便道：「便是我日逐愁悶過日子，連那泰山的壽誕，也都忘了。」便同渾家王氏，收拾隨身衣服，打疊個包兒，交與老王背了。分付二姐：「看守家中，今日晚了，不能轉回，明晚須索來家。」說了就去。離城二十餘里，到了丈人王員外家，敘了寒溫。當日坐間客眾，丈人女壻，不好十分敘述許多窮相。到得客散，留在客房裏宿歇。直到天明，丈人卻來與女壻攀話，說道：「姐夫，你須不是這等算計，坐吃山空，立喫地陷。咽喉深似海，日月快如梭。你須計較一個常便！我女兒嫁了你，一生也指望豐衣足食，不成只是這等就罷了！」劉官人歎了一口氣道：「是。泰山在上，道不得個上山擒虎易，開口告人難。如今的時勢，再有誰似泰山這般憐念我的。只索守困，若去求人，便是勞而無功。」丈人便道：「這也難怪你說。老漢卻是看你們不過，今日賫助你些少本錢，胡亂去開個柴米店，撰得些利息來過日子，卻不好麼？」劉官人道：「感蒙泰山恩顧，可知是好。」當下喫了午飯，丈人取出十五貫錢來，付與劉官人道：「姐夫，且將這些錢去，收拾起店面，開張有日，我便再應付你十貫。你妻子且留在此過幾日，待有了開店日子，老漢親送女兒到你家，就來與你作賀，意下如何？」劉官人謝了又謝，馱了錢，一逕出門。到得城中，天色卻早晚了，卻撞著一個相識，順路在他家門首經過。那人也要做經紀的人，就與他商量一會，可知是好。便去敲那人門時，裏面有人應喏，出來相揖，便問：「老兄下顧，有何見教？」劉官人一一說知就裏。那人便道：「小弟閒在家中，老兄用得著時，便來相幫。」劉官人道：「如此甚好。」當下說了些生意的勾當。那人便留劉官人在家，現成盃盤，喫了三盃兩盞。劉官人酒量不濟，便覺有些朦朧起來，抽身作別，便道：「今日相擾，明早就煩老兄過寒家，計議生理。」那人又送劉官人至路口，作別回家，不在話下。若是說話的同年生，並肩長，攔腰抱住，把臂拖回，也不見得受這般災悔！卻教劉官人死得不如：

五代史李存孝，漢書中彭越❾。

卻說劉官人馱了錢，一步一步捱到家中。敲門已是點燈時分，小娘子二姐獨自在家，沒一些事做，守得天黑，閉了門，在燈下打瞌睡。劉官人打門，他那裏便聽見，敲了半響，方纔知覺。答應一聲來了，起身開了門。劉官人進去，到了房中，二姐替劉官人接了錢，放在桌上，便問：「官人，何處那移這項錢來，卻是甚用？」那劉官人一來有了幾分酒，二來怪他開得門遲了，且戲言嚇他一嚇，便道：「說出來，又恐你見怪；不說時，又須通你得知。只是我一時無奈，沒計可施，只得把你典與一個客人，又因捨不得你，只典得十五貫錢。若是我有些好處，加利贖你回來。若是照前這般不順溜，只索罷了！」那小娘子聽了，欲待不信，又見十五貫錢，堆在面前。欲待信來，他平白與我沒半句言語，大娘子又過得好，怎麼便下得這等狠心辣手！疑狐不決。只得再問道：「雖然如此，也須通知我爹娘一聲。」劉官人道：「若是通知你爹娘，此事斷然不成。你明日且到了人家，我慢慢央人與你爹娘說通，他也須怪我不得。」小娘子又問：「官人今日在何處喫酒來？」劉官人道：「便是把你典與人，寫了文書，喫他的酒，纔來的。」小娘子又問：「大姐姐如何不來？」劉官人道：「他因不忍見你分離，待得你明日出了門纔來，這也是我沒計奈何，一言為定。」說罷，暗地忍不住笑。不脫衣裳，睡在床上，不覺睡去了。那小娘子好生擺脫不下：「不知他賣我與甚色樣人家？我須先去爹娘家裏說知。就是他明日有人來要我，尋

❾ 彭越：漢朝的功臣，封為梁王，後來被劉邦殺掉，並誅三族。

道我家，也須有個下落。」沉吟了一會，卻把這十五貫錢，一垛兒堆在劉官人腳後邊。趁他酒醉，輕輕的收拾了隨身衣服，款款的開了門出去，拽上了門。卻去左邊一個相熟的鄰舍，叫做朱三老兒家裏，與朱三媽宿了一夜，說道：「丈夫今日無端賣我，我須先去與爹娘說知。煩你明日對他說一聲，既有了主顧，可同我丈夫到爹娘家中來，討個分曉，也須有個下落。」那鄰舍道：「小娘子說得有理，你只顧自去，我便與劉官人說知就理。」過了一宵，小娘子作別去了，不題。正是：

鰲魚脫卻金鉤去，擺尾搖頭再不回。

放下一頭。卻說這裏劉官人一覺，直至三更方醒，見桌上燈猶未滅，小娘子不在身邊。只道他還在廚下收拾家火，便喚二姐討茶喫。叫了一回，沒人答應，卻待掙扎起來，酒尚未醒，不覺又睡了去。不想卻有一個做不是的，日間賭輸了錢，沒處出豁，夜間出來掏摸些東西，卻好到劉官人門首。因是小娘子出去了，門兒拽上不關，那賊略推一推，豁地開了。捏手捏腳，直到房子，並無一人知覺。到得床前，燈火尚明。周圍看時，並無一物可取。摸到床上，見一人朝著裏床睡去，腳後卻有一堆青錢，便去取了幾貫。不想驚覺了劉官人，起來喝道：「你須不近道理！我從丈人家借辦得幾貫錢來養身活命；不爭你偷了我的去，卻是怎的計結！」那人也不回話，照面一拳，劉官人側身躲過，便起身與這人相持。那人見劉官人手腳活動，便拔步出房。劉官人不捨，搶出門來，一徑趕到廚房裏。恰待聲張鄰舍起來捉賊；那人急了，正好沒出豁，卻見明晃晃一把劈柴斧頭，正在手邊；也是人極計生，被他綽起一斧，正中劉官人面門，撲地倒了，又復一斧，斫倒一邊。眼見得劉官人不活了，嗚呼哀哉，伏惟尚饗。那人便道：

「一不做，二不休，卻是你來趕我，不是我來尋你。」索性翻身入房，取了十五貫錢。扯條單被，包裹得停當，拽扎得爽俐，出門，拽上了門就走，不題。

次早鄰舍起來，見劉官人家門也不開，並無人聲息，叫道：「劉官人，失曉⑩了。」裏面沒人答應。捱將進去，只見門也不關。直到裏面，見劉官人劈死在地。「他家大娘子，兩日家前已自往娘家去了，小娘子如何不見？」免不得聲張起來。卻有昨夜小娘子借宿的鄰家朱三老兒說道：「小娘子昨夜黃昏時，到我家宿歇，說道：劉官人無端賣了他，他一徑先到爹娘家裏去了，教我對劉官人說，既有了主顧，可同到他爹娘家中，也討得個分曉。今一面著人去追他轉來，便有下落。一面著人去報他大娘子到來，再作區處。」眾人都道：「說得是。」先著人去到王老員外家報了凶信。老員外與女兒大哭起來，對那人道：「昨日好端端出門，老漢贈他十五貫錢，教他將來作本，如何便恁的被人殺了？」那去的人道：「好教老員外大娘子得知，昨日劉官人歸時，已自昏黑，喫得半酣，我們都不曉得他有錢沒錢，歸遲歸早。只是今早劉官人家，門兒半開，眾人推將進去，只見劉官人殺死在地，十五貫錢一文也不見，小娘子也不見蹤跡。聲張起來，卻有左鄰朱三老兒出來，說道：『他家小娘子昨夜黃昏時分，借宿他家。小娘子說道：劉官人無端把他典與人了，小娘子要對爹娘說一聲。住了一宵，今日徑自去了。』如今眾人計議，一面來報大娘子與老員外，一面著人去追小娘子。若是半路裏追不著的時節，直到他爹娘家中，好歹追他轉來，問個明白。老員外與大娘子，須索去走一遭，與劉官人執命⑪。」老員外與大娘子急急，收拾

⑩ 失曉：天亮了。

⑪ 執命：償命。

起身，管待來人酒飯，三步做一步，趕入城中，不題。

卻說那小娘子，清早出了鄰舍人家，挨上路去，行不上一二里，早是腳疼走不動，坐在路傍。卻見一個後生，頭帶萬字頭巾，身穿直縫寬衫，背上馱了一個搭膊，裏面卻是銅錢，腳下絲鞋淨襪，一直走上前來。到了小娘子面前，看了一看：雖然沒有十二分顏色，卻也明眉皓齒，蓮臉生春，秋波送媚，好生動人。正是：

野花偏豔目，村酒醉人多。

那後生放下搭膊，向前深深作揖。「小娘子獨行無伴，卻是往那裏去的？」小娘子還了萬福，道：「是奴家要往爹娘家去，因走不上，權歇在此。」因問：「哥哥是何處來？今要往何方去？」那後生叉手不離方寸⓬：「小人是村裏人，因往城中賣了絲帳，討得些錢，要往褚家堂那邊去的。」小娘子道：「告哥哥則個，奴家爹娘也在褚家堂左側，若得哥哥帶挈奴家，同走一程，可知是好。」那後生道：「有何不可！既如此說，小人情願伏侍小娘子前去。」兩個廝趕著，一路正行，行不到二三里田地，只見後面兩個人腳不點地，趕上前來。趕得汗流氣喘，衣襟敞開。連叫：「前面小娘子慢走，我卻有話說知。」小娘子與那後生看見趕得蹊蹺，都立住了腳。後邊兩個趕到跟前，見了小娘子與那後生，不容分說，一家扯了一個，說道：「你們幹得好事！卻走往那裏去？」小娘子喫了一驚，舉眼看時，卻是兩家鄰舍，一個就是小娘子昨夜借宿的主人。小娘子便道：「昨夜也須告過公公得知，丈夫無端賣我，我自去對爹

⓬ 叉手不離方寸：叉手，拱手。方寸，心。雙手拱在胸前行禮的意思。

娘說知。今日趕來，卻有何說？」朱三老道：「我不管閒帳，只是你家裏有殺人公事，你須回去對理。」小娘子道：「丈夫賣我，昨日錢已馱在家中，有甚殺人公事？我只是不去。」朱三老道：「好自在性兒！你若真個不去，叫起地方，有殺人賊在此，煩為一捉，不然，須要連累我們。你這裏地方也不得清淨。」那個後生見不是話頭，便對小娘子道：「既如此說，小娘子只索回去，小人自家去休！」那兩個趕來的鄰舍，齊叫起來說道：「若是沒有你在此便罷，既然你與小娘子同行同止，你須也去不得！」那後生道：「卻也作怪，我自半路遇見小娘子，偶然伴他行一程，路途上有甚皂絲麻線⑬，要勒揹我回去？」朱三老道：「他家有了殺人公事，不爭放你去了，卻打沒對頭官司！」當下怎容小娘子和那後生做主。看的人漸漸立滿，都道：「後生你去不得。你日間不作虧心事，半夜敲門不喫驚。便去何妨！」那趕來的鄰舍道：「你若不去，便是心虛。我們卻和你罷休不得。」四個人只得廝挽著一路轉來。

到得劉官人門首，好一場熱鬧！小娘子入去看時，只見劉官人斧劈倒在地死了，床上十五貫錢分文也不見。開了口合不得，伸了舌縮不上去。那後生也慌了，便道：「我恁的晦氣！沒來由和那小娘子同走一程，卻做了干連人。」眾人都和鬨著。正在那裏分豁不開，只見王老員外和女兒一步一攧走回家來，見了女壻身屍，哭了一場，便對小娘子道：「你卻如何殺了丈夫？劫了十五貫錢，逃走出去？今日天理昭然，有何理說！」小娘子道：「十五貫錢，委是有的。只是丈夫昨晚回來，說是無計奈何，將奴家典與他人，典得十五貫身價在此，說過今日便要奴家到他家去。奴家因不知他典與甚色樣人家，先去與爹娘說知，故此趁他睡了，將這十五貫錢，一垛兒堆在他腳後邊，拽上門，到朱三老家住了一宵，今早自

---

⑬ 皂絲麻線：表示黑白、是非，比喻牽連、糾葛的意思。

去爹娘家裏說知。臨去之時，也曾央朱三老對我丈夫說，既然有了主顧，可同到我爹娘家裏來交割。卻不知因甚殺死在此？」那大娘子道：「可又來！我的父親昨日明明把十五貫錢與他馱來作本，養贍妻小，他豈有哄你說是典來身價之理？這是你兩日因獨自在家，勾搭上了人；又見家中好生不濟，無心守耐；又見了十五貫錢，一時見財起意，殺死丈夫，劫了錢。又使見識，往鄰舍家借宿一夜，卻與漢子通同計較，一處逃走。現今你跟著一個男子同走，卻有何理說，抵賴得過！」眾人齊聲道：「大娘子之言，甚是有理。」又對那後生道：「後生，你卻如何與小娘子謀殺親夫？卻暗暗約定在僻靜處等候，一同去逃奔他方，卻是如何計結！」那人道：「小人自姓崔名寧，與那小娘子無半面之識。小人昨晚入城，賣得幾貫絲錢在這裏，因路上遇見小娘子，小人偶然問起往那裏去的，卻獨自一個行走。小娘子說起是與小人同路，以此作伴同行，卻不知前後因依。」眾人那裏肯聽他分說，搜索他搭膊中，恰好是十五貫錢，一文也不多，一文也不少。眾人齊發起喊來道：「是天網恢恢，踈疏而不漏。你卻與小娘子殺了人，拐了錢財，盜了婦女，同往他鄉，卻連累我地方鄰里打沒頭官司！」

當下大娘子結扭了小娘子，王老員外結扭了崔寧，四鄰舍都是證見，一鬨都入臨安府中來。那府尹聽得有殺人公事，即便陞廳。便叫一干人犯，逐一從頭說來。先是王老員外上去，告說：「相公在上，小人是本府村莊人氏，年近六旬，只生一女，先年嫁與本府城中劉貴為妻。後因無子，娶了陳氏為妾，呼為二姐。一向三口在家過活，並無片言。只因前日是老漢生日，差人接取女兒女壻到家，住了一夜。次日，因見女壻家中全無活計，養贍不起，把十五貫錢與女壻作本，開店養身。卻有二姐在家看守。到得昨夜，女壻到家時分，不知因甚緣故，將女壻斧劈死了，二姐卻與一個後生，名喚崔寧，一同逃走，被人追捉到來。望相公可憐見老漢的女壻，身死不明，奸夫淫婦，贓證現在，伏乞相公明斷。」府尹聽得如此如此，便叫陳氏上來：「你卻如何通同奸夫，殺死了親夫，劫了錢，與人一同逃走，是何理說？」二姐告道：「小婦人嫁與劉貴。雖是個小老婆，卻也得他看承⓮得好。大娘子又賢慧，卻如何肯起這片歹心？只是昨晚丈夫回來，喫得半酣，馱了十五貫錢進門，小婦人問他來歷，丈夫說道，為因養贍不周，將小婦人典與他人，典得十五貫身價在此，又不通我爹娘得知，明日就要小婦人到他家去。小婦人慌了，連夜出門，走到鄰舍家裏，借宿一宵。今早一逕先往爹娘家去，教他對丈夫說，既然賣我，有了主顧，可到我爹媽家裏來交割。纔走得到半路，卻是昨夜借宿的鄰家趕來，捉住小婦人回來，卻不知丈夫殺死的根由。」那府尹喝道：「胡說！這十五貫錢，分明是他丈人與女壻的，你卻說是典你的身價，眼見的沒巴臂⓯的說話了。況且婦人家，如何黑夜行走？定是脫身之計。這樁事須不是你一個婦人家做的，一定有奸夫幫你謀財害命，你卻從實說來。」那小娘子正待分說，只見幾家鄰舍一齊跪上去告道：「相公的言語，委是青天。他家小娘子，昨夜果然借宿在左鄰第二家的，今早他自去了。小的們見他丈夫殺死，一面著人去趕，趕到半路，卻見小娘子和那一個後生同走，苦死不肯回來。小的們勉強捉他轉來，卻又一面著人去接他大娘子與他丈人，到時，說昨日有十五貫錢，付與女壻做生理的。今者女壻已死，這錢不知從何而去。再三問那小娘子時，說道：他出門時，將這錢一堆兒堆在床上。卻去搜那後生身還，十五貫錢，分文不少。卻不是小娘子與那後生通同作奸？贓證分明，卻如何賴得過？」府尹聽他們言言有

⓮ 看承：看待。

⓯ 巴臂：把柄；憑據。

理，就喚那後生上來道：「帝輦之下⑯，怎容你這等胡行？你卻如何謀了他小老婆，劫了十五貫錢，殺死他親夫？今日同往何處？從實招來。」那後生道：「小人姓崔名寧，是鄉村人氏，昨日往城中賣了絲，賣得這十五貫錢。今早偶然路上撞著這小娘子，並不知他姓甚名誰，那裏曉得他家殺人公事？」府尹大怒，喝道：「胡說！世間不信有這等巧事！他家失去了十五貫錢，你卻賣的絲恰好也是十五貫錢，這分明是支吾的說話了。況且他妻莫愛，他馬莫騎，你既與那婦人沒甚首尾，卻如何與他同行共宿？你這等頑皮賴骨，不打，如何肯招？」當下眾人將那崔寧與小娘子，死去活來，拷打一頓。那邊王老員外與女兒併一干鄰佑人等，口口聲聲，咬他二人。府尹也巴不得了結這段公案。拷訊一回，可憐崔寧和小娘子，受刑不過，只得屈招了。說是一時見財起意，殺死親夫，劫了十五貫錢，同奸夫逃走是實。左鄰右舍都指畫了十字，將兩人大枷枷了，送入死囚牢裏。將這十五貫錢，給還原主，也只好奉與衙門中人做使用，也還不勾哩。府尹疊成文案，奏過朝廷，部覆申詳，倒下聖旨，說：「崔寧不合奸騙人妻，謀財害命，依律處斬。陳氏不合通同奸夫，殺死親夫，大逆不道，凌遲示眾。」當下讀了招狀，大牢內取出二人來，當廳判一個斬字，一個剮字，押赴市曹，行刑示眾。兩人渾身是口，也難分說。正是：

啞子謾嘗黃蘗⑰味，難將苦口對人言。

看官聽說，這段公事，果然是小娘子與那崔寧謀財害命的時節，他兩人須連夜逃走他方，怎的又去

⑯ 帝輦之下：皇帝車子經過的地方，指首都所在地。

⑰ 黃蘗：即「黃柏」。植物名。可作藥，味道很苦。蘗，音ㄅㄛˋ。

鄰舍人家借宿一宵？明早又走到爹娘家去，卻被人捉住了？這段冤枉，仔細可以推詳出來。誰想問官糊塗，只圖了事，不想捶楚⑱之下，何求不得。冥冥之中，積了陰隲，遠在兒孫近在身。他兩個冤魂，也須放你不過。所以做官的，切不可率意斷獄，任情用刑，也要求個公平明允。道不得個死者不可復生，斷者不可復續，可勝歎哉！

＊　＊　＊

閒話休題。卻說那劉大娘子到得家中，設個靈位，守孝過日。父親王老員外勸他轉身⑲，大娘子說道：「不要說起三年之久，也須到小祥⑳之後。」父親應允自去。光陰迅速，大娘子在家，巴巴結結㉑，將近一年，父親見他守不過，便叫家裏老王去接他來，說：「叫大娘子收拾回家，與劉官人做了週年，轉了身去罷。」大娘子沒計奈何。細思：「父言亦是有理。」收拾了包裹，與老王背了，與鄰舍家作別，暫去再來。一路出城，正值秋天，一陣烏風猛雨，只得落路，往一所林子去躲，不想走錯了路。正是：

豬羊走屠宰之家，一腳腳來尋死路。

走入林子裏去，只聽他林子背後，大喝一聲：「我乃靜山大王在此！行人住腳，須把買路錢與我。」

---

⑱ 捶楚：敲打。
⑲ 轉身：寡婦改嫁。
⑳ 小祥：服喪滿了一年。
㉑ 巴巴結結：勉強湊合。這裏指生活困頓。

大娘子和那老王喫那一驚不小，只見跳出一個人來：

頭帶乾紅凹面巾，身穿一領舊戰袍，腰間紅絹搭膊裹肚，腳下蹬一雙烏皮皂靴，手執一把朴刀。

舞刀前來。那老王該死，便道：「你這剪逕㉒的毛團㉓！我須是認得你，做這老性命著，與你兌了罷。」一頭撞去，被他閃過空。老人家用力猛了，撲地便倒。那人大怒道：「這牛子㉔好生無禮！」連搠一兩刀，血流在地，眼見得老王養不大了。那劉大娘子見他兇猛，料道脫身不得，心生一計，叫做脫空計。拍手叫道：「殺得好！」那人便住了手，睜員怪眼，喝道：「這是你甚麼人？」那大娘子虛心假氣的答道：「奴家不幸喪了丈夫，卻被媒人哄誘，嫁了這個老兒，只會喫飯。今日卻得大王殺了，也替奴家除了一害。」那人見大娘子如此小心，又生得有幾分顏色，便問道：「你肯跟我做個壓寨夫人麼？」大娘子尋思，無計可施，便道：「情愿伏侍大王。」那人回嗔作喜，收拾了刀杖，將老王尸首攛入澗中。領了劉大娘子，到一所莊院前來，甚是委曲。只見大王向那地上，拾些土塊，拋向屋上去，裏面便有人出來開門。到得草堂之上，分付殺羊備酒，與劉大娘子成親。兩口兒且是說得著。正是：

明知不是伴，事急且相隨。

㉒ 剪逕：盜匪在路上打劫。

㉓ 毛團：罵禽獸的話。這裏指狐狸。

㉔ 牛子：罵人像牛一樣的蠢笨、拗執。

不想那大王自得了劉大娘子之後，不上半年，連起了幾主大財，家間也豐富了。大娘子甚是有識見，早晚用好言語勸他：「自古道：瓦罐不離井上破，將軍難免陣中亡。你我兩人，下半世也勾喫用了，只管做這沒天理的勾當，終須不是個好結果！卻不道是梁園雖好，不是久戀之家㉕。不若改行從善，做個小小經紀，也得過養身活命。」那大王早晚被他勸轉，果然回心轉意，把這門道路撇了。卻去城市間賃下一處房屋，開了一個雜貨店。遇閒暇的日子，也時常去寺院中，念佛赴齋。忽一日，在家閒坐，對那大娘子道：「我雖是個剪逕的出身，卻也曉得冤各有頭，債各有主。每日間只是嚇騙人東西，將來過日子。後來得有了你，一向買賣順溜，今已改行從善。閒來追思既往，止曾枉殺了兩個人，又冤陷了兩個人，時常掛念，思欲做些功德，超度他們，一向不曾對你說知。」大娘子便道：「如何是枉殺了兩個人？」那大王道：「一個是你的丈夫，前日在林子裏的時節，他來撞我，我卻殺了他。他須是個老人家，與我往日無讎，如今又謀了他老婆，他死也是不肯甘心的！」大娘子道：「不恁地時，我卻那得與你廝守？這也是往事，休題了！」又問：「殺那一個，又是甚人？」那大王道：「說起來這個人，一發天理上放不過去；且又帶累了兩個人，無辜償命。是一年前，也是賭輸了，身邊並無一文，夜間便去掏摸些東西。不想到一家門首，見他門也不閂，推進去時，裏面並無一人。摸到門裏，只見一人醉倒在床，腳後卻有一堆銅錢，便去摸他幾貫。正待要走，卻驚醒了。那人起來說道：這是我丈人家與我做本錢的，不爭你偷去了，一家人口都是餓死。起身搶出房門，正待聲張起來。是我一時見他不是話頭，卻好一把劈柴斧

㉕ 梁園雖好二句：漢朝梁孝王（劉武）在開封蓋了一所很大的花園，名為梁園，接待各方文士、賓客。可是梁園雖然很好，卻不是賓客們自己的家，是難以久戀的，因此後來有了這兩句諺語。

頭在我腳邊，這叫做人極計生，綽起斧來，喝一聲道，不是我，便是你，兩斧劈倒。卻去房中將十五貫錢，盡數取了。後來打聽得他，卻連累了他家小老婆，與那一個後生，喚做崔寧，說他兩人謀財害命，雙雙受了國家刑法。我雖是做了一世強人，只有這兩樁人命，是天理人心打不過去的！早晚還要超度他，也是該的。」那大娘子聽說，暗暗地叫苦：「原來我的丈夫也喫這廝殺了，又連累我家二姐與那個後生無辜受戮。思量起來，是我不合當初執證他兩人償命；料他兩人陰司中，也須放我不過。」當下權且歡天喜地，並無他說。明日捉個空，便一逕到臨安府前，叫起屈來。那時換了一個新任府尹，纔得半月。正值陞廳，左右捉將那叫屈的婦人進來。劉大娘子到於階下，放聲大哭。哭罷，將那大王前後所為：「怎的殺了我丈夫劉貴。問官不肯推詳，含糊了事，卻將二姐與那崔寧，朦朧償命。後來又怎的殺了老王，奸騙了奴家。今日天理昭然，一一是他親口招承。伏乞相公高抬明鏡，昭雪前冤。」說罷又哭。府尹見他情詞可憫，即著人去捉那靜山大王到來，用刑拷訊，與大娘子口詞一些不差。即時問成死罪，奏過官裏。待六十日限滿，倒下聖旨來，勘得：「靜山大王，謀財害命，連累無辜，准律：殺一家非死罪三人者，斬加等，決不待時㉖。原問官斷獄失情，削職為民。崔寧與陳氏枉死可憐，有司訪其家，諒行優恤。王氏既係強徒威逼成親，又能伸雪夫冤，著將賊人家產，一半沒入官，一半給與王氏養贍終身。」劉大娘子當日往法場上，看決了靜山大王，又取其頭去祭獻亡夫，並小娘子及崔寧，大哭一場。將這一半家私，捨入尼姑菴中，自己朝夕看經念佛，追薦亡魂，盡老百年而絕。有詩為證：

善惡無分總喪軀，只因戲語釀殃危。勸君出話須誠信，口舌從來是禍基。

㉖ 決不待時：指立即處決。

第三十四卷　一文錢小隙造奇冤

世上何人會此言，休將名利掛心田。等閒倒盡十分酒，遇興高歌一百篇。
物外烟霞為伴侶，壺中日月任嬋娟。他時功滿歸何處？直駕雲車入洞天。

這八句詩，乃回道人所作。那道人是誰？姓呂，名岩，號洞賓，岳州河東人氏。大唐咸通中應進士舉，遊長安酒肆，遇正陽子鍾離先生，點破了黃粱夢，知宦途不足戀，遂求度世之術。鍾離先生恐他立志未堅，十遍試過，知其可度。欲授以黃白秘方，使之點石成金，濟世利物，然後三千功滿，八百行圓。洞賓問道：「所點之金，後來還有變異否？」鍾離先生答道：「直待三千年後，還歸本質。」洞賓愀然不樂道：「雖然遂我一時之願，可惜誤了三千年後遇金之人。弟子不願受此方也。」鍾離先生呵呵大笑道：「汝有此好心，三千八百盡在於此。吾向蒙苦竹真君分付道：『汝遊人間，若遇兩口的，便是你的弟子。』遍遊天下，從沒見有兩口之人，今汝姓呂，即其人也。」遂傳以分合陰陽之妙。洞賓修煉丹成，發誓必須度盡天下眾生，方肯上昇。從此混迹塵途，自稱為回道人。回字也是二口，暗藏著呂字。嘗遊長沙，手持小小磁罐乞錢，向市上大言：「我有長生不死之方，有人肯施錢滿罐，便以方授之。」市人不信，爭以錢投罐，罐終不滿。眾皆駭然。忽有一僧人，推一車子錢從市東來，戲對道：「人說我這車子錢共有千貫，你罐裏能容之否？」道人笑道：「連車子也推得進，何況錢乎？」那僧不以為然，想著：「這罐子有多少大嘴，能容得車兒？明明是說謊。」道人見其沉吟，便道：「只怕你不肯布施，若道個肯字，不愁這車子不進我罐兒裏去。」此時眾人聚觀者極多，一個個肉眼凡夫，誰人肯信，都去攛掇那僧人。那僧人也道必無此事，便道：「看你本事，我有何不肯？」道人便將罐子側著，將罐口向著車兒，尚離三步之遠，對僧人道：「你敢道三聲『肯』麼？」僧人連叫三聲：「肯，肯，肯。」每叫一聲「肯」，那車子便近一步。到第三個「肯」字，那車兒卻像罐內有人扯拽一般，一溜子❶滾入罐內去了。眾人一個眼花，不見了車兒，發聲齊喊道：「奇怪！奇怪！」都來張那罐口，只見裏面黑洞洞地。那僧人就有不悅之意，問道：「你那道人是神仙，還是幻術？」道人口占八句道：

非神亦非仙，非術亦非幻。天地有終窮，桑田經幾變。
此身非吾有，財又何足戀。苟不從吾遊，騎鯨騰汗漫。

那僧人疑心是個妖術，欲同眾人執之送官。道人道：「你莫非懊悔，不捨得這車子錢財麼？我今還你就是。」遂索紙筆，寫一道符，投入罐內。喝聲：「出，出！」眾人千百隻眼睛，看著罐口，並無動靜。道人說道：「這罐子貪財，不肯送將出來，待貧道自去討來還你。」說聲未了，聳身望罐口一跳，如落在萬丈深潭，影兒也不見了。那僧人連呼：「道人出來！道人快出來！」罐裏並不則聲。僧人大怒，提起罐兒，向地下一擲，其罐打得粉碎，也不見道人，也不見車兒，連先前眾人布施的散錢並無一個，

❶ 一溜子：飛快的樣子。

正不知那裏去了？只見有字紙一幅，取來看時，題得有詩四句道：

尋真要識真，見真渾未悟。一笑再相逢，驅車東平路。

眾人正在傳觀，只見字跡漸滅，須臾之間，連這幅白紙也不見了。眾人纔信是神仙，一鬨而散。只有那僧人失脫了一車子錢財，意氣沮喪，忽想著詩中「一笑再相逢，驅車東平路」之語，汲汲回歸，行到東平路上，認得自家車兒，車上錢物宛然，分毫不動。那道人立於車傍，舉手笑道：「相待久矣！錢車可自收去。」又嘆道：「出家之人，尚且惜錢如此，更有何人不愛錢者？普天下無一人可度，可憐哉！可痛哉！」言訖，騰雲而去。那僧人驚呆了半晌，去看那車輪上，每邊各有一口字，二口成呂，乃知呂洞賓也。懊悔無及。正是：

天上神仙容易遇，世間難得捨財人。

方纔說呂洞賓的故事，因為那僧人捨不得這一車子錢，把個活神仙，當面錯過。有人論：這一車子錢，豈是小事，也怪那僧人不得。世上還有一文錢也捨不得的。依在下看來，捨得一車子錢，就從那捨得一文錢這一念推廣上去。捨不得一文錢，就從那捨不得一車子錢這一念算計入來。不要把錢多錢少，看做兩樣。如今聽在下說這一文錢小小的故事。列位看官們，各宜警醒，懲忿窒慾❷，且休望超凡入道，

❷ 懲忿窒慾：易經損卦：「君子以懲忿窒慾。」據古人的解釋是：懲止忿怒，窒塞情慾。就是說，修道的人，應不生氣，不要有任何慾望的意思。

也是保身保家的正理。詩云：

不爭閒氣不貪錢，捨得錢時結得緣。除卻錢財煩惱少，無煩無惱即神仙。

＊　＊　＊

話說江西饒州府浮梁縣，有景德鎮，是個馬頭去處。鎮上百姓，都以燒造磁器為業，四方商賈，都來載往蘇杭各處販賣，儘有利息。就中單表一人，叫做邱乙大，是窰戶家一個做手。渾家楊氏，善能描畫。乙大做就磁胚，就是渾家描畫花草人物，兩口俱不喫空。住在一個冷巷裏，儘可度日有餘。那楊氏年三十六歲，貌頗不醜，也肯與人活動❸。只為老公利害，只好背地裏偶一為之，卻不敢明當做事。所生一子，名喚邱長兒，年十四歲，資性愚魯，尚未會做活，只在家中走跳，忽一日，楊氏患肚疼，思想椒湯喫，把一文錢教長兒到市上買椒。長兒拿了一文錢，纔走出門，剛剛遇著東間壁一般做磁胚劉三旺的兒子，叫做再旺，也走出門來。那再旺年十三歲，比長兒到乖巧，平日喜的是攧錢❹耍子。——怎的樣攧錢？也有八個六個，攧出或字或背，一色的謂之渾成。也有七個五個，攧去一背一字間花兒去的，謂之背間。——再旺和長兒，閒常有錢時，多曾在巷口一個空堦頭上耍過來。這一日巷中相遇，同走到常時耍錢去處，再旺又要和長兒耍子，長兒道：「我今日沒有錢在身邊。」再旺道：「你往那裏去？」長兒道：「娘肚疼，叫我買椒泡湯喫。」再旺道：「你買椒，一定有錢。」長兒道：「只有得一文錢。」

❸ 也肯與人活動：指肯和人發生不正當的男女關係。

❹ 攧錢：用銅錢作賭具的一種賭博。

再旺道：「一文錢也好耍，我也把一文與你賭個背字，兩背的便都贏去，兩字便輸，一字一背不算。」長兒道：「這文錢是要買椒的，倘或輸與你了，把什麼去買？」再旺道：「不妨事，你若贏了是造化，若輸了時，我借與你，下次還我就是。」長兒一時不老成，就把這文錢撇在地上。再旺在兜肚裏也摸出一個錢丟下地來。長兒的錢是個背，再旺的是個字。這擲錢也有先後常規，該是背的先擲。長兒檢起兩文錢，攤在第二手指上，把大拇指掐住，曲一曲腰，叫聲：「背。」擲將下去，果然兩背。長兒贏了。收起一文，留一文在地。再旺又在兜肚裏摸出一文錢來，連地下這文錢揀起，一般樣，攤在第二手指上，把大拇指掐住，曲一曲腰，叫聲：「背。」擲將下去，卻是兩個字，又是再旺輸了。長兒把兩個錢都收起，和自己這一文錢，共是三個。長兒贏得順流，動了賭興，問再旺道：「還有錢麼？」再旺道：「錢儘有，只怕你沒造化贏得。」當下伸手在兜肚裏摸出十來個淨錢，捻在手裏，嘖嘖誇道：「好錢！好錢！」問長兒：「還敢擲麼？」又丟下一文來。長兒又擲了兩背，第四次再旺擲，又是兩字。一連擲了十來次，都是長兒贏了，共得了十二文。分明是掘藏一般。喜得長兒笑容滿面，拿了錢便走。再旺那肯放他，上前攔住，道：「你贏了我許多錢，走那裏去？」長兒道：「娘肚疼，等椒湯喫，我去去，閒時再來。」再旺道：「我還有錢在腰裏，你贏得時，都送你。」長兒只是要去，再旺發起喉急來，便道：「你若不肯擲時，還了我的錢便罷。你把一文錢來騙了我許多錢，如何就去？」長兒道：「我是擲得有采，須不是白奪你的。」再旺索性把兜肚裏錢，盡數取出，約莫有二三十文，做一垛兒堆在地下道：「待我輸盡了這些錢，便放你走。」長兒是個小廝家，眼孔淺，見了這錢，不覺貪心又起；況且再旺抵死纏住，只得又擲。誰知風無常順，兵無常勝。這番采頭又輸到再旺了。照前擲了一二十次，雖則中間互有勝負，卻是再旺贏得多。到結末來，這十二文錢，依舊被他復去。長兒剛剛原剩得一文錢。自古道：得以氣勝。初番長兒擲贏了一兩文，膽就壯了，偶然有些采頭，就連贏數次。到第二番又擲時，不是他心中所願，況且著了個貪心，手下就覺得有些矜持。到一連擲輸了幾文，去一個捨不得一個，又添了個吝字，氣便索然。怎當再旺一股憤氣，又且稍長膽壯❺，自然贏了。大凡人富的好過，貧的好過，只有先富後貧的，最是難過。據長兒一文錢起手時，贏得一二文也是勾了，一連得了十二文錢，一拳頭捻不住，就似白手成家，何等歡喜，把這錢不看做倘來之物，就認作自己東西，重復輸去，好不氣悶，癡心還想再像初次贏將轉來。「就是輸了，他原許下借我的，有何不可？」這一交，合該長兒擲了，忍不住按定心坎，再復一擲，又是二字，心裏著忙，就去搶那錢，手去遲些，先被再旺搶到手中，都裝入兜肚裏去了。長兒道：「我只有一文錢，要買椒的，你原說過贏時借我，怎的都收去了？」再旺怪長兒先前贏了他十二文錢就要走，今番正好出氣。君子報讎，直待三年，小人報讎，只在眼前。怎麼還肯把這文錢借他？把長兒雙手攩開，故意的一跳一舞，跑入巷去了。急得長兒且哭且叫，也回身進巷扯住再旺要錢，兩個扭做一堆廝打。

孫龐鬪智誰為勝，楚漢爭鋒那個強？

卻說楊氏，專等椒來泡湯吃，望了多時，不見長兒回來，覺得肚疼定了，走出門來張看，只見長兒和再旺扭住廝打，罵道：「小殺才！教你買椒不買，到在此尋鬧，還不撒開。」兩個小廝聽得罵，都放

---

❺ 稍長膽壯：本錢足，便可以放膽賭博。原是賭場裏的話，但在商業場中也常引用。

了手。再旺就閃在一邊。楊氏問長兒：「買的椒在那裏？」長兒含著眼淚回道：「那買椒的一文錢，被再旺奪去了。」再旺道：「他與我攧錢，輸與我的。」楊氏只該罵自己兒子，不該攧錢，不該怪別人。況且一文錢，所值幾何，既輸了去，只索罷休。單因楊氏一時不明，惹出一場大禍，展轉的害了多少人的性命。正是：

事不三思終有悔，人能百忍自無憂。

楊氏因等候長兒不來，一肚子惡氣，正沒出豁，聽說贏了他兒子的一文錢，便罵道：「天殺的野賊種！要錢時，何不教你娘趁漢，卻來騙我家小廝攧錢。」口裏一頭罵，一頭便扯再旺來打。恰正抓住了兜肚，鑿下兩個栗暴。那小廝打急了，把身子負命一掙，卻掙斷了兜肚帶子，落下地來。索郎一聲響，兜肚子裏面的錢，撒了一地。楊氏道：「只還我那一文便了。」長兒得了娘的口氣，就勢搶了一把錢，奔進自屋裏去。再旺就叫起屈來。楊氏趕進屋裏，喝教長兒還了他錢。長兒被娘逼不過，把錢對著街上一撒。再旺一頭哭，一頭罵，一頭檢錢。檢起時，少了六七文錢，情知是長兒藏下，攔著門只顧罵。楊氏道：「也不見這天殺的野賊種，恁地撒潑！」把大門關上，走進去了。再旺敲了一回門，又罵了一回，哭到自屋裏去。母親孫大娘正在灶下燒火，問其緣故。再旺哭訴道：「長兒搶了我的錢，他的娘不說他不是，到罵我天殺的野賊種，要錢時，何不教你娘趁漢。」孫大娘不聽時，萬事全休，一聽了這句不入耳的言語，不覺：

怒從心上起，惡向膽邊生。

原來孫大娘最痛兒子，極是護短，又兼性暴，能言快語，是個攬事❻的女都頭。若相罵起來，一連罵十來日，也不口乾，有名叫做綽板婆。他與邱家只隔得三四個間壁居住，也曉得楊氏平日有些不三不四的毛病，只為從無口面❼，不好發揮出來。一聞再旺之語，太陽裏爆出火來，立在街頭，罵道：「狗潑婦，狗淫婦！自己瞞著老公趁漢子，我不管你罷了，到來謗別人。老娘人便看不像，卻替老公爭氣。前門不進師姑，後門不進和尚❽，拳頭上立得人起，臂膊上走得馬過❾，不像你那狗淫婦，人硬貨不硬，表壯裏不壯，作成老公帶了綠帽兒，羞也不羞！還虧你老著臉在街坊上罵人。便臊賤時，也不是恁般做作！我家小廝年幼，連頭帶腦，也還不勾與你補空，你休得纏他！臊發時，還去尋那舊漢子，是多尋幾遭，多養了幾個野賊種，大起來好做賊。」一聲潑婦，一聲淫婦，罵一個路絕人稀。楊氏怕老公，不敢攬事，又沒處出氣，只得罵長兒道：「都是你那小天殺的，不學好，引這長舌婦開口。」提起木柴，把長兒劈頭就打，打得長兒頭破血淋，號淘大哭。邱乙大正從窰上回來，聽得孫大娘叫罵，側耳多時，一句句都聽在肚裏，想道：「是那家婆娘不秀氣？替老公粧幌子，惹得綽板婆叫罵。」及至回家，見長兒啼哭，問起緣繇，到是自家家裏招攬的是非。邱乙大是個硬漢，怕人恥笑，聲也不噴，氣忿忿地坐下。

---

❻ 攬事：愛管閒事。

❼ 口面：口角；爭吵。

❽ 前門不進師姑二句：這是婦人自表貞潔的話。

❾ 拳頭上立得人起二句：比喻光明正大，沒有見不得人的事。

遠遠的聽得罵聲不絕，直到黃昏後，方纔住口。邱乙大喫了幾碗酒，等到夜深人靜，叫老婆來盤問道：「你這賤人，瞞著我幹得好事！趁的許多漢子，姓甚名誰？好好招將出來，我自去尋他說話。」那婆娘原是怕老公的，聽得這句話，分明似半空中響一個霹靂，戰兢兢還敢開口？邱乙大道：「潑賤婦，你有本事偷漢子，如何沒本事說出來？若要不知，除非莫為。瞞得老公，瞞不得鄰里，今日教我如何做人？你快快說來，也得我心下明白。」楊氏道：「沒有這事，教我說誰來？」邱乙大道：「真個沒有？」楊氏道：「沒有。」邱乙大道：「既是沒有時，他們如何說你，你如何憑他說，不則一聲？顯是心虛口軟，應他不得。若是真個沒有，是他們詐說你時，你今夜弔死在他門上，方表你清白，也出脫了我的醜名。明日我好與他講話。」那婆娘怎肯走動，流下淚來，被邱乙大三兩個巴掌，摟出大門。把一條麻索丟與他，叫道：「快死快死！不死便是戀漢子了。」說罷，關上門兒進來。長兒要來開門，被乙大一頓栗暴，打得哭了一場睡去了。乙大有了幾分酒意，也自睡去。單撇楊氏在門外好苦，上天無路，入地無門。千不是，萬不是，只是自家不是，除卻死，別無良策。自悲自怨了多時，恐怕天明，慌慌張張的取了麻索，去認那劉三旺的門首。也是將死的人，失魂顛智，劉家本在東間壁第三家，卻錯走到西邊去，走過了五六家，到第七家。見門面與劉家相像，忙忙的把幾塊亂磚襯腳，搭上麻索於簷下，繫頸自盡。可憐伶俐婦人，只為一文錢鬬氣，喪了性命。正是：

地下新添惡死鬼，人間不見畫花人。

卻說西鄰第七家，是個打鐵的匠人門首。這匠人渾名叫做白鐵，每夜四更，便起來打鐵。偶然開了大門撒溺，忽然一陣冷風，吹得毛骨竦然，定睛看時，喫了一驚。

不是傀儡場中鮑老❿，竟像鞦韆架上佳人。

簷下掛著一件物事，不知是那裏來的？好不怕人！猶恐是眼花，轉身進屋，點個火來一照，原來是新縊的婦人，咽喉氣斷，眼見得救不活了。欲待不去照管他，到天明，被做公的看見，卻不是一場飛來橫禍，辨不清的官司。思量一計：「將他移在別處，與我便無干了。」耽著驚恐，上前去解這麻索。那白鐵本來有些蠻力，輕輕的便取下掛來，背出正街，心慌意急，不暇致詳，向一家門裏撇下。頭也不回，竟自歸家，兀自連打幾個寒噤，鐵也不敢打了，復上床去睡臥，不在話下。

且說邱乙大，黑蚤起來開門，打聽老婆消息，走到劉三旺門前，並無動靜，直走到巷口，也沒些踪影，又回來坐地尋思：「莫不是這賤婦逃走他方去了？」又想：「他出門稀少，又是黑暗裏，如何行動？」又想道：「他若不死時，麻索必然還在。」再到門前去看時，地下不見麻繩，定是死了。劉家門首，被他知覺，藏過了尸首，與我白賴。又想：「劉三旺昨晚不回，只有那綽板婆和那小廝在家，那有力量搬運？」又想道：「蟲蟻也有幾隻腳兒，豈有人無幫助？且等他開門出來，看他什麼光景，見貌辨色，可知就裏。」等到劉家開門，再旺出來，把錢去市心裏買鏞鏞點心，並不見有一些驚慌之意。邱乙大心中委決不下，又到街前街後閒蕩，打探一回，並無影響。回來看見長兒還睡在床上打齁，不覺怒起，掀開被，向腿上

---

❿ 鮑老：宋代戲劇中的一種角色，或作「抱鑼」，唐時稱為「婆羅」。假面披髮，口吐狼牙煙火，扮作鬼神的形狀。

四五下，打得這小廝睡夢裏直跳起來。邱乙大道：「娘也被劉家逼死了，你不去討命，還只管睡！」這句話，分明邱乙大教長兒去惹事，看風色。長兒聽說娘死了，便哭起來，忙忙的穿了衣服，帶著哭，一逕直趕到劉三旺門首，大罵道：「狗娼根，狗淫婦！還我娘來？」那綽板婆孫大娘，見長兒罵上門，如何耐得，急趕出來，罵道：「千人射的野賊種，敢上門欺負老娘麼？」便揪著長兒頭髮，卻待要打，見邱乙大過來，就放了手。這小廝滿街亂跳亂舞，帶哭帶罵討娘。邱乙大已耐不住，也罵起來。那綽板婆怎肯相讓，旁邊鑽出個再旺來相幫，兩下乾罵一場，鄰里勸開。邱乙大教長兒看守家裏，自去街上央人寫了狀詞，趕到浮粱縣告劉三旺和妻孫氏人命事情。大尹准了狀詞，差了拘拿原被告，和鄰里干證，到官審問。原來綽板孫氏平昔口嘴不好，極是要沖撞人，鄰里都不歡喜；因此說話中間，未免偏向邱乙大幾分，把相罵的事情，增添得重大了，隱隱的將這人命，射實在綽板婆身上。這大尹見眾人說話相同，信以為實。錯認劉三旺將尸藏匿在家，希圖脫罪。差人搜檢，連地也翻了轉來，只是搜尋不出，故此難以定罪。且不用刑，將綽板婆拘禁，差人押劉三旺尋訪楊氏下落，邱乙大討保在外。這場官司好難結哩！有分教：

綽板婆消停口舌，磁器匠擔誤生涯。

這事且閣過不題。再說白鐵將那尸首，卻撇在一個開酒店的人家門首。那店主人王公，年紀六十餘歲，有個媽媽，靠著賣酒過日。是夜，睡至五更，只聽得叩門之聲，醒時又不聽得。剛剛合眼，卻又聞得鬧鬧聲叩響。心中驚異，披衣而起，即喚小二起來，開門觀看。只見街頭上，不橫不直，攩著這件物事。王公還道是個醉漢，對小二道：「你仔細看一看，還是遠方人，是近處人？若是左近鄰里，可叩他家起來，扶了去。」小二依言，俯身下去認看，因背了星光，看不仔細。見頸邊拖著麻繩，卻認做是條馬鞭，便道：「不是近邊人，想是個馬夫。」王公道：「你怎麼曉得他是個馬夫？」小二道：「見他身邊有根馬鞭，故此知得。」王公道：「既不是近處人，由他罷！」小二欺心，要拿他的鞭子，伸手去拾時，卻拿不起，只道壓在身底下，儘力一扯，那尸首直竪起來，把小二嚇了一跳，叫道：「阿呀！」連忙放手。那尸撲的倒下去了。連王公也喫一驚，問道：「這怎麼說？」小二道：「只道是根鞭兒，要拿他的，不想卻是縊死的人，頸下扣的繩子。」王公聽說，驚得魂飛天外，魄散九霄，叫道：「這沒頭官司，叫我如何喫得起？若到了官，如何洗得清？」便與小二商議，小二道：「不打緊，只教他離了我這裏，就沒事了。」王公道：「說得有理，還是拿到那裏去好？」小二道：「撇他在河裏罷。」當下二人動手，直擡到河下。遠遠望見岸上有人，打著燈籠走來，恐怕被他撞見，不管三七二十一，撇在河邊，奔回家去了，不在話下。

且說岸上打燈籠來的是誰？那人乃是本鎮一個大戶，叫做朱常，為人奸詭百出，變詐多端，是個好打官司的主兒。因與一個隔縣姓趙的人家爭田。這一蚤要到田頭去割稻，同著十來個家人，拿了許多扁挑索子鐮刀，正來下船。那提燈的在前，走下岸來，只見一人橫倒在河邊，也認做是個醉漢，便道：「這該死的，貪這樣膿血！若再一個翻身，卻不滾在河裏，送了性命。」內中一個家人，叫做卜才，是朱常手下第一出尖的幫手，他只道醉漢身邊有些錢鈔，就蹲倒身，伸手去摸他腰下，卻冰一般冷，嚇得縮手不迭，便道：「原來死的了！」朱常聽說是死人，心下頓生不良之念。忙叫：「不要嚷。拿燈來照看，是老的？是少的？」眾人在燈下仔細打一認，卻是個縊死的婦人。朱常道：「你們把他頸裏繩子快解掉了，扛下艄裏去藏好。」眾人道：「老爹，這婦人正不知是甚人謀死的？我們如何到去招攬是非？」朱常道：「你莫管他，我自有用處。」眾人只得依他，解去麻繩，叫起看船的，扛上船，藏在艄裏，將平基蓋好。朱常道：「卜才，你回去，媳婦子叫五六個來。」卜才道：「這二三十畝稻，勾什麼砍，要這許多人去做甚？」朱常道：「你只管叫來，我自有用處。」卜才不知是甚意見，即便提了燈回去。不一時叫到，坐了一船，解纜開船。兩人蕩槳，離了鎮上。眾人問道：「老爹，載這東西去有甚用處？」朱常道：「如今去割稻，趙家定來攔阻，少不得有一場相打，到告狀結殺。如今天賜這東西與我，豈不省了打官司。還有許多妙處。」眾人道：「老爹怎見省了打官司？又有何妙處？」朱常道：「有了這尸首時，只消如此如此，這般這般，卻不省了打官司。你們也有些財采。他若不見機，弄到當官，定然我們占個上風。可不好麼！」眾人都喜道：「果然妙計！小人們怎省得？」正是：

算定機謀誇自己，安排圈套害他人。

這些人都是愚野村夫，曉得什麼利害？聽見家主說得都有財采，竟像甕中取鱉，手到擒來的事，樂極了，巴不得趙家的人，這時便到船邊來廝鬧便好：銀子既有得到手，官司又可以贏得。竟像生了翼翅的一般，頃刻就飛到了。此時天色漸明，朱常教把船歇在空闊無人居住之處，離田頭尚有一箭之路。眾人都上了岸，尋出一條一股連一股斷的爛草繩，將船纜在一顆草根上，只留一個人在艄上看守，眾男女都下田砟稻。朱常遠遠的站在岸上打探消耗。元來這地方叫做鯉魚橋，離景德鎮只有十里多遠，再過去里許，又喚做太白村，乃是南直隸徽州府婺源縣所管。因是兩省交界之處，人人錯壤而居。與朱常爭田這人名喚趙完，也是個大富之家，原是浮梁縣人戶，卻住在婺源縣地方。兩縣俱置得有田產。那爭的田，只得三十餘畝，乃趙完族兄趙寧的。先把來抵借了朱常銀子，卻又賣與趙完，恐怕出醜，就攔在佃種，兩邊影射⓫了三四年。不想近日身死，故此兩家相爭。這稻子還是趙寧所種。

說話的，這田在趙完屋腳跟頭，如何不先砟了，卻留與朱常來割？看官有所不知，那趙完也是個強橫之徒，看得自己大了，道這田是明中正契買族兄的，又在他的左近；朱常又是隔省人戶，料必不敢來砟稻，所以放心托膽⓬。那知朱常又是個專在虎頭上做窠，要喫不怕死的魍魎，竟來放對，只在田中砍稻。蚤有人報知趙完。趙完道：「這廝真是喫了大蟲的心，豹子的膽，敢來我這裏撩撥！想是來送死麼！」兒子趙壽道：「爹，自古道：來者不懼，懼者不來。也莫輕覷了他！」趙完問報人道：「他們共有多少人在此？」答道：「十來個男子，六七個婦人。」趙完道：「既如此，也教婦人去。男對男，女對女，都拿回來，敲斷他的孤拐子，連船都拔他上岸，那時方見我的手段。」即便喚起二十多人，十來個婦人，一個個粗腳大手，裸臂揎拳，如疾風驟雨而來。趙完父子隨後來看。且說眾人遠遠的望著田中，便喊道：「偷稻的賊不要走！」朱常家人媳婦，看見趙家有人來了，連忙住手，望河邊便跑。到得岸旁，朱常連叫快脫衣服。眾人一齊卸下，堆做一處，叫一個婦人看守，覆身轉來，叫道：「你來你來，若打輸與你，不為好漢。」趙完家有個僱工人，叫做田牛兒，自恃有些氣力，搶先飛奔向前。朱家人見他勢頭來得勇

⓫ 影射：暗中使乖。

⓬ 托膽：大膽。

猛，兩邊一閃，讓他沖將過來，纔讓他沖進時，男子婦人，一裹轉來圍住。田牛兒叫聲：「來得好！」提起升籮般拳頭，揀著個精壯村夫面上，一拳打去，只指望先打倒了一個硬的，其餘便如摧枯拉朽了。誰知那人卻也來得，拳到面上時，將頭略偏一偏，這拳便打個空，剛落下來，就順手牽羊，把拳留住。田牛兒掙脫不得，急起左拳來打，手尚未起，又被一人接住，兩邊扯開。田牛兒便施展不得。朱家人也不打他，推的推，扯的扯，到像八擡八綽一般，腳不點地竟拿上船。那爛草繩繫在草根上，有甚觔骨，初踏上船就斷了。艄上人已預先將篙攔住，眾人將田牛兒納在艙中亂打。趙家後邊的人，見田牛兒捉上船去，蜂擁趕上船搶人。朱家婦女都四散走開，放他上去。說時遲，那時快，攔篙的人一等趙家男子婦人上齊船時，急掉轉篙，望岸上用力一點，那船如箭一般，向河心中直蕩開去。人眾船輕，三四幌便翻將轉來。兩家男女四十多人，盡都落水。這些婦人各自掙扎上岸，男子就在水中相打，縱橫攪亂，激得水濺起來，恰如驟雨相似。把岸上看的人眼都耀花了，只叫莫打，有話上岸來說。正打之間，卜才就人亂中，把那縊死婦人尸首，直攛過去，便喊起來道：「地方救護，趙家打死我家人了！」朱常同那六七個婦人，在岸邊接應。一齊喊叫，其聲震天動地。趙家的婦人，正絞擠濕衣，聽得打死了人，帶水而逃。水裏的人，一個個嚇得膽戰心驚，正不知是那個打死的，巴不能擺脫逃走，被朱家人乘勢追打，喫了老大的虧，掙上了岸，落荒逃奔。此時只恨父母少生了兩隻腳兒。朱家人欲要追趕，朱常止住道：「如今不是相打的事了，且把尸首收拾起來，擡放他家屋裏了，再處。」眾人把屍首拖到岸上，卜才認做妻子，假意啼啼哭哭。朱常又教撈起船上篙槳之類，寄頓佃戶人家；又對看的人道：「列位地方鄰里，都是親眼看見，活打死的，須不是誣陷趙完，倘到官司時，少不得要相煩做個證見，但求實說罷了。」這幾句是朱常引人來兜攬處和的話。此時內中若有個有力量的，出來擔當，不教朱常把尸首擡去趙家說和，這事也不見得後來害許多人的性命。只因趙完父子，平日是個難說話的，恐怕說而不聽，反是一場沒趣。況又不曉得朱常心中是甚樣個意兒？故此並無一人招攬。朱常見無人招架，教眾人穿起衣服，把尸首用蘆席捲了，將繩索絡好，四人扛著，望趙完家來。看的人隨後跟來，觀看兩家怎地結局？

銅盆撞了鐵掃帚⓭，惡人自有惡人磨。

且說趙完父子隨後趕來，遠望著自家人追趕朱家的人，心中歡喜。漸漸至近，只見婦女家人，渾身似水，都像落湯雞一般，四散奔走。趙完驚訝道：「我家人多，如何反被他們打下水去？」急挪步上前，眾人看見，亂喊道：「阿爹，不好了！快回去罷。」趙完道：「你們怎地恁般沒用？都被打得這模樣！」眾人道：「打是小事，只是他家死了人卻怎處？」趙完聽見死了個人，嚇得就酥了半邊，兩隻腳就像釘了，半步也行不動。趙壽與田牛兒，兩邊挾著胳膊而行，扶至家中坐下，半晌方纔開言：「如何就打死了人？」眾人把相打翻船的事，細說一遍。又道：「我們也沒有打婦人，不知怎地死了？想是淹死的。」趙完心中沒了主意，只叫：「這事怎好？」那時合家老幼，都叢在一堆，人人心中驚慌。正說之間，入進來報：「朱家把尸首擡來了。」趙完又喫這一嚇，恰像打坐的禪和子⓮，急得身色一毫不動。自古道：物極則反，人急計生。趙壽忽地轉起一念，便道：「爹莫慌，我自有對付他的計較在此。」便對眾人道：

⓭ 銅盆撞了鐵掃帚：硬碰硬。

⓮ 禪和子：和尚。

「你們多向外邊閃過，讓他們進來之後，聽我鳴鑼為號，留幾個緊守門口，其餘都趕進來拿人，莫教走了一個。解到官司，見許多人白日搶劫，這人命自然從輕。」眾人得了言語，一齊轉身。趙完恐又打壞了人，分付：「只要拿人，不許打人。」眾人應允，一陣風出去。趙壽只留了一個心腹義孫趙一郎道：「你且在此。」又把婦女妻小打發進去，分付：「不要出來。」趙完對兒子道：「雖則告他白日打搶，總是人命為重，只怕抵當不過。」趙壽走到耳根前，低低道：「如今只消如此這般。」趙完聽了大喜，不覺身子就健旺起來，乃道：「事不宜遲，快些停當！」趙壽先把各處門戶閉好，然後尋了一把斧頭，一個棒槌，兩扇板門，都已完備，方教趙一郎到廚下叫出一個老兒來。那老兒名喚丁文，約有六十多歲，原是趙元的表兄，因有了個懶黃病，喫得做不得，卻又無男無女，捱在趙完家燒火，博口飯喫。當下那老兒不知頭腦，走近前問道：「兄弟有甚話？」趙完還未答應，趙壽閃過來，提起棒槌，看正太陽，便是一下。那老兒只叫得聲阿呀，翻身跌倒。趙壽趕上，又復一下，登時了帳。當下趙壽動手時，以為無人看見，不想田牛兒的孃田婆，就住在趙完宅後，聽見打死了人，恐是兒子打的，心中著急，要尋來問個仔細，從後邊走出，正撞著趙壽行兇。唬得蹲倒在地，便立不起身。口中念聲：「阿彌陀佛！青天白日，怎做這事！」趙完聽得，回頭看了一看，把眼向兒子一顛，趙壽會意，急趕近前，照頂門一棒槌打倒，腦漿鮮血一齊噴出。還怕不死，又向肋上三四腳，眼見得不能勾活了。只因這一文錢上起，又送了兩條性命。正是：

耐心終有益，任意是生災。

且說趙一郎起初喚丁老兒時，不道趙壽懷此惡念，驀見他行兇，驚得只縮到一壁角邊去。丁老兒剛剛完事，接腳又撞個田婆來湊成一對，他恐怕這第三棒槌輪到頭上，心下著忙，欲待要走，這腳上卻像被千百斤石頭壓住，那裏移得動分毫。正在慌張，只見趙完叫道：「一郎快來幫一幫。」趙一郎聽見叫他相幫，方纔放下肚腸，掙扎得動，向前幫趙壽拖這兩個尸首，放在遮堂背後，尋兩扇板門壓好，將遮堂都起浮了窠臼。又分付趙一郎道：「你切不可洩漏，待事平了，把家私分一股與你受用。」趙一郎道：「小人靠阿爹洪福過日的，怎敢洩漏？」剛剛準備停當，外面人聲鼎沸，朱家人已到了。趙完三人退入側邊一間屋裏，掩上門兒張看。且說朱常引家人媳婦，扛著尸首，趕到趙家，一路打將進去。直到堂中，見四面門戶緊閉，並無一個人影。朱常教把尸首居中停下，「打到裏邊去，拿趙完這老亡八出來，鎖在死尸腳上。」眾人一齊動手，乒乒乓乓將遮堂亂打，那遮堂已是離了窠臼的，不消幾下，一扇扇都倒下去，尸首上又壓上一層。眾人只顧向前，那知下面有物。趙壽見打下遮堂，把鑼篩起。外邊人聽見，發聲喊，搶將入來。朱常聽得篩鑼，只道有人來搶尸首，急掣身出來，眾人已至堂中，兩下你揪我扯，攪做一團，滾做一塊。裏邊趙完三人大喊：「田牛兒！你母親都被打死了，不要放走了人。」田牛兒聽見，急奔來問：「我母親如何卻在這裏？」趙完道：「他剛同丁老官走來問我，遮堂打下，壓死在內。我急走得快，方逃得性命。若遲一步兒，這時也不知怎地了！」田牛兒與趙一郎將遮堂搬開，露出兩個尸首。田牛兒看娘頭時，已打開腦漿，鮮血滿地，放聲大哭。朱常聽見，只道還是假的，急抽身一望，果然有兩個尸首，著了忙，往外就跑。這些家人媳婦，見家主走了，各要攞脫逃走，一路揪扭打將出來。那知門口有人把住，一個也走不脫，都被拿住。趙完只叫：「莫打壞了人。」故此朱常等不十分喫虧。趙壽取出鏈子繩索，男子婦女鎖做一堂。田牛兒痛哭了一回，心中忿怒，跳起身道：「我把朱常這狗王八，照依母親打死罷了。」趙完攔住道：「不可不可！如今自有官法究治，打死他做甚？」教眾人扯過一邊。此時已鬨動遠近村坊，地方鄰里，無有不到趙家觀看。趙完留到後邊，備起酒飯款待，要眾人具個白晝劫殺公呈。那些人都是趙完的親戚佃戶雇工人等，誰敢不依。趙完連夜裝起四、五隻農船，載了地鄰干證人等，把兩隻將朱常一家人鎖縛在艙裏。行了一夜，方到婺源縣，候大尹早衙升堂。地方人等，先將呈子具上。這大尹展開，觀看一過，問了備細，即差人押著地方，並尸親趙完、田牛兒、卜才前去，將三個尸首盛殮了，弔來相驗。朱常一家人都發在鋪裏羈候。那時，朱常家中自有佃戶報知，兒子朱太星夜趕來看覷，自不必說。有句俗語道得好：「官無三日急。」那尸棺便弔到了，這大尹如何就有工夫去相驗。隔了半個多月，方纔出牌，著地方備辦登場法物，鋪中取出朱常一干人，都到尸場上。仵作人逐一看報道：「丁文太陽有傷，周圍二寸有餘，骨頭粉碎。田婆腦門打開，腦髓漏盡，右肋骨踢折三根。二人實係打死。卜才妻子，頸下有縊死繩痕，遍身別無傷損，此係縊死是實。」大尹見報，心中駭異道：「據這呈子上，稱說船翻落水身死，如何卻是縊死的？」朱常就稟道：「爺爺，眾耳眾目所見，如何卻是縊死的，這明明仵作人得了趙完銀子，妄報老爺。」大尹恐怕趙完將別個尸首顛換了，便喚卜才，「你去認這尸首，正是你妻子的麼？」卜才上前一認，回覆道：「正是小人妻子。」大尹道：「是昨日登時死的？」卜才道：「是。」大尹問了詳細，自走下來，把三個尸首逐一親驗，仵作人所報不差，暗稱奇怪。分付把棺木蓋上封好，帶到縣裏來審。大尹在轎上，一路思想，心下明白。回縣坐下，發眾犯都跪在儀門外。單喚朱常上去，道：「朱常，你不但打死趙家二命，連這婦人，也是你謀死的！須從實招來。」朱常道：

「這是家人卜才的妻子余氏，實被趙完打下水死的，地方上人，都是見的，如何反是小人謀死？爺爺若不信，只問卜才便見明白。」大尹喝道：「胡說！這卜才乃你一路之人，我豈不曉得！敢在我面前支吾！夾起來。」眾皂隸一齊答應上前，把朱常鞋襪去了，套上夾棍，便喊起來。那朱常本是富足之人，雖然好打官司，從不曾受此痛苦，只得一一吐實：「這尸首是浮梁江口不知何人撇下的。」大尹錄了口詞，叫跪在丹墀下。又喚卜才進來，問道：「死的婦人果是你妻子麼？」卜才道：「正是小人妻子。」大尹道：「既是你妻子，如何把他謀死了，詐害趙完？」卜才道：「爺爺，昨日趙完打下水身死，地方上人，都看見的。」大尹把驚堂⑮在桌上一連七八拍，大喝道：「你這該死的奴才！這是誰家的婦人，你冒認做妻子，詐害別人！你家主已招稱，是你把他謀死。還敢巧辯，快夾起來。」卜才見大尹像道士打靈牌一般，把氣拍一片聲亂拍亂喊，將魂魄都驚落了。又聽見家主已招，只得稟道：「這都是家主教小人認作妻子，並不干小人之事。」大尹道：「你一一從實細說。」卜才將下船遇見尸首，定計詐趙完，前後事細說一遍，與朱常無二。大尹已知是實，又問道：「這婦人雖不是你謀死，也不該冒認為妻，詐害平人。那丁文、田婆卻是你與家主打死的，這須沒得說。」卜才道：「爺爺，其實不曾打死，就夾死小人，也不招的。」大尹也教跪在丹墀。又喚趙完併地方來問，都執朱常扛尸到家，乘勢打死。大尹因朱常造謀詐害趙完事實，連這人命也疑心是真，又把朱常夾起來。朱常熬刑不起，只得屈招。大尹將朱常，卜才各打四十，擬成斬罪，下在死囚牢裏。其餘十人，各打二十板，三個充軍，七個徒罪，亦各下監。六個婦人，都是杖罪，發回原籍。其田斷歸趙完，代趙寧還原借朱常銀兩。又行文關會浮梁縣查究婦人尸

⑮ 驚堂：即「驚堂木」。舊時官吏審案時，拍桌子的一塊長方形小木頭。

首來歷。那朱常初念，只要把那尸首做個媒兒，趙完怕打人命官司，必定央人兜收私處，這三十多畝田，不消說起歸他，還要紮詐一注大錢。故此用這一片心機。誰知激變趙壽做出沒天理事來對付他，反中了他計。當下來到牢裏，不勝懊悔，想道：「這蚤若不遇這尸首，也不見得到這地位！」正是：

蚤知更有強中手，卻悔當初枉用心。

朱常料道：「此處定難翻案。」叫兒子分付道：「我想三個尸棺，必是釘稀板薄，交了春氣，自然腐爛。你今先去會了該房，捺住關會文書。回去教婦女們，莫要洩漏這縊死尸首消息。一面向本省上司去告准，挨至來年四五月間，然後催關去審，那時爛沒了縊死繩痕，好與他白賴。一事虛了，事事皆虛，不愁這死罪不脫。」朱太依了父親，前去行事，不在話下。

卻說景德鎮賣酒王公家小二，因相幫撇了尸首，指望王公些東西，過了兩三日，卻不見說起。小二在口內野唱⑯，王公也不在其意。又過了幾日，小二不見動靜，心中焦躁，忍耐不住，當面明明說道：「阿公，前夜那話兒⑰，虧我把去出脫了還好；若沒我時，到天明地方報知官司，差人出來相驗，饒你硬掙，不使酒錢，也使茶錢。就拌上十來擔涎吐，只怕還不得乾淨哩！如今省了你許多錢鈔，怎麼竟不說起謝我？」大凡小人度量極窄，眼孔最淺：偶然替人做件事兒，微倖得效，便道是天大功勞，就來挾制那人，責他厚報；稍不遂意，便把這事翻局來害。往往人家用錯了人，反受其累。譬如小二，不過一

---

⑯ 野唱：閒言閒語。

⑰ 那話兒：那樣東西。因為不便明說，所以用「那話兒」代替。

時用得些氣力，便想要王公的銀子，那王公若是個知事的，不拘多寡與他些，也就罷了，誰知王公又是捨不得一文錢的慳吝老兒，說著要他的錢，恰像割他身上的肉，就面紅頸赤起來了。當下王公見小二要他銀子，便發怒道：「你這人忒沒理！吃黑飯，護漆柱⑱。吃了我家的飯，得了我的工錢，便是這些小事，略走得幾步，如何就要我錢？」小二見他發怒，也就嚷道：「嗜呀！就不把我，也是小事，何消得喉急？用得我著，方喫得你的飯，賺得你的錢，須不是白把我用的。還有一句話，得了你工錢，只做得生活，原不曾說替你拽死尸的。」王婆便走過來道：「你這蠻子，真個憊懶！自古道：茄子也讓三分老⑲。怎麼一個老人家，全沒些尊卑，一般樣與他爭嚷。」小二道：「阿婆，我出了力，不把銀子與我，反發喉急，怎不要嚷？」王公道：「什麼！是我謀死的？要詐我錢！」小二道：「雖不是你謀死，便是擅自移尸，也須有個罪名。」王公道：「你到去首了我來。」小二道：「要我首也不難，只怕你當不起這大門戶。」王公趕上前道：「你去首，我不怕。」望外劈頸就攧。那小二不曾提防，捉腳不定，翻觔斗直跌出門外，磕碎腦後，鮮血直淌。小二跌毒了，罵道：「老亡八！虧了我，反打麼！」就地下拾起一塊磚來，望王公擲去，誰知數合當然，這磚不歪不斜，正中王公太陽，一交跌倒，再不則聲。王婆急上前扶時，只見口開眼定，氣絕身亡。跌腳叫苦，便哭起天來。只因這一文錢上，又送一條性命。

總為惜財喪命，方知財命相連。

⑱ 吃黑飯二句：黑飯、漆柱都是黑色的。比喻不明道理，黑心眼的意思。

⑲ 茄子也讓三分老：對老人應當謙讓。

小二見王公死了，爬起來就跑。王婆喊叫鄰里，趕上拿轉，鎖在王公腳上。問王婆：「因甚事起？」王婆一頭哭，一頭將前情說出，又道：「煩列位與老身作主則個。」眾人道：「這廝元來恁地可惡！先教他吃些痛苦，然後解官。」三四個鄰里走上前，一頓拳頭腳尖，打得半死，方纔住手。教王婆關閉門戶，同到縣中告狀。此時紛紛傳說，遠近人都來觀看。且說邱乙大正訪問妻子尸首不著，官司難結，心中氣悶。這一日，聞得小二打死王公的根由，「怎道這婦女尸首，莫不就是我的妻子麼？」急走來問，見王婆鎖門要去告狀。邱乙大上前問了個詳細，計算日子，正是他妻子出門這夜，便道：「怪道我家妻子尸首，當朝就不見踪影，原來卻是你們撇掉了。如今有了實據，綽板婆卻自賴不過了。我同你們見官去。」當下一干人牽了小二，直到縣裏。次早，大尹升堂，解將進去。地方將前後事細稟，大尹又喚王婆問了備細。小二料道罪真難脫，不待用刑，從實招承。打了三十，問成死罪，下在獄中。邱乙大稟說妻子被劉三旺謀死，正是此日，這尸首一定是他撇下的。證見已確，要求審結。此時婺源縣知會文書未到，大尹因沒有尸首，終無實據。原發落出去尋覓。再說小二，初時已被鄰里打傷，那頓板子，又十分利害。到了獄中，沒有使用，又遭一頓拳腳，三日之間，血崩身死。為這一文錢起，又送一條性命。

只因貪白鏹，番自喪黃泉。

且說邱乙大從縣中回家，正打白鐵門首經過，只聽得裏邊叫天叫地的啼哭。原來白鐵自那夜擔著驚恐，出脫這尸首，冒了風寒，回家上得床，就發起寒熱，病了十來日，方纔斷命。所以老婆啼哭。眼見為這一文錢，又送一條性命。

化為陰府驚心鬼，失卻陽間打鐵人。

邱乙大聞知白鐵已死，嘆口氣道：「恁般一個好漢！有得幾日，卻又了賬。可見世人真是沒根的！」走到家裏，單單止有這個小廝，鬼一般縮在半邊，要口熱水，也不能勾。看了那樣光景，方懊悔前日逼勒老婆，做了這樁拙事。如今又弄得不尷不尬，心下煩惱，連生意也不去做，終日東尋西覓，並無尸首下落。看看捱過殘年，又早五月中旬。那時朱常兒子朱太，已在按院告准狀詞，批在浮梁縣審問，行文到婺源縣關提人犯尸棺。起初，朱太還不上緊，到了五月間，料得尸首已是腐爛，大大送個東道與婺源縣該房，起文關解。那趙完父子，因婺源縣已經問結，自道沒事，毫無畏懼，抱卷赴理。兩縣解子領了一干人犯，三具尸棺，直至浮梁縣當堂投遞。大尹將人犯羈禁，尸棺發置官壇候檢，打發婺源回文，自不必說。不則一日，大尹吊出眾犯，前去相驗。那朱太合衙門通買囑了，要勝趙完。大尹到尸場上坐下，趙完將浮梁縣案卷呈上。大尹看了，對朱常道：「你借屍索詐，打死二命，事已問結，如何又告？」朱常稟道：「爺爺，趙完打余氏落水身死，眾目共見；卻買囑了地鄰仵作，妄報是縊死的。那丁文、田婆，自己情慌，謀害抵飾，硬誣小人打死。且不要論別件，但據小人主僕俱被拿住，趙家是何等勢力，卻容小人打死二命？況死的俱是七十多歲，難道恁地利害，只揀垂死之人來打？爺爺推詳這上，就見明白。」大尹道：「既如此，當時怎就招承。」朱常道：「那趙完衙門情熟，用極刑拷逼，若不屈招，性命已不到今日了。」趙完也稟道：「朱常當日倚仗假尸，逢著的便打，闔家躲避；那丁文、田婆年老，奔走不及，故此遭他毒手。假尸縊死繩痕，是婺源縣太爺親驗過的，豈是仵作妄報。如今日久腐爛，巧言誑騙爺爺，希圖漏網反陷。但求細看招卷，曲直立見。」大尹道：「這也難憑你說。」即教開棺檢驗。天下有這等作怪的事，只道尸首經了許久，料已腐爛盡了，誰知都一毫不變，宛然如生。那楊氏頸下這條繩痕，轉覺顯明，倒教仵作人沒做理會。你道為何？他已得了朱常的錢財，若尸首爛壞了，好從中作弊，要出脫朱常，反坐趙完。如今傷痕見在，若虛報了，恐大尹還要親驗。實報了，如何得朱常銀子。正在躊躇，大尹蚤已瞧破，就走下來親驗。那仵作人被大尹監定，不敢隱匿，一一實報。朱常在傍暗暗叫苦。大尹將所報傷處，將卷對看，分毫不差，對朱常道：「你所犯已實，怎麼又往上司誑告？」朱常又苦苦分訴。大尹怒道：「還要強辯！夾起來！快說這縊死婦人是那裏來的？」朱常受刑不過，只得招出：「本日蚤起，在某處河沿邊遇見，不知是何人撇下？」那大尹極有記性，忽地想起：「去年邱乙大告稱，不見了妻子尸首；後來賣酒王婆告小二打死王公，也稱是日擡尸首，撇在河沿上起釁。至今尸首沒有下落，莫不就是這個麼？」暗記在心。當下將朱常、卜才都責三十，照舊死罪下獄，其餘家人問徒招保。趙完等發落寧家，不題。

且說大尹回到縣中，吊出邱乙大狀詞，並王小二那宗案卷查對，果然日子相同，撇尸地處一般，更無疑惑。即著原差，喚到邱乙大、劉三旺干證人等，監中吊出綽板婆孫氏，齊到尸場認看。此時正是五月天道，監中瘟疫大作，那孫氏剛剛病好，還行走不動，劉三旺與再旺扶挾而行。到了尸場上，仵作揭開棺蓋，那邱乙大認得老婆尸首，放聲號慟，連連叫聲：「正是小人妻子。」干證鄰里也道：「正是楊氏。」大尹細細鞫問致死情由，邱乙大咬定：「劉三旺夫妻登門打罵，受辱不過，以致縊死。」劉三旺、孫氏，又苦苦折辯。地鄰俱稱是孫氏起釁，與劉三旺無干。大尹喝教將孫氏拶起。那孫氏是新病好的人，身子虛弱，又走行這番，勞碌過度，又費唇費舌折辯，漸漸神色改變。經著拶子，疼痛難忍，一口氣收不來，翻身跌倒，嗚呼哀哉！只因這一文錢上起，又送一條性命。正是：

陰府又添長舌鬼，相罵今無綽板聲。

大尹看見，即令放拶。劉三旺向前叫喊，喊破喉嚨，也喚不轉。再旺在旁哀哀啼哭，十分悽慘。大尹心中不忍，向邱乙大道：「你妻子與孫氏角口而死，原非劉三旺拳手相打。今孫氏亦亡，足以抵償。今後兩家和好，尸首各自領歸埋葬，不許再告。違者定行重治。」眾人叩首依命，各領尸首埋葬，不在話下。

且說朱常、卜才下到獄中，想起枉費許多銀兩，反受一場刑杖，心中氣惱，染起病來，卻又沾著瘟氣，二病夾攻，不勾數日，雙雙而死。只因這一文錢上起，又送兩條性命。

未詐他人，先損自己。

說話的，我且問你：朱常生心害人，尚然得個喪身亡家之報；那趙完父子活活打死無辜二人，又誣陷了兩條性命，他卻漏網安享，可見天理原有報不到之處。看官，你可曉得，古老有幾句言語麼？是那幾句？古語道：

善有善報，惡有惡報。不是不報，時辰未到。

那天公算子，一個個記得明白。古往今來，曾放過那個？這趙完父子漏網受用，一來他的頑福未盡；二來時候不到；三來小子只有一張口，沒有兩副舌，說了那邊，便難顧這邊，少不得逐節兒還你個報應。閒話休題。且說趙完父子，又勝了朱常，回到家中，親戚鄰里，齊來作賀。喫了好幾日酒。又過數日，聞得朱常、卜才，俱已死了，一發喜之不勝。田牛兒念著母親暴露，領歸埋葬不題。時光迅速，不覺又過年餘。原來趙完年紀雖老，還愛風月，身邊有個偏房，名喚愛大兒。那愛大兒生得四五分顏色，喬喬畫畫⑳，正在得趣之時。那老兒雖然風騷，到底老人家，只好虛應故事，怎能勾滿其所欲？看見義孫趙一郎，身材雄壯，人物乖巧，尚無妻室，到有心看上了。常常走到廚房下，捱肩擦背，調嘴弄舌。你想世上能有幾個坐懷不亂的魯男子，婦人家反去勾搭，可有不肯之理。兩下眉來眼去，不一日，成就了那事。彼此俱在少年，猶如一對餓虎，那有個飽期，捉空就閃到趙一郎房中，偷一手兒。那趙一郎又有些本領，弄得這婆娘體酥骨軟，魄散魂銷，恨不時刻並做一塊。約莫串了半年有餘，一日，愛大兒對趙一郎說道：「我與你雖然快活了這幾多時，終是礙人耳目，心忙意急，不能勾十分盡興。不如悄地逃往遠處，做個長久夫妻。」趙一郎道：「小娘子若真心肯跟我，就在此，可以做得夫妻，何必遠去。」愛大兒道：「你便是心上人了，有甚假意？只是怎地在此就做得夫妻！」趙一郎道：「向年丁老官與田婆，都是老爹與大官人自己打死，詐賴朱家的，當時教我相幫扛擡，曾許事完之日，分一分家私與我。那個棒棍，還是我藏好。一向多承小娘相愛，故不說起。你今既有此心，我與老爹說，先要了那一分家私，尋個所在住下，然後再央人說，要你為配，不怕他不肯。他若捨不得，那時你悄地徑自走了出來，他可

⑳ 喬喬畫畫：指描眉畫眼，打扮得妖妖嬈嬈。也引申作漂亮的意思。

敢道個不字麼？設或不達時務，便報與田牛兒，同去告官，教他性命也自難保。」愛大兒聞言，不勝歡喜，道：「事不宜遲，作速理會。」說罷，閃出房去。次日，趙一郎探趙完獨自個在堂中閒坐，上前說道：「向日老爹許過事平之後，分一分家私與我。如今朱家了賬已久，要求老爹分一股兒，自去營運。」趙完答道：「我曉得了。」再過一日，趙一郎轉入後邊，遇著愛大兒，遞個信兒道：「方纔與老爹說了，孃子留心察聽看，可像肯的。」愛大兒點頭會意，各自開去不題。

且說趙完叫趙壽到一個廂房中去，將門掩上，低低把趙一郎說話，學與兒子，又道：「我一時含糊應了他，如今還是怎地計較？」趙壽道：「我原是哄他的甜話，怎麼真個就做這指望？」老兒道：「當初不合許出了，今若不與他些，這點念頭，如何肯息？」趙壽沉吟了一回，又生起歹念，乃道：「若引慣了他，做了個月月紅，倒是無了無休的詐端㉑。想起這事，止有他一個曉得，不如一發除了根，永無掛慮。」那老兒若是個有仁心的，勸兒子休了這念，胡亂與他些小東西，或者免得後來之禍，也未可知。千不合，萬不合，卻說道：「我也有這念頭，但沒有個計策。」趙壽道：「有甚難處，明日去買些砒礵，下在酒中，到晚灌他一醉，怕道不就完事。外邊人都曉得平日將他厚待的，決不疑惑。」趙完歡喜，以為得計，他父子商議，只道神鬼不知；那曉得卻被愛大兒瞧見，料然必說此事，悄悄走來，覆在壁上竊聽。雖則聽著幾句，不當明白，恐怕出來撞著，急閃入去。欲要報與趙一郎，因聽得不甚真切，不好輕事重報。心生一計，到晚間，把那老兒多勸上幾杯酒，喫得醉燻燻，到了床上，愛大兒反抱定了那老兒撒嬌撒癡，淫聲浪語。那老兒迷魂了，乘著酒興，未免做些沒正經事體。方在酣美之時，愛大兒道：「有

㉑ 詐端：訛詐的藉口。

句話兒要說，恐氣壞你了，不好開口。若不說，又氣不過。」這老兒正頑得氣喘吁吁，借那句話頭，就停住了，說道：「是那個沖撞了你？如此著惱！」愛大兒道：「叵耐一郎這廝，今早把風話撩撥我，我要扯他來見你，倒說：『老爹和大官人，性命都還在我手裏，料道也不敢難為我。』不知有甚緣故，說這般滿話。倘在外人面前也如此說，必疑我家做甚不公不法勾當，可不壞了名聲？那樣沒上下的人，怎生設個計策擺布死了，也省了後患。」那老兒道：「元來這廝恁般無禮！不打緊，明晚就見功效了。」愛大兒道：「明晚怎地就見功效？」那老兒也是合當命盡，將要藥死的話，一五一十說出。那婆孃得了實言，次早閃來報知趙一郎。趙一郎聞言，喫那驚不小，想道：「這樣反面無情的狠人！倒要害我性命，如何饒得他過？」摸了棒槌，鎖上房門，急來尋著田牛兒，把前事說與。田牛兒怒氣沖天，便要趕去廝鬧。趙一郎止住道：「若先嚷破了，反被他做了準備。不如竟到官司，與他理論。」田牛兒道：「也說得是。還到那一縣去？」趙一郎道：「當初先在婺源縣告起，這大尹還在，原到他縣裏去。」那太白村離縣止有四十餘里，二人拽開腳步，直跑至縣中。好在大尹早堂未退，二人一齊喊叫。大尹喚入，當廳跪下，卻沒有狀詞，只是口訴。先是田牛兒哭稟一番，次後趙一郎將趙壽打死丁文、田婆，誣陷朱常、卜才情繇細訴，將行兇棒槌呈上。大尹看時，血痕雖乾，鮮明如昨。乃道：「既有此情，當時為何不首？」趙一郎道：「是時因念主僕情分，不忍出首。如今恐小人洩漏，昨日父子計議，要在今晚將毒藥鴆害小人，故不得不來投生。」大尹道：「他父子私議，怎地你就曉得？」趙一郎急遽間，不覺吐出實話，說道：「虧主人偏房愛大兒報知，方纔曉得。」大尹道：「你主人偏房，如何肯來報信？想必與你有姦麼？」趙一郎被問破心事，臉色俱變，強詞抵賴。大尹道：「事已顯然，不必強辯。」即差人押二人去拿趙完父子並愛大兒前來赴審。到得太白村，天已昏黑，田牛兒留回家歇宿，不題。

且說趙壽早起就去買下砒礵，卻不見了趙一郎，問家中上下，都不知道。父子雖然有些疑惑，那個慮到愛大兒洩漏。次日清晨，差人已至，一索綑翻，拿到縣中。趙完見愛大兒也拿了，還錯認做趙一郎調戲他不從，因此牽連在內。直至趙一郎說出，報他謀害情由，方知向來有姦，懊悔失言。兩下辯論一番，不肯招承。怎當嚴刑煅煉，疼痛難熬，只得一一細招。大尹因害了四命，情理可恨，趙完父子，各打六十，依律處斬。趙一郎姦騙主妾，背恩反噬；愛大兒通同姦夫謀害親夫，各責四十，雜犯死罪，齊下獄中。田牛兒釋放回家。一面備文申報上司，提解見證。不一日，刑部奉旨，倒下號箚，四人俱依擬，秋後處決。只因這一文錢上，又送了四條性命。雖然是冤各有頭，債各有主，若不因那一文錢爭鬧，楊氏如何得死？沒有楊氏死尸，朱常這詐害一事，也就做不成了。總為這一文錢，共害了十三條性命。這段話叫做一文錢小隙造奇冤。奉勸世人，捨財忍氣為上。有詩為證：

相爭只為一文錢，小隙誰知奇禍連！勸汝捨財兼忍氣，一生無事得安然。

第三十五卷　徐老僕義憤成家

犬馬猶然知戀主，況於列在生人。為奴一日主人身：情恩同父子，名分等君臣。　主若虐奴非正道，奴如欺主傷倫。能為義僕是良民：盛衰無改節，史冊可傳神。

說這唐玄宗時，有一官人姓蕭，名穎士，字茂挺，蘭陵人氏。自幼聰明好學，該博三教九流，貫串諸子百家。上自天文，下至地理，無所不通，無有不曉。真個胸中書富五車，筆下句高千古。年方一十九歲，高掇巍科，名傾朝野，是一個廣學的才子。家中有個僕人，名喚杜亮。那杜亮自蕭穎士數齡時，就在書房中服事起來。若有驅使，奮勇直前，水火不避，身邊並無半文私蓄。陪伴蕭穎士讀書時，不待分付，自去千方百計，預先尋覓下果品飲饌供奉。有時或烹甌茶兒，助他清思；或煖盃酒兒，節他辛苦。整夜直服事到天明，從不曾打個瞌睡。如見蕭穎士讀到得意之處，他在旁也十分歡喜。那蕭穎士般般皆好，件件俱美，只有兩樁兒毛病。你道是那兩樁？第一件：乃是恃才傲物，不把人看在眼內。纔登仕籍，便去沖撞了當朝宰相。那宰相若是個有度量的，還恕得他過，又正沖撞了是第一個忌才的李林甫。那李林甫混名叫做李貓兒，平昔不知壞了多少大臣，乃是殺人不見血的劊子手。卻去惹他，可肯輕輕放過？被他略施小計，險些連性命都送了。又虧著座主搭救，止削了官職，坐在家裏。第二件：是性子嚴急，卻像一團烈火。片語不投，即暴躁如雷，兩太陽火星直爆。奴僕稍有差誤，便加捶撻。他的打法，又與別人不同。有甚不同？別人責治家奴，定然計其過犯大小，討個板子，教人行杖，或打一十，或打二十，分個輕重。惟有蕭穎士，不論事體大小，略觸著他的性子，便連聲喝罵，也不用什麼板子，也不要人行杖，親自跳起身來，一把揪翻，隨分❶掣著一件家火，沒頭沒腦亂打。憑你什麼人勸解，他也全不作准，直要打個氣息。若不像意，還要咬上幾口，方纔罷手。因是恁般利害，奴僕們懼怕，都四散逃去，單單存得一個杜亮。論起蕭穎士，止存得這個家人種兒，每事只該將就些纔是。誰知他是天生的性兒，使慣的氣兒，打溜的手兒，竟沒絲毫更改，依然照舊施行。起先奴僕眾多，還打了那個，空了這個。到得禿裏❷獨有杜亮時，反覺打得勤些。論起杜亮，遇著這般難理會的家主，也該學眾人逃走去罷了，偏又寸步不離，甘心受他的責罰。常常打得皮開肉綻，頭破血淋，也再無一點退悔之念，一句怨恨之言。打罷起來，整一整衣裳，忍著疼痛，依原❸在旁答應。說話的，據你說，杜亮這等奴僕，莫說千中選一，就是走盡天下，也尋不出個對兒。這蕭穎士又非黑漆皮燈❹，泥塞竹管，是那一竅不通的蠢物；他須是身登黃甲，位列朝班，讀破萬卷，明理的才人：難道恁般不知好歹，一味蠻打，沒一點仁慈改悔之念不成？看官有所不知，常言道得好，江山易改，稟性難移。那蕭穎士平昔原愛杜亮小心馴謹，打過之後，

❶ 隨分：隨便。這裏是指遇著什麼就拿什麼的意思。
❷ 禿禿裏：單獨。
❸ 依原：依舊。
❹ 黑漆皮燈：形容糊塗、不明白。

深自懊悔道：「此奴隨我多年，並無十分過失，如何只管將他這樣毒打？今後斷然不可！」到得性發之時，不覺拳腳又輕輕的生在他身上去了。這也不要單怪蕭穎士性子急躁；誰教杜亮剛聞得叱喝一聲，恰如小鬼見了鍾馗一般，撲禿的兩條腿就跪倒在地。蕭穎士本來是個好打人的，見他做成這個要打局面，少不得奉承幾下了。

杜亮有個遠族兄弟杜明，就住在蕭家左邊，因見他常打得這個模樣，心下到氣不過，攛掇杜亮道：「凡做奴僕的，皆因家貧力薄，自難成立，故此投靠人家。一來貪圖現成衣服，二來指望家主有個發跡日子，帶挈風光，撰得些東西，做個小小家業，快活下半世。像阿哥如今隨了這措大❺，早晚辛勤服事，竭力盡心，並不見一些好處，只落得常受他凌辱痛楚。恁樣不知好歉的人，跟他有何出息？他家許多人都存住不得，各自四散去了。你何不也別了他，另尋頭路？有多少不如你的，投了大官府人家，喫好穿好，還要作成趁一貫兩貫。走出衙門前，誰不奉承：那邊纔叫『某大叔，有些小事相煩。』還未答應時，這邊又叫『某大叔，我也有件事兒勞動。』真個應接不暇，何等興頭。若是阿哥這樣：肚裏又明白，筆下又來得，做人且又溫存小心，走到勢要人家，怕道不是重用？你那措大，雖然中個進士，發利市就與李丞相作對，被他弄來，坐在家中，料道也沒個起官的日子，有何撇不下，定要與他纏帳？」杜亮道：「這些事，我豈不曉得？若有此念，早已去得多年了，何待吾弟今日勸諭。古語云：良臣擇主而事，良禽擇木而棲。奴僕雖是下賤，也要擇個好使頭。像我主人，止是性子躁急，除此之外，只怕舍了他，沒處再尋得第二個出來。」杜明道：「滿天下無數官員宰相，貴戚豪家，豈有反不如你主人這個窮官？」

❺ 措大：指窮困的讀書人。含有輕視的意思。

杜亮道：「他們有的，不過是爵位金銀二事。」杜明道：「只這兩樁盡勾了，還要怎樣？」杜亮道：「那爵位乃虛花之事，金銀是臭污之物。有甚希罕？如何及得我主人這般高才絕學，拈起筆來，頃刻萬言，不要打個稿兒。真個煙雲繚繞，華彩繽紛。我所戀戀不舍者，單愛他這一件兒。」杜明聽得說出愛他的才學，不覺呵呵大笑，道：「且問阿哥：你既愛他的才學，到飢時可將來當得飯喫，冷時可作得衣穿麼？」杜亮道：「你又說笑話，才學在他腹中，如何濟得我的飢寒？」杜明道：「元來又救不得你的飢，又遮不得你的寒，愛他何用？當今有爵位的，尚然只喜趨權附勢，沒一個肯憐才惜學。你我是個下人，但得飽食煖衣，尋覓些錢鈔做家，乃是本等；卻這般迂闊，愛什麼才學，情願受其打罵，可不是個呆子！」杜亮笑道：「金銀，我命裏不曾帶來，不做這個指望，還只是守舊。」杜明道：「想是打得你不爽利，故此尚要捱他的棍棒。」杜亮道：「多承賢弟好情，可憐我做兄的；但我主這般博奧才學，摠然打死，也甘心服事他。」遂不聽杜明之言，仍舊跟隨蕭穎士。不想今日一頓拳頭，明日一頓棒子，打不上幾年，把杜亮打得漸漸遍身疼痛，口內吐血，成了個傷癆症候。初日還勉強趨承，以後打熬不過，半眠半起。又過幾時，便久臥床席。那蕭穎士見他嘔血，情知是打上來的，心下十分懊悔，還指望有好的日子。請醫調治，親自煎湯送藥。捱了兩月，嗚呼哀哉！蕭穎士想起他平日的好處，只管涕泣，備辦衣棺埋葬。蕭穎士日常虧杜亮服事慣了，到得死後，十分不便，央人四處尋覓僕從，因他打人的名頭出了，那個肯來跟隨。就有個肯跟他的，也不中其意。有時讀書到忘懷之處，還認做杜亮在傍，擡頭不見，便掩卷而泣。後來蕭穎士知得了杜亮當日不從杜明這班說話，不覺氣咽胸中，淚如泉湧，大叫一聲：「杜亮！我讀了一世的書，不曾遇著個憐才之人，終身淪落；誰想你到是我的知己。卻又有眼無珠，枉送了你性命，我之罪也！」言還未畢，口中的鮮血，往外直噴。自此也成了個嘔血之疾。將書籍盡皆焚化，口中不住的喊叫杜亮，病了數月，也歸大夢。遺命教遷杜亮與他同葬。有詩為證：

納賄趨權步步先，高才曾見幾人憐？當路若能如杜亮，艸萊安得有遺賢。

* * *

說話的，這杜亮愛才戀主，果是千古奇人。然看起來，畢竟還帶些腐氣，未為全美。若有別樁希奇故事，異樣話文，再講回出來。列位看官穩坐著，莫要性急。適來小子道這段小故事，原是入話❻，還未曾說到正傳。那正傳卻也是個僕人。他比杜亮更是不同：曾獨力與孤孀主母，掙起個天大家事，替主母嫁三個女兒，與小主人娶兩房娘子，到得死後，並無半文私蓄，至今名垂史冊。待小子慢慢的道來，勸諭那世間為奴僕的，也學這般盡心盡力幫家做活，傳個美名；莫學那樣背恩反噬，尾大不掉的，被人唾罵。你道這段話文，出在那個朝代？什麼地方？元來就在本朝嘉靖爺年間，浙江嚴州府，淳安縣，離城數里，有個鄉村，名曰錦沙村。村上有一姓徐的莊家，恰是弟兄三人。大的名徐言，次的名徐召，各生得一子。第三個名徐哲，渾家顏氏，到生得二男三女。他弟兄三人，奉著父親遺命，合鍋兒喫飯，并力的耕田。掙下一頭牛兒，一騎馬兒。又有一個老僕，名叫阿寄，年已五十多歲，夫妻兩口，也生下一個兒子，還只有十來歲。那阿寄就是本村生長，當先因父母喪了，無力殯殮，故此賣身在徐家。為人忠謹小心，朝起晏眠，勤于種作。徐言的父親大得其力，每事優待。到得徐言輩掌家，見他年紀老了，便

❻ 入話：宋元時代，說書的人在講正故事之前，先講的一段用來引起正文的小故事。

有些厭惡之意。那阿寄又不達時務，遇著徐言弟兄行事有不到處，便苦口規諫。徐哲尚肯服善，聽他一兩句；那徐言徐召是個自作自用的性子，反怪他多嘴擦舌，高聲叱喝，有時還要奉承幾下消食拳頭。阿寄的老婆勸道：「你一把年紀的人了，諸事只宜退縮算。他們是後生家世界，時時新，局局變，由他去主張罷了；何苦的定要多口，常討恁樣凌辱！」阿寄道：「我受老主之恩，故此不得不說。」婆子道：「累說不聽，這也怪不得你了！」自此阿寄聽了老婆言語，緘口結舌，再不干預其事，也省了好些恥辱。正合著古人兩句言語，道是：

閉口深藏舌，安身處處牢。

不則一日，徐哲忽地患了個傷寒症候，七日之間，即便了帳。那時就哭殺了顏氏母子，少不得衣棺盛殮，做些功果追薦。過了兩月，徐言與徐召商議道：「我與你各只一子，三兄弟到有兩男三女，一分就抵著我們兩分。便是三兄弟在時，一般耕種，還算計不就，何況他已死了。我們日夜喫辛喫苦掙來，卻養他一窩子喫死飯的。如今還是小事，到得長大起來，你我兒子婚配了，難道不與他婚男嫁女，豈不比你我反多去四分。意欲即今三股分開，撇脫了這條爛死蛇，由他們有得喫，沒得喫，可不與你我沒干涉了。只是當初老官兒遺囑，教道莫要分開，今若違了他言語，被人談論，卻怎麼處？」那時徐召若是個有仁心的，便該勸徐言休了這念纔是；誰知他的念頭，一發起得久了，聽見哥子說出這話，正合其意，乃答道：「老官兒雖有遺囑，不過是死人說話了，須不是聖旨，違旨不得的。況且我們的家事，那個外人敢來談論！」徐言連稱有理。即將田產家私，暗地配搭停當，只揀不好的留與姪子。徐言又道：「這牛馬卻怎地分？」徐召沉吟半晌，乃道：「不難。那阿寄夫妻年紀已老，漸漸做不動了，活時到有三個喫死飯的，死了又要賠兩口棺木，把他也當作一股，派與三房裏，卸了這干係，可不是好。」計議已定，到次日，備些酒肴，請過幾個親鄰坐下，又請出顏氏，并兩個姪兒。那兩個孩子，大的纔得七歲，喚做福兒，小的五歲，叫做壽兒，隨著母親，直到堂前，連顏氏也不知為甚緣故。只見徐言弟兄立起身來道：「列位高親在上，有一言相告：昔年先父原沒甚所遺，多虧我弟兄，掙得些小產業，只望弟兄相守到老，傳至子姪這輩分析。不幸三舍弟近日有此大變，弟婦又是個女道家，不知產業多少。況且人家消長不一，到後邊多掙得，分與舍姪便好；萬一消乏了，那時只道我們有甚私弊，欺負孤兒寡婦，反傷骨肉情義了。故此我兄弟商量，不如趁此完美之時，分作三股，各自領去營運，省得後來爭多競少，特請列位高親來作眼。」遂向袖中摸出三張分書來，說道：「總是一樣配搭，至公無私，只勞列位著個花押❼。」顏氏聽說要分開自做人家，眼中撲簌簌珠淚交流，哭道：「二位伯伯，我是個孤孀婦人，兒女又小，就是沒腳蟹❽一般！如何撐持的門戶？昔日公公原分付莫要分開，還是二伯伯總管在那裏，扶持小兒女大了，但憑胡亂分些便罷，決不敢爭多競少。」徐召道：「三娘子，天下無有不散筵席，就合上一千年，少不得有個分開日子。公公乃過世的人了，他的說話，那裏作得准。大伯昨日要把牛馬分與你；我想姪兒又小，那個去看養，故分阿寄來幫扶。他年紀雖老，筋力還健，賽過一個後生家種作哩。那婆子績麻紡線，也不是喫死飯的。這孩子再耐他兩年，就可下得田了，你不消愁得。」顏氏見他弟兄如此說話，明知已

❼ 花押：文書契據末尾的簽名，因為習慣用花字，避人冒簽，所以叫做「花押」。

❽ 沒腳蟹：沒有幫手的人。

是做就，料道拗他不過，一味啼哭。那些親鄰看了分書，雖曉得分得不公道，都要做好好先生，那個肯做閒冤家，出尖說話；一齊著了花押，勸慰顏氏收了進去，入席飲酒。有詩為證：

分書三紙語從容，人畜均分稟至公。老僕不如牛馬用，擁孤孀婦泣西風。

卻說阿寄，那一早差他買東買西，請張請李，也不曉得又做甚事體。恰好在南村去請個親戚，回來時，裏邊事已停妥。剛至門口，正遇著老婆。那婆子恐他曉得了這事，又去多言多語，扯到半邊，分付道：「今日是大官人分撥家私，你休得又去閒管，討他的怠慢！」阿寄聞言，喫了一驚，說道：「當先老主人遺囑，不要分開，如何見三官人死了，就撇開這孤兒寡婦，教他如何過活？我若不說，再有何人肯說？」轉身就走。婆子又扯住道：「清官也斷不得家務事，適來❾許多親鄰，都不開口；你是他手下人，又非甚麼高年族長，怎好張主？」阿寄道：「話雖有理，但他們分得公道，便不開口；若有些欺心，就死也說不得，也要講個明白。」又問道：「可曉得分我在那一房？」婆子道：「這到不曉得。」阿寄走到堂前，見眾人喫酒，正在高興，不好遽然問得，站在旁邊。間壁一個鄰家抬頭看見，便道：「徐老官，你如今分在三房裏了。他是孤孀娘子，須是竭力幫助便好。」阿寄隨口答道：「我年紀已老，做不動了。」口中便說，心下暗轉道：「元來撥我在三房裏，一定他們道我沒用了，借手推出的意思。我偏要爭口氣，掙個事業起來，也不被人恥笑。」遂不問他們分析的事，一徑轉到顏氏房門口，聽得在內啼哭。阿寄立住腳聽時，顏氏哭道：「天阿！只道與你一竹竿到底❿，白頭相守，那裏說起半路上就拋撇

❾ 適來：剛纔。

了，遺下許多兒女，無依無靠！還指望倚仗做伯伯的扶養長大，誰知你骨肉未寒，便分撥開來。如今教我沒投沒奔，怎生過日？」又哭道：「就是分的田產，他們通是亮裏，我是暗中，憑他們分派，那裏知得好歹。只一件上，已見他們的腸子狠了。那牛兒可以耕種，馬兒可雇倩⓫與人，只見兩件有利息的拿了去；卻推兩個老頭兒與我，反要費我的衣食。」那老兒聽了這話，猛然揭起門帘叫道：「三娘，你道老奴單費你的衣食，不及馬牛的力麼？」顏氏魆地裏被他鑽進來說這句話，到驚了一跳，收泪問道：「你怎地說？」阿寄道：「那牛馬每年耕種雇倩，不過有得數兩利息，還要賠個人去喂養跟隨。若論老奴，年紀雖有，精力未衰，路還走得，苦也受得。那經商道業，雖不曾做，也都明白。三娘急急收拾些本錢，待老奴出去做些生意，一年幾轉，其利豈不勝似馬牛數倍！就是我的婆子，平昔又勤于紡織，亦可少助薪水之費。那田產莫管好歹，把來放租與人，討幾擔穀子，做了樁主⓬，三娘同姐兒們，也做些活計，將就度日，不要動那貲本。營運數年，怕不掙起個事業？何消愁悶。」顏氏見他說得有些來歷，乃道：「若得你如此出力，可知好哩。但恐你有了年紀，受不得辛苦。」阿寄道：「不瞞三娘說，老便老，健還好，眠得遲，起得早，只怕後生家還趕我不上哩。這到不消慮得。」顏氏道：「你打帳做甚生意？」阿寄道：「大凡經商，本錢多，便大做，本錢少，便小做。須到外邊去，看臨期著便，見景生情，只揀有利息的就做，不是在家論得定的。」顏氏道：「說得有理，待我計較起來。」阿寄又討出分書，將分

---

❿ 一竹竿到底：一輩子廝守著。

⓫ 雇倩：出租。

⓬ 樁主：根基。

下的家火，照單逐一點明，搬在一處，然後走至堂前答應。眾親鄰直飲至晚方散。

次日，徐言即喚個匠人，把房子兩下夾斷，教顏氏另自開個門戶出入。顏氏一面整頓家中事體，自不必說；一面將簪釵衣飾，悄悄教阿寄去變賣，共湊了十二兩銀子。顏氏把來交與阿寄道：「這些少東西，乃我盡命之資，一家大小俱在此上。今日交付與你，大利息原不指望，但得細微之利就勾了。臨事務要斟酌，路途亦宜小心些！切莫有始無終，反被大伯們恥笑。」口中便說，不覺淚隨言下。阿寄道：「但請放心，老奴自有見識在此，管情不負所托。」顏氏又問道：「何時起身？」阿寄道：「今本錢已有了，明早就行。」顏氏道：「可要揀個好日？」阿寄道：「我出去做生意，便是好日了，何必又揀？」即把銀子藏在兜肚之中，走到自己房裏，向婆子道：「明早要出門去做生意，可將舊衣舊裳，打疊在這一處。」元來阿寄止與主母計議，連老婆也不通他知得。這婆子見驀地說出那句話，也覺駭然，問道：「你往何處去？做甚生意？」阿寄方把前事說與。那婆子道：「阿呀！這是那裏說起！你雖然一把年紀，那生意行中，從不曾著腳，卻去弄虛頭，說大話，兜攬這帳。孤孀娘子的銀兩，是苦惱⑬東西，莫要把去弄出個話靶⑭，連累他沒得過用，豈不終身抱怨。不如依著我，快快送還三娘，拚得早起晏眠，多喫些苦兒，照舊耕種幫扶，彼此到得安逸。」阿寄道：「婆子家曉得什麼？只管胡言亂語！那見得我不會做生意。弄壞了事，要你未風先雨⑮。」遂不聽老婆，自去收拾了衣服被窩。卻沒個被囊，只得打個包

⑬ 苦惱：可憐。
⑭ 話靶：話柄；譏評。
⑮ 未風先雨：未見事實，先發議論。

兒，又做起一個纏袋，准備些乾糧。又到市上買了一頂雨傘，一雙麻鞋。打點完備，次早先到徐言、徐召二家說道：「老奴今日要往遠處做生意，家中無人照管，雖則各分門戶，還要二位官人早晚看顧。」徐言二人聽了，不覺暗笑，答道：「這到不消你叮囑，只要賺了銀子回來，送些人事與我們。」阿寄道：「這個自然。」轉到家中，喫了飯食，作別了主母，穿上麻鞋，背著包裹雨傘，又分付老婆，早晚須要小心。臨出門，顏氏又再三叮嚀，阿寄點頭答應，大踏步去了。

且說徐言弟兄，等阿寄轉身後，都笑道：「可笑那三娘子好沒見識，有銀子做生意，卻不與你我商量，倒聽阿寄這老奴才的說話。我想他生長已來，何曾做慣生意？哄騙孤孀婦人的東西，自去快活。這本錢可不白白送落。」徐召道：「便是當初合家時，卻不把出來營運，如今纔分得，即教阿寄做客經商。我想三娘子又沒甚粧奩，這銀兩定然是老官兒存日，三兄弟剋剝下的，今日方纔出豁。總之，三娘子瞞著你我做事，若說他不該如此，反道我們妬忌了。且待阿寄折本回來，那時去笑他。」正是：

雲端看廝殺，畢竟孰輸贏？路遙知馬力，日久見人心。

再說阿寄離了家中，一路思想：「做甚生理便好？」忽地轉著道：「聞得販漆這項道路，頗有利息，況又在近處，何不去試他一試？」定了主意，一直來至慶雲山中。從來採漆之處，原有個牙行，阿寄就行家住下。那販漆的客人，卻也甚多，都是挨次兒打發。阿寄想道：「若慢慢的挨去，可不擔擱了日子，又費去盤纏。」心生一計，捉個空，扯主人家到一村店中，買三盃請他，說道：「我是個小販子，本錢短少，守日子不起的。望主人家看鄉里分上，怎地設法先打發我去。那一次來，大大再整個東道請你。」

也是數合當然，那主人家卻正撞著是個貪盃的，喫了他的軟口湯⑯，不好回得，一口應承。當晚就往各村戶湊足其數，裝裹停當，恐怕客人們知得嗔怪，到寄在鄰家放下，次日起個五更，打發阿寄起身。那阿寄發利市，就得了便宜，好不喜歡。教腳夫挑出新安江口，又想道：「杭州離此不遠，定賣不起價錢。」遂雇船直到蘇州。正遇在缺漆之時，見他的貨到，猶如寶貝一般，不勾三日，賣個乾淨。一色都是見銀，並無一毫賒帳。除去盤纏使用，足足賺對合⑰有餘。暗暗感謝天地。即忙收拾起身。卻又想道：「我今空身回去，須是趁船，這銀兩在身邊，反擔干係；何不再販些別樣貨去，多少尋些利息也好。」打聽得楓橋秈米到得甚多，登時落了幾分價錢，乃道：「這販米生意，量來必不喫虧。」遂糴了六十多擔秈米，一徑到杭州出脫。那時，乃七月中旬，杭州有一個月不下雨，稻苗都乾壞了，米價騰湧。阿寄這載米，又值在巧裏，每一擔長了二錢，又賺十多兩銀子。自言自語道：「且喜做來生意，頗頗順溜，想是我三娘福分到了。」卻又想道：「既在此間，怎不去問問漆價？若與蘇州相去不遠，也省好些盤纏。」細細訪問時，比蘇州反勝。你道為何？元來販漆的，都道杭州路近價賤，俱往遠處去了，杭州到時常短缺。常言道：貨無大小，缺者便貴。故此比別處反勝。阿寄得了這個消息，喜之不勝，星夜趕到慶雲山。已備下些小人事，送與主人家，依舊又買三盃相請。那主人家得了些小便宜，喜逐顏開，一如前番，悄悄先打發他轉身。到杭州也不消三兩日，就都賣完了。算本利果然比起先這一帳又多幾兩，只是少了那回頭貨的利息。乃道：「下次還到遠處去。」與牙人算清了帳目，收拾起程。想道：「出門好幾時了，三

⑯ 軟口湯：指要人家不講話而私送的賄賂。

⑰ 對合：對本。

娘必然掛念，且回去回覆一聲，也教他放心。」又想道：「總是收漆，要等候兩日；何不先到山中，將銀子教主人家一面先收，然後回家，豈不兩便。」定了主意，到山中把銀兩付與牙人，自己趕回家去。正是：

先收漆貨兩番利，初出茅廬第一功。

且說顏氏自阿寄去後，朝夕懸掛，常恐他消折了這些本錢，懷著鬼胎。耳根邊又聽得徐言弟兄在背後攧唇簸嘴，愈加煩惱。一日，正在房中悶坐，忽見兩個兒子亂喊進來道：「阿寄回家了。」顏氏聞言，急走出房，阿寄早已在面前。他的老婆也隨在背後。阿寄上前，深深唱個大喏。顏氏見了他，反增著一個蹬心拳頭⑱，胸前突突的亂跳，誠恐說出句掃興話來。便問道：「你做的是什麼生意？可有些利錢？」那阿寄叉手不離方寸，不慌不忙的說道：「一來感謝天地保佑，二來托賴三娘洪福，做的卻是販漆生意，賺得五六倍利息。如此如此，這般這般，恐怕三娘放心不下，特歸來回覆一聲。」顏氏聽罷，喜從天降，問道：「如今銀子在那裏？」阿寄道：「已留與主人家收漆，不曾帶回，我明早就要去的。」那時合家都歡天喜地。阿寄住了一晚，次日清早起身，別了顏氏，又往慶雲山去了。

且說徐言弟兄，那晚在鄰家喫社酒醉倒，故此阿寄歸家，全不曉得。到次日，齊走過來，問道：「阿寄做生意歸來，趁了多少銀子？」顏氏道：「好教二位伯伯知得，他一向販漆營生，倒覓得五六倍利息。」徐言道：「好造化！恁樣賺錢時，不勾幾年，便做財主哩。」顏氏道：「伯伯休要笑話，免得飢寒便勾

⑱蹬心拳頭：打擊心頭的拳頭。

了。」徐召道：「他如今在那裏？出去了幾多時？怎麼也不來見我？這樣沒禮。」顏氏道：「今早原就去了。」徐召道：「如何去得恁般急速？」徐言又問道：「那銀兩你可曾見見數麼？」顏氏道：「他說俱留在行家買貨，沒有帶回。」徐言呵呵笑道：「我只道本利已在手了，原來還是空口說白話，眼飽肚中飢。耳邊到說得熱烘烘，還不知本在何處，利在那裏，便信以為真。做經紀的人，左手不托右手⑲，豈有自己回家，銀子反留在外人。據我看起來，多分這本錢弄折了，把這鬼話哄你。」徐召也道：「三娘子，論起你家做事，不該我們多口，但你終是女眷家，不知外邊世務，既有銀兩，也該與我二人商量，買幾畝田地，還是長策。那阿寄曉得做甚生理？卻瞞著我們，將銀子與他出去瞎撞。我想那銀兩，不是你的粧奩，也是三兄弟的私蓄，須不是偷來的，怎看得恁般輕易！」二人一吹一唱⑳，說得顏氏心中啞口無言，心下也生疑惑，委決不下。把一天歡喜，又變為萬般愁悶。按下此處不題。

再說阿寄這老兒急急趕到慶雲山中，那行家已與他收完，點明交付。阿寄此番不在蘇杭發賣，徑到興化地方，利息比這兩處又好。賣完了貨，打聽得那邊米價一兩三石，斗斛又大。想起杭州見今荒歉，前次糴客販的去，尚賺了錢，今在出處販去，怕不有一兩個對合。遂裝上一大載米至杭州，准准糶了一兩二錢一石，斗斛上多來，恰好頂著船錢使用。那時到山中收漆，便是大客人了，主人家好不奉承。一來是顏氏命中合該造化，二來也虧阿寄經營伶俐。凡販的貨物，定獲厚利。一連做了幾帳，長有二千餘金。看看捱著殘年，算計道：「我一個孤身老兒，帶著許多財物，不是耍處！倘有差跌，前功盡棄。況

---

⑲ 左手不托右手：形容過分小心的人，除了自己以外，對於任何人都不肯信任。

⑳ 一吹一唱：兩個人說話，互相幫襯。

且年近歲逼，家中必然懸望，不如回去，商議置買些田產，做了根本，將餘下的再出來運算。」此時他出路行頭，諸色盡備；把銀兩逐封緊緊包裹，藏在順袋中；水路用舟，陸路雇馬，晏行早歇，十分小心。非止一日，已到家中，把行李馱入。婆子見老公回了，便去報知顏氏，那顏氏一則以喜，一則以懼。所喜者，阿寄回來，所懼者，未知生意長短若何？因向日被徐言弟兄奚落了一場，這番心裏比前更是著急。三步并作兩步，奔至外廂，望見這堆行李，料道不像個折本的，心下就安了一半。終是忍不住，便問道：「這一向生意如何？銀兩可曾帶回？」阿寄近前，見了個禮，說道：「三娘不要性急，待我慢慢的細說。」教老婆頂上中門，把行李盡搬至顏氏房中打開，將銀子逐封交與顏氏。顏氏見著許多銀兩，喜出望外，連忙開箱啟籠收藏。阿寄方把往來經營的事說出。顏氏因怕惹是非，徐言當日的話，一句也不說與他知道，但連稱：「都虧你老人家氣力了，且去歇息則個。」又分付：「倘大伯們來問起，不要與他講真話。」阿寄道：「老奴理會得。」正話間，外面鬧鬧聲叩門，原來卻是徐言弟兄聽見阿寄歸了特來打探消耗。阿寄上前作了兩個揖。徐言道：「前日聞得你生意十分旺相，今番又趁若干利息？」阿寄道：「老奴托賴二位官人洪福，除了本錢盤費，乾淨趁得四五十兩。」徐召道：「阿呀！前次便說有五六倍利了，怎地又去了許多時，反少起來？」徐言道：「且不要問他趁多趁少，只是銀子今日可曾帶回？」阿寄道：「已交與三娘了。」二人便不言語，轉身出去。

再說阿寄與顏氏商議，要置買田產，悄地央人尋覓。大抵出一個財主，生一個敗子。那錦沙村有個晏大戶，家私豪富，田產廣多，單生一子名為世保，取世守其業的意思。誰知這晏世保，專於闞賭，把那老頭兒活活氣死。合村的人道他是個敗子，將晏世保三字，順口改為獻世保。那獻世保同著一班無藉，朝歡暮樂，弄完了家中財物，漸漸搖動產業。道是零星賣來不勾用，索性賣一千畝，討價三千餘兩，又要一注兒交銀。那村中富者雖有，一時湊不起許多銀子，無人上樁。延至歲底，獻世保手中越覺乾逼，情願連一所莊房，只要半價。阿寄偶然聞得這個消息，即尋中人去討個經帳㉑，恐怕有人先成了去，就約次日成交。獻世保聽得有了售主，好不歡喜。平日一刻也不著家的，偏這日足跡不敢出門，呆呆的等候中人同往。且說阿寄料道獻世保是愛喫東西的，清早便去買下佳肴美醞，喚個廚夫安排。又向顏氏道：「今日這場交易，非同小可。三娘是個女眷家，兩位小官人又幼，老奴又是下人，只好在旁說話，難好與他抗禮；須請間壁大官人弟兄來作眼，方是正理。」顏氏道：「你就過去請一聲。」阿寄即到徐言門首，弟兄正在那裏說話。阿寄道：「今日三娘買幾畝田地，特請二位官人來張主。」二人口中雖然答應，心內又怪顏氏不托他尋覓，好生不樂。徐言說道：「既要買田，如何不托你我，又教阿寄張主。直至成交，方纔來說。只是這村中，沒有什麼零星田賣。」徐召道：「不必猜疑，少頃便見著落了。」二人坐於門首，等至午前光景，只見獻世保同著幾個中人，兩個小廝，拿著拜匣，一路拍手拍腳的笑來，望著間壁門內齊走進去。徐言弟兄看了，倒喫一嚇，都道：「咦！好作怪！聞得獻世保要賣一千畝田，實價三千餘兩，不信他家有許多銀子？難道獻世保又零賣一二十畝？」疑惑不定。隨後跟入，相見已罷，分賓而坐。阿寄向前說道：「晏官人，田價昨日已是言定，一依分付，不敢短少。晏官人也莫要節外生枝，又更他說。」獻世保亂嚷道：「大丈夫做事，一言已出，駟馬難追。若又有他說，便不是人養的了。」阿寄道：「既如此，先立了文契，然後兌銀。」那紙墨筆硯，准備得停停當當，拿過來就是。獻世保拈

㉑ 經帳：出賣田產時，載明田產的經界、類數，及價格等等的說明書。

起筆，盡情寫了一紙絕契，又道：「省得你不放心，先畫了花約㉒，何如？」阿寄道：「如此更好。」徐言兄弟看那契上，果是一千畝田，一所莊房，實價一千五百兩。嚇得二人面面相覷，伸出了舌頭，半日也縮不上去。都暗想道：「阿寄生意總是趁錢，也趁不得這些！莫不是做強盜打劫的，或是掘著了藏？好生難猜。」中人著完花押，阿寄收進去交與顏氏。他已先借下一副天秤法馬，提來放在桌上，與顏氏取出銀子來兌，一色都是粉塊細絲。徐言、徐召眼內放出火來，喉間煙也直冒，恨不得推開眾人，通搶回去。不一時兌完，擺出酒肴，飲至更深方散。次日，阿寄又向顏氏道：「那莊房甚是寬大，何不搬在那邊居住？收下的稻子，也好照管。」顏氏曉得徐言弟兄妬忌，也巴不能遠開一步。便依他說話，選了新正初六，遷入新房。阿寄又請個先生，教他兩位小官人讀書，大的名徐寬，次的名徐宏。家中收拾得十分次第。那些村中人見顏氏買了一千畝田，都傳說掘了藏，銀子不計其數，連坑廁說來都是銀的，誰個不來趨奉。再說阿寄將家中整頓停當，依舊又出去經營。這番不專於販漆，但聞有利息的便做。家中收下米穀，又將來騰那㉓。十年之外，家私巨富。那獻世保的田宅，盡歸於徐氏。門庭熱鬧，牛馬成群，婢僕雇工人等，也有整百，好不興頭！正是：

富貴本無根，盡從勤裏得。請觀懶惰者，面帶飢寒色。

那時顏氏三個女兒，都嫁與鄰近富戶。徐寬徐宏也各婚配。一應婚嫁禮物，盡是阿寄支持，不費顏

㉒ 花約：正式契約未簽定以前的草約。

㉓ 騰那：移轉；掉換。這裏是說，把家中的穀米賣出的錢再拿去作生意。

氏絲毫氣力。他又見田產廣多，差役煩重，與徐寬弟兄，俱納個監生，優免若干田役㉔。顏氏與阿寄兒子完了姻事；又見那老兒年紀衰邁，留在家中照管，不肯放他出去，又派個馬兒與他乘坐。那老兒自經營以來，從不曾私喫一些好飲食，也不曾私做一件好衣服，寸絲尺帛，必稟命顏氏，方纔敢用。且又知禮數，不論族中老幼，見了必然站起。或乘馬在途中遇著，便跳下來閃在路傍，讓過去了，然後又行。因此遠近親鄰，沒一人不把他敬重。就是顏氏母子，也如尊長看承。那徐言、徐召，雖也掙起些田產，比著顏氏，尚有天淵之隔，終日眼紅頸赤。那老兒揣知二人意思，勸顏氏各助百金之物。又築起一座新墳，連徐哲父母，一齊安葬。那老兒整整活到八十，患起病來，顏氏要請醫人調治，那老兒道：「人年八十，死乃分內之事，何必又費錢鈔。」執意不肯服藥。顏氏母子，不住在床前看視，一面准備衣衾棺槨。病了數日，勢漸危篤，乃請顏氏母子到房中坐下，說道：「老奴牛馬力已少盡，死亦無恨。只有一事，越分張主，不要見怪！」顏氏垂淚道：「我母子全虧你氣力，方有今日；有甚事體，一憑分付，決不違拗。」那老兒向枕邊摸出兩紙文書，遞與顏氏道：「兩位小官人，年紀已長，日後少不得要分析，倘那時嫌多道少，便傷了手足之情。故此老奴久已將一應田房財物等件，均分停當；今日交付與二位小官人，各自去管業。」又叮囑道：「那奴僕中難得好人，諸事須要自己經心，切不可重托。」顏氏母子，含淚領命。他的老婆兒子，都在床前啼啼哭哭，也囑咐了幾句。忽地又道：「只有大官人二官人，不曾面別，終是欠事，可與我去請來。」顏氏即差個家人去請。徐言徐召說道：「好時不直得幫扶我們，臨死卻來思想，可不扯淡！不去不去！」那家人無法，只得轉身。卻著徐宏親自奔來相請，二人滅不個㉕

㉔ 優免若干田役：明代規定，有了秀才（包括監生）的資格，就可獲得免除某些差役的權力。

姪兒面皮，勉強隨來。那老兒已說話不出，把眼看了兩看，點點頭兒，奄然而逝。他的老婆兒媳啼哭，自不必說。只這顏氏母子俱放聲號慟，便是家中大小男女，念他平日做人好處，也無不下淚。惟有徐言、徐召反有喜色。可憐那老兒：

辛勤好似蠶成繭，繭老成絲蠶命休。又似採花蜂釀蜜，甜頭到底被人收。

顏氏母子哭了一回，出去支持殯殮之事。徐言、徐召看見棺木堅固，衣衾整齊，扯徐寬弟兄到一邊，說道：「他是我家家人，將就些罷了！如何要這般好斷送㉖？就是當初你家公公與你父親，也沒恁般齊整！」徐寬道：「我家全虧他掙起這些事業，若薄了他，內心上也打不過去。」徐召笑道：「你老大的人，還是個呆子！只是你母子命中合該有此造化，豈真是他本事掙來的哩。還有一件，他做了許多年數，剋剝的私房，必然也有好些，怕道沒得結果，你卻挖出肉裏錢㉗來，與他備後事。」徐宏道：「不要冤枉好人！我看他平日，一釐一毫，都清清白白交與母親，並不見有什麼私房。」徐召又說道：「做的私房，藏在那裏，難道把與你看不成？若不信時，如今將那房中一檢，極少也有整千銀子。」徐寬道：「總有也是他掙下的，好道拿他的不成？」徐言道：「雖不拿他的，見個明白也好。」徐寬弟兄被二人說得疑疑惑惑，遂聽了他，也不通顏氏知道，一齊走至阿寄房中，把婆子們哄了出去，閉上房門，開箱倒籠，遍處一搜，只

㉕ 滅不個：礙不過情面；無法打發過去的意思。
㉖ 斷送：指衣衾棺木等殯殮的東西。
㉗ 肉裏錢：自己口袋裏的錢。

有幾件舊衣舊裳，那有分文錢鈔。徐召道：「一定藏在兒子房裏，也去一檢。」尋出一包銀子，不上二兩，包中有個帳兒。徐寬仔細看時，還是他兒子娶妻時，顏氏助他三兩銀子，用剩下的。徐宏道：「我說他沒有什麼私房，卻定要來看！還不快收拾好了，倘被人撞見，反道我們器量小了。」徐言、徐召自覺乏趣，也不別顏氏，徑自去了。徐寬又把這事學向母親，愈加傷感。令合家掛孝，開喪受弔，多修功果追薦。七㉘終之後，即安葬於新墳傍邊。祭葬之禮，每事從厚。顏氏主張將家產分一股與他兒子，自去成家立業，奉養其母，又教兒子們以叔姪相稱，此亦見顏氏不泯阿寄恩義的好處。那合村的人，將阿寄生平行誼具呈縣府，懇求旌獎，以勸後人。府縣又查勘的實，申報上司，具疏奏聞。朝廷恩賜建坊，旌表其義。至今徐氏子孫繁衍，富冠淳安。阿寄子孫亦頗昌盛。詩云：

年老筋衰並馬牛，千金致產出人頭。托孤寄命真無愧，羞殺蒼頭不義侯。

㉘七：一種迷信的習俗。人死後七天為一「七」。每逢「七」這天，就燒紙頌經，據說可以「超度死者」。或以為人生四十九日而七魄全，死四十九日而七魄散，故人死後每七日一祭，念佛修善，至七七四十九日止。

第三十六卷　蔡瑞虹忍辱報仇

酒可陶情適性，兼能解悶消愁。三杯五盞樂悠悠，痛飲翻能損壽。　謹厚化成凶險，精明變作昏流。禹疏儀狄豈無由，狂藥使人多咎。

這首詞名為西江月，是勸人節飲之語。今日說一位官員，只因貪杯上，受了非常之禍。話說這宣德年間，南直隸、淮安府、淮安衛，有個指揮，姓蔡，名武，家資富厚，婢僕頗多。平昔別無所好，偏愛的是盃中之物，若一見了酒，連性命也不相顧，人都叫他做「蔡酒鬼」。因這件上，罷官在家。不但蔡指揮會飲，就是夫人田氏，卻也一般善酌，二人也不像個夫妻，到像兩個酒友。偏生奇怪，蔡指揮夫妻都會飲酒，生得三個兒女，卻又滴酒不聞。那大兒蔡韜，次子蔡略，年紀尚小。女兒到有一十五歲，生時因見天上有一條虹霓，五色燦爛，正環在他家屋上，蔡武以為祥瑞，遂取名叫做瑞虹。那女子生得有十二分顏色，善能描龍畫鳳，刺繡拈花。不獨女工伶俐，且有智識才能，家中大小事體，到是他掌管。因見父母日夕沉湎，時常規諫，蔡指揮那裏肯依。

話分兩頭，且說那時有個兵部尚書趙貴，當年未達時，住在淮安衛間壁，家道甚貧，勤苦讀書，夜夜直讀到雞鳴方臥。蔡武的父親老蔡指揮，愛他苦學，時常送柴送米資助，趙貴後來連科及第，直做到兵部尚書，思念老蔡指揮昔年之情，將蔡武特陞了湖廣荊襄等處遊擊將軍❶。是一個上好的美缺，特地差人將文憑送與蔡武。蔡武心中歡喜，與夫人商議，打點擇日赴任。瑞虹道：「爹爹，依孩兒看起來，此官莫去做罷！」蔡武道：「卻是為何？」瑞虹道：「做官的一來圖名，二來圖利，故此千鄉萬里遠去。如今爹爹在家，日日只是吃酒，並不管一毫別事。倘若到任上也是如此，那個把銀子送來，豈不白白裏乾折了盤纏辛苦，路上還要擔驚受怕。就是沒得銀子趁，也只算是小事，還有別樣要緊事體，擔干係哩！」蔡武道：「除了沒銀子趁罷了，還有甚麼干係？」瑞虹道：「爹爹，你一向做官時，不知見過多少了，難道這樣事到不曉得？那遊擊官兒，在武職裏便算做美任，在文官上司裏，不過是個守令官，不時衙門伺候，東迎西接，都要早起晏眠。我想你平日在家，單管吃酒，自在慣了，倘到那裏，依原如此，豈不受上司責罰，這也還不算利害。或是汛地❷盜賊生發，差撥去捕獲；或者別處地方有警，調遣去出征：那時不是馬上，定是舟中，身披甲冑，手執戈矛，在生死關係之際，倘若一般終日吃酒，豈不把性命送了？不如在家安閒自在，快活過了日子，卻去討這樣煩惱吃！」蔡武道：「常言說得好，酒在心頭，事在肚裏。難道真個單吃酒不管正事不成？只為家中有你掌管，我落得快活，到了任上，你替我不得時，自然著急，不消你擔隔夜憂❸。況且這樣美缺，別人用銀子謀幹，尚不能勾；如今承趙尚書一片好意，

❶ 遊擊將軍：明代置正副總兵官、參將、遊擊將軍、守備、把總等武官，領軍鎮守各地。遊擊將軍是第三級的武官。

❷ 汛地：本指關卡盤查來往行人的處所，引申為軍隊駐防的地方。汛，音ㄒㄩㄣˋ。

❸ 擔隔夜憂：預先憂心。

特地差人送上大門，我若不去做，反拂了這段來意。我自有主意在此，你不要阻當。」瑞虹見父親立意要去，便道：「爹爹既然要去，把酒來戒了，孩兒方纔放心。」蔡武道：「你曉得我是酒養命的，如何全戒得，只是少吃幾盃罷。」遂說下幾句口號：

老夫性與命，全靠水邊酉。寧可不喫飯，豈可不飲酒。今聽汝忠言，節飲知謹守。
每常十遍飲，今番一加九。每常飲十升，今番只一斗。每常一氣吞，今番分兩口。
每常床上飲，今番地下走。每常到三更，今番二更後。再要裁減時，性命不值狗。

且說蔡武次日即教家人蔡勇，在淮關寫了一隻民座船❹，將衣飾細軟，都打疊帶去。粗重傢伙，封鎖好了，留一房家人看守。其餘童僕，盡隨往任所。又買了許多好酒，帶路上去吃。擇了吉日，備豬羊祭河，作別親戚，起身下船。稍公扯起篷，由揚州一路進發。你道稍公是何等樣人？那稍公叫做陳小四，也是淮安府人，年紀三十已外，雇著一班水手，共有七人，喚做白滿、李鬍子、沈鐵甏、秦小元、胡蠻二、余蛤蚆、淩歪嘴。這班人都是兇惡之徒，專在河路上謀劫客商。不想蔡武今日晦氣，下了他的船隻。陳小四起初見發下許多行李，眼中已是放出火來，及至家小下船，又一眼瞧見瑞虹美豔，心中愈加著魂。暗暗算計：「且遠一步兒下手，省得在近處，容易露人眼目。」不一日，將到黃州，乃道：「此去正好行事了，且與眾兄弟們說知。」走到稍上，對眾水手道：「艙中一注大財鄉，不可錯過，趁今晚取了罷。」眾人笑道：「我們有心多日了，因見阿哥不說起，只道讓同鄉分上，不要了。」陳小四道：「因一路來，

❹ 座船：官船；官員所坐的船。

沒個好下手處，造化他多活了這幾日！」眾人道：「他是個武官出身，從人又眾，不比其他，須要用心。」陳小四道：「他出名的蔡酒鬼，有什麼用？」少停，等他喫酒到分際，放開手砍他娘罷了；只饒了這小姐，我要留他做個押艙娘子。」商議停當。少頃，到黃州江口泊住，買了些酒肉，安排起來。眾水手喫個醉飽。揚起滿帆，舟如箭放。那一日正是十五，剛到黃昏，一輪明月，如同白晝。至一空闊之處，陳小四道：「眾兄弟，就此處罷，莫向前了。」霎時間，下篷拋錨，各執器械，先向前艙而來。迎頭遇著一個家人，那家人見勢頭來得兇險，叫聲：「老爺不好了！」說時遲，那時快，叫聲未絕，頂門上已遭一斧，翻身跌倒。那些家人，一個個都抖衣而顫，那裏動彈❺得。被眾強盜刀砍斧切，連排價殺去。且說蔡武自從下船之後，初時幾日，酒還少吃，以後覺道無聊，夫妻依先大酌，瑞虹苦諫不止。那一晚，與夫人開懷暢飲，酒量已喫到九分，忽聽得前艙發喊。瑞虹急叫丫鬟來看，那丫鬟嚇得寸步難移，叫道：「老爺，前艙殺人哩。」蔡奶奶驚得魂不附體，剛剛立起身來，眾兇徒已趕進艙。蔡武兀自朦朧醉眼，喝道：「我老爺在此，那個敢？」沈鐵髭早把蔡武一斧砍倒，眾男女一齊跪下道：「金銀任憑取去，但求饒命。」眾人道：「兩件都是要的。」陳小四道：「看同鄉情上，饒他砍頭，與他個全屍罷了。」即教快取索子，兩個奔向後艄；取出索子，將蔡武夫妻二子，一齊綁起，止空瑞虹。蔡武哭對瑞虹道：「不聽你言，致有今日。」聲猶未絕，都攛向江中去了。其餘丫鬟等輩，一刀一個，殺個乾淨。有詩為證：

> 金印將軍酒量高，綠林豪客逞雄豪。無情波浪兼天湧，疑是胥江起怒濤。

❺ 動彈：舉動；行動。

瑞虹見合家都殺，獨不害他，料必然來污辱。奔出艙門，望江中便跳。陳小四放下斧頭，雙手抱住道：「小姐不要驚恐！還你快活。」瑞虹大怒，罵道：「你這班強盜，害了我全家，尚敢污辱我麼！快快放我自盡。」陳小四道：「你這般花容月貌，教我如何便捨得？」一頭說，一頭抱入後艙。瑞虹口中千強盜，萬強盜，罵不絕口。眾人大怒道：「阿哥，那裏不尋了一個妻子，便受這賤人之辱！」便要趕進來殺。陳小四攔住道：「眾兄弟，看我分上饒他罷！明日與你陪情。」又對瑞虹道：「快些住口，你若再罵時，連我也不能相救。」瑞虹一頭哭，心中暗想：「我若死了，一家之仇，那個去報？且含羞忍辱，待報仇之後，死亦未遲。」方纔住口，跌足又哭。陳小四安慰一番。眾人已把屍首盡抛入江中，把船揩抹乾淨，扯起滿篷，又使到一個沙洲邊，將箱籠取出，要把東西分派。陳小四道：「眾兄弟且不要忙，趁今日十五團圓之夜，待我做了親，眾弟兄吃過慶喜筵席，然後自由自在均分，豈不美哉！」眾人道：「也說得是。」連忙將蔡武帶來的好酒，打開幾罈，將那些食物東西，都安排起來，團團坐在艙中，點得燈燭輝煌，取出蔡武許多銀酒器，大家痛飲。陳小四又抱出瑞虹坐在旁邊道：「小姐，我與你郎才女貌，做夫妻也不辱沒了你！今夜與我成親，卻圖一個白頭到老。」瑞虹掩著面只是哭。眾人道：「我眾兄弟各人敬阿嫂一盃酒。」便篩過一盃，送在面前。陳小四接在手中，拿向瑞虹口邊道：「多謝眾弟兄之情，你略略沾些兒。」瑞虹那裏採他，把手推開。陳小四笑道：「多謝列位美情，待我替娘子飲罷。」拿起來一飲而盡。秦小元道：「哥不要吃單杯，吃個雙雙到老。」又送過一杯，陳小四又接來吃了。也篩過酒，逐個答還。吃了一會，陳小四被眾人勸送，吃到八九分醉了。眾人道：「我們暢飲，不要難為新人。哥，先請安置罷。」陳小四道：「既如此，列位再請寬坐，我不陪了。」抱起瑞虹，取了燈火，徑入後艙。放下瑞虹，掩上艙門，便來與他解衣，那時瑞虹身不由主，被他解脫乾淨，抱向床中，任情取樂。可惜千金小姐，落在強徒之手。

暴雨摧殘嬌蕊，狂風吹損柔芽。那是一宵恩愛，分明夙世冤家。

不題陳小四。且說眾人在艙中吃酒，白滿道：「陳四哥此時正在樂境了。」沈鐵甏道：「他們樂，我們卻有些不樂。」秦小元道：「有甚不樂？」沈鐵甏道：「皆是同樣做事，他到獨占了第一件便宜。明日分東西時，可肯讓一些麼？」李鬍子道：「你道是樂，我想這一件，正是不樂之處哩。」眾人道：「為何不樂？」李鬍子道：「常言說得好，斬草不除根，萌芽依舊發。殺了他一家，恨不得把我們吞在肚裏，方纔快活，豈肯安心與陳四哥做夫妻？倘到人烟湊聚之所，叫喊起來，眾人性命，可不都送在他的手裏。」眾人盡道：「說得是，明日與陳四哥說明，一發殺卻，豈不乾淨。」答道：「陳四哥今日得了甜頭，怎肯殺他？」白滿道：「不要與陳四哥說知，悄悄竟行罷。」李鬍子道：「若瞞著他殺了，弟兄情上就到不好開交。我有個兩得其便的計兒在此：趁陳四哥睡著，打開箱籠，將東西均分，四散去快活。陳四哥已受用了一個妙人，多少留幾件與他，後來露出事來，止他自去受累，與我眾人無干。或者不出醜，也是他的造化。恁樣又不傷了弟兄情分，又連累我們不著，可不好麼？」眾人齊稱道：「好。」立起身，把箱籠打開，將出黃白之資，衣飾器皿，都均分了，只揀用不著的留下幾件。各自收拾，打了包裹，把艙門關閉，將船使到一個通官路所在泊住，一齊上岸，四散而去。

篋中黃白皆公器，被底紅香偏得意。蜜房割去別人甜，狂蜂猶抱花心睡。

且說陳小四專意在瑞虹身上，外邊眾人算計，全然不知。直至次日巳牌時分，方纔起身來看，不見一人，還只道夜來中酒睡著。走至稍上，卻又不在；再到前艙去看，那裏有個人的影兒？驚駭道：「他們通往何處去了？」心內疑惑。復走到艙中，看見箱籠，俱已打開；逐隻檢看，並無一物，止一隻內存些少東西，並書帖之類：方明白眾人分去，敢怒而不敢言。想道：「是了，他們見我留著這小姐，恐後事露，故都悄然去了。」又想道：「我如今獨自個又行不得這船，住在此，又非長策，到是進退兩難。欲待上涯，便中覓個人兒幫行，到有人烟之處，恐怕這小姐喊叫出來，這性命便休了。勢在騎虎，留他不得了，不如斬草除根罷。」提起一柄板斧，搶入後艙。瑞虹還在床上啼哭，雖則淚痕滿面，愈覺千嬌百媚。那賊徒看了，神蕩魂迷，臂垂手軟，把殺人腸子，頓時鎔化。一柄板斧，撲禿的落在地下。又騰身上去，捧著瑞虹淫媾。可憐嫩蕊嬌花，怎當得風狂雨驟。那賊徒恣意輕薄了一回，說道：「娘子，我曉得你勞碌了，待我去收拾些飲食與你將息。」跳起身，往稍上打火煮飯。忽地又想起道：「我若迷戀這女子，性命定然斷送；欲要殺他，又不忍下手。罷，罷，只算我晦氣，棄了這船，向別處去過日。倘有采頭，再覓一注錢財，原舊掙個船兒，依然快活。那女子留在船中，有命時便遇人救了，也算我一點陰騭。」卻又想道：「不好不好，如不除他，終久是個禍根。只饒他一刀，與他全屍罷。」煮些飯食喫飽，將平日所積囊資，並留下的些小東西，疊成一個大包，放在一邊；尋一條索子，打個圈兒，趕入艙來。這時瑞虹恐又來淫污，已是穿起衣服，向著裏床垂淚，思算報仇之策，不提防這賊徒來謀害。說時遲，那時快，這賊徒奔近前，左手托起頭兒，右手就將索子套上。瑞虹方待喊叫，被他隨手扣緊，儘力一收，瑞虹疼痛難忍，手足亂動，撲的跳了幾跳，直挺挺橫在床上便不動了。那賊徒料是已死，即放了手，速到外艙，拿起包裹，提著一根短棍，跳上涯，大踏步而去。正是：

雖無並枕歡娛，落得一身乾淨。

原來瑞虹命不該絕，喜得那賊打的是個單結，雖然被這一收時，氣絕昏迷；纔放下手，結就鬆開；不比那吊死的越墜越緊。咽喉間有了一線之隙，這點氣回復透出，便不致於死。漸漸甦醒，只是遍體酥軟，動撣不得，倒像被按摩的捏了個醉楊妃光景❻。喘了一回，覺得頸下難過，勉強掙起手扯開，心內苦楚，暗哭道：「阿爹當時若聽了我的言語，那有今日？只不知與這夥賊徒，前世有甚冤業，合家遭此慘禍。」又哭道：「我指望忍辱偷生，還圖個報仇雪恥，不道這賊原放我不過。我死也罷了，但是冤沉海底，安能瞑目。」轉思轉哭，愈想愈哀。正哭之間，忽然稍上，撲通的一聲響亮，撞得這船幌上幾幌，睡的床鋪，險些攧翻。瑞虹被這一驚，哭也倒止住了。側耳聽時，但聞隔船人聲諠鬧，打號撐篙，本船不見一些聲息。疑惑道：「這班強盜為何被人撞了船，卻不開口？莫非那船也是同夥？」又想道：「或者是捕盜船兒，不敢與他爭論。」便欲喊叫，又恐不能了事。方在惶惑之際，船艙中忽地有人大驚小怪，又齊擁入後艙。瑞虹還道是這班強盜，暗道：「此番性命休矣！」只聽眾人說道：「不知是何處官府，打劫得如此乾淨？人樣也不留一個！」瑞虹聽了這句話，已知不是強盜了，掙扎起身，高喊：「救命！」

❻ 醉楊妃光景：像唐代楊貴妃醉酒後渾身癱軟的樣子。

眾人趕向前看時，見是個美貌女子，扶持下床，問他被劫情由。瑞虹未曾開言，兩眼淚珠先下。乃將父親官爵籍貫，並被難始末，一一細說。又道：「列位大哥，可憐我受屈無伸，乞引到官司告理，擒獲強徒正法，也是一點陰騭。」眾人道：「元來是位小姐，可惱受著苦了！但我們都做主不得，須請老爹來與你計較。」內中一個便跑去相請。不多時，一人跨進艙中，眾人齊道：「老爹來也！」瑞虹舉目看那人面貌魁梧，服飾齊整，見眾人稱他老爹，料必是個有身家的，哭拜在地。那人慌忙扶住道：「小姐何消行此大禮？有話請起來說。」瑞虹又將前事細說一遍。又道：「求老爹慨發慈悲，救護我難中之人，生死不忘大德！」那人道：「小姐，不必煩惱。我想這班強盜，去還未遠，即今便同你到官司呈告，差人四處追尋，自然逃走不脫。」瑞虹含淚而謝。那人分付手下道：「事不宜遲，快扶蔡小姐過船去罷。」眾人便來攙扶。瑞虹尋了鞋兒穿起，走出艙門觀看，乃是一隻雙開篷頂號貨船。過得船來，請入艙中安息。眾水手將賊船上家火東西，儘力搬個乾淨，方纔起篷開船。

你道那人是誰？元來姓卞名福，漢陽府人氏。專在江湖經商，掙起一個老大家業，打造這隻大船。眾水手俱是家人。這番在下路脫了糧食，裝回頭貨歸家，正趁著順風行走，忽地被一陣大風，直打向到岸邊去。稍公把舵務命推揮，全然不應，徑向賊船上當稍一撞。見是座船，恐怕拿住費嘴，好生著急。合船人手忙腳亂，要撐開去，不道又閣在淺處；牽扯不動，故此打號用力。因見座船上沒個人影，卞福以為怪異，教眾水手過船來看。已後聞報，止有一個美女子，如此如此，要求搭救。卞福即懷不良之念，用一片假情，哄得過船，便是買賣了。那裏是真心肯替他伸冤理枉。那瑞虹起初因受了這場慘毒，正無門伸訴，所以一見卞福，猶如見了親人一般，求他救濟，又見說出那班言語，便信以為真，更不疑惑。

到得過船心定，想起道：「此來差矣！我與這客人，非親非故，如何指望他出力，跟著同走？雖承他一力擔當，又未知是真是假。倘有別樣歹念，怎生是好？」方在疑慮，只見卞福，自去安排著佳肴美醞，承奉瑞虹，說道：「小姐，你一定餓了，且喫些酒食則個。」瑞虹想著父母，那裏下得咽喉。卞福坐在旁邊，甜言蜜語，勸了兩小杯，開言道：「小子有一言商議，不知小姐可肯聽否？」瑞虹道：「老客有甚見諭？」卞福道：「適來小子一時義憤，許小姐同到官司告理，卻不曾算到自己這一船貨物。我想那衙門之事，原是論不定日子的。倘或牽纏半年六月，事體還不能完妥，貨物又不能脫去，豈不兩下擔閣。不如小姐且隨我回去，先脫了貨物，然後另換個小船，與你一齊下來理論這事，就盤桓幾年，也不妨礙。更有一件，你我是個孤男寡女，往來行走，必惹外人談議，總然彼此清白，誰人肯信？可不是無絲有線？況且小姐舉目無親，身無所歸；小子雖然是個商賈，家中頗頗得過，若不棄嫌，就此結為夫婦。那時報仇之事，水裏水去，火裏火去，包在我身上，一個個緝獲來，與你出氣，但未知尊意若何？」瑞虹聽了這片言語，暗自心傷，簌簌的淚下，想道：「我這般命苦！又遇著不良之人。只是落在套中，料難擺脫。」乃嘆口氣道：「罷！罷！父母冤仇事大，辱身事小。況此身已被賊人玷污，總如今就死也算不得貞節了。且到報仇之後，尋個自盡，以洗污名可也。」躊躇已定，含淚答道：「官人果然真心，肯替奴家報仇雪恥，情願相從。只要設個誓願，方纔相信。」卞福得了這句言語，喜不自勝，連忙跪下設誓道：「卞福若不與小姐報仇雪恥，翻江而死。」道罷起來，分付水手：「就前途村鎮停泊，買辦魚肉酒果之類，合船喫杯喜酒。」到晚成就好事。

不則一日，已至漢陽。誰想卞福老婆，是個拈酸的領袖，喫醋的班頭。卞福平昔極懼怕的，不敢引瑞虹到家，另尋所在安下。叮囑手下人，不許洩漏。內中又有個請風光博笑臉的❼，早去報知。那婆娘怒氣沖天，要與老公廝鬧。卻又算計，沒有許多閒工夫淘氣。倒一字不提，暗地教人尋下掠販的❽，期定日子，一手交錢，一手交人。到了是日，那婆娘把卞福灌得爛醉，反鎖在房。一乘轎子，抬至瑞虹住處。掠販的已先在彼等候，隨那婆娘進去，教人報知瑞虹說：「大娘來了。」瑞虹無奈，只得出來相迎。掠販的在旁，細細觀看，見有十二分顏色，好生歡喜。那婆娘滿臉堆笑，對瑞虹道：「好笑官人，作事顛倒，既娶你來家，如何又撇在此，成何體面。外人知得，只道我有甚緣故。適來把他埋怨一場，特地自來接你回去，有甚衣飾快些收拾。」瑞虹不見卞福，心內疑惑，推辭不去。那婆娘道：「既不願同住，且去閒玩幾日，也見得我親來相接之情。」瑞虹見這句話說得有理，便不好推托，進房整飾。那婆娘一等他轉了身，便與掠販的議定身價，教家人在外兌了銀兩，喚乘轎子，哄瑞虹坐下，轎夫抬起，飛也似走，直至江邊一個無人所在，掠販的引到船邊歇下。瑞虹情知中了奸計，放聲號哭，要跳向江中。怎當掠販的兩邊扶挾，不容轉動。推入艙中，打發了中人、轎夫，急忙解纜開船，揚著滿帆而去。且說那婆娘賣了瑞虹，將屋中什物收拾歸去，把門鎖上。回到家中，卞福還正酣睡。那婆娘三四個把掌打醒，數說一回，打罵一回，整整鬧了數日，卞福腳影不敢出門。一日，捉空踅到瑞虹住處，看見鎖了門戶，喫了一驚。詢問家人，方知被老婆賣去久矣。只氣得發昏章第十一。那卞福只因不曾與瑞虹報仇，後來果然翻江而死，應了向日之誓。那婆娘原是個不成才的爛貨，自丈夫死後，越發恣意把家私貼完，又被姦

❼ 請風光博笑臉的：討好賣乖的人。
❽ 掠販的：用搶騙等方式販賣人口的人。

夫拐去，賣與烟花門戶。可見天道好還，絲毫不爽。有詩為證：

忍恥偷生為父仇，誰知奸計覓風流。勸人莫設虛言誓，湛湛青天在上頭。

再說瑞虹被掠販的納在船中，一味悲號。掠販的勸慰道：「不必啼泣，還你此去豐衣足食，自在快活！強如在卞家受那大老婆的氣。」瑞虹也不理他，心內暗想道：「欲待自盡，怎奈大仇未報；將為不死，便成淫蕩之人。」躊躇千萬百遍，終是報仇心切，只得寧耐❾，看個居止下落，再作區處。行不多路，已天晚泊船。掠販的逼他同睡，瑞虹不從，和衣縮在一邊。掠販的便來摟抱，瑞虹亂喊殺人。掠販的恐被鄰船聽得，弄出事來，放手不迭，再不敢去纏他。徑載到武昌府，轉賣與樂戶王家。那樂戶家裏先有三四個粉頭，一個個打扮得喬喬畫畫，傅粉塗脂，倚門賣俏。瑞虹到了其家，看見這般做作，轉加苦楚。又想道：「我今落在烟花地面，報仇之事，已是絕望，還有何顏在世！」遂立意要尋死路，不肯接客。偏又作怪，但是瑞虹走這條門路，就有人解救，不致傷身。樂戶與鴇子商議道：「他既不肯接客，留之何益！倘若三不知，做出把戲，倒是老大利害。不如轉貨與人，另尋一個罷。」常言道：事有湊巧，物有偶然。恰好有一紹興人，姓胡名悅，因武昌太守是他的親戚，特來打抽豐，倒也作成尋覓了一大注錢財。那人原是貪花戀酒之徒，住的寓所，近著妓家，閒時便去串走，也曾見過瑞虹是個絕色麗人，心內著迷，幾遍要來入馬。因是瑞虹尋死覓活，不能到手。今番聽得樂戶有出脫的消息，情愿重價娶為偏房，也是有分姻緣，一說就成。

❾ 寧耐：安心忍耐。

胡悅娶瑞虹到了寓所，當晚整備著酒肴，與瑞虹敘情。那瑞虹只是啼哭，不容親近。胡悅再三勸慰不止，到沒了主意，說道：「小娘子，你在娼家，或者道是賤事，不肯接客；今日與我成了夫婦，萬分好了，還有甚苦情，只管悲泣！你且說來，若有疑難事體，我可以替你分憂解悶。倘事情重大，這府中太爺，是我舍親，就轉托他與你料理，何必自苦如此。」瑞虹見他說話有些來歷，方將前事，一一告訴。又道：「官人若能與奴家尋覓仇人，報冤雪恥，莫說得為夫婦，便做奴婢，亦自甘心。」說罷又哭。胡悅聞言答道：「元來你是好人家子女，遭此大難，可憐可憐！但這事非一時可畢，待我先教舍親出個廣捕，到處挨緝；一面同你到淮安告官，拿眾盜家屬追比，自然有個下落。」瑞虹拜倒在地道：「若得官人如此用心，生生世世，銜結報效。」胡悅扶起道：「既為夫婦，事同一體，何必出此言！」遂攜手入寢。那知胡悅也是一片假情，哄騙過了幾日，只說已托太守出廣捕緝獲去了。瑞虹信以為實，千恩萬謝。又住了數日，雇下船隻，打疊起身，正遇著順風順水，那消十日，早至鎮江，另雇小船回家。把瑞虹的事，閣過一邊，毫不題起。瑞虹大失所望，但到此地間，無可奈何，遂喫了長齋，日夜暗禱天地，要來報仇。在路非止一日，已到家中。胡悅老婆見娶個美人回來，好生妒忌，時常廝鬧。瑞虹總不與他爭論，也不要胡悅進房，這婆娘方纔少解。

原來紹興地方，慣做一項生意：凡有錢能幹的，便到京中買個三考吏⑩名色，鑽謀好地方去做個佐貳官⑪出來，俗名喚做「飛過海」。——怎麼叫個「飛過海」？大凡吏員考滿，依次選去，不知等上幾年；

⑩ 三考吏：明代規定，吏員三年一考績，分上、中、下三等，叫做「初考」。六年「再考」，九年「通考」。三考滿，再經過吏部考試，合格的就可授官。

若用了錢，空選在別人前面，指日便得做官，這謂之「飛過海」。還有獨自無力，四五個合做夥計，一人出名做官，其餘坐地分贓。到了任上，先備厚禮，結好堂官，叨攬事管，些小事體，經他衙裏，少不得要詐一兩五錢。到後覺道聲息不好，立腳不住，就悄地桃之夭夭。十個裏邊，難得一兩個來去明白，完名全節。所以天下衙官，大半都出紹興。那胡悅在家住了年餘，也思量到京幹這樁事體。更兼有個相知，見在當道，寫書相約，有扶持他的意思，一發喜之不勝。即便處置了銀兩，打點起程。單慮妻妾在家不睦；與瑞虹計議，要帶他同往，許他謀選彼處地方，訪覓強盜踪跡。瑞虹已被騙過一次，雖然不信，也還希冀出外行走，或者有個真心覓盜，只得應允。胡悅老婆知得，翻天作地，與老公相打相罵，胡悅全不作准。擇了吉日，雇下船隻，同瑞虹徑自起程。一路無話，直至京師，尋寓所安頓了瑞虹。次日整備禮物，去拜那相知官員。誰想這官人一月前暴病身亡，合家慌亂，打點扶柩歸鄉。胡悅沒了這個倚靠，身子就酥了半邊。思想銀子帶得甚少，相知又死，這官職怎能弄得到手？欲待原復歸去，又恐被人笑恥，事在兩難，孤疑未決。尋訪同鄉一個相識商議。這人也是走那道兒的，正少了銀兩，不得完成，遂設計哄騙胡悅，包攬替他圖個小就。設或短少，尋人借債。胡悅合該晦氣，被他花言巧語，說得熱鬧，將所帶銀兩一包兒遞與那人。把來完成了自己官職，悄地一溜烟徑赴任去了。胡悅止剩得一雙空手，日逐所需，漸漸欠缺。寄書回家取索盤纏，老婆正惱著他，那肯應付分文。自此流落京師，逐日東奔西撞，與一班京花子⑫合了夥計，騙人財物。一日，商議要大大尋一注東西，但沒甚為由，卻想到瑞虹身上，要

⑪ 佐貳官：縣丞、主簿之類輔佐知縣的副官。

⑫ 京花子：外省人對北京窮人的稱呼。

把來認作妹子，做個美人局。算計停當，胡悅又恐瑞虹不肯，生出一段說話，哄他道：「我向日指望到此，選得個官職，與你去遍訪仇人；不道時運乖蹇，相知已死，又被那天殺的，騙去銀兩，淪落在此，進退兩難。欲待回去，又無處設法盤纏。昨日與朋友們議得個計策，到也儘通。」瑞虹道：「是甚計策？」胡悅道：「只說你是我的妹子，要與人為妾；倘有人來相看，你便見他一面。等哄得銀兩到手，連夜悄然起身，他們那裏來尋覓。順路先到淮安，送你到家，訪問強徒，也了我心上一件事情。」瑞虹初時本不欲得，次後聽說順路送歸家去，方纔許允。胡悅討了瑞虹一個肯字，歡喜無限，教眾光棍四處去尋主顧。正是：

安排地網天羅計，專待落坑墮塹人。

話分兩頭。卻說浙江、溫州府有一秀士，姓朱名源，年紀四旬以外，尚無子嗣。娘子幾遍勸他取個偏房。朱源道：「我功名淹蹇⑬，無意於此。」其年秋榜高登，到京會試。誰想福分未齊，春闈不第，羞歸故里；與幾個同年相約，就在京中讀書，以待下科。那同年中曉得朱源還沒有兒子，也苦勸他娶妾。朱源聽了眾人說話，教人尋覓。剛有了這句口風，那些媒人互相傳說，幾日內便尋下若干頭腦，請朱源逐一相看擇揀，沒有個中得意的。眾光棍緝著那個消息，即來上椿⑭，誇稱得瑞虹姿色絕世無雙，古今罕有。哄動朱源期下日子，親去相看。此時瑞虹身上衣服，已不十分整齊；胡悅教眾光棍借來粧飾停當。

⑬ 功名淹蹇：沒有考上科舉，沒做官，很不得意。
⑭ 上椿：鉤搭。

眾光棍引了朱源到來，胡悅向前迎迓，禮畢就坐，獻過一杯茶，方請出瑞虹站在遮堂門邊。朱源走上一步，瑞虹側著身子，道個萬福。朱源即忙還禮。用目仔細一覷，端的嬌豔非常，暗暗喝采道：「真好個美貌女子！」瑞虹也見朱源人材出眾，舉止閒雅，暗道：「這官人到好個儀表，果是個斯文人物。但不知甚麼晦氣，投在網中。」心下存了個懊悔之念。略站片時，轉身進去。眾光棍從旁襯道：「相公，何如？可是我們不說謊麼？」朱源點頭微笑道：「果然不謬。可到小寓議定財禮，擇吉行聘便了。」道罷起身，眾人接腳隨去，議了一百兩財禮。朱源也聞得京師騙局甚多，恐怕也落了套兒，講過早上行禮，到晚即要過門。眾光棍又去與胡悅商議。胡悅沉吟半晌，生出一個計，恐瑞虹不肯。教眾人坐下，先來與他計較道：「適來這舉人已肯上樁，只是當日便要過門，難做手腳。如今只得將計就計，依著他送你過去。少不得備下酒肴，你慢慢的飲至五更時分，我同眾人便打入來，叫破地方，只說彊占有夫婦女，原引了你回來，聲言要往各衙門呈告。他是個舉人，怕干礙前程，自然反來求伏。那時和你從容回去，豈不美哉！」瑞虹聞言，愀然不樂，答道：「我前生不知作下甚業？以至今世遭許多磨難！如何又作恁般沒天理的事害人？這個斷然不去。」胡悅道：「娘子，我原不欲如此，但出於無奈，方走這條苦肉計。千萬不要推托！」瑞虹執意不從。胡悅就雙膝跪下道：「娘子，沒奈何，將就做這一遭，下次再不敢相煩了。」瑞虹被逼不過，只得應允。胡悅急急跑向外邊，對眾人說知就裏。眾人齊稱妙計，回覆朱源，選起吉日，將銀兩兌足，送與胡悅收了。眾光棍就要把銀兩分用，胡悅道：「且慢著，等待事妥，分也未遲。」到了晚間，朱源叫家人雇乘轎子，去迎瑞虹，一面分付安排下酒饌等候。不一時，已是娶到。兩下見過了禮，邀入房中。叫家人管待媒人酒飯，自不必說。

單講朱源同瑞虹到了房中，瑞虹看時，室中燈燭輝煌，設下酒席。朱源在燈下細觀其貌，比前更加美麗，欣欣自得，道聲：「娘子請坐。」瑞虹羞澀不敢答應，側身坐下。朱源叫小廝斟過一杯酒，恭恭敬敬遞至面前放下，說道：「小娘子，請酒。」瑞虹也不敢開言，也不回敬。朱源知道他是怕羞，微微而笑。自己斟上一杯，對席相陪。又道：「小娘子，我與你已為夫婦，何必害羞！請少沾一盞兒，小生候乾。」瑞虹只是低頭不飲。朱源想道：「他是女兒家，一定見小廝們在此，所以怕羞。」即打發出外，掩上門兒，走至身邊道：「想是酒寒了，可換些熱的飲一杯，不要拂了我的敬意。」遂另斟一杯，遞與瑞虹。瑞虹看了這個局面，轉覺羞慚，驀然傷感。想起幼時父母何等珍惜，今日流落至此，身子已被玷污，大仇又不能報，又彊逼做這般醜態騙人，可不辱沒祖宗。柔腸一轉，泪珠簌簌亂下。朱源看見流泪，低低道：「小娘子，你我千里相逢，天緣會合，有甚不足，這般愁悶？莫不宅上有甚不堪之事，小娘子記掛麼？」連叩數次，並不答應。覺得其容轉戚。朱源又道：「細觀小娘子之意，必有不得已事，何不說與我知，倘可效力，決不推故。」瑞虹又不則聲。朱源到沒個理會，只得自斟自飲。喫勾半酣，聽譙樓已打二鼓了。朱源道：「夜深了，請歇息罷。」瑞虹也全然不采。朱源又不好催逼，倒走去書桌上，取過一本書兒觀看，陪他同坐。瑞虹見朱源殷勤相慰，不去理他，並無一毫惱怒之色，轉過一念道：「看這舉人到是個盛德君子，我當初若遇得此等人，冤仇申雪久矣。」又想道：「我看胡悅這人，一味花言巧語，若專靠在他身上，此仇安能得報？他今明明受過這舉人之聘，送我到此；何不將計就計，就跟著他，這冤仇或者倒有報雪之期。」左思右想，疑惑不定。朱源又道：「小娘子請睡罷。」瑞虹故意又不答應。朱源依然將書觀看。看看三鼓將絕，瑞虹主意已定。朱源又催他去睡，瑞虹纔道：「我如今方纔是你家的人了。」朱源笑道：「難道起初還是別家的人麼？」瑞虹道：「相公那知就裏。我本是胡悅之妾，只因流落京師，與一班光棍生出這計，哄你銀子。少頃便打入來，搶我回去，告你強占良人妻女。你怕干礙前程，還要買靜求安。」朱源聞言大驚道：「有恁般異事！若非小娘子說出，險些落在套中。但你既是胡悅之妾，如何又洩漏與我？」瑞虹哭道：「妾有大仇未報，觀君盛德長者，必能為妾伸雪，故願以此身相托。」朱源道：「小娘子有何冤抑，可細細說來，定當竭力為你圖之。」瑞虹乃將前後事泣訴，連朱源亦自慘然下泪。正說之間，已打四更。瑞虹道：「那一班光棍，不久便到；相公若不早避，必受其累。」朱源道：「不要著忙。有同年寓所，離此不遠，他房屋儘自深邃。且到那邊暫避過一夜，明日另尋所在，遠遠搬去，有何患哉！」當下開門，悄地喚家人點起燈火，徑到同年寓所，敲開門戶。那同年見半夜而來，又帶著個麗人，只道是來歷不明的，甚以為怪。朱源一一道出。那同年即移到外邊去睡，讓朱源住於內廂。一面叫家人們相幫，把行李等件，盡皆搬來，止存兩間空房。不在話下。

且說眾光棍一等瑞虹上轎，便逼胡悅將出銀兩分開。買些酒肉，吃到五更天氣，一齊趕至朱源寓所，發聲喊，打將入去。只見兩間空屋，那有一個人影。胡悅倒吃了一驚，說道：「他如何曉得？預先走了！」對眾光棍道：「一定是你們倒勾結來捉弄我的，快快把銀兩還了便罷。」眾光棍大怒，也翻轉臉皮，說道：「你把妻子賣了，又要來打搶，反說我們有甚勾當，須與你干休不得！」將胡悅攢盤打勾臭死。恰好五城兵馬⑮經過，結扭到官，審出騙局實情，一概三十，銀兩追出入官。胡悅短遞回籍。有詩為證：

⑮ 五城兵馬：明代在北京設中、東、西、南、北五城兵馬指揮司，有指揮、副指揮、吏目等官，管理巡捕盜賊，疏理街道溝渠，及囚犯火禁等事。

牢籠巧設美人局，美人原不是心腹。賠了夫人又打臂，手中依舊光陸禿。

且說朱源自娶了瑞虹，彼此相敬相愛，如魚似水。半年之後，即懷六甲。到得十月滿足，生下一個孩子，朱源好不喜歡，寫書報知妻子。光陰迅速，那孩子早又週歲。其年又值會試，瑞虹日夜向天禱告，願得丈夫黃榜題名，早報蔡門之仇。場後開榜，朱源果中了六十五名進士，殿試三甲，該選知縣。恰好武昌縣缺了縣官，朱源就討了這個缺。對瑞虹道：「此去仇人不遠，只怕他先死了，便出不得你的氣。若還在時，一個個拿來瀝血祭獻你的父母，不怕他走上天去。」瑞虹道：「若得相公如此用心，奴家死亦瞑目。」朱源一面先差人回家，接取家小在揚州伺候，一同赴任。一面候吏部領憑⑯。不一日，領了憑限，辭朝出京。原來大凡吳、楚之地作官的，都在臨清張家灣雇船，從水路而行，或逕赴任所，或從家鄉而轉，但從其便。那一路都是下水，又快又穩；況帶著家小，若沒有勘合、腳力⑰，陸路一發不便了。每常有下路糧船，運糧到京，交納過後，那空船回去，就攬這行生意，假充座船，請得個官員坐艙，那船頭便去包攬他人貨物，圖個免稅之利，這也是個舊規。卻說朱源同了小奶奶到臨清雇船，看了幾個艙口，都不稱懷，只有一隻整齊，中了朱源之意。船頭遞了姓名手本，磕頭相見。管家搬行李安頓艙內，請老爺奶奶下船。燒了神福，船頭指揮眾人開船。瑞虹在艙中，聽得船頭說話，是淮安聲音，與賊頭陳

⑯ 憑：憑照，指委派令一類的證件。

⑰ 勘合腳力：勘合，指符契、憑證。古時調遣軍隊，用竹木作符契，上蓋印信，剖為兩半；一半交奉令去調遣的人，一半交被調遣的主將。軍隊到時，將兩半相合，勘驗真偽。明代，公差來往照例要拿勘合，以憑查驗。腳力，指伕馬。

小四一般無二。問丈夫什麼名字，朱源查那手本，寫著：船頭吳金稟首。姓名都不相同。可知沒相干了，再聽他聲口，越聽越像。轉展生疑，放心不下，對丈夫說了，假托分付說話，喚他近艙，瑞虹閃於背後廝認其面貌，又與陳小四無異；只是姓名不同，好生奇怪。欲待盤問，又沒個因由。偶然這一日，朱源的座師船到，過船去拜訪，那船頭的婆娘進艙來拜見奶奶，送茶為敬，瑞虹看那婦人：

雖無十分顏色，也有一段風流。

瑞虹有心問那婦人道：「你幾歲了？」那婦人答道：「二十九歲了。」又問：「那裏人氏？」答道：「池陽人氏。」瑞虹道：「你丈夫不像個池陽人。」那婦人道：「這是小婦人的後夫。」瑞虹道：「你幾歲死過丈夫的？」那婦人道：「小婦人夫婦為運糧到此，拙夫一病身亡。如今這拙夫是武昌人氏，原在船上做幫手，喪事中虧他一力相助，小婦人孤身無倚，只得就從了他，頂著前夫名字，完這場差使。」瑞虹問在肚裏，暗暗點頭。將香帕賞他。那婦人千恩萬謝的去了。瑞虹等朱源上船，將這話述與他聽了。眼見吳金即是陳小四，正是賊頭。朱源道：「路途之間不可造次，且忍耐他到地方上施行，還要在他身上追究餘黨。」瑞虹道：「相公所見極明；只是仇人相見，分外眼睁，這幾日如何好過！」恨不得借滕王閣的順風⑱，一陣吹到武昌。

飲恨親冤已數年，枕戈思報嘆無緣。同舟敵國今相遇，又隔江山路幾千。

⑱ 借滕王閣的順風：這是關於唐代文學家王勃的傳說故事，詳見本書第四十卷馬當神風送滕王閣。

卻說朱源舟至揚州，那接取大夫人的還未曾到，只得停泊碼頭等候。瑞虹心上一發氣悶。等到第三日，忽聽得岸上鼎沸起來。朱源叫人問時，卻是船頭與岸上兩個漢子扭做一團廝打。只聽得口口聲聲說道：「你幹得好事！」朱源見小奶奶氣悶，正沒奈何，今番且借這個機會，敲那賊頭幾個板子，權發利市。當下喝教水手：「與我都拿過來。」原來這班水手，與船頭面和意不和，也有個緣故。——當初陳小四縊死了瑞虹，棄船而逃，沒處投奔，流落到池陽地面，偶值吳金這隻糧船起運，少個幫手，陳小四就上了他的船。見吳金老婆像個愛喫棗兒湯的，豈不正中下懷，一路行奸賣俏搭識上了。兩個如膠似漆，反多那老公礙眼。船過黃河，吳金害了個寒症，陳小四假意殷勤，贖藥調理。那藥不按君臣，一服見效⑲，吳金死了。婦人身邊取出私財，把與陳小四，只說借他的東西，斷送老公。過了一兩個七，又推說欠債無償，就將身子白白裏嫁了他。雖然備些酒食，㬉住了眾人，卻也中心不伏。為這緣由，所以面和意不和。——聽得艙裏叫一聲：「都拿過來。」蜂擁的上岸，把三個人一齊扣下船來，跪於將軍柱邊。朱源問道：「為何廝打？」船頭稟道：「這兩個人原是小人合本撐船夥計，因盜了資本，背地逃走，兩三年不見面。今日天遣相逢，小人與他取討，他倒圖賴小人，兩個來打一個。望老爺與小人做主。」朱源道：「你二人怎麼說？」那兩個漢子道：「小人並沒此事，都是一派胡言。」朱源道：「難道一些影兒也沒有，平地就廝打起來？」那兩個漢子道：「有個緣故。當初小的們，雖然與他合本撐船，只為他迷戀了個婦女，小的們恐悞了生意，把自己本錢收起，各自營運，並不曾欠他分毫。」朱源道：「你兩個叫什

⑲ 那藥不按君臣二句：中醫治病所開藥方，是按照所謂君臣佐使的原則來配置主藥和輔藥的份量。如不按一定比例配方，就會把病治壞或治死。一服見效是反話，就是治死了。

麼名字？」那兩個漢子不曾開口，到是陳小四先說道：「一個叫沈鐵甏，一個叫秦小元。」朱源卻待再問，只見背後有人扯拽，回頭看時，卻是丫鬟，悄悄傳言，說道：「小奶奶請老爺說話。」朱源走進後艙，見瑞虹雙行流淚，扯住丈夫衣袖，低聲說道：「那兩個漢子的名字，正是那賊頭一夥，同謀打劫的人，不可放他走了。」朱源道：「原來如此。事到如今，等不得到武昌了。」慌忙寫了名帖，分付打轎，喝叫地方，將三人一串兒縛了，自去拜揚州太守，告訴其事。太守問了備細，且教把三個賊徒收監，次日面審。朱源回到船中，眾水手已知陳小四是個強盜，也把謀害吳金的情節，細細稟知。朱源又把這些緣繇，備寫一封書帖，送與太守，並求究問餘黨。太守看了，忙出飛籤，差人拘那婦人，一並聽審。揚州城裏傳遍了這件新聞，又是盜案，又是奸淫事情，有婦人在內，那一個不來觀看。臨審之時，府前好不熱鬧。正是：

好事不出門，惡事傳千里。

卻說太守坐堂，弔出三個賊徒，那婦人也提到了，跪於堦下。陳小四見那婆娘也到，好生驚怪，道：「這廝打小事，如何連累家屬？」只見太守卻不叫吳金名字，竟叫陳小四。唦這一驚非小，凡事逃那實不過，叫一聲不應，再叫一聲，不得不答應了。太守相公冷笑一聲道：「你可記得三年前蔡指揮的事麼？天網恢恢，疎而不漏。今日有何理說！」三個人面面相覷，卻似魚膠粘口，一字難開。太守又問：「那時同謀還有李鬍子、白滿、胡蠻二、凌歪嘴、余蛤虷，如今在那裏？」陳小四道：「小的其時雖在那裏，一些財帛也不曾分受，都是他這幾個席捲而去，只問他兩個便知。」沈鐵甏、秦小元道：「小的雖然分得些財帛，卻不像陳小四強姦了他家小姐。」太守已知就裏，恐礙了朱源體面，便喝住道：「不許閒話！只問你那幾個賊徒，現在何處？」秦小元說：「當初分了金帛，四散去了。聞得李鬍子、白滿隨著山西客人，販買羢貨，胡蠻二、凌歪嘴、余蛤蚆三人，逃在黃州撐船過活。小的們也不曾相會。」太守相公又叫婦人上前問道：「你與陳小四姦密，毒殺親夫，遂為夫婦，這也是沒得說了。」婦人方欲抵賴，只見堦下一班水手都上前稟話，如此如此，這般這般，說得那婦人頓口無言。太守相公大怒，喝教選上號毛板，不論男婦，每人且打四十，打得皮開肉綻，鮮血迸流。當下錄了口詞，三個強盜通問斬罪，那婦人問了淩遲。齊上刑具，發下死囚牢裏。一面出廣捕，挨獲白滿、李鬍子等。太守問了這椿公事，親到船上答拜朱源，就送審詞與看。朱源感謝不盡。瑞虹聞說，也把愁顏放下七分。

又過幾日，大奶奶已是接到。瑞虹相見，一妻一妾，甚是和睦。大奶奶又見兒子生得清秀，愈加歡喜。不一日，朱源於武昌上任，管事三日，便差的當捕役緝訪賊黨胡蠻二等。果然胡蠻二、凌歪嘴在黃州江口撐船，手到拿來。招稱：「余蛤蚆一年前病死，白滿、李鬍子見跟陝西客人在省城開鋪。」朱源權且收監，待拿到餘黨，一並問罪。省城與武昌縣相去不遠，捕役去不多日，把白滿、李鬍子二人一索子捆來，解到武昌縣。朱源取了口詞，每人也打四十。備了文書，差的當公人，解往揚州府裏，以結前卷。朱源做了三年縣宰，治得那武昌縣道不拾遺，犬不夜吠，行取御史，就出差淮揚地方。瑞虹囑付道：「這班強盜，在揚州獄中，連歲停刑，想未曾決。相公到彼，可了此一事；就與奴家瀝血祭奠父親，並兩個兄弟。一以表奴家之誠，二以全相公之信。還有一事，我父親當初曾收用一婢，名喚碧蓮，曾有六個月孕；因母親不容，就嫁出與本處一個朱裁為妻。後來聞得碧蓮所生，是個男兒。相公可與奴家用心訪問。若這個兒子還在，可主張他復姓，以續蔡門宗祀，此乃相公萬代陰功。」說罷，放聲大哭，拜倒在地。朱源慌忙扶起道：「你方纔所說二件，都是我的心事。我若到彼，定然不負所托。就寫書信報你得知。」瑞虹再拜稱謝。

再說朱源赴任淮、揚，這是代天子巡狩，又與知縣到任不同。真個：

號令出時霜雪凜，威風到處鬼神驚。

其時七月中旬，未是決囚之際。朱源先出巡淮安，就托本處府縣訪緝朱裁及碧蓮消息，果然訪著。那兒子已八歲了，生得堂堂一貌。府縣奉了御史之命，好不奉承。即日香湯沐浴，換了衣履，送在軍衛供給，申文報知察院。朱源取名蔡續，特為起奏一本，將蔡武被禍事情，備細達於聖聽：「蔡氏當先有汗馬功勞，不可令其無後。今有幼子蔡續，合當歸宗，俟其出效承襲。其凶徒陳小四等，秋後處決。」聖旨准奏了。其年冬月，朱源親自按臨揚州，監中取出陳小四與吳金的老婆，共是八個，一齊綁赴法場，剮的剮，斬的斬，乾乾淨淨。正是：

善有善報，惡有惡報。若還不報，時辰未到。

朱源分付劊子手，將那幾個賊徒之首，用漆盤盛了，就在城隍廟裏設下蔡指揮一門的靈位，香花燈燭，三牲祭禮，把幾顆人頭，一字兒擺開。朱源親製祭文拜奠。又於本處選高僧做七七功德，超度亡魂。又替蔡續整頓個家事，囑付府縣青目[20]。其母碧蓮一同居住，以奉蔡指揮歲時香火。朱裁另給銀兩別娶。

諸事俱已停妥，備細寫下一封家書，差個得力承舍㉑，賫回家中，報知瑞虹。瑞虹見了書中之事，已知蔡氏有後，諸盜盡已受刑，瀝血奠祭，舉手加額，感謝天地不盡。是夜，瑞虹沐浴更衣，寫下一紙書信，寄謝丈夫；又去拜謝了大奶奶；回房把門栓上，將剪刀自刺其喉而死。其書云：

賤妾瑞虹百拜相公臺下：虹身出武家，心嫻閨訓。男德在義，女德在節；女而不節，與禽何別！虹父韜鈐不戒㉒，麯櫱㉓迷神。誨盜㉔亡身，禍及母弟，一時并命。妾心膽俱裂，浴泪彌年。然而隱忍不死者，以為一人之廉恥小，闔門之仇怨大。昔李將軍忍恥降虜，欲得當以報漢㉕；妾雖女流，志竊類此。不幸歷遭強暴，衷懷未申。幸遇相公，拔我於風波之中，諧我以琴瑟之好。識荊之日，便許復仇。皇天見憐，宦遊早遂。諸奸貫滿，相次就縛；而且明正典刑，瀝血設饗。蔡氏已絕之宗，復蒙披根見本，世祿復延。相公之為德於衰宗者，天高地厚，何以喻茲。妾之仇已

---

⑳ 青目：表示特別照顧或看得起。晉代阮籍能為青白眼，用青眼對他所看得起的人，用白眼對待看不起的人。

㉑ 承舍：衙門裏傳遞公文信件的小吏。

㉒ 韜鈐不戒：古兵書中有六韜及玉鈐篇，故用「韜鈐」為兵法的代稱。不戒，沒有戒備。就是說：蔡指揮是軍官，懂得兵法，但疏於防備，以致被殺。

㉓ 麯櫱：一般寫作「麴糵」，即「酒釀」。引申為酒的代稱。

㉔ 誨盜：易經繫辭：「慢藏誨盜」，意思是說，如果不把財物藏好，就等於告訴盜賊可以來取財物。

㉕ 昔李將軍忍恥降虜二句：李陵，西漢時的將軍。在一次對匈奴的作戰中，因人少無援，被俘虜投降。後來他向人表示，他是想暫時忍辱投降，等待適當的機會，再立功報答漢朝，可是他的這個願望始終沒能實現。

雪而志以遂矣。失節貪生，貽玷閥閱㉖，妾且就死，以謝蔡氏之宗於地下。兒子年已六歲，嫡母憐愛，必能成立。妾雖死之日，猶生之年。姻緣有限，不獲面別，聊寄一箋，以表衷曲。

大奶奶知得瑞虹死了，痛惜不已，殯殮悉從其厚。將他遺筆封固，付承舍寄往任上。朱源看了，哭倒在地，昏迷半晌方醒。自此患病，閉門者數日，府縣都來候問。朱源哭訴情繇，人人墮淚，俱誇瑞虹節孝，今古無比，不在話下。後來朱源差滿回京，歷官至三邊總制㉗。瑞虹所生之子，名曰朱懋，少年登第，上疏表陳生母蔡瑞虹一生之苦，乞賜旌表。聖旨准奏，特建節孝坊，至今猶在。有詩贊云：

報仇雪恥是男兒，誰道裙釵有執持。堪笑硜硜真小諒，不成一事枉嗟咨。

㉖ 貽玷閥閱：汙辱了官家門戶。閥閱，古代官宦人家門前立的兩根大柱子，引申為貴家巨室的代稱。

㉗ 三邊總制：官名，明代防守從東北到西北一帶邊防的軍事長官。

第三十七卷　杜子春三入長安

想多情少宜求道，想少情多易入迷。總是七情難斷滅，愛河波浪更堪悲。

話說隋文帝開皇年間，長安城中，有個子弟，姓杜，雙名子春，渾家韋氏，家住城南，世代在揚州做鹽商營運。真有萬萬貫家資，千千頃田地。那杜子春倚藉著父祖資業，那曉得稼穡艱難。且又生性豪俠，要學那石太尉的奢華，孟嘗君的氣概❶。宅後造起一座園亭，重價搆取名花異卉，巧石奇峰，粧成景致。曲房深院中，置買歌兒舞女，艷妾妖姬，居於其內。每日開宴園中，廣召賓客。你想那揚州乃是花錦地面，這些浮浪子弟，輕薄少年，卻又儘多，有了杜子春恁樣撒漫財主，再有那個不來。雖無食客三千，也有幫閒幾百。相交了這般無藉，肯容你在家受用不成？少不得引誘到外邊游蕩。杜子春心性又是活的，有何不可？但見：

❶ 石太尉的奢華二句：石太尉，指石崇。晉代人。曾官荊州刺史、衛尉。因作海外貿易致富；和王愷、羊琇等人以奢靡豪華互相誇耀。孟嘗君，即田文。戰國時齊國的宰相。「孟嘗君」是他的封號。他經常養著食客數千人。

輕車怒馬，春陌游行；走狗擎鷹，秋田較獵。青樓買笑，纏頭那惜千緡；博局呼盧，一擲常輸十萬。畫船簫管，恣意逍遙；選勝探奇，任情散誕。風月場中都總管，烟花寨內大主盟。

杜子春將銀子認做沒根的，如土塊一般揮霍。那韋氏又是掐得水出的女兒家，也只曉得穿好喫好，不管閒帳。看看家中金銀搬完，屯鹽賣完，手中乾燥，央人四處借債。揚州城中那個不曉得杜子春是個大財主，纔說得聲，東也捱來，西也送至，又落得幾時脾胃。到得沒處借時，便去賣田園，貨屋宅。那些債主見他產業搖動，都來取索。那時江中蘆洲也去了，海邊鹽場也脫了，只有花園住宅，不舍得與人，到把衣飾器皿變賣。他是用過大錢的，這些少銀兩，猶如喫碗泡茶，頃刻就完了。你想杜子春自幼在金銀堆裏滾大起來，使滑的手，若一刻沒得銀用，便過不去。難道用完了這項，卻就罷休不成，少不得又把花園住宅出脫。大凡東西多的時節，便覺用之不盡，若到少來，偏覺得易完。賣了房屋，身子還未搬出，銀兩早又使得乾淨。那班朋友，見他財產已完，又向旺處去了，誰個再來趨奉。就是奴僕，見家主弄到恁般地位，贖身的贖身，逃走的逃走，去得半個不留。姬妾女婢，標致的准了債去，粗蠢的賣來用度，也自各散去訖。單單剩得夫妻二人，搬向幾間接腳屋裏居住，漸漸衣服凋敝，米糧欠缺。莫說平日受恩的不來看覷他，就是杜子春自己也無顏見人，躲在家中。正是：

牀頭黃金盡，壯士無顏色。

杜子春在揚州做了許多時豪傑，一朝狼狽，再無面目存坐得住，悄悄的歸去長安祖居，投托親戚。

元來杜陵韋曲二姓，乃是長安巨族，宗支十分蕃盛。也有為官作宦的，也有商賈經營的，排家都是至親至戚，因此子春起這念頭；也不指望他資助，若肯借貸，便好度日。豈知親眷們都道，子春潑天家計，盡皆弄完，是個敗子，借貸與他，斷無還日。為此只推著沒有，並無一個應承。便十二分至戚，情不可卻，也有周濟些的；怎當得子春這個大手段，就是熱鍋頭上，灑著一點水，濟得甚事！好幾日，飯不得飽吃，東奔西趁，沒個頭腦。偶然打向西門經過，時值十二月天氣，大雪初晴，寒威凜烈。一陣西風，正從門圈子裏刮來，身上又無綿衣，肚中又餓，刮起一身雞皮栗子❷，把不住的寒顫。嘆口氣道：「我杜子春豈不枉然！平日攀這許多好親好眷，今日見我淪落，便不禮我，怎麼受我恩的也做這般模樣？要結那親眷何用？要施那仁義何用？我杜子春也是一條好漢，難道就沒再好的日子？」正在那裏自言自語，偶有一老者從旁走過，見他嘆氣，便立住腳，問道：「郎君為何這般長嘆？」杜子春看那老者，生得：

童顏鶴髮，碧眼龐眉。聲似銅鐘，鬚如銀線。戴一頂青絹唐巾，披一領茶褐道袍，腰繫絲絛，腳穿麻履。若非得道仙翁，定是修行長者。

杜子春這一肚子氣惱，正莫發脫處，遇著這老者來問，就從頭備訴一遍。那老者道：「俗語有云：世情看冷暖，人面逐高低。你當初有錢，是個財主，人自然趨奉你；今日無錢，是個窮鬼，便不禮你，又何怪哉！雖然如此，天不生無祿之人，地不長無根之草；難道你這般漢子，世間就沒個慷慨仗義的人周濟你的？只是你目下須得銀子幾何，纔勾用度？」子春道：「只三百兩足矣。」老者道：「量你好大

❷ 雞皮栗子：受寒或害怕時皮膚上出現的疹子。

手段，這三百兩幹得甚事？再說多些。」子春道：「三千兩。」老者搖手道：「還要增些。」子春道：「若得三萬兩，我依舊到揚州去做個財主了。只是難討這般好施主。」老者道：「我老人家雖不甚富，卻也一生專行好事，便助你三萬兩。」袖裏取出三百個錢，遞與子春聊備一飯之費。「明日午時，可到西市波斯館裏會我，郎君勿誤！」那老者說罷，徑一直去了。子春心中暗喜道：「我終日求人，一個個不肯周濟，只道一定餓死；誰知遇著這老者發個善心，一送便送我三萬兩，豈不是天上吊下來的造化！如今且將他贈的錢，買些酒飯吃了，早些安睡。明日午時，到波斯館裏，領他銀子去。」走向一個酒店中，把三百錢都先遞與主人家，放開懷抱，吃個醉飽，回至家中去睡。卻又想道：「我杜子春聰明一世，懵懂❸片時。我家許多好親好眷，尚不禮我；這老者素無半面之識，怎麼就肯送我銀子？況且三萬兩，不是當耍的，便作石頭也老重一塊。量這老者有多大家私，便把三萬兩送我？若不是見我嗟嘆，特來寬慰我的；必是作耍我的；怎麼信得他？明日一定是不該去。」卻又想道：「我細看那老者，倒象個至誠的。我又不曾與他求乞，他沒有銀子送我便罷了，說那謊話怎的？難道是捨真財調假謊，先送我三百個錢，買這個謊話？明日一定是該去，去也是，不去也是。」想了一會，笑道：「是了，是了！那裏是三萬兩銀子，敢只把三萬個錢送我，總是三萬之數，也不見得。俗諺道得好：饑時一口，勝似飽時一斗。便是三萬個錢，也值三十多兩，勾我好幾日用度，豈可不去？」子春被這三萬銀子在肚裏打攪，整整一夜不曾得睡。巴到天色將明，不想精神困倦，到一覺睡去。及至醒來，早已日將中了，忙忙的起來梳洗。他若是個有見識的，昨日所贈之錢，還留下幾文，到這早買些點心吃了去也好；只因他是使溜的手兒，撒

❸ 懵懂：無知；不明白。

漫的性兒，沒錢便煩惱，及至錢入手時，這三百文又不在他心上了。況聽見有三萬銀子相送，已喜出望外，那裏算計至此。他的肚皮，兩日到餓服了，卻也不在心上。梳裏完了，臨出門又笑道：「我在家也是閒，那波斯館又不多遠，做我幾步氣力不著，便走走去何妨。若見那老者，不要說起那銀子的事，只說昨夜承賜銅錢，今日特來相謝，大家心照，豈不美哉！」元來波斯館，都是四夷進貢的人，在此販賣寶貨，無非明珠美玉，文犀瑤石，動是上千上百的價錢，叫做金銀窠裏。子春一心想著要那老者的銀子，又怕他說謊，這兩隻腳雖則有氣沒力的，一步步蕩到波斯館來；一隻眼卻緊緊望那老者在也不在。到得館前，正待進門，恰好那老者從裏面出來，劈頭撞見。那老者嗔道：「郎君為甚的爽約？我在辰時到此，漸漸的日影挫西，還不見來，好守得不耐煩！你豈不曉得秦末張子房曾遇黃石公於圯橋之上，約後五日五更時分，到此傳授兵書，只因子房來遲，又約下五日，直待走了三次，半夜裏便去等候，方纔傳得三略之法，輔佐漢高祖平定天下，封為留侯。我便不如黃石公，看你怎做得張子房？敢是你疑心我沒銀子把你麼？我何苦討你的疑心。你且回去，我如今沒銀子了。」只這一句話，嚇得子春面如土色，懊悔不及。恰像折翅的老鶴，兩隻手不覺直掉了下去。想道：「三萬銀子到手快了，怎麼恁樣沒福，到熟睡了去，弄到這時候！如今他卻不肯了。」又想道：「他若也像黃石公肯再約日子，情願隔夜打個鋪兒睡在此伺候。」又想道：「這老官兒既有心送我銀子，早晚總是一般的，又弔什麼古今，論什麼故事？」又想道：「還是他沒有銀子，故把這話來遮掩。」正在胡猜亂想，那老者恰像在他腹中走過一遭的，便曉得了，乃道：「我本待再約個日子，也等你走幾遭兒，則是你疑我道一定沒有銀子，故意弄這腔調。罷！罷！罷！有心做個好事，何苦又要你走，可隨我到館裏來。」子春見說原與他銀子，又像一個跳虎撥著關捩子❹直豎起來。急鬆鬆跟著老者徑到西廊下第一間房內，開了壁廚，取出銀子，一剗都是五十兩一個元寶大錠，整整的六百個，便是三萬兩，擺在子春面前，精光耀目。說道：「你可將去，再做生理，只不要負了我相贈的一片意思。」你道杜子春好不莽撞，也不問他姓甚名誰？家居那里？剛剛拱手，說得一聲：「多謝，多謝！」便顧三十來個腳夫，竟把銀子挑回家去。杜子春到明日絕早，就去買了一匹駿馬，一付鞍轡，又做了幾件時新衣服，便去誇耀眾親眷，說道：「據著你們待我，我已餓死多時了。誰想天無絕人之路，卻又有做方便的送我好幾萬銀子。我如今依舊往揚州去做鹽商，特來相別。有一首感懷詩在此，請政。」詩云：

九叩高門十不應，耐他凌辱耐他憎。如今騎鶴揚州去，莫問腰纏有幾星。

那些親眷們一向訕笑杜子春這個敗子，豈知還有發跡之日。這些時見了那首感懷詩，老大的好沒顏色。卻又想道：「長安城中，那有這等一捨便捨三萬兩的大財主？難道我們都不曉得？一定沒有這事。」也有說他祖上埋下的銀子，想被他掘著了。也有說道，莫非窮極無計，交結了響馬強盜頭兒，這銀子不是打劫客商的，便是偷竊庫藏的。都在半信半不信之間。這也不在話下。

且說子春那銀子裝上幾車，出了東都門，逕上揚州而去。路上不則一日，早來到揚州家裏，渾家韋氏迎著道：「看你氣色這般光彩，行裏又這般沉重，多分有些錢鈔。但不知那一個親眷借貸你的？」子春笑道：「銀倒有數萬，卻一分也不是親眷的。」備細將西門下歎氣，波斯館裏贈銀的情節，說了一遍。

❹ 關捩子：簡單的機捩、機括。一種半自動性裝置的機關。

韋氏便道：「世間難得這等好人？可曾問他甚麼名姓？等我來生也好報答他的恩德。」子春卻呆了一晌，說道：「其時我只看見銀子，連那老者也不看見，竟不曾問得。我如今謹記你的言語，倘或後來再贈我的銀子時節，我必先問他名姓便了。」那子春平時的一起賓客，聞得他自長安還後，帶得好幾萬銀子來，依舊做了財主；無不趨奉，似蠅攢蟻附一般，因而攛掇他重粧氣象，再整風流。只他是使過上百萬銀子的，這三萬兩能勾幾時揮霍，不及兩年，早已罄盡無餘了。漸漸賣了馬騎驢，賣了驢步走，熬枯受淡，度過日子。豈不知坐吃山空，立吃地陷，終是沒有來路。日久歲長，怎生捱得！悔道：「千錯萬錯，我當初出長安別親眷之日，送什麼感懷詩，分明與他告絕了，如今還有甚嘴臉好去干求他？便是干求，料他也決不禮我。弄得我有家難奔，有國難投，教我怎處！」韋氏道：「倘或前日贈銀子的老兒尚在，再贈你些，也不見得。」子春冷笑道：「你好痴心妄想！那個老兒生死若何？貧富若何？怎麼還望他贈銀子。只是我那親眷都是肺腑骨肉，到底割不斷的。常言傍生不如傍熟。我如今沒奈何，只得還至長安去，求那親眷。」正是：

要求生活計，難惜臉皮羞。

杜子春重到長安，好不卑詞屈體，去求那眾親眷。豈知親眷們如約會的一般，都說道：「你還去求那頂尖的大財主；我們有甚力量扶持得你起？」只這冷言冷語，帶譏帶訕的，教人怎麼當得！險些把子春一氣一個死。忽一日，打從西門經過，劈面遇著老者，子春不勝感愧，早把一個臉都掙得通紅了。那老者問道：「看你氣色，像個該得一注橫財的；只是身上衣服，怎麼這般襤褸？莫非又消乏了？」子春謝道：「多蒙老翁送我三萬銀子，我只說是用不盡的；不知略撒漫一撒漫，便沒有了。想是我流年不利，故此沒福消受，以至如此。」老者道：「你家好親好眷，徧滿長安，難道更沒周濟你的？」子春聽見說親眷周濟這句話，兩個眉頭就攢著一堆，答道：「親眷雖多，一個個都是一錢不舍的慳吝鬼，怎比得老翁這般慷慨？」老者道：「如今本當再贈你些纔是，只是你三萬銀子不勾用得兩年，若活了一百歲，教我那裏去討那百多萬贈你？休怪休怪！」把手一拱，望西去了。正是：

須將有日思無日，休想今人似昔人。

那老者去後，子春嘆道：「我受了親眷們許多訕笑，怎麼那老者最哀憐我的，也發起說話來。敢是他硬做好漢，送了我三萬銀子，如今也弄得手頭乾了。只是除了他，教我再望著那一個搭救。」正在那裏自言自語，豈知老者去不多遠，卻又轉來，說道：「人家敗子也儘有，從不見你這個敗子的頭兒，三萬銀子，恰像三個銅錢，翣翣眼就弄完了。論起你恁樣會敗，本不該周濟你了，只是除了我，再有誰周濟你的？你依舊饑寒而死，卻不枉了前一番功果。常言道：殺人須見血，救人須救徹。還只是廢我幾兩銀子不著，救你這條窮命。」袖裏又取出三百個銅錢，遞與子春道：「你可將去買些酒飯吃，明日午時仍到波斯館西廊下相會。既道是三萬銀子不勾用度，今次須送你十萬兩。只是要早來些，莫似前番又要我等你。」且莫說那老者發這樣慈悲心，送過了三萬，還要送他十萬，倒不虧杜子春好一副厚面皮，明日又自領受他的。當下子春見老者不但又肯周濟，且又比先反增了七萬，喜出望外，雙手接了三百銅錢，深深作了個揖起來，舉舉手大踏步就走，一直徑到一個酒店中，依然把三百個錢做一垛兒先遞與酒家。

走上酒樓，揀副座頭坐下。酒保把酒餚擺將過來。子春一則從昨日至今，還沒飯在肚裏；二則又有十萬銀子到手，歡喜過望，放下愁懷，恣意飲啖。那酒家只道他身邊還有銅錢，嗄飯案酒，流水搬來。子春又認做三百錢內之物，並亦不推辭，盡情吃個醉飽，將剩下東西，都賞了酒保。那酒保們見他手段來得大落，私下議道：「這人身上便襤褸，到好個撒漫主顧！」子春下樓，向外便走。酒家道：「算明了酒錢去。」子春只道三百錢還吃不了，乃道：「餘下的賞你罷，不要算了。」酒家道：「這人好混帳，吃透了許多東西，到說這樣冠冕話。」子春道：「這卻不干我事，你自送我吃的。」徹身又走，酒家上前一把扯住道：「說得好自在！難道再多些，也是送你吃的！」兩下便爭嚷起來。旁邊走過幾個鄰里相勸，問：「吃透多少？」酒家把帳一算，說：「還該二百。」子春呵呵大笑道：「我只道多吃了幾萬，恁般著忙！原來止得二百文，乃是小事，何足為道。」酒家道：「正是小事，快些數了撒開。」子春道：「卻恨今日帶得錢少，明日送來還你。」酒家道：「認得你是那個，卻賒與你？」杜子春道：「長安城中，誰不曉得我城南杜子春是個大財主？莫說這二百文，再多些決不少你的。若不相托，寫個票兒在此，明日來取。」眾人見他自稱為大財主，都忍不住笑，把他上下打料。內中有個聞得他來歷的，在背後笑道：「原來是這個敗子，只怕財主如今輪不著你了。」子春早又聽見，便道：「老丈休得見笑！今日我便是這個嘴臉，明午有個相識，送我十萬銀子，怕道不依舊做財主麼？」眾人聞得這話，一發都笑倒了，齊道：「這人莫不是風了？天下那有送十萬銀子的，相識在那裏？」酒家道：「我也不管你有十萬二十萬，只還了我二百錢走路。」子春道：「要，便明日多賞了你兩把，今日卻一文沒有。」酒家道：「你是甚麼鳥人？吃了東西，不肯還錢。」當胸揪住，卻待要打，子春正掙脫不開，只聽有人叫道：「莫打，有話講理。」分開眾人，捱身進來。子春睜睛觀看，正好是西門老者，忙叫道：「老翁來得恰好！與我評一評理。」老者問道：「你們為何揪住這位郎君廝鬧？」酒家道：「他吃透了二百錢酒，卻要白賴，故此取索。」子春道：「承老翁所贈三百文，先付與他，然後飲酒，他自要多把東西與人吃，干我甚事？今情願明日多還他些，執意不肯，反要打我。老翁，你且說誰個的理直？」老者向酒家道：「既是先交錢後飲酒，如何多把與他吃？這是你自己不是。」又對子春道：「你在窮困之鄉，也不該吃這許多。如今通不許多說，我存得二百錢在此，與你兩下和了罷。」袖裏摸出錢來，遞與酒家。酒家連稱多謝。子春道：「又蒙老翁周全，無可為報。若不相棄，就此小飲三杯，奉酬何如？」老者微微笑道：「不消，改日擾你罷。」向眾人道聲請了，原覆轉身而去。子春也自歸家。這一夜，子春心下想道：「我在貧窘之中，並無一個哀憐我的，多虧這老兒送我三萬銀子，如今又許我十萬，就是今日，若不遇他來周全，豈不受這酒家囉唣。明日到波斯館裏，莫說有銀子，就做沒有，也不可不去。況他前次既不說謊，難道如今卻又弄謊不成？」巴不到明日早，一徑的投波斯館來，只見那老者已先在彼，依舊引入西廊下房內，搬出二千個元寶錠，便是十萬兩，交付子春收訖。叮囑道：「這銀子難道不許你使用；但不可一造的❺用盡了，又來尋我。」子春謝道：「我杜子春若再敗時，老翁也不必看覷我了。」即便顧了車馬，將銀子裝上，向老者叫聲聒噪，押著而去。

元來偷雞貓兒到底不改性的，剛剛挑得銀子到家，又早買了鞍馬，做了衣服，去辭別那眾親眷，說道：「多承指示，教我去求那大財主，果然財主手段，略不留難，又送我十萬銀子。我如今有了本錢，

❺ 一造的：一下子。

便住在城中，也有坐位了。只是我杜子春天生敗子，豈不玷辱列位高親？不如仍往揚州與鹽商合夥，到也穩便。」這個說話，明明是帶著刺兒的。那親眷們也受了子春一場嘔氣，敢怒而不敢言。且說子春，整備車馬，將那十萬銀子，載的載，馱的馱，徑往揚州。韋氏看見許多車馬，早知道又弄了些銀子回來了，便問道：「這行李莫非又是西門老兒資助你的？」子春道：「不是那老兒，難道還有別個？」韋氏道：「可曾問得名姓麼？」子春睜著眼道：「哎呀！他在波斯館裏搬出十萬銀子時節，明明記得你的分付，正待問他，卻被他婆兒氣❻，再四叮囑我，好做生理，切不可浪費了，我不免回答他幾句。其時一地的元寶錠，又要顧車顧馬，看他裝載；又要照顧地下，忙忙的收拾不迭；怎討得閒工夫，又去問他名姓。雖然如此，我也甚是懊悔，萬一我杜子春舊性發作，依先用完了，怎麼又好求他？卻不是天生定該餓死的。」韋氏笑道：「你今有了十萬銀子，還怕窮哩！」元來子春初得銀子時節，甚有做人家的意思，及到揚州，豪心頓發，早把窮愁光景盡皆忘了。莫說舊時那些幫興不幫敗的朋友，又來攛哄；只那韋氏出自大家，不把銀子放在眼裏的，也只圖好看，聽其所為。真個銀子越多，用度越廣，不上三年，將這十萬兩蕩得乾乾淨淨，倒比前次越窮了些。韋氏埋怨道：「我教你問那老兒名姓，你偏不肯問，今日如何？」子春道：「你埋怨也沒用。那老兒送了三萬，又送十萬，便問得名姓，也不好再求他了。只是那老兒不好求，親眷又不好求，難道杜子春便是這等坐守死了！我想長安城南祖居，儘值上萬多銀子。眾親眷們，都是圖謀的，我既窮了，左右沒有面孔在長安，還要這宅子怎麼？常言道：有千年產，沒千年主。不如將來變賣，且作用度，省得靠著米囤卻餓死了。」這叫做杜子春三入長安，豈不是天生的一條

❻ 婆兒氣：老婆子的脾氣。

的痴漢！有詩為證：

莫恃黃金積滿堦，等閒費盡幾時來？十年為俠成何濟，萬里投人誰見哀！

卻表子春到得長安，再不去求眾親眷，連那老兒也怕去見他；只住在城南宅子裏，請了幾個有名的經紀，將祖遺的廳房土庫幾所，下連基地，時值價銀一萬兩，二面議定，親筆填了文契，托他絕賣。只道這價錢是甕中捉鱉，手到拏來；豈知親眷們量他窮極，故意要死他的貨，偏不肯買。那經紀都來回了。子春嘆道：「我杜子春直恁的命低！似這寸金田地，偏有賣主，沒有受主。敢則經紀們不濟，須自家出去尋個頭腦。」剛剛到得大街上，早望見那老者在前面來了，連忙的躲在眾人叢裏，思量避他。豈知那老者卻從背後一把曳住袖子，叫道：「郎君，好負心也！」只這一聲，羞得杜子春再無容身之地。老者道：「你全不記在西門嘆氣之日了！老夫雖則涼薄，也曾兩次助你好幾萬銀子，且莫說你怎麼樣報我，難道喏也唱不得一個？見了我到躲了去。我何不把這銀子料❼在水裏，也砰地的響一聲？」子春謝罪道：「我杜子春，單只不會做人家，心肝是有的，寧不知感老翁大恩！只是兩次銀子，都一造的蕩廢❽，望見老翁，不勝慚愧，就恨不得立時死了。以此躲避，豈敢負心！」那老者便道：「既是這等，則你回心轉意；肯做人家，我還肯助你。」子春道：「我這一次若再敗了，就對天設下個誓來。」老者笑道：「誓到不必設；你只把做人家的勾當，說與我聽著。」子春道：「我祖上遺下海邊上鹽場若干所，城裏城外

❼ 料：這裏同「撂」。扔；丟。

❽ 都一造的蕩廢：都一起花光、浪費掉了。

衝要去處，居房若干間，長江上下蘆洲若干里，良田若干頃，極是有利息的。我當初要銀子用，都濫賤❾的典賣與人了。我若有了銀子，盡數取贖回來，不消兩年，便可致富。然後興建義莊，開闢義塚，親故們贏老的養贍他，幼弱的撫育他，孤孀的存恤他，流離顛沛的拯救他，屍骸暴露的收埋他，我於名教❿復圓矣。」老者道：「你果有此心，我依舊助你。」便向袖裏一摸，卻又摸出三百個錢，遞與子春，約道：「明日午時，到波斯館裏來會我，再早些便好。」子春因前次受了酒家之氣，今番也不去吃酒；別了老者，一徑回去。一頭走，一頭思想道：「我杜子春天生莽漢，幸遇那老者兩次贈我銀子，我不曾問得他名姓，被妻子埋怨一個不了。如今這次，須不可不問。」只待天色黎明，便投波斯館去。在門上坐了一會，方纔那老者走來。此時尚是辰牌時分。老者喜道：「今日來得恰好。我想你說的做人家勾當，若銀子少時，怎濟得事？須把三十萬兩助你。算來三十萬，要六千個元寶錠，便數也數得一日，故此要你早些來。」便引子春入到西廊下房內，只一搬，搬出六千個元寶錠來，交付明白，叮囑道：「老夫一生家計，盡在此了，你若再敗時節，也不必重來見我。」子春拜謝道：「敢問老翁高姓大名？府上那裏？」老者道：「你待問我怎的？莫非你思量報我麼？」子春道：「承老翁前後共送了四十三萬，這等大恩，還有甚報得？只狗馬之心，一毫難盡。若老翁要宅子住，小子賣契尚在袖裏，便敢相奉。」老者笑道：「我若要你這宅子，我只守了自家的銀子卻不好。」子春道：「我這杜子春貧乏了，平時親識沒有一個看顧我的；獨有老翁三次周濟。想我杜子春若無可用之處，怎肯便捨這許多銀子？倘或要用我杜子春，

❾ 濫賤：即「濫賤」。價錢非常賤。

❿ 名教：講求名分、倫常的道理。

敢不水裏水裏去，火裏火裏去。」老者點著頭道：「用便有用你去處，只是尚早。且待你家道成立，三年之後，來到華山雲臺峰上，老君祠前雙檜樹下，見我便了。」有詩為證：

四十三萬等閒輕，末路猶然諱姓名。他日雲臺雖有約，不知何事用狂生？

卻說子春把那三十萬銀子，扛回家去，果然這一次頓改初心，也不去整備鞍馬，也不去製備衣服，也不去辭別親眷，悄悄的雇了車馬，收拾停當，徑往揚州。原來有了銀子，就天上打一個霹靂，滿京城無有不知的。那親眷們都說道：「他有了三十萬銀子，一般財主體面；況又沾親，豈可不去餞別。」也有說道：「他沒了銀子時節，我們不曾禮他；怎麼有了銀子便去餞別？這個叫做前倨後恭，反被他小覷了我們。」到底願送者多，不願送者少，少的拗不過多的，一齊備了酒，出東都門外，與杜子春餞行。只見酒到三巡，子春起來謝道：「多勞列位高親遠送，小子信口謅得個曲兒，回敬一杯，休得見笑。」你道是什麼曲兒？原來都是敘述窮苦無處求人的意思，只教那親眷們聽著，坐又坐不住，去又去不得，倒是不來送行也罷了，何苦自討這場沒趣。曲云：

我生來的是富家，從幼的喜奢華，財物撒漫賤如沙。覷著囊資漸寡，看看手內光光乍，看看身上絲絲掛。歡娛博得嘆和嗟，枉教人作話靶。

待求人難上難，說求人最感傷。朱門走遍自徬徨，沒半個錢兒到掌。若沒有城西老者寬洪量，三番相贈多情況；這微軀已喪路途傍，請列位高親主張。

子春唱罷，拍手大笑，向眾親眷說聲請了，洋洋而去。心裏想道：「我當初沒銀子時節，去訪那親眷們，莫說請酒，就是一杯茶也沒有；今日見我有了銀子，便都設酒出門外送我。原來銀子這般不可少的，我怎麼將來容易蕩費了！」一路上好生感嘆。到得揚州，韋氏只道他止賣得些房價在身，不勾撒漫，故此服飾輿馬，比前十分收斂。豈知子春在那老者眼前，立下個做人家的誓願，又被眾親眷們這席酒識破了世態，改轉了念頭，早把那扶興不扶敗的一起朋友，盡皆謝絕，影也不許他上門。方纔陸續的將典賣過鹽場、客店、蘆洲、稻田，逐一照了原價，取贖回來。果然本錢大，利錢也大。不上兩年，依舊潑天巨富。又在兩淮南北，直到瓜州地面，造起幾所義莊，莊內各有義田、義學、義塚。不論孤寡老弱，但是要養育的，就給衣食供膳他；要講讀的，就請師傅教訓他；要殯殮的，就備棺槨埋葬他。莫說千里內外，感被恩德；便是普天下，那一個不贊道：「杜子春這等敗了，還掙起人家。纔做得家成，又幹了多少好事，豈不是天生的豪傑！」原來子春牢記那老者期約在心，剛到三年，便把家事一齊交付與妻子韋氏，說道：「我杜子春三入長安，若沒那老者相助，不知這副窮骨頭死在那裏？他約我家道成立，三年之外，可到華山雲臺峰上，老君祠前雙檜樹下，與他相見，卻有用著我的去處。如今已是三年時候，須索到華山去走一遭。」韋氏答道：「你受他這等大恩，就如重生父母一般，莫說要用著你，便是要用我時，也說不得了。況你貧窮之日，留我一個在此，尚能支持，如今現有天大家私，又不怕少了我吃的，又不怕少了我穿的，你只管放心，自去便了。」當日整治一杯別酒，親出城西餞送子春上路。

竹葉杯中辭少婦，蓮花峰上訪真人。

子春別了韋氏，也不帶從人，獨自一個上了牲口，徑往華山路上前去。原來天下名山，無如五岳。你道那五岳？

中岳嵩山。東岳泰山。北岳恒山。南岳霍山。西岳華山。

這五岳都是神仙窟宅。五岳之中，惟華山最高。四面看來，都是方的，如刀斧削成一片，故此俗人稱為「削成山」。到了華山頂上，別有一條小路，最為艱險，須要攀藤捫葛而行。約莫五十餘里，纔是雲臺峰。子春抬頭一望，早見兩株檜樹，青翠如蓋，中間顯出一座血紅的山門，門上豎著扁額，乃是「太上老君之祠」六個老大的金字。此時乃七月十五，中元令節，天氣尚熱，況又許多山路，走得子春渾身是汗，連忙拭淨斂容，向前頂禮仙像。只見那老者走將出來，比前大是不同，打扮得似神仙一般。但見他：

戴一頂玲瓏碧玉星冠，被一領織錦絳綃羽衣，黃絲綬腰間婉轉，紅雲履足下蹣跚。頰下銀鬚灑灑，鬢邊華髮斑斑。兩袖香風飄瑞靄，一雙光眼露朝星。

那老者遙問道：「郎君果能不負前約，遠來相訪乎！」子春上前，納頭拜了兩拜，躬身答道：「我這身子，都是老翁再生的。既蒙相約，豈敢不來！但不知老翁有何用我杜子春之處？」老者道：「若不用你，要你衝炎冒暑來此怎的！」便引著子春進入老君祠後。這所在，乃是那老者煉藥去處。子春舉目看時，只見中間一所大堂，堂中一座藥竈，玉女九人環竈而立，青龍白虎分守左右。堂下一個大甕，有七尺多高，甕口有五尺多闊，滿甕貯著清水。西壁下鋪著一張豹皮。老者教子春靠壁向東盤膝坐下，卻去提著一壺酒，一盤食來。你道盤中是甚東西？乃是三個白石子。子春暗暗想道：「這硬石子怎生好吃？」元來煮熟的，就如芋頭一般，味尤甘美。子春走了許多山路，正在饑渴之際，便把酒食都吃盡了。其時紅日沉西，天色傍晚，那老者分付道：「郎君不遠千里，冒暑而來，所約用你去處，單在於此。須要安神定氣，坐到天明。但有所見，皆非實境。任他怎生樣兇險，怎生樣苦毒，都只忍著，不可開言。」分付已畢，自向藥竈前去，卻又回頭叮囑道：「郎君切不可忘了我的分付，便是一聲也則不得的。牢記！牢記！」子春應允。剛把身子坐定，鼻息調得幾口，早看見一個將軍，長有一丈五六，頭戴鳳翅金盔，身穿黃金鎧甲，帶領著四五千人馬，鳴鑼擊鼓，吶喊搖旗，擁上堂來，喝問：「西壁下坐的是誰？怎麼不迴避我？快通名姓。」子春全不答應⓫。激得將軍大怒，喝教人攢箭射來，也有用刀夾背斫的，也有用鎗當心戳的，好不利害！子春謹記老者分付，只是忍著，並不做聲。那將軍沒奈何他，引著兵馬也自去了。金甲將軍纔去，又見一條大蟒蛇，長可十餘丈，將尾纏住子春，以口相向，焰焰的吐出兩個舌尖，抵入鼻子孔中。又見一群狼虎，從頭上撲下，咆哮之聲，振動山谷，那獠牙就如刀鋸一般鋒利，遍體咬傷，流血滿地。又見許多兇神惡鬼，卻是銅頭鐵角，猙獰可畏，跳躍而前。子春任他百般簸弄，也只是忍著。猛地裏又起一陣怪風，刮得天昏地黑，大雨如注，堂下水湧起來，直浸到胸前。轟天的霹靂，當頭打下，電火四掣，鬚髮都燒。子春一心記著老者分付，只不做聲。漸漸的雷收雨息，水也退去。子春暗暗喜道：「如今天色已霽，想再沒有甚麼驚嚇我了。」豈知前次那金甲大將軍，依舊帶領人馬，擁上

⓫ 答應：伺候。

堂來，指著子春喝道：「你這雲臺山妖民，到底不肯通名姓，難道我就奈何不得你？」便令軍士，疾去揚州，擒他妻子韋氏到來。說聲未畢，韋氏已到，按在地上，先打三百殺威棒，打得個皮開肉綻，鮮血迸流。韋氏哀叫道：「賤妾雖無容德，奉事君子有年，豈無伉儷之情。乞賜一言，救我性命。」子春暗想老者分付，說是「隨他所見，皆非實境，安知不是假的？況我受老者大恩，便真是妻子，如何顧得。」並不開言。激得將軍大怒，遂將韋氏千刀萬剮。韋氏一頭哭，一頭罵，只說：「枉做了半世夫妻，忍心至此！我在九泉之下，誓必報冤。」子春只做不聽得一般。將軍怒道：「這賊妖術已成，留他何用？便可一併殺了。」只見一個軍士，手提大刀，走上前來，向子春頸上一揮，早已身首分為兩處。你看杜子春，剛纔掙得成家，卻又死於非命，豈不痛惜可憐！

游魂渺渺歸何處？遺業忙忙付甚人？

那子春頸上被斫了一刀，已知身死，早有夜叉在旁，領了他魂魄竟投十地閻君殿下，都道：「子春是個雲臺峰上妖民，合該押赴酆都地獄，遍受百般苦楚，身軀靡爛。」元來被業風一吹，依還如舊。卻又領子春魂魄，托生在宋州原任單父縣丞叫做王勸家做個女兒。從小多災多病，針灸湯藥，無時間斷。漸漸長成，容色甚美。只是說不出一句說話來，是個啞的。同鄉有個進士，叫做盧珪，因慕他美貌，要求為妻。王家推辭啞的不好相許。盧珪道：「人家娶媳婦，只要有容有德，豈在說話？便是啞，不強似長舌的。」卻便下了財禮，迎取過門，夫妻甚是相得。早生下兒子，已經兩歲，生得眉清目秀，紅的是唇，白的是齒，真個可愛！忽一日，盧珪抱著撫弄，卻問王氏道：「你看這樣兒子，生得好麼？」王氏笑而不答。盧珪怒道：「我與你結髮三載，未嘗肯出一聲，這是明明鄙賤著我，還說甚恩情那裏，總要兒子何用？」到提著兩隻腳，向石塊上只一撲，可憐掌上明珠，撲做一團肉醬。子春卻忘記了王家啞女兒，就是他的前身，看見兒子被丈夫活活撲死了，不勝愛惜，剛叫得一個噫字，豈知藥竈裏迸出一道火光，連這一所大堂險些燒了。其時天色已將明，那老者忙忙向前提著子春的頭髮，將他浸在水甕裏，良久方纔火息。老者跌腳嘆道：「人有七情，乃是喜怒憂懼愛惡慾。我看你六情都盡，惟有愛情未除。若再忍得一刻，我的丹藥已成，和你都昇仙了。今我丹藥還好修煉，只是你的凡胎，卻幾時脫得？可惜老大世界，要尋一個仙才，難得如此！」子春懊悔無地，走到堂上，看那藥竈時，只見中間貫著手臂大一根鐵柱，不知仙藥都飛在那裏去了？老者脫了衣服，跳入竈中，把刀在鐵柱上，刮得些藥末下來，教子春吃了，遂打發下山。子春伏地謝罪，說道：「我杜子春不才，有負老師囑付。如今情願跟著老師出家，只望哀憐弟子，收道在山上罷。」老者搖手道：「我這所在，如何留得你？可速回去，不必多言。」子春道：「既然老師不允，容弟子改過自新，三年之後，再來效用。」老者道：「你若修得心盡時，就在家裏也好成道。若修心不盡，便來隨我，亦有何益。勉之！勉之！」子春領命，拜別下山。不則一日，已至揚州。韋氏接著問道：「那老者要你去，有何用處？」子春道：「不要說起，是我不才，負了這老翁一片美情。」韋氏問其緣故，子春道：「他是個得道之人，教我看守丹竈，囑付不許開言。豈知我一時見識不定，失口叫了一個噫字，把他數十年辛勤修命的丹藥，都弄走了。他道我再忍得一刻，他的丹藥成就，連我也做了神仙。這不是壞了他的事，連我的事也壞了？以此歸來，重加修省。」韋氏道：「你為甚卻道這噫字？」子春將所見之事，細細說出，夫妻不勝嗟嘆。自此之後，子春把天大家私，丟在腦後，日夕焚香打坐，滌慮凝神，一心思想神仙路上。但遇孤孀貧苦之人，便動千動百的捨與他，雖不比當初敗廢，卻也漸漸的十不存一。倏忽之間，又是三年。一日，對韋氏說道：「如今待要再往雲臺求見那老者，超脫塵凡。所餘家私，儘著勾你用度，譬如我已死，不必更想念了。」那韋氏也是有根器的，聽見子春要去，絕無半點留念，只說道：「那老者為何肯捨這許多銀子送你，明明是看你有神仙之分，故來點化，怎麼還不省得？」明早要與子春餞行。豈知子春這晚題下一詩，留別韋氏，已潛自往雲臺去了。詩云：

驟興驟敗人皆笑，旋死旋生我自驚。從今撒手離塵網，長嘯一聲歸白雲。

你道子春為何不與韋氏面別，只因三年齋戒，一片誠心，要從揚州步行到彼；恐怕韋氏差撥伴當跟隨，整備車馬送他，故此悄地出了門去。兩隻腳上，都走起繭子來，方纔到得華州地面。上了華山，逕奔老君祠下，但見兩株檜樹，比前越加葱翠。堂中絕無人影，連那藥竈也沒了踪跡。子春嘆道：「一定我杜子春不該做神仙，師父不來點化我了。雖然如此，我發了這等一個願心，難道不見師父就去了不成？今日死也死在這裏，斷然不回去了。」便住在祠內，草衣木食整整過了三年。守那老者不見，只得跪在仙像前叩頭，祈告云：

竊惟弟子杜子春，下土愚民，塵凡濁骨。奔逐貨利之場，迷戀聲色之內。蒙本師慨發慈悲，指皈大道，奈弟子未斷愛情，難成正果。遣歸修省，三載如初。再叩丹臺，一誠不二。洗心滌慮，六根淨清無為；養性修真，萬緣去除都盡。伏願道緣早啟，仙馭速臨。拔凡骨於塵埃，開迷踪於覺路。云云。

子春正在神前禱祝，忽然祠後走出一個人來，叫道：「郎君，你好至誠也！」子春聽見有人說話，擡起頭來看時，卻正是那老者。又驚又喜，向前叩頭道：「師父，想殺我也！弟子到此盼望三年，怎的再不能一面？」老者笑道：「我與你朝夕不離，怎說三年不見？」子春道：「師父既在此間，弟子緣何從不看見？」老者道：「你且看座上神像，比我如何？」子春連忙走近老君神像之前，定睛細看，果然與老者全無分別，乃知向來所遇，即是太上老君。便伏地請罪，謝道：「弟子肉眼，怎生認得？只望我師哀憐弟子，早傳大道。」老君笑道：「我因怕汝處世日久，塵根不斷，故假攝七種情緣，歷歷試汝。今汝心下已皆清淨，又何言哉！我想漢時淮南王劉安，專好神仙，真感得八公⓬下界，與他修合丹藥。煉成之日，合宅同昇，連那雞兒狗兒，餂了鼎中藥末，也得相隨而去，至今雞鳴天上，犬吠雲間。既是你已做神仙，豈有妻子偏不得道。我有神丹三丸，特相授汝，可留其一，持歸與韋氏服之。教他免墮紅塵，早登紫府。」子春再拜，受了神丹，卻又稟道：「我弟子貧窮時節，投奔長安親眷，都道我是敗子，並無一個慈悲我的。如今弟子要同妻韋氏，再往長安，將城南祖居捨為太上仙祠，祠中鑄造丈六金身，供奉香火。待眾親眷聚集，曉喻一番，也好打破他們這重魔障。不知我師可容許我弟子否？」老君讚道：「善哉！善哉！汝既有此心，待金像鑄成之日，吾當顯示神通，挈汝昇天，未為晚也。」正是：

⓬ 八公：神仙故事中的一個神仙，據說他曾變化為十五歲的童子，度化淮南王劉安成了仙。

十年一覺揚州夢，贏得人間敗子名。

話分兩頭，卻說韋氏，自子春去後，卻也一心修道，屏去繁華，將所遺家私，盡行布施，只在一個女道士觀中，投齋度日。滿揚州人見他夫妻雲游的雲游，乞丐的乞丐，做出這般行徑，都莫知其故。忽一日，子春回來，遇著韋氏，兩個俱是得道之人，自然不言而喻。便把老君所授神丹，付與韋氏服了，只做抄化模樣，徑赴長安去投見那眾親眷，呈上一個疏簿，說把城南祖居，捨作太上老君神廟，特募黃金十萬兩，鑄造丈六金身，供奉殿上。要勸那眾親眷，共結善緣。其時親眷都笑道：「他兩次得了橫財，盡皆廢敗，這不必說了；後次又得一大注，做了人家，如何三年之後，白白的送與人去？只他丈夫也罷了，怎麼韋氏平時既不諫阻，又把分撥與他用度的，亦皆散捨？豈不夫妻兩個都是薄福之人，消受不起，致有今日。眼見得這座祖宅，還值萬數銀子，怎麼又要捨作道院；別來募化黃金，興鑄仙像。這等痴人，便是募得些些，左右也被人騙去。我們禮他則甚！」盡都閉了大門，推辭不管閒事。子春夫妻含笑而歸。那親眷們都量定杜子春夫妻，斷然鑄不起金像的，故此不肯上疏。豈知半月之後，子春卻又上門，遞進一個請帖兒，寫著道：

子春不自量力，謹捨黃金六千斤，鑄造老君仙像。仰仗眾緣，法相完成，擬於明日奉像升座。特備小齋，啟請大德，同觀勝事，幸勿他辭！

那親眷們看見，無不驚訝，嘆道：「怎麼就出得這許多金子？又怎麼鑄造得這般神速？」連忙差人前去打聽，只見眾親眷們上，和滿都城士庶人家，都是同日有一個杜子春親送請帖，也不知杜子春有多少身子。都道：「這事有些蹺蹊。」到次日，沒一個不來。到得城南，只見人山人海，填街塞巷，合城男女，都來隨喜。早望見門樓已都改造過了，造得十分雄壯，上頭寫著栲栳⓭大金字，是：「太上行宮」四個字。進了門樓，只見殿宇廊廡，一剗的金碧輝煌，耀睛奪目，儼如天宮一般。再到殿上看時，真個黃金鑄就的丈六天身，莊嚴無比。眾親眷看了，無不搖首咋舌道：「真個他弄起恁樣大事業！但不知這些金子是何處來的？」又見神座前，擺下一大盤蔬菜，一巵子酒，暗暗想道：「這定是他辦的齋了。縱便精潔，無過有一兩器，不消一個人，便一口吃完了；怎麼下個請帖，要遍齋許多人眾。」你道好不古怪。只見子春夫婦，但遇著一個到金像前瞻禮的，便捧過齋來請他吃些，沒個不吃，沒個不讚道甘美。那親眷們正在驚嘆之際，忽見金像頂上，透出一道神光，化做一朵白雲，中間的坐了老君，左邊坐了杜子春，右邊坐了韋氏，從殿上出來，升到空裏，約莫離地十餘丈高。只見子春舉手與眾人作別，說道：「橫眼凡民，只知愛惜錢財，焉知大道。但恐三災橫至，四大崩摧⓮，積下家私，拋於何處？可不省哉！可不惜哉！」曉喻方畢，只聽得一片笙簫仙樂，響振虛空，旌節導前，旛蓋擁後，冉冉升天而去。滿城士庶，無不望空合掌頂禮。有詩為證：

千金散盡貧何惜，一念皈依死不移。慷慨丈夫終得道，白雲朵朵上天梯。

⓭ 栲栳：用柳條或竹子編製成的盛物器。又叫做「笆斗」。

⓮ 三災橫至二句：三災，佛教的說法，小三災指刀兵、饑饉、疫癘。大三災指火、水、風。四大也是佛教名詞，指地、水、風、火。

第三十八卷　李道人獨步雲門

　　盡說神仙事渺茫，誰人能脫利名疆？今朝偶讀雲門傳，陣陣薰風透體涼。

　　話說昔日隋文帝開皇初年，有個富翁，姓李名清，家住青州城裏，世代開染坊為業。雖則經紀人家，宗族到也蕃盛，合來共有五六千丁，都是有本事，光著手賺得錢的。因此家家饒裕，遠近俱稱為李半州。一族之中，惟李清年齒最尊，推為族長。那李清天性仁厚，族中不論親疏遠近，個個親熱，一般看待，再無兩樣心腸。為這件上，合族長幼男女，沒一個不把他敬重。每年生日，都去置辦禮物，與他續壽。宗族已是大了，卻又好勝，各自搜覓異樣古物器玩、錦繡綾羅饋送。他生平省儉惜福，不肯過費，俱將來藏置土庫中。逐年堆積上去，也不計其數。只有一件事，再不吝惜。你道是那一件？他自幼行善，利人濟物，兼之慕仙好道，整千貫價布施。若遇個雲遊道士，方外全真❶，即留至家中供養，學些丹術，講些內養。誰想那班人都是走方光棍，一味說騙錢財，何曾有真實學問！枉自費過若干東西，便是戲法討不得一個。雖然如此，他這點精誠，終是不改，每日焚香打坐，養性存心，有出世之念。

❶ 全真：金代道士王嘉融合儒、佛、道三教為一，創立「全真教」，成為道教中的一個支派。後來當作一般道士的稱呼。

其年恰好齊頭七十。那些子孫們，兩月前便在那裏商議，說道：「七十古稀之年，是人生最難得的，須不比平常誕日。各要尋幾件希奇禮物上壽，祝他個長春不老。」李清也料道子孫輩必然如此，預先設下酒席，分著一支一支的，次第請來赴宴。因對眾人說：「賴得你等勤力，各能生活，每年送我禮物，積至近萬，衣裝器具，華侈極矣。只是我平生好道，布衣蔬食，垂五十年，要這般華侈的東西，也無用處，我因不好拂爾等盛情，所以有受無卻。然而一向貯在土庫，未嘗檢閱，多分已皆朽壞了。費你等錢帛，做我的糞土，豈不可惜！今日幸得天曹尚未錄我魂氣，生日將到，料你等必然經營慶生之禮，甚非我的本意！所以先期相告，切莫為此！」子孫輩皆道：「慶生的禮，自古叫做續壽。況兼七十歲，人生能有幾次，若不慶賀，何以少展卑下孝順之心？這可是少得的！」李清道：「既你等主意難奪，只憑我所要的，將來送我何如？」子孫輩欣然道：「願聞尊命！」李清道：「我要生日前十日，各將手指大麻繩百尺送我，總算起來約有五六萬丈，以此續壽，豈不更為長遠！」眾人聞聲，暗暗稱怪，齊問道：「太公分付，敢不奉命。但不知要他做甚？」李清笑道：「且待你等都送齊了，然後使你等知之，今猶未可輕言也。」眾子孫領了李清分付之後，真個一傳十，十傳百，都將麻繩百尺，趕在生日前交納，地上疊得高高的，竟成一座繩山。只是不知他要這許多繩何用？

元來離著青州城南十里，有一座山叫做雲門山，山頂上分做兩個，儼如斧劈開的。青州城裏人家，但是向南的，無不看見這山飛雲度鳥，窳兒❷內經過，皆歷歷可數。俗人又稱為劈山。那山頂中間，卻有個大穴，澒澒洞洞❸的，不知多少深。也有好事的，把大石塊投下，從不曾聽見些聲響。以此人都道

❷ 窳兒：指山頂上的缺口。

是沒底的。只見李清受了麻繩之後，便差人到那山上緊靠著穴口，豎起兩個大橛子，架上轆轤。家裏又喚打竹家火的，做一個結結實實的大竹籃，又到銅鋪裏買上大小銅鈴好幾百個，也不知道弄出什麼勾當？子孫輩一齊的都來請問，李清方纔答道：「我元說終使你等知之，難道我就瞞著去了。我自幼好道，今經五十餘年，一無所得。常見圖經載那雲門山是神仙第七個洞府。我年已七十，便活在世上，也不過兩三年了。趁今手足尚還強健，欲於生日這一日，藉你等所送的麻繩，用著四根，懸住大竹籃四角，中間另是一根，繫上銅鈴，待我坐於籃內，卻慢慢的絞下。若有些不虞去處，見我搖動中間這繩，或聽見鈴聲，便好將我依舊盤上。萬一有緣，得與神仙相遇，也少不得回來，報知你等。」說猶未畢，只見子孫輩都叩頭諫道：「不可，不可！這個大穴裏面，且莫說山精木魅，毒蛇怪獸，藏著多少；只是那一道烏黑的臭氣，也把人薰死了。高年之人，怎麼禁得這般利害？」李清道：「我意已決，便死無悔！你等若不容我，必然私自逃去，從空投下。不得麻繩竹籃，永無出來的日子。」內中也有老成的，曉得他生平是個執性的人，便道：「恭敬不如從命。只是這等天大的事，豈可悄然便去；須要遍告親戚，同赴雲門山相送。也使四海流傳，做個美談，不亦可乎！」李清道：「這卻使得。」那李家一姓子孫，原有五六千，又去通知親眷，同來拜送。只算一人一個，卻不就是上萬的人了。到得李清生辰這一日，無不陳了鼓樂，攜了酒饌，一齊的捧著李清，竟往雲門山去。隨著去看的人，也不知有多少，幾乎把青州城都出空了。不一時，到了雲門山頂。眾人舉目四下一望，果然好景。但見：

---

❸ 㵎㵎洞洞：廣大深遠，沒有邊際的樣子。

眾峰朝拱，列嶂環圍。響泠泠流泉幽咽，密葺葺亂草迷離。崖邊怪樹參天，岩上奇花映日。山徑烟深，野色過橋。青靄近岡形勢遠，松聲隔水白雲連。淅淅但聞林墜露，蕭蕭只聽葉吟風。

那竹籃繩索等件，俱已整備停當。眾親眷們，都更遞的上前奉酒。內中也有一樣高年的說道：「老親家，你好道之心，這般決烈，必然是神仙路上人，此去保無他慮；但我等做事也要老成，方無後悔。我想這等黑洞洞深穴，從來沒人下去，怎把千金之體，輕投不測？今日既有竹籃繩索，不若先取一個狗來，放下去看。若是這狗無事，再把一個伶俐些家人下去，看道有甚麼仙跡在那裏。待他上來說了，方纔送老親家下去，豈不萬全。」李清笑道：「承教，承教！只是要求道的，長拚個死，纔得神仙可憐，或肯收為弟子。這個穴內，相傳是神仙第七洞府，又不比砒霜毒藥，怎麼要試他利害？似此疑惑，便是退悔道心，怎能勾超凡脫濁？我主意已定，好歹要下去走遭。不消列位高親擔憂。老漢信口謅得四句俚言，在此留別，望勿見笑！」眾親眷齊道：「願聞珠玉。」李清隨念出一首詩來，詩云：

久拚殘命已如無，揮手雲門願不孤。翻笑壺公曾得道，猶煩市上有懸壺。

眾人聽了這詩，無不點頭嗟歎，勉強解慰道：「老親家道心恁般堅固，但願一下去，便得逢仙。」李清道：「多謝列位祈祝，且看老漢緣法何如。」遂起來向空拜了兩拜，便去坐在竹籃內，揮手與眾親眷子孫輩作別，再也不說甚話，一逕的將麻繩轣轣轆轆放將下去。莫說眾親眷子孫輩都一個個面色如土，連那看的人也驚呆了，搖頭咋舌道：「這老兒好端端在家受用到不好，卻癡心妄想，往恁樣深穴中去求仙！可不是討死喫麼？」噫！李清這番下去了，不知幾時纔出世哩？正是：

神仙本是凡人做，只為凡人不肯修。

卻說李清放下也不知有幾千多丈，覺得到了底上，便爬出竹籃，去看那裏面有何仙跡。豈知穴底黑洞洞的，已是不見一些高低；況是地下有水一般，又滑又爛。還不曾走得一步，早跌上一交。那七十歲老人家，有甚氣力，纔掙得起，又閃上一跌。只兩交，就把李清跌得昏暈了去。那上面親眷子孫輩，看看日色傍晚，又不見中間的麻繩曳動，又不聽得銅鈴響，都猜著道：「這老人家被那股陰濕的臭氣相觸，多分不保了。」且把轆轤絞上竹籃看時，只見一個空籃，不見了李清。其時就著了忙，只得又把竹籃放下。守了一會，再絞上來，依舊是個空籃。那夥看的人，也有嗟歎的，也有發笑的，都一哄走了。子孫輩向著穴口，放聲大哭，埋怨道：「我們苦苦諫阻，只不肯聽，偏要下去。七十之人，不為壽夭，只是死便死了，也留個骸骨，等我們好辦棺槨葬他。如今弄得屍首都沒了，這事怎處？」那親眷們人人哀感，無不洒淚。內中也有達者說道：「人之生死，無非大數。今日生辰，就是他數盡之日，便留在家裏，也少不得是死的。況他志向如此，縱死已遂其志，當無所悔。雖然沒了屍首，他衣冠是有的，不若今晚且回去，明早請幾個有法力的道士，重到這裏，招他魂去。只將衣冠埋葬，也是古人一個葬法。我聞軒轅皇帝，得了大道，已在鼎湖升天去了，還留下一把劍，兩隻履，裝在棺內，葬於橋山。又安知這老翁不做了神仙，也要教我們與他做個空塚。只管對著穴口啼啼哭哭，豈不惑哉！」子孫輩只得依允，拭了眼淚，收拾回家。到明日重來山頂，招魂回去。一般的設座停棺，少不得諸親眾眷都來祭奠。過了七七四十九日，造墳下葬，不在話下。

且說李清被這兩跌，暈去好幾時，方纔醒得轉來，又去細細的摸看。元來這穴底，也不多大，只有一丈來闊，週圍都是石壁，別無甚奇異之處。況且腳下爛泥，又滑得緊，不能舉步，只得仍舊去尋那竹籃坐下，思量曳動繩索，搖響銅鈴，待他們再絞上去。伸手遍地摸著，已不見了竹籃，叫又叫不應，飛又飛不出，真個來時有路，去日無門，教李清怎麼處置？只得盤膝兒坐在地下。也不知捱了幾日，但覺饑渴得緊，一時難過，想道古人嚙雪吞氈，尚且救了性命；這裏無雪無氈，只有爛泥在手頭，便去抓一把來嗛下。豈知神仙窟宅，每遇三千年纔一開底裏，迸出泥來，叫做「青泥」，專是把與仙人做飯喫的，儘也有些味道，可解饑渴。喫了幾口，覺得精神好些。卻又去細細摸看，只見石壁擦底下，又有個小穴，高不上二尺，心下想道：「只管坐在泥中，有何了期！左右沒命的人了，便這裏面有甚麼毒蛇妖怪，也顧不得，且是爬將進去，看個下落。」只因這番，直教黑茫茫斷頭之路，另見個境界風光；活喇喇拚命之夫，重開個舖行生理❹。正是：

閻王未注今朝死，山穴寧無別道通。

李清不顧性命，鑽進小穴裏去，約莫的爬了六七里，覺得裏面漸漸高了二尺來多，左右是立不直的，只是爬著地走。那老人家也不知天曉日暗，倦時就睡上一覺，饑時就把青泥喫上幾口，又爬了二十餘里。只見前面透出星也似一點亮光，想道：「且喜已有出路了。」再把青泥喫些，打起精神，一鑽鑽向前去，

❹ 重開個舖行生理：重新開一個店舖生活，就是另找出一條生路的意思。

出了穴口，但見青的山，綠的水，又是一個境界。李清起來伸一伸腰，站一站腳，整衣拂履，望空謝道「慚愧！今朝脫得這一場大難！」依著大路，走上十四五里，腹中漸漸饑餒，路上又沒一個人家賣得飯吃。總有得買，腰邊也沒錢鈔。穴裏的青泥，又不曾帶得些出來，看看走不動了。只見路傍碧靛青的流水，兩岸覆著菊花，且去捧些水吃。豈知這水也不是容易吃的，仙家叫做「菊泉」最能延年卻病。那李清纔喫得幾口，便覺神清氣爽，手腳都輕快了。又走上十多里，忽望見樹頂露出琉璃瓦蓋造的屋脊，金碧閃爍，不知甚麼所在？飛撚的趕到那裏去看，卻是血紅的觀門，週圍都是白玉石砌就臺基。共有九層，每一層約有一丈多高。又沒個階坡，只得攀藤捫葛，拚命吊將上去。那門兒又閉著，不敢擅自去扣，只得屏氣而待。直等到一佛出世，二佛升天❺，方纔有個青衣童子開門出來，喝道：「李清，你來此怎麼？」李清連忙的伏地叩頭，稱道：「青州染匠李清，不揣凡庸，冒叩洞府，伏乞收為弟子，生死難忘！」那童子笑道：「我怎好收留得你？且引你進去懇求我主人便了。」那青衣童子，入去不久，便出來引李清進去，到玉墀之下，仰看壁上，華麗如天宮一般，端的好去處。但見：

朱甍耀日，碧瓦標霞。起百尺琉璃寶殿，甃九層白玉瑤臺。隱隱雕梁鐫玳瑁，行行繡柱嵌珊瑚。琳宮貝闕，飛簷長接彩雲浮；玉宇瓊樓，畫棟每含蒼霧宿。曲曲欄干圍瑪瑙，深深簾幕掛珍珠。青鸞玄鶴雙雙舞，白鹿丹麟對對遊。野外千花開爛熳，林間百鳥囀清幽。

---

❺ 一佛出世二句：出世表示「生」；升天表示「死」。這句話是說：一直等到一佛生，二佛死；也就是時間很長的意思。

李清去那殿中看時，只見正居中坐著一位仙長，頭戴碧玉蓮冠，身披縷金羽衣，腰繫黃絲，足穿朱舄，手中執著如意，有神遊八極之表。東西兩傍，每邊又坐著四位，一個個仙風道骨，服色不一。滿殿祥雲繚繞，香氣氤氳，真個萬籟無聲，一塵不到，好生嚴肅。李清上前，逐位叩了頭，依舊將這冒死投見的情節，表訴一遍。只見中間的仙長說道：「李清，你未該來此，怎麼就擅自投到？我這裏沒有你的坐位，快回去罷！」李清便涕泣稟道：「我李清一生好道，不曾有些兒效驗，今日幸得到了仙宮，面見仙長，豈肯空手回去？我已是七十歲的人，左右回去，也沒多幾時活，難道還再來得成？情願死便死在階下，斷然不回去了。」那仙長只是搖頭不允。卻得傍邊的替他稟道：「雖則李清未該到此，但他一片虔誠，亦自可憐！我今若不留他，只道神仙到底修不得的了。況我法門中，本以度人為第一功德。姑且收留門下，若是不堪受教，再遣他回去，亦未遲也！」那仙長纔點著頭道：「也罷！也罷！姑容他在西邊耳房暫住。」李清連忙拜謝。一頭走到耳房裏去，一頭想道：「我若沒有些道氣，怎得做仙家弟子？只是當初曾與子孫們約道，遇得仙時，少不得給假回去，報知你等。今我再三哀稟，又得傍邊這幾位仙長相勸，纔許收留，怎麼又請回去？萬一觸忤了他，嗔責我塵緣未淨，如何是好？且自安心靜坐，再過幾時，另作區處。」那李清走到西邊耳房下，尚未坐定，只見一個老者，從門外進來，稟道：「蓬萊山霞明觀丁尊師初到，西王母特啟瑤池大宴，請群真同赴。」並不見有人陳設，早已九乘鶴駕鸞車，齊齊整整，擺列殿下。其時中間的仙長在前，兩傍的八位在後，次第步出殿來。那李清也免不得隨著那夥青衣童子，在丹墀裏候送。只見仙長覷著李清分付道：「你在此，若要觀山翫水，任意無拘；惟有北窗，最是輕易開不得的，謹記謹記！」說罷，各各跨上鸞鶴，騰空而起。自然有雲霞擁護，簫管喧闐，這也不能備述。

豈知李清在耳房下，憑窗眺望，看見三面景致。幽禽怪鳥，四時有不絕之音；異草奇花，八節有長春之色。真個觀之不足，翫之有餘。漸漸轉過身來。只見北窗斜掩，想道：「既是三面都好看得，怎麼偏生一個北窗，卻看不得？必定有甚奇異之處，故不把與我看。如今仙長已去赴會，不知多少程途，未必就回，且待我悄悄的開來看看。仙家那裏便知道了。」走上前輕輕把手一推，呀的一聲，那窗早已開了。舉目仔細一觀，有恁般作怪的事！一座青州城正臨在北窗之下。見州裏人家，歷歷在目。又見所住高房大宅，漸已殘毀，近族傍支，漸已零落，不勝嘅歎道：「怎麼我出來得這幾日，家裏便是這等一個模樣了？俗語道得好，家無主，屋倒柱。我若早知如此，就不到得這裏也罷！何苦使我子孫恁般不成器，壞了我的門風。」不覺歸心頓然而起。豈知歎聲未畢，眾仙長已早回來了。只聽得殿上大叫：「李清！李清！」那李清連忙掩上北窗，走到階下。中間的仙長大怒道：「我分付你不許偷開北窗，你怎麼違命，擅自開了？又嗟歎懊悔，思量回去。我所以不肯收留者，正為你塵心不斷故也。今日如何還容得你在此！便可速回，無得溷我洞府。」那李清無言可答，只是叩頭請罪，哀告道：「我來時不知吃了多少苦楚，真個性命是毫釐絲忽上掙來的。如今回去，休說竹籃繩索，已被家裏人絞上；就是這三十多里小小穴道中，我老人家怎麼還爬得過？」仙長笑道：「這不必憂慮，我另有個路逕，教人指引你出去。」那李清方纔放下了這條肚腸，起來拜謝出門。只見東手頭一位，向著仙長不知說甚話，仙長便喚李清：「你且轉來。」李清想道：「一定的又似前番相勸，收留我了。」不勝欣然。急急走轉去跪下，聽候法旨。你道那仙長喚李清回來，說些甚麼？說道：「我遣便遣你回去，只是你沒個生理，何以度日？我書架上有的是書，你可隨意取一本去，若是要覓衣飯，只看這書上，自然有了。」李清口裏答應，心裏想道：「元來仙長也只曉得這裏的事，不曉得我青州那裏的事。我本有萬金家計，就是子孫輩連年送的生日禮物，有也好幾千，怎麼剛出來得這兩日，便回去沒有飯吃了？」只是難得他一片好意，不免走近書架上，取了一本最薄的，過去拜謝。那仙長問道：「書有了麼？」李清道：「有了。」仙長道：「既有了書，去罷！」李清正待出門，只見西手頭一位，向著仙長，也不知說甚話，那仙長把頭一點，又叫道：「李清，你且轉來。」李清想道：「難道這一番不是勸他收留我的？」豈知仍舊不是。只見仙長道：「你回去，也要走好些路，纔到得家裏。便到了家裏，也不能勾就有飯吃，你可吃飽了去。」早有童子，拏出兩個大芋頭來，遞與李清吃。元來是煮熟的鵝卵石，就似芋頭一般，軟軟的，嫩嫩的，又香又甜，比著雲門穴底的青泥，越加好吃。再走過去拜謝。那仙長道：「李清，你此去，也只消七十多年，還該到這裏的。但是青州一郡，多少小兒的性命，都還在你身上！你可廣行方便，休得墮落。我有四句偈語，把與你一生受用，你緊記著！」偈語云：

見石而行，聽簡而問。傍金而居，先裴而遯。

李清再拜受了這偈語，卻教初來時元引進的童子送他回去。竟不知又走出個甚的路徑來，總便不消得萬丈麻繩，難道也沒有一些險處？元來那童子指引的路徑，全不是舊時來的去處，卻遶著這一所仙院，倒轉向背後山坡上去。只見一個所在，出得好白石頭，有許多人在那裏打他。李清問道：「仙家要這石頭何用？」童子道：「這是個白玉，因為早晚又有一個尊師該來，故此差人打去，要做第十把交椅。」

李清便問道：「這個尊師，是甚麼名姓？」童子道：「連我們也只聽得這等說，怎麼知道？便知道，也不好說得，恐怕洩漏天機，被主人見罪。」一頭說，一頭走，也行了十四五里，都是龜背大路，兩傍參天的古樹，間著奇花異卉，看不盡的景致，便再走兩里，也不覺的。又走過一座高山，這路徑漸漸僻小，童子把手指道：「此去不上十里，就是青州北門了。」李清道：「我前日來時，是出南門的，怎麼今日卻進北門？我生長在青州已七十歲了，那曉得這座雲門山是環著州城的，可知道開了北窗，便直看見青州城裏。但不知那一邊是前路？那一邊是後路？可指示我，等我日後再來叩見仙長，只打這條路上來，卻不省費許多麻繩吊去雲門穴裏去？」問未絕口，豈知颼颼的一陣風起，托地跳出一個大蟲來，向著李清便撲。驚得李清魂膽俱喪，叫聲：「苦也！」望後便倒，嚇死在地。可憐，

身名未得登仙府，支體先歸虎腹中。

說話的，我且問你：嘗聞好古老傳說，那青泥白石，乃仙家糧糗，凡人急切難遇，若有緣的嘗一嘗，便疾病不能侵，妖怪不能近，虎狼不能傷。這李清兩件既已都曾飽食，況又在洞府中住過，雖則道心不堅，打發回去，卻又原許他七十年後，還歸洞府，分明是個神仙了，如何卻送在大蟲口裏？看官們莫要性急，待在下慢慢表白出來。那大蟲不是平常吃人的虎，乃是個神虎，專與仙家看山守門的。是那童子故意差來把李清驚嚇，只教他迷了來路，元非傷他性命。那李清死去半晌，漸漸的醒轉來，口裏只叫：「救命，救命！」慢慢掙扎坐起看時，大蟲已是不見，連青衣童子也不見去向，跌足道：「罷了！罷了！這童子一定被大蟲馱去喫了。可憐！可憐！」卻又想道：「那童子是侍從仙長的，料必也有些仙氣，大

蟲如何敢去傷他？決無此理。只是因甚不送我到家，半路就撇了去。」心下好生疑惑，爬將起來，把衣服整頓好了，忽地回頭觀看，又喫一驚：怎麼那來路一剗❻都是高山陡壁，全無路徑？連稱：「奇怪！奇怪！」口裏便說，心中只怕又跳出一個大蟲來，卻不喪了這條老命。且自負命跑去，約莫走上四五里，卻是三叉路口，又沒一個行人來往，可以問信。看看日色傍晚，萬一走差路頭怎了！正在沒擺佈處，猛然看見一條路上，卻有塊老大的石頭，支出在那裏，因而悟道：「仙長傳授我的偈語，有句道：『見石而行。』卻不是教我往這條路去？」果然又走上四五里，早是青州北門了。進了城門，覺得街道還略略可認，只是兩邊的屋宇，全比往時不同，莫測其故。欲要問人，偏生又不遇著一個熟的。漸漸天色又黑，只得趕回家去。豈知家裏房子，也都改換，卻另起了大門樓，兩邊八字牆，好不雄壯！李清暗道：「莫非錯走到州前來了？」仔細再看：「像便像個衙門，端只是我家裏。難道這等改換了，我便認不得。想我離家去，只在雲門穴裏，不知擔閣了幾日，也是有數的。後面鑽出小穴來，總是今日這一日，怎麼便有這許多差異的事？莫非州裏見我不在，就把我家房子，白白的占做衙門？可道凡事也不問個主。只可惜今日晚了，拚到明日，打進狀詞，與他理會。隨你官府，也少不得給官價還我。」只得尋個客店安歇，爭奈身邊一個錢也沒有，不免解件衣服下來，換了一貫錢。還覺腹中是飽的，只買一角酒來吃了。便待去睡，終久心下徬徨，這夜如何睡得著。李清在床上翻來覆去，自嗟自歎，悔道：「我怎麼倒去抱怨仙長？他明明說我回去將何度日？教我取書一本，別做生理。又道是：我回去，就也未有飯吃，把兩個煮熟的石子與我，豈不是預知已有今日了。」便去袖裏把書一摸，且喜得尚在，只如今未有工夫去看。

❻ 一剗：一律。

待到天明，還了房錢，便遍著青州大街上都走轉來，莫說眾親眷子孫沒有一個，連那染坊舖面，也沒一間留下的。只得陪個小心，逢人便問，豈知個個搖頭，人人努嘴，都說道：「我們並不知道有甚李清。也並不曾見說雲門山穴裏有人下去得的？」只教李清茫然莫知所以。看看天晚，只得又向客店中安歇。到第二日，又向小巷兒裏，東抄西轉，也不曾遇著一個。但是問人，都與大街上說話一般。一發把李清弄呆了，想道：「我也怪前日出來的路徑，有些差異，莫非這座青州城是新建的？不是我舊青州，故此沒個熟人相遇。天下雲門山只有一個，絕無兩個。我何不出了南門，逕到雲門山上一看，若雲門山無異，這便是我舊青州了。再慢慢的訪問，好歹究出甚的緣故來。」忙忙的奔出南門，逕往雲門山去。將至山頂，早見一座亭子，想道：「這路徑明明是雲門山的，幾時有個亭子在這裏？且待我看是甚麼亭？」元來題著「爛繩亭。開皇四年立。」李清道：「是了！昔日樵夫曾遇見仙人下棋，他看得一局棋完，不知已過了多少年歲，這斧柄坐在身下，已爛壞了，至今世人傳說爛柯的故事。多分是我眾子孫，道我將這麻繩吊下雲門穴底，也去遇了神仙，把繩都爛掉在山上，故建立這座亭子，名為爛繩亭。無非要四方流傳，做個美談的意思。看他後面寫著開皇四年立，卻不仍是今年的日月，怎麼城裏人家就是這等改換了？且再到上邊去看。」只見當著穴口，豎個碑石，題道：「李清招魂處。」李清嚇了一跳道：「我現今活活的在此，又不曾死，要招我的魂做甚麼？」又想了一想道：「是了是了！是我下到這般險處，提起竹籃上來，又不見了我，疑心道死了，故在此招我的魂。」回去又想一想道：「咦！莫非是我真個死了，今日是魂靈到此？」心下反徬徨起來，不能自決。想道：「既是招魂，必有個葬處，若是葬，必在祖墳左右，人家雖有改換之日，祖宗墳墓，卻千年不改換的。何不再去祖墳上一看，或者倒有個明白。」

下了雲門山，一徑的轉過東門，遠遠望見祖墳上，山勢活似一條青龍，從天上飛將下來的。想起：「葬經❼上面有云：『山如鳳舉，或似龍蟠，一千年後當出仙官。』看我家祖墳有這等風水，怎麼剛出得我一個，纔遇見仙人，又被趕逐回家，焉能勾升天日子。卻不知這風水，畢竟應在那個身上？」到了祖墳，不免拜了兩拜。只見許多合抱的青松白楊，盡被人伐去。墳上的碑石，也有推倒的，也有打斷的，全不似舊時模樣。不勝悽感，歎道：「我家眾子孫，真箇都死斷了，就沒一個來到墳上照管？」單有一個碑，倒還是豎著的，碑上字跡，髣髴可認，乃是「故道士李清之墓」七個字。李清道：「既是招魂葬，無過❽把些衣冠埋在裏面，料必是個空塚。只是碑石已被苔蘚駁蝕幾盡，須不是開皇四年立的，可知我死已多時了。今日來家的，一定是我魂靈，故此幽冥間隔，眾親眷子孫，都不得與我相見。不然，這上千上萬的人，怎麼就沒一個在的？」那李清滿肚子疑心：「只當青天白日，做夢一般。又不知是生，又不知是死，教我那裏去問個明白？」正在徬徨之際，忽聽得隱隱的漁鼓簡❾響，走去看時，卻是東嶽廟前一個瞎老兒，在那裏唱道情，聚著人掠錢。方纔想起：「臨出山時，仙長傳授我的偈語，第二句道：『聽簡而問。』這個不是漁鼓簡？我該問他的。且自站在一邊，待眾人散後，過去問他便了。」只見那瞎老兒，止掠得十來文錢，便沒人肯出。內中一個道：「先生，你且說唱起來，待我們斂足與你。」瞽者道：「不

❼ 葬經：舊題「晉郭璞撰」，是一部講風水迷信的書。

❽ 無過：不過。

❾ 漁鼓簡：漁鼓，竹筒兩端蒙上魚皮的樂器。簡，用繩子串起來的兩塊板。都是唱道情時伴奏的兩種簡單樂器；口裏一面唱，手裏一面敲打作響。

成不成！我是個瞎子，倘說完了，都一溜走開，那裏來尋討？」眾人道：「豈有此理！你是個殘疾人，哄了你也不當人子。」那瞽者聽信眾人，遂敲動漁鼓簡板，先念出四句詩來道：

暑往寒來春復秋，夕陽橋下水東流。將軍戰馬今何在？野草閒花滿地愁。

念了這四句詩，次第敷衍正傳，乃是「莊子歎骷髏」一段話文，又是道家故事，正合了李清之意。李清擠近一步，側耳而聽，只見那瞽者說一回，唱一回，正歎到骷髏皮生肉長，復命還陽，在地下直跳將起來。那些人也有笑的，也有嗟歎的，卻好是個半本，瞽者就住了鼓簡，待掠錢足了，方纔又說。——此乃是說平話⑩的常規。誰知眾人聽話時，一團高興，到出錢時，面面相覷，都不肯出手。又有身邊沒錢的，假意說幾句冷話，佯佯的走開去了。剛剛又只掠得五文錢。那掠錢的人，心中焦躁，發起喉急，將眾人亂罵。內中有一後生出尖攬事，就與那掠錢的爭嚷起來。一遞一句，你不讓，我不讓，便要上交廝打。把前後掠的十五文錢，撇做一地。眾人發聲喊，都走了。有幾個不走的，且去勸廝打，單撇著瞽者一人。李清動了個惻隱之心，一頭在地上撿起那十五文錢，交付與瞽者，一頭口裏歎道：「世情如此磽薄，錢財恁般珍重！」瞽者接錢在手，閒他歎語，問道：「你是兀誰？」李清道：「老漢是問信的。你若曉得些根由，到送你幾十文酒錢。」瞽者道：「問甚麼信？」李清道：「這青州城內，有個做染匠的李家，你可曉得麼？」瞽者道：「在下正姓李，敢問老翁高姓大名？」李清道：「我叫做李清，今年七十歲了。」瞽者笑道：「你怎麼欺我瞎子，就要討我的便宜。我也不是個小夥子，年紀倒比你長些，

⑩ 說平話：說書。

今年七十六歲了。只我嫡堂的叔曾祖，叫做李清。你怎麼也叫做李清？」李清見他說話有些來歷，便改著口道：「天下儘有同名同姓的，豈敢討你的便宜？我且問你，那令曾叔祖，如今到那裏去了？」瞽者道：「這說話長哩。直在隋文帝開皇四年，我那叔曾祖正是七十歲，要到雲門山穴裏，訪甚麼神仙洞府，整脩了許多麻繩，一吊吊將下去。你道這個穴裏，可是下去得的？自然死了。元來我家合族全仗他一個福力。自他死後，家事都就零落；況又遭著兵火，遂把我合族子孫，都滅盡了。單留得我一個現世報，還在這裏；卻又無男無女，靠唱道情度日。」李清暗忖道：「元來錯認我死在雲門穴裏了。」又問道：「他吊下雲門穴去，纔只一年裏面，怎麼家事就這等零落得快？合族的人，也這等死滅得盡？」瞽者道：「哎呀！敢是你老翁說夢哩。如今須不是開皇四年，是大唐朝高宗皇帝永徽五年了。隋文帝坐了二十四年天下，傳與煬帝，也做了十四年，被宇文化及謀殺了，因此天下大亂。卻是唐太宗打了天下，又讓與別人做皇帝，叫做高祖，坐了九年；太宗自家坐了二十三年；如今皇帝就是太宗的太子，又登基五年了。從開皇四年算起，共是七十二年。我那叔曾祖去世時節，我只有得五歲，如今現活七十六歲了，你還道快哩。」李清又道：「聞得李家族裏，有五六千丁，便隔得七十二年，也不該就都死滅，只剩得你一個。」瞽者道：「老翁，你怎知這個緣故？只因我族裏人，都也有些本事，會光著手賺得錢的。不料隋煬帝死後，有個王世充造反，到我青州，看見我族裏人，丁丁精壯，盡皆拏去當軍。那王世充又十分不濟，屢戰屢敗，遂把手下軍馬，都消折了。我那時若不虧著是個帶殘疾的，也留不到今日。」李清聽了這一篇說話，如夢初覺，如醉方醒，把一肚子疑心，纔得明白。身邊只有三四十文錢，盡數送與瞽者，也不與他說明這些緣故，便作別轉身，再進青州城來。

一路想道：「古詩有云：『山中方七日，世上已千年。』果然有這等異事！我從開皇四年，吊下雲門穴去，往還能得幾日，豈知又是唐高宗永徽五年，相隔七十二年了。人世光陰，這樣容易過的！若是我在裏面多住幾時，卻不連這青州城也沒有了。如今我的子孫已都做故人，自己住的高房大屋，又皆屬了別姓，這也不必說起。只是我身邊沒有半分錢鈔，眼前又別無熟識，可以挪借，教我把甚麼度日？左右也是個死，那仙長何苦定要趕我回來怎的？」歎了幾聲，想了一會，猛然省道：「我李清這般懵懂，怎麼思量還要做仙哩？我臨出門時，仙長明明說我回家來，怕沒飯吃，曾教我到他書架上拏本書去，如今現在袖裏，何不取出書來，看道另做甚麼生意？」你道這本書是甚麼書？元來是本醫書，專治小兒的病症，也不多幾個方子在上面。那李清看見，方纔悟道：「仙長曾對我說，此去不消七十多年，依舊容我來到那裏。我想這七十年，非比雲門穴底下，須在人世上好幾時，不是容易過的。況我老人家，從來藥材行裏不曾著腳，怎便莽莽廣廣⓫的要去行醫！且又沒些本錢置辦藥料；不如到藥舖裏尋個老成人，與他商量，好做理會。」剛剛走得三百餘步，就有一個白粉招牌，上寫著道：「積祖金舖出賣川廣道地生熟藥材。」當下李清看見，便大喜道：「仙長傳授我的第三句偈語，說道：『傍金而居。』這不是姓金的了？世稱神仙未卜先知，豈不信哉！豈不信哉！」只見舖中坐的，還不上二十多歲，叫做金大郎。李清連忙向前，與他唱個喏，問道：「你這藥材，還是現賣，也肯賒賣？」金大郎道：「別人家買藥的，就要現錢纔賣；只有行醫開舖的，是長久主顧，但要藥材，只上個帳簿取去，或一季或一月一算，總數還錢。叫做半賒半現。」李清便扯個謊道：「我原是個幼科醫人，一向背著包，沿村走的。如今年紀老

⓫ 莽莽廣廣：鹵莽。

了，也要開個鋪面，坐地行醫，不知那裏有空房，可以賃住？乞賜指引。也好與貴鋪做個主顧。」金大郎道：「就是我家隔壁，有一間空房。不見門上貼著招賃兩字麼？只怕窄狹，不彀居住。」李清道：「我老身別無家小，便一間也儘勾了。只是鋪前須要豎面招牌，鋪內須要藥廂藥刀，各色傢伙，方纔像個行醫的。這幾件，都在那裏去置辦？不知可也賒得否？」金大郎道：「我鋪裏儘有現成餘下的在此，我一發都借了你去。待生意興旺時，連那藥帳，一總算還與我，豈不兩得其便。」那李清虧得金大郎一力周旋，就在他藥鋪間壁住下。想起：「當初在雲門山上，與親族告別之時，曾有詩云：翻笑壺公曾得道，猶煩市上有懸壺。不意今日回來，又要行醫，卻不應了兩句讖語。」遂在門前，橫吊起一面小牌，寫著「懸壺處」三個字。直豎起一面大牌，寫著「李氏專醫小兒疑難雜症」十個字。鋪內一應什物傢伙，無不完備。真個裝一佛像一佛，自然像個專門的太醫起來。

恰好這一年，青州城裏，不論大小人家，都害時行天氣，叫做小兒瘟，但沾著的便死。那幼科就沒請處，連大方脈的，也請了去。豈知這病，偏生利害，隨你有名先生下的藥，只當投在水裏，眼睜睜都看他死了。只有李清這老兒古怪，不消自到病人家裏切脈看病，只要說個症候，怎生模樣，便隨手撮上一帖藥，也不論這藥料有貴有賤，也不論見效不見效，但是一帖，要一百個錢。若討他兩帖的，便道：「我的藥，怎麼還用兩帖？」情愿退還了錢，連這一帖也不發了。那討藥的人，都也半信半不信。無奈病勢危急，只得也贖一帖，回去吃看。你道有這等妙藥？纔到得小兒口裏，病就好一半，一咽咽下肚裏去，便全然好了。還有挐得藥回去，小兒已是死了的，但要煎的藥香，衝在那小兒鼻孔內，就醒將轉來。這名頭就滿城傳遍，都稱他做李一帖。從此後，也不知醫好了多少小兒，也不知賺過了多少錢鈔。我想李清是個單身子，日逐用度有限，除算還了房錢藥錢，和那什物傢伙錢以外，贏餘的難道似平時積儹生日禮一般，都爛掉在家裏？畢竟有個來處，也有個去處。元來李清這一次回來，大不比當初性子，有積無散。除還了金大郎鋪內賒下各色傢伙，並生熟藥料的錢，其餘只勾了日逐用度，儘數將來賑濟貧乏，略不留難。這叫做廣行方便，無量功德。以此聲名越加傳播。莫說青州一郡，遍齊魯地方，但是要做醫的，聞得李一帖名頭，那一個不來拜從門下，希圖學些方術。只見李清再不看甚醫書，又不親到病人家裏診脈，凡遇討藥人來，收了銅錢便撮上一帖藥，又不多幾樣藥味。也有說來病症是一樣的，倒與他各樣的藥，也有說來病症是各樣的，倒與他一樣藥。但見拏藥去吃的，無有不效。眾皆茫然，莫測其故，只得覓個空間，小心請教。李清道：「你等疑我不曾看脈，就要下藥。不知醫道中，本以望聞問切，目為神聖工巧⑫，可見看脈是醫家第四等，不是上等。況小兒科與大方脈不同，他氣血未全，有何脈息，可以看得。總之，醫者，意也。無過要心下明，指下明，把一個意思揣摩將去。怎麼靠得死方子，就好療病？你等俱看我的下藥，便當想我所以下藥的意思。那大觀本草這部書，卻不出在我山東的，你等熟讀本草，先知了藥性，纔好用藥。上者要看本年是甚司天，就與他分個溫涼。二者看害病的是那地方人，或近山，或近水，就與他分個燥濕。三者看是甚等樣人家，富貴的人，多分柔脆，貧賤的人，多分堅強，就與他分個消補。細細的問了症候，該用何等藥味，然後出些巧思，按著君臣左使，加減成方，自然藥與病合，病隨藥去。所以古人將用藥比之用兵，全在用得藥當，不在藥多。趙括徒讀父書，終致敗滅⑬，

---

⑫ 望聞問切二句：望聞問切，是中醫診斷病狀的四種方法：望，望氣色；聞，聽聲音；問，問病情；切，摸脈搏。又中醫醫書難經說：「望而知之謂之神，聞而知之謂之聖，問而知之謂之工，切脈而知之謂之巧。」

此其鑒也！」眾等皆拜，謝教而退。豈知李清身邊，自有薄薄的一本仙書，怎肯輕易洩漏？正是：

小兒有命終須救，老子無書把甚看。

李清自唐高宗永徽五年，行醫開舖起，真個光陰迅速，不覺過了第六年，又是顯慶五年，龍朔三年，麟德二年，乾封二年，總章二年，咸亨四年，上元二年，儀鳳三年，調露一年，永隆一年，開耀一年，一總共是二十七年了。這一年卻是永淳元年，忽然有個詔書下來，說御駕親幸泰山，要修漢武帝封禪的故事。你道如何叫做封禪？只為天下五座名山，稱做五嶽。五嶽之中，無如泰山尤為靈秀，上通於天，雲雨皆從此出。故有得道的皇帝，遇著天下太平，風調雨順，親到泰山頂上，祭祀嶽神，刻下一篇紀功德的頌，告成天地。那碑上刻的字，都是赤金填的，叫做金書。碑外又有個白玉石的套子，叫做玉檢。最是朝廷盛舉。那天帝是不好欺的，頌上略有些不實，便起怪風暴雨，不能終事。這也不是漢武帝一個創起的，直從大禹以前，就有七十九代，都曾封禪。後來只有秦始皇和漢武帝兩個，這怎叫得有道之君。無非要粉飾太平，侈人觀聽。畢竟秦始皇遇著大雨，只得躲避松樹底下；漢武帝下山，也被傷了左足。故此武帝之後，再沒有敢去封禪的。那唐高宗這次詔書，已是第三次了。青州地方，正是上泰山的必由去處，刺史官接了詔，不免點起排門夫，填街砌路，迎候聖駕。那李清既有舖面，便也編在人夫數內，催去著役。

---

⑬ 趙括徒讀父書二句：比喻不可拘泥於書本的知識。趙括，戰國時趙國名將趙奢的兒子。少學兵法，自以為天下無敵，後來在對秦國的戰役中，大敗被殺。

其時青州自有了李清行醫，差得那幼科先生，都關了舖門，再沒個敢出頭的。若教他去做夫砌路，萬一小兒們有個急病，一時怎麼就請得他到，討得藥吃？因此，合郡的人，都到州裏去替他稟脫。少不得推幾個能言會語的做頭，向前稟道：「現今行醫的李清，已是九十七歲近百的人，有甚麼氣力當夫？我們情愿替他出錢，另雇精壯少年應役，仍留他在舖裏，也好保全我一州的小兒性命。」原來李清開舖這一年，依還說是七十歲。因此人只認他九十七歲，那知他已是一百六十八歲了。從來律上凡七十以上的，即係是年老，准免差役。所以合郡的人，借這個名色，要與他僱工替役，仍留他在舖行醫。豈知州刺史是嶺南人，他那地方，最是信巫不信醫的，說道：「雖然李清已有九十七歲，想他筋力強健，儘好做工，怎麼手裏撮得藥，偏修不得路？不見姜太公八十二歲，還要輔佐周武王，興兵上陣。既做了朝廷的百姓，死也則索⑭要做，躲避到那裏去？總便他會醫小兒，難道偌大一坐青州，只有他幼科一個？查他開舖以來，只得二十七年，以前的青州人家小兒，也不曾見都死絕了。怎麼獨獨除下他一個名字，何以服眾？」隨他合郡的人，再三苦稟，只是不聽。急得那許多人，就沒個處置。都走到李清舖前商議，要央個緊要的分上，再去與州官說。李清道：「多謝列位盛情！以我老朽看來，到不去說也罷。你道一些小事，有何難聽。那州官這等拘執，無過慮著聖駕親來，非尋常上司之比。少有不當，便是砍頭的罪過。故此只要正身著役。恐怕僱工的做出事來，以後不好查究。做官的肚腸，大概如此，斷然不肯再聽人說。但我揣度事勢，這詔書也多分要停止的。在麟德二年一次，調露元年又一次。如今卻是第三次。既是前兩次不來，難道這一次又來得成。包你五日裏面，就有決裂。不若且放下膽，憑他怎生樣差撥便

⑭ 則索：只好。

了！」眾人聽了這篇說話，都怪道：「眼見得州裏早晚就要僉了牌，分了路數，押夫著役，如火急一般，那老兒倒說得冰也似冷。若是詔書一日不停止，怕你一日不做夫！我們倒思量與他央個分上，保求頂替，他偏生自要去當。想是在舖裏收錢不迭，只要到州裏來領他二分一日的工食哩。」都冷笑一聲，各自散去。豈知高宗皇帝這一次，已是決意要到泰山封禪，詔下禮部官，草定了一應儀注⑮，只待擇個黃道吉日，御駕啟行；忽然患了個痿痺的症候，兩隻腳都站不起來，怎麼還去行得這等大禮？因此，青州上司，隔不得三日之內，移文下來，將前詔停止。那合郡的人，方信李清神見，越加歎服。

元來山東地面，方術之士最多，自秦始皇好道，遣徐福載了五百個童男童女到蓬萊山，採不死之藥。那徐福就是齊人。後來漢武帝也好道，拜李少君為文成將軍，欒大為五利將軍，日逐在通天臺、竹宮、桂館，祈求神仙下降。那少君欒大也是齊人。所以世代相傳，常有此輩。一向看見李清自七十歲開醫舖起，過了二十七年，已是近百的人，再不見他添了一些兒老態，反覺得精神顏色，越越強壯，都猜是有內養的。如今又見他預知過往未來之事，一定是得道之人，與董奉韓康一般，隱名賣藥。因此，那些方士，紛紛然都來拜從門下，參玄訪道，希圖窺他底蘊。屢屢叩問李清，求傳大道。李清只推著老朽，元沒甚知覺，唯有三十歲起，便絕了欲，萬事都不營心，圖個靜養而已，所以一向沒病沒痛，或者在此。方士們疑他隱諱，不肯輕洩。卻又問道：「壽便養得，那過去未來之事，須不是容易曉得的。不知老師有何法術，就預期五日內當有停止詔書消息？」李清道：「我那裏真是活神仙，能未卜先知的人。豈不知孔夫子萍實，商羊故事⑯！只是平日裏，聽得童謠，揣度將去，偶然符合。蓋因童謠出于無心，最是

⑮ 儀注：禮節；儀式。

天地間一點靈機，所以有心的試他，無有不驗。我從永徽五年，在此開醫舖起，聽見龍朔年間，就有個童謠，料你等也該記得的。那童謠上說道：那泰山高，高幾層？不怕上不得，到怕不得登。三度徵兵馬，旁道打騰騰。□□□□□□□□□□□三度去⑰，登不得。果然前兩度已驗，故知此回必無登理。大抵老人家聞見多，經驗多，也無過因此識彼，難道有甚的法術不成！」這方士們見他不肯說，又常是收錢撮藥，忙忙的沒個閒暇，還有那夥要賑濟的來打攪，以此漸漸的也散去了。明年高宗皇帝晏駕，卻是武則天皇后臨朝，坐了二十一年，纔是太子中宗皇帝，坐了六年，又被韋皇后謀亂。卻是睿宗皇帝除了韋后，也坐了六年，傳位玄宗皇帝，初年叫做開元，不覺又過了九年，總共四十三年。滿青州城都曉得李清已是一百四十歲。一來見他醫藥神效如舊，二來容顏不老，也如舊日，雖或不是得道神仙，也是個高年人瑞。因此學醫的，學道的，還有真實信他的，只在門下不肯散去。正是：

神仙原在閻浮界，骨肉還須夙世成。

話分兩頭，卻說玄宗天子，也志慕神仙，尊崇道教，拜著兩個天師，一個葉法善，一個邢和璞，皆

⑯ 孔夫子萍實二句：都是孔子的傳說故事。楚昭王渡江，有斗大的東西撞著他的船，他派人問孔子，孔子說：這是萍實，可以喫，只有霸者才能獲得這種東西。商羊是傳說中的鳥名。齊國有一隻腳的鳥，齊君派人問孔子，孔子說：這種鳥叫做商鳥，牠一出現，天就將要下大雨。

⑰ 三度去：本書依據版本，在「三度去」以上約闕十四字。諸新排版本或有直接忽略未加標示，本書標明資供參考。

是得道的，專為天子訪求異人，傳授玄素赤黃，及還嬰泝流之事⑱。這一年卻是開元九年，邢葉二天師奏道：「現有三個真仙在世，一個叫做張果，是恒州條山人。一個叫做羅公遠，是邢州人。一個叫做李清，是北海人。雖然在烟霞之外，無意世上榮華，若是朝廷虔心遣使聘他，或者肯降體而來，也未可知。」因此玄宗天子，差中書舍人徐嶠去聘張果，太常博士崔仲芳去聘羅公遠，通事舍人裴晤聘李清。三個使臣辭朝別聖，捧著璽書，各自去徵聘不題。元來李清塵世限滿，功行已圓，自然神性靈通，早已知裴舍人早晚將到，省起昔日仙長分付的偈語：「第四句說道：『先裴而遁。』這個『遁』字，是逃遁之遁，難道叫我逃走不成？明明是該屍解去了。」你道怎麼叫做屍解？從來仙家成道之日，少不得該離人世，有一樣白日飛昇的謂之羽化，有一樣也似世人一般死了的，只是棺中到底沒有屍骸，這為之屍解。惟有屍解這門，最是不同。隨他五行，皆可解去。以此世人都有不知道他是神仙的。

且說李清一個早起，教門生等休掛牌面，說道：「我今日不賣藥了，只在午時，就要與汝等告別。」眾門生齊喫一驚，道：「師父好端端的，如何說出這般沒正經話來？況弟子輩久侍門下，都不曾傳授得師父一毫心法，怎的就去了？還是再留幾時，把玄妙與弟子們細講一講，那時師父總然仙去，道統流傳，使後世也知師父是個有道之人。」李清笑道：「我也沒甚玄祕可傳，也不必後人曉得。今大限已至，豈可強留。只是隔壁金大郎，又不在此，可煩汝等為我買具現成棺木，待我氣絕之後，即便下棺，把釘釘上，切不可停到明日。我舖裏一應家火什物，都將來送與金大郎，也見得我與他七十年老鄰老舍，做主

---

⑱ 玄素赤黃二句：都是道教迷信的方術。玄素，指鍊黃白丹藥。赤黃，是聚斂魂魄。還嬰，為返老還童。泝流，即陰陽採補。

顧的意思。」眾門生一一領命，流水去買辦棺木等件，頃刻都完。那金大郎也年八十九歲了，筋骨亦甚強健，步履如飛，掙了老大家業，兒孫滿堂，人都叫他是金阿公。只有李清還在少年時看他老起來的，所以原呼他為大郎。那日起五更往鄉間去了，所以不在。李清到了午時，香湯沐浴，換了新衣，走入房中。那些門生都緊緊跟著。李清道：「你們且到門首去，待我靜坐片時，將心境清一清，庶使臨期不亂。」問：「金大郎回了，請來面別，也不枉一向相處之情。」眾門生依言，齊走出門，就問金大郎，卻還未回。隔了片時，進房觀看李清，已是死了。眾門生中，也有相從久的，一般痛哭流涕，也有不長俊的，只顧東尋西覓，搜索財物。亂了一回，依他分付，即便入棺。元來這屍，也有好些異處。但見他一雙手，兩隻腳，都交在胸前，如龍蟠一般。怎好便放下去？待要與他扯一扯直，豈知是個僵屍，就如一塊生鐵打成，動也動不得。只得將就擡入棺中，釘上材蓋，停在鋪裏。李清是久名向知的，頃刻便傳遍了半個青州城，主顧人家都來吊探。眾門生迎來送往，一個個弄得口苦舌乾，腰駝背曲。有詩為證：

百年踪跡混風塵，一旦辭歸御白雲。羽蓋霓旌何處在？空留藥臼付門人。

卻說通事舍人裴晤，一路乘傳而來，早到青州境上。那刺史官已是知得，帥著合郡父老，香燭迎接。直到州堂開讀詔書，卻是徵聘仙人李清。刺史官茫然無知，遂問眾父老。父老們稟道：「青州地方，但有個行小兒科的李清，他今年一百四十歲，昨日午時，無病而死。此外並不曾聞有甚仙人李清在那裏。」裴舍人見說，倒喫了一驚，嘆道：「下官受了多少跋涉，賫詔到此，正聘行醫的仙人李清，指望敦請得入朝，也叫做不辱君命。偏生不遇巧，剛剛的不先不後，昨日死了，連面也不曾得見。這等無緣，豈不可惜！我想漢武帝時，曾聞得有人修得神仙不死之藥，特差中大夫去求他藥方，這中大夫也是未到前，適值那人死了。武帝怪他去遲，不曾求得藥方，要殺這大夫。虧著東方朔諫道：『那人既有不死之藥，定然自己喫過，不該死了，既死了，藥便不驗，要這方也沒用。』武帝方悟。今幸我天子神明，勝于漢武，縱無東方朔之諫，必不至有中大夫之恐。但邢葉二天師既稱他是仙人，自當後天不老，怎麼會死？若果死，就不是仙人了。雖然如此，一百四十歲的人，無病而死，便不是仙人，卻也難得。」即便分付州官，取左右鄰不扶結狀⑲，見得李清平日有何行誼，怎地修行的，于某年月某日時，已經身死，方好復命。刺史不敢怠慢，即喚李清左近鄰佑，責令具結前來，好送天使起身。那些鄰舍領命出去。內中一個道：「我們盡是後生，不曉得他當初來歷詳細，如何具結？聞說止有金阿公是他起頭相處的，必然知他始末根由。昨日往鄉間去了，少不得只在今日明早便歸，待他斟酌寫一張同去呈遞，也好回答。」眾人齊稱有理。同回家去。恰好金老兒從鄉間歸來，一個人背著一大包草頭跟著，劈面遇見。眾人迎住道：「好了，金阿公回也！你昨日不到鄉間去，也好與你老友李太醫作別。」金老兒道：「他往那裏去，要作別？」眾人道：「他昨日午時，已辭世了。」金老兒道：「罪過！罪過！我昨日在南門遇見的，怎說恁樣話咒他？」眾人反喫一驚道：「死也死了，怎麼你又看見？想是他的魂靈了。」金老兒也驚道：「不信有這等奇事！」也不回家，一徑奔到李清舖裏，只見擺著靈柩，眾門生一片都帶著白，好些人在那裏弔問。金老兒只管搖首道：「怪哉！怪哉！」眾門生向前道：「我師父昨日午時歸天了，因為你老人家不在，這靈柩還停在此。」又遞過一張單來，道：「舖內一應什物家火，遺命送與你做遺念的。」金老

⑲ 不扶結狀：眾口一辭，證明無偽，對某一案件具結的狀詞。「扶」指「扶同」，一名「苻同」，明代法律名詞。

兒接了單，也不觀看，只叫道：「難道真個死了！我卻不信。」衆鄰舍問道：「金阿公，你且說昨日怎的看見他來？」金老兒道：「昨日我出門雖早，未出南門，就遇了一個親戚，苦留回去喫飯，直弄到將晚，方纔別得。走到雲門山下，已是午牌時分。因見了幾種好草藥，方在那裏收採，撞見一個青衣童子，捧個香爐前走，我也不在其意。不上六七十步，便是你師父來，不知何故，左腳穿著鞋子，右腳卻是赤的。我問他到那裏去？他說道：『我因雲門山上爛繩亭子裏，有九位師父師兄，專等我說話，還有好幾日，未得回來哩。』他又在袖裏取出一封書，一個錦囊，囊裏像是個如意一般，遞與我，教帶到州裏；好好的送甚裴舍人，不要悞了他事。即今書與錦囊現在我處，如何卻是死了？」便向袖中摸出來看。衆門生起初疑心金老搗鬼，還不肯信，直待見了所寄東西，方纔信道：「且莫論午時不午時；只是我師父，從不見出舖門，怎有這東西寄送？豈不古怪！」衆鄰舍也道：「真也是希見的事！他已死了，如何又會寄東西？卻又先曉得裴舍人來聘他，便做道魂靈出現，也沒恁般顯然！一定是真仙了。」金老兒問道：「什麼裴舍人聘他？」衆鄰舍將朝廷差裴舍人徵聘，州官知得已死，著令結狀之事說出。金老兒道：「元來如此。如今他既有信物，何必又要結狀。我同你們去叩見州官，轉達天使。」衆人依著金老兒說話，一齊跟來。金老兒持了書與錦囊，直至州中，將李清昨日遇見寄書的話稟知。州官也道奇異，即帶一干人同去回覆天使。那裴舍人正道此行沒趣，連催州裏結狀，就要起身。只見州官引衆人捧著書禮，稟是李清昨日午時，轉托鄰佑金老兒送上天使的，請自啟看。裴舍人就教拆開書來，卻是一通謝表。表上說道：

陛下玉書金格，已簡于九清矣。真人降化，保世安民，但當法唐虞之無為，守文景之儉約。恭候運數之極，便登蓬閬之庭。何必木食草衣，刳心滅智，與區區山澤之流，學習方術者哉！無論臣初窺大道，尚未證入仙班；即張果仙尊，羅公遠道友，亦將告還方外，皆不能久侍清朝，而共佐至理者也。昔秦始皇遠聘安期生于東海之上，安期不赴，因附使者回獻赤玉舃一雙。臣雖不才，敢忘答效；謹以絲玉如意一枚，聊布鄙忱，願陛下鑒納。

裴舍人看罷，不勝歎異，說道：「我聞神仙不死，死者必屍解也。何不啟他棺看？若果係空的，定為神仙無疑。卻待我回朝去，好復聖上，連眾等亦解了無窮之惑。」合州官民皆以為然。即便同赴舖中，將棺蓋打開看時，棺中止有青竹杖一根，鞋一隻，竟不知昨日屍首在那裏去了？倒是不開看也罷，既是開看之後，更加奇異，但見一道青烟，沖天而起，連那一具棺木，都飛向空中，杳無踪影。唯聞得五樣香氣，遍滿青州，約莫三百里內外，無不觸鼻。裴舍人和合州官民，盡皆望空禮拜。少不得將謝表錦囊，好好封裹，送天使還朝去訖。到得明年，普天下疫癘大作，只有青州但聞的這香氣的，便不沾染。方知李清死後，為著故里，猶留下這段功果。至今雲門山上立祠，春秋祭祀不絕。詩云：

觀棋曾說爛柯亭，今日雲門見爛繩。塵世百年如旦暮，癡人猶把利名爭。

第三十九卷　汪大尹火焚寶蓮寺

削髮披緇修道，燒香禮佛心虔。不宜潛地去胡纏，致使清名有玷。　念佛持齋把素，看經打坐參禪。逍遙散誕勝神仙，萬貫腰纏不羡。

話說昔日杭州金山寺，有一僧人，法名至慧，從幼出家，積資富裕。一日，在街坊上行走，遇著了一個美貌婦人，不覺神魂蕩漾，遍體酥麻，恨不得就抱過來，一口水嚥下肚去。走過了十來家門面，尚回頭觀望，心內想道：「這婦人不知是甚樣人家？卻生得如此美貌！若得與他同睡一夜，就死甘心！」又想道：「我和尚一般是父娘生長，怎地剃掉了這幾莖頭髮，便不許親近婦人。我想當初佛爺，也是扯淡！你要成佛作祖，止戒自己罷了，卻又立下這個規矩，連後世的人都戒起來。我們是個凡夫，那裏打熬得過！又可恨昔日置律法的官員，你們做官的出乘駿馬，入羅紅顏，何等受用！也該體恤下人，積點陰騭，偏生與和尚做盡對頭，設立恁樣不通理的律令！如何和尚犯奸，便要責杖？難道和尚不是人身？就是修行一事，也出於各人本心，豈是捉縛加拷得的！」又歸怨父母道：「當時既是難養，索性死了，倒也乾淨！何苦送來做了一家貨，今日教我寸步難行。恨得這口怨氣，不如還了俗去，娶個老婆，生男育女，也得夫妻團聚。」又想起做和尚的不耕而食，不織而衣，住下高堂精舍，燒香喫茶，恁般受用，放掉不下。一路胡思亂想，行一步，懶一步，慢騰騰❶的蕩至寺中。昏昏悶坐，未到晚便去睡臥，心上記掛這美貌婦人，難得到手，長吁短嘆，怎能合眼。想了一回。又嘆口氣道：「不知這佳人姓名居止，我卻在此癡想，可不是個呆子！」又想道：「不難，不難，女娘弓鞋小腳，料來行不得遠路，定然只在近處。拚幾日工夫，到那答❷地方，尋訪消息，或者姻緣有分，再得相遇，也未可知。那時暗地隨去，認了住處，尋個熟腳❸，務要弄他到手。」算計已定，盼望天明，起身洗盥，取出一件新做的紬絹褊衫，并著乾鞋淨襪，打扮得輕輕薄薄，走出房門，正打從觀音殿前經過，暗道：「我且問問菩薩，此去可能得遇。」遂雙膝跪到，拜了兩拜。向桌上拿過籤筒，搖了兩三搖，撲的跳出一根，取起看時，乃是第十八籤，註著上上二字。記得這四句籤訣云：

天生與汝有姻緣，今日相逢豈偶然。莫惜勤勞問貪懶，管教目下勝從前。

求了這籤，喜出望外，道：「據這籤訣上，明明說只在早晚相遇，不可錯過機會。」又拜了兩拜，放下籤筒，急急到所遇之處，見一婦人，冉冉而來。仔細一覷，正是昨日的歡喜冤家，身伴並無一人跟隨。這時又驚又喜，想道菩薩的籤，果然靈驗，此番必定有些好處，緊緊的跟在後邊。那婦人向著側邊一個門面，揭起班竹簾兒，跨腳入去，卻又掉轉頭，對他嘻嘻的微笑，把手相招。這和尚一發魂飛天外，

❶ 慢騰騰：不著急的樣子。
❷ 那答：那裏。
❸ 熟腳：時常來往的人。

喜之不勝。用目四望，更無一人往來，慌忙也揭起簾兒逕鑽進去問訊。那婦人也不還禮，綽起袖子，望頭上一撲，把僧帽打下地來，又趕上一步，舉起尖趫趫小腳兒一蹴，谷碌碌直滾開在半邊，口裏格格的冷笑。這和尚惟覺得麝蘭撲鼻，說道：「娘子休得取笑！」拾取帽子戴好。那婦人道：「你這和尚，青天白日，到我家來做甚？」至慧道：「多感娘子錯愛，見招至此，怎說這話！」此時色膽如天，也不管他肯不肯，向前摟抱，將衣服亂扯。那婦人笑道：「你這賊禿！真是不見婦人面的，怎的就恁般粗鹵！且隨我進來。」灣灣曲曲，引入房中。彼此解衣，抱向一張榻上行事。剛剛膚肉相湊，只見一個大漢，手提鋼斧，搶入房來，喝道：「你是何處禿驢？敢至此奸騙良家婦女！」嚇得至慧戰做一團，跪到在地下道：「是小僧有罪了！望看佛爺面上，乞饒狗命，回寺去誦十部法華經，保佑施主福壽綿長。」這大漢那裏肯聽，照頂門一斧，砍翻在地。你道被這一斧，還是死也不死？元來想極成夢，並非實境。那和尚撒然驚覺，想起夢中被殺光景，好生害怕。乃道：「偷情路險，莫去惹他，不如本分還俗，倒得安穩。」自此即蓄髮娶妻，不上三年，癆瘵而死，離寺之日，曾作詩云：

少年不肯戴儒冠，強把身心赴戒壇。雪夜孤眠雙足冷，霜天剃髮髑髏寒。
朱樓美女應無分，紅粉佳人不許看。死後定為惆悵鬼，西天依舊黑漫漫。

* * *

適來說這至慧和尚，雖然破戒還俗，也還算做完名全節。如今說一件故事，也是佛門弟子。只為不守清規，弄出一場大事，帶累佛面無光，山門失色。這話文出在何處？出在陝西南寧府永淳縣，在城有個寶蓮寺。這寺還是元時所建，累世相傳，房廊屋舍，數百多間，田地也有上千餘畝。錢糧廣盛，衣食豐富，是個有名的古剎。本寺住持，法名佛顯，以下僧眾，約有百餘，一個個都分派得有職掌。凡到寺中遊玩的，便有個僧人來相迎；先請至淨室中獻茶，然後陪侍遍寺隨喜一過，又擺設茶食果品相待，十分盡禮。雖則來者必留，其中原分等則。若遇官宦富豪，另有一般延款，這也不必細說。大凡僧家的東西，賽過呂太后的筵宴❹，不是輕易喫得的！卻是為何？那和尚們，名雖出家，利心比俗人更狠，這幾甌清茶，幾碟果品，便是鈞魚的香餌。不管貧富，就送過一個疏簿，募化錢糧，不是托言塑佛粧金，定是說重修殿宇。再沒話講，便把佛前香燈油為名，若遇著肯捨的，便道是可擾之家，面前千般諂諛，不時去說騙。設遇著不肯捨的，就道是鄙吝之徒，背後百樣詆毀，走過去還要唾幾口涎沫。所以僧家再無個饜足之期。又有一等人，自己親族貧乏，尚不肯周濟分文，到得此輩募緣，偏肯整幾兩價布施，豈不是舍本從末的癡漢！有詩為證：

人面不看看佛面，平人不施施僧人。若念慈悲分緩急，不如濟苦與憐貧。

惟有寶蓮寺與他處不同，時常建造殿宇樓閣，並不啟口向人募化。為此遠近士庶，都道此寺和尚善良，分外敬重，反肯施捨，比募緣的倒勝數倍。況兼本寺相傳有個子孫堂，極是靈應，若去燒香求嗣的，真個祈男得男，祈女得女。你道是怎地樣這般靈感？元來子孫堂兩傍，各設下淨室十數間，中設床帳，

❹ 呂太后的筵宴：漢高祖（劉邦）死後，他的妻子呂雉聽政，稱為呂太后。有一次她請群臣吃酒，用軍法勸酒，有一人避酒逃去，當場就被殺了頭。因此後來就有這句諺語，表示這酒不是好吃的。

凡祈嗣的，須要壯年無病的婦女，齋戒七日，親到寺中拜禱，向佛討筶❺。如討得聖筶，就宿於淨室中一宵，每房只宿一人。若討不得聖筶，便是舉念不誠，和尚替他懺悔一番，又齋戒七日，再來祈禱。那淨室中四面嚴密，無一毫隙縫，先教其家夫男僕，從週遭點檢一過。任憑揀擇停當，至晚送婦女進房安歇，親人僕從睡在門外看守。為此並無疑惑。那婦女回去，果然便能懷孕，生下男女，且又魁偉肥大，疾病不生。因有這些效驗，不論士宦民庶眷屬，無有不到子孫堂求嗣。就是鄰邦隔縣聞知，也都來祈禱。這寺中每日人山人海，好不熱鬧。布施的財物不計其數。有人問那婦女，當夜菩薩有甚顯應。也有說夢佛送子的，也有說夢羅漢來睡的，也有推托沒有夢的，也有羞澀不肯說的，也有祈後再不往的，也有四時不常去的。你且想：佛菩薩昔日自己修行，尚然割恩斷愛；怎肯管民間情慾之事，夜夜到這寺中，托夢送子？可不是個亂話。只為這地方，元是信巫不信醫的，故此因邪入邪，認以為真，迷而不悟，白白裏送妻女到寺，與這班賊禿受用。正是：

分明斷腸草，錯認活人丹。

元來這寺中僧人，外貌假作謙恭之態，卻到十分貪淫奸惡。那淨室雖然緊密，俱有暗道可入，俟至鐘聲定後，婦女睡熟，便來姦宿。那婦女醒覺時，已被輕薄，欲待聲張，又恐反壞名頭，只得忍羞而就。一則婦女身無疾病，且又齋戒神清；二則僧人少年精壯，又重價修合種子丸藥，送與本婦吞服，故此多有胎孕，十發九中。那婦女中識廉恥的，好似啞子喫黃連，苦在心頭，不敢告訴丈夫。有那一等無恥淫

---

❺ 討筶：就是「擲珓」，或作「擲筊」。在神前用兩塊挖空的木塊，丟在地下，看它俯仰的情況，以定吉凶。

蕩的，倒借此為繇，不時取樂。如此浸淫，不知年代。也是那班賊禿惡貫已盈，天遣一位官人前來。那官人是誰？就是本縣新任大尹，姓汪名旦，祖貫福建泉州晉江縣人氏。少年科第，極是聰察。曉得此地夷漢雜居，土俗慓悍，最為難治。蒞任之後，摘伏發隱，不畏豪橫，不上半年，治得縣中奸宄斂跡，盜賊潛踪，人民悅服。訪得寶蓮寺，有祈嗣靈應之事，心內不信。想道：「既是菩薩有靈，只消祈禱，何必又要婦女在寺宿歇，其中定有情弊。但未見實跡，不好輕舉妄動，須到寺親驗一番，然後相機而行。」擇了九月朔日，特至寶蓮寺行香。一行人從簇擁到寺前。汪大尹觀看那寺周圍，都是粉牆包裹，牆邊種植高槐古柳，血紅的一座朱漆門樓，上懸金書扁額，題著「寶蓮禪寺」四個大字。出門對過，乃是一帶照牆，傍牆停下許多空轎。山門內外，燒香的往來擠擁，看見大尹到來，四散走去。那些轎夫，也都手忙腳亂，將轎抬開。汪大尹分付左右，莫要驚動他們。住持僧聞知本縣大爺親來行香，撞起鐘鼓，喚齊僧眾，齊到山門口跪接。汪大尹直至大雄寶殿，方纔下轎。看那寺院，果然造得齊整，但見：

層層樓閣，疊疊廊房。大雄殿外，彩雲繚繞罩朱扉；接眾堂前，瑞氣氤氳籠碧瓦。老檜修篁，掩映畫梁雕棟；蒼松古柏，蔭遮曲檻迴欄。果然淨土人間少，天下名山僧占多。

汪大尹向佛前拈香禮拜，暗暗禱告，要究求嗣弊竇。拜罷，佛顯率眾僧向前叩見，請入方丈坐下。獻茶已畢，汪大尹向佛顯道：「聞得你合寺僧人，焚修勤謹，戒行精嚴，都虧你主持之功。可將年貫開來，待我申報上司，請給度牒與你，就署為本縣僧官，永持此寺。」佛顯聞言，喜出意外，叩頭稱謝。汪大尹又道：「還聞得你寺中祈嗣，最是靈感，可有這事麼？」佛顯稟道：「本寺有個子孫堂，果然顯應的！」汪大尹道：「祈嗣的可要做甚齋醮？」佛顯道：「並不要設齋誦經，止要求嗣婦女，身無疾病，舉念虔誠，齋戒七日，在佛前禱祝，討得聖笤，就旁邊淨室中安歇，祈得有夢，便能生子。」汪大尹道：「婦女家在僧寺安歇，只怕不便。」佛顯道：「這淨室中，四圍緊密，一女一室，門外就是本家親人守護，並不許一個閑雜人往來，原是穩便的！」汪大尹道：「原來如此。我也還無子嗣，但夫人不好來得。」佛顯道：「老爺若要求嗣，只消親自拈香祈禱，夫人在衙齋戒，也能靈驗。」汪大尹道：「民俗都要在寺安歇，方纔有效，怎地夫人不來也能靈驗？」佛顯道：「老爺乃萬民之主，況又護持佛法，一念之誠，便與天地感通，豈是常人可比！」你道佛顯為何不要夫人前來？俗語道得好，賊人心虛。他做了這般勾當，恐夫人來時，隨從眾多，看出破綻，故此阻當。誰知這大尹也是一片假情，探他的口氣。當下汪大尹道：「也說得是。待我另日竭誠來拜，且先去游玩一番。」即起身教佛顯引導，從大殿旁穿過，便是子孫堂。那些燒香男女，聽說知縣進來，四散潛躲不迭。汪大尹看這子孫堂，也是三間大殿，雕梁繡柱，畫棟飛甍，金碧耀目。正中間一座神廚，內供養著一尊女神，珠冠瓔珞，繡袍彩帔，手內抱著一個孩子，旁邊又站四五個男女，這神道便叫做子孫娘娘。神廚上黃羅繡幔，兩下銀鉤掛開，捨下的神鞋，五色相兼，約有數百餘雙。繡旛寶蓋，重重疊疊，不知其數。架上畫燭火光，照徹上下。爐內香烟噴薄，貫滿殿庭。左邊供的又是送子張仙，右邊便是延壽星官。汪大尹向佛前作個揖，四下閒走一回，又教佛顯引去觀宿歇婦女的淨室。元來那房子是逐間隔斷，上面天花頂板，下邊盡鋪地平，中間床幃桌椅，擺設得甚是濟楚。汪大尹四遭細細看覷，真個無絲毫隙縫。就是鼠蟲螞蟻，無處可匿。汪大尹尋不出破綻，原轉出大殿上轎。佛顯又率眾僧到山門外跪送。

汪大尹在轎上一路沉吟道：「看這淨室，週迴嚴密，不像個有情弊的。但一塊泥塑木雕的神道，怎地如此靈感？莫不有甚邪神，托名誑惑？」左想右算，忽地想出一個計策。回至縣中，喚過一個令史，分付道：「你悄地去喚兩名妓女，假粧做家眷，今晚送至寶蓮寺宿歇。預備下朱墨汁兩碗，夜間若有人來奸宿，暗塗其頭，明早我親至寺中查勘。切不可走漏消息。」令史領了言語，即去接了兩個相熟表子來家，喚做張媚姐、李婉兒。令史將前事說與。兩個妓女，見說縣主所差，怎敢不依？捱到傍晚，妓女粧束做良家模樣，顧下兩乘轎子，僕從扛擡鋪蓋，把朱墨汁藏在一個盒子中，跟隨於後，一齊至寶蓮寺內。令史揀了兩間淨室，安頓停當，留下家人，自去回覆縣主。不一時，和尚教小沙彌來掌燈送茶。是晚祈嗣的婦女，共有十數餘人，那個來查考這兩個妓女是不曾燒香討笤過的。須臾間，鐘鳴鼓響，已是起更時分，眾婦女盡皆入寢。親戚人等，各在門外看守。和尚也自關閉門戶進去不題。

且說張媚姐掩上門兒，將銀硃碗放在枕邊，把燈挑得明亮，解衣上床，心中有事，不敢睡著，不時向帳外觀望。約莫一更天氣，四下人聲靜悄，忽聽得床前地平下，格格的響，還道是鼠蟲作耗，擡頭看時，見一扇地平板，漸漸推過在一邊，地下鑽出一個人頭，直立起來，乃是一個和尚，到把張媚姐嚇了一跳，暗道：「元來這些和尚，設下恁般賊計，奸騙良家婦女，怪道縣主用這片心機。」且不做聲，看那和尚輕手輕腳，走去吹滅燈火，步到床前，脫卸衣服，揭開帳幔，捱入被中。張媚姐只做睡著。那和尚到了被裏，騰身上去。款款托起雙股，就弄起來。張媚姐假作夢中驚醒，說道：「你是何人？黃夜至此淫污。」舉手推他下去。那和尚雙手緊緊摟抱，說道：「我是金身羅漢，特來送子與你。」口中便說，下邊恣意狂蕩，那和尚頗有本領，雲雨之際，十分勇猛，張媚姐是個宿妓，也還當他不起，頑得個氣促聲喘。趁他情濃深處，伸手蘸了銀硃，向和尚頭上，盡都抹到。這和尚只道是愛他，全然不覺。一連耍了兩次，方纔起身下床，遞過一個包兒道：「這是調經種子丸，每服三錢，清晨滾湯送下，連服數日，自然胎孕堅固，生育快易。」說罷而去。張媚姐身子已是煩倦，朦朧合眼，覺得身邊又有人捱來。這和尚更是粗鹵，方到被中，雙手流手拍開兩股，望下亂攮。張媚姐還道是初起的和尚，推住道：「我頑了兩次，身子疲倦，正要睡臥，如何又來？怎地這般不知饜足？」和尚道：「娘子不要錯認了，我是方到的新客，滋味還未曾嘗，怎說不知饜足？」張媚姐看見和尚輪流來宿，心內懼怕，說道：「我身體怯弱，不慣這事，休得只管胡纏。」和尚道：「不打緊，我有絕妙春意丸在此，你若服了，就通宵頑耍，也不妨得。」即伸手向衣服中，摸個紙包遞與。張媚姐恐怕藥中有毒，不敢吞服，也把銀硃，塗了他頭上。那和尚比前的又狠，直戲到雞鳴時候方去。原把地平蓋好不題。

再說李婉兒纔上得床，不想燈火被火蛾兒撲滅，卻也不敢合眼。更餘時候，忽然床後簌簌的聲響，早有一人扯起帳子，鑽上床來，捱身入被，把李婉兒雙關抱緊，一張口就湊過來做嘴。李婉兒伸手去摸他頭上，乃是一個精光葫蘆，卻又性急，便蘸著墨汁滿頭摩弄，問道：「你是那一房長老？」這和尚並不答言，徑來行事。那話兒長大堅硬，猶如一根渾鎗剛鞭。李婉兒年紀比張媚姐還小幾年，性格風騷，經著這件東西，又驚又喜，想道：「一向聞得和尚極有本事，我還未信，不想果然。」不覺興動，聳身而就。這場雲雨，端的快暢：一個是空門釋子，一個是楚館佳人。空門釋子假作羅漢真身，楚館佳人錯認良家少婦。一個似積年石臼，經幾多碎搗零椿；一個似新打木樁，儘耐得狂風驟浪。一個不管佛門戒律，但恣歡娛；一個雖奉縣主叮嚀，且圖快樂。渾似阿難菩薩逢魔女，猶如玉通和尚戲紅蓮❻。

雲雨剛畢，床後又鑽一個入來，低低說道：「你們快活得勾了，也該讓我來頑頑，難道定要十分盡興。」那和尚微微冷笑，起身自去。後來的和尚到了被中，輕輕款款，把李婉兒滿身撫摸。李婉兒假意推托不肯，和尚捧住親個嘴道：「娘子想是適來被他頑倦了，我有春意丸在此，與你發興。」遂嘴對嘴，吐過藥來。李婉兒咽下肚去，覺得香氣透鼻，交接之間，體骨酥軟，十分得趣。李婉兒雖然淫樂，不敢有誤縣主之事，又蘸了墨汁，向和尚頭上週圍摸到，說道：「倒好個光頭。」和尚道：「娘子，我是個多情知趣的妙人，不比那一班粗蠢東西，若不棄嫌，常來走走。」李婉兒假意應承。雲雨之後，一般也送一包種子丸藥。到雞鳴時分，珍重而別。正是：

偶然僧俗一宵好，難算夫妻百夜恩。

話分兩頭，且說那夜，汪大尹得了令史回話，至次日五鼓出衙，喚起百餘名快手民壯，各帶繩索器械，徑到寶蓮寺前，分付伏於兩旁，等候呼喚。隨身止帶十數餘人。此時天已平明，寺門未開，教左右敲開。裏邊住持佛顯知得縣主來到，衣服也穿不及，又喚起十數個小和尚，急急趕出迎接。直到殿前下轎，汪大尹也不拜佛，徑入方丈坐下。佛顯同僧叩見，汪大尹討過眾僧名簿查點。佛顯教道人撞起鐘鼓，喚集眾僧。那些和尚都從睡夢中驚醒，聞得知縣在方丈中點名，個個倉忙奔走。不一時，都已到齊。汪大尹教眾僧把僧帽盡皆除去。那些和尚怎敢不依，但不曉得有何緣故。當時不除，到也罷了，纔取下帽子，內中顯出兩個血染的紅頂，一雙墨塗的黑頂。汪大尹喝令左右，將四個和尚鎖住，推至面前跪下，

❻ 玉通和尚戲紅蓮：玉通禪師、吳紅蓮的故事，詳見喻世明言第二十九卷月明和尚度柳翠。

問道：「你這四人為何頭上塗抹紅硃黑墨？」那四僧還不知是那裏來的，面面相覷，無言可對。眾和尚也各駭異。汪大尹連問幾聲，沒奈何，只得推稱同伴中取笑，並非別故。汪大尹笑道：「我且喚取笑的人來，與你執證。」即教令史去喚兩個妓女。誰知都被那和尚們盤桓了一夜，這時正好熟睡。那令史和家人險些敲折臂膊，喊破喉嚨，方纔驚覺起身，跟至方丈中跪下。汪大尹問道：「你二人夜來有何所見？從實說來。」二妓各將和尚輪流姦宿，並贈春意種子丸藥，及硃墨塗頂前後事，一一細說。袖中摸出種子春意丸呈上。眾僧見事已敗露，都嚇得膽戰心驚，暗暗叫苦。那四個和尚，一味叩頭乞命。汪大尹喝道：「你這班賊驢！焉敢假托神道，哄誘愚民，姦淫良善！如今有何理說？」佛顯心生一計，教眾僧徐徐跪下，禀道：「本寺僧眾，盡守清規，止有此四人，貪淫奸惡，屢訓不悛，正欲合詞呈治，今幸老爺察出，罪實該死。其餘實是無干，望老爺超拔。」汪大尹道：「聞得昨晚求嗣的也甚眾，料必室中都有暗道。這四個奸淫的，如何不到別個房裏，恰恰都聚在一處，入我彀中，難道有這般巧事？」佛顯又禀道：「其實淨室，惟此兩間有個私路，別房俱各沒有。」汪大尹道：「這也不難，待我喚眾婦女來問，若無所見，便與眾僧無干。」即差左右，將祈嗣婦女，盡皆喚至盤問，異口同聲，俱稱並無和尚姦宿。汪大尹曉得他怕羞不肯實說，喝令左右搜檢身邊，各有種子丸一包。汪大尹笑道：「既無和尚奸宿，這種子丸是何處來的？」眾婦人個個羞得面紅頸赤。汪大尹又道：「想是春意丸，你們通服過了。」眾婦人一發不敢答應。汪大尹更不窮究，發令回去。那些婦女的丈夫親屬，在旁聽了，都氣得遍身麻木，含著羞恥，領回不題。佛顯見搜出了眾婦女種子丸，又強辨是入寺時所送。兩個妓女又執是姦後送的。汪大尹道：「事已顯露，還要抵賴！」教左右喚進民壯快手人等，將寺中僧眾，盡都綁縛，止空了香公道人，并兩個幼年沙彌。佛顯初時意欲行兇，因看手下人眾，又有器械，遂不敢動手。汪大尹一面分付令史，將兩個妓女送回。起身上轎，一行人押著眾僧在前。那時鬨動了一路居民，都隨來觀看。汪大尹回到縣中，當堂細審，用起刑具。眾和尚平日本是受用之人，如何熬得？纔套上夾棍，就從實招稱。汪大尹錄了口詞，發下獄中監禁，准備文書，申報上司，不在話下。

且說佛顯來到獄中，與眾和尚商議一個計策，對禁子凌志說道：「我們一時做下不是，悔之無及！如今到了此處，料然無個出頭之期。但今早拿時，都是空身，把甚麼來使用？我寺中向來積下的錢財甚多，若肯悄地放我三四人回寺取來，禁牌❼的常例，自不必說，分外再送一百兩雪花。」那凌志見說得熱鬧動火，便道：「我們同輩人多，不繇一人作主，這百金四散分開，所得幾何，豈不是有名無實。如出得二百兩與眾人，另外我要一百兩偏手❽，若肯出這數，即今就同你去。」佛顯一口應承道：「但憑禁牌分付罷了，怎敢違拗！」凌志即與眾禁子說知，私下押著四個和尚回寺，到各房搜括，果然金銀無數。佛顯先將三百兩交與凌志。眾人得了銀子，一個個眉花眼笑。佛顯又道：「列位再少待片時，待我收拾幾床舖蓋進去，夜間也好睡臥。」眾人連稱：「有理。」縱放他們去打疊。這四個和尚把寺中短刀斧頭之類，裹在舖蓋之中，收拾完備，教香公喚起幾個腳夫，一同抬入監去。又買起若干酒肉，遍請合監上下，把禁子灌得爛醉，專等黃昏時候，動手越獄。正是：

打點劈開生死路，安排跳出鬼門關。

---

❼ 禁牌：對禁子的稱呼。

❽ 偏手：瞞著別人私下得到的銀錢。

且說汪大尹，因拿出這個弊端，心中自喜，當晚在衙中秉燭而坐，定稿申報上司，猛地想起道：「我收許多兇徒在監，倘有不測之變，如何抵當？」即寫硃票，差人遍召快手，各帶兵器到縣，直宿防衛。約莫更初時分，監中眾僧，取出刀斧，一齊吶喊，砍翻禁子，打開獄門，把重囚盡皆放起，殺將出來，高聲喊叫：「有冤報冤，有仇報仇，只殺知縣，不傷百姓。讓我者生，擋我者死。」其聲震天動地。此時值宿兵快，恰好剛到，就在監門口戰鬬。汪大尹衙中聞得，連忙升堂，旁縣百姓得聽越獄，都執鎗刀前來救護。和尚雖然拚命，都是短兵，快手俱用長鎗，故此傷者甚多，不能得出。佛顯知事不濟，遂教眾人住手，退入監中，把刀斧藏過，揚言道：「謀反的止是十數餘人，都已當先被殺，我等俱不願反，容至當堂稟明。」汪大尹見事已定，差刑房吏帶領兵快，到監查驗，將應有兵器，盡數搜出，當堂呈看。汪大尹大怒，向眾人說道：「這班賊驢，淫惡滔天，事急又思謀反。我若沒有防備，不但我一人遭他兇手，連滿城百姓，盡受荼毒了。若不盡誅，何以儆後？」喚過兵快，將出的刀斧，給散與他，分付道：「惡僧事雖不諧，久後終有不測，難以防制。可乘他今夜反獄，除一應人犯，留明日審問，其餘眾僧，各砍首級來報。」眾人領了言語，點起火把，蜂擁入監。佛顯見勢頭不好，連叫：「謀反不是我等。」言還未畢，頭已落地。須臾之間，百餘和尚，齊皆斬訖，猶如亂滾西瓜。正是：

善惡到頭終有報，只爭來早與來遲。

汪大尹次日弔出眾犯，審問獄中緣何藏得許多兵器？眾犯供出禁子凌志等得了銀子，私放僧人回去，帶進兵器等情。汪大尹問了詳細，原發下獄，查點禁子凌志等，俱已殺死。遂連夜備文，申詳上司，將寶蓮寺盡皆燒毀。其審單云：

看得僧佛顯等，心沉慾海，惡熾火坑。用智設機，計哄良家祈嗣；穿墉穴地，強邀信女通情。緊抱著嬌娥，兀的是菩薩從天降；難推去和尚，則索道羅漢夢中來。可憐嫩蕊新花，拍殘狂蝶；卻恨溫香軟玉，抛擲終風。白練受污，不可洗也。黑夜忍辱，安敢言乎！乃使李婉兒硃抹其頂，又遣張媚姐墨涅其顛。紅黵欲流，想長老頭橫銜經水；黑煤如染，豈和尚頸倒浸墨池。收送福堂，波羅蜜自做甘受；陷入色界，磨兜堅有口難言。乃藏刀劍於皮囊，寂滅翻成賊虐；顧動干戈於圜棘，慈悲變作強梁。夜色正昏，護法神通開犴狴，鐘聲甫定，金剛勇力破拘攣。釜中之魚，既漏網而又跋扈；柙中之虎，欲走壙而先噬人。姦窈窕，淫良善，死且不宥；殺禁子，傷民壯，罪欲何逃！反獄姦淫，其罪已重；戮屍梟首，其法允宜。僧佛顯眾惡之魁，粉碎其骨；寶蓮寺藏奸之藪，火焚其巢。庶發地藏之奸，用清無垢之佛。

這篇審單一出，滿城傳誦，百姓盡皆稱快。往時之婦女，曾在寺求子，生男育女者，丈夫皆不肯認，大者逐出，小者溺死。多有婦女懷羞自縊，民風自此始正。各省直州府傳聞此事，無不出榜戒諭，從今不許婦女入寺燒香。至今上司往往明文嚴禁，蓋為此也！後汪大尹因此起名，遂欽取為監察御史。有詩為證：

子嗣原非可強求，況於入寺起淫偷。從今勘破鴛鴦夢，涇渭分源莫混流。

第四十卷　馬當神風送滕王閣

山藏異寶山含秀，沙有黃金沙放光。好事若藏人肺腑，言談語話不尋常。

這四句詩，單說著自古至今，有那一等懷才抱德，韜光晦跡❶的文人秀才，就比那奇珍異寶，良金美玉，藏於泥土之中；一旦出世，遇良工巧匠，切磋琢磨，方始成器。故秀才二字，不可亂稱。秀者江山之秀，才者天下之才。但凡人胸中藏秀氣，腹內有才識，出言吐語，自是一般。所以謂之不尋常。說話的，兀的說這才學則甚！因在下今日，要說一樁「風送滕王閣」的故事。那故事出在大唐高宗朝間，有一秀士，姓王，名勃，字子安，祖貫山西晉州龍門人氏。幼有大才，通貫九經，詩書滿腹。時年一十三歲，常隨母舅遊於江湖。一日，從金陵欲往九江，路經馬當山下，此乃九江第一險處。怎見得？有陸魯望馬當山銘為證：

山之險，莫過於大行，水之險，莫過於呂梁，合二險而為一，吾又聞乎馬當。

王勃舟至馬當，忽然風濤亂滾，碧波際天，雲陰罩野，水響翻空，那船將次傾覆。滿船的人盡皆恐

---

❶ 韜光晦跡：收斂光芒，隱藏蹤跡。就是不使別人知道自己的才能。

懼，虔誠禱告江神，許願保護；惟有王勃端坐船上，毫無懼色，朗朗讀書。舟人怪異，問道：「滿船之人，死在須臾，今郎君全無懼色，卻是為何？」王勃笑道：「我命在天，豈在龍神！」舟人大驚道：「郎君勿出此言！」王勃道：「我當救此數人之命。」道罷，遂取紙筆，吟詩一首，擲於水中。須臾雲收霧散，風浪俱息。其詩曰：

唐聖非狂楚，江淵異汨羅。平生仗忠節，今日任風波。

此時滿船人相賀道：「郎君奇才，能動江神，乃得獲安；不然，諸人皆不免水厄。」王勃道：「生死在天，有何可避！」眾人深服其言。少頃，船皆泊岸，舟人視時，即馬當山也。舟人皆登岸。王勃上岸，獨自閒遊。正行之間，只見當道路邊，青松影裏，綠檜陰中，見一古廟。王勃向前看時，上面有朱紅漆牌金篆書字，寫著：「勅賜中原水府行宮」。王勃一見，就身邊取筆，吟詩一首於壁上。詩曰：

馬當山下泊孤舟，岸側蘆花簇翠流。忽覩朱門斜半掩，層層瑞氣鎖清幽。

詩罷，走入廟中，四下看時，真個好座廟宇。怎見得？有詩為證：

碧瓦連雲起，朱門映日開。一團金作棟，千片玉為街。
帝子親書額，名人手篆碑。庇民兼護國，風雨應時來。

王勃行至神前，焚香祝告已畢，又賞玩江景多時。正欲歸舟，忽於江水之際，見一老叟，坐於塊石之上：碧眼長眉，鬚鬌皤然，顏如瑩玉，神清氣爽，貌若神仙。王勃見而異之，乃整衣向前，與老人作揖，老叟道：「子非王勃乎？」王勃大驚道：「某與老叟素不相識，亦非親友，何以知勃名姓？」老叟道：「我知之久矣！」王勃知老叟不是凡人，隨拱手立於塊石之側。老叟命勃同坐，王勃不敢，再三相讓方坐。老叟道：「吾早來聞爾於船內作詩，義理可觀。子有如此清才，何不進取，身達青雲之上，而困於家食，受此旅況之淒涼乎？」王勃答道：「家寒窘迫，缺乏盤費，不能特達，以此流落窮途，有失青雲之望。」老叟道：「來日重陽佳節，洪都閻府君❷，欲作滕王閣記。子有絕世之才，何不竟往獻賦，可獲資財數千，且能垂名後世。」王勃道：「此到洪都，有幾多路程？」老叟道：「水路共七百餘里。」王勃道：「今已晚矣！止有一夕，焉能得達？」老叟道：「子但登舟，我當助清風一帆，使子明日早達洪都。」王勃再拜道：「敢問老丈，仙耶神耶？」老叟道：「吾即中源水君，適來山上之廟，便是我的香火。」王勃大驚，又拜道：「勃乃三尺童稚，一介寒儒，肉眼凡夫，冒瀆尊神，請勿見罪！」老叟道：「是何言也！但到洪都，若得潤筆之金，可以分惠。」王勃道：「果有所贈，豈敢自私。」老叟笑道：「吾戲言耳！」須臾有一舟至，老叟令王勃乘之。勃乃再拜，辭別老叟上船。方纔解纜張帆，但見祥風縹緲，瑞氣盤旋，紅光罩岸，紫霧籠堤。王勃駭然回視，江岸老叟，不知所在，已失故地矣。只見：

風聲颯颯，浪勢淙淙。帆開若翅展，舟去似星飛。回頭已失千山，眨眼如趨百里。晨雞未唱，須臾忽過鄱陽；漏鼓猶傳，彷彿已臨江右。這叫做：運去雷轟薦福碑，時來風送滕王閣。

❷ 洪都閻府君：洪都，即江西南昌。閻府君，指閻伯嶼，當時在洪州當都督。

頃刻天明，船頭一望，果然已到洪都。王勃心下且驚且喜，分付舟人：「只於此相等。」攬衣登岸，徐步入城，看那洪都果然好景。有詩為證：

洪都風景最繁華，彷彿參差十萬家。水綠山藍花似錦，連城帶閣鎖烟霞。

是日正是九月九日。王勃直詣帥府，正見本府閻都督果然開宴，遍請江左名儒，士夫秀士，俱會堂上。太守開筵命坐，酒果排列，佳肴滿席，請各處名儒，分尊卑而坐。當日所坐之人，與閻公對席者，乃新徐濃州牧學士宇文鈞，其間亦有赴任官，亦有進士劉祥道、張禹錫等。其他文詞超絕，抱玉懷珠者百餘人，皆是當世名儒。王勃年幼，坐於座末。少頃，閻公起身，對諸儒道：「帝子舊閣，乃洪都絕景。是以相屈諸公至此，欲求大才，作此滕王閣記，刻石為碑，以記後來，留萬世佳名，使不失其勝跡。願諸名士勿辭為幸！」遂使左右朱衣吏人，捧筆硯紙至諸儒之前。諸人不敢輕受，一個讓一個，從上至下，卻好輪到王勃面前。王勃更不推辭，慨然受之。滿座之人，見勃年幼，卻又面生，心各不美。相視私語道：「此小子是何氏之子？敢無禮如是耶！」此時閻公見王勃受紙，心亦怏怏。遂起身更衣，至一小廳之內。閻公口中不言，自思道：「吾有壻乃長沙人也，姓吳名子章，此人有冠世之才。今日邀請諸儒作此記，若諸儒相讓，則使吾壻作此文，以光顯門庭也。是何小子，輒敢欺在堂名儒，無分毫禮讓！」分付吏人，觀其所作，可來報知。良久，一吏報道：「南昌故郡，洪都新府。」閻公道：「此乃老生常談，誰人不會！」一吏又報道：「星分翼軫，地接衡廬。」閻公道：「此故事也。」又一吏報道：「襟三江而帶五湖，控蠻荊而引甌越，」閻公不語。又一吏報道：「物華天寶，龍光射斗牛之墟；人傑地靈，徐孺下陳蕃之榻。」閻公道：「此子意欲與吾相見也。」又一吏報道：「雄州霧列，俊彩星馳。臺隍枕夷夏之邦，賓主接東南之美。」閻公心中微動，想道：「此子之才，信亦可人！」數吏分馳報句，閻公暗暗稱奇。又一吏報道：「落霞與孤鶩齊飛，秋水共長天一色。」閻公聽罷，不覺以手拍几道：「此子落筆，若有神助，真天才也！」遂更衣復出至座前。賓主諸儒，盡皆失色。閻公視王勃道：「觀子之文，乃天下奇才也！」欲邀勃上座。王勃辭道：「待俚語成篇，然後請教。」須臾文成，呈上閻公。公視之大喜，遂令左右，從上至下，遍示諸儒。一個個面如土色，莫不驚伏，不敢擬議一字。其全篇刻在古文中，至今為人稱誦。閻公乃自攜王勃之手，坐於左席道：「帝子之閣，風流千古，有子之文，使吾等今日雅會，亦得聞於後世。從此洪都風月，江山無價，皆子之力也。吾當厚報。」正說之間，忽有一人，離席而起，高聲道：「是何三尺童稚？將先儒遺文，偽言自己新作，瞞昧左右，當以盜論；兀自揚揚得意耶！」王勃聞言大驚。太守閻公舉目視之，乃其壻吳子章也。子章道：「此乃舊文，吾收之久矣。」閻公道：「何以知之？」子章道：「恐諸儒不信，吾試念一遍。」當下子章遂對眾客之前，朗朗而誦，從頭至尾，無一字差錯。念畢，座間諸儒失色。閻公亦疑。眾猶豫不決。王勃聽罷，顏色不變，徐徐說道：「觀公之記問，不讓楊修之學，子建之能，王平之閱市，張松之一覽❸。」吳子章道：「乃是先儒

❸ 不讓楊修之學四句：都是三國時代博聞強記的幾個才子。楊修，字德祖；聰慧好學，曾做曹操的主簿，常能窺測出曹操的意旨。曹植，字子建，曾在走七步的時間裏作成一首詩。王平，疑為正平之誤，禰衡，字正平；曾和人出外遊玩，看到蔡邕作的一篇碑文，回家後，能一字不誤的寫出來。張松，劉璋的別駕。有一次，楊修把曹操所著的兵書給他看，他看完後就能背誦無誤。

舊文，吾素所背誦耳。」王勃又道：「公言先儒舊文，別有詩乎？」子章道：「無詩。」道罷，王勃遂起身離席，對諸儒問道：「此文果新文舊文乎？後有詩八句，諸公莫有記之者否？」問之再三，人皆不答。王勃乃拂紙如飛，有如宿搆。其詩曰：

滕王高閣臨江渚，珮玉鳴鑾罷歌舞。畫棟朝飛南浦雲，珠簾暮捲西山雨。
閒雲潭影日悠悠，物換星移幾度秋。閣中帝子今何在？檻外長江空自流！

詩罷呈上，太守閻公，并座間諸儒、其壻吳子章看畢。王勃道：「此新文舊文乎？」子章見之，大慚惶恐而退。眾賓齊起坐向閻公道：「王子之作性，令壻之記性，皆天下罕有，真可謂雙璧矣！」閻公曰：「諸公之言誠然也！」於是吳子章與王勃互相欽敬，滿座歡然。飲宴至暮方散。眾賓去後，閻公獨留勃飲。次日，王勃告辭，閻公乃賜五百縑及黃白酒器，共值千金。勃拜謝辭歸，閻公使左右相送下船，舟人解纜而行。勃但聞水聲潺潺，疾如風雨。詰旦，船復至馬當山下，維舟泊岸。王勃將閻公所贈金帛，攜至廟中，陳於中源水君之前，叩頭稱謝。起身，見壁上所題之詩，宛然如新。遂依前韻，復作詩一首：

好風一夜送輕舟，倏忽征帆達上流。深感神功知夙契，來生願得伴清幽。

王勃題詩已畢，步出廟門，欲買牲牢酒禮以獻，看岸邊船已不見了，其舟人亦不知所在。正猶豫間，忽然祥雲瑞靄，籠罩廟堂，香風起處，見一老人，坐於石磯之上，即前日所見中源水君。勃向前再拜，謝道：「前日得蒙上聖，助一帆之風，到於洪都，使勃得獲厚利。勃當備牲牢酒禮，至於廟下，拜謝尊神，以表吾心。」老人見說，俛首而笑：「子適來言供備牲牢者，何牢也？吾聞少牢者羊，大牢者牛。禮，諸侯無故不殺牛，大夫無故不殺羊。吾豈可以一帆風，而受子之厚獻乎！吾水府以好生為德，殺生以祀，吾亦不敢享也。更不必費子措置。適來觀子廟下留題，有伴我清幽之意，吾亦甚喜。但子命數未終，凡限未絕，更俟數年，吾當圖相會耳。」王勃遂稽首拜謝道：「愿從尊命！然勃之壽算前程，可得聞乎？」老叟道：「壽算者陰府主之，不敢輕泄天機，而招陰禍。吾言子之窮通，無害也。吾觀子之軀，神強而骨弱，氣清體羸，況子腦骨虧陷，目睛不全，子雖有子建之才，高士之俊，終不能貴矣。況富貴乃神主之，人之一鍾一粟，皆由分定，何況卿相乎？昔孔子大聖，為帝王師範，尚不免陳蔡之厄。所謂秀而不實者也。子但力行善事，而自有天曹注福，窮通壽夭，皆不足計矣！子切記之！」於是與勃作別。叟行數步，復又走回。對王勃道：「吾有少意相托：子若過長蘆之祠，當買陰帛，與我焚之。」王勃道：「此何由也？」老叟道：「吾昔負長蘆之神薄債未償，子可與吾償之。」王勃道：「非勃不捨，適來觀上聖殿上，金錢堆積如山，何不以此還之？」老叟道：「汝不知殿上之錢，皆是貪利酷求之人，害物私心之輩，損人益己，尅眾成家，偶一過此，妄求非福，神不危而心自危之，所以求獻於廟。此乃枉物，譬如吾之贓矣，焉敢用哉！」王勃再拜受教。老叟即化清風而去。王勃駭然，仍攜金帛之類，離馬當山，趁船徑往長蘆。每思神所說腦骨虧陷，目睛不全，終不能貴，心懷怏怏不樂。船至長蘆，正忘神叟所囑，化財還債之言，忽然寒風大作，雪浪翻空，群鴉遶船，噪聲不絕。其鴉或歇桅櫓，或落船頭，船不能進。滿船人莫不驚駭畏懼。王勃亦自駭然，乃問舟人：「此是何處？」舟人道：「此是長蘆地方。」王勃聽了，方想江神之言，遂焚香默禱江神，候風息上岸，買金錢答還。祝畢，香烟未絕，群鴉皆散，浪息風平。於是一船人莫不欣喜。次日，舟人以船泊岸，王勃買金錢十萬下船，復至夜來風起之處焚化，船乃前進。後來羅隱先生到此，曾作八句詩道：

江神有意憐才子，倏忽威靈助去程。一夕清風雷電疾，滿碑佳句雪冰清。
直教麗藻傳千古，不但雄名動兩京。不是明靈祐祠客，洪都佳景絕無聲。

王勃親遠任海隅，策騎往省，至一驛舍，欲求暫歇，方詢問驛吏，忽聞驛堂上，一人口呼：「王君，久不拜見，今日何由至此？」王勃聞言大驚，視之略有面善，似曾相識，忘其姓名。只見其人道：「王君何忘乎？昔日洪府相會，學士宇文鈞也。」勃大喜，乃整衣而揖，遂邀王勃同坐。敘話間，命驛吏獻茶。茶罷，學士道：「某想洪府之樂，安知今日有海道之憂，豈不悲哉！」王勃道：「學士因何至此？」學士道：「鈞累任教授，後越闕為右司諫官，唐天子欲征高麗，鈞直諫，觸犯龍顏，將鈞遷於海島。千里獨行，方悲寂寞！何期旅邸，得遇故人。某有遷客詩一首，為君誦之。」詩曰：

萬里為遷客，孤舟泛渺茫。湖田多種藕，海島半收糧。願遂歸秦計，勞收辟瘴方。每思緘口者，
帝德在君旁。

王勃道：「有犯無隱，事君之禮。學士雖為遷客，直聲播於千古矣。」遂答詩一首。詩曰：

食祿只憂貧，何名是直臣！能言真為國，獲罪豈慚人。海驛程程遠，霜鬚日日新。史官如下筆，

應也淚沾巾。

當夜，二人互相吟咏，至半夜，同宿於驛舍。次日，學士置酒管待王勃畢，至第三日，學士邀勃同行，俄然天色下雨，復留海驛。二人談論，終日不倦。至第五日，方始天晴，二人同下海船，飲食宿臥，皆於一處。船開數日，至大洋深波之中，忽然狂風怒吼，怪浪波番，其舟在水，飄飄如一葉，似欲傾覆。舟人皆大恐。學士宇文鈞心中大驚，駭嘆道：「遠謫海隅，不想又遭風波，此實命也！」王勃面不改容，因述昔年馬當山遇風始末，并敘中源水君兩次相遇之語，真個是死生有命，富貴在天。風波雖大，不足介意！談論方終，卻見波濤暫息，風浪不生。舟人皆喜。滿船之人，忽聞水上仙樂飄然而至，五色祥雲從天降下，浮於水面，看看來到王勃船邊。眾人皆驚。只見祥雲影裏，幢幡寶蓋，絳節旌旗，錦衣對對，綉襖攢攢，花帽雙雙，朱衣簇簇，兩行擺開。前面有數十人，皆仙娥玉女，仙衣灼灼，玉珮珊珊。前有一青衣女童，手執碧符，遂呼王勃道：「奉娘娘之命，特來召子。」王勃愕然，問女童道：「娘娘是何人也？」女童道：「乃掌天下水籍文簿，上仙高貴玉女吳彩鸞便是。今於蓬萊方丈，翠華居止，其內有馬當山水君，舉子文章貫古今，特來請子同往蓬萊方丈，作詞文記，以表蓬萊之佳景。可速往，不可違娘娘之命。」王勃道：「與君人神異途，焉有相召之言？我聞生死分定於天，壽算乃陰府所主，豈有玉女召我作文？何召之有？吾實不從。」道罷，女童道：「君如不去，中源水君必自至矣。」道猶未了，只見一朵烏雲，自東南角上而來，看看至近，到於船邊，從空墜下。就水面之上，見一神人，頭戴黃羅包巾，身穿百花繡袍，手仗除妖七星劍，高聲大叫：「王勃！吾奉蓬萊仙女勑，召汝作文詞，何不往也？

況中源水君亦在蓬萊赴會。今眾仙等之久矣。子亦有仙骨之分，昔日你曾廟下題詩，願伴清幽，豈可忘之！」王勃聽言，自思：「馬當山中源水君曾言日後遇於海島，豈非前定乎？」遂忻然道：「愿從命矣！」神人見說，遂召鬼卒，牽馬來至舟側。王勃甚喜，亦忘深淵，意為平地。乃回身與學士及滿船之人作別，牽衣出艙，望水面攀鞍上馬。但見烏雲慘慘，黑霧漫漫，雲霄隱隱，滿船之人及宇文鈞學士無不驚駭！同視王勃，不知所在。須臾，霧散雲收，風平浪靜，滿船之人俱各無事，唯有王勃乃作神仙去矣！

從來才子是神仙，風送南昌豈偶然！賦就滕王高閣句，便隨仙仗伴中源。